學術論文集叢書

新竹在地文化與跨域流轉

——第五屆竹塹學國際學術研討會論文集

林佳儀　主編

主編序
新竹在地文化與跨域流轉

一　第五屆竹塹學會議宗旨：在地與跨域

　　由國立清華大學華文文學研究所主辦之「新竹在地文化與跨域流轉：第五屆竹塹學國際學術研討會」，於二〇二一年十一月十二至十三日舉辦線上會議，本書為會議論文輯錄，期使竹塹學相關論述，藉由出版匯聚議題，並引起後續關注。

　　「竹塹學國際學術研討會」為雙年會，由國立新竹教育大學中國語文學系於二〇一三年發起，第三、第四屆因與國立清華大學合校，主辦單位由中國語文學系與轉型成立的華文文學研究所共同具名，第五屆起，則由華文文學研究所主辦，持續推動在地連結，薪傳「地方主體」的地方學精神。本屆以「新竹在地文化與跨域流轉」作為會議主題，聚焦新竹在地文化，也關注新竹活動跨域流轉之流播內涵，並邀請國際地方學學者就其在地經驗共同討論，期能從跨域流轉透顯新竹文化超越在地之特質，呈現竹塹文化魅力、創新意涵，及地方學之最新研究成果。

　　本次會議標舉的「在地」與「跨域」兩大特色，可從兩場專題演講見及：第一場專題演講為中央研究院院士石守謙教授，講題為：「陳進與二十世紀初期新竹文化」，關注的固然是新竹出身的女性畫家陳進及本地仕紳的傳統碑學文化，但在東亞脈絡下，陳進如何躋身現代性強烈的日本畫畫家之林，可見新竹人跨域的崛起與奮鬥。第二場專題演講為馬來西亞南方大學中文系王潤華資深講座教授，講題為「重返東南亞熱帶雨林：南洋書寫、去東方主義、本土多元文化地方書寫」，所談為竹塹學會議長期關注的文學議

題，但以南洋地方文化書寫變遷，提供竹塹學研究新竹地方書寫及跨文體書寫的跨域觀照。很榮幸邀得多位重量級學者引言或主持：兩場專題演講，邀請陳萬益教授、蔡英俊教授引言；七場論文發表，邀請江燦騰教授主持「竹塹開闢與佛教流轉」、林明德教授主持「竹塹研究與文藝內涵」、江柏煒教授主持「記憶、往來與文化資產」、陳益源教授主持「新竹在地人物與社群網絡」、李瑞騰教授主持「詩社、戰爭記憶與社區營造」、廖振富教授主持「日臺交流與在地書寫」、王俊秀教授主持「工藝、人物與詩歌疊映的新竹人文風貌」。新竹在地的人物、文藝、作品、產業等，除了在新竹生根，孕育本地特色，亦如本次會議主視覺，百年歷史的新竹火車站，除了標記地景，也是涉外與回歸的重要節點，南來北往乃至跨越海洋，與時遷移、日新又新，卻也不時閃現深厚的傳統積澱。

　　本次會議論文，在邀稿之外，同步徵稿，專家學者、博士後、博士生皆可投稿，期能號召更多學者，尤其是青年學者，投入竹塹學的研究，此次徵稿，獲得相當的迴響，日後將持續進行。由於新冠肺炎疫情難以預料，為順利籌備及召開會議，及早決定以線上模式舉辦。雖然本屆竹塹學會議，少了與會嘉賓親臨塹城，閱覽九降風吹拂的地方風貌，但海內外學者即使遠距研討，發表人新穎的研究視野、討論人交鋒對話、會眾提問討論，就算無法面對面暢談，線上論學的氣氛仍舊相當熱烈。

二　論文輯錄概述：文獻、議題與方法的創新

　　本書輯錄十九篇海內外學者鴻文鉅作，包括兩篇專題演講、十七篇論文，關涉學術史、作家作品、藝術活動、社區營造、佛教傳播、亞洲地方論述等，部分論文因故未能收入。

　　兩場專題演講，特別感謝講者親自撰文展現深思熟慮的研究成果：石守謙〈陳進家中的隸書屏風〉，從陳進一九四七年畫作《萱堂》中的新竹名士王石鵬隸書屏風談起，論述出身新竹香山的陳進，如何離開新竹傳統藝術的脈絡，轉向現代性明確的東洋畫，並藉由帝展獲選，追求新時代的身份，成

為臺灣首位女性專業畫家，而戰後陳進回到新竹成婚，作品中呈現的家居氛圍與懷舊情緒，得以重新審視陳進晚期風格的重要面向，以及臺灣第一代女性畫家在東亞脈絡的形塑與變遷。王潤華〈重返東南亞熱帶雨林：南洋本土多元地方文化書寫〉，從文化研究入手，論述東南亞本土多元文化地方書寫的發展與成就，先回溯明清中國詮釋東南亞的大敘述，再談一九五〇年代以來，魯白野《獅城散記》與《馬來散記》等本土小敘述與去東方主義書寫，消解歷史與文學的邊界，影響小說、詩歌等文體的創作，如商晚筠書寫熱帶雨林深處跨越族群與文化的交融與駁雜，建立新的小說模式，這類從地方文化書寫出發的世界文學，亦啟發竹塹地方書寫與研究。

　　學術論文涉及的研究面向，各有側重及創新：牟立邦〈學術史脈絡下的竹塹研究回顧〉，梳理戰後竹塹研究之推動者及題材創新，勾勒學術史的輪廓，回顧文獻史料、地方志增修、「濁大計畫」開啟臺灣區域研究和跨學科整合，及近年學術研究的轉向，反映竹塹地域、族群、文化的特殊性與多面性。王惠珍〈龍瑛宗與新竹地區藝文人士的社群網絡研究〉，重新拼貼新竹戰前知名客籍日語作家龍瑛宗與本省籍藝文人士吳濁流、鄭世璠等，跨時代、跨國境的翰墨之緣及以畫會友，補充戰後臺灣文學研究者較少關注的省籍作家，如何建構該群體的文化記憶。羅秀美〈女性主體與地方認同——一九二〇至一九五〇年間成長的新竹女作家及其作品中的「新竹」記憶〉，則聚焦日治時期、戰後初期在新竹地區成長的九位女性作家，補足新竹作家研究中罕見凸顯的女性主體豐富創造力，加深近現代女性文學與文化研究在地化發展的可能性。明田川聰士〈戰後臺日雙方的少年工意象比較〉，運用臺灣及日本的文獻、口述史及影像等，討論二戰末期至日本從事戰爭勞務的臺灣少年，在戰後其形象之浮現、鮮明乃至於固著的建構歷程，及比較臺日呈現之差異，作為臺灣戰爭記憶的思考脈絡之一。

　　新竹當代作家作品研究，涉及在地書寫與科幻想像：張日郡〈「野」孩子——談徐仁修《家在九芎林》的童年再現〉，研究出身新竹芎林、後創辦荒野保護協會的徐仁修，他的第一本小說《家在九芎林》，從童年圖像廓清徐仁修孕育生態保育之心的生命歷程，及透顯一九五〇～六〇年代新竹農村

的自然環境與在地書寫。蔣興立〈後人類時代的虛擬愛情：論平路與張系國科幻小說中的電子情人〉，以出身新竹的科幻小說家張系國，與曾經合作創造實驗小說的平路，各自發表的人類男性與機械女性之間情感糾葛的小說，思考後人類時代的愛情建構、性別關係、烏托邦想像，喻示兩性的分歧觀點愈演愈烈。

關於新竹縣尖石鄉泰雅族的研究，涉及歷史記憶與生態智慧：劉柳書琴〈我祖父的 Tapung（李崠山）事件：尖石鄉耆老口述歷史與 Lmuhuw 吟唱之互文意義〉，藉訪談十位尖石鄉耆老，闡發一九一〇年代臺灣總督府攻打李崠山系列戰役的記憶錨點，並與泰雅族文化資產 Lmuhuw 的吟唱內容相互詮釋，以見口頭傳統保存的抵抗史觀、創傷記憶，及慰藉祖靈與教育子孫的目的。王秋今〈生態智慧：里慕伊・阿紀《山櫻花的故鄉》的三維生態學〉，以出身尖石鄉葛拉拜部落的泰雅族作家里慕伊・阿紀《山櫻花的故鄉》書寫的泰雅族遷徙故事，分析泰雅族主體性、地方部落與山林生態的三維生態智慧，並思考原住民文學在當代自然書寫的新路徑。

與新竹文藝相關的研究，關心傳統表演藝術與時尚電影：林佳儀〈南來北往：新竹同樂軒之軒社經營與進香演出〉，以新竹最早成立的北管子弟軒社同樂軒（1840-）為對象，據其日常營運文獻及往來束帖，討論「同樂軒交透透」口碑的實際內涵，以見其不拘新竹在地，南來北往的子弟戲演出，與其經營模式、軒社交陪、進香開演的錯綜關係。黃思超〈新竹九甲什音初探〉，探究新竹新竹婚喪喜慶所奏什音，在一九六〇年代後期將九甲曲及鑼鼓加入什音，故稱「九甲什音」，論其發展歷程、九甲子弟團體變遷及演出劇目、南管弦友及職業九甲班與九甲什音的互動，可見新竹什音之音樂內涵及特色。黃美娥〈為天下女人訴不平：金玫與台語片《難忘的車站》〉，論述出身新竹的台語片明星「寶島第一苦旦」金玫，主演《難忘的車站》（1965），在家庭倫理文藝片的出色演技、如何長期獲得觀眾共鳴，及電影改編通俗言情小說《冷暖人間》的策略與聚焦，以深化明星研究的成果。

與新竹社區營造相關的研究，關心芎林造紙與北埔文資：吳嘉陵〈新竹客家紙寮窩造紙產業〉，討論新竹芎林紙寮窩竹紙業，在客家生活及語言氛

圍營造出的兩大特色，一是在竹林自然生態下保存客家人拓展歷史與性格，二是在宗族倫理下，劉姓家族凝聚成員共同參與紙業再生的行動，涉及文化行銷及社區總體營造的文化力量。**奚昊晨〈重現地方：北埔作為區域型文化資產的保存與活化〉**，關注新竹北埔，清末因防番與拓墾雙重需求形成的漢人聚落，討論「地方」概念的源流、北埔發展歷史、聚落空間特色，並藉由「街區保全型社區營造」概念，探討北埔進行區域型文化資產保存的意義及再生的可能。

與新竹曹洞宗相關的研究，是本次會議的新興主題，關注佛寺及法師：**陳惠齡〈「新竹寺」的歷史紋理、社會實踐及其場所性〉**，所論「新竹寺」（1896-1945）位於竹塹城南門，為日治時期日僧興設的曹洞宗布教所，具多元化的空間場所性，包括神聖性的宗教儀式場所、社會性的推廣教化場域、政治性的皇國佛教道場，以資思索混種文化景觀的歷史演繹及空間生產。**楊璟惠〈中興法雲、繼往開來：新竹州法雲禪寺真長法師的重要生平與佛行事業〉**，關注出生於新竹州的真常法師（1900-1946），重新爬梳史料，闡發真常法師的求學經歷、弘法足跡，如何由法雲禪寺（今苗栗大湖），再至臺北萬華龍山寺等弘法，並推動改革，以見新竹僧人在戰後臺灣佛教中興的貢獻。

本屆會議，在華文文學研究所關注其他華人移居地文化的脈絡下，力邀外籍學者就其他地方的華人文化展開論述，以擴展竹塹學的研究視域：**劉麗芳、曾安安〈大乘佛教在泰國曼谷的發展趨勢〉**，討論泰國的佛教信仰，在九成以上國民信仰的上座部佛教之外，大乘佛教的傳入與發展，二十世紀以降，華人受泰國本土化、越南宗大乘佛寺、華人齋堂興起等影響，如今泰國大乘佛教和精舍僅有二十一所，且形成混合泰國上座部儀式的大乘佛寺。**邱彩韻〈馬來西亞地方詩社、文人社群及詩社活動：以南洲詩社為例〉**，關注馬來西亞柔佛州麻坡地區，歷史悠久且持續出版詩刊的地域性古典詩社「南洲詩社」（1973-），考察其發展沿革與現況、詩詞創作概況，探討地域與文學之間的關係，及其所蘊含的意義和價值。

三　致謝：十載追尋、願結善緣

　　竹塹學會議至今圓滿舉辦五屆，始自二○一三年，兩年一度的盛會，嘉賓雲集、舊雨新知歡聚一堂，至今年出版第五屆論文集並即將舉辦第六屆會議，正好十年。會議的初衷，固然是立足新竹的學府，對地方學研究的重視與使命，但對文學系所更具吸引力的則是連橫稱美「文學尤為北地之冠」的竹塹，在如今科技城的面貌之外，古典文學與當代創作的各種面貌，因此，歷屆竹塹學會議，在會議的人文學門內涵不斷擴展之外，文學論述相繼登場，且佳作輩出。首屆至第五屆的會議主題依序為：「傳統與現代」、「自然、人文與科技的共構交響」、「竹塹風華再現」、「歷史風華與文藝新象」、「新竹在地文化與跨域流轉」，立足當代新竹，我們對歷史不敢或忘，卻重新思考歷史敘事，歷時性的發展、開展性的創新，乃至跨出新竹在地的流動與變遷、其他區域華人地方學的相關討論，都能夠涵攝在竹塹學會議的議題範疇，地方學雖然聚焦新竹地區，卻具有超越新竹的視野。感謝歷年來國科會、教育部、新竹縣政府、新竹市文化基金會、學界、民間，以及國立新竹教育大學、國立清華大學的鼎力支持，會議方能順利舉行，持續積累精闢而深刻的論述。

　　第五屆會議圓滿成功，感謝科技部、教育部、財團法人新竹市文化基金會、王默人周安儀文學講座挹注經費。校內人文社會學院、臺灣文學研究所等單位的支持，人社院張嘉鳳副院長參與會議、竹塹學會議前三屆的籌辦人陳惠齡教授長期協助，華文所丁威仁所長、陳純玉秘書，與總召蘇柏蓁同學，帶領巫偉豪、賴科儒、張昕宸、葉詠睿、謝宜珊、鄭安祈、王文婷等工作人員，妥為安排會務，皆是活動成功的重要助力，身為本屆會議籌辦人，銘感在心，藉此一角再表謝忱。論文集順利出版，幸得合作多年的臺北萬卷樓圖書股份有限公司梁錦興總經理、張晏瑞總編輯玉成，學術編輯林以邠小姐細心協助，書封折口呈現的竹塹學論文集系列，允為竹塹學的最新研究成果；最後感謝撰稿者在校對過程中費心閱覽，編輯助理蔡漢斌、陳思璇大力協助；編輯過程中雖多次校閱稿件，未盡完善之處，尚祈海涵。

　　兩年一度的竹塹學國際學術研討會，學者從不同學門的關注視野，探究在時間空間座標下，竹塹及其周邊區域的文學書寫及文化景觀，誠為一樂；捧卷細讀，論述會心，其樂何極。竹塹學國際學術研討會的籌辦及論文集的出版，有志成為地方學研究的平臺，衷心期待未來各方持續撰述，老幹新枝，秀異俊美，邁向下一個十年，並與其他地方學互為觀照，惟願緣起新竹，綰結各方能量，共同促進竹塹學研究，風起雲湧。

林佳儀　謹誌於客雅溪畔

恰逢中秋之期，月圓而事亦圓

二〇二三年九月二十九日

目次

附錄

專題演講

陳進家中的隸書屏風

石守謙[*]

摘要

陳進（1907-1998）是臺灣文化史上第一位女性的專業畫家。從東亞的範圍看，她也屬於第一代的專業女性藝術家，因此引起許多關注東亞文化史論者的討論。本文對陳進專業生涯歷程的探討主要集中在她的兩個選擇，一為離開臺灣傳統藝術的脈絡（以新竹陳家為代表），而轉向現代性明確的東洋畫；二為藉由帝展入選之身分營造，脫離才女的傳統侷限，追求新時代的專業身分。這兩個選擇在當時皆非順理成章之事。本文企圖由重新檢討一九二〇、三〇年代新竹、臺北的兩個重要展覽活動入手，經由陳進家族習知之傳統書畫環境之重建，以釐測陳進第一個選擇的超越性。第二個選擇則關乎一九三〇年代日本帝展之社會效應，以及相關藝術市場的發展。陳進在戰前東京所建構的關係網絡自屬其專業性生涯之必要結構。《山地門社之女》（1936）後來為目黑雅敘園所收藏，便提供了一個視角來理解這個選擇。

關鍵詞：陳進、王石鵬、呂世宜、新竹書畫益精會、帝展、青衿社

---

* 中央研究院院士，中央研究院歷史語言研究所特聘研究員。

一 《萱堂》中的老家布置

　　一九四五年二次大戰結束，陳進自日本返臺，開始她另一個階段的生涯。此時她以家族人物為主題，作了幾件作品，其中《萱堂》（圖一）一作描繪母親坐在家中客廳，身著傳統深色衣服，背後有一講究屏風，上仍可見一書法作品，是當時新竹名士王石鵬（1877-1942）贈給陳進父親陳雲如的。前兩年，陳雲如則出現在另幅作品中，作立姿而無背景，衣著則是歐式禮服，手上另有一個高禮帽，完全是一個當時現代西方紳士的打扮（圖二）。這兩件作品本來不是作為一套的製作，但是合而觀之，卻可見作者心中對雙親的理想形象的表達：「傳統的母親」與「現代的父親」之對照。母親的背景應有實對，出自於當時陳家廳堂的實際布置，而父親一作的背景全無處理，則反映出陳家室內並無明顯「現代」裝潢可以與主角人物裝束配合的實況。此時陳進於雙親形象的表達，可以視為滲入了她個人的生涯回顧，為她返臺之

圖一　陳進，《萱堂》，1947年[1]　　　圖二　陳進，《父親》，1945年，
　　　　　　　　　　　　　　　　　　　　　　　畫家自藏[2]

1　引自黃永川主編：《悠閒靜思：論陳進藝術文集》（臺北：國立歷史博物館，1997年），彩色圖版1。

2　引自石守謙：《臺灣灣美術全集2：陳進》（臺北：藝術家出版社，1992年），圖14。

後自命為專業畫家的工作，進行了檢討。就其選擇而言，從進入美術專業學校到選擇以畫為業的投入，背後最重要的支持者實是父親陳雲如，如謂陳進之得以成為「現代」，實植基於父親的「現代」之中，這大概可以接受。至於對母親的形象，則較多地展現在她周遭環境所蘊含的「傳統」之中，令人彷彿得以感受其懷舊之心情。

不過，《萱堂》一作的背景屏風方是本文的關懷對象（圖三）。本人最感興趣的實是新竹名士王石鵬為陳雲如所書的作品。這件書法被裱在屏風之上，實際狀況已因畫家的摹寫而改變，但是仍可由其書寫的「橫平豎直」現象，判斷此為王石鵬的隸書作品（圖四）。王石鵬被收入新竹案內名士便覽之中，據云其擅隸書，常書詩作贈人。[3]陳雲如在日治時期曾任地方官職，顯然也在

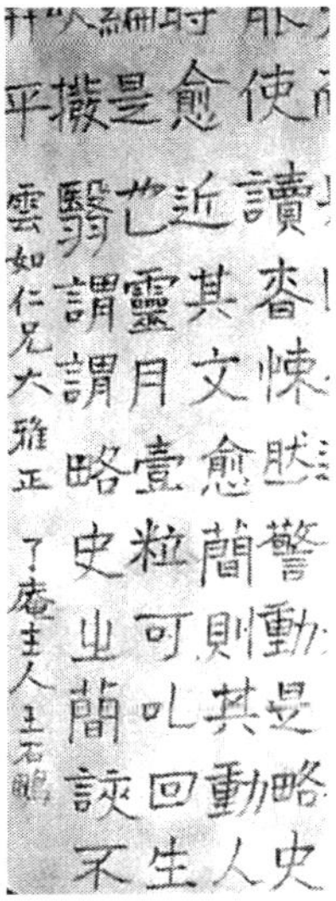

圖三　陳進，《萱堂》局部[4] 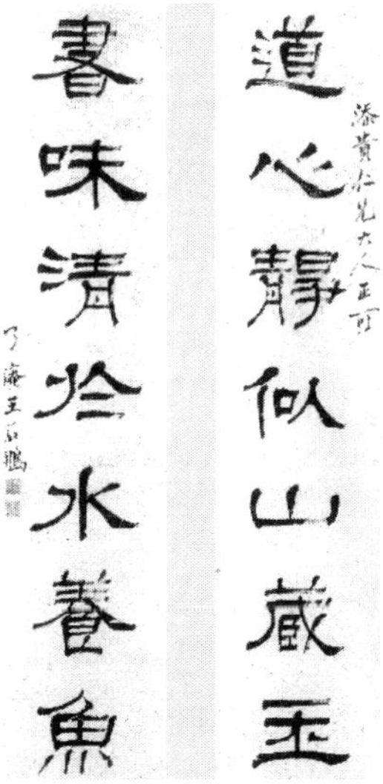　　　圖四　王石鵬，《隸書對聯》[5]

3　王松：《臺陽詩話》（南投：臺灣省文獻委員會，1994年），頁57。

4　引自黃永川主編：《悠閒靜思：論陳進藝術文集》（臺北：國立歷史博物館，1997年），彩色圖版1。

5　引自李登勝、何銓賢編：《臺灣文獻書畫：鄭再傳收藏展》（臺北：國立國父紀念館，1997年），頁43。

王石鵬的贈送名單之內。另有值得注意者為王石鵬的名士身分與其隸書作品的聯結。它自然不會只是個人書體選擇的問題而已,更牽涉到二十世紀初臺灣所謂「傳統文化」中藝術品味的定位。

隸書本屬古代書體的一種,或被視為是楷書流行之前、篆書不再被使用之後的書寫形式,其通行的時間以兩漢為主。在學書的歷史中,如果以像教科書性質的「法帖」內容來看,基本上皆是以楷、行、草等書體為主,並不納入隸篆這些古老的書體。這種情況至十八世紀金石學大興之後才有了改變。配合此學術風潮的則是在清帝國各處所展開的「訪碑」運動,為其討論提供了大量的新發現石刻史料(圖五)。黃易、翁方綱於此文化運動中分別扮演著不同角色。及至包世臣《藝舟雙楫》(圖六)、〔清〕康有為《廣藝舟雙楫》(圖七)出以理論的陳述,從者更眾,學書者由漢碑的隸書入手者,遂超過過去的楷行典範。換言之,篆隸的學習大致是「北碑」書風的主流,而其具體推動則需配合十八世紀以來各地發現的漢碑拓本之學習。從臺灣一地的文化資源而言,北碑書風植基的各種「經典」拓本實不存於環境之中。它的出現與運作必須仰賴來自亞洲大陸的北碑運動的輸入。

扮演這個輸入角色的文化人是十九世紀的福建書家呂世宜(1784-1855),號西村,福建同安人。呂世宜是一八二二年舉人,曾任漳州芝山書院講席、廈門玉屏書院山長。他與臺灣的淵源最受論者重視,尤其是在一八三七年應板橋富豪林國華禮聘為教席,並以之為基地,在林家花園中題寫額匾,與臺灣士人酬唱交遊,將北碑書風帶進本與之無緣的臺灣文化界。呂世宜的作品在臺灣留存甚多,其中有許多都可見到他奠基於石鼓文、漢《張遷碑》,或《曹全碑》等北碑經典作品而來的隸篆創作。國立歷史博物館的《隸書四聯屏》(圖八)則以其巨大尺幅著稱,原來是否在臺灣所書尚未能確認,不過,它較早時為新竹文化人魏清德(1887-1964)收藏,也可說是提供了一個呂世宜和新竹文化間的具體聯繫。魏家舊藏中尚有一件呂世宜臨寫《西嶽華山廟碑》的隸書手卷(圖九),作於一八三八年旅臺後不久,得讓人想像當時臺人目睹此書學新潮時所受的衝擊。魏清德本人出身新竹望族,雖非書家,然於文化界中十分活躍,不僅能詩能文,且曾致力於西洋推理小說的翻

▲圖五　〔漢〕《熹平石經》，黃易藏本
　　　　宋拓，北京，故宮博物院[6]

▶圖六　〔清〕包世臣《藝舟雙楫》書
　　　　影[7]

◀圖七　〔清〕康有為，《廣藝舟雙
　　　　楫》書影[8]

▲圖八　呂世宜，隸書四聯屏，歷史
　　　　博物館藏

6　引自中國美術全集編輯委員會：《中國美術全集・書法篆刻編1：商周秦漢書法》（北
　　京：人民美術出版社，1986年），圖版160。

7　引自〔清〕包世臣：《藝舟雙楫》（天津：天津古籍出版社，1999年）。

8　引自〔清〕康有為：《廣藝舟雙楫》（臺北：臺灣商務印書館，1956年）。

譯，都經由《臺灣日日新報》編輯這個中介身分，發揮他的文化作用。魏清德對呂世宜及其傳來的北碑書法文化有很高的興趣，曾經在一九二二年兩度於《臺灣日日新報》上撰文討論呂氏書法成就，以為其書名不出於閩，遠不及福建興化的伊秉綬，只是因為「足跡交際未廣，不能得有力者之游揚」，[9]大有為之主持公道的氣概。魏氏的熱情也反映在他書房中的六、七種呂世宜隸書作品的刊本收藏上。這可說是大陸十九世紀北碑之風至二十世紀初在臺灣上層仕紳社會中的延續。

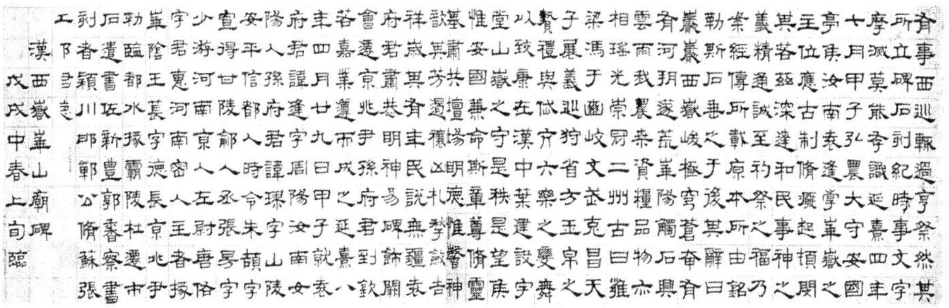

圖九　呂世宜，《臨西嶽華山廟碑》，魏清德舊藏，現藏臺北國立歷史博物館[10]

　　北碑書風在臺灣文化中的立足，尚需注意到它所歷經的政治變局。一般論臺灣文化史者可能都太過於熱衷日本治臺後（1895-1945）所推動之現代化政策，反而忽視了日治初期對傳統延續之舉措。魏清德服務之報紙，即在日文外，保留了一個「漢文版」，供臺灣文士發表作品。事實上，魏氏上司仍然刻意選擇日本內地具漢學背景者擔任，尾崎秀真（1874-1952）即為其中最具代表性的人物。秀真本是日本岐阜縣人，一九〇一年來臺任《臺灣日日新報》漢文版主筆之前已在日本擔任過數個媒體的記者、主筆，深耕於漢詩文和文人書畫，確能符合日治初期臺灣之文化氛圍。尾崎秀真本人亦擅隸書，《龍山寺題詩》上仍可見其書於一九二二年的作品（圖十），題詩的五言絕句則是魏清德的詩作。魏清德之得以入報社為漢文版編輯也是因為秀真的

9　見黃美娥、謝世英：《魏清德舊藏書畫》（臺北：國立歷史博物館，2007年），頁256-257。

10　引自徐國芳編：《魏清德舊藏書畫》（臺北：國立歷史博物館，2007年），頁46-47。

推薦。秀真對中國十九世紀文士學者社群最為熱衷的北碑文化亦有修養，除碑帖收藏鑑賞外，對篆刻亦有研究，為魏清德所推崇，並認為此門學問非臺籍人士所長。[11]秀真於呂世宜的書法也很喜歡，曾經集合私家所藏作了一個展覽，並在《臺灣日日新報》上撰文揄揚。展中也包含了秀真所藏的一件呂世宜書法，據說那是他剛到臺灣時借住於總督兒玉源太郎官邸時的贈品。[12]從某種程度上說，日籍上層文化人間的北碑品味，似乎也得到了總督的支持。他們對於北碑書風的興趣，亦非偶然。一八八〇年隨公使何如璋出使日本的楊守敬（1839-1915），為將此書史一大變化的北碑書風移至日本的關鍵人物。這不僅使得書法世界在東亞的地理範疇內進入了一個新的「現代」格局，並產生了由日本藝術家中村不折（1868-1943）所創製的巨大書寫（圖十一）。

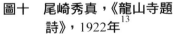

圖十　尾崎秀真，《龍山寺題詩》，1922年[13]

圖十一　中村不折，巨幅書法[14]

11　黃美娥、謝世英：《魏清德舊藏書畫》，頁259。

12　見謝世英：〈魏清德的雙料生涯——專業記者與書畫喜好〉，《國立歷史博物館館刊》，第17卷第12期（2007年12月），頁20。

13　引自「國家文化記憶庫」：https://memory.culture.tw/Home/Detail?Id=648717&IndexCode=Culture_Object#&gid=pswg-forced&pid=1（檢索日期：2023年3月12日）

他在一九二七年出版的《禹城出土書法墨寶源流考》則是利用當時新出考古資料討論書法史的開山力作，亦富有「現代」意涵。如此風尚自有利於王石鵬隸書作品之受到新竹地區日臺上層人士的接受，陳雲如家中的屏風正是其中之一。

二 陳進的初變：走入現代的專業學校

一九二五年陳進入日本女子美術學校就讀，她選擇了日本畫師範科，開始接受現代化的美術訓練。她所認同的「美術」實與她在新竹家中熟悉之傳統書畫無關。這是陳進與兩年後在臺展中揚名立萬的另兩位少年藝術家相異之處。

女子受教育機會的普遍提升是現代的表徵之一。傳統的才女觀也加強了這個新興的社會文化傾向。可是，即使女性得到了較為平等的教育機會，畢業之後的出路問題又是一道關卡，這免不了要反過來影響女性學生的學習規劃。陳進之至日本留學，屬於二十世紀初期臺灣上層階級（包括一些較為「進步」的文化人）的教育模式。然而，女性專業美術學校的選擇卻非一般人的首選，即使家族願意考慮美術作為女性成員的文化資本，尤其是作為促成一些理想婚姻的有利條件。與陳進約略同時的魏清德媳婦，即魏火曜夫人顏碧霞（基隆望族顏國年之女），在決定赴日留學之際，便考慮到美術專業的未來就業困難，而放棄了女子美術學校的申請。[15]陳進和顏碧霞的對照，正可顯示出陳進在作此第一次選擇時的獨特性。

陳進的選擇接著也得到日本在臺灣進行現代化文化政策的適時支持，那便是一九二七年臺展的舉辦（圖十二）。大家耳熟能詳的臺展三少年入選的作品都是屬於新派的日本畫風格，所有出自傳統領域者完全被排除在外，而且

---

14 引自 Joshua A. Fogel, *The Role of Japan in Modern Chinese Art* (Los Angeles: University of California Press, 2012), p. 140.

15 見熊秉真、江東亮：《魏火曜先生訪問記錄》（臺北：中央研究院近代史研究所，1990年），頁133。

圖十二　《第一回臺展圖錄》書影[16]　圖十三　《現代台灣書畫大觀》書影

根本沒有書法的類別，因為那並未符合主持文藝工作者的「美術」定義。原來傳統文化中所引以為傲的北碑藝術，當然也不在其中，即使仍有許多文化人，不論是在臺灣或是內地日本，仍有熱情的支持者。身在臺灣的傳統論者當然力圖救正，其中最值得關注的是來自於新竹的新竹書畫益精會的努力。

　　新竹書畫益精會之作為明顯在模仿臺展，它的評審團也是以日本專家為主，上文提到的尾崎秀真即是該會在一九三〇年首展時的評審擔綱者。魏清德亦在其中，還有大陸寓臺書人楊草仙和畫家李霞。從專業的知名度來看，這個評審團的組合其實並不完美，不過，此亦不能過於計較，畢竟，新竹書畫益精會只是個私人組織，雖有幾位仕紳，但其經費受到各種侷限，亦可以諒解。在其各種限制之下，這次展覽還是全力製作了入選者作品圖錄，名之曰《現代台灣書畫大觀》（圖十三），其中有書法八十五件，多過繪畫的六十七件。此圖錄之標為「現代臺灣書畫」，不但刻意將書法納入，而且不再申明「美術」，回到「書畫」的傳統用語，並標舉為「現代」！這些舉措之企圖與臺展所標榜者抗衡，昭然若揭。那自然反映了主其事者的文化立場，其中新竹北郭園主人鄭神寶，便極有代表性。他所書寫的一件篆書作品《嶧山刻石》（圖十四，1934年）雖是習古之作，然所選範本為秦代小篆代表作嶧山石刻，向來被視為書法史上之經典，更在碑學傳統中占有頗高地位。鄭神寶

16 引自「台灣美術資料庫」：https://ndweb.iis.sinica.edu.tw/twart/System/database_TE/02te_lists/te_lists_covers/te_lists_covers_t1co01.htm（檢索日期：2023年3月12日）。

圖十四　鄭神寶，《嶧山刻石》，1934年[17]

此作之用筆與結字，可令人想見其用功之深，非僅僅是附庸風雅而已。[17]

可惜，新竹書畫益精會的努力終究未能得到傳統陣營原先預期的成果。最關鍵的理由不在於它的規模大小，而是它的策展頻率，基本上受到資源的限制，不能維持如臺展那樣的年年推出。這個缺陷便使得新竹書畫益精會的年度展覽大大地降低了形塑其聲望的機會。附屬其中的傳統書畫的藝術價值遂無法與高舉著「現代」價值的臺展相對抗。最後竟迫使傳統派的創作者改弦易轍，向臺展的標準靠攏，以博取他們所追求的文化界地位。王石鵬這些人的北碑書風雖然並未立即在文化界消失，甚至尚且保存在新竹陳家的室內空間之中，但已非如陳進那種新一代人所設定的人生追求。陳進之進入日本女子美術學校，因此可以視為她離開新竹傳統藝術文化的第一步。她在早期臺展時代的成功，基本上完全取資於她在美術學院內所習得的、經過現代改造的日本畫風格。在她追求這個現代價值的路上，她所出身的傳統文化，扮演的角色並非完全不重要，只是經常被侷限在如《萱堂》的那種私人性的創作之中。

三　選擇成為專業畫家

臺展與新竹書畫益精會的競爭結果，似乎顯示了日本殖民臺灣時期即使在文化藝術上，仍有官方主導的強勢行動，即使新竹書畫益精會的全島性展覽亦取得一些日本文化人的支持，也產生不了預期的作用。陳進的選擇因此

---

17 引自李登勝、何銓賢編：《臺灣文獻書畫：鄭再傳收藏展》（臺北：國立國父紀念館，1997年），頁61。

可視為正面肯定了官展於其專業追求的敲門磚作用。

相較於在日本內地所舉辦的帝展，臺展的地位不可諱言地帶著強烈的地方性，而為了要彰顯這個地方性的價值，在藝術表現上便配合著提倡「地方色彩」。不過，有趣的是，王石鵬及其他臺籍人士所擁抱的碑學文化，或甚至包含更廣的傳統書畫價值，都不在這地方色彩的支持之列。地方色彩的具體所指，總是需要文化界中成員進行摸索。從當時的文化產品來看，畫人間選擇的主題大都不出殖民政府文化政策裡所指的「南國」，集中在「熱帶」臺灣土地上的各種特殊風物，包括蕃人與各種動、植物（有些如椰子樹者甚至非臺灣本地原生）。臺灣傳統仕紳所認同的大陸文人文化自非此南國指導原則所可容納。陳進首次於一九三四年入選日本帝展的《合奏》（圖十五）一作，基本上就展示了她的這種臺灣風物化的調整過程，一方面以臺灣婦女服飾和傳統傢俱來作為傳統音樂的空間，另一方面則依日本美人畫的原則，將此臺灣風物予以理想化的處理。在這調整中，王石鵬的隸書屏風並未現身。

圖十五　陳進，《合奏》，1934年，私人藏[18]

圖十六　陳進，《山地門社之女》，1936年，福岡亞洲美術館[19]

18 引自石守謙：《臺灣美術全集2：陳進》（臺北：藝術家出版社，1992），頁42。

19 引自石守謙：《臺灣美術全集2：陳進》（臺北：藝術家出版社，1992），頁45。

　　另外一件陳進入選帝展的作品《山地門社之女》（圖十六，1936年）也和地方色彩的取材有關。為了準備這件參展作品，陳進特別選擇到偏遠的屏東女高擔任教職，據她的同輩畫人賴傳鑑的回憶，到屏東「可以研究熱帶植物」，那便是日本統治者所指的南國特色之一。另一個特色則為「山地人」，係當時內地日本人對臺灣最深刻的印象。一九三五年臺展所聘請日本美術院之代表人物藤島武二來臺任評審，事後亦在鄉原古統的協助下，對臺灣「風物」進行了一些考察，並製作了數幅蕃人女子的畫像（圖十七）。不過，陳進並未直接模仿藤島武二的蕃女作品，而改以一個家庭群像為主角的呈現。在這個原住民家庭群像的描寫上，懷抱著嬰兒的母親當然是全畫的焦點，但是，她的周邊出現的持煙斗女子和畫面右側站立著的二童子也有重要的作用，他們所形成的三角形構圖很可能來自西洋文藝復興大師拉菲爾（Raphael Sanzio, 1483-1520）的神聖家庭的組合方式（圖十八），因此而賦予了這個原

圖十七　藤島武二，《台灣の女》，
　　　　メナード美術館[20]

圖十八　Raphael Sanzio, *The Sistine Madonna* (1512-1513), Old Masters Picture Gallery, Dresden State Art Museum[21]

---

20 引自廣田生馬、中村聰史編：《開館15周年記念特別展：藤島武二と小磯良平展──洋画アカデミズムを担った師弟》（神戶：神戶市立小磯記念美術館，2007年），頁60。

21 引自「Staatlichen Kunstsammlungen Dresden」官網：https://www.skd.museum/en/museu ms-institutions/zwinger-with-semperbau/gemaeldegalerie-alte-meister/sistine-madonna/index. html（檢索日期：2023年3月12日）。

住民家庭形象一種神聖性的氣質。陳進美人畫師門的鏑木清方一系的作者，皆習於將其女性角色予以優雅的理想化處理，然而，他們鮮少觸及臺灣蕃族題材，更無法想像將之進行經典似的處理。《山地門社之女》遂可視為陳進為日本美人畫領域所帶來的一個突破。它的得以入選，原因或許在此。

　　然而，入選中央級官展的資歷，並不能與藝術市場的成功劃上等號。這方面的買賣資料甚為難得，我們甚至不能確定那些官展入選作品是否被人收藏。《山地門社之女》是少數有記錄被私人藏家所購買的作品，收藏者為東京目黑雅敍園主人細川力藏。

　　目黑雅敍園為一九二三年東京大地震之後興建的大型休閒空間，始建於一九三一年，大約花費了十年的時間，涵蓋了餐飲、旅館、婚禮等功能，頗得當時的公私上層人士的歡迎（圖十九）。其中亦有中華料理，反映出此時日本欲建構一個東亞文化圈的主導心態。不過，其中華料理的水準甚高，甚至超過臺灣。當一九三五年四月臺中仕紳張麗俊到東京旅行時，臺僑林熊徵和許丙就在雅敍園設宴款待，並給張麗俊留下深刻的印象。張麗俊的日記並未提到雅敍園中的日本畫，那實是細川力藏最為後世稱頌的業績。他對堅持發揚日本傳統文化價值的「日本畫」，確實情有獨鍾，總計收藏了四千件以

圖十九　目黑雅敍園二樓廊廳一景[22]

---

22 引自「東京都立中央図書館」官網：https://www.library.metro.tokyo.lg.jp/portals/0/tokyo/chapter1/5016409616_0007.html（檢索日期：2023年3月12日）。

上，而且許多來自大正、昭和初年官展的優勝者，可以說是那個年代的日本畫的最大贊助者，其實質地位或許還要超越官展主辦單位帝國政府。如單就陳進《合奏》入選的第十五回帝展來說，細川力藏就購藏了超過二十二件，其中包括了與陳進同一畫系的榎本千花俊之《庭》，以及小早川清之《聽雨》；兩者皆屬美人畫，然所著服裝則有新潮與傳統之別，略可見藏者保守與開放兼具之藝術品味。[23]雖然戰爭並未迫使細川力藏立即停止收藏，但雅敘園的營運自然隨時局惡化而大受衝擊，至戰後，整區房舍被改為退伍軍人宿舍，其日本畫收藏則在二〇〇一年進入市場求售，陳進《山地門社之女》就在此時轉入福岡亞洲美術館之手。

雅敘園的傲人業績有賴於細川氏與當時日本畫中堅畫人的密切合作，而其購藏陳進作品一事，也與此有關。參與雅敘園的畫人中，與陳進畫業最有關係者當屬鏑木清方一門，除園中三號館中有「清方莊」為清方費時兩年餘完成者外，尚有五號館中由小早川清、榎本千花俊負責的「清之間」和「千花俊之間」，實際上負責指導陳進的伊東深水、山川秀峰兩人也在雅敘園計畫中扮演積極的角色。據此推測，陳進與細川力藏間應是由鏑木一門的網絡而搭建起關係的。事實上，在陳進返臺後仍然試圖維持這個她與日本畫壇間的重要管道，她在一九五五年參加了一回日本官展，其作《洞房》之入選，還曾設法得到日本師長的指導意見。[24]一九三九年由伊東深水與山川秀峰師生組成的「青衿社」也是其這個管道中重點之一，陳進自一九四〇年第一回青衿會展起，連續參展五年，可見其積極參預，無視於戰爭時局的壓力；然至一九五〇年青衿社解散後，也意謂著這個管道的關閉，這對陳進繼續在日本追求專業路的期望而言，其影響之大，可以想見。

---

23 細川氏在美人畫風格中的兼容並蓄，亦似可引之理解他之所以在一九三六年購藏《山地門社之女》。如果據此來推測：他亦有感於陳進在此選題上之新意，應也可謂合理。關於目黑雅敘園較完備的圖錄，可以參見細野正信監修：《近代の美人畫：目黑雅敘園コレクション》（京都：京都書院，1988年）。

24 謝世英：〈陳進訪談錄〉，收於黃永川主編：《悠閒靜思：論陳進藝術文集》（臺北：國立歷史博物館，1997年），頁146-147。

四 開放性的結語

　　《萱堂》一作畫於一九四七年，已在陳進返臺並與蕭先生成婚之後。新竹老家中的王石鵬隸書屏風作為母親的配件，正如手中的暖爐一般，寓意著安撫其心身的傳統氛圍，亦直接呈現了陳進返家後對自己周遭事物的重新檢視。她一定意識到她在東京追求現代性專業路的一些成果，並感到她與新竹傳統文化的一定距離。然而，從她在一九五五年參加第十回日展的作品《洞房》（圖二十），卻可看到一些改變。

圖二十　陳進，《洞房》，1955年，林清富藏[25]　　圖二十一　陳進，《悠閒》，1935年，臺北市立美術館[26]

　　《洞房》的主角人物坐在一座傳統式的雕花眠床上。此床亦出現在一九三五年的《悠閒》中（圖二十一），衣著則是一襲半透明的紗裙，若隱若現，放棄了傳統新娘禮服的鮮紅色。這個情節實與婚禮的任何儀式無關，只是表現女性身體的一個藝術性調整。在訪談中她提到製作此幅時刻意未採較

25 引自黃永川主編：《悠閒靜思：論陳進藝術文集》（臺北：國立歷史博物館，1997年），彩色圖版28。
26 引自石守謙：《臺灣美術全集2：陳進》（臺北：藝術家出版社，1992年），頁44。

有現代感的「裸體」，並以此端莊的姿勢，表現一種「高尚」氣質。陳進此刻競爭的對象可能就是當年在東京時的美人畫老師伊東深水。[27]但《洞房》中的女性卻與深水的許多浴後美人的那種嬌媚風情大為不同。這個女主人所坐的傳統眠床尚可能帶著另一層懷舊的情緒，而非僅是單純的家居環境。《悠閒》中的主角實是陳進的大姐陳新，代表著一九三〇年代臺灣上層閨秀的優雅。三〇年代陳新家中的傳統大床再度出現在《洞房》，卻與描繪大姐家居無關，[28]反而帶著濃濃的回憶，這是否意謂著陳進對年輕時周圍的傳統文化氣息的懷念？是否意謂著陳進返臺成家後的心境變化？王石鵬的隸書屏風雖未出現，但女性氣質的回歸端莊，仍然傳統，甚至較早年之《合奏》更甚，只是洞房夜中之女的穿著多了點現代的裸露。此作雖說入選全國性的日展，但日展在戰後的地位大受影響，也不再有引領藝術市場的效用了。《洞房》現在僅存一幅稿本，而入選的原作在日本則狀況不明。

　　戰爭的衝擊使陳進由東京的專業女性畫家回歸至一個臺灣的賢妻良母。她出身的新竹傳統文化和她晚期創作的關係，便值得由之重新審視。

27　謝世英，〈陳進訪談錄〉，收於黃永川主編，《悠閒靜思：論陳進藝術文集》，頁149。

28　據陳進家人描述，《洞房》一作的主角是陳進大哥的長女，見白雪蘭編：《陳進：畫稿與寫生作品》（臺北：陳進研究基金會，2020年），頁60。

徵引書目

王　松：《臺陽詩話》，南投：臺灣省文獻委員會，1994年。

中國美術全集編輯委員會：《中國美術全集・書法篆刻編1：商周秦漢書法》，北京：人民美術出版社，1986年。

白雪蘭編：《陳進：畫稿與寫生作品》，臺北：陳進研究基金會，2020年。

石守謙：《臺灣灣美術全集2：陳進》，臺北：藝術家出版社，1992年。

李登勝、何銓賢編：《臺灣文獻書畫：鄭再傳收藏展》，臺北：國立國父紀念館，1997年。

徐國芳編：《魏清德舊藏書畫》，臺北：國立歷史博物館，2007年。

清・包世臣：《藝舟雙楫》，天津：天津古籍出版社，1999年。

清・康有為：《廣藝舟雙楫》，臺北：臺灣商務印書館，1956年。

細野正信監修：《近代の美人画：目黒雅敘園コレクション》，京都：京都書院，1988年。

黃永川主編：《悠閒靜思：論陳進藝術文集》，臺北：國立歷史博物館，1997年。

黃美娥、謝世英：《魏清德舊藏書畫》，臺北：國立歷史博物館，2007年。

熊秉真、江東亮：《魏火曜先生訪問記錄》，臺北：中央研究院近代史研究所，1990年。

廣田生馬、中村聰史編：《開館15周年記念特別展：藤島武二と小磯良平展──洋画アカデミズムを担った師弟》，神戶：神戶市立小磯記念美術館，2007年。

謝世英：〈陳進訪談錄〉，收於黃永川主編：《悠閒靜思：論陳進藝術文集》，臺北：國立歷史博物館，1997年。

謝世英：〈魏清德的雙料生涯──專業記者與書畫喜好〉，《國立歷史博物館館刊》，第17卷第12期（2007年12月。「國家文化記憶庫」：https://memory.culture.tw/Home/Detail?Id=648717&IndexCode=Culture_Object#&gid=pswg-forced&pid=1（檢索日期：2023年3月12日）。

「台灣美術資料庫」：https://ndweb.iis.sinica.edu.tw/twart/System/database_TE/02te_lists/te_lists_covers/te_lists_covers_t1co01.htm（檢索日期：2023年3月12日）。

「Staatlichen Kunstsammlungen Dresden」官網：https://www.skd.museum/en/museums-institutions/zwinger-with-semperbau/gemaeldegalerie-alte-meister/sistine-madonna/index.html（檢索日期：2023年3月12日）。

「東京都立中央図書館」官網：https://www.library.metro.tokyo.lg.jp/portals/0/tokyo/chapter1/5016409616_0007.html（檢索日期：2023年3月12日）。

Joshua A　Fogel, *The Role of Japan in Modern Chinese Art*, Los Angeles: University of California Press, 2012, p.140.

重返東南亞熱帶雨林：
南洋本土多元地方文化書寫

〔新〕王潤華*

摘要

　　本文從文化研究的新文化思潮下，研究東南亞本土多元文化地方書寫的發展、過去、現況與成就。從明清開始，中國學者作家以中文詮釋東南亞的文化的大敘述已開始，但是現代文化研究思潮帶動了小敘述的本土文化書寫，如一九五〇年代以後，魯白野《獅城散記》與《馬來散記》等本土書寫經典開始出現，呈現了歷史感、小敘述、與去東方主義的本土文化書寫。最近如鄭文輝的《麻河風蕭蕭》繼續發展小地方小敘述書寫。這種本土小敘述、去東方主義的書寫除了呈現在歷史文化書寫的散文，也影響了文學書寫，包括小說、詩歌等文體。商晚筠所書寫的隱藏在熱帶叢林深處跨越族群與文化的小說模式，又是另一種經典作品的建立。

關鍵詞：文化批評思潮、本土文化、地方書寫、新馬作家經典作品

---

* 馬來西亞南方大學學院中文系資深講座教授。

一 「文化研究」：新文化思潮下的本土多元地方文化書寫

目前文化研究的三大文化思想潮流，都姓「後」：後結構主義（Post-Structuralism）、後現代主義（Post-Modernism）、後殖民主義（Post-Colonialism），導致文學思潮走向後設思考，這種研究潮流與寫作思考促使一切人文與社會科學研究，尤其文學，加上「後」姓之後，便從文化的廣大角度重新出發，把文學研究與寫作，帶到一個新的語境，形成新的典範（Paradigm）。[1]

「文化研究」（Cultural）或稱文化批評（Cultural Criticism），又稱文化評論（Cultural Critique），在六○年代中期開始成形，最早的機構是英國伯明翰大學（Birmingham University）的當代文化研究中心（Centre for Contem-porary Cultural Studies）。但是在七○年代到了美國後，快速成長，以跨學科的廣大角度與多種方法來從事文學研究。從事文化批評的學者，反對把文化限制在「高尚文化」（High Culture）之內，極重視通俗的、大眾化的多種形式的普通文化。[2]

比如美國的「文學研究」都紛紛的改稱為「文化研究」，傳統文學概念被顛覆了。「文化研究」，也逐漸從高貴（high culture）的文化重心轉移到以通俗文化（Popular Culture）為主要研究範圍，他們認為「文化」不只是傳統上所謂的精緻藝術（high art），更應該包括與重視大眾藝術（popular art），從過去高雅的歌劇、戲劇、芭蕾舞、交響樂的焦點，逐漸被電影、電視、服裝、髮型照片、飲食、街頭表演取代。過去研究經典文學鉅著的熱潮退下，研究連環圖、漫畫、武俠小說、飲食、植物水果書寫興起。「文化研究」在全球化地球村的帶動下，掀起地方性的書寫與研究的熱潮從大敘述走向小敘述，老百姓的飲食、習俗生活、植物、水果成為關心的焦點。「文化研究」

1　P. Barry, *Beginning theory: An introduction to literary and cultural theory* (Manchester: Manchester University Press, Manchester, 2002).

2　Williams Raymond, *Culture and Society, 1780-1950* (New York: Columbia University Press, 1960); Williams Raymond, *Keywords: A Vocabulary of Culture and Society* (London: Fontana / Croom Helm, 1976).

在全球化地球村的帶動下，掀起地方性的書寫與研究的熱潮，從大敘述走向小敘述，老百姓的飲食、習俗生活、植物、水果成為關心的焦點。[3]

（一）文化研究喚醒古代經典文學的飲食書寫大傳統

當代文化批評家推翻學院派文學批評家傳統的研究方法，他們把文學當作文化考古，不只注意文本，更要了解文本產生、流傳、閱讀、使用的社會、政治、文化情況。文化批評家研究一部古典名著時，膽敢以現代電影版本作分析、也敢把世界名作當作普通閱讀材料，如把《紅樓夢》當作飲食文化或建築花園手冊來研究。很多學者根據其中提及的食材和菜餚名稱，梳理出版了《紅樓美食》、《紅樓夢飲食譜》[4]等書籍。而揚州飯店、西園飯店等，還據此開發出頗具規模的「紅樓宴」。小說雖然最後在北京完成，但裡面的飲食，學者考定是江南菜系。古代波斯作家奧瑪·開儼（Omar Khayyam, 1048-1131）的《魯拜集》（*Rubaiyat*）詩集在十一世紀初完成，少人閱讀，一直到十九世紀被譯成英文後，成為英文文學的經典著作，一〇一首無題短詩，都是書寫瘋狂喝酒的生活，一下子風靡全球至今。[5]孟祥森索性把它翻譯成《狂酒歌》，[6]第二首如下：

> 雞已鳴啼
> 酒肆門前
> 有人呼喊：
> 「打開門。
> 您知道我們停留的時間多麼短暫，
> 而一旦離去，永不復返。」

3　Toby Miller, *A Companion to Cultural Studies* (Malden, MA: Blackwell Publishers, 2006).

4　蘇衍麗：《紅樓美食》（濟南：山東畫報出版社，2004年）。秦一民：《紅樓夢飲食譜》（濟南：山東畫報出版社，2003年）。

5　Omar Khayyam, *Rubaiyat,* tr by Edward Fitgerald (New York: Random House, 1947, first edition, 1839).

6　奧瑪·開儼著，孟祥森翻譯：《狂酒歌》（台北：晨鐘出版社，1971年），頁56。

當然中國古代詩人留下最大量的飲酒詩，更是精彩絕倫，為世界之冠，如曹操（西元155-220年）〈短歌行〉：[7]

對酒當歌，人生幾何！譬如朝露，去日苦多。

慨當以慷，憂思難忘。何以解憂？唯有杜康。

李白（西元701-762年），不僅是詩仙，也是酒仙，他無酒不成詩，有酒詩百篇。他對天發問，「天若不愛酒，酒星不在天」；他對地豪言，「地若不愛酒，地應無酒泉」。李白說，朋友相聚要有美酒：「人生得意須盡歡，莫使金樽空對月。天生我材必有用，千金散盡還復來。烹羊宰牛且為樂，會須一飲三百杯。」[8]

（二）「飲食文學」的文學書寫與學術研究之興起

「飲食文學」的定義，確實在一九五○年代「文化研究」思潮流行以後，才建立起來，建構成一種新的文學創作理論與文學研究方法如下：

第一，這是一種新的寫作文類或題材。凡是各類形式的文學作品中有飲食的敘述，就是飲食文學。如我自己以散文與詩書寫熱帶水果與食物的《榴槤滋味》，[9]就被歸類為「飲食文學」。

第二，在學術研究中研究書寫飲食或文學作品的論述，現在通稱為「飲食文學研究」。如研究《紅樓夢》的江南飲食，分析《水滸傳》裡的人肉包子與喝酒的敘事就是飲食文學。《紅樓美食》《紅樓夢飲食譜》等書籍，是「飲食文學」研究。我在國際飲食文學研討會發表的論文如〈鄭和登陸馬六甲以後的「娘惹」粽子〉。[10]〈飯碗中的雷聲：後殖民／離散／南洋河婆客

7　〔魏〕曹操：〈短歌行〉，《曹操詩集》，https://www.xuges.com/mj/c/caocao/sj/index.htm。

8　裴斐編：《李白詩歌賞析集》（成都：巴蜀書社，1988年），頁63、94-100。

9　王潤華：《榴槤滋味》（台北：二魚文化事業公司，2003年）。

10　王潤華：〈鄭和登陸馬六甲以後的「娘惹」粽子〉，焦桐編：《飲食文選》（台北：二魚文化事業公司，2011年），頁28-33。

家擂茶〉、[11]〈南洋魔幻的吃魚文化：生魚與魚生〉、[12]〈吃榴槤的榴槤：東南亞華人共同創造的後殖民文本〉[13]是當前流行的文化研究。

（三）新馬華華文學中大敘事下低調的飲食文學

新馬華文文學戰前一開始繼承了中國五四文學寫實的大敘事傳統，為主要文學創作方法，因此作家很少放心大膽的寫飲食文學。他們主要書寫關心社會人民的大敘事為主流。[14]文學書寫生活，從國家大事到衣食住行，飲食都是生活。所以在新馬創作白話文學前輩作家，還是有不少有關南洋的飲食書寫，十五世紀隨鄭和下南洋的學者如馬歡《瀛涯勝覽》、費信《星槎勝覽》、鞏珍《西洋番國志》開始簡單報導南洋各地新馬、印尼群島、泰國、錫蘭各地居民的飲食習慣與食物。到了清朝，謝清高的《海錄》、李鍾玨的《新嘉坡風土記》、黃遵憲與潘受的舊詩，對南洋各民族的飲食書寫得更加深入。[15]二十世紀初期，華文作家如吳進的《熱帶風光》、[16]許傑的《椰子與榴槤》、[17]秦牧的《花蜜和蜂刺》、[18]鍾梅音《昨日在湄江》、[19]唐承慶《榴槤詩話》[20]等等，書寫南洋的美食的文學作品進入個人體驗的境界。

---

11 王潤華：〈飯碗中的雷聲：後殖民／離散／南洋河婆客家擂茶〉，焦桐編：《飯碗中的雷聲》（台北：二魚文化事業公司，2010年），頁10-25。

12 王潤華：〈南洋魔幻的吃魚文化：生魚與魚生〉，焦桐編：《味覺的土鳳舞（飲食文學與文化學術研討會論文集）》（台北：二魚文化事業公司，2000年），頁242-256。

13 王潤華：〈吃榴槤的榴槤：東南亞華人共同創造的後殖民文本〉，收入《華文後殖民文學》（台北：文史哲出版社，2001年），頁177-190。

14 方修：《馬華新文學史稿》（新加坡：新加坡世界書局，1975年）。黃孟文、徐迺翔：《新加坡華文文學史稿》（新加坡：八方文化創作室，2002年）。

15 詳見王潤華：〈重構海上絲路上的東南亞漢學新考古〉，《南方學報》2022年8月第15期，頁85-118。

16 吳進（杜運燮）：《熱帶風光》（香港：學文書店，1951年）。

17 許傑：《椰子與榴槤》（香港：理想圖書，1994年再版，原1938年上海晨鐘出版社）。

18 秦牧：《花蜜和蜂刺》（北京：人民文學出版社，1983年再版）。

19 鍾梅音：《昨日在湄江》（香港：麗雨公司，1975年）。

20 唐承慶：《榴槤詩話》（香港：藝美圖書公司，1961年）。

圖一　從清代李鐘珏的地方書寫、黃遵憲到現代潘受的舊詩與徐傑的小
　　　說都有新加坡飲食的敘述（《新嘉坡風土記》書影、[21]《人境廬詩
　　　草箋注》、[22]《椰子與榴槤》、[23]《潘受詩集》、[24]《昨日在湄江》[25]
　　　等封面）

21 〔清〕李鐘珏：《新嘉坡風土記》，圖片來源：嚴一萍選輯：《百部叢書集成》（第79輯）
　　（台北：藝文印書館印行，1966年影印本）。

22 〔清〕黃遵憲著，錢仲聯箋注：《人境廬詩草箋注》（上海：上海古籍出版社，1981年），
　　圖片來源：https://www.amazon.cn/dp/B0011F5NR8。

23 許傑：《椰子與榴槤》（上海：現代書局，1931年）。圖片來源：https://huitingming.word
　　press.com/category/%E8%A8%B1%E5%82%91/。

24 潘受：《潘受詩集》（新加坡：新加坡文化學術協會，1997年）。圖片來源：http://www.
　　sgwritings.com/bbs/viewthread.php?tid=40003。

25 鍾梅音：《昨日在湄江》（台北：皇冠出版社，1975年）。圖片來源：https://s.yimg.com/
　　cl/api/res/1.2/npQHJ43phpru2eMJqOk6fA--/YXBwaWQ9eXR3YXVjdGlvbNlcnZpY2U7a
　　D02MDA7cT04NTtyb3RhdGU9YXV0bzt3PTQ3Mw--/https://s.yimg.com/ob/image/d7896d
　　e6-e063-441d-b268-87ceabb733a1.jpg。

（四）新馬本土美食的文學書寫新世紀

　　近三十年以來，在「文化研究」影響下，把飲食超越食譜的編寫，當作文學去書寫。新馬作家作更深入的發掘與發揚書寫本地美食的題材與藝術，從餐飲，擴大進入多元民族小販的美食。如大馬作家許通元寫沙巴與柔佛的美食，[26]冰谷寫熱帶叢林的野味，手法很文學，技巧很創新。冰谷《橡葉飄落的季節》與《走進風下之鄉》[27]從大馬山野的野菜到野味，帶著親身參與的一手經驗的書寫，也是一流的文學性的散文與詩歌。郭永秀與很多新加坡作家，近年以現代詩與散文呈現新加坡的小販食物也很精彩，獨創一格。

圖二　新馬在「文化研究」之前後的地方美食書寫之開啟（《作家廚房》、[28]《走進風下之鄉》、[29]《大老闆與小排檔》[30]封面）

26　許通元：《雙鎮記》（吉隆坡：大將出版社，2005年）。

27　冰谷：《橡葉飄落的季節》（台北：秀威資訊科技公司，2011年）。冰谷：《走進風下之鄉》（台北：秀威資訊科技公司，2010年）。

28　黃美芬主編：《作家廚房》（新加坡：玲子傳媒，2006年），圖片來源：https://sgchinesebooks.com/products/copy-of-95。

29　冰谷：《走進風下之鄉——沙巴叢林生活記事》（台北：秀威資訊，2010年），圖片來源：https://store.showwe.tw/books.aspx?b=1442。

30　陳篤漢：《大老闆小排擋》（新加坡：八方文化創作室，2011年），圖片來源：https://m.media-amazon.com/images/I/81oV9ED+XgL._SY466_.jpg。

　　其實近幾十年，很多新加坡作家寫食譜，如陳篤漢的《大老闆與小排檔》把新加坡的餐館與小販美食，以美妙的文字書寫，配上彩色的照片。[31]這類食譜，遺憾的是，保守的文學界沒有歸納為文學作品，應該即時修正。黃美芬主編的《作家廚房》，[32]邀請了多位作家以高度文學性的散文書寫，吳韋材寫〈鹹橄欖炒飯〉、王潤華〈能醫治懷鄉病的馬來麻婆豆腐〉、韓川〈印尼涼拌菜〉、黃美芬〈一卷薄餅，代代相傳〉等篇，那是新加坡作家集體書寫文學美食的一次小小運動。

　　我自己在一九七〇年中從美國回來之後，在「文化研究」的衝擊潮流下，開始大量的以散文與詩歌書寫南洋飲食，後來這些作品收入如《橡膠樹》（1980）、《南洋鄉土集》（1981）、《熱帶雨林與殖民地》（2020）、《重返集》（2010）、《王潤華南洋文學選集》（2016）。[33]另外我也在很多國際飲食文學研討會上發表多篇南洋飲食文化論文，焦桐主編的《飲食文學》與文化國際研討會論文集《飯碗中的雷聲》，書名就是出自我寫新馬客家族群的擂茶的論文〈飯碗中的雷聲：後殖民／離散／南洋河婆客家擂茶〉。[34]

---

31 陳篤漢：《大老闆與小排檔》（新加坡：八方文化創作室，2011年）。

32 黃美芬主編：《作家廚房》（新加坡：玲子傳媒，2006年）。

33 王潤華：《橡膠樹》（新加坡：泛亞文化，1980年）、《南洋鄉土集》（台北：時報文化出版公司，1981年）、《熱帶雨林與殖民地》（新加坡：新加坡作協，2020年）、《重返集》（台北：新地文化藝術公司，2010年）、《王潤華南洋文學選集》（新加坡：南洋理工大學孔子學院，2016年）。

34 焦桐主編：《飯碗中的雷聲》（台北：二魚文劃事業公司，2010年），頁10-25。

圖三　王潤華書寫南洋水果蔬菜與美食的詩與散文（《橡膠樹》、[35]《南洋鄉土集》、[36]《熱帶雨林與殖民地》、[37]《重返集》、[38]《王潤華南洋文學選集》[39]封面）

35 王潤華：《橡膠樹》（新加坡：泛亞文化，1980年），圖片來源：王潤華翻拍。

36 王潤華：《南洋鄉土集》（台北：時報文化出版公司，1981年），圖片來源：王潤華翻拍。

37 王潤華：《熱帶雨林與殖民地》（新加坡：新加坡作家協會，2000年），圖片來源：https://www.mcldl.com/uploads/book/cover.re4dai4yu3lin2yu3zhi2min2di4.jpg。

38 王潤華：《重返集》（台北：新地文化藝術公司，2010年），圖片來源：https://s2.eslite.dev/unsafe/fit-in/x900/s.eslite.dev/Upload/Product/201008/o/634166132975047832.jpg。

39 王潤華著，梁秉賦編：《王潤華南洋文學選集》（新加坡：南洋大學理工學院出版，2016年），圖片來源：https://yuyi.com.sg/cdn/shop/products/9789810987671_1_26c92c83-a36b-4c45-8796-9fce3a724738_1024x1024@2x.jpg?v=1596578452。

（五）「飲食文學」是國族的文化考古：國族記憶與歷史

研究一個民族的飲食，是人類考古學很重要的課題，因為它是土地、族群的文化記憶與歷史。比如，我書寫的娘惹粽子、撈魚生，象徵華族文化本土化、創新與繼承。撈魚生的食材用魚肉與蔬菜瓜果，成為跨族群，特別是伊斯蘭教徒也能參與享用，成為新馬華人團結本土其他族群共同生活與打拚的象徵。其實過去新馬華文作家寫的不少，只是我們閱讀時，沒有注意，也沒有特別把這些書寫當作文學。我讀魯白野的書寫新馬本土的文化歷史地方志《獅城散記》與《馬來散記》，[40] 處處都有提到食物的篇章，除了寫甘蜜、胡椒，稻米的種植，還有蛇的種種吃法與醫療法。最有趣的書寫，是魯白野敘述華僑怪傑胡亞基，十九世紀在新加坡創立黃埔公司，專門製造麵包、供應牛肉給西方人而成為巨富。西方殖民者在東南亞，英國遠東艦隊與軍人，沒有他專門供應麵包與牛肉，就沒食物可吃。供應食物象徵華人對東南亞的貢獻。日本在一八七九年曾委任胡亞基這位華僑擔任駐新加坡領事，也因為他掌握牛肉與麵包，就掌握地方權力與生命線。英國遠東艦隊總司令崀巴（Henry Keppel）也巴結胡亞基，他們成為了密友，每次戰艦抵達新加坡，崀巴喜歡住在胡亞基在實龍崗的南生花園別墅。

「文化研究」隨著全球化的大趨勢，因此書寫與研究全球各地的本土食五特別風行，因此新馬兩地近年爭取海南雞飯的創始人之名譽，新馬兩地的娘惹菜，小販美食開始風行，甚至走進豪華參觀的餐桌。火紅到林韋地、周德成等一群詩人設立一個數位化網站專賣本地各民族的「文字美食」。我的〈還魂記──炸蝦餅〉，敘述中小時家裡母親製作油炸蝦餅的過程，也收入其中。[41]

40　魯白野：《獅城散記》（新加坡：星洲世界書局，初版1953年；新編本再版，2019年）；
　　魯白野：《馬來散記》（新加坡：星洲世界書局，1954年出版，新編本重印，2019年）。

41　https://localflavours.tusitalabooks.com/product-reincarnation。我的〈還魂記──炸蝦餅〉
　　原收入《熱帶雨林與殖民地》（新加坡：新加坡作協，2000年），頁49-51。

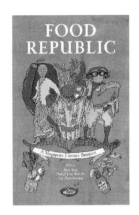

圖四　魯白野的地方書寫與周德成等人編的本地美食詩文集
（《獅城散記》、[42]《馬來散記》、[43]《Food Repunlic》封面[44]）

二　明清的「西洋」書寫：
　回溯中國詮釋東南亞的文化書寫大敘述

　　現在再回頭追溯最早的南洋本土書寫。明朝鄭和在十五世紀初從中國南方航向東南亞，首次在一四〇五年，最後一次是一四三〇年，雖然主要探討東南亞，當時的南洋，他們稱為「下西洋」。根據比較可靠的史料，也沿途停留作深度文化交流，特別有五次在馬六甲（Melaka, Malacca）停留很久。我自小常到鄭和的海軍與使節駐紮與挖井的馬六甲河口及三寶山遊玩，記得許多神話與史實難分的故事，如鄭和協助馬來人擊敗外來侵略者，建立了馬六甲王朝，西方殖民者還未侵略之前，已成為馬來西亞歷史上第一個強盛的

42　魯白野：《獅散城記（新編註釋本）》（新加坡：周星衢基金會，2019年），圖片來源：
　　https://yuyi.com.sg/cdn/shop/products/9789811409028_1024x1024@2x.jpg?v=1602500479。

43　魯白野：《馬來散記》（新加坡：星洲世界書局，1954年）（2019年新編著本版），圖片
　　來源：https://online.fliphtml5.com/ewuzh/ojpb/files/large/1.jpg?1558496968。

44　ANN ANG, DARYL LIM WEI JIE, TSE HAO GUANG, *Food Republic: A Singapore Literary Banquet* (Singapore: Landmark Books Pte. Ltd, 2021.5)，圖片來源：https://epigrambooks hop.sg/cdn/shop/products/Food-Republic-A-Singapore-Literary-Banquet-Ann-Ang-Daryl-Lim-Wei-Jie-Tse-Hao-Guang-00_486x754.jpg?v=1602759048。

國家，也使馬六甲成為東南亞商業最繁盛的城市。[45]但是我們還沒完整建構東南亞海上絲路，特別是新馬又以馬六甲作為中心的漢學新起點。

　　紀念與研究鄭和或海上絲路之旅，學者都沒注意到與它們今天的國際漢學研究的關係。鄭和七下西洋，前後二十九年，目的固然很多，我們人文研究的學者，最應該注意的是文化之旅的重大意義與成就。他帶領一大批有豐富語言、有深度文化認識，而且跨知識領域的作家學者，充分準備去執行一場實地調研的學術之旅。雖然原始的航海記錄早已遺失，以及航海醫生陳良紹《遐觀集》、匡愚《華夷勝覽》等等隨船人員著作皆已失傳，前後隨鄭和下西洋的大學者馬歡、費信、鞏珍三人都將見聞記錄著書並流傳了下來，他們各自著的《瀛涯勝覽》、《星槎勝覽》、《西洋番國志》便成為研究鄭和以及明代東南亞文化、歷史、經濟、物產的第一手資料。

　　這種書寫我曾稱為「南洋書寫」或「南洋敘述」，以明政府的話語，航向東南亞，以中國為中心看東南亞，東南亞在中國大陸的西邊，所以當時稱之為「鄭和下西洋」，稱為「西洋敘述」，很適當，也是說明這些書寫都是從中國為中心的思考來詮釋東南亞。西方早期寫亞洲的著作，稱為東方主義，因為他們以西方為中心看亞洲，後者便在東方，帶著西方的偏見與優越感書寫與論述，賽依德稱西方很多論述或書寫為東方主義著作。[46]

　　隨著鄭和航行的學者所撰寫的南洋的現存著作，開始了以華語南洋本土書寫。以馬歡所著《瀛涯勝覽》為例，他曾隨三寶太監鄭和於永樂十一年（1413）、永樂十九年（1421）和宣德六年（1431）三次下西洋，這本著作意義重大：

---

45 本文撰寫，特別注重新馬學者有本土意識寫的史料處理，如邱新民：《東南亞文化交通史》（新加坡：新加坡亞洲研究會，1984年）。魯白野：《馬來散記》（新加坡：星洲世界書局，1954年）。林水檺、駱靜山編：《馬來西亞華人史》（吉隆坡：留台聯總，1984年）。

46 Edward Said, *Orientalism* (New York: Pantheon Books, 1978).

1　公元1413年隨鄭和第三次出訪到了訪占城、爪哇、舊港、暹羅、古里、忽魯謨斯等國。

2　公元1421年第四次出訪，到訪過滿剌加、亞魯國、蘇門答剌、錫蘭、小葛蘭、柯枝、古里、祖法兒、忽魯謨斯等國。

3　公元1431年鄭和第七次出訪，太監洪保派遣馬歡等七位使者到天方朝聖。

圖五　明清鄭和下西洋之隨行學者的南洋見聞史料（《瀛涯勝覽》書影、[47]《星槎勝覽校注》、[48]《西洋番國誌》[49]封面）

　　馬歡將三次下西洋時親身經歷的二十國的國王、政治、風土、地理、人文、經濟狀況記錄下來在景泰二年成書的《瀛涯勝覽》。把鄭和下西洋時親身經歷的二十國的航路、海潮、地理、國王、政治、風土、人文、語言、文字、氣候、物產、工藝、交易、貨幣和野生動植物等狀況記錄下來，從永樂

47　〔明〕馬歡：《瀛涯勝覽》，圖片來源：嚴一萍選輯：《百部叢書集成》（第16輯）（台北：藝文印書館印行，1965年影印本）。

48　〔明〕費信著，馮承鈞校注：《星槎勝覽校注》（北京：中華書局，1957年），圖片來源：http://www.lxts.net:8001/data/pdf/mgsk/81130077_25.pdf。

49　〔明〕鞏珍：《西洋番國志》（北京：中華書局，1957年），圖片來源：https://bkimg.cdn.bcebos.com/pic/77c6a7efce1b9d16c65ae0fff7deb48f8d54648a?x-bce-process=image/watermark,image_d2F0ZXIvYmFpa2U5Mg==,g_7,xp_5,yp_5。

十四年（1416）開始著書《瀛涯勝覽》，經過三十五年修改和整理在景泰二年定稿。《瀛涯勝覽》中對一國家的民俗描寫細緻入微，被各國學者公認為重要的史料，而被廣泛引用。例如在《暹羅國》一章中關於青年男子切割陽物外皮，嵌入十幾顆錫珠，富人則嵌空心金珠，內嵌細沙，行動有聲。《瀛涯勝覽》中關於印度及其周邊國家的，有榜葛剌國、錫蘭國、小葛蘭國、柯枝國、古里國等記錄；而且很多南洋國家和地區都有梵文名字，說明古代印度對這些國家的影響；這都是研究印度歷史的重要文獻。印度歷史學家阿里（Ali）教授說：「如果沒有法顯、玄奘和馬歡的著作，重建印度歷史是完全不可能的。」[50]其次是費信著《星槎勝覽》（《大西洋記》），[51]費信曾於永樂七年（1409）、永樂十年（1412）、永樂十三年（1415）、宣德五年（1430），四次隨鄭和下西洋。正統元年（1436）費信著《星槎勝覽》，記錄下西洋時所見所聞各國風土人情，凡四十四國，集為二卷。其中費信所寫占城國、賓童龍國、靈山、崑崙山、交欄山、暹邏國、爪哇國、舊港、花面國，滿剌加國、九洲山、蘇門答剌國、龍牙犀角、龍涎嶼、翠藍嶼、錫蘭山國、小具南國、柯枝國、古里國、忽魯謨斯國、拉撒國、榜葛剌國等二十二國，都是親身訪問的經歷書寫。《星槎勝覽》流行兩種版本，二卷本和四卷本。二卷本是費信原作，文字蕪俚，四卷本是改訂本，較原本有較多的增刪，文字雅潔。四卷本不分前後集，共四十國。根據向達考證，四卷本的改編者是費信

---

50 馬歡的《瀛涯勝覽》，成書於景泰二年（1451）。〔明〕馬歡著，萬明校注：《明鈔本《瀛涯勝覽》校注》（北京：海洋出版社，2005年）。〔明〕馬歡著，馮承鈞校注：《瀛涯勝覽校注》（北京：商務印書館，1935年；北京：中華書局，1955年重印）。《瀛涯勝覽》一書有商務印書館一九三五年出版的馮承鈞校注本《瀛涯勝覽校注》，和海洋出版社二〇〇五年出版的萬明校注明鈔本《瀛涯勝覽》校注。《瀛涯勝覽》在國際上名聲很大，著名漢學家邁耶斯、格倫德威爾、戴文達、伯希和等都曾研究論述此書。《瀛涯勝覽》有 J.V.G. Mills 的英譯本：*Ying-yai Sheng-lan, The Overall Survey of the Ocean's Shores*。參考百科：https://baike.baidu.com/item/%E7%80%9B%E6%B6%AF%E8%83%9C%E8%A7%88/1012629

51 一九三六年馮承鈞根據羅以智校天一閣本為底本，和國朝典故本校訂；又因費信書採自汪大淵《島夷志略》的內容很多，又根據藤田豐八《島夷志略校注》互證，編成《星槎勝覽校注》，一九三六年商務印書館印行，一九五四年再版。

的昆山同鄉，編輯家周復俊。刪改本流行之後，原本不再流行。

　　費信所撰述的占城國、賓童龍國、靈山、崑崙山、交欄山、暹邏國、爪哇國、舊港、花面國，滿剌加國、九洲山、蘇門答剌國、龍牙犀角、龍涎嶼、翠藍嶼、錫蘭山國、小具南國、柯枝國、古里國、忽魯謨斯國、拉撒國、榜葛剌國等二十二國，都是親身經歷，及今天學術界所謂田野調查、現場的考察與研究的學術成果。後集多從其他文獻摘錄。法國漢學家伯希和認為，費信《星槎勝覽》所記各國，凡馬歡《瀛涯勝覽》有的，其內容之詳細和重要性都不及《瀛涯勝覽》，但《星槎勝覽》所記錄的賓童龍國、交欄山、九洲山、翠藍嶼、錫蘭山國、小具南國，拉撒國不見《瀛涯勝覽》。除了《星槎勝覽》，費信還著有《天心紀行錄》一卷，已佚。

　　第三本是鞏珍著《西洋番國志》。在最後的一次鄭和遠航隊伍中，有一位南京人鞏珍。他從孩童時起就經常諦聽人們傳頌鄭和下西洋的盛事，他還曾幾次和小夥伴們一起，跑到下關江邊迎接鄭和船隊，終於，在他十六、七歲時，被派往鄭和第七次遠航的船隊，明宣德六年（1431）至宣德八年（1433）被提拔為總制之幕（相當於秘書）隨鄭和下西洋。

　　他隨同鄭和先後訪問了占城、爪哇、舊港、滿剌加、蘇門答臘、錫蘭、古里及忽魯漠斯等二十餘個國家。三年後的一四三三年七月，才平安返回南京。

　　鞏珍對此行途中的山川形勢、人物風俗、物產氣候等，都一一作了忠實而詳盡的記錄，寫進了他的《西洋番國志》一書中。此書和鄭和的另兩個隨行人員馬歡所撰的《瀛涯勝覽》及費信所撰的《星槎勝覽》並稱為記載鄭和下西洋史實的三部最初史料。為研究鄭和下西洋史事及明初我國航海事業提供了重要材料。而《明史·外國傳》即主要依據鞏珍的《西洋番國志》一書修撰。

　　《西洋番國志》是地理志，成書於明宣德九年（1434），記述明宣德八年（1433）鄭和第七次下西洋的經過。書中記錄了鄭和船隊經過的不同國家：占城國（今越南南部），爪哇國（今印度尼西亞爪哇島）、舊港國（今印度尼西亞巨港）、暹羅國（今泰國）、滿剌加國（今馬來西亞馬六甲）、蘇門

答剌國（今印度尼西亞蘇門答臘島）、啞魯、南巫里（今印度尼西亞蘇門答臘島西北角）、柯枝國（今印度西南部的柯欽一帶）、小葛蘭、古里國、阿丹、榜葛剌、忽魯謨斯國、天方等二十個西洋國家；並且還收錄了明永樂十八年、十九年及宣德五年的三通敕書。該書是研究鄭和下西洋的重要原始文獻。明宣德六年（1431）至宣德八年（1433）被提拔為總制之幕（相當於秘書）隨鄭和下西洋。

宣德九年（1434）著《西洋番國志》一書記錄鄭和船隊所經過的二十個國家。他將在各地的所見所聞記錄下來，撰成了一部書，名為《西洋番國志》。內中記述了各國的風土人情以及中國與亞非各國人民友好關係史上重要的一筆。這本書不僅引人入勝，也對中國的航海史及中國文化史作出了重要貢獻。

遠涉重洋的三年海上生涯，使鞏珍終身難忘。晚年他曾登下關獅子山夜眺，撫今思昔，心潮起伏，憶起當年隨同鄭和船隊遍訪異國情景，寫下了《盧龍山夜眺》一詩：「北斗掛城頭，長江日夜流。獅王蹲不動，鯨吼海天秋。」

《西洋番國志》的價值一方面在於比勘對校等；一方面在於它獨有的鞏珍自序和所附的三通皇帝敕書。例如《自序》中提到的指南針、水羅盤的航海應用：「皆斫木為盤，書刻干支之字，浮針於水，指向行舟」。又如談到的寶船和水船的情況：「其所乘之寶舟，體勢巍然，巨無與敵，蓬帆錨舵，非二三百人莫能舉動」。「水船載運，積貯倉舟者（儲），以備用度」──已成為今日耳熟能詳的常見引文。

到了清代書寫東南亞的著作也不少，如李鍾珏（1853-1927）《新嘉坡風土記》、寫新加坡的地理文化，甚至深入暴露英殖民地政府有的罪行，如買賣與剝削華人勞工、開賭場、妓院更等突破性的南洋社會底層書寫，啟動了現代社會寫實書寫。甚至從大敘述走向小敘述。[52]

---

52 〔明〕李鍾珏：《新嘉坡風土記》（上海：商務印書館，1936年）。

三 魯白野《獅城散記》、《馬來散記》： 歷史感、小敘述、與去東方主義的本土文化書寫

　　魯白野（1923-1961）的《獅城散記》與《馬來散記》是新馬文化歷史書寫的典範作品。他的《黎明前的行腳》收集了二戰後從印尼回返新馬書寫的散文與詩，抒發自我流浪印尼於新馬土地的情懷，其中突然出現一篇很理性的散文如〈寫實的詩〉。[53]他認為作家，包括自己，應該是一位「詩人是一位看得到將來世界的美麗遠景的歷史學者」。也因此他的《獅城散記》和《馬來散記》才有如此有強大的透視力的文化歷史書寫，這是引導讀者閱讀的重要入門指標。[54]

　　魯白野比喻自己是歷史學者這句話，使我想起艾略特（T. S. Eliot, 1888-1965）在〈傳統與個人才能〉[55]裡所說「歷史感」（historical sense）與傳統（tradition）對一個詩人是不可少的。他說：傳統不能繼承，如果您要它，就必須千辛萬苦去獲取。歷史感牽涉到感性與認知，不只是針對過去的歷史，也與現在歷史感有關。這種歷史感強迫作家寫作時，首先您必須擁有歷史感。歷史的意識不但使人寫作時有他自己那一代的文化歷史認知，而且還要感到從荷馬以來，歐洲整個的文學及其本國整個的文學有一個同時的存在，組成一個同時的歷史文化感。這個歷史的意識既是永久的意識也是暫時的意識，更是永久和暫時的合起來的意識。就是這個意識，使一個作家具有傳統性，同時也就是這個意識使一個作家敏銳地意識到自己在時間中的地位，自己和當代的關係。

　　就因為魯白野是一位有強烈歷史感的作家，《獅城散記》與《馬來散記》的文化歷史書寫顛覆了西方殖民主義的東方主義製造的東南亞的歷史文化，通過《獅城散記》與《馬來散記》，我們找到原來的土地面貌與真實的歷史與文化。

53　威北華：《黎明前的行腳》（新加坡：星洲世界書局，1959年），頁113-114.

54　魯白野：《獅城散記》（新加坡：星洲世界書局，1957年；新編註釋本，周星衢基金，2019年）。

55　T. S. Eliot, *The Sacred Wood* (London: Methuen, 1966), p.49.

（一）《獅城散記》顛覆了西方的東方主義下的東南亞歷史
　　文化書寫

　　薩義德（Edward Said, 1935-2003）說，亞洲通過歐洲的想像而得到表述，歐洲文化正是通過東方學這一學科的政治的、社會的、軍事的、意識形態的、科學的，以及想像的方式來處理，甚至創造東方。西方作家創造了被扭曲的南洋。[56]就如長期居住新馬的毛姆（Somerset Maugham, 1874-1965）與康拉德（Joseph Conrad, 1857-1924）的文學書寫。這些西方作家，使用西方霸權話語，套用「東方主義」的思維，將新加坡及南洋簡化為單純的殖民地客體，將多族群的生活排除在他們的視野之外。東南亞的讀者閱讀毛姆的東南亞小說便可了解，他們像很多西方在殖民地的白人作家，發展出一種所謂殖民地文學。故意簡化或醜化殖民的他者及其社會。毛姆書寫南洋的小說，代表作收集在《毛姆的馬來西亞小說》（*Maugham's Malaysian Stories*）、《毛姆的婆羅洲小說》（*Maugham's Borneo Stories*）、[57]《木麻黃樹》（*Casuarina Tree*）[58]等小說集中。在這些小說中，白人永遠是主人，華人及其他族群都是白人的情婦、傭人、車伕，而且心智行為低劣。在康拉德的熱帶叢林小說，像寫非洲的長篇小說《黑暗的心》（*Heart of Darkness*, 1899）、[59]《阿爾邁耶的愚蠢》（*Almayer's Folly*, 1895），短篇《淺湖》（*The Lagoon*, 1897），《前進的貿易站》（*An Out Post of Progress*, 1897）、長篇《群島流浪者》（*An Outcast of the Islands*, 1896）及長篇《金姆爺》（*Lord Jim*, 1900）的小說，白人在原始的熱地叢林中，與土族一起生活，容易引起精神、道德、意志上的

---

56 〔美〕愛德華・薩義德著，王宇根譯：《東方學》（北京：生活・讀書・新知三聯書店，1999年），頁4-5。

57 *Somerset Maugham's Malaysia Stories, ed.* Anthony Burgess *(Singapore: Heinemann, 1969)*. *Maugham's Borneo Stories*, ed. G.V. De Freitas (Singapore: Heinemann, 1976).

58 *The Casuarina Tree: six Stories* (London: Heinemann, 1965).

59 中文翻譯參見〔英〕康拉德著，王潤華譯：《黑暗的心》（台北：志文出版社，1970年）。

墮落。同樣的，那些當地人，包括華人，都是民族性、個性卑鄙惡劣。[60]《黑暗的心》的克如智（Kurtz）在剛果內地為了搶奪象牙而剝削土人，也與白人為敵。《阿爾邁耶的愚蠢》的林格（Tom Lingard）、《淺湖》中的無名白人、《群島流浪者》的威蘭斯（Willems）都捲入陰謀鬥爭之中，成為道德敗壞之人。華人及其他族群，只是一團模糊的影子，當地的社區是不存在的事實。

而魯白野的一九五〇年代就默默寫了《馬來散記》與《獅城散記》，企圖顛覆強大的東方主義論述。[61]他的歷史感加上社會文化使命感，為文人少有。這個趨勢開始很早，二戰之前一九二九到一九三〇年老舍在倫敦新加坡寫的《二馬》與《小坡的生日》就提出顛覆西方作家的東方主義的書寫。[62]

（二）《獅城散記》馬來本土敘述的歷史感：
重寫新加坡歷史文化

魯白野是詩人歷史學者。他的《獅城散記》書寫西方殖民、華人移民、地理、歷史、文化、古蹟、冷靜客觀，超越民族政治的視野。他在《獅城散記》的序，一開頭就說明，這本文化歷史書寫的敘述藝術定位：[63]

> 深夜閉門聽雨，不如挑燈夜讀著書，或是撐起了一把破舊的傘，到隔壁的馬來老人家中，聽他誠懇地向我傾訴他的長長的夜話。

就如康拉德書寫小說《黑暗的心》，關於寫西方殖民主義進入非洲大陸

---

60 *Heart of Darkness, Almayer's Folly, The Lagoon, An Out Post of Progress* (New York: Dell Publishing Co., 1960); *An Outcast of the Islands* (London: Penguin Books, first published 1896; 1975); *Lord Jim* (London: Blackwood, 1900).

61 新加坡周星衢基金今年（2019年）先後花了巨大的人力與財力出版新編注本《馬來散記》與《獅城散記》。

62 王潤華：〈老舍的後殖民文學理論與《小坡的生日》〉，《越界跨國》（廣州：廣東人民出版社，2017年），頁3-22。

63 魯白野：《獅城散記》（新加坡：星洲世界書局，1957年），頁2；《獅城散記新編註釋本》，（新加坡：周星衢基金，2019年），頁25。

的心臟剛果剝削搶奪的小說，他是根據船上水手特別是馬羅（Marlow）的
回憶敘述的記錄而成。[64]魯白野也很藝術性的，通過一位馬來老人敘述者而
寫成《獅城散記》：

> 這樣，我以虔誠的心情在告訴自己，讓我在這靜靜底夜中。搊起筆桿
> 來吧。讓我小心翼翼地把老人一晚舊話記下來，儘管是記在一面菲薄
> 的蕉葉上也好，總不會被雨季中的椰風吹掉了。[65]

這位馬來老人象徵本土古老永恆的聲音，講出百年來被殖民被侵略被剝削的
悲劇。他其實就是作者自己。在《獅城散記》各個篇章中，如〈十九世紀的
星洲華人〉、〈萊佛士登陸的情景〉，顛覆西方書寫的新加坡歷史。

　　根據英國殖民霸權學者的歷史書寫，萊佛士（Stamford Raffles, 1781-
1826）在一八一九年一月二十八日在新加坡河口登陸時，當時只有一百五十
個馬來漁民，華人只有三十人。新加坡在這之前，一直是海盜的窩巢，他們
經常利用這小島作為平分贓物的地方。這種歷史敘述，顯然是要建立萊佛士
或英國發現新加坡的霸權話語。[66]置身邊緣的馬來族、華人學者從雙重透視
眼光來看，知道新加坡十三至十五世紀時，爪哇巴領旁王子建立過獅子城王
（Singapura），曾是繁盛的海港，曾是東南亞重要貿易港口。後來因為外來
侵略戰爭而淪為廢墟。十四世紀，中國商人汪大淵寫的《島嶼志略》已有淡
馬錫（Temasek）的記錄。元代中國與新加坡已有貿易來往。十六世紀，柔
佛王朝統治新加坡及廖內群島，那時廖內兵淡島（Bentan）就有一萬名中國
勞工。十五世紀時，明代鄭和的船隊也到過新加坡。十六世紀完成的《馬來
紀年》說新加坡是一大國，人口稠密，商賈眾多。萊佛士登陸時，雖然繁華

64　參見我撰寫的前言：〈康拉德的生平暨名作《黑暗的心》〉，〔英〕康拉德著，王潤華翻
　　譯：《黑暗的心》（台北：志文出版社，1970年），頁1-18。

65　威北華：《黎明前的行腳》（新加坡：星洲世界書局，1959年），頁113-114。

66　Victor Purcell, *The Chinese in Malaya* (Oxford: Oxford University Press, 1967), p.69; C. M.
　　Turnbull, *A History of Singapore* (Oxford: Oxford University Press, 1988).

已消失，但絕不是一個海盜藏身的天堂，或完全荒蕪人煙的小島。新加坡島上的森林中，早有來自中國的移民及馬來人、印度人以耕種為生，萊佛士登陸後發現的香料種植如甘密園，便是證據。島上也設有行政機構，萊佛士登陸後，即與當時統治者柔佛蘇丹派駐新加坡的行政首長天猛公簽約，才能在島上居住，後來又用錢租用新加坡。[67]英國史家為了建構其殖民史，製造新加坡為英人所發現與開闢神話，便把新加坡更早之歷史塗掉。這種歷史敘述，顯然是要建立萊佛士或英國發現新加坡的霸權話語。[68]但是今天邊緣思考的書寫，終於把被壓抑的歷史與回憶挖掘出來。新加坡的作家如魯白野的散文《獅城散記》等非小說著作，便是重構本土地理與歷史、文化與生活的書寫。[69]

接下來，魯白野利用海峽殖民地政府舊檔案抄來的記錄證明新加坡內陸許多地方，華人已經開墾甘密園，多達二十個。這是出自〈十九世紀的星洲華僑〉的一段，魯白野根據英國殖民地官員法古哈[70]個人的報告，證明西方殖民之前，華人早已在新加坡開墾種植，在今天的實淡山（Mount Stamford，今天的珍珠山 Pearl Hill），實里基山（Bukit Selegie，後稱 Moount Sophia）等地。但西方歷史家還是故意不接受史實。[71]當萊佛士還未發現星洲，當新加坡還是淡馬錫的時候（十四世紀），很多中國人已經到新加坡拓殖了。一

---

67 邱新民：《東南亞文化交通史》（新加坡：亞洲學會，1984年），頁300-313。潘翎編：《海外華人百科全書》（香港：三聯書店，1998年），頁200-217。Ernest Chew and Edwin Lee (ds), *A History of Singapore* (Oxford: Oxford University Press, 1991), chapter 3。

68 Victor Purcell, *The Chinese in Malaya* (Oxford: Oxford University Press, 1967), p.69; C. M. Turnbull, *A History of Singapore* (Oxford: Oxford University Press, 1988).

69 如曾鐵枕：《新加坡史話》（新加坡：嘉華出版社，1962年、1967年），第1及2集。魯白野：《獅城散記》（新加坡：星洲世界書局，1972年）。鄭文輝：《新加坡從開埠到建國》（新加坡：教育出版社，1977年）。

70 今譯法誇爾（William Faquhar, 1774-1839），新加坡首任駐紮官（英國居民和殖民地新加坡指揮官，British Resident and Commandant of colonial Singapore, 1819-1823），之前是馬六甲駐紮官。

71 魯白野：〈十九世紀的星洲華人〉，《獅城散記》1953年版，頁1-2；《獅城散記新編註釋本》，頁113-114。

八一九年，萊氏到星，聽天猛公說華僑人數約有卅名。這個數字顯然是不準確的，但華僑比萊氏先一步到新加坡居住，確有其人。以下徵引自魯白野從海峽殖民地政府舊檔案抄來的記錄，以證實此點：[72]

　甲　一八二二年十二月廿三日，駐官法古哈。致來氏秘書赫爾少尉報
　　　告書謂：「王家山北面的第一座小山是實利己山」。當我在籌劃開
　　　闢這地方的時候，我發現這一部分的西面是一個華人的甘密
　　　園。」「從王家山的西面一直伸展到大元帥府的時地，都是未開
　　　發的，但是，在此處的東北面倒有一個華人的甘密園。這甘密園
　　　是在我們未來星洲便已開拓了的。」

　乙　一八二二年十二月廿八日法古哈致赫爾報告書：「天猛公曾把若
　　　干地撥給華人及馬來人作種植的園坵。這類園地計有二十份，都
　　　是英國人來此駐紮之前撥給的。」

　丙　據土地局土地買賣簿冊載，一八二二年五月十日，柏爾上尉向陳
　　　韻雅，及陳阿魯購買兩個甘密園。前者之園地在實淡山之西面，
　　　後者則位在實淡山之西南面。這兩個甘密園都是在英人未來之前
　　　便已開墾了的。同年五月十三日，柏爾上尉又向潮僑王端購買兩
　　　甘密園，園在實淡山之東南面，也是在英人未來之前開墾的。
　　　（注：此則出自《三州府記錄》卷 L 之六。一八一九年六月十
　　　一日）

在〈萊佛士登陸的情景〉魯白野利用海峽殖民地政府舊檔案抄來的記錄證明新加坡內陸許多地方，華人已經開墾甘密園多達二十個。但是至今西方包括本地學者還是如此相信：

---

72 魯白野：〈十九世紀的星洲華人〉，《獅城散記》，頁43；《獅城散記新編註釋本》，頁113-114。

　　原來萊佛士於1819年正月28日在星加坡河上岸的時候，在萊佛士坊的
地方是一座小山。據萊氏的估計，當時居民一百五十人，中有華人卅
名，這是不準確的，因為他是聽天猛公這樣說，而沒有親自去計算
過。以後利德博士說星洲人口應在二百至三百之間，我以為比較準
確，因為他預算在實里達「一定還有有海民而我以為森林中也一定還
有華僑在居住。」[73]

值得注意的是，〈獅城的誕生〉一文中指出根據《馬來紀年》，獅城在十二世
紀，已經成為亞洲強盛國家，亞洲重要商業交流基地，與中國交往密切。這
些歷史與西方製造的歷史相反，他們至今還是強調英國登陸新加坡河口時，
這裡還是原始的海盜分贓的荒島。一切歸功西方的開發。其實這國家在一二
五二年才被爪哇王所毀滅，其王族逃到馬六甲建立新的王朝。萊佛士一八一
九年才在新加坡上岸，他當時也把堡壘與官邸建造在升旗山，今稱福康寧山
上，當年馬來王朝的王宮、城牆、碉堡還在，英國故意遺忘，英國霸權話語
重寫新加坡歷史。

　　今天這些馬來敘述，就如魯白野的那位年邁的馬來人所象徵，早已呼喚
我們重新追溯本土歷史，拒絕西方的製造的殖民主義開發歷史。新馬華人移
民史可追溯至漢代，唐、宋時代，但是中國和馬來群島的頻密的商業活動和
文化交流，在元、明朝代，才有中國人在當地定居的明確記載。華人第一波
大量移居南洋的歷史則是在十五世紀之後開始。[74]《獅城散記》值得重新出
版與閱讀，就因為魯白野讓本土歷史說話，因為他是有歷史感的作家，他對
過去、現在與未來都有共感、東方與西方同時聯繫成考慮系統。

73　魯白野：〈萊佛士登陸的情景〉，《獅城散記》，頁40；《獅城散記新編註釋本》，頁46-
　　47。

74　林水檺等編：《馬來西亞華人史》（吉隆坡：馬來西亞留台校友會，1984年）。

（三）《獅城散記》與《馬來散記》的「小敘述」：
書寫新馬土地與華人歷史文化的典範

魯白野的《馬來散記》與《獅城散記》以華文書寫，卻跨越族群與文化，書寫了殖民者與本土各民族的共同記憶，以小敘述講述新馬的歷史與殖民政治，還有著自然地理與人文。在書寫藝術上，可比美結構主義人類學家列維-斯特勞斯（Claude Lévi-Strauss, 1908-2009）著名《憂鬱的熱帶》（*Tristes Tropiques*）。[75]斯特勞斯把亞馬遜河流域與巴西高地森林人類學術調查學術報告寫成文學，魯白野也將新馬的人文、政治與文化與地理寫成遊記、詩與歷史。全書回憶錄、遊記、田園調查，具有寫實、考古、歷史、神話、感想、分析所構成。所以他的二書可作為本土文化書寫新領域的現代典範。

這種文化歷史書寫邊緣性特強，自從一九七〇年代以後，所謂進入後現代，無論歷史、文化與文學書寫，不再相信傳統留下來的共同觀念的「大敘述」（grand narratives）的手法是唯一最好的敘述手法，寫真實歷史，報導事件，寫小說，不一定要從巨大主題、帝王、官方檔案文獻的記載、廣大的認同角度去敘述。魯白野像斯特勞斯，使用「小敘述」，書寫局部的、部分的、特殊地方的、特殊個人的、少數族群發生的臨時性、偶然性、相對性的事情，有時更能尋找到歷史的真相。所以小敘述被形容為「最精粹的想像創造形式」。後現代主義者企圖以具體的小事件和小人物的多樣化經歷來代替大敘事，後現代文學理論大師如李歐塔（Jean-François Lyotard, 1924-1998）提出大敘事應該讓位於「小敘事」（mini/ petit/ local narratives），或者說是更謙虛的、「地方化」（localized）的敘事。「小敘事」可以「把目光聚焦於單個的事件上，從而把大敘事拋棄。」[76]《獅城散記》中有一篇〈萊佛士登陸的情形〉，記載了一個小故事，萊佛士剛登陸不久，他的軍官法古哈（William

---

75 〔美〕李維-斯特勞斯著，王志明譯：《憂鬱的熱帶》（北京：生活・讀書・新知三聯書店，2000年）。

76 Jean-François Lyotard, *The Postmodern Condition: A Report on Knowledge.* (*La Condition Postmoderne: Rapport sur le Savoir*)(Paris: Minuit, 1979).

Farquhar, 1774-1839）少校的狗在新加坡河邊被鱷魚吃了：

> 星洲開埠不久，法古哈少校的狗竟被槽河的鱷魚拖去了。法古哈聞
> 訊，每日在河邊持槍等待，誓為愛犬復仇，結果不失所望，擊斃鱷魚
> 一尾，長十八尺，使倒吊在濕米街頭（近萊佛士學校）的榕樹上示
> 眾，這棵榕樹，土人皆視之為神。日夜香火祭祀，卻在一八八〇年失
> 慎被香火燒掉了。[77]

這個小故事富有反殖民的象徵意義。鱷魚是本土的主人，它把殖民走狗吃
掉，具有反抗侵略者的象徵。法古哈少校擊斃鱷魚，又說明殖民者不容當地
人的反抗。充分說明作者如何使用新歷史主義建構歷史或後現代文學書寫模
式的「小敘述」（mini/petit/local narratives）。小敘述被形容為「最精粹的想
像創造形式」，因為作者用它創造了他與華人移民開墾史、英國殖民、日本
殘酷侵略、尤其西方選擇性遺忘本土歷史，以東方主義創造新加坡歷史。

　　《獅城散記》有很多「小敘述」，如〈吾僑怪傑胡亞基〉中，敘述他在
實龍崗闢建南生園，現在的新加坡的植物園，是胡亞基在一八三六年捐出東
陵區六十畝地給殖民政府開發，就是今天的植物園，[78]這些小敘述處處提醒
我們，殖民主義者的故意遺忘很多與華人有關的歷史。可見魯白野很像新歷
史主義者（new historicism），了解歷史不是直線發展，是不斷漸進的，歷史
也不是真理，歷史需要建構，不一定客觀，西方殖民主義的歷史中製造的真
實，華人不能接受。同時歷史與文學的邊界，被新歷史主義者取消了。所以
今天我們重讀一遍，竟發現它像歷史、回憶、自傳，又有文學性的散文。

　　後現代主義者企圖以具體的小事件和小人物的多樣化經歷來代替大敘
事，後現代文學理論大師如李歐塔提出大敘事應該讓位於「小敘事」，或者
說是更謙虛的、「地方化」的敘事。「小敘事」可以「把目光聚焦於單個的事
件上，從而把大敘事拋棄。

77　魯白野：〈萊佛士登陸情景〉，《獅城散記》，頁41-42。
78　魯白野：〈吾僑怪傑胡亞基〉，《獅城散記》，頁14-16。

（四）神話與真實：本土想像與書寫的誕生

《獅城散記》以小敘述建構了很多歷史真實圖像。殖民者的統治與當地人民的生活，尤其很真實的日常社會動態，比如〈十九世紀的生活剪影〉寫牛車水戒嚴夜晚與街燈的故事：[79]

> 星洲開埠不久，生活……充滿了暗殺，欺騙，械鬥，拐帶；生活永遠停滯在半開化的階段。在海上，馬來海盜在殺人越貨。在島上，攜械搶劫之案件時常發生。因此，每當傍晚八時，福康寧炮台必鳴炮告訴市民開始戒嚴的時辰。而聖安得烈教堂也敲鐘附和，次早五時，康寧炮台又鳴炮啟示戒嚴之終了，一天的生活便重新開始了。
>
> 一八二四年四月一日，星洲第一次在市區內燃著了街燈。這寥寥無幾的使用椰油的燈，成為星洲夜中屏弱的光明的媒介。
>
> 在這個晚上，柏爾維斯（John Purvis & Co.）貨庫竟為人破門入內，竊去了約值五百元的貨物。
>
> 一八六四年五月十四日，星洲街燈開始改用瓦斯燃燒。當印度人首次把媒氣燈點著時，市民像發現了竊火者普羅米修一樣，成群結隊跟在他的後頭嘩笑，從一盞燈走到另一盞燈，直到行完了這點火行程方止。

地球上所有的文化都有一種「原創神話」（myth of founding），有時是根據某種文化創造的故事而形成，這種原創神話是解釋一個民族的居住地域、語言、社群生活的共同感覺與記憶的數據源頭，也可用來說明其政治權宜的正當性、它與其他國族位置的異同。[80]

《獅城散記》也寫了很多神話，如〈獅城的誕生〉引用《馬來紀年》記載的獅頭魚身（Merlion）的故事。今天在新加坡河口，有一座獅頭魚尾的

---

79 魯白野：《獅城散記》（新加坡：星洲世界書局，1972年），頁111。

80 Northrop Frye, *Anatomy of Criticism* (Princeton: Princeton University Press, 1966). 謝選駿：《神話與民族》（濟南：山東文藝出版社，1986年）。

塑像，口中一直的在吐水，形象怪異，它被稱為魚尾獅。《獅城散記》引古書《馬來紀年》的記載，在十二世紀有一位巨港（在今天的印尼）王子尼羅烏多摩（San Nila Utama）王族在淡馬錫（即今天新加坡）河口，看見一隻動物，形狀奇異，形狀比公羊大，黑頭紅身，胸生白毛，行動敏捷，問隨從，沒人知曉，後來有人說它像傳說中的獅子，因此便認定為獅子，遂改稱淡馬錫（Temasek）為獅城（Singapura）。並在此建立王朝，把小島發展成東南亞商業中心。那是一一〇六年的事。魚尾獅塑像置放在新加坡河口，今日成為外國觀光客必到之地，魚尾獅也供奉為新加坡之象徵。[81]

四 鄭文輝的《麻河風蕭蕭》：小地方小敘述

（一）以「小敘述」書寫土地與華人歷史文化的典範

　　這種書寫不斷延續與發展。鄭文輝的《麻河風蕭蕭》[82]是近年新馬土地與華人歷史文化的書寫另一部小敘述的典範作品。新加坡著名文化人，報界前輩鄭文輝偶然的從新加坡「北歸」以前的馬來亞（獨立後改名馬來西亞），回去麻河畔的玉射，他出生及成長的地方。再「返鄉」，麻河北岸的玉射，他發現自己進入詩人賀知章的〈回鄉偶書〉[83]中的心境。無論是現實中的玉射，還是回憶中或夢中的玉射，四處充滿無限的悲、歡、離、合的往事。結果他寫下《麻河風蕭蕭》。我一口氣讀完鄭文輝在小說的後記所說的，寫完〈麻河風蕭蕭〉後，他才發現這部著作「不像歷史，不像回憶錄，不像傳記，也不像小說。」他又說「但它卻有歷史的背景、有回憶的事蹟、有傳記的影子、更有小說的題材。」

　　這句感言，充分說明作者如何使用新歷史主義建構歷史或後現代文學書

81 魯白野：《獅城散記》（新加坡：星洲世界書局，1972年），頁96-97。

82 鄭文輝：《麻河風蕭蕭》（新加坡：藍點出版社，2016年）。

83 〔唐〕賀知章：〈回鄉偶書〉，收入〔清〕蘅塘退士編，蓋國梁等評註：《唐詩三百首》（上海：上海古籍出版社，1999年），頁275。

寫模式的「小敘述」來敘事：有小地方的歷史的背景、有個人回憶的事蹟、有個人傳記的影子、更有小說的題材。他所以感到有小說的成分，是因為作者有個人想像、有感受，從回憶中再創造；同時所寫的「都是些個人的隱私、和芝麻小事，原本不宜公開的，但這卻是我退休後的甜蜜回憶」。這就是小敘述（mini narratives）。

自從七〇年代以後，所謂進入後現代，無論歷史與文學書寫，不再相信傳統留下來的共同觀念與教義的「大敘述」（grand narratives）的手法是唯一最好的敘述手法，寫真實歷史，報導事件，寫小說，不一定要從巨大主題、帝王、官方檔案文獻的記載、廣大的認同角度去敘述，鄭文輝使用「小敘述」，書寫局部的、部分的、特殊地方的、特殊個人的、少數族群發生的臨時性、偶然性、相對性的事情，有時更能尋找到歷史的真相。所以小敘述被形容為「最精粹的想像創造形式」。

（二）玉射：熱帶大森林中的小敘述

小敘述被形容為「最精粹的想像創造形式」，是因為作者用它創造了他與華人移民開墾史、英國殖民、日本殘酷侵略、英國與馬共的內戰時期的政治與生活，通過他的家族、朋友這些小人物，重新認識玉射：

> 因為玉射是在麻河的中游北岸，因此這悠悠麻河、歷史之河、母親的河；你的源泉來自半島大地，萬重山送你一路前往，滾滾的波濤流向遠方；一直流入馬六甲海峽的大洋。而麻坡就是在這河口發展起來的城鎮。

作者使用很多局部的、部分的、特殊地方的、特殊個人的、少數族群發生的臨時性、偶然性、相對性的事件來建構這個小鎮的故事，這是《麻河風蕭蕭》的重要敘述內容：

01：阿公被捕

02：阿公從唐山過番

03：阿公落戶麻河畔

04：戰爭：三年八個月

05：馬共動亂

1. 馬共反英活動

2. 馬共半夜來敲門

3. 移民入新村

06：村居生活

07：上學

（三）取消歷史與文學的邊界

從上面的「小敘述」可見鄭文輝首先很像新歷史主義者（new historicism），了解歷史不是直線發展，是不斷漸進的，歷史也不是真理，歷史需要建構，不一定客觀，英國人的歷史中的真實，華人不能接受。所以鄭文輝讓他的童年來敘述。通過「戰爭：三年八個月」，「馬共動亂」，又再回返重塑造「村居生活」與「上學」，全書歷史與文學像海浪，互相覆蓋。他在寫阿公初到麻坡河口，麻河的文學意境代替了歷史：

夕陽已落到西邊的海面，看來就像在和海水接吻似的，那金黃色的光線回映在麻河上，倒把整個的河面渲染成一幅美麗不過的畫圖。

忽地，夕陽掉下海裡去了，那散在河面的餘光也馬上收斂無蹤。整個麻河又頓時換上了晚裝，那是披上了一襲薄薄而又柔軟的輕紗。……河面，靜靜地、緩緩地、沒有一絲的波紋；在遠處幾乎望不見的河口，還浮蕩著幾條瓜皮的輕舟。……

——這一串的文字使我的沉思回到了少年，那個時候，我在中化中學唸書時，傍晚總愛騎了腳車來到丹戎麻河口，遠眺馬六甲海峽那夕陽

西下的美景；少年的多愁善感，對著那夕陽景色，心頭總是浮起了淡淡的哀愁！

歷史與文學的邊界，被新歷史主義者取消了。所以作者寫完後重讀一遍，竟發現它像歷史、回憶、自傳，又像小說。

後現代主義者企圖以具體的小事件和小人物的多樣化經歷來代替大敘事，後現代文學理論大師如李歐塔提出大敘事應該讓位於「小敘事」，或者說是更謙虛的、「地方化」的敘事。「小敘事」可以「把目光聚焦於單個的事件上，從而把大敘事拋棄。這裡馬來亞緊急狀態的時間，新村的生活、華校的政治敘述，就更有生命，更有歷史感的再現。這是被壓迫的族群的。

五 商晚筠隱藏在熱帶叢林深處跨越族群與文化的小說模式

文化書寫以多種模式衍生與演化，以遊記、詩與小說為最多。最後我再討論商晚筠隱藏在熱帶叢林深處跨越族群與文化的小說，這也是本土書寫的新發展新成就。

我最近重讀列維-史特勞斯（Claude Levi-Strauss, 1908-2009）的《憂鬱的熱帶》（Tristes Tropiques, 1955），啟發很多。他深入熱帶雨林探險考古，尤其亞馬遜河流域與巴西高地森林。在熱帶叢林深處的探索中，發現一種跨越文化，超越歷史與種族的文化結構的形式，找到還原於最基本形態的人類社會。[84] 這種靈感引發我重讀商晚筠（原名黃莉莉，後改綠綠，1952-1995）小說，重返她的小說中的熱帶雨林邊緣的小鎮，尤其《癡女阿蓮》與《跳蚤》中的作品。[85] 經過文化考古般的分析，我發現跨越族群與文化的馬

---

84 Claude Levi-Strauss, *Tristes Tropiques*, English tr. John and Doreen Weightman (New York: Modern Library, 1997).〔美〕李維-史特勞斯著，王志明譯：《憂鬱的熱帶》（台北：聯經出版事業公司，2000年；北京：生活·讀書·新知三聯書局，2000年）。

85 商晚筠：《癡女阿蓮》（台北：聯經出版事業公司，1977年）；商晚筠：《跳蚤》（士古

來西亞文學的基本模式，就隱藏在書寫北馬熱帶叢林深處華玲小鎮的小說裏。這些作品探索的視野（vision），突破了馬華文學局限在華人社群的書寫傳統。

列維-史特勞斯說，人類學者的專業中，應該不包含探險，但探險是人類學者工作過程無可避免的障礙之一，要不然，就如一般的旅行者，所到之處都是垃圾，帶回來的只是一些受污染的記憶。他欽佩以前歐洲最早的探險者，冒著生命的危險，深入南美或亞洲取得香料如胡椒，看起來可笑，因為西方香料與調味素都是偽造的，歐洲人冒著生命的危險與道德危機前往熱帶叢林搶奪香料，為的就是給枯燥乏味的西方文明之舌頭，帶來一大堆新的感性經驗。熱帶叢林的香料在視覺與感官上，給西方人引發奇異感，也是新的道德刺激品。

所以重返馬來西亞的熱帶叢林探險是必要的。我以前閱讀商晚筠，在她的熱帶雨林裏，就因為沒有探險的精神，我依照常人走的路，帶著馬華文學或西方流行的文學品味，結果無所發現。這一次依照列維-史特勞斯的方法，發現商晚筠這些作品突破一般馬華文學的重回熱帶雨林的小說書寫，它也否定與顛覆目前流行的受西方影響重回熱帶雨林的小說的書寫。

（一）重返後殖民地：「澳洲空軍機場」與熱帶雨水

商晚筠人生中曾多次企圖脫離邊緣，進入中心。受到挫折，嚴重受傷後，她便回返華玲邊緣。重返熱帶雨林，從中心回返邊緣的經驗，便構成她最有邊緣創意思考的記憶與懷舊的小說。而〈寂寞的街道〉[86]中書寫的那阿文的那一段在熱帶午後大雨中，重回雨林圍困的華玲小鎮的旅程，最具有邊緣的顛覆內涵。

雖然以自傳性的經驗話語書寫，為了顛覆霸權話語、一元性的文化，具有雙性人的商晚筠這次選擇以男性出擊，從台大回返華玲的不是女人黃綠

來：南方學院，2003年）。關於商晚筠詳細的著作目錄，見南方學院馬華文學館的編目 http://mahua.sc.edu.my/student/exhibition/shangwanyun/shangd7.htm。

86 商晚筠：〈寂寞的街道〉，《癡女阿蓮》，頁119-142。

綠，而是高大的阿文。作者刻意把自己化身為「五尺八寸及一百五十磅」的男人，捲曲的頭髮，濃眉、自信、深思熟慮的知識分子，當他走出機場時，還特地在玻璃門上滿意的看了一下自己的形象，才走出海關，這使人想起江湖或黑道大哥為正義而戰，出發打擊敵人前的姿態。

阿文抵達自己的國土，發現所乘的馬航班機，使用的是「澳洲空軍機場」，作者隱藏的話語是：早在一九五七年已推翻的英國殖民主義，獨立的國家大馬的馬航班機使用的竟是「澳洲空軍機場」，這不是表示殖民主義仍然存在嗎？後殖民的官僚貪污風氣不是也還在？一口小皮箱，海關人員檢查了老半天，暗示非要給錢才放人過關。在殖民時代的海關，檢查行李的意義在於禁止顛覆思想與反殖民主義者的入境。

馬奎斯（Gabriel Garcia Marquez, 1927-2014）《百年孤寂》（*One Hundred Years of Solitude*）裏象徵殖民與霸權的雨水，一下就是甚至幾年幾個月，[87] 在〈寂寞的街道〉中，飛機降落後殖民地的機場（澳洲空軍機場），熱帶的雨水還是下個不停。回返華玲小鎮，一路上五十多哩路，熱帶山脈都泡在黑色的雨中。再加上家裏沒有人來迎接他，他感到更失落與陌生。每一次進入中心或是回歸邊緣，商晚筠知道不會是長期性的旅程，所以他感到唯一的安慰，是口袋裏有一張雙程機票，準備隨時逃亡，繼續自我放逐的漂泊生活。更何況這一次他是回來向霸權挑戰，要顛覆一元性的文化。

（二）第一次的邊緣對話：阿文與馬來司機

阿文乘計程車回返華玲途中的邊緣對話，是商晚筠重返熱帶雨林的跨越族群文化的開始。沒有家人前來迎接，阿文獨自一個人提著行李，走出機場大廳，外面大雨中的馬路黑暗僻靜，沒有街燈，沒有行人，也沒有汽車，這是一個被遺忘的地方。這便是商晚筠探索海德格所說的「存在的遺忘」的開始。

---

87 Gabriel Garcia Marquez, tr. Gregory Rabassa, *One Hundred Years of Solitude* (London: Penguin Books, 1973). 黃錦炎等譯：《百年孤寂》（杭州：浙江文藝出版社，1991年）。尤其見第十六及十七章。大雨曾經一下就是四年十一個月零二天。

　　阿文在僻靜的路上，空等了半個小時，終於來了一部馬來人的計程車。
雖然華玲小鎮在五十哩外的熱帶雨林的山中，馬來司機欣然的接受，不過由
於回程空車，要求多一倍的車費。阿文毫不猶豫的同意。原本打算欣賞沿途
六年久別的山脈與小鎮，可是「整片景色泡在雨中，我正不該這時刻回
來」，[88]可見吞吃了熱帶雨林與山脈的黑夜與大雨有所象徵。但出乎意外，孤
獨的旅途中，他發現的馬來司機的可愛。他與馬來司機的對話，非常的愉
快。後來回到家裏，因為沒有馬幣，要媽媽付給馬來司機五十元，她拒絕，
而且大罵敲詐，只肯付十五元，後者很有耐心，很有禮貌的解釋，這是事前
雙方同意的價錢。最後還是阿文自己慷慨的給了兩張二十美元後，才解決這
場紛爭。因為二十美元比五十馬幣多，母親就更生氣。阿文母親與馬來司機
的對話，代表華人經濟霸權面臨危機時與行使政治特權的馬來人的對話。

　　非常明顯的，小說中暗藏著兩種聲音。一種聲音是老一代的華人如阿文
的父母與馬來人的對話，他們擁抱華人勤勞節儉的價值與傳統，瞧不起為人
樂天知命的馬來民族，總是認為馬來人不務正業，不腳踏實地，喜歡貪心小
便宜。種族的歧視，加上宗教與政治的複雜原因，使到他們之間的關係總有
一道距離。三女兒與馬來人戀愛然後私奔，被認為是華人家庭的奇恥大辱。
其實獨立前大馬的計程車司機都是華人。後來這行業多落在馬來人手中，這
也是代表政治主權的行使，也同時說明華人的經濟逐漸失去壟斷的地位。這
是使得母親對馬來司機非常憤怒的暗流。商晚筠製造了兩場年輕華人與馬來
人的邊緣對話，暗喻但願他們已跨越族群文化。除了從機場到老家的對話，
另一場對話發生在回家的第一個晚上。與父母世俗的思想衝突，使他無法忍
受，他獨自一人走上街頭，遇上馬來警察，便與他聊天。雖然初次的對話沒
有深度（作者以自己的半生熟的馬來語來暗示），但是感受是愉快的，特別
在大雨中的孤寂無人的黃昏和午夜的路上，與本土的馬來人相遇與很投機的
對話，這是重回熱帶雨林小說的開始，也是跨越族群文化的第一步。

　　小說中的地理空間值得特別注意。除了象徵後殖民地的「澳洲空軍機

88　商晚筠：〈寂寞的街道〉，《痴女阿蓮》，頁123。

場」，馬來人出現在大馬路上或街道上，這明顯的說明馬來人已是這國土的政治、經濟權力的擁有人，而阿文老家經營賣豆芽菜，路邊小販，表示華人的經濟大權已失落。

阿文一踏進家門，母親談話中，憤怒的透露出他的三姐秀心與野戰部隊的一名馬來人軍人私奔，其實這是大馬多元民族年輕一代更深層的對話，跨越族群文化的暗流的象徵。在商晚筠其他下小說如〈木板屋的印度人〉、〈巫屋〉、〈夏麗赫〉、〈小舅與馬來女人的事件〉等小說便有進一步的書寫。

（三）第二次的邊緣對話：雅麗與夏麗赫

〈寂寞的街道〉的對話是在馬路上，表示多種文化已經愉快的相遇了。〈夏麗赫〉[89]的對話有超越性的突破，馬來人經常到華人的雜貨店買啤酒與性感的海報。在現實中的大馬社會，回教族群不可能發生文化跨越。雅麗還常常受邀請，到馬來鄉村的典型高腳屋吃咖哩料理，穿上紗籠聊天。為了友情，每個星期五，一位馬來女子犧牲回教祈禱時間換取與華族友人的聚會。所以我說〈夏麗赫〉是第二次的跨文化對話。

〈夏麗赫〉裏自我敘事的「我」（雅麗），就如〈寂寞的街道〉的阿文，也是在台灣留學六年後，重回地理上非常邊緣的馬泰邊界小鎮華玲老家。由於台大外文系的大學文憑不受承認，找不到工作，留在家裏的雜貨店幫忙。這是被邊緣化的開始。所以地理上、精神上，作者如小說中人物，都是被放逐者。

回家的第四天，雅麗就遇見一位穿著時髦瀟灑的馬來女子夏麗赫前來雜貨店購買海報，她要買霹靂嬌娃華拉·法茜（Farrah Fawcett）在沙灘上的單身裸女大海報，用來掛在臥房，製造浪漫的氣息。她一頭捲髮，身穿牛仔褲，短袖運動衫，四寸高的軟木拖鞋，身體散發著香奈兒五號的法國香水味。在今日信奉回教馬來女子中，很少敢如此青春打扮。更由於夏麗赫為人豪爽熱情，思想開放，懂得享受藝術與生活，馬上成為好友。在吉打州依照

---

89 商晚筠：〈夏麗赫〉，《跳蚤》，頁115-172。

回曆，法定星期五為政府部門及商店休息日，因為回教徒要做禮拜。但是幾乎每個星期五，夏麗赫不上回教堂做禮拜，雅麗也不隨家人去檳城採購雜貨及吃喝玩樂，她們兩人喜歡躲在馬來甘榜夏麗赫的馬來高腳屋，煮咖哩飯、喝啤酒、聊天。為了友情，前者犧牲唸經祈禱，後者放棄與家人餐聚。

雅麗回想起在老家讀小學的日子，常常獨自往馬來鄉村玩，結交不少馬來族的小朋友。後來到城裏上中學並寄宿，纔沒有踏進一步，至今已是十多年了。[90]重返邊緣跨文化的生活，雅麗非常懷念：[91]

> 她特地煮一鍋咖哩鹹魚片和黃梨茄子菜豆。我們一面用手捉飯，一面聊著咖哩的多種口味煮法。恨不得每個週五都變花樣弄各式可口美味的咖哩讓我們大快朵頤。飯後，我借了她的沙籠穿上，隨意躺在她凌亂的床鋪上，懶懶的光線，懶懶的日午。

雅麗重回童年的邊緣的文化，這次認識馬來便衣女警探夏麗赫，給她帶來無限的力量。後者原來在大馬的政治文化中心（吉隆坡、怡保、太平），六年前才被調到這個「邊境小鎮」，邊緣性給她們更大膽的反抗力量。夏麗赫與丈夫離婚後，更加自由，駐紮在泰馬邊境清剿共產黨的野戰部隊，軍人常常到她家過夜，所以「通常我很少把門給上鎖，碰上我外出，那些阿兵哥仔來找我，門可是方便開著。」[92]但小說結束時，夏麗赫最後「為情所困」，自己用槍自殺身亡。雅麗也到更北邊的小鎮擔任幼稚園當老師。

這篇小說中，就如〈寂寞的街道〉也有兩種不同的聲音。〈夏赫麗〉寫於一九七八年五月，那時商晚筠台大畢業回大馬時的作品。[93]她安排雅麗與

---

90 非常具有自傳性，商晚筠一九六三年畢業於華玲育智小學後，轉至居林覺民國民中學升學。一九六九年畢業於覺民中學，見南方學院的馬華文學館：〈跨出華玲的「女性作家」商晚筠〉，http://mahua.sc.edu.my/student/exhibition/htm

91 商晚筠：〈夏麗赫〉，《跳蚤》，頁129。

92 商晚筠：〈夏麗赫〉，《跳蚤》，頁124。

93 根據南方學院的生平事件：1977年6月26日畢業於台大外文系，12月28日回返馬來西亞。1978年3月，商晚筠在八打靈再也的《建國日報》擔任副刊助編，編《萬象》和《天涯

夏麗赫的第二次邊緣對話，發生在傳統的馬來鄉村典型的馬來高腳屋，又是回教祈禱的星期五，兩個人喝酒、抽菸、吃咖哩，那是極端的跨越馬來的中心文化。但是她們的來往是秘密的，就像非法的活動，華人與馬來人都不能接受。商晚筠巧妙的安排她們兩個女人的密會，有時是夏麗赫通過小孩到雜貨店買東西，把約會的字條傳給雅麗，有時雅麗假裝回去新屋過夜而偷偷溜到馬來高腳屋。夏赫麗自殺後，雅麗回來華玲哀弔，也不敢通知家人。從馬來族群為中心的文化觀點，夏麗赫喝酒、整天與野戰部隊的軍人鬼混，是一位壞女人，她的兒子，被全村的馬來同胞稱為野雜種。回教徒不上教堂是難於被寬恕的。而這篇小說中的雅麗不像〈寂寞的街道〉的阿文，馬來文流利如母語，每天閱讀馬來報，小時候常往馬來村跑，很多馬來朋友。馬來咖哩是她最陶醉的食物，但是家人盡一切辦法，阻止她們的來往，她的大嫂警告：「小姑，不是我愛說別人的是非，像她這種馬來女人，您還是躲得遠些，少理他：他們馬來人都不太瞧得起她。」[94]所以小說中具有更多種不同的聲音。

（四）第三次的邊緣對話：小舅與馬來女人

在〈小舅與馬來女人的事件〉[95]，商晚筠不但重返邊緣小鎮，更進入熱帶雨林深山中的橡膠林。這次重返，不但是地理上的邊緣，而且重返生命邊緣的童年，以一位十歲左右的小女孩李來男的第一人稱「我」來敘述。所以愈邊緣化，就更進一步跨越族群文化。〈小舅與馬來女人的事件〉的小女孩李來男從邊緣小鎮街市的家，被驅逐到郊外阿婆的家，再度被驅逐到橡膠林的深處。

來男一誕生就被傳統中華文化的中心思想邊緣化，因為她是一位女孩，在重男輕女的華人社會，她是不受歡迎、被排斥的人。為了希望她帶來一個

尋知音》等副刊，年底升副刊主任，見 http://mahua.sc.edu.my/student/exhibition/shangwanyun/shangd1.htm

94　商晚筠：〈夏麗赫〉，《跳蚤》，頁120。

95　商晚筠：〈小舅與馬來女人的事件〉，《跳蚤》，頁173-265。

男孩，故取名「來男」。可是由於她出生後滿月那天，三歲的哥哥患急性肺炎死了。算命的印度婦女說來男是掃把星、白虎星、把小哥哥剋死了，結果爸爸把她拋去，後來小舅子把她抱回阿婆家養大，改了姓，長大後父母還是不讓她回返經營雜貨店的住家，不讓她進學校讀書，而其他的孩子都是就讀中心文化的英文學校，每天以賓士豪華汽車接送。來男身分的確認，具有被邊緣化的特殊意義。

重回邊緣與童年，首先是對傳統中華文化思想的否定。來男自己不但被邊緣化，發現家人對非華族的馬來人更有偏見。來男原來就被排斥出小鎮，她小時候一直深信：「阿婆和娘都說馬來人沒有一個好東西。」華人喜歡馬來人，都是因為中了馬來人的巫術「貢頭」。住在森林深處橡膠園的小舅子愛上馬來女子花地瑪，她對小舅子說：「娘和阿婆還說你八成是中了貢頭，摸不準事情的好歹。」[96]因此造成她也先天性拒絕馬來文化。由於她沒有上學，她的媽媽決定強迫派她到橡膠林監視小舅子與馬來女人的來往。開始來男看見小舅與馬來女子在光天化日下在草叢裏做愛，原始的性行為也難於接受：「阿婆的話沒。……長了一雙胖奶子的瘦女人準不是好東西。」她也相信阿婆說，她與小舅好，是為了占有橡膠園。但是經過長期深入的接觸後，她終於接受橡膠園寂靜、馬來高腳屋及馬來女子：「這馬來女人長得煞是可人，嬌嬌俏巧的，我底眼裏全沒了那頑固的成見。小舅說的丁點兒沒錯，她哪一點不對勁哪一點不好。」[97]本來跟著阿婆反對小舅，來男看見事實真相後，「我心裏感到莫名的慚愧。」[98]

〈小舅與馬來女人的事件〉中，除了通過來男的眼睛，作者再以兩位沒有知識的勞動者，被社會放逐到叢林深處生活的普通老百姓來呈現跨越文化的可能性。從小就被放逐到原始的叢林當割膠工人，阿村遠遠離開小鎮中華文化的小中心，花地瑪在回教鄰里也遠離回教堂與小舅李木村（戇呆村），他們靜靜的顛覆了宗教與風俗習慣，一直到跨文化有了結晶，才被作為華族

---

96 商晚筠：〈小舅與馬來女人的事件〉，《跳蚤》，頁202。
97 商晚筠：〈小舅與馬來女人的事件〉，《跳蚤》，頁210。
98 商晚筠：〈小舅與馬來女人的事件〉，《跳蚤》，頁203。

保守文化小中心的菜市場的八卦流言所破壞。最後阿婆發動回教長老，命令
花地瑪靜靜的回返吉蘭丹老家，才把他們拆散。不過阿村從此拒絕回返小鎮
的家，寧願放棄舒服的生活，永遠的住在橡膠林，等著花地瑪突然出現門
口。可能是遠離了以華人為中心的華玲小鎮，最後阿婆、來男都一起盼望花
地瑪帶著新生的混血兒回來。

　　雖然事件發生在邊緣地帶，這篇小說隱約出現的次「權力中心」，那是
位於華玲小鎮中心，來男父母的雜貨商店，那裏連來男都不准去，怕她帶來
不吉利。回教長老命令花地瑪離開，也是他們的安排，不是阿婆。其次菜市
場與廟宇神壇也是具有強大影響力，阻止華人跨越族群文化，反抗與異族認
同。阿婆就花了一千元到弄到齊天大聖的靈符給阿村，以抵抗馬來女人的巫
術貢頭（其實是魅力），雖然最後失敗了。

　　這篇小說有華人、馬來人、印度人的聲音，各自又有多種不同的聲音，
對內對外，相互對話。最特別的是，年輕一代逐漸的醒悟，小時候所灌輸的
思想與現實不符，他們都要顛覆。

（五）重返童年的故鄉：自我發現的成長與心靈的旅程

　　目前商晚筠被關注的課題是「走出華玲的商晚筠」，[99]而我比較有興趣探
討的是重返華玲小鎮的商晚筠。商晚筠重返熱帶雨林之旅，使人想起康拉德
重返熟悉的非洲，沿著剛果河，進入非洲深處黑暗之心的旅程，發現白人以
開發為名去智銀宇剝削非洲，[100]魯迅重返故鄉，象徵傳統與反傳統之旅。[101]

---

99 譬如南方學院馬華文學館商晚筠特藏資料庫，即命名為〈跨出華玲的「女性作家」商
　晚筠〉，見 http://mahua.sc.edu.my/student/exhibition.htm.

100 Joseph Conrad, *Heart of Darkness*, in *Conrad's Heart of Darkness and the Critics*, Bruce
　Harkness, ed. (Belmont, California: Wadsworth, 1960)；康拉德著，王潤華譯：《黑暗的
　心》（台北：志文出版社，1969年）。

101 Wong Yoon Wah, "A Journey to the Heart of Darkness: The Mode of Travel Literature in Lu
　Xun's Fiction,"*Tamkang Review* (vol. xxiii, Nos, 1234 (Autumn 1992), pp. 671-692；王潤
　華：〈探索病態社會與黑暗靈魂之旅：魯迅小說中遊記結構研究〉《魯迅小說新論》
　（台北：東大圖書公司，1992年），頁69-88。

而奈保爾（V.S. Naipaul）的《大河灣》（*A Band in the River*），沙林開車進入
非洲內陸之旅，在一個被殖民者拋棄的小鎮經營小商店，邊緣叢林成為重要
意象的後殖民書寫。[102]

　　尤其在後殖民文學，重返童年的書寫與國家的成長變化、霸權文化與本
土文化的相互撞擊，有著密切的結合。從英國殖民地時代的馬來亞到獨立後
的馬來西亞，從外來移民在政治、文化、經濟上成為強勢的族群到本土馬來
人政治權利的行使，在商晚筠的重返童年的地理與文化邊緣，都有重要的呈
現。所以我們閱讀商晚筠的重返熱帶邊緣的小說，從夢幻般的到很現實的旅
途，大大小小的事件與追憶，都是歷史文化的象徵符號。

　　因此在這個馬來西亞地理上或商晚筠小說虛構的華玲及其居民，都是多
元的被邊緣化的人。大家主要認同生活方式與空間，不太認同種族與歷史傳
統。夏赫麗認同雅麗，不認同曾與她同住的馬來女警察，因為每個星期五，
她們可以在現代式的高腳馬來屋聊天、喝酒、抽菸。阿村向橡膠園與馬來女
工認同，因為與他們在一起，自己才存在。通過書寫這種跨越族群生活與文
化的邊緣經驗的小說，商晚筠建構了以華語書寫的馬來西亞文學。我們稱它
為馬來西亞文學，而不是馬華文學，因為商晚筠的文學視野，跨越華人的文
化社區，涵蓋了整個華玲族群被邊緣化的生活。在她的很多作品，如〈木板
屋的印度人〉、〈巫屋〉、〈九十九個彎道〉，[103]重要的小說人物事件，都是印
度人與馬來人，更重要的是，出現各種族文化的聲音，不像一般華文文學作
品，主要是單獨的華人的聲音。

（六）駁雜性的邊緣經驗：建構馬來西亞文學的書寫

　　商晚筠的小說是後殖民社會各族文化傳統的交融（syncreticity）與駁雜
（hybridity）性的產品。這些小說人物努力把時間改變成空間，所以他們不
斷快速的移動身體，盡量改變生活的區域。馬來司機在唐人區，會感到不

---

102 奈保爾的《大河灣》的沙林是一個印度後裔，開車進入非洲內陸一個被殖民者遺棄的
　　小鎮，接管一間下商店。商晚筠在〈夏麗赫〉中，雅麗一回到家，就幫忙經營雜貨店。
103 收集於《癡女阿蓮》小說集裏。

安，盡快回返瓜拉哥底，雅麗一有機會就去馬來的新家存貨。他們把現在從過去掙扎出來，建設未來，那是阿村與夏赫麗最努力要的目標。不同文化毀滅性的相遇，變成和而不同（difference on equal terms），互相接受多元的跨文化，〈巫屋〉中以豬肉攻擊馬來巫婆，〈小舅與馬來女人的事件〉中用齊天大聖的靈符對付馬來女人的魅力，都有書寫。這些後殖民、邊緣文化的駁雜與交融的視野（hybridized and syncretic view）下的華玲世界，就是以華文創作的馬來西亞文學，它超越了馬華文學。

六　結論：從地方文化書寫出發的世界文學

　　這類地方文化歷史的書寫傳統，新馬仍然流行與發展，而且進入更有文學藝術境界。大量以詩歌、散文與小說等形式去創作。我的《新村》（原名《熱帶雨林與殖民地》）、《王潤華南洋文學選集》[104]便是一種嘗試。最近台灣有「廿一世紀華文長篇小說20部」的遴選計劃，馬來西亞地區，由李樹枝、潘碧華、曾翎龍、辛金順、許通元組成遴選委員會遴選。決選的兩部作品，黎紫書的《告別的年代》、[105]李憶莙《遺夢之北》長篇小說，[106]都稱得上是地方志小說，以馬來西亞小鎮建構故事，同時都是以小敘述的結構。黎紫書《告別的年代》，不但很文化馬來西亞，而且人物、地點、語言、生活，非常怡保市鎮的本土文化，這些雜種多元的華語書寫特質，不是目前華語語系的學者的論述所能理解與認識的。《遺夢之北》又是極其怪異的，馬來西亞鄉下華人老百姓的死亡、不安、彷徨的生活書寫，李憶莙自稱寫的是「文化馬來西亞」，每個回憶，只有在馬來西亞土地上的華人才有的經驗，是那裏的土地、氣候、移民族群所造成。所以黎紫書《告別的年代》與李憶莙《遺夢之北》，都是追憶與尋找馬華本土文化，那些人物、那些街道，那

---

104 王潤華：《熱帶雨林與殖民地》（新加坡：新加坡作家協會，2000年）。Wong Yoon Wah, *The New Village* (Ethos Books, 2012)。王潤華：《王潤華南洋文學選集》（新加坡：南洋大學理工學院出版，2016年）。

105 黎紫書：《告別的年代》（台北：聯經出版事業公司，2010年）。

106 李憶莙：《遺夢之北：李憶莙長篇小說》（台北：釀出版，2012年）。

些生活，包括所用的華語，都是馬來西亞特定地區所獨有。近二十年，以小說來建構新馬一個特定區域的本土文化書寫，優秀作品特別多。自從李永平寫砂勞越山地華族與伊班族通婚的故事《婆羅洲之子》與《拉子婦》[107]之後，小說家紛紛出擊，近年完成的區域文化書寫很多是隨手舉例，如張貴興的《群象》、[108]《野豬渡河》，[109]潘雨桐的《河岸傳說》，[110]張揮的《雙口鼎一村：那些年那些事》。[111]

世界文學中很多經典著作都是從鄉土出發的，魯迅寫浙江紹興兒時的故鄉如《吶喊》與《彷徨》；[112]沈從文（1902-1988）的湖南地方小說、文化書寫《湘西散記》；[113]俄國作家屠格涅夫（Ivan S. Turgenev, 1818-1883），敘寫烏克蘭的農村，有《獵人手記》（*A Sportsman's Sketches*）；[114]美國作家梭羅（Henry Thoreau, 1817-1862）在美國麻省的鄉下所作鄉土哲學思考，寫成經典名著《湖濱散記》（*Walden*）。[115]

107 李永平：《婆羅洲之子》（古晉：婆羅洲文化局，1968年）。李永平：《拉子婦》（台北：化新出版社，1976年）。

108 張貴興：《群象》（台北：麥田出版社，2006年）。

109 張貴興：《野豬渡河》（新北：聯經出版事業公司，2018年）。

110 潘雨桐：《河岸傳說》（台北：麥田出版社，2002年）。

111 張揮：《雙口鼎一村：那些年那些事》（新加坡：玲子傳媒，2015年）。

112 魯迅：《吶喊》（北京：新潮社出版，1923年）。魯迅：《彷徨》（北京：北新書局，1926年）。

113 沈從文：《沈從文全集》（長沙：北嶽文藝出版社，2009年）。

114 〔俄〕屠格涅夫著，黃偉經譯：《獵人手記》（南昌：百花洲文藝出版社，1996年）。

115 〔美〕亨利・戴維・梭羅著，樂軒譯：《湖濱散記》（台北：臺灣商務印書館，2010年）。

徵引書目

〔魏〕曹　操：〈短歌行〉《曹操詩集》，https://www.xuges.com/mj/c/caocao/sj/index.htm

〔明〕馬　歡：《瀛涯勝覽》，北京：海洋出版社，2005年。

〔明〕馬　歡著，萬明校注：《明鈔本《瀛涯勝覽》校注》，北京：海洋出版社，2005年。

〔明〕馬　歡著，馮承鈞校注：《瀛涯勝覽校注》，北京：商務印書館，1935年；北京：中華書局，1955年重印。

〔清〕蘅塘退士編，蓋國梁等評註：《唐詩三百首》，上海：上海古籍出版社，1999年。

方　修：《馬華新文學史稿》，新加坡：星洲世界書局，1975年。

王潤華：〈吃榴槤的榴槤：東南亞華人共同創造的後殖民文本〉，載《華文後殖民文學》，台北：文史哲出版社，2001年，頁177-190。

王潤華：〈南洋魔幻的吃魚文化：生魚與魚生〉，焦桐編：《味覺的土鳳舞（飲食文學與文化學術研討會論文集）》，台北：二魚文化事業公司，2000年，頁242-256。

王潤華：〈重構海上絲路上的東南亞漢學新考古〉，《南方學報》2022年8月第15期，頁85-118。

王潤華：〈探索病態社會與黑暗靈魂之旅：魯迅小說中遊記結構研究〉，載《魯迅小說新論》，台北：東大圖書公司，1992年，頁69-88。

王潤華：〈飯碗中的雷聲：後殖民／離散／南洋河婆客家擂茶〉，焦同編：《飯碗中的雷聲》，台北：二魚文化事業公司，2010年，頁10-25。

王潤華：〈鄭和登陸馬六甲以後的「娘惹」粽子〉，焦桐主編：《飲食文選》，台北：二魚文化事業公司，2011年，頁28-33。

王潤華著，梁秉賦編：《王潤華南洋文學選集》，新加坡：南洋大學理工學院出版，2016年。

王潤華：《南洋鄉土集》，台北：時報文化出版公司，1981年。

王潤華：《重返集》，台北，新地文化藝術公司，2010年。

王潤華：《越界跨國》，廣州：廣東人民出版社，2017年。

王潤華：《榴槤滋味》，台北：二魚文化事業公司，2003年。

王潤華：《熱帶雨林與殖民地》，新加坡：新加坡作家協會，2020年。

王潤華：《橡膠樹》，新加坡：泛亞文化，1980年。

冰　谷：《走進風下之鄉》，台北：秀威資訊科技公司，2010年。

冰　谷：《橡葉飄落的季節》，台北：秀威資訊科技公司，2011年。

吳　進：《熱帶風光》，香港：學文書店，1951年。

李永平：《拉子婦》，台北：化新出版社，1976年。

李永平：《婆羅洲之子》，古晉：婆羅洲文化局，1968年。

李憶莙：《遺夢之北：李憶莙長篇小說》，台北：釀出版，2012年。

沈從文：《沈從文全集》，長沙：北嶽文藝出版社，2009年。

林水檺，駱靜山編：《馬來西亞華人史》，吉隆坡：留台聯總，1984年。

林水檺等編：《馬來西亞華人史》，吉隆坡：馬來西亞留台校友會，1984年。

邱新民：《東南亞文化交通史》，新加坡：新加坡亞洲研究會，1984年。

威北華：《黎明前的行腳》，新加坡：星洲世界書局，1959年。

唐承慶：《榴槤詩話》，香港：藝美圖書公司，1961年。

秦一民：《紅樓夢飲食譜》，濟南：山東畫報出版社，2003年。

秦　牧：《花蜜和蜂刺》，北京：人民文學出版社，1983年再版。

商晚筠：《跳蚤》，士古萊：南方學院，2003年。

商晚筠：《癡女阿蓮》，台北：聯經出版事業公司，1977年。

張　揮：《雙口鼎一村：那些年那些事》，新加坡：玲子傳媒，2015年。

張貴興：《野豬渡河》，新北市：聯經出版事業公司，2018年。

張貴興：《群象》，台北：麥田出版社，2006年。

許通元：《雙鎮記》，吉隆坡：大將出版社，2005年。

許　傑：《椰子與榴槤》，香港：理想圖書，1994年再版，原1938年上海晨鐘
　　　　出版社。

陳篤漢：《大老闆小排檔》，新加坡：八方文化創作室，2011年。

曾鐵枕：《新加坡史話》，新加坡：嘉華出版社，1962年、1967年。

焦　桐主編：《飯碗中的雷聲》，台北：二魚文化事業公司，2010年。

黃孟文、徐迺翔：《新加坡華文學史稿》，新加坡：八方文化創作室，2002年。

黃美芬主編：《作家廚房》，新加坡：玲子傳媒，2006年。

黃錦炎等譯：《百年孤寂》，杭州：浙江文藝出版社，1991年。

裴斐編：《李白詩歌賞析集》，成都：巴蜀書社，1988年。

潘雨桐：《河岸傳說》，台北：麥田出版社，2002年。

潘翎編：《海外華人百科全書》，香港：三聯書店，1998年。

鄭文輝：《麻河風蕭蕭》，新加坡：藍點出版社，2016年。

鄭文輝：《新加坡從開埠到建國》，新加坡：教育出版社，1977年。

魯白野：《馬來散記》，新加坡：星洲世界書局，1954年（2019年新編著本
　　　　版）。

魯白野：《獅城散記》，新加坡：星洲世界書局，1957年。

魯白野：《獅城散記新編註釋本》，新加坡：周星衢基金會，2019年。

魯　迅：《吶喊》，北京：新潮社，1923年。

魯　迅：《彷徨》，北京：北新書局，1926年。

黎紫書：《告別的年代》，台北市：聯經出版事業公司，2010年。

謝選駿：《神話與民族》，濟南：山東文藝出版社，1986年。

鍾梅音：《昨日在湄江》，香港：麗雨公司，1975年。

蘇衍麗：《紅樓美食》，濟南：山東畫報出版社，2004年。

〔波斯〕奧瑪・開儼著，孟祥森翻譯：《狂酒歌》，台北：晨鐘出版社，1971
　　　　年。

〔俄〕屠格涅夫著，黃偉經譯：《獵人手記》，南昌：百花洲文藝出版社，
　　　　1996年。

〔美〕李維-史特勞斯著，王志明譯：《憂鬱的熱帶》，台北：聯經出版事業
　　　　公司，2000年；北京：生活・讀書・新知三聯書店，2000年。

〔美〕李維-斯特勞斯著，王志明譯：《憂鬱的熱帶》，北京：生活・讀書・
　　　　新知三聯書店，2000年。

〔美〕愛德華‧義德著，王宇根譯：《東方學》，北京：生活‧讀書‧新知三
　　聯書店，1999年。

〔英〕康拉德著，王潤華翻譯：《黑暗的心》，台北：志文出版社，1970年。

〔英〕康拉德著，王潤華譯：《黑暗的心》，台北：志文出版社，1969年。

〔英〕康拉德著，王潤華譯：《黑暗的心》，台北：志文出版社，1970年，
　　2004年再版。

Barry, P., *Beginning theory: An introduction to literary and cultural theory*
　　(Manchester: Manchester University Press, Manchester, 2002).

Chew, Ernest and Edwin Lee (eds), *A History of Singapore* (Oxford: Oxford
　　University Press, 1991).

Conrad Joseph, *Heart of Darkness*, in *Conrad's Heart of Darkness and the Critics*,
　　Bruce Harkness, ed. (Belmont, California: Wadsworth, 1960).

Conrad, Joseph, *An Outcast of the Islands* (London: Penguin Books, first
　　published, 1896; 1975).

Conrad, Joseph, *Heart of Darkness*, *Almayer's Folly*, *The Lagoon*, *An Out Post of
　　Progress* (New York: Dell Publishing Co., 1960).

Conrad, Joseph, *Lord Jim* (London: Blackwood, 1900).

Eliot, T. S., *The Sacred Wood* (London: Methuen, 1966).

Frye, Northrop, *Anatomy of Criticism* (Princeton: Princeton University Press,
　　1966).

Levi-Strauss, Claude, *Tristes Tropiques*, English tr., John and Doreen Weightman
　　(New York: Modern Library, 1997).

Lyotard, Jean-François, *The Postmodern Condition: A Report on Knowledge (La
　　Condition Postmoderne: Rapport sur le Savoir* (Paris: Minuit,1979).

Marquez, Gabriel Garcia, tr. Gregory Rabassa, *One Hundred Years of Solitude*
　　(London: Penguin Books, 1973).

Maugham, Somerset, *Maugham's Borneo Stories*, ed. G.V. De Freitas (Singapore:
　　Heinemann, 1976).

Maugham, Somerset, *Somerset Maugham's Malaysia Stories*, ed., Anthony Burgess (Singapore: Heinemann, 1969).

Maugham, Somerset, *The Casuarina Tree: six Stories* (London: Heinemann, 1965).

Miller, Toby, *A Companion to Cultural Studies* (Malden, MA: Blackwell Publishers, 2006).

Omar Khayyam, tr. by Edward Fitgerald, *Rubaiyat* (New York: Random House, 1947, first edition 1839).

Raymond, Williams, *Culture and Society* (New York: Columbia University Press, 1960).

Raymond, Williams, *Keywords: A Vocabulary of Culture and Society* (London: Fontana / Croom Helm, 1976).

Said, Edward, *Orientalism* (New York: Pantheon Books, 1978).

Turnbull C. M. Turnbull, *A History of Singapore* (Oxford: Oxford University Press, 1988).

Victor Purcell, *The Chinese in Malaya* (Oxford: Oxford University Press, 1967).

Wong Yoon Wah, "A Journey to the Heart of Darkness: The Mode of Travel Literature in Lu Xun's Fiction." *Tamkang Review* (vol. xxiii, Nos, 1234 (Autumn 1992), pp. 671-692.

Wong Yoon Wah, *The New Village* (Singapore: Ethos Books, 2012).

學術論文

學術史脈絡下的竹塹研究回顧

牟立邦[*]

摘要

自一九九〇年代起，地方性研究逐步興盛，地方學已成為形塑臺灣各地區的重要顯學，是建構對當地研究的基礎，也是呈現地域多元發展特色的依託所在。竹塹多族群文化的歷史，使得其地域發展充滿豐富的多元性，加以書香世家迭出，相關文獻浩繁，不少資料得留存至今。這樣的特殊性和機緣性，也促成現今新竹地方學研究的鼎盛蓬勃。但是在深入竹塹地域空間，進行學術回顧探究之時，或許是礙於研究者對主題的設置，多數涉及學術回顧的歷史書寫，時常聚焦在單一議題或僅偏限於本身學科之上，未能充分擴展至整體發展脈絡的演繹剖析，因此甚難真正完整詮釋竹塹地域和空間研究的連貫性及立體性。本文亦試圖由此作為突破，梳理由戰後以來竹塹地域空間中的關鍵推動學者，兼及是重要之題材研究創新，除打破制式條例摘要性的研究回顧寫作外，同時將臺灣社會演變的歷程，同步納入竹塹學整體學術發展中進行參照，勾勒出研究脈絡的整體，與社會氛圍交織的情況，冀盼能為竹塹地域空間的學術研究，描繪出一個基本學術史輪廓，亦為現今臺灣地方學盡一絲綿薄貢獻。

關鍵詞：新竹學、地方學、地方志、學術綜述、臺灣學術史

---

* 明新科技大學通識教育中心助理教授。

一 緒論

　　竹塹為現今新竹的古地名稱呼，緣由來自於當地以前的道卡斯族族語中，該居住地發音音譯「竹塹」而來。[1]其地理區域大抵為頭前溪、鳳山溪所形成沖積平原區塊，大抵正是今日新竹縣市的行政區域。其東南北三面受丘陵環拱，西則臨臺灣海峽，北銜湖口臺地及飛鳳山丘陵，南倚竹東丘陵，故地勢由東南向西北遞降。自古境內東部丘陵、山地便是泰雅族、賽夏族的生活領域，[2]西半部平原地帶則為道卡斯族的活動場所。[3]即便是荷西殖民統治臺灣時期（1624-1662），竹塹地域多半仍保持原始態樣。[4]明清以降，漢人的移墾遷入，不時引發漢原民衝突，故一七六一年（乾隆二十六年）劃設土牛溝，作為漢、原域界，橫切兩造文化。相較此時南臺灣土地的開發情況，地處丘陵地帶的竹塹地域，呈現各族群（除原住民族外亦包含客家族群、閩南族群）或分立自處、或競爭合作的多樣面特性存在。日治及民國以後，蓋諸多各式因素，行政區域歷經多次調整，至一九八二年新竹縣市分治，遂演變為其今日形貌。

　　竹塹多族群文化的歷史進程，使得本身的地域發展充滿豐富的多元性，加以書香世家迭出，相關文獻浩繁，不少資料得留存至今。這樣的特殊性和機緣性，也促成現今有關新竹地方學之研究的鼎盛蓬勃。隨著學術研究的積累，以及一九七〇年代以來，學界興起倡議社會科學的整合運用，無形中亦逐步形塑出學術研究計畫的寫作範本藍圖。以社會科學和新歷史學為例，便

1　竹塹名稱的由來有兩種說法，一是取原居住新竹平原上的道卡斯族所用之「竹塹社」音譯；二是因為「環植荊竹圍城」而得名。經考證，第一種為稱呼用語緣起，後者則為用詞附加確定，兩者相輔相成，方得竹塹。

2　新竹縣政府原住民族行政處官方網頁，https://indigenous.hsinchu.gov.tw/News_Content.aspx?n=299&s=4222，檢索時間：2021年4月8日。

3　原住民族文獻編輯部：〈尋根──道卡斯族專題〉，《原住民族文獻》第12期（2013年12月），頁2-3。

4　見拙文，〈16-17世紀竹塹地域延展的歷史意義〉發表於二〇二〇年第一屆屏東學學術研討會暨第十六屆南臺灣社會發展學術研討會。

特別強調「研究回顧」的梳理寫作，透過對文獻資料進行歸納整理、綜合分析，以闡明有關主題的歷史背景、現狀和發展方向，進一步對相關該議題延展的充分掌握，使研究的問題意識能準確地反映在研究計畫之中，並展開出更具精練明確、邏輯層次的章節寫作配置。正因為「研究回顧」具備上述中的實用性與科學性，因此，「研究回顧」討論的角度、觀點、甚至是深淺，便顯得至關重要。也正因為「研究回顧」的研究撰寫，研究者方能更具備洞察問題與展望學術的能力。

在早期的當代學界，礙於數位資訊尚未全面發展，學術資料檢索多是以「紙卡」方式進行，即所謂的卡片式目錄；[5]相對更具研究成果之重點學科、學門，則另有專業的書本式集合目錄可以翻閱使用。[6]此時對「文獻回顧」的撰寫，多半也是以此梳理出相似相近之研究，再以分類疊合的方法摘要描述，但相關問題意識與學術發展之脈絡線圖的把握，則相較精簡淡薄。一九八〇年代以來，受社會科學方法引進和臺灣政治環境解嚴的影響，以社會經濟為基礎的文化史興起，臺灣學界漸有新氣象成形，[7]至《新史學》刊物問世，中央研究院臺灣史研究所成立，大幅帶動起學術的更替換新。一九九五年正值臺灣戰後五十週年整，也是馬關條約日殖臺灣回顧起始一百年，可謂學術關鍵一年。由中央研究院臺灣史研究所籌備處，與臺灣大學歷史系合辦之「臺灣史研究回顧與專題研討會」，除是對臺灣史研究的重視外，亦

5　參林呈潢：〈現代圖書館目錄的功能與角色〉，《大學圖書館》第2卷第2期（1998年4月），頁62-82。

6　以行政院國家科學委員會所支持的《戰後臺灣的歷史學研究1945-2000》計畫出版系列為例。不置可否，在二〇二一年資訊量核爆的時代當下，各中心或學門之相關檢索系統、資料庫網站未能完整單一統合，此外，除有長期經費維護，相較小型或個人式經營，不少亦有更迭或失聯情況，都不免阻隔資料的有效運用及查詢；此時，對於傳統專業性的書本式集合目錄，就彰顯出有其作為工具書實用的功能，雖說紙本未具更新能力，但是針對社科人文等初始研究者，在面對漫天海量文獻中，便能有效率地進行初步重要核心研究議題的檢視和查閱。

7　John Makeham and A-chin Hsiau, eds., *Cultural, Ethnic, and Political Nationalism in Contemporary Taiwan:Bentuhua* (New York: Palgrave Macmillan, 2005).

同時揭示「研究回顧」的本質及意義，[8]與此同期，相關「研究回顧」等各領域議題亦同步展開，[9]至二〇〇八年起，中央研究院臺灣史研究更以所每年出版的《臺灣史研究文獻類目》為基礎，於年終之際舉辦前一年度（或二年）臺灣史的研究回顧與展望，揀選成果較為豐富的專題史進行評析，藉此希望深入探討該領域的研究狀況並策勵將來。[10]

聚焦回顧有關竹塹（新竹）地域之綜述類的學術文章、會議發表，首先是二〇〇四年國科會計畫中，由林玉茹、李毓中完成的《戰後臺灣的歷史學研究：1945-2000（第七冊）》，該系列書籍稱得上近十幾年來，最具規模系統的臺灣學術史研究統合，也算首度初步對相關竹塹地域研究進行梳理分類的成果書目。不過或許是礙於該計畫目標和成書系列篇幅，故僅能著重相關研究的分類並簡單介紹，尚未有更多當代性或即時性成因分析與脈絡連結呈現。[11]二〇〇七年吳三連臺灣史料基金會《臺灣史料研究》，刊載剛畢業於中央大學歷史所陳志豪的〈臺灣隘墾史的研究與回顧——以竹塹地區的研究成果為例〉一文，該篇就學者吳學明和施添福兩位學術前輩的研究成果進行展開，闡述了北臺灣有關隘墾研究的學術發展軸線，透過對相關研究的梳理，剖析了竹塹隘墾史研究中關於移墾方式與背景、拓墾型態及差異、地方菁英活動等幾項重大方向性的研究，稱得上統整了以該專業議題為導向的學

8　參見黃富三、古偉瀛、蔡采秀等：《臺灣史研究一百年：回顧與研究》（臺北：中央研究院臺灣史研究所，1997年）。

9　一九九五年新史學雜誌、東海大學歷史系主辦「五十年來臺灣的歷史學研究之回顧」研討會，計有論文十七篇。一九九九年中央研究院臺灣史研究所籌備處承辦之「五十年來臺灣方志成果評估與未來發展學術研討會」，便是十分具典型代表性之一。張炎憲：〈張炎憲序：從1995年的學術研討會反省臺灣歷史意識〉，收入《臺灣近百年史論文集》（台北：吳三連臺灣史料基金會，1996年），頁1。許雪姬、林玉茹：《五十年來臺灣方志成果評估與未來發展學術研討會論文集》（臺北：中央研究院臺灣史研究所，1999年）。

10　〈研討會緣起〉，〈臺灣史研究的回顧與展望〉官方網頁：http://thrrp.ith.sinica.edu.tw/about.php，檢索時間：2021年4月8日。

11　林玉茹、李毓中：《戰後臺灣的歷史學研究：1945-2000（第七冊）》（臺北：國立臺灣大學出版中心，2004年）。

術回顧發展，對臺灣竹塹學術史頗具初步貢獻性。[12]

　　之後陳志豪又在此基礎上，於二〇一三年中央研究院臺灣史研究所舉辦「二十年來臺灣區域史研究回顧暨2013年林本源基金會年會」之際，發表〈近二十年來新竹地區的區域史研究之回顧與展望〉，該篇除擴大研究回顧範疇外，並將歷史、地理、人類學在竹塹地區進行的跨學門合作進行分析陳述，更值得一提的是，陳志豪深入談及了中央大學、臺灣大學及臺灣師範大學，相關開設課程研究對學術歷程的關係影響，各師生間的學術承累及研究成果，算是另一再深入的學術史探究撰寫，使普通讀者也得一窺認識學界領域的傳承發展。[13]繼陳志豪二篇相關竹塹地域研究回顧後，二〇一九年政治大學民族所博士廖志軒撰寫了〈竹塹社的研究回顧與評析〉，該篇是在陳志豪二篇回顧架構中，再度聚焦於竹塹平埔族的相關文獻探究，並以時間為軸線，結合運用民族學田野調查的議題分類方式，區段性劃分三段時期加以探討，當中又以一九八四年學者吳學明碩士論文為始，闡明了前後研究的變革性，可謂進一步精細了竹塹研究回顧的書寫。[14]

　　回顧陳廖二者共三篇竹塹地域的相關研究回顧綜述，除先後不斷深化、再分類，嘗試由不同面向剖析整體研究史之發展外，雙方不約而同的共同點，都是將觀察的視野放在研究成果的文獻本體之上，雖說在本質上並無任何問題，但若放諸於宏觀的臺灣史學脈絡歷程、臺灣社會發展史下，就又稍顯現出距離感。在廖志軒的〈竹塹社的研究回顧與評析〉一文中，有試圖橫貫起日治至當今的竹塹社研究回顧，但在一九〇六～一九八〇年時期，僅僅只用數行文字約略提及，多數論述仍以民族學視野聚焦於一九八〇年代之後。其實，自「古」以來，所謂的「地方學」便一直存在於官方的〈府誌〉、〈縣誌〉、〈鄉誌〉、〈地誌〉之中；以該領域研究最權威的學者吳學明為

12 陳志豪：〈臺灣隘墾史的研究與回顧——以竹塹地區的研究成果為例〉，《臺灣史料研究》第30期（臺北：吳三連臺灣史料基金會出版，2007年），頁70-85。

13 陳志豪：〈近二十年來新竹地區的區域史研究之回顧與展望〉，「二十年來臺灣區域史研究回顧暨2013年林本源基金會年會」，臺北：中央研究院臺灣史研究、林本源中華文化教育基金會年會主辦，2013年。

14 廖志軒：〈竹塹社的研究回顧與評析〉，《民族學界》第43期（2019年），頁163-194。

例，回顧其相關各篇大作，亦也是新舊史料綜合交叉運用。因此，若要完整對竹塹「地方學」進行回顧及展望，勢必需延伸討論臺灣戰後相關方志增修、八〇年代的社會巨變、及現今地方學的發展生態，方能勾勒出當代臺灣竹塹學術史的進程性。

二　官修下的地方方志

連橫〈臺灣通史序〉開宗明義點出立書之因，言及：「臺灣固無史也。荷人啟之，鄭氏作之，清代營之，開物成務，以立我丕基，至於今三百有餘年矣。而舊志誤謬，文采不彰，其所記載，僅隸有清一朝；荷人、鄭氏之事，闕而弗錄，竟以島夷海寇視之。」[15]從史學史角度，連橫畢竟承襲傳統中國史學觀念，其所言並非臺灣真未有歷史紀事，而是長期以來，社會民間尚未有治史立傳之重視風氣。中央研究院院士杜正勝，於二〇〇二年劍橋大學系「川流講座」（Chuan Lyu Lectures, 2002）演講中，也開門見山談道：「臺灣的史學發展當從一九五〇年開始。在此之前，清帝國二百一十二年（1683-1894）的統治沒有培養學問家，日本五十年（1895-1945）殖民後期建立的短暫學術傳統，當它戰敗退出臺灣時，也隨之斷絕。一九四九年國民黨政府退守臺灣，有一些歷史學者隨之來臺，其中的領袖人物可以算做近代中國新史學的第一代人物。過去五十年臺灣的史學是這批人及以後幾代學生的業績。」[16]如上所敘，臺灣史學史之發展起始，大抵為一九五〇年代，因此，有關竹塹地方學的回顧，勢必也需從此溯及探起，以銜續起學術的發展脈絡。

一九四九年兩岸分治以後，原臺灣省通志館亦仿中國大陸各省改組為臺灣省文獻委員會。如同官方所揭櫫的：「臺灣文獻資料亟待保存」，因為「方志是民族精神之所繫，區域研究的起點，而為國史之鎖匙和鄉土之歷史」。[17]

15　連橫：〈臺灣通史序〉，《臺灣通史》（臺北：五南圖書出版公司，2017年）。

16　杜正勝：〈新史學之路——兼論臺灣五十年來的史學發展〉，《新史學》第13卷3期（2002年9月），頁21-23。

17　林熊祥：〈臺灣修志的理論與實際〉，《臺灣文獻》第10卷第4期（1959年12月），頁3。

同年間，臺灣省文獻委員會主任委員黃純青倡議設立縣（市）文獻委員會推行；翌年元旦蔣介石發起社會與文化改造運動，旋即內政部函囑臺灣省政府轉飭各縣（市）依《地方志書纂修辦法》展開，[18] 積極設立文獻委員會，著手纂修地方志書，以弘揚國家意識，發揚民族精神。[19] 事實上，對於當時政府中樞的變遷，透過修志，確實有維護正統，鞏固政權進而以名譽收攬當地勢力的效用。至此一九五一年新竹縣文獻委員會成立，主任委員便由臺灣省通志局編纂兼編纂組長、且為地方大儒的黃旺成擔任，[20] 積極開展纂修地方志書的文獻工作。至此，正式開啟新竹地方學的學術治史發展里程。另件有意思的事，戰後一九五〇年代所開啟的官方纂修地方志書的人員，不少背景和大儒黃旺成有雷同性質，亦是當時政府有意針對日治時期、二二八事件，對相關地方勢力的攏絡安降之意。[21]

《臺灣省新竹縣志》（縣市未分家前）四鉅冊，於一九五五年起先後陸續付印出版。該縣志詳細記載了自一六九一年（清康熙三十年）到一九五一年（民國四十年）的新竹地區發展的大小流變，其內容包括疆域、地理氣

18 「分存單地方志書纂修辦法」，〈地方志書纂修辦法〉，1944年5月16日，國史館檔案史料數位典藏：001-016122-00001-001。

19 臺灣省政府轉飭各縣（市）應積極設立文獻委員會，以纂修地方志書，其要旨有三：1. 本省光復後，適政府實施憲政，實為我國政治史上之盛舉，他如地方各種政教設施，經濟建設，以及興革諸事，均應載之方志，永昭後世。至於先哲、先賢、先烈之言行、事功、志節，尤須加以表彰，應迅纂修志書，以宏揚國家意識，發揚民族精神；2. 本年元旦，總統蔣介石曾昭告全國軍民推行社會及文化改造運動，以達到敦親睦族、明禮尚義之目標，則纂修地方志書，適足以促進此等運動之展開；3.本省自一九五〇年各縣（市）行政區域調整後，各地文獻委員會均已紛紛設立或籌備成立，而依照地方志書纂修辦法第四條之規定，各縣（市）纂修志書事宜，應由各縣（市）政府督促各縣（市）文獻委員會負責辦理。王世慶：〈光復後臺灣省通志之纂修〉，收入臺灣省文獻委員會編，前揭《機關志講義彙編》，頁226。

20 莊永明：《臺灣百人傳（3）》（台北：時報文化出版企業公司，2001年），頁63-94。

21 在〈戰後臺籍菁英對政府施政之肆應──以林獻堂與吳新榮為探討中心（1945-1955）〉論文中，有其同議題相近探討，但尚未有以編纂修的視角剖析各方人馬的後續情況，礙於本篇主題和篇幅限制，故不再多做展開。參黃冠彰：《戰後臺籍菁英對政府施政之肆應──以林獻堂與吳新榮為探討中心（1945-1955）》（臺中：中興大學歷史學系碩士論文，2016年）。

象、名勝古蹟、物產、人民、行政、地方自治、財政、地政、戶政、保安、農業、林業、水利、水產、商業、金融、特產、交通、教育、宗教、人物、衛生、藝文等。透過該志之目錄及內文，得展現戰後新竹地區最早進行編輯的方志工作情況。然而畢竟是官方主編下的方志記敘，加上傳統治正史氣氛濃厚，刻意對清代乃至日治時期的相關反抗事件用筆著墨，以顯現異族統治臺灣的暴政情況。就體例而言，該志整體大致承襲舊有分類方式，所以另一方面內容又以蒐集在地相關文獻史料為主，相關的人物篇幅敘述也以漢族本位立場居中為重；即便種種如此，不可抹煞的是該縣志撰寫體例嚴謹，內容厚實，因此，向來也被學界尊為地方志書中的經典之作。[22]

在國民黨政府中樞遷臺後，隨著海峽局勢趨緩，中央政府與臺灣省政府因為治域的高度重疊，於行政職責發生多次激烈衝突，[23]為落實中央與地方的「權責」分化，以戰時疏散防空襲名義，在一九五六、一九五七年分別將原位於臺北市臺灣省政府主要廳處，遷移至臺中霧峰及南投草屯。[24]一九五八年行政院又訂《精簡機構員額實施方案》，臺灣省政府因而將臺灣省文獻委員會自廳處級的省政府二級機關，降級為三級機關，[25]導致其地位與象徵的意義，以及受重視的程度大不如前。[26]除將各縣（市）文獻委員會裁撤外，並規定各縣（市）文獻委員會事務及工作應移由各縣（市）政府民政局接管，以進行志書的重修或續修工作；然而受到一九六〇年代兩岸臺海危機

---

22 新竹縣文獻委員會：《臺灣省新竹縣誌稿》（新竹：新竹縣文獻委員會編印，1955-1957年）。

23 參見郭佩瑜：《戰後初期臺灣省級政府的地位轉變（1945-1953）》（臺北：國立政治大學臺灣史研究所碩士論文，2020年）。

24 見陳胤宏：《遠離臺北：臺灣省政府「疏遷」之研究（1945-1960）》（南投：國立暨南國際大學歷史學系碩士論文，2007年）。

25 「奉總統交下裁員減政意見報告所研提之「精簡機構員額實施方案」已奉批示擬遵照辦」，〈行政院〉，1958年2月20日，國史館檔案史料數位典藏：014-000205-00156-001。

26 謝嘉梁：〈臺灣文獻業務之沿革發展〉，《臺灣文獻》第50卷第1期（1999年3月），頁10；另參閱黃文瑞：〈臺灣省文獻委員會沿革〉，《臺灣文獻》第45卷第2期（1994年6月），頁210。

衝突，和島內蔣經國掌權後的一系列威權政治高峰影響，使包含方志等臺灣多數在地研究同步陷入低潮。[27]由於中央未編列預算給地方政府纂修，加上一九七二年後內政部廢除原設方志審查委員會，便是考量各地方纂修理念、事實認定、撰寫水平的高下難有標準，內政部較不便要求、催促地方政府定期纂修方志，以符合條列上「二十年一修、十年一修」的規定。[28]

　　至一九七三年，縣（市）文獻工作座談會更因人力與經費大為縮減，亦停止召開，各縣（市）志的編纂或重修工作遂改由民政局主其事，承接各縣（市）文獻委員會之文獻工作。[29]這也間接造成在一九五一年新竹縣文獻委員會編《臺灣省新竹縣志》後，產生達四十年的空窗期。期間，雖同步有民間團體零星修纂，包含一九五二年張谷誠編《新竹叢志》、[30]一九五八年畢慶昌等人《新竹新志》、[31]一九六〇年黃鐘生《新竹風物誌》。[32]稍可注目的是《新竹新志》的新體例，基本上是主張用現代地理學區域地理的研究方法來纂修方志，反對缺乏科學精神的采風式方志，這也是從戰後初期，以盛清沂為主的傳統歷史學派之修志體例，及以張其昀為首的新地志學派主張，[33]雙方在體例較量的展現在新竹地方方志之上。然而總歸而言，由於纂修方志卷帙浩繁，比起官方編修的巨大動員投入，民間團體、個人私修皆甚難達到同級規模，因此不論是何種體制，其內容及篇幅皆縮限不少，從正史方志的內容角度來論，僅能盡到點綴增補之效。

　　隨著一九七〇年代臺灣經貿逐漸發達，及國際格局與自身立場的諸多轉變，同步帶動的政治、社會氛圍步入變革開放。來自民間的鄉土意識開始萌

---

27 林玉如：〈知識與社會：戰後臺灣方志的發展〉，收入《五十年來臺灣方志成果評估與未來發展學術研討會論文集》（臺北：中央研究院臺灣史研究所，1999年），頁42-43。

28 詹素娟：〈方志纂修與內政部〉，《臺灣史田野研究通訊》第20期（1991年9月），頁14-16。

29 王國璠：前揭〈臺灣地區文獻工作研討會記盛〉，《臺北文獻》直字第34期，頁23。

30 張谷誠編：《新竹叢志》（新竹：新竹市文化中心，1952年）。

31 畢慶昌等：《新竹新志》（臺北：中華叢書委員會，1958年）。

32 黃鐘生：《新竹風物誌》（新竹：聯合版新竹分社，1960年）。

33 宋晞：《方志學研究論叢》（臺北：臺灣商務印書館，1990年），頁169-170。蕭明治：〈論戰後臺灣方志的發展——以鄉鎮志為例〉，《臺灣文獻》第58卷第2期（2007年6月），頁130-131。

芽，尤其在七〇年代中葉引發「鄉土文學論戰」、黨外推展本土民主運動等，也直接或間接刺激鄉土意識的開展。相對於官方縣志纂修的擱置臨停，在此背景下，民間各地亦有纂修鄉志的展開，其中就新竹地區而言，便由當時北埔鄉長發心推動，由鄉公所秘書姜仁森纂修，於一九七七年所完成的《北埔鄉誌》。對於《北埔鄉誌》的獨立纂修，除更具體強調富有地方性歷史和在地族群意義的金廣福移墾、北埔抗日事件等，另一值得注意的是有別當時期前後的多數鄉、市志，在《北埔鄉誌》體例其中，特別另立「碑文」篇章，[34] 亦是借鏡了社會科學中的田野調查，加入傳統史學方志纂修的成果，這或許是受到一九七〇年代張光直的濁大計畫影響，此舉也象徵了新竹地方研究已慢慢醞釀起轉變的契機，視角領域也更微觀聚焦於地方地域開展深入探究。

一九八二年新竹縣、市分治，新竹市升格改制為省轄市，縣政府則遷至竹北鄉。同年間內政部《各省市縣文獻委員會組織章程》廢止，各縣（市）政府民政局又將文獻課裁併為禮俗文物課，各縣（市）依情況設置課長一人，以及課員數人，但課員最多不超過五人；其業務除原有的編纂文獻志書、調查保存與維護古蹟之外，還增加禮俗、祭祀等業務。於是在經費短絀，員額編制不足，業務繁重，以及修志人才闕如的情況下，各地志書纂修工作成果未臻理想。[35] 受到諸多因素影響，也使新竹縣、市的修志情況充滿未定之數。至一九九〇年新竹市政府始著手新竹市志叢書之修訂，並委託張永堂進行《新竹市志》編纂，新竹縣府亦以同步接續第一階段的修志事業，在其基礎上從事《新竹縣志續修（民國41-80年）》。於相互歷經七年的資料整理、編輯，方使新竹縣、市志得以成稿和出版。[36]

在一九九六年底出版《新竹市志》共八卷十六冊志書中，依序為土地

34　姜仁森：《北埔鄉誌》（新竹：北埔鄉公所，1977年）。

35　陳清添：〈當前地方文獻工作的體認〉，《臺灣文獻》第38卷第1期（1987年3月），頁262。

36　〈新竹縣志續修〉，新竹縣政府文化局網址：https://www.hchcc.gov.tw/Tw/Publication/BooksDetail?filter=ed718424-8884-4814-beff-5cc0f1a1d017&id=4e8a16ad-d804-4717-81d0-33ebf5b1bf00，檢索時間：2021年4月21日。

志、住民志、政事志、經濟志、文教志、選舉志、人物志、藝文志，將新竹
市從史前至一九八六年（民國七十五年）的歷史地理、政治社會、教育文
化、地方經濟及人物等內容一併納入；值得注意的是此時期地方學、多元文
化已逐步萌芽興起，《新竹市志》〈土地志〉，便是將地理空間融入修志之
中，運用多元的地方學研究視野，主張擴大探討人類生活的空間關係，之中
分別描述地理、氣候、災害、市街（城池）、史前遺址與名勝古蹟，呼應傳
統歷史的連結發展情況，故特將土地志列於卷一。[37]一九九七年成稿二〇〇
八年出版《新竹縣志續修（民國41-80年）》，同樣有地理學、社會學的調查
融入實況，並又針對不同鄉鎮市各展特色著墨，充分顯現地方學對志史修纂
的影響與改變。但不可否認，回顧戰後官修下的竹塹方志歷程，可謂由盛而
緩，雖說後續修志情況逐步多元豐富，不過整體氛圍亦不復早年的觀瞻矚
目。[38]

三　契機下的研究變革

　　綜觀纂修地方志前後體例及內容的轉變歷程，最關鍵的契機則是來自濁
大計畫的影響。一九七〇年代初，在行政院國家科學委員會及美國國家科學
基金會的資助下，中央研究院、臺灣大學與美國耶魯大學共同合作，以學者
張光直為首的一批人文和自然研究團隊，針對濁水溪、大肚溪流域，以古今
居民的歷史及其與自然環境的關係作為主要科考研究目標，並命名為「臺灣
省濁水溪大肚溪域自然與文化史科技研究計畫」（即是學界史中簡稱的濁大
計畫）。該計畫之下設立七個學科：考古、民族、地質、地形、動物、植
物、土壤，其中又以考古學與民族學為主，至此亦開啟臺灣區域研究和跨學
科整合的濫觴。從學術史的角度而言，一九七〇年代正是臺灣考古學在臺灣

37　《新竹市志卷首下》〈新竹市志凡例〉，頁3。新竹市地方寶藏資料庫：https://hccg.cul
　　ture.tw/home/zh-tw/HCLR_his/150889，檢索時間：2021年4月21日。

38　郭佳玲：〈論戰後臺灣縣（市）志的纂修（1945-2008）〉，《臺灣文獻》第61卷第1期，
　　頁221。

史前文化史研究計畫進行已告段落的階段，對於臺灣史前文化史的初步架構已有了解，因此得以深入進行研究探討，提出新的議題；[39]而「濁大計畫」的制定和推行，可說是臺灣考古學新階段的開始，雖然至一九七六年因經費籌措問題難以為繼，最終計畫並未圓美完全，[40]但同時卻也培養了不少具有學科合作精神的年青學者，[41]在此後續更帶動起學術一波波的漣漪改變。

以當代新竹地方學研究鼻祖之一的學者吳學明為例，在其臺灣師範大學碩士論文所改寫出版的《「金廣福」墾隘與新竹東南山區的發展（1834-1895）》一書，於頁首便闡明道：「中研院民族所『臺灣省濁水溪大肚溪域自然與文化史科技研究計畫』開創風氣以來，其利用人類學等科際整合的方法從事區域發展研究，已成為一項重要研究方法。故本文採用此一方法，來做墾隘研究。」然而學者吳學明對於新竹學的貢獻，不單僅是帶入學科整合觀點，更大的突破在於落實其運用效果，在後續田野調查中獲得珍稀一手資料（北埔姜家文書），開展了對金廣福墾隘的運作與發展金脈，該書也成為新竹地方學創學研究的經典之一。[42]後續莊英章、陳運棟更得接力以「金廣福」為題，深掘擴大相關研究，[43]可見吳學明研究之突破成效斐然；這反映出「濁

---

39 對於臺灣考古而言，從一八九六年到一九七二年「濁大計畫」進行之前，主要的目的就在於「史前遺物遺址的發現與發掘、史前文化的分類，以及史前文化的來源問題，尤其是與中國或與東南亞大陸史前文化的關係問題。換言之，即集中於『文化史』方面的問題，而有以文化史的因素，亦即以起源的紛歧與歷史接觸、文化交流關係，來解釋文化變異的傾向。」直到「濁大計畫」開始才轉變為研究人類社會文化與自然環境之間的關係。也就是臺灣考古經歷了近八十年以來的第一個大轉變。張光直編：〈臺灣省濁水溪與大肚溪流域考古調查報告〉（臺北：中央研究院歷史語言研究所，1977年）。張光直：《考古人類學隨筆》（臺北：聯經出版事業公司，1995年），頁208。

40 高有德，邱敏勇：《東埔一鄰遺址玉山國家公園早期人類聚落史研究（一）》（臺北：內政部營建署玉山國家公園管理處，1988年），頁104-105。

41 張光直：《考古人類學隨筆》（臺北：聯經出版事業公司，1995年），頁129。

42 吳學明：《「金廣福」墾隘與新竹東南山區的發展（1834-1895）》，國立臺灣師範大學歷史研究所專刊第14號（1986年），頁1〈致謝〉、頁1。

43 莊英章、陳運棟：〈晚清臺灣北部漢人拓墾型態的演變：以北埔姜家的墾闢事業為例〉，收入瞿海源、章英華（編）：《臺灣社會文化變遷研討會論文集》，中央研究院民族學研究所專刊（臺北：中央研究院民族學研究所，1986年），頁1-43。

大計畫」所提倡的區域史研究，對後續新竹學發展起到關鍵的啟蒙性作用。

　　吳學明和莊英章、陳運棟等人對新竹當地的古文書、地契的發掘，逐漸開啟後續以新竹為焦點的田野調查契機。一九八六年院士張光直等人結合中研院史語所、民族所、近史所、中山社科所之人力資源，再次推動跨學科的「臺灣史田野研究計畫」。新竹地區因而成為重點個案，並由張炎憲、莊英章與施添福向國科會提出以「清代竹塹地區漢人聚落與租佃關係」為主題的合作計畫。其中，學者施添福先後發表〈臺灣歷史地理研究劄記（一）——試釋土牛紅線〉和〈臺灣歷史地理研究劄記（二）——竹塹、竹塹埔和「鹿場半被流民開」〉及〈清代竹塹地區的「墾區莊」——萃豐莊的設立和演變〉等多篇文章。之中便以地理學的研究方法，配合相關歷史古文獻運用，拓寬了新竹研究成果，甚至解構了臺灣清代的移墾情況認知，[44]可謂繼學者吳學明另一位突破性的深耕學者。而該計畫中王世慶、李季樺、張炎憲等對竹塹的族群發展、祭祀公業、婚姻型態之研究分別展開，同樣頗具意義價值；[45]雖說後續並未如學者吳學明、施添福，持續投入新竹地區的區域史發展研究，但亦是加大了對新竹學的研究範疇和發展空間。

　　另一方面，在鄉土文學論戰後不久，臺灣文學呈現出多元共生的發展局勢，母語文學興起，加上同受「濁大計畫」的薰陶，學科整合運用的推廣，接連帶動地對在地文學歷史的關注。[46]首度真正開始探及竹塹地區傳統文學

44　施添福：〈臺灣歷史地理研究劄記（一）——試釋土牛紅線〉，《臺灣風物》第39卷2期（1989年），頁95-98。施添福：〈臺灣歷史地理研究劄記（二）——竹塹、竹塹埔和「鹿場半被流民開」〉，《臺灣風物》第39卷第3期（1989年），頁95-98。施添福：〈清代竹塹地區的「墾區莊」——萃豐莊的設立和演變〉，《臺灣風物》第39卷第4期（1989年），頁33-69。

45　李季樺：〈清代番兒老而無妻原因初探——以竹塹社為例〉，《臺灣史研究學術研討會論文集》（臺北：中華民國臺灣史蹟研究中心，1989年），頁99-101。王世慶、李季樺：〈竹塹社七姓祭祀公業與采田福地〉，收入詹素娟、潘英海（編）：《平埔研究論文集》（臺北：中央研究院臺灣史研究所籌備處，1995年），頁127-172。張炎憲、李季樺：〈竹塹社勢力衰退之探討：以衛姓和錢姓為例〉，收入《平埔研究論文集》，頁173-218。

46　以目前竹塹地域文學研究執牛耳的黃美娥為例，在其博士論文《清代臺灣竹塹地區傳統文學研究》中的〈序〉及〈緒論〉，便提及了此寫作成因的背景和所撰題延伸的脈絡性。

領域的論文研究有二：一為一九九一年徐慧鈺的《林占梅先生年譜》，該文以清代竹塹知名文人大儒林占梅一生為經，詩作為緯，詳細繫年，是以文學結合歷史的方式為導向，探究林氏生平經歷，亦是對在地人文的深入側寫刻劃。[47]二為同年謝智賜的〈道咸同時期淡水廳文人及詩文研究〉，則是在探究竹塹文人林占梅同時，又加入對清代竹塹進士鄭用錫的研究，對二人之生平及作品進行梳理，以分析該地人文之特色。[48]上述二篇論文，大抵均屬結合在地地域人文研究，對個別作家展開的討論，對於竹塹區域文學發展之全貌則仍待更具體之勾勒。

較能普遍反映該地文壇梗概的著述，則是要待一九九四年由新竹市立文化中心出版的《塹城詩薈》，該書乃新竹地方人士蘇子建參酌梓里先賢文獻和新竹相關之地方志資料編撰而成，之中〈詩掇篇〉輯錄清代、日治時期、近代等竹塹詩壇古今詩人之片稿，〈詩畫篇〉則敘述新竹詩社及詩人之故事。[49]整體而言，該書對於新竹傳統詩壇之作者及其創作有整理介紹之功；唯獨其研究論述稍有不足。真能夠集其大成，則是一九九九年由學者曹永和、沈謙聯合指導的博士黃美娥《清代臺灣竹塹地區傳統文學研究》論文。該論文以竹塹區域社會中之政治、社會、經濟、教育等特性與文學傳統關係的進展推演為研究對象，從而釐清了移墾社會邁向文治化社會的努力軌跡。文中深入探析鄭用錫、鄭用鑑、林占梅、鄭如蘭等四位重要本土作家及其作品，並又導入楊浚、林豪、查元鼎、林維丞等四位重要流寓文人及其作品，加以探討參與競技的文壇互動，描繪文人間彼此的交遊網絡。可以說綜合歸納了竹塹地區此一地理空間中，本土及流寓文人在文學表現及創作上的共相，藉以凸顯本地文學在長期發展後，所形塑出來的特色，進以確立竹塹文

---

47 徐慧鈺：《林占梅先生年譜》（臺北：國立政治大學中國文學研究所碩士論文，1991年）。

48 謝智賜：《道咸同時期淡水廳文人及詩文研究》（臺北：國立臺灣師範大學國文研究所碩士論文，1991年）。

49 蘇子建：《塹城詩薈》（新竹：新竹市立文化中心出版，1994年）。

學在臺灣文學中的地位與價值。[50]

　　而一九八○年代後期，臺灣體制逐步解嚴，政治邁向民主化，加以社會母語文學議題興起，連帶促使原住民族團體發起一系列自治和正名運動，[51]在整體多元氛圍下，學界得以更關注對原住民族的文化探討，乃至族群間（平埔族為其主要）相關歷史的研究。對於竹塹地域原住民族的研究，又以民族學相關研究為眾。其中，於一九八七年張瑞恭《賽夏族社會文化變遷的研究——紙湖、向天湖社群的探討》碩士論文，便是運用「文獻資料」與「田野工作」加以整理分析，全貌建構了賽夏族的分布、人口資料，並又分別敘述了傳統與變遷後的生產方式、生活方式、生命禮俗、語言及文字等文化範疇，用形貌觀來審視賽夏族文化的綜合獨特性。[52]由於資料翔實，頗受後續研究者肯定，[53]更成為此後有關賽夏族書籍寫作的結構範本。[54]

　　相較原住民族的文化調查研究，另一研究重熱區則是泛屬平埔族竹塹社的地方族群史研究，在新竹學創始鼻祖吳學明對在地「金廣福文書」的研究助力下，帶動起在地相關古文書文獻研究的「淘金潮」。一九八九年中研院研究員李季樺接連發表〈竹塹社的「三」姓——一位客家化平埔族人的訪問記要〉、〈田野拾穗：竹北番仔祠堂田野劄記〉與〈清代「番兒至老無妻」原因初探——以竹塹社為例〉等三篇文章，[55]而此年更被評作「竹塹社研究的

---

50 黃美娥：《清代臺灣竹塹地區傳統文學研究》（新北：輔仁大學中文研究所博士論文，1999年）。

51 參見張茂桂：《社會運動與政治轉化》（臺北：張榮發基金會國家政策研究資料中心，1989年）。

52 張瑞恭：《賽夏族社會文化變遷的研究——紙湖、向天湖社群的探討》（臺北：中國文化大學民族與華僑研究所碩士論文，1987年）。

53 林修澈主編：《賽夏學概論》（苗栗：苗栗縣文化局，2006年），頁770。

54 在此為筆者本身於後續相關成書觀覽所見心得。

55 李季樺：〈竹塹社的「三」姓——一位客家化平埔族人的訪問記要〉，《臺灣史田野研究通訊》第10期，頁11-14；李季樺：〈田野拾穗：竹北番仔祠堂田野劄記〉，《臺灣史田野研究通訊》第12期，頁24-26。李季樺：〈清代「番兒至老無妻」原因初探——以竹塹社為例〉，收入臺灣史蹟研究中心（編），《臺灣史研究學術研討會論文集》（南投：臺灣史蹟研究中心，1979年），頁73-106。

發端」[56]，足見其學術影響分量。之後張炎憲、王世慶、李季樺與施添福等學者，相繼投入展開對竹塹社的研究。王世慶、李季樺的〈竹塹社七姓公祭祀公業與采田福地〉，和李季樺、張炎憲的〈竹塹社勢力衰退之探討—— 以衛姓和錢姓為例〉，主要是針對竹塹地域家族史和祭祀公業的專題研究，透過「祭祀公業」的切點，成功開啟對該地族群認同與凝聚的探討，更豎立起往後竹塹文史研究的特色之一。[57]而施添福的〈清代臺灣「番黎不諳耕作」的緣由：以竹塹地區為例〉文章，解釋了平埔族竹塹社土地流失的原因，進而剖析了竹塹社的歷史發展與族群關係。[58]

而在「濁大計畫」中，民族學部門在田野調查中所獲得之資料，既有針對傳統鄉民社會之人群組織祭祀圈的概念分析，[59]也帶出「客家族群」的研究議題；[60]新竹作為全臺客家族群大縣，在初期中的客家研究中雖對此有所涉及，但多半是含括於客家民謠、客家語言等專業學門探討。[61]與此同時，驟變下的臺灣社會，在一九八八年客家「還我母語」運動大遊行後，帶動一連串客家運動的興起，[62]以《客家雜誌》（前身為《客家風雲》）為首的客家

---

56 廖志軒：〈竹塹社的研究回顧與評析〉，《民族學界》第43期（2019年），頁170。

57 王世慶、李季樺：〈竹塹社七姓公祭祀公業與采田福地〉，收於潘英海、詹素娟合編，《平埔研究論文集》（臺北：中央研究院臺灣史研究所籌備處，1995年），頁127-172。李季樺、張炎憲的〈竹塹社勢力衰退之探討—— 以衛姓和錢姓為例〉，收入潘英海、詹素娟主編：《平埔研究論文集》（臺北：中央研究院臺灣史研究所籌備處，1995年），頁173-218。

58 施添福：〈清代臺灣「番黎不諳耕作」的緣由—— 以竹塹地區為例〉，《中央研究院民族學研究所集刊》第69期（1990年），頁67-92。

59 施振民：〈祭祀圈與社會組織：彰化平原聚落發展模式的探討〉，《中央研究院民族學研究所集刊》第36期（1975年），頁191-208。

60 許嘉明：〈彰化平原福佬客的地域組織〉，《中央研究院民族學研究所集刊》第36期（1975年），頁165-190。

61 羅烈師：〈臺灣地區二十年來客家博碩士論文簡述〉，客家委員會研究報告：https://www.hakka.gov.tw/Content/Content?NodeID=625&PageID=36792，檢索時間：2021年4月30日。

62 詳參見黃子堯：〈臺灣客家運動—— 文化、權力與族群菁英〉（臺北：客家臺灣文史工作室，2006年），頁35-64。

議題刊物平臺，亦逐步擴大其能見度與話語聲。[63]一九八〇年代末，莊英章與 Arthur B. Wolf（武雅士）利用今隸屬於新竹縣竹北的日治時期村莊戶籍資料，進行婦女與婚姻的比較研究，[64]之後又再加入臺中、南投、彰化、臺南、屏東等地的戶籍資料，透過招贅婚情況顯示出漢人聚落的中心與邊緣關係，[65]可謂新竹區域客家研究及資料運用之開山。後續有關客家族群研究且較具代表性的包含：一九八七年施添福的《清代在臺漢人的祖籍分佈和原鄉生活方式》，便是認為祖籍地原鄉的生活方式，與後續來臺後（客籍移民）對於擇丘陵地居住有某種選擇性親近關係。[66]一九九七年羅烈師的《新竹大湖口的社會經濟結構：一個客家農村的歷史人類學探討》，透過對十九世紀新竹大湖口地域的宗族、廟會組織研究分析，還原竹塹社群眾的地域化及社經結構聯屬關係。[67]在種種新視野、新方法、新角度的研究中，皆反映出竹塹地域、族群、文化等諸多特殊性和多面性。

四　當今竹塹學之發展

　　環伺現今對竹塹地域空間研究的多元盛況，最終得以統籌發展為地方學之中的顯學焦點，緣由是行政院於一九八一年成立文化建設委員會（下簡稱

63 詳參李雅婷：《1987-2008年臺灣客家議題發展之研究：以客家雜誌為例》（桃園：國立中央大學客家政治經濟研究所碩士論文，2009年）。

64 莊英章、武雅士：〈臺灣北部閩、客婦女地位與生育率：一個理論假設的建構〉，莊英章、潘英海編：《臺灣與福建社會文化研究論文集》（臺北：中央研究院民族學研究所，1994年），頁97-112。

65 Chuang Ying-Chang and Arthur P. Wolf "Marriage in Taiwan, 1881-1905 An Example of Regional Diversity" *The Journal of Asian Studies*, Volume 54, Issue 3, August 1995, pp. 781-795；亦見莊英章：《家族與婚姻：臺灣北部兩個閩客社區的比較》（臺北：中研院民族所，1994年），頁207-226。

66 施添福：《清代在臺漢人的祖籍分佈和原鄉生活方式》，國立臺灣師範大學地理研究叢刊第15號（1987年）。

67 羅烈師：《新竹大湖口的社會經濟結構：一個客家農村的歷史人類學探討》（新竹：國立清華大學社會人類學研究所碩士論文，1997年）。

文建會），以作為統籌規劃國家文化建設施政的最高機關，並推動起各縣市文化局籌建；[68]至解嚴以後，學界的大中國史觀轉向調整，臺灣史學研究得以興起。一九九四年行政院文建會更開始推動的「社區總體營造」，舉凡建立社區文化、推廣鄉土教育、成立文史工作室等，強化在地文史工作者投入地方研究的行列之中。[69]另一方面隸屬宜蘭文化局的宜蘭縣史館，首度舉辦「宜蘭研究」演討會，搭建在地的學術研究平臺。種種發展積累，亦是激發起臺灣地方學研究之濫觴。[70]而同年，吳學明再一連發表四篇專論，首發表的〈日本殖民統治下臺灣鄉村社會的變遷——以新竹北埔為例〉，說明新竹

---

[68] 〈成立沿革〉，文化部網頁：https://www.moc.gov.tw/content_246.html，檢索時間：2021年5月13日。

[69] 有關臺灣文史工作者之發展，約在一九七〇年後期大量興起，從政治社會角度而言，可從兩方面理解：一方面是歷經退出聯合國之後，臺灣朝野焦點，移轉到自己土地的關懷，例如：救國團「上山下海」的活動反應熱烈、「校園民歌」與「黨外活動」的風起雲湧……等；又再加上一九八〇年後期，政治上解嚴與開放的風氣，日趨激烈，形成有利氛圍。二方面是臺灣第二次「鄉土文學」的興起，促使長久以來壓抑的「鄉土意識」，逐步甦醒；而臺灣本土的文史、建築、歌謠、戲劇、藝術……等研究，也逐步進入大學的學術殿堂。再從經濟科技觀點而論，則為臺灣成就「經濟奇蹟」的繁榮發展階段，促成了資金的不斷流動，加上有心志士的結合，使地方文史工作室、文史工作會、文史研究協會等社團組織，相繼成立與運作；一九八〇年後期，行政院的文建會、內政部，也編列了相關科目的預算補助申請，形成了鼓勵的機制。再拜科技技術的革新關係，不論是小型錄音機、錄音筆、乃至於照相機、攝影機，都更加平民化；若再加上Windows家庭電腦的上市，皆大幅裏助了文史工作的推展。上述參考筆者於二〇二一年五月十二日與知名文史工作者繆正西先生的訪談。繆正西，國立中興大學中文系文學士、韓國國立全北大學中語中文研究所碩士、香港珠海大學文學博士；「臺灣徐霞客研究會」立案發起人之一，現職東南科技大學觀光系兼任助理教授。早年亦投入地方文史工作，曾田調新北市汐止區、走訪全臺百餘老舊眷村，研究臺灣歷史文化多年，略具名聲。其知名代表著作，有：《水返腳人文影像》（與高燈立、李圃芳合作編寫，內政部營建署社區總體營造經費補助）、《竹籬、長巷與麵疙瘩：高雄三軍眷村憶往》（與劉治萍、郭聖華合著，2015年文化部教育部全國中小學優良課外讀物）、《尋覓臺灣老眷村》。

[70] 張炎憲：〈臺灣史的建構——從縣史研究談起〉，《彰化縣建縣二百八十週年系列活動2003年彰化研究學術研討會論文集》（彰化：彰化縣文化局，1994年），頁11-17。

北埔地區進入日治時期後的歷史變遷。[71]接著〈清代竹塹城周姓族人研究〉一文中，補充「金廣福」閩籍墾戶首的發展歷程。[72]〈新竹頭前溪中上游的土地開墾（上）、（下）〉二篇，則更加完整探討新竹東南山區的開發史，特別是今日的芎林、竹東、橫山等區域。[73]可謂再續推進了新竹東南山區的區域史研究，增進帶動新竹學的後勢發展。[74]

　　與此同時，國立中央大學歷史研究所碩士班於一九九三年正式招生，旨在培訓研究生從事明清以來的中國史以及臺灣史等的研究。[75]加上原有國立清華大學歷史所，以及二○○二年由時任中央大學客家研究中心主任賴澤涵教授協助籌備，並於二○○三年八月正式成立全球首創之客家學院，[76]至後續二○○四年國立交通大學（現今國立陽明交通大學）成立客家文化學院、二○○六年國立聯合科技大學設置全球客家研究中心、[77]二○一三年國立中央大學增設客家語文暨社會科學學系，逐步構成了對桃竹苗在地區域的研究學術群。以二○○二年轉往國立中央大學歷史所服務的吳學明教授為例，即

71 吳學明：〈日本殖民統治下臺灣鄉村社會的變遷——以新竹北埔為例〉，《臺北文獻》直字第107期（1994年3月），頁23-67。

72 吳學明：〈清代竹塹城周姓族人研究〉，《明志工專學報》第26期（1994年），頁219-232。

73 吳學明：〈新竹頭前溪中上游的土地開墾（上）〉，《臺北文獻》直字第108期（1994年9月），頁1-48；吳學明：〈新竹頭前溪中上游的土地開墾（下）〉，《臺北文獻》直字第109期（1994年12月），頁16-67。

74 此後吳學明還陸續針對家族史、族群關係等議題，發表〈清代一個務實拓墾家族的研究——以新竹姜朝鳳家族為例〉、〈閩粵關係與新竹地區的土地開墾〉等專論。吳學明：〈清代一個務實拓墾家族的研究——以新竹姜朝鳳家族為例〉，《臺灣史研究》第2卷第2期（1995年12月），頁5-52。吳學明：〈閩粵關係與新竹地區的土地開墾〉，《客家文化研究通訊》第2期（1999年12月），頁15-19。

75 「學院簡介」，國立中央大學客家學院：http://hakka.ncu.edu.tw/hakkastudy/introduction/，檢索時間：2021年11月3日。

76 「歷史所介紹」，國立中央大學歷史研究所：http://in.ncu.edu.tw/~hi/chinese/history02.html，檢索時間：2021年5月13日。

77 詳見張陳基：〈國立聯合大學客家研究學院介紹〉，《全球客家研究》第13期（2019年11月），頁211-218。

帶領碩士生投入該區域史研究。諸如，二〇〇六年陳志豪的碩論《北臺灣隘墾社會轉型之研究：以新竹關西地區為例（1886-1945）》、[78]陳鳳虹的碩論《清代臺灣私鹽問題研究──以十九世紀北臺灣為中心》、[79]二〇〇八年吳聲淼完成的碩論《隘墾區伯公研究：以新竹縣北埔地區為例》、[80]許世賢的碩論《劉銘傳裁隘之研究：以竹苗地區的隘墾社會為中心》、[81]二〇一一年杜立偉的碩論《清代芎林地區漢人社會的建構》[82]等。整體來說，上述的新竹區域史研究，大抵受到吳學明的指導及影響，故可視為延續自一九八〇年代累積而來的研究成果。[83]

　　民間文史團體方面，在新光集團吳家支持下，以「保存客家文化、維護一級古蹟」為宗旨，於一九九五年設立非營利文教組織「金廣福文教基金會」為例。[84]該基金會同時亦致力於推展在地文史，於成立十週年之際，籌資經費，由國立中央大學客家社會研究所規劃、吳學明引領籌辦，於北埔姜阿新故宅合辦「北埔姜阿宅故宅學術研討會」，最終合計篩選十六篇論文，計有十三篇論文通過審查出版專刊。其中有吳學明的〈姜阿新歷史研究初探〉、邱顯明的〈北埔茶業發展史初探〉、陳志豪的〈日治時期交通建設與地方社會──以北埔地區的輕便軌道為例〉等，分別以歷史學角度探析過去當地社

---

78 陳志豪：《北臺灣隘墾社會轉型之研究：以新竹關西地區為例（1886-1945）》（桃園：國立中央大學歷史所碩士論文，2006年）。

79 陳鳳虹：《清代臺灣私鹽問題研究──以十九世紀北臺灣為中心》（桃園：國立中央大學歷史所碩士論文，2006年）。

80 吳聲淼：《隘墾區伯公研究：以新竹縣北埔地區為例》（桃園：國立中央大學客家社會文化所碩士論文，2008年）。

81 許世賢：《劉銘傳裁隘之研究：以竹苗地區的隘墾社會為中心》（桃園：國立中央大學歷史所碩士論文，2008年）。

82 杜立偉：《清代芎林地區漢人社會的建構》（桃園：國立中央大學客家社會文化所碩士論文，2011年）。

83 有關吳師門之指導各碩士論文研究情況，可參陳志豪：〈近二十年來新竹地區的區域史研究之回顧與展望〉，「二十年來臺灣區域史研究回顧暨2013年林本源基金會年會」，臺北：中央研究院臺灣史研究、林本源中華文化教育基金會年會主辦，2013年，頁4。

84 見彭瑞麟：《金廣福文教基金會參與客家地區社區營造之研究》（桃園：國立中央大學客家研究碩士論文，2009年），頁85。

會關係及經濟產業情況；范明煥的〈北埔地區的婚嫁禮俗〉、楊國鑫的〈北埔客家歌謠的出現與變遷〉、吳聲淼的〈北埔伯公與社會變遷關係之研究〉等，以在地社會生活文化視野，探究過往北埔的發展變遷。其次，亦有數篇高質量的古蹟建築文章，亦一併收入至專刊之內。[85]這場二〇〇五年北埔地域研討會的開辦，展現了新竹地方學的發展積累，其學術貢獻更是顯著。

　　隨著各校系所的設立與推動，包含吳學明等在內的臺灣地域、社會族群議題的專家學者，相繼培育起相關議題的指導研究；同時作為桃竹苗地方的國立新竹教育大學（現今國立清華大學），也於二〇一二年起展開籌備竹塹學術研討會，加上新竹市政府文化局的支持，並又獲行政院補助，翌年「傳統與現代──竹塹學術三百年：第一屆臺灣竹塹學國際學術研討會」順利正式開辦。會前並特邀相關專家學者進行專題講座，以透過多面向的研究和論述，來建構竹塹學的文化殊趣、文學脈絡與學術特色。首屆竹塹學國際學術會議共有來自中國大陸、臺灣、美國、日本、馬來西亞等各地學者，共六主題場次十九篇發表論文，同時將海內外學者會議發表論文，透過專業審查，編輯後集結成書，申請國際標準書號，俾便於國際間出版品的交流與統計。至此，固定每屆舉辦竹塹學國際學術研討會，亦成為新竹學專門的學術平臺，對新竹地域研究而言，乃將其推上另一高峰。[86]

　　同期，一九九六年新竹縣立文化中心成立，亦逐步開始進行新竹文史研究專書出版，二〇〇〇年改制為新竹縣文化局，同步規劃新竹縣縣史館，以展開對相關檔案、史料文獻的保存，及在地文史、社會的研究推廣。期間，靈魂人物黃卓權倡議，經得歷任局長的支持，開編起「研究叢書」、「文獻叢書」等。在黃卓權肩負起初期編輯工作的開展下，後續出版包含有：二〇〇一年施添福的《清代臺灣的地域社會──竹塹地區的歷史地理研究》，為相關原有五篇主論文和六篇附錄論文研究集合為冊，從清代至日治時代臺灣各

85　詳見吳學明主編：《地方菁英與地域社會──姜阿新與北埔》（新竹：新竹縣文化局，2007年）。

86　陳惠齡：〈從「傳統竹塹」到「現代新竹」──「第一屆臺灣竹塹學國際學術研討會」的意義與省思〉，《竹塹文獻》第58期（2014年12月），頁104-115。

地社會、空間性質探討,並以「地域社會」總括全書研究旨趣;[87]二〇〇五年由莊英章指導賴玉玲碩士論文改寫的《褒忠亭義民爺信仰與地方社會發展——以楊梅聯庄為例》、[88]同年間范明煥碩士論文改寫的《新竹地區客家人媽祖信仰之研究》、[89]和林桂玲碩士論文改寫的《家族與寺廟——以竹北林家與枋寮義民廟為例(1749-1895)》、[90]以及二〇〇七年何明星碩士論文改寫的《清代新埔陳朝綱家族之研究》;[91]四本都圍繞著當地信仰、族群、家族等議題關聯展開探討研究。其後還有二〇〇八年羅烈師的《大湖口的歷史人類學探討》、[92]梁宇元的《清末北埔客家聚落構成之研究》,乃以人類學田野調查的方式進行地域關係研究。相關叢書皆歷經審查後,方獲補助出版,故頗具一定學術研究價值。

　　至新竹縣史館正式啟用,以累積地方豐富文史資產,加強客家史料文獻記錄與典藏為職志。於二〇一二年縣政府文化局制定〈文化叢書出版審查作業要點〉,以鼓勵在地各類文化叢書出版,由以補助有關新竹地方之各項人文題材,含史地、社會、經濟、建築、藝術、文學等領域之學術性相關研究著作。同時開放碩、博士學位論文修改成書,經指導教授同意後,得以一同提出申請。[93]相關研究叢集有二〇一二年蔡雅蕙的《彩藝風華:以客籍邱氏彩繪家族為主探討日治時期臺灣傳統彩繪之源流》、[94]二〇一三年吳憶雯碩

---

87 施添福:《清代臺灣的地域社會——竹塹地區的歷史地理研究》(新竹:新竹縣政府文化局,2001年)。

88 賴玉玲:《褒忠亭義民爺信仰與地方社會發展——以楊梅聯庄為例》(新竹:新竹縣政府文化局,2005年)。

89 范明煥:《新竹地區客家人媽祖信仰之研究》(新竹:新竹縣政府文化局,2005年)。

90 林桂玲:《家族與寺廟——以竹北林家與枋寮義民廟為例(1749-1895)》(新竹:新竹縣政府文化局,2005年)。

91 何明星:《清代新埔陳朝綱家族之研究》(新竹:新竹縣政府文化局,2007年)。

92 羅烈師:《大湖口的歷史人類學探討》(新竹:新竹縣政府文化局,2008年)。

93 新竹縣政府文化局,〈文化叢書出版審查作業要點〉,2012年5月3日。網址:https://www.hchcc.gov.tw/Tw/Service/Detail?filter=3a8c648f-0b06-4f29-9ec4-1f3f05686c78&id=d0c46fda-3b0d-4d10-b67d-33fa27ce27d1,檢索時間2021年5月11日。

94 蔡雅蕙:《彩藝風華:以客籍邱氏彩繪家族為主探討日治時期臺灣傳統彩繪之源流》(新竹:新竹縣政府文化局,2012年)。

士論文改寫的《從隘庄到茶鄉：新竹峨眉地區的拓墾與社會發展（1834-1911）》，[95]二〇一五年更以竹塹社為系列專書，推出包含有楊毓雯的《竹塹社專書——平埔客：從「去做番仔牛」到「嫁做番仔婆」》；[96]邱美玲的《當代平埔族竹塹社的族群認同：以「祭祀公業竹塹社七姓公」成員為核心的探索》；[97]廖志軒的《當熟番遇到客家：竹塹社錢皆只派下的客家化》等；[98]過去竹塹地域平埔族和在地族群的發展互動關係。二〇一六年李科旻的《清代新竹鳳山溪流域：各音系社群分布與「閩人濱海，客家近山」之形成》。[99]綜合上述可看出，新竹縣文化局的支持挹注下，亦使竹塹學研究更加發光發熱。

五　結論

　　戰後以來的臺灣學術，著重於承接大中國史觀之道，相對於地方文史則通歸於方志記載。一九七〇年代的「濁大計畫」給予了臺灣學術研究新的取徑方向，學科的整合運用和有志者的投入，擴大了相關史料的運用研究，使得竹塹地域空間研究得以興生發展。以近期二〇一九年陳惠齡的〈作為隱喻性的竹塹／新竹符碼——在「時間—空間」結構中的地方意識與地方書寫〉為例，便是結合當下學界新興議題——「歷史記憶」，將具有新竹背景之作家的「地方經驗」視為一個問題意識，經由歷史與知識背景探討，進而造就

---

95 吳憶雯：《從隘庄到茶鄉：新竹峨眉地區的拓墾與社會發展（1834-1911）》（新竹：新竹縣政府文化局，2013年）。

96 楊毓雯：《竹塹社專書——平埔客：從「去做番仔牛」到「嫁做番仔婆」》（新竹：新竹縣政府文化局，2015年）。

97 邱美玲：《當代平埔族竹塹社的族群認同：以「祭祀公業竹塹社七姓公」成員為核心的探索》（新竹：新竹縣政府文化局，2015年）。

98 廖志軒：《當熟番遇到客家：竹塹社錢皆只派下的客家化》（新竹：新竹縣政府文化局，2015年）。

99 李科旻：《清代新竹鳳山溪流域：各音系社群分布與「閩人濱海，客家近山」之形成》（新竹：新竹縣政府文化局，2016年）2016年。

新竹「地方意識」的特質，觀點十分跳脫，頗具開創新意。[100]這種由拓展研究方法與學術視野而取得突破的成績，便是從一九八〇年代以來一脈相傳的精神。當下新竹地方學的蓬勃茁壯，亦是在此方式上，再結合相關政府單位、研究機構、學校系所，彼此互助推波。尤以政府單位的大力支持，使之在研究的歷程本質中，不僅擴大研究意義範疇，最終更得加深對地域空間的認識、理解乃至彼此價值的認同。

西方社會學者昂希・列斐伏爾（Henri Lefebvre），以批判哲學而著稱；嘗道：「『生產空間』（To produce space）是令人驚異的說法，空間的生產，在概念上與實際上是最近才出現的……今日，對生產的分析顯示，我們已經由空間中事物的生產轉向空間本身的生產。」[101]確實，透過新的研究視角觀點，開啟竹塹地域空間研究的契機；然而對於空間向度的把握，卻也因此受限於此！由於現今地方學多受政府單位加持資助，而地方政府又以縣市行政區劃為範圍，以新竹縣市各自的地方學發展為例，新竹市自古為城區所在，而新竹縣則含括於新竹平原丘陵，因而形成一主攻文學文人，一擅長族群地域，難免有「各施其政」現象，無形中更割裂了整體發展性。若能突破固有行政區劃範圍的限制，以水域、族群、社會、文化、產業等主題於新空間向度探討；同時，再配合區域研究的跨學科性質，整合不同研究方法，咸信不但可以使之內涵更加深加廣，亦將有助於提升地方學的發展及空間。

——原刊於《嘉大應用歷史學報》第6期（2022年2月）

---

100 陳惠齡：〈作為隱喻性的竹塹／新竹符碼——在「時間—空間」結構中的地方意識與地方書寫〉，《成大中文學報》第67期（2019年），頁227-260。

101 法國社會學者昂希・列斐伏爾（Henri Lefebvre, 1901-1991），以批判哲學而著稱，主要宗旨在於揭櫫人們日常生活過程中，有意無意間涉及到的各種社會空間，並致力定義出各式在世俗價值中，被忽略或被刻意隱藏的空間意義。Lefebvre, Henri (1979) "Space: Social Product and Use Value," in Freiberg, J. W. (ed.), *Critical Sociology: European Perspective* (pp. 285-295). New York: Irvington.

徵引書目

一　史料文獻

「奉總統交下裁員減政意見報告所研提之「精簡機構員額實施方案」已奉批示擬遵照辦」,〈行政院〉,1958年2月20日,國史館檔案史料數位典藏：014-000205-00156-001

「分存單地方志書纂修辦法」,〈地方志書纂修辦法〉,1944年5月16日,國史館檔案史料數位典藏：001-016122-00001-001

繆正西先生訪談記錄。

二　專書

何明星：《清代新埔陳朝綱家族之研究》,新竹：新竹縣政府文化局,2007年。

吳學明：《「金廣福」墾隘與新竹東南山區的發展（1834-1895）》,國立臺灣師範大學歷史研究所專刊14,1986年。

吳學明主編：《地方菁英與地域社會——姜阿新與北埔》,新竹：新竹縣政府文化局,2007年。

吳憶雯：《從隘庄到茶鄉：新竹峨眉地區的拓墾與社會發展（1834-1911）》,新竹：新竹縣政府文化局,2013年。

宋　晞：《方志學研究論叢》,臺北：臺灣商務印書館,1990年。

李科旻：《清代新竹鳳山溪流域：各音系社群分布與「閩人濱海,客家近山」之形成》,新竹：新竹縣政府文化局,2016年。

林玉茹、李毓中：《戰後臺灣的歷史學研究：1945-2000（第七冊）》,臺北：國立臺灣大學出版中心,2004年。

林修澈主編：《賽夏學概論》,苗栗：苗栗縣文化局,2006年。

林桂玲：《家族與寺廟——以竹北林家與枋寮義民廟為例（1749-1895）》,新竹：新竹縣政府文化局,2005年。

邱美玲：《當代平埔族竹塹社的族群認同：以「祭祀公業竹塹社七姓公」成員為核心的探索》，新竹：新竹縣政府文化局，2015年。

姜仁森：《北埔鄉誌》，新竹：北埔鄉公所，1977年。

施添福：《清代在臺漢人的祖籍分佈和原鄉生活方式》，國立臺灣師範大學地理研究叢刊第15號，1987年。

施添福：《清代臺灣的地域社會——竹塹地區的歷史地理研究》，新竹：新竹縣政府文化局，2001年。

范明煥：《新竹地區客家人媽祖信仰之研究》，新竹：新竹縣政府文化局，2007年。

高有德，邱敏勇：《東埔一鄰遺址玉山國家公園早期人類聚落史研究（一）》，臺北：內政部營建署玉山國家公園管理處，1988年。

張光直：《考古人類學隨筆》，臺北：聯經出版事業公司，1995年。

張谷誠編：《新竹叢志》，新竹：新竹市文化中心，1952年。

張茂桂：《社會運動與政治轉化》，臺北：張榮發基金會國家政策研究資料中心，1989年。

畢慶昌等：《新竹新志》，臺北：中華叢書委員會，1958年。

莊永明：《臺灣百人傳3》，臺北：時報文化出版企業公司，2001年。

莊英章：《家族與婚姻：臺灣北部兩個閩客社區的比較》，臺北：中研院民族所，1994。

許雪姬、林玉茹：《五十年來臺灣方志成果評估與未來發展學術研討會論文集》，臺北：中央研究院臺灣史研究所，1999年。

連　橫：《臺灣通史》，臺北：五南圖書出版公司，2017年。

黃富三、古偉瀛、蔡采秀等：《臺灣史研究一百年：回顧與研究》，臺北：中央研究院臺灣史研究所，1997年。

黃鐘生：《新竹風物誌》，新竹：聯合版新竹分社，1960年。

新竹縣文獻委員會：《臺灣省新竹縣志稿》，新竹縣文獻委員會編印，1955-1957年。

楊毓雯：《竹塹社專書——平埔客：從『去做番仔牛』到『嫁做番仔婆』》，新竹：新竹縣政府文化局，2015年。

廖志軒：《當熟番遇到客家：竹塹社錢皆只派下的客家化》，新竹：新竹縣政府文化局，2015年。

蔡雅蕙：《彩藝風華：以客籍邱氏彩繪家族為主探討日治時期臺灣傳統彩繪之源流》，新竹：新竹縣政府文化局，2012年。

賴玉玲：《褒忠亭義民爺信仰與地方社會發展——以楊梅聯庄為例》，新竹：新竹縣政府文化局，2005年。

羅烈師：《大湖口的歷史人類學探討》，新竹：新竹縣政府文化局，2008年。

蘇子建：《塹城詩薈》，新竹：新竹市立文化中心出版，1994年。

三　期刊專書論文

王世慶：〈光復後臺灣省通志之纂修〉，收入臺灣省文獻委員會編，前揭《機關志講義彙編》，頁226。

王世慶、李季樺：〈竹塹社七姓公祭祀公業與采田福地〉，收於潘英海、詹素娟合編：《平埔研究論文集》，臺北：中央研究院臺灣史研究所籌備處，1995年，頁127-172。

王國璠：〈臺灣地區文獻工作研討會記盛〉，《臺北文獻》直字第34期，頁23。

牟立邦：〈16-17世紀竹塹地域延展的歷史意義〉發表於2020年第一屆屏東學學術研討會暨第十六屆南臺灣社會發展學術研討會。

吳學明：〈日本殖民統治下臺灣鄉村社會的變遷——以新竹北埔為例〉，《臺北文獻》直字第107期，1994年，頁23-67。

吳學明：〈清代一個務實拓墾家族的研究——以新竹姜朝鳳家族為例〉，《臺灣史研究》第2卷第2期，1995年12月，頁5-52。

吳學明：〈清代竹塹城周姓族人研究〉，《明志工專學報》第26期，1994年，頁219-232。

吳學明：〈新竹頭前溪中上游的土地開墾（上）〉，《臺北文獻》直字第108期，1994年9月，頁1-48。

吳學明：〈新竹頭前溪中上游的土地開墾（下）〉，《臺北文獻》直字第109期，1994年12月，頁16-67。

吳學明：〈閩粵關係與新竹地區的土地開墾〉，《客家文化研究通訊》第2期，
　　　1999年12月，頁15-19。

李季樺：〈田野拾穗：竹北番仔祠堂田野劄記〉，《臺灣史田野研究通訊》第
　　　12期，頁24-26。

李季樺：〈竹塹社的「三」姓——一位客家化平埔族人的訪問記要〉，《臺灣
　　　史田野研究通訊》第10期，頁11-14。

李季樺：〈清代「番兒至老無妻」原因初探——以竹塹社為例〉，收入臺灣史
　　　蹟研究中心（編）：《臺灣史研究學術研討會論文集》，南投：臺灣
　　　史蹟研究中心，頁73-106。

李季樺：〈清代番兒老而無妻原因初探——以竹塹社為例〉，《臺灣史研究學
　　　術研討會論文集》，臺北：中華民國臺灣史蹟研究中心，1989年，
　　　頁99-101。

李季樺、張炎憲：〈竹塹社勢力衰退之探討——以衛姓和錢姓為例〉，收入潘
　　　英海、詹素娟主編：《平埔研究論文集》，臺北：中央研究院臺灣史
　　　研究所籌備處，頁173-218。

杜正勝：〈新史學之路——兼論臺灣五十年來的史學發展〉，《新史學》第13
　　　卷第3期，2002年9月，頁21-23。

林玉如：〈知識與社會：戰後臺灣方志的發展〉，《五十年來臺灣方志成果評
　　　估與未來發展學術研討會論文集》，中央研究院臺灣史研究所，
　　　1999年，頁42-43。

林呈潢：〈現代圖書館目錄的功能與角色〉，《大學圖書館》第2卷第2期，
　　　1998年4月，頁62-82。

林熊祥：〈臺灣修志的理論與實際〉，《臺灣文獻》第10卷第4期，1959年12
　　　月，頁3。

施振民：〈祭祀圈與社會組織：彰化平原聚落發展模式的探討〉，《中央研究
　　　院民族學研究所集刊》第36期，1975年，頁191-208。

施添福：〈清代竹塹地區的「墾區莊」——萃豐莊的設立和演變〉，《臺灣風
　　　物》第39卷第4期，1989年，頁33-69。

施添福：〈清代臺灣「番黎不諳耕作」的緣由——以竹塹地區為例〉,《中央研究院民族學研究所集刊》第69期,1990年,頁67-92。

施添福：〈臺灣歷史地理研究劄記（一）——試釋土牛紅線〉,《臺灣風物》第39卷第2期,1989年,頁95-98。

施添福：〈臺灣歷史地理研究劄記（二）——竹塹、竹塹埔和「鹿場半被流民開」〉,《臺灣風物》第39卷第3期,1989年,頁95-98。

原住民族文獻編輯部：〈尋根——道卡斯族專題〉,《原住民族文獻》第12期,2013年12月,頁2-3。

張光直編：〈臺灣省濁水溪與大肚溪流域考古調查報告〉,臺北：中央研究院歷史語言研究所,1977年。

張炎憲：〈臺灣史的建構——從縣史研究談起〉,《彰化縣建縣二百八十週年系列活動2003年彰化研究學術研討會論文集》,彰化：彰化縣文化局,1994年,頁11-17。

張炎憲：〈張炎憲序：從1995年的學術研討會反省臺灣歷史意識〉,《臺灣近百年史論文集》,臺北：吳三連臺灣史料基金會,1996年,頁1。

張炎憲、李季樺：〈竹塹社勢力衰退之探討：以衛姓和錢姓為例〉,收入《平埔研究論文集》,頁173-218。

張陳基：〈國立聯合大學客家研究學院介紹〉,《全球客家研究》第13期,2019年11月,頁211-218。

莊英章、武雅士：〈臺灣北部閩、客婦女地位與生育率：一個理論假設的建構〉,莊英章、潘英海編,《臺灣與福建社會文化研究論文集》,臺北市：中央研究院民族學研究所,1994年,頁97-112。

莊英章、陳運棟：〈晚清臺灣北部漢人拓墾型態的演變：以北埔姜家的墾闢事業為例〉,收入瞿海源、章英華編：《臺灣社會文化變遷研討會論文集》,中央研究院民族學研究所專刊,臺北：中央研究院民族學研究所,1986年,頁1-43。

許嘉明：〈彰化平原福佬客的地域組織〉,《中央研究院民族學研究所集刊》第36期,1975年,頁165-190。

郭佳玲：〈論戰後臺灣縣（市）志的纂修（1945-2008）〉，《臺灣文獻》，第61卷第1期，頁221。

陳志豪：〈臺灣隘墾史的研究與回顧──以竹塹地區的研究成果為例〉，《臺灣史料研究》第30期，臺北：吳三連臺灣史料基金會，2007年，頁70-85。

陳志豪：〈近二十年來新竹地區的區域史研究之回顧與展望〉，「二十年來臺灣區域史研究回顧暨2013年林本源基金會年會」，臺北：中央研究院臺灣史研究、林本源中華文化教育基金會年會主辦，2013年。

陳清添：〈當前地方文獻工作的體認〉，《臺灣文獻》第38卷第1期，1987年3月，頁262。

陳惠齡：〈作為隱喻性的竹塹／新竹符碼──在「時間─空間」結構中的地方意識與地方書寫〉，《成大中文學報》第67期，2019年，頁227-260。

陳惠齡：〈從「傳統竹塹」到「現代新竹」──「第一屆臺灣竹塹學國際學術研討會」的意義與省思〉，《竹塹文獻》第58期，2014年12月，頁104-115。

黃子堯：〈臺灣客家運動──文化、權力與族群菁英〉，客家臺灣文史工作室，2006年，頁35-64。

黃文瑞：〈臺灣省文獻委員會沿革〉，《臺灣文獻》第45卷第2期，1994年6月，頁210。

詹素娟：〈方志纂修與內政部〉，《臺灣史田野研究通訊》第20期，1991年9月，頁14-16。

廖志軒：〈竹塹社的研究回顧與評析〉，《民族學界》第43期，2019年，頁163-194。

蕭明治：〈論戰後臺灣方志的發展──以鄉鎮志為例〉，《臺灣文獻》第58卷第2期，2007年6月，頁130-131。

謝嘉梁：〈臺灣文獻業務之沿革發展〉，《臺灣文獻》第50卷第1期，1999年3月，頁10。

四　學位論文

吳聲淼：《隘墾區伯公研究：以新竹縣北埔地區為例》，桃園：國立中央大學客家社會文化所碩士論文，2008年。

李雅婷：《1987-2008年臺灣客家議題發展之研究：以客家雜誌為例》，桃園：國立中央大學客家政治經濟研究所碩士論文，2009年。

杜立偉：《清代芎林地區漢人社會的建構》，桃園：國立中央大學客家社會文化所碩士論文，2011年。

徐慧鈺：《林占梅先生年譜》，臺北：國立政治大學中國文學研究所碩士論文，1991年。

張瑞恭：《賽夏族社會文化變遷的研究——紙湖、向天湖社群的探討》，臺北：中國文化大學民族與華僑研究所碩士論文，1987年。

許世賢：《劉銘傳裁隘之研究：以竹苗地區的隘墾社會為中心》，桃園：國立中央大學歷史所碩士論文，2008年。

郭佩瑜：《戰後初期臺灣省級政府的地位轉變（1945-1953）》，臺北：國立政治大學臺灣史研究所碩士論文，2020年。

陳志豪：《北臺灣隘墾社會轉型之研究：以新竹關西地區為例（1886-1945）》，桃園：國立中央大學歷史所碩士論文，2006年。

陳胤宏：《遠離臺北：臺灣省政府「疏遷」之研究（1945-1960）》，南投：國立暨南國際大學歷史學系碩士論文，2007年。

陳鳳虹：《清代臺灣私鹽問題研究——以十九世紀北臺灣為中心》，桃園：國立中央大學歷史所碩士論文，2006年。

彭瑞麟：《金廣福文教基金會參與客家地區社區營造之研究》，桃園：國立中央大學客家研究碩士論文，2009年。

黃冠彰：《戰後臺籍菁英對政府施政之肆應——以林獻堂與吳新榮為探討中心（1945-1955）》，臺中：中興大學歷史學系碩士論文，2016年。

黃美娥：《清代臺灣竹塹地區傳統文學研究》，新北：輔仁大學中文研究所博士論文，1999年。

謝智賜：《道咸同時期淡水廳文人及詩文研究》，臺北：國立臺灣師範大學國
　　文研究所碩士論文，1991年。

羅烈師：《新竹大湖口的社會經濟結構：一個客家農村的歷史人類學探討》，
　　新竹：國立清華大學社會人類學研究所碩士論文，1997年。

五　外文資料

Chuang Ying-Chang and Arthur P. Wolf, "Marriage in Taiwan, 1881-1905: An
　　Example of Regional Diversity." *The Journal of Asian Studies* , Volume
　　54, Issue 3, August 1995, pp. 781 -795.

Chuang, Ying-chang & Arthur P. Wolf, "Marriage in Taiwan, 1881-1905: An
　　Example of Religional.

John Makeham and A-chin Hsiau eds., *Cultural, Ethnic, and Political
　　Nationalism in Contemporary Taiwan:Bentuhua* (New York: Palgrave
　　Macmillan, 2005).

Lefebvre, Henri (1979) "Space: Social Product and Use Value," in Freiberg, J. W.
　　(ed.), *Critical Sociology: European Perspective* (pp. 285-295). New
　　York: Irvington.

六　網路資料

〈成立沿革〉，文化部網頁：https://www.moc.gov.tw/content_246.html

〈研討會緣起〉，〈臺灣史研究的回顧與展望〉官方網頁：http://thrrp.ith.sinica.
　　edu.tw/about.php

〈新竹縣志續修〉，新竹縣政府文化局：https://www.hchcc.gov.tw/Tw/Publicat
　　ion/BooksDetail?filter=ed718424-8884-4814-beff-5cc0f1a1d017&id=4e
　　8a16ad-d804-4717-81d0-33ebf5b1bf00

《新竹市志卷首下》〈新竹市志凡例〉，頁3。新竹市地方寶藏資料庫：https://
　　hccg.culture.tw/home/zh-tw/HCLR_his/150889

「歷史所介紹」，國立中央大學歷史研究所：http://in.ncu.edu.tw/~hi/chinese/
　　history02.html

新竹縣政府文化局，〈文化叢書出版審查作業要點〉，2012年5月3日：https://
　　www.hchcc.gov.tw/Tw/Service/Detail?filter=3a8c648f-0b06-4f29-9ec4-
　　1f3f05686c78&id=d0c46fda-3b0d-4d10-b67d-33fa27ce27d1

新竹縣政府原住民族行政處官方網頁：https://indigenous.hsinchu.gov.tw/New
　　s_Content.aspx?n=299&s=4222

羅烈師：〈臺灣地區二十年來客家博碩士論文簡述〉，客家委員會研究報告：
　　https://www.hakka.gov.tw/Content/Content?NodeID=625&PageID=367
　　92

龍瑛宗與新竹地區藝文人士的
社群網絡研究

王惠珍[*]

摘要

　　龍瑛宗（1911-1999）為新竹地區戰前知名的客籍日語作家，戰後初期因政權更迭、跨語等因素，因而輟筆未能繼續創作。但他並未放棄對文學的興趣，仍積極與省籍藝文人士維繫良好的社交網絡。為了重拾創作，龍瑛宗韜光養晦努力學習中文，期待能夠重返戰後臺灣文壇。

　　他因地緣、客籍身分的關係與新竹地區藝文人士吳濁流（新竹縣）、鄭世璠（新竹市）往來密切，本論文將利用相關文獻史料、照片、書信、作品等，重新拼貼他們實際的往來情況，釐清他們如何因職場和媒體報刊雜誌的關係，跨時代、跨國境維繫翰墨之緣和以畫會友，建構這個社會群體的文化記憶，希望藉此勾勒出戰前世代的藝文活動型態與人際網絡。

關鍵詞：龍瑛宗、吳濁流、鄭世璠、新竹、社群網絡

---

[*]　國立清華大學台灣文學研究所教授。

一　前言

　　龍瑛宗（1911-1999）為日治時期具代表性的日語作家，一九二七年自故鄉新竹北埔公學校高等科畢業後離鄉北上求學。以優異的成績自臺灣商工學校畢業後，進入臺灣銀行任職，一九三七年以〈植有木瓜樹的小鎮〉一作獲得日本《改造》懸賞創作獎，成為一位「銀行員作家」。他因銀行工作調職的關係，足跡遍及臺灣銀行的南投分行、臺北總行、花蓮分行等地，因而作品中不時出現這些地方的自然、文化地景書寫。

　　一九四一年他離開臺灣銀行界轉至《臺灣日日新報》社擔任報社編輯，適值太平洋戰爭爆發，因應戰爭文化總動員之需，不斷地被動員參與藝文座談會和文學奉公等相關活動。龍瑛宗雖屬客籍人士，因職務的關係結識許多藝文界人士，不分族群日、臺、閩、客皆有之。他們一起走過艱困的「兩個時代」成為終生的摯友，晚年的隨筆或珍藏的合影相片，在在見證了他們跨時代的情誼，這些資料也成為我們重新釐清龍瑛宗社群網絡的重要史料。

　　根據龍瑛宗的隨筆文集，[1] 他的社群關係大致可歸納成三種：一為北埔的同學和親友；二為銀行界友人，其中包括臺灣商工學校校友等；三則是文壇友人和報社同事，其中多憶及與這些友人相處互動的點滴。他退休之後積極地以「前輩日語作家」、「客籍作家」的文化身分復出文壇，有意識地進行殖民記憶的書寫，尋求發表的機會。戰前他雖以「小說」著稱，但戰後「隨筆」卻是他主要的撰寫文類。龍瑛宗藉由「細說從前」嫁接臺灣戰前的文化記憶，填補日治時期臺灣文學發展史的空白處，以歷史的見證者之姿復出文壇。

　　因戰爭紙張配給拮据，一九四四年四月島內六家報紙被整併成為《臺灣新報》，龍瑛宗因報社整併的關係，結識原任職於《興南新聞》的多位臺籍媒體人。日本敗戰後北部的《臺灣新報》社被接收，隸屬臺灣省長官公署宣傳委員會，一九四五年十月二十五日改發行《台灣新生報》，但仍保留四分之一的「日文版」，原《臺灣新報》的臺籍記者吳濁流、鄭世璠、王白淵等

1　龍瑛宗：《龍瑛宗全集》第6、7冊（臺南：國家臺灣文學館籌備處，2006年）。

人因而得以繼續留任。一九四六年十月臺灣光復一週年，官方為推動「國
語」，廢除定期發行的報刊雜誌的日文版，這群省籍記者因此失業，吳濁流
只好轉任《民報》三版擔任編輯工作。這群臺籍媒體人在時代更迭之際，雖
曾積極爭取續留報界，近身觀察與報導當時臺灣社會的轉變，但因語言問題
和二二八事件的政治震懾，大家紛紛噤聲自保另謀出路。

　　戰爭末期臺北空襲情況日漸嚴重，龍瑛宗先將家眷疏開到故鄉北埔，之
後才返鄉避居。日本敗戰後，原任職官報的他也隨之失業，所幸在同鄉北埔
鄉紳姜振驤（1895-1977）的薦舉下，[2]一九四六年二月轉任《中華日報》社
擔任「日文版」編輯直至日文版廢除為止。當時《中華日報》的第一任社長
廣東客家的盧冠群以特派員的身分，受命來臺接收並發行《中華日報》，確
立該報成為國民黨黨部在臺的宣傳媒體。盧冠群雖然初來乍到卻因同屬客家
族群，進而與姜蘭芳（姜振驤二女）結婚，這椿省內外的聯姻在當時備受矚
目。姜振驤的長子姜烘楷是劉榮瑞（龍瑛宗的兄長）的學生，或許是透過這
層地緣性的關係，才使得龍瑛宗有機會前往《中華日報》社擔任日文版文藝
欄編輯（主任），因而結識多位新世代的省籍文藝青年。日文版廢除後他亦
因盧冠群的推薦，才又進入臺灣省長官公署編輯《山光旬刊》，但之後民政
廳山地行政課又遭裁撤。最後，他輾轉透過謝東閔（與王白淵同樣是二水
人）、朱昭陽的推薦重操舊業，進入合作金庫任職直至退休。誠如上述，戰
後初期龍瑛宗在覓職的過程中，顯然善用了新竹北埔客家的社群網絡。

　　剛從殖民體制解放出來的這群省籍文化精英，積極嘗試摸索新時代新文
藝的內容形式，紛紛以「新」為名創設《新青年》、《新風》、《新新》等刊
物，重新整編他們的文化隊伍。在這個時期，龍瑛宗因地緣關係與新竹地區
出身的文藝家往來較為密切。其中以戰後初期的《新新》雜誌為代表，六〇
年代他們又因吳濁流創辦《台灣文藝》重新集結，實踐臺灣文學發展承先啟
後的理想願景。他們以文會友，以「幾何會」之名匯聚戰前文友，因畫家文

2　根據國立臺灣文學館的典藏文物「龍瑛宗黨營事業從業人員調查表」（登錄號：NMTL
　　20050030922）。感謝國立臺灣大學臺灣文學研究所杜妁芸同學的提醒，在此誌謝。

友鄭世璠、賴傳鑑的邀約，他也參與以畫會友的活動或重提戰前自己作品插圖的畫家。總而言之，本文希望聚焦於龍瑛宗和同是新竹出身的文人吳濁流和畫家鄭世璠等人的互動關係，勾勒出他們如何跨時代、跨界交流構築他們的文藝火塘，藉以釐清他們戰後的社群網絡之特色，如何在戒嚴時期攜手合作，跨界游藝於文化界，建構他們的文化記憶。

二　翰墨之緣以文會友

　　戰後初期因報社被接收改組，龍瑛宗未能留任《台灣新生報》，但一九四五年八月起至一九四六年二月止他仍待在臺北，從事《中華》的編輯工作等，努力撰稿維持生計。南下編輯《中華日報》文藝欄時，他為確保稿源得向各界邀稿或自己撰稿填補版面。在這期間文藝欄等的撰稿者大致可以分成三類：第一類是北部的舊文友，例如《臺灣新報》、《臺灣藝術》的友朋關係，有吳瀛濤（1916-1971）等人。第二類是各地的新文學青年，例如葉石濤、王育德、王花、詹冰等人。第三類是戰後從日本返臺的文青，例如剛從日本神奈川縣高座郡海軍工廠返臺的賴傳鑑（1926-2016）、前衛派畫家莊世和（1923-2020）、甫從東京返臺邱素沁（邱永漢之妹）。由於《中華日報》文藝欄是當時少數僅存的日語文藝版面，吸引了不少新世代的文藝青年在此發表他們的初鳴之作。北返後他也繼續與這群文學青年保持互動，例如為當時就讀省立臺灣師範大學的林曙光（1926-2000）、林亨泰（1924年生）等人籌辦的《龍安文藝》撰稿，林亨泰日後也回贈他日文詩集《靈魂の產聲》（銀鈴會編輯部，1949年4月）。

　　戰前龍瑛宗的文學活動經常被歸類為日人西川滿《文藝臺灣》一派，但臺、日藝文人士往來並非涇渭分明。因為報社職場的關係，龍瑛宗也結識了不少臺籍作家，包括客籍人士吳濁流。一九四四年四月吳濁流才進入《臺灣日日報社》擔任記者，論資歷他是吳濁流的「前輩」。由於兩位同屬新竹的客家人互動頻繁，龍瑛宗的隨筆中記述兩人往來的種種點滴，包括吳濁流總是把「劉榮宗」（龍瑛宗本名）叫成「劉宗榮」的趣聞。吳濁流上門總是喜

歡聊漢詩，以客語高聲低吟幾次，其狀樂陶陶，飄飄欲仙。[3]兩人用客語和日語交談，但意見相左時，競爭得面紅耳赤，忽而又鴉雀無聲，似在降溫，熱愛文學如癡如狂。[4]一位熱愛中國古典詩文，一位奉世界文學為圭臬，兩人的文學趣味南轅北轍，但「文學」是他們的最大公約數。

在戰爭末期兩人幾乎每個月都會相偕出席工藤好美教授的文學研究會。吳濁流結識工藤好美教授較龍瑛宗早。一九三七年八月他擔任新竹州立關西公學校的首席訓導，一九三九年因歧視問題與校長起衝突，而被調往馬武督分校。隔年郡視學（督學）當眾羞辱臺籍教師，他起而抗議無效後，憤然辭職前往中國另謀出路。[5]但，他在關西地區任教期間以詩會友，他與地方仕紳羅享彩（1905-？，筆名南溪）年紀相仿，兩人均受過日本近代教育，且深具古典漢詩文教養，對吟唱漢詩頗感興趣。吳是新竹「大新吟社」的重要成員，羅是關西「陶社」的重要幹部，因此兩人「話到投機茶當酒」（〈訪南溪〉），[6]其交情可見一斑，六○年代吳濁流創辦《台灣文藝》時，羅享彩亦是重要的贊助人之一。

工藤好美與關西羅家的關係[7]始自一九三七年，當年羅家成立「臺灣紅茶株式會社」擴展外貿通路急需英語人才，所以致函委請帝大文政學部文學科協助徵才，當時工藤好美教授向羅家推薦畢業生顏木生，並同意妹妹工藤八重子南下，在事務所擔任英日打字等文書業務，為期兩年。另外，工藤教授自學生時代就熱衷於桌球運動，一九三八年居中引薦特別邀請日本全國桌

3　龍瑛宗：〈崎嶇的文學路——抗戰文壇的回顧〉，《龍瑛宗全集》第7冊（臺南：國家臺灣文學館籌備處，2006年），頁41。

4　劉知甫：〈憶父親的文學魂〉，《淡水牛津文藝》第6期（2000年1月），頁83。

5　這樣的殖民地創傷一直是他的惡夢，曾作一〈怪夢〉：「夢醒才知是夢中，激昂不已恨沖沖，日官竟用強權壓，爭論半天意氣雄。」文末吳濁流特別標註：複述當年辭職之事，「這是二十年前的事，昨宵又在夢中，復與大橋郡守抗論，激昂不已，醒來才覺是夢。」（《濁流千草集》，臺北：龍文出版社，2006年，頁139）《濁流千草集》原於1963年4月自印本。

6　吳濁流：〈訪南溪〉，《濁流千草集》，頁190。

7　羅慶士：〈我所認識的吳濁流先生與工藤好美教授〉（2010年11月26日），http://hakka-taiwanese.blogspot.com/2014/11/blog-post.html，檢索日期：2021年6月16日。

球錦標賽冠軍得主今孝（早稻田大學出身）在關西公會堂進行表演示範賽。吳濁流因羅家的關係，早在一九三八年關西公學校任教時就已結識工藤先生，並合影留念。但兩人較為頻繁的往來應是吳濁流一九四二年自中國返臺後，在臺北才又再續前緣。

工藤好美是少數與臺灣作家互動頻繁的帝大教授，據說一九四二年至一九四四年離臺前每月十五日定時召開文學研究會，當時臺灣的文藝同好齊聚在他臺大的研究室或在家中，並為吳濁流、龍瑛宗、張文環、呂赫若等人講授浪漫主義、寫實主義等的文學理論。同時，他也替龍瑛宗羅列世界文學的應讀書單，其中第一篇即是荷馬的《奧德賽》，另外，他也推薦同席的吳濁流閱讀史坦貝克的《憤怒的葡萄》。[8]工藤提醒龍瑛宗要理解西洋文學一定先理解聖經和希臘神話；讀東洋作品則要讀一讀佛教書籍。[9]根據《呂赫若日記》，張文環也會特地找呂赫若一起去大學找這位「外柔內剛」的老師。[10]這些點滴成為這群臺籍日語作家共同的文化記憶。

日本敗戰前工藤就冒險舉家返日，未經歷戰後海外日人被遣返的種種苦難，並與臺籍學生（林龍標）等人保持聯繫。吳濁流在工藤離臺前題了〈送工藤教授歸日感〉一詩送行，日後亦有多首歲末問候工藤的詩作，[11]可見吳濁流對工藤的鼓勵感念甚深。戰後也陸續寫下多首漢詩，溫存這段美好的文藝時光：「相親鷗鷺廿年前，來結川端翰墨緣。新店溪邊明月下，共談文學品詩篇。」「半是日文小說家，日人教授亦參加。戰時桎梏淫威下，話到情

8　龍瑛宗：〈讀書遍歷記〉，《龍瑛宗全集》第7冊，頁6。

9　龍瑛宗：〈楊逵與《台灣新文學》——一個老作家的回憶〉，《龍瑛宗全集》第7冊，頁234。吳濁流：〈屯山雲影　送工藤先生車中口占〉，《濁流千草集》，頁131。「山色青青柳色新／驛頭離話轉相親，十分秋色團圓夜，新店溪頭憶故人。」註「每月十五夜文學同仁集會於先生宅，宅在川端町即新店溪邊。1944年時是太平洋戰爭中，海上危險至極先生冒險歸日，故撰詩紀念。」

10　呂赫若著，林至潔譯：《呂赫若日記》（中譯本）（臺南：國家臺灣文學館，2004年），頁339。

11　例如詩作〈除日在病床寄　工藤教授（1953）〉、〈當除日寄工藤教授〉，《濁流千草集》，頁163、頁177。

深月轉斜。」[12]以詩文紀念維繫兩人亦師亦友的情誼，工藤文學研究會的美好光景也一直銘刻在他的生命記憶中。

　　戰後吳濁流的海外旅行大都由旅行社安排行程團進團出，因語言溝通問題，多配合旅行社的既定行程，唯到訪日本時他總會自己特別安排個人訪友行程。戰後他第一次[13]訪日隨即拜訪當時任教於奈良女子大學的工藤「握手無言仔細看，故人無恙喜平安」、「樽前共敘十年舊，又得浮生一夕歡」。[14]重逢的喜悅溢於言表。根據龍瑛宗的轉述，吳濁流的《アジアの孤兒》得以在日順利出版，亦多仰賴工藤居中協助。[15]第二次一九六五年遊歷日本到東京之際，原本計畫要拜訪協助在日出版《アジアの孤兒》並撰寫序文的村上知行（1899-1976），竟未果而留下一詩「翰墨有奇緣，友情萬里牽。尊容雖未見，雁信寄連篇。屢寄好書來，燈前信手開。夜深几案上，如友笑顏開。」[16]以茲紀念。這次訪日他同樣也特地去拜訪移居東京的工藤並留下詩作。[17]

　　　　又到多岐去路迷　　多摩川畔立多時
　　　　黃沙十里垂塵幕　　堤上秋風萬馬嘶
　　　　翰墨締緣氣味芳　　情同手足水流長
　　　　千秋韻事以文會　　又在東京聚一場

　　　　　　　　　　　　　　　　　　　——〈訪工藤好美教授〉

---

12 吳濁流：〈看落花回憶　日文作家有感〉，《濁流千草集》，頁92。

13 吳濁流未曾留日但戰前一九一九年因修業旅行前往日本旅遊十八天。戰後至少遊日五次：（1）一九五七年春天，為期六星期，作漢詩〈東遊吟詩〉共一○二首。（2）一九六五年秋天，中途經香港，為期四十五天。（3）一九六八年環球旅行，其中亦排入日本行程。（4）一九七一年先至琉球再遊日本。（5）一九七四年遊南美後，轉至日本旅遊兩星期。（涂瑞儀：《吳濁流的漢詩研究》，國立彰化師範大學臺灣文學研究所碩士論文，2013年6月，頁42-43。）

14 吳濁流：〈奈良訪工藤教授〉，《濁流千草集》，頁112。

15 龍瑛宗：〈崎嶇的文學路　抗戰文壇的回憶〉，《龍瑛宗全集》第7冊，頁40-42。

16 吳濁流：〈東遊雜感（二）漢詩日本觀光記〉，《今日之中國》第4卷9號（1966年9月），頁40。

17 吳濁流：〈東遊雜感（二）漢詩日本觀光記〉，《今日之中國》第4卷9號（1966年9月），頁40-41。

又，在工藤的陪同下，吳濁流在日初次與坂口見面，[18]並留下詩作：

八載時常信息通　今朝何幸喜相逢

情長難斷杯中酒　天地悠悠一老翁

快晤扶桑女作家　樽前相對意何奢

中流砥柱推誰繼　話到忘懷日又斜

臨別依依不忍離　多情惆悵意遲遲

多摩川畔西風急　誰奏驪歌一曲悲

——〈與坂口襻子會見有感〉

吳濁流訪日期間除了遊歷日本的山水風光、古蹟名剎之外，與日籍友人重逢敘舊是他訪日重要的目的之一。除了坂口襻子之外，他也曾特地拜訪戰前舊識金關丈夫，「回憶福岡別太匆／今朝千里又相逢」，但是「驚看白髮催人老／一度相逢一度霜」，[19]「東遊尋故友／跋涉不辭難／煮酒談風雅／傾杯到夜闌／題詩得狂趣／月旦論文壇／欲別難分手／頻頻回首看。」[20]這群日籍友人戰後被遣返後各分東西，但重情義的他在訪日行旅中，為了見上友人一面往往不辭辛勞，以煮酒談風雅為樂。

　　龍瑛宗在一九七六年退休後，也曾多次到訪日本，同樣是參加團體旅行，私人的自由行程並不多，訪日時除了到長子劉文甫家中小住和文友西川滿重逢之外。戰後他與工藤教授的聯繫主要是靠書信往返。六〇年代初龍瑛宗因劉文甫留日升學的問題，特地捎信請教當時任職青山學院大學的工藤教授，後續兩人互有書信往來，信中也特別問及吳濁流的病況，劉文甫抵日後也曾代父拜訪工藤教授。[21]

---

18 吳濁流因為前一趟拜訪熊本時錯失見面機會，空留詩文〈八代市訪坂口襻子不遇有感〉一作（《濁流千草集》，頁115）。

19 吳濁流：〈與金關教授敘舊〉，《濁流千草集》，頁96。

20 吳濁流：〈與杉森久英、中村教授、立石畫伯、尾崎等敘舊〉《吳濁流選集（隨筆、詩）》（台北：廣鴻文出版社，1967年4月），頁198。

21 王惠珍：〈一織書簡藏何事：論戰後龍瑛宗的生活日常與文壇復出〉，《台灣文學學報》第33期（2018年12月），頁29-62。

　　戰後初期因政權更迭，文學場域發生巨大的變化，日語作家們實難一夕之間轉換語言繼續從事文藝創作。在臺灣文學史中提及省籍作家五○年代的社群活動大都會提及《文友通訊》，但日語作家們呢？此時，他們尚無法順利跨語撰文，但他們也並未就此潰散，而是以另一種方式維繫他們的社群活動。他們改採低度的活動方式聚集文化能量，「見證」戰後臺灣社會的發展，等待再度發聲的時機。

　　賴傳鑑（1926-2016）回憶在五○年代，他們就先開始自組了「幾何會」，每月固定在中壢聚會，聽說這個命名是由龍瑛宗提議，源自於「人生幾何」一詞。這個幾何會組織鬆散，主要的成員有吳濁流、龍瑛宗、鄭世璠、郭啟賢、吳瀛濤、賴傳鑑等人，這群友人的個性隨和並略帶孤寂感，唯吳濁流的個性最為突出，個性剛毅，做事有魄力，一手辦了《台灣文藝》。[22] 賴傳鑑與龍瑛宗的交集點始於他返國時因對一九四六年臺灣光復慶祝遊行的情景有感而發，寫了一首日文詩[23]投至《中華日報》。日後在藍蔭鼎（1903-1979）的臺灣畫報社經郭啟賢介紹才結識龍瑛宗，並成為莫逆之交。這群文友時常結伴出遊，如遊石門水庫，「清文默然坐，瀛濤覓句悠。傳鑑凝畫意，啟賢醉未收。肇政只遠眺，我獨憶前遊。」[24]鄭世璠、吳瀛濤、賴傳鑑也曾相偕到野柳，鄭、賴寫生，吳瀛濤躺在岩石上吟詩，浸淫在海風，春天的陽光中，成為他們的青春記憶。[25]

　　龍瑛宗一九四九年重返金融界任職合作金庫直至退休，任職期間曾受張我軍（1902-1955）的照顧，進入資料室從事編輯工作。吳濁流則因林挺生讀了他的評論集《夜明け前の臺湾》（《黎明前的臺灣》，臺北：學友書局，

---

22 雷田（賴傳鑑）：〈夕陽下的孤獨——讀《寶刀集》憶故友〉，《聯合報》，1981年2月26日。第8版。

23 根據筆者的管見《中華日報》日文版的文化欄發表〈放浪の睡群〉（1946年7月25日，詩）刻畫戰後初期成群忍受飢寒的街友。〈われピースの歌を唱はむ〉（1946年10月17日）弔念女性友人。

24 吳濁流：〈正月初一與瀛濤、傳鑑、啟賢、肇政、清文同遊石門水庫〉，《吳濁流選集（隨筆、詩）》，頁252。

25 賴傳鑑：〈放浪的詩魂鄭世璠〉，《埋在沙漠裡的青春——台灣畫壇交友錄》，頁129-133。

1947年）深受感動，隔年延攬吳濁流至大同工業專科學校擔任訓導主任，而回到教育界。[26]豈知大同公司縮編學校大幅裁員，所幸經董事長安排一九四九年轉赴臺灣省機器工業同業公會擔任專員直至一九六五年退休。[27]退休後他積極安排海外旅行增廣見聞，並以漢詩記錄他的寰宇所見。龍瑛宗退休後也同樣追隨其後，前往海外旅遊訪日、訪中、遊東南亞，以隨筆記錄他的旅跡與所感。綜觀兩人的旅記，不難發現他們除了描寫當地的風土民情之外，行旅期間吳濁流以與友人重逢敘舊為樂，龍瑛宗則以文學知性的抒發為主，特別在訪日的隨筆中以回憶戰前文藝活動，和介紹日本現代文學作品和作家為主。除此之外，在島內兩人似乎也常會與文友相偕出遊「偶懷故友悲哀史／怕聽人間委屈談／為藉風光忘一切／莫將迴首望溪南。」（〈與龍瑛宗共遊劍潭懷舊侶〉，頁187）又，戰前臺灣日日新報社日人同事訪臺，他特別邀龍瑛宗同行「怪石亭中觀古畫／曲欄池畔話前朝」。[28]或與文友遊覽新竹青草湖，「四顧山山繞／青青青草湖／白日清天下／蘆中一釣徒」。[29]根據龍瑛宗的生平年表，[30]一九五九年他被改派人事室專員，升為科課長，[31]為此吳濁流特地寫了〈為文學同仁做銀行人事科長〉[32]五言古詩相贈。

　　龍瑛宗一直是吳濁流文學創作上的靜友，一九四六年他的《胡志明》一出版，龍瑛宗隨即撰文加以評論，認為《胡志明》雖是使用日語寫成，但小說結構、節拍、神韻卻承繼了中國文學的傳統，因此，他認為《胡志明》是

---

26 吳濁流：〈車中感〉，《濁流千草集》，頁33。「一滴人情淚／忽然又墜來／車中多乞丐／饑餓嘆聲哀」。

27 吳濁流：〈遷職感（由大同工職學校遷機器公會）〉，《濁流千草集》，頁33。「志在十年後／而今便且休／浮萍非有意／漂泊非有意」，頁165。

28 吳濁流：〈偕龍瑛宗、淺野文雄二文士遊林本源花園感〉，《濁流千草詩》，頁192。

29 吳濁流：〈青草湖　偕瑛宗、瀛濤、啟賢共遊青草湖口占即景〉，《濁流千草詩》，頁210。

30 〈龍瑛宗生平大事年表〉：http://cls.lib.ntu.edu.tw/hakka/author/long_ying_zong/long_year.htm。

31 龍瑛宗：「人事室課長一職，為何降落到我肩上呢？我想；由於派系之爭所使然吧。」（龍瑛宗：〈憶諸前輩〉，《龍瑛宗全集》第7冊），頁56。

32 吳濁流：〈為文學同仁做銀行人事科長〉，《濁流千草詩》，頁213。

一朵不可思議的花朵。肯定小說中保留「風俗實錄」的價值，但認為作家未將全部的視角聚焦於「憤怒的靈魂和抗議」之上。最後，他也明確指出臺灣文學未來的發展方向：繼承西歐文學與近代中國文學（接受科學洗禮，於魯迅之後所開拓的新範疇）的遺產。[33]

龍瑛宗與同時代日語作家多吸收西方近代文學的思潮與創作手法，並奉為文學美學的圭臬。吳濁流是少數日語作家中善寫漢詩者，他對外國文學所知較有限，因此龍瑛宗常勸他多研究外國文學，但或許也因他未受外國文學影響太深，反而顯現出他的獨特風格。[34]吳濁流的小說仍有一點前近代性，而他的漢詩是最有成就的。近代文學的特徵之一在於心理描寫與敘述細膩，在吳濁流的作品中卻較難找到，他的作品稍嫌肌理，但骨氣凜冽。另外，因吳濁流的倔強個性，《台灣文藝》才得以持續出刊。[35]在《台灣文藝》刊行的十年間培養出有為的作家群，龍瑛宗特別看重七等生的文學表現，關心鍾鐵民的創作，肯定黃靈芝對於藝術創作的投入，讚揚鍾肇政對《台灣文藝》的付出。

吳濁流一九六四年初創《台灣文藝》之際，曾力邀龍瑛宗擔任編輯委員。他因長期蟄居而與文壇脫節，復出時備受挑戰，被認為文學觀念落伍，但他仍堅持「好文學是需要感動人的」，肯定鍾肇政作品中展現的文學魂。[36]龍瑛宗受吳濁流之邀，擔任第一屆台灣文學獎的評選委員；吳濁流也應龍瑛宗之託為《今日之中國》拜訪江肖梅。日後也在江肖梅的熱心協助下，黃宗葵成為《台灣文藝》出刊的贊助人之一。他們的關係始自戰前的《臺灣藝術》，延續至戰後初期的《新新》雜誌，這些人脈關係甚至成為戰後《台灣文藝》

---

33 龍瑛宗：〈傳統の潛在力：吳濁流氏の《胡志明》〉，《中華日報》（1946年9月28日），日文版。

34 雷田（賴傳鑑）：〈夕陽下的孤獨——讀《寶刀集》憶故友〉。

35 龍瑛宗：〈憶創刊〉，《台灣文藝》第44期（1974年7月），頁15-16。本文未收錄進全集。

36 龍瑛宗：〈文學魂〉，《台灣文藝》第11期（1966年4月），頁40-41。

的資金資助者。[37]

　　龍瑛宗一九三〇年畢業於「臺灣商工學校」，藍蔭鼎曾於一九三八年擔任「開南工業學校」（1939年改制）的美術教師。[38]賴傳鑑一九四一年曾進入「開南商業學校」就讀。「益壯會」的靈魂人物王昶雄一九三一年亦曾進入「臺灣商工學校」就讀，這些文藝人士與開南商工（前身：臺灣商工學校）多少有些「學緣」上的關係。七〇年代這群藝文好友陸續退休，如王詩琅自臺灣文獻會退休，李晳君自彰化銀行退休、龍瑛宗合作金庫退休。臺灣社會對日治時代臺灣文學展開尋根運動，讓他們跨世代擴大群聚，由原來的「散人會」改稱「益壯會」。根據巫永福的回憶，一九六五年十月因王白淵去世，藝文界人士召開治喪委員會，日治時期文學界、藝術界、政治界的友人重新凝聚起來。即使在戒嚴時期，之後大家仍不定期地聚餐談天說地。一九七二年起改為每個月第三週的星期五為聚餐日，因王昶雄牙醫診所位於市中心，為聚集之便而由他擔任召集人，承先啟後維持三十多年「益壯會」的運作，王昶雄逝世後，改由巫永福等人維繫該會的營運，每次聚會都特別邀請專家來演講。[39]該會一直延續到二〇〇六年才停止最後一次聚會，會員即使因老化行動不便，但劉捷、廖清秀等人每次都出席月例會，並帶上自己發表的文章影印本提供傳閱，這些文學交流的動作，仍然延續著益壯會的初創旨意。[40]這就是這代人對書寫價值的自負與知性學習的矜持。

　　主要的成員早期以日語作家龍瑛宗、楊逵、吳坤煌、施學習、劉捷、王

---

37 吳建田：〈悼江肖梅兄　並呼籲綠化沙漠造蔭後代〉，《台灣文藝》第11期（1966年4月），頁52。

38 根據《我們的校史從臺灣商工到開南商工：幸町40番地——1917年創校》（臺北：開南高級商工職業學校，2011年6月），一九三九年六月因應開拓南洋之需，而升格創設了「開南工業學校」和「開南商業學校」。根據藍蔭鼎的「生平年表」（《鄉情‧美學‧藍蔭鼎》，臺北：文建會，2011年），卻標誌：「1938年，三十六歲。任開南工業職業學校美術教員」待考。

39 巫永福：〈王昶雄和益壯會〉，《巫永福全集‧文集卷 II》（臺北：榮神實業，2003年），頁57-67。

40 杜文靖：〈藝文人士聚集的「益壯會」〉，《文訊》第264期（2007年10月），頁80-82。

昶雄、郭啟賢、吳松谷、鄭世璠等人為主，自稱是老人懇談會。但大家其實都不認老，更要老當益壯。之後，年輕的世代陳秀喜、鍾肇政、鄭清文、趙天儀、李魁賢、李敏勇等人也陸續加入。一九八二年五月中國國民黨中央文化工作會特別針對益壯會的幾位「日據」時代作家進行訪談，並將訪談錄集收入《文運與文心》。[41]

吳濁流去世後為延續其文學遺志，這群老作家們紛紛齊聚臺北新光大樓去參加「臺灣文化事業公司」成立大會並展開募資活動。一股是一萬元大多數都是一股股東，遠自美濃的鍾鐵民也特地趕來，葉石濤、龍瑛宗、楊逵、巫永福等人也紛紛認股，吳坤煌想起因準備「益壯會」未到場的王昶雄也特意保留一股給他。股東成立大會結束後這群七十多歲的老人們又成群結隊地轉移陣地前往「益壯會」聚餐，畢竟對他們來說相逢機會難得。[42]換言之，這群戰前的老作家們雖已過古稀之年，但為了臺灣文學的未來，他們「甘願為你結鞋帶」，翹望新人出來擔負重任。[43]龍瑛宗的中文小說集《杜甫在長安》原本計畫也希望由新設的臺灣文化事業出版，但未果只好委請瘂弦引薦才轉由聯經出版社出版。

龍瑛宗退休後很熱衷於出席這個文人聚會，二〇〇〇年後行動已有不便但仍在家人的陪伴下出席，誠如他所言，七十多歲的老人，身體老邁不堪，但是精神仍然益壯。《福爾摩沙》雜誌的老將尚在，但《臺灣新民報》的班底最多，這個會堪稱是他們退休人員的聯誼會。[44]鍾肇政曾詳載了某次的「益壯之夜」，這群老人「熱情洋溢、充滿青春氣息」的精采片段。[45]李敏勇曾如此描述出席益壯會的龍瑛宗的身影：「看到龍瑛宗的形影，處於虎虎

---

41 謝霜天：〈猶有凌雲健筆者——訪劉榮宗老先生〉，《文運與文心——訪文藝先進作家》（臺北：中央月刊出版社，1982年5月），頁47-49。

42 龍瑛宗：〈給文友的七封信〉，頁25-26。

43 龍瑛宗：〈給文友的七封信〉，頁35。

44 龍瑛宗：〈淵源、緣份——新生報與我〉，《龍瑛宗全集》第7冊，頁118。

45 鍾肇政：〈益壯之夜：記與塚本照和教授一夕歡聚〉，《聯合報》（1982年4月25日），第8版。

生風的吳濁流身旁，於疲削硬挺的楊逵身旁，於自信滿滿的巫永福身旁，於靈巧的王昶雄身旁……，龍瑛宗彷彿垂柳，只有笑容沒有話語。」[46]即使如此，龍瑛宗仍是相當享受參與文友聚會的時光，甚至與這群文友輾轉換車南下參加鹽分地帶文藝營。[47]

有關他們的聚會最廣為人知的，莫過於一九八二年三月塚本照和教授訪臺與鍾肇政相偕出席的聚會。（圖一）塚本也因這個聚會收集許多臺灣文學的一手資料和親炙這群日治時期臺灣作家的風采，建立臺灣文學研究的田野，開啟日本關西地區臺灣文學研究之風，這個田野後來轉由下村作次郎教

圖一　一九八二年三月塚本照和教授訪臺與鍾肇政相偕出席聚會[48]

46 李敏勇：〈在暗夜中幽微的月——紀念龍瑛宗〉，《淡水牛津文藝》第6期（2000年1月），頁83。

47 龍瑛宗：〈兩個臉龐——往鹽分地帶〉，《龍瑛宗全集》第6冊，頁359-363（原刊於《自立晚報》，1980年10月10日）。〈殘生無幾了——文藝營的葉石濤〉，《龍瑛宗全集》第7冊，頁107-109。

48 圖一前排右起：陳火泉、黃得時、塚本照和、吳坤煌、楊逵。後排右起：鍾肇政、龍瑛宗、郭啟賢、李君晰、楊資崩、宋和喜、王昶雄。本論文有關龍瑛宗的照片皆由「龍瑛宗文學藝術教育基金會」提供，在此誌謝。

授承繼。[49]龍瑛宗結識塚本教授後在一九八九年特別撰寫〈幾山河を越えて〉一文，介紹臺灣文學發展史中的代表性作家。[50]塚本記得龍瑛宗總是掛著一抹微笑聆聽著別人高談闊論「寡默」和「微笑」，但龍瑛宗欲辯之詞卻早已化成文字。[51]

　　戰後龍瑛宗的復出並非如我們想像那般的「理所當然」，他除了需要承受戰後皇民文學的檢視與責難之外，他還得面對「過氣」的尷尬視線。羊子喬在選編《植有木瓜樹的小鎮》（《光復前台灣文學全集》）時，曾與其他編輯友人說：「可惜也可惜，龍某在台灣沒有知名度呢。」龍瑛宗自道：「這也怪不得他，我被環境所迫，沉默了二三十年。懦怯地爬出文壇時，讀者們已經忘掉了老頭子。」[52]又，參加吳濁流的臺灣文學獎評議時，「有一位青年作家李先生，說我的文學落伍了三十年。」他也尖銳地反問：「三十年是以什麼定律來計算？什麼叫做進步？什麼叫做落伍？」[53]龍瑛宗以歷史見證者自詡，在文友的鼓勵下，不斷地書寫回應時代給予他的提問和言說空間，即使他的中文帶著日語腔，他仍勤奮且規律地寫作，留下不少隨筆和極短篇，示範身為臺灣文學家的風範。鍾肇政因吳濁流的介紹而認識龍瑛宗，七〇年代末龍瑛宗的日語小說幾乎都出自於鍾肇政的譯筆。鍾肇政編選客家文學選集或編輯《客家》特輯時，皆不忘推崇這位戰前的客籍日語作家，在戰後客家文學系譜的建構中，為他留下一席之地。

三　人生幾何，以畫會友

　　戰前曾任職於報社的龍瑛宗結識幾位負責報刊美編的藝術家，他也會特

---

49 下村作次郎：〈龍瑛宗先生的文學風景：絕望與希望〉，《戰鼓聲中的歌者龍瑛宗及其同時代的作家論文集》（新竹：國立清華大學臺灣文學研究所，2011年6月），頁9-28。

50 龍瑛宗：〈幾山河を越えて〉，《呀啞》第24、25號（1989年7月），頁12-13。

51 塚本照和：〈龍瑛宗氏の「寡默」と「微笑」〉，《台灣長篇小說集一》（東京：綠蔭書房，2002年8月），頁489-510。

52 龍瑛宗：〈給文友的七封信〉，《龍瑛宗全集》第8冊，頁32。

53 龍瑛宗：〈文學魂〉，《龍瑛宗全集》第6冊，頁291。

別留意配合自己作品的插畫作者是誰？戰後仍會憶及這些畫家或介紹畫作，其中不乏是日治時期的知名臺展畫家。他們通常會配合龍瑛宗文本內容，表現各自的畫風特色。龍瑛宗雖曾擔任《文藝臺灣》編輯委員，也經常供稿給《臺灣藝術》，並參加該雜誌社所舉辦的文藝座談會。另外，四〇年代甫自中國返臺的吳濁流亦曾將他的中國見聞〈南京雜感〉轉發於《臺灣藝術》。換言之，這份綜合性的商業性刊物在當時文藝社群中，是較為講究通俗、多元包容，前述「幾何會」的文友情誼即多源自於《臺灣藝術》時期的交往。

當時《臺灣藝術》編輯郭啟賢與任職《臺灣日日新報》社的龍瑛宗，因職場相近而往來甚繁。[54]郭啟賢憶及西門町前端，在平交道的這一側有臺灣日日新聞社對面，就是明治製菓二樓的喫茶店（圖二）。山水亭是《台灣文學》的臺籍文友匯聚地，西川滿等人則於一九三九年九月曾於榮町的明治製菓二樓喫茶店成立「臺灣詩人協會」等。[55]宮田（宮田晴光、宮田彌太郎，1906-1968）與他，加上龍瑛宗，三人經常在這裡邊喝茶邊商談工作的事。宮田領了稿費，就會帶他們去太平町的圓環吃臺灣料理。[56]這位行事風格慷慨乾脆的宮田，一直讓郭啟賢念念不忘。龍瑛宗戰前的唯一一本小說《蓮霧的庭院》因戰時檢閱制度胎死腹中，但在籌備時宮田就曾慨允協助，還特地南下岡山仔細觀察蓮霧樹再進行封面設計裝幀。龍瑛宗的多篇作品皆由他負責繪製插畫包括〈龍舌蘭與月〉中「せい」的插畫和〈青雲〉的「Seiko」署名之作。宮田彌太郎這位江戶男兒嗜飲，下班後總會率一群人馬到萬華龍山寺的小攤上暢飲紅露酒，原本滴酒不沾的龍瑛宗，在幾次「飲み會」後竟也可以小酌一番。[57]

當時臺灣文壇知名的版畫家除了宮本晴光之外，另一位則是立石鐵臣（1905-1980）。龍瑛宗刊於《文藝臺灣》和《臺灣繪本》中多篇作品的插畫

---

54 龍瑛宗：〈失落的往事〉，《龍瑛宗全集》第6冊，頁337。

55 文可璽編著：《臺灣摩登咖啡屋》（臺北：前衛出版社，2016年5月），頁190。

56 郭啟賢著、張良澤譯：〈追憶宮田彌太郎──兼談龍瑛宗〉，《兩個時代》（自費出版，2002年2月），頁92。

57 龍瑛宗：〈憶起蒼茫往事──《午前的懸崖》二三事〉，《龍瑛宗全集》第7冊，頁161。

圖二　龍瑛宗與友人於明治製菓二樓的喫茶店會面商談

皆由立石鐵臣操刀，例如：《臺灣繪本》中〈南の女〉和〈夏の庭〉，立石鐵臣將臺灣的「藤椅」、「扇子」作為物件，象徵南國夏日風情。立石也是工藤教授的研究會的成員之一，後來工藤的妹妹壽子成為立石夫人，但相較於龍瑛宗，吳濁流與立石的互動似乎更為熱絡，待後述。

　　一九三九年龍瑛宗曾與黃得時相偕環島旅行，一九四一年回憶這趟南方之旅時，提到車子從潮州駛往鵝鑾鼻的景致，讓他想起了西川滿的〈華麗島頌歌〉，當時雖未能看到鯨魚現蹤，卻聯想到鹽月桃甫（1886-1954）的〈かんくれえず〉（寒暮繪圖），認為鹽月是一位具有精彩幻想和色彩的詩人畫家。[58] 一九四〇年 月二十口鹽月桃甫曾以〈蕃女〉等作品，參加於臺灣日日新報社舉行，由臺灣文藝家協會所主辦的「臺灣文藝資料展」與「名家色紙展」，[59] 而當時報社主筆大澤貞吉（1886-？）是東京大學出身的藝評家，當時龍瑛宗是臺灣文藝家協會的會員之一，他或許曾到場觀展而留下印象。另外，龍瑛宗的小說〈夕影〉曾刊於《大阪朝日新聞》的「南島文藝欄」，文藝欄的刊頭同樣使用鹽月所繪頂著陶壺和手抱波羅蜜的原住民女性的插

---

58 龍瑛宗：〈南方的誘惑〉，《龍瑛宗全集》第6冊，頁178。

59 王淑津：〈鹽月桃甫生平年表〉，《南國・虹霓・鹽月桃甫》（台北：文建會，2009年11月），頁152。

圖。這主要是因為藝術氣息濃厚的詩人畫家《大阪朝日新聞》臺北分社社長
蒲田丈夫的關係，他和大澤一樣都是「臺展」共同的提倡者之一，或許因為
這層關係報社才特地委請鹽月繪製插圖吧。[60]

龍瑛宗在閱讀作品時也會進行小說人物與畫家人物畫的聯想。例如：「當
我在讀一遍日文的〈奔流〉，讀完不無一些感慨。小說裡的登場人物如伊東
春生──便聯想起日本有名畫家伊東深水。他的畫像，實在棒極了。」[61]顯
然龍瑛宗觀賞過伊東的畫作。伊東深水（1898-1972）為知名的日本畫畫
家，承繼歌川學派浮世繪畫風，擅長於美人畫，臺灣知名膠彩畫家陳進
（1907-1998）亦曾接受過他的指導。

與龍瑛宗作品配合的插畫者，除了在臺日人畫家之外，亦有不乏臺籍知
名畫家。龍瑛宗連載於《臺灣新民報》文藝欄的中篇小說〈趙夫人的戲畫〉，
是委由當時留日返臺的陳春德（1915-1947）負責繪製插畫，陳春德也特別
撰寫〈插畫後記：「趙夫人の戲畫」〉（《臺灣新民報》，1939年10月17日）一
文。一九三八年他因肺病返臺，當時他正在北投休養兼職插畫工作，謙稱這
次插畫創作是他的試作。由於龍瑛宗表示小說主角並非實存人物，因此他根
據小說情節和畫家的視覺畫面想像，繪製出具有臺灣特色的畫面。龍瑛宗的
文學文本也因畫家的視覺闡釋，讓小說的文字敘事更具視覺性和臺灣鄉土性。

郭水潭認為陳春德深具人情味且纖細，因久病期間閱讀許多書籍，造就
了他一身才華，並勤於撰寫隨筆。[62]他除了繪製〈趙夫人的戲畫〉之外，也
接著繪製張文環連載於《臺灣新民報》的〈山茶花〉的插畫。四〇年代他也
一直與《臺灣藝術》、《台灣文學》保持相當密切的合作關係，並且在這兩本
刊物上留下不少作品。又，陳春德與鄭世璠私交甚篤，陳甚至為潘繪製人物
素描，陳春德生前的多張照片皆由鄭所收藏，病逝之前的作品亦多發表於鄭

---

60 新井英夫著，顏娟英譯：〈鹽月桃甫論──臺灣畫壇人物論之一〉，《風景心境──台灣
　　近代美術文獻導讀》（臺北：雄獅圖書有限公司，2001年3月），頁401。

61 龍瑛宗：〈文學伙伴王昶雄〉，《龍瑛宗全集》第7冊，頁198。

62 https://memory.culture.tw/Home/Detail?Id=26000278869&IndexCode=MOCCOLLECTION
　　S，檢索日期：2021年7月14日。

世璠參與的《新新》之上，[63]《新新》創刊號的「卷頭言」插畫也是出自他的手，畫家用粗線構圖，身穿臺灣服飾赤足手捧臺灣水果的捲髮時髦女性。

　　龍瑛宗晚年重新憶及戰前在《週刊朝日》的「臺灣小說選輯」（臺灣的食衣住的相關介紹）上發表了介紹臺灣的住〈光への忍從〉（對光的忍從）一文。他與他們搭配的臺籍畫家雖未曾謀面，卻都見過他們的作品。他的作品的插畫者是當時旅日的臺南畫家陳永森（1913-1997）。[64]陳永森一九三五年留日後即長年旅居日本，曾參與李石樵主持的鄉土懇親會結識陳進等在日留學的前輩，這個特輯或許是因為這層關係，才參與插圖的繪製。李石樵和陳進分別為黃得時、張文環的文本插畫繪。[65]陳永森這幅插畫只在屋瓦上套上紅色，畫龍點睛地將南國的屋舍紅瓦凸顯出來。另外，戰後龍瑛宗重譯自己的小說〈黑妞〉[66]時，特地介紹小說的插畫者陳清汾（1910-1987）棄畫從商的經歷，在副刊上重刊這張畫作。這幅插畫是陳氏一九三五年自法國返臺淡出畫壇後的作品，以簡單幾筆素描線條勾勒出山景與人物。

　　吳濁流一九四四年進入《臺灣日日新報》社後在臺北廣結好友，他與郭啟賢結伴一同拜訪臺北地方仕紳辜振甫和許丙等人。[67]他雖是一介古典詩人，卻也與現代藝術家互有往來，戰前他因參加工藤的文學研究聚會而結識立石鐵臣。戰後初期鐵臣在臺留用期間曾為吳濁流的小說《胡志明》設計封面。二二八事件後在臺日人被迫全員離臺，吳濁流也題了〈贈立石畫家〉[68]一詩

---

63 吳琪惠：《臺灣美術評論全集・吳天賞、陳春德卷》（臺北：藝術家出版社，1999年5月），頁69。

64 龍瑛宗：〈從一本舊雜誌談起〉，《龍瑛宗全集》第7冊（2006年11月），頁212-214。

65 作者不詳，陳虹安主編：〈生命的膠彩、台灣的驕傲——他把生命貢獻給了膠彩，把膠彩給了台灣〉，《生命的膠彩　台灣的驕傲：陳永森精選畫集》（臺北：財團法人吳三連基金會，2010年）。

66 〈黑い少女〉原刊於日本拓殖協會發行的雜誌《海を越えて》（1939年2月）。

67 郭啟賢：〈過去現在未來：吳濁流、辜振甫不談時局談京戲〉，《兩個時代》（自費出版，2002年2月），頁69-70。

68 吳濁流：「畫伯臨別時／以畫贈故知／我本愛其畫／深淺獨得宜／紙上走龍蛇／丹青妙且佳／朝夕看不厭／情致如梅淡／比柳更有情／筆端巧入神／懸在書齋上／猶如伴故人」，《濁流千草集》，頁214。

相送。戰後訪日重逢時，或煮酒論文壇或題詩〈題富士山寄立石畫伯〉[69]以茲紀念。

　　另外，吳濁流也因王白淵和鄭世璠的關係，結識不少臺籍畫家並題詩紀念。[70]戰後初期藍蔭鼎的臺灣畫報社猶如梁山泊，集結不少藝文好漢。郭啟賢和其他文友一樣因政權更迭而陷入失業的風暴中，所幸一九四七年一月曾為《臺灣藝術》設計封面插畫的藍蔭鼎招攬他進入《台灣畫報》社擔任編輯。當時台灣畫報社位於臺北車站前，畫家金潤作、吳瀛濤、賴傳鑑、新竹的王花（王超光）、龍瑛宗、葉宏甲、吳濁流等人，分別在省府、公賣局、學校、銀行界服務任職，一到中午休息時間不約而同地前往畫社閒聊，互為勉勵，[71]形成他們的文化社群。

　　吳濁流也特地為藍蔭鼎的畫作〈題驟雨圖（藍蔭鼎畫）〉題字，或邀王白淵一同訪藍蔭鼎並題詩紀念。[72]鄭世璠與吳濁流是報社舊識，又加上「幾何會」的關係兩人互動密切，吳也同樣為他的畫作題了〈題沙帽落日（鄭世璠畫）〉一詩。而〈題夕陽晚鐘（何德來畫）〉一詩則是受鄭世璠之邀觀賞畫後的創作。一九五六年何德來（1904-1986）應邀返臺在臺北中山堂開展覽會，當時鄭世璠、莊世和、王白淵、吳濁流相偕前往觀畫，吳濁流興致一來留下此一觀畫詩作：「落日晚鐘中，燒空一片紅。老翁敲百八，此意幾人通。」[73]旅日畫家何德來出身新竹地區九歲即赴日留學，中學時期曾返臺就讀臺中一中，畢業後返日繼續升學，一九二七年進入東京美術學校西畫科就讀，並與廖繼春、陳澄波、顏水龍等人組成赤陽洋畫會，學成返臺與夫人秀子婚後曾

---

69 吳濁流：〈題富士山寄立石畫伯〉，《濁流千草集》，頁133。「一柱擎天瑞靄中／倒懸白扇冠群峰／孤高獨戴千秋雪／不屈皚皚傲大空。」

70 吳濁流：《濁流千草集》，頁38。

71 郭啟賢：〈空白坎坷的編輯歲月〉，《兩個時代》，頁76-77。

72 吳濁流：〈秋日與友訪蔭鼎〉，《濁流千草集》，頁131。「悠悠半日喜相陪／有興西風郊外來／畫伯飄然行處者／七星山下漫徘徊」這首詩與〈秋日與白淵訪蔭鼎〉為同一首，收於《吳濁流選集（隨筆、詩）》（頁118）。

73 林泊佑主編：《異鄉與故鄉的對話：旅日台灣前輩畫家何德來畫集》（臺北：國立歷史博物館，2001年），頁62-63。吳濁流：〈題夕陽晚鐘〉，《濁流千草集》，頁38。

短暫在新竹住了兩年便離臺，之後便長居日本。戰後莊世和還曾特地訪日拜會何德來進行人物側記，訪談中特別感念鄭世璠對他返臺辦展的協助。[74]

　　龍瑛宗因畫友的邀約時而與友人相偕出席畫展，他以書信體的文體回憶一九七八年夏天難得一見西班牙畫展，[75]「以前於國泰美術館看過的〈女人與鳥〉作者米羅，據報，最近已經逝世了。他與畢卡索、達利一樣是大畫家。不過，他於巴黎與詩人交往後，他的畫也飄著詩意。他參加普魯東的『超現實主義』宣言，無怪乎他的畫有詩。他的藝術生涯，經過野獸派、立體派、超現實主義派。」[76]顯然龍瑛宗觀畫非常重視畫作中所呈現的詩意及其視覺感受。在他退休的生活中，與友人相偕看畫展，或出席友人個展是他身為老派文青的生活日常。

　　在「幾何會」中除了鄭世璠之外，另一位畫家就是賴傳鑑（1926-2016），他是中日詩文能手的三刀流。[77]龍瑛宗編輯《今日之中國》時，亦得力於他的翻譯與插畫方面的協助。一九六七年賴傳鑑第一次開個展（臺北的海天畫廊），一九六九年又在臺北的成美堂開展，吳濁流出席畫展與賴傳鑑合影留念。

　　一九七四年由李石樵等八人發起「芳蘭美術會」，藉以紀念石川欽一郎、小原整對臺灣美術教育的貢獻，鄭世璠負責處理會務籌畫，並於隔年舉

74 莊世和：〈臺籍畫家　何德來在東京〉，《台灣文藝》第88期（1984年5月），頁205-208。

75 名畫檔案，〈女人與鳥〉：https://www.ss.net.tw/paint-165_93-5198.html，檢索日期：2021年9月3日。

76 一九七八年六月二十八日「西班牙二十世紀名家畫展」在國泰美術館揭幕展出西班牙近代藝術家一百多幅的作品，其中包括畢卡索、達利、達比埃等作品，但仍有作品未順利抵臺，包括米羅的作品。因此，米羅的〈女人與鳥〉遲至七月六日前才抵臺，相較畢加索、達利的小幅水彩畫，這幅一百六十公分的作品是本次畫展中最大幅的畫作。或許因此龍瑛宗除了在家書中提及此次畫展，亦在書信體的隨筆中提及這次的觀展。根據《聯合報》報導，〈促進中外藝術品原作交流　西班牙名家畫展今天開幕〉（1978年6月28日，第9版）、〈米羅名畫〈女人與鳥〉已運抵台北　將參加西班牙二十世紀名家畫展〉（1978年7月6日，第9版）、〈女人與鳥：淡淡的色彩　幾筆線條表達畫者的心靈感受　今起展出讓你體會詩情畫意〉（1978年7月9日，第9版）。

77 鄭世璠：〈有緣投與海〉，《文學台灣》第12期（1994年10月），封面裡。

辦「第一屆芳蘭美術展覽」。龍瑛宗在展場上竟意外地與北原政吉（1908-2005）重逢，並引薦龍瑛宗在日發表小說的管道。北原戰後也多次訪臺並加入笠詩刊，因他居中引薦《笠》詩社同人才進而在日出版詩選集。[78]總而言之，因鄭世璠的熱情引薦而拓展了吳濁流、龍瑛宗兩人與臺灣美術界省籍畫家們有進一步親密的交流往來。

鄭世璠（1915-2006），新竹市人，一九三〇年進入臺北第二師範學校就讀，畢業後隨即在教育界服務。一九四二年轉任《臺灣日日新報》新竹分社擔任記者。戰爭末期因島內報紙合併轉任《臺灣新報》社，戰爭初期與新竹地區出身的文藝同好創設《新新》雜誌，至一九四八年止任職於《台灣新生報》新竹分社記者，且與戰前報社同仁維持很好的聯繫。在戰後初期的失業潮中被安置在彰化銀行的「企劃室」編輯《彰銀資料月刊》，並肩負設計監印銀行贈送客戶的月曆工作。因與水彩畫家藍蔭鼎（1903-1979）的私交甚篤，特地委請他為銀行月曆操刀繪製臺中總行全景，藉以實踐「月曆藝術化、藝術大眾化」的理想。[79]

鄭世璠性情快活，交友廣闊，不只是畫家，根據合照可知他亦結識不少戰前的文學家，例如：郭水潭、劉捷、吳坤煌、王昶雄、巫永福、龍瑛宗等人。[80]亦是「益壯會」重要的一員。在《龍瑛宗全集》（日文版，第3冊）所收錄的照片中，也可以發現一九八一年三月北原政吉（詩人、畫家）訪臺時，他與鄭世璠、龍瑛宗、顏水龍等人也相偕訪友合照留念。（圖三）[81]根據塚本出席「益壯會」的回憶，鄭世璠是位很會開玩笑，搞笑的他熱情、性情中人且浪漫，嗜飲且不醉不歸，嘴角冒泡以高八度的聲量說話，王昶雄便會與他較量一番。[82]鄭世璠其實身兼藝術家、記者和詩人多重身分，在戰後初期曾

78 莫瑜：《笠詩社演進史》（高雄：春暉出版社，2014年5月），頁67。

79 鄭世璠：〈歲影彰銀資料〉，《星帆漫筆集》（新竹：新竹市立文化中心，1995年6月），頁279-285。

80 張瓊慧：《遊筆‧人生‧鄭世璠》（臺中：國立臺灣美術館，2012年），頁39。

81 龍瑛宗：《龍瑛宗全集　日本語版第三冊小說集》（臺南：國立臺灣文學館，2008年），頁 xiii。

82 塚本照和：〈「益壯會」とその人々〉，《咿啞》第24、25合併號（1989年7月），頁5。

寫下詩作〈畫室獨語〉[83]傾訴畫家的時代感慨。

> 壁上　滿身塵埃的　調色板
> 畫筆枯乾著　站在水牛角筆筒中
> 做蜘蛛的好朋友
> 色料箱內　個個的顏料都沉在過去的追憶裡
> 凝結在上面的油珠　那是畫家的淚痕
> 我說「畫布呀！等一等兒吧！」

圖三　北原政吉訪臺時與鄭世璠、龍瑛宗、顏水龍等人合影留念

他和「在光復的陰翳下哭泣的不唱歌的詩人」，[84]龍瑛宗一樣，哭泣過的畫家和詩人總是得面對現實問題，為求溫飽一家，經由親友的介紹兩人皆謀得在銀行界的工作重建生活。

83　鄭世璠：〈畫室獨語〉，《新新》第3號（1946年3月20日），頁13。

84　龍瑛宗：〈海涅喲〉，《龍瑛宗全集》第6冊，頁85。

　　《新新》雜誌是戰後初期在新竹市創刊的綜合性雜誌，之後轉至臺北出刊發行，這本雜誌因世代合作而匯集不少跨時代的文藝青年，他們曾為戰後臺灣文藝實踐留下精彩的一頁。《新新》主編黃金穗（1915-1967）和新竹在地的文藝青年團隊合作，在美編設計上雖可見陳春德（1915-1947）、李石樵（1908-1995）、林之助（1917-2008）、鄭世璠（1915-2006）的畫作，但主要仍由下一個新世代二十多歲的王花、葉宏甲、陳家鵬、洪朝明所主導設計。[85]他們同時組織了戰後第一個漫畫集團「S.S 漫畫集團」（新高漫畫集團），誠如〈卷頭言〉所言，他們希望透過「視覺」寓教於樂，這本雜誌封面幾乎都是由他們繪製，漫畫作品也寫實地直接諷刺當時貪官腐敗、菸酒專賣、民不聊生的慘況，而「美國」也成為當時一種高級的象徵等種種社會現象。另外，檢視《新新》執筆者，以戰前《臺灣藝術》的撰稿者居多，例如：江肖梅、吳瀛濤、周伯陽、呂赫若等人。吳濁流為報紙日文欄廢除的問題請命，發表〈日文廃止に対する管見〉（《新新》第7期，頁12）一文；龍瑛宗在〈創刊號〉上就發表小說〈汕頭上的男子〉和隨筆〈文學〉（1945年11月）兩篇，《新新》北移他卻南下直到一九四七年才回到睽違近一年的臺北，在終刊號發表隨筆〈臺北的表情〉（第2卷第1期，1947年1月，頁14）描繪一個通貨膨脹、貧富懸殊的臺北城，街上出現身穿上海旗袍的女性，情侶攜手並行的美國風情，為城市增添了不少新的表情。戰前臺北帝大臺籍女大生非常少，僅有三位，其中的兩位（林素琴、黃美惠）皆在《新新》上發表文章。[86]另外，雜誌主編也特地邀集的延平大學的女學生出席「未婚女性座談

---

85 鄭世璠：〈滄桑話「新新」──談光復後第一本雜誌的誕生與消失〉，《星帆漫筆集》（新竹：竹市文化中心，1995年6月），頁286-300。

86 根據《新新》的內容，當時臺大帝大南洋史學的張美惠（1924-2008）於創刊號發表〈西安事變に於ける蔣夫人〉（1945年11月），且出席「談台灣文化的前途」（《新新》第7號，1946年10月）。在此之前，她已在《民俗臺灣》以「長谷川美惠」發表過文章。（謝宜安：〈勇闖臺北帝大的臺灣人女學生張美惠〉，檢索日期：2021年8月25日，https://vocus.cc/article/5bf7bc6efd897800019fb31f）。又，臺北帝大唯一臺籍哲學學士林素琴發表了〈孟子に於ける民主思想〉（《新新》第2號，1946年2月，頁14）。吳秀瑾、陸品妃：〈臺北帝大唯一臺籍哲學學士林素琴〉，蔡祝青主編：《迎向臺大百年學術傳承

會」，這份雜誌顯然對於當時新知識女性的想法相當重視，引領社會輿論話題，其進步性在當時獨樹一格。

鄭世璠在一九四五年到一九四六年曾繪製戰爭末期空襲後的斷垣殘壁一系列〈轟炸後的○○○〉水彩油畫，包括民家、公會堂、武德殿、古老樹頭、東門前街，記錄在戰火下的恐懼與虛無感，成為記錄走過戰爭歲月的時代記錄。[87]王花戰爭末期可能身處臺南，因此目睹臺南的空襲廢墟景象，因而寫下新詩〈崩れゆく壁〉（《中華日報》「文藝欄」1946年7月18日），在《新新》上又再度將當時的素描作品刊載出來，因為當下見到廢墟景象時，直覺衝動地想將它畫下來。同樣地，鄭世璠也以版畫的筆致刻畫出空襲後新竹的〈燒痕〉。這些畫作上的廢墟所象徵的或許不單只是戰爭空襲的遺跡，更是經歷戰爭結束後時代轉變無所適從，另一種年輕人因戰爭而造成生命荒蕪茫然的內在風景，這樣的景致成為他們當時畫作的視覺題材。

《新新》因經營和資金問題而北遷，除了洪朝明之外，其他三人北上臺北後各自闖出一片天。《新新》最後因通貨膨脹等問題停刊，但三人仍經常和金潤作研究繪畫並學習廣告設計，賴傳鑑經常找他們「雅聚」，三人在事業建立基礎後就各奔東西。葉宏甲因漫畫《諸葛四郎》而出名，賺了不少錢。王花（王超光）有商才也有藝術家的天真，並設立廣告公司。[88]這群文藝青年即使《新新》北遷臺北後仍繼續群聚。臺北西門、武昌街一帶，吸引金潤作、張義雄、顏雲連、葉宏甲（畫《諸葛四郎》）……等藝術家在此居留，而中山北路二、三段附近，藝術家廖德政亦與詩人作家王昶雄、龍瑛宗、吳瀛濤比鄰而居。整個城中區，均是藝術家們流連忘返的靈感泉源。[89]（圖四）

講座 I，臺北帝大文政學部論文集》（臺北：臺大校友雙月刊、國立臺灣大學，2020年11月，頁39-72）。

87 張瓊慧：《遊筆・人生・鄭世璠》（臺中：國立臺灣美術館，2012），頁76-79。

88 賴傳鑑：〈像塞尚從畫壇引退的人金潤作〉，《埋在沙漠裡的青春——台灣畫壇交友錄》（台北：藝術家出版社，2002年1月）頁142-147。

89 黃蕾：〈西門町的夢痕〉，《星帆漫筆集》，頁265。

他們的文友情誼一直延續到戰後六〇年代，並成為吳濁流初創《台灣文藝》的人脈基礎，即使吳濁流仙逝，這群文友仍心繫《台灣文藝》的續存問題。[90]每當老文友逝世時，他們總會以紀念專輯的形式，複述延續戰前臺灣文化記憶以此紀念他們的情誼，例如山水亭的王井泉的紀念專輯（《台灣文藝》2卷9號），除了刊出文友們的追悼文之外，藝術家林之助也為雜誌操刀以插畫紀念文友，這就是臺灣一代文化人的人情義理。

圖四　右起劉瑛宗、陳家鵬、葉宏甲、王花、黃金穗、鄭世璠

四　結語

戰後的臺灣文學者研究鮮少關注上述這群本省籍藝文人士，因為他們並未寫出夠精彩的中文文學作品。然而，若從文學社會學的視角觀察，將可發現他們在歷史縱深發展的過程，積極地延續戰前「外在」的人際網絡與社群關係跨界合作，藉由雜誌媒體《新新》、《台灣文藝》的創刊一再凝聚自我

90　鄭世璠：〈台灣文藝第一百期　紀念にちなんで濁流老を憶う〉，《星帆漫筆集》，頁390-392。

社群的文藝能量，在文壇邊緣建立藝文網絡，延續臺灣本土的文學傳統，試圖介入當代臺灣的文化生產場域。龍瑛宗是位勤於筆耕、敏於觀察社會脈動者，他的作品中反覆出現他與臺灣作家、畫家之間的互動或作品的圖文關係，藉由本文的梳理，得以一窺他們在戰後的社群活動和人際網絡中所展現的能動性。

　　龍瑛宗總是給人寡言沉默的印象，但若重新梳理他與文友的關係後，不難發現他實是一位喜愛出席藝文活動的文學家。無論是戰前與文友齊聚在工藤好美教授的研究會「話到情深月轉斜」，或戰後他和吳濁流仍維繫情誼與工藤書信往返。在戒嚴時期中壢的賴傳鑑、郭啟賢等文友的「家中客廳」成為聚會空間，人生幾何煮酒論文壇。直到七〇年代中他們才走出「客廳」前往「餐廳」的公共空間把酒話舊，直呼老當益壯。[91]誠如塚本所言「益壯會」這群人經歷了殖民、戰爭和光復後的混亂時期，他們從中獲得豐富的經驗與寬闊的視野，而支撐著這些的即是他們良好的知性。或許這些知性難以適應當代社會的思考與生活，但他們卻能正確地掌握歷史的流變，他們的冷靜與判斷力並不遜於年輕世代。[92]他們曾在殖民地臺灣的文化界發光發熱，不願屈就於日人之下，這個倔強和堅毅的精神從未改變過，他們藉由雜誌媒體社群從戰前的《臺灣藝術》到戰後初期的《新新》，甚至延續到六〇年代的《台灣文藝》，凝聚本土的文化能量，這群文友跨時代、跨世代、跨界合作，每一張聚會的留影都是他們與文友相聚的文學風景和溫暖的回憶。

　　龍瑛宗雖然因口吃在公開場合不擅言詞，小說中的小知識分子總是鬱鬱寡歡，甚至有種為賦新詞強說愁的勉強。但若從舊照與爬梳他的人際網絡圖時，他與吳濁流的爭辯、與宮田側身坐在咖啡店的身影、與文友出遊相聚的身影，無不一派輕鬆而笑容可掬躍然紙上。因同屬新竹客家的文友吳濁流和幽默熱情的畫家鄭世璠不斷地豐富龍瑛宗的藝文生活和交友圈。從人過中年人生幾何，到古稀之年尚稱老當益壯，這群跨時代和橫跨文學、藝術的文友

---

91 請參閱附錄圖一、圖二。

92 塚本照和，〈「益壯會」とその人々〉，頁1-11。

彼此相濡以沫，在臺灣文壇的邊緣雖未創造一番文學大事業，但他們透過群體的建構共享過去的文化記憶，未曾放棄任何參與文藝活動的可能，拄著拐杖相偕堅持出席聚會分享己作，出沒在文學營和藝文界敬老活動中。這就是他們寄託文學精神與生命理想，更是一幅抹上歷史使命的文壇側影。

徵引書目

一　專書

王淑津：《南國‧虹霓‧鹽月桃甫》，臺北：文建會，2009年。

呂赫若著，林至潔譯：《呂赫若日記》（中譯本），臺南：國家台灣文學館，
　　　　2004年。

吳濁流：《濁流千草集》，臺北：龍文出版社，2006年。

吳琪惠：《臺灣美術評論全集　吳天賞‧陳春德卷》，臺北：藝術家出版社，
　　　　1999年。

莫　瑜：《笠詩社演進史》，高雄：春暉出版社，2014年。

郭啟賢著，張良澤譯：《兩個時代》，自費出版，2002年。

黃光男：《鄉情‧美學‧藍蔭鼎》，臺北：文建會，2011年。

陳虹安主編：《生命的膠彩　台灣的驕傲：陳永森精選畫集》，臺北：財團法
　　　　人吳三連基金會，2010年。

張瓊慧：《遊筆‧人生‧鄭世璠》，臺中：國立臺灣美術館，2012年。

開南高級商工職業學校：《我們的校史從臺灣商工到開南商工：幸町40番
　　　　地──1917年創校》，臺北：開南高級商工職業學校，2011年。

新井英夫等著，顏娟英譯：《風景心境──台灣近代美術文獻導讀》，臺北：
　　　　雄獅圖書有限公司，2001年。

鄭世璠：《星帆漫筆集》，新竹：新竹市立文化中心，1995年。

賴傳鑑：《埋在沙漠裡的青春──台灣畫壇交友錄》，臺北：藝術家出版社，
　　　　2002年。

二　專書論文

下村作次郎：〈龍瑛宗先生的文學風景：絕望與希望〉，《戰鼓聲中的歌者龍
　　　　瑛宗及其同時代的作家論文集》，新竹：國立清華大學臺灣文學研
　　　　究所，2011年，頁9-28。

吳秀瑾、陸品妃：〈臺北帝大唯一臺籍哲學學士林素琴〉，收錄於蔡祝青主
　　　編：《迎向臺大百年學術傳承講座I，臺北帝大文政學部論文集》，
　　　臺北：臺大校友雙月刊、國立臺灣大學，2020年，頁39-72。

三　期刊論文

王惠珍：〈一緘書簡藏何事：論戰後龍瑛宗的生活日常與文壇復出〉，《台灣
　　　文學學報》第33期（2018年），頁29-62。

四　博、碩士論文

涂瑞儀：《吳濁流的漢詩研究》，彰化：國立彰化師範大學臺灣文學研究所碩
　　　士論文，2013年。

五　其他

許倍榕：〈主要名稱：評陳植棋、陳春德、陳澄波〉，文化部國家文化記憶庫
　　　網站，檢索日期：2021年7月14日，網址：https://memory.culture.tw/
　　　Home/Detail?Id=26000278869&IndexCode=MOCCOLLECTIONS。
塚本照和：〈「益壯會」とその人々〉，《咿啞》第24、25期（1989年），頁1-11。
謝宜安：〈勇闖臺北帝大的臺灣人女學生──張美惠〉，2018年，方格子網
　　　站，檢索日期：2021年8月25日，網址：https://vocus.cc/article/5bf7
　　　bc6efd897800019fb31f。
賴傳鑑臉書，檢索日期：2021年9月3日，網址https://www.facebook.com/。
羅慶士：〈我所認識的吳濁流先生與工藤好美教授〉，客家人介台灣路
　　　Blogger，2010年，檢索日期：2021年6月16日，網址：http://hakka-
　　　taiwanese.blogspot.com/2014/11/blog-post.html。

六　文學作品

吳濁流：〈與杉森久英、中村教授、立石畫伯、尾崎等敘舊〉，《吳濁流選集
　　　（隨筆、詩）》，臺北：廣鴻文出版社，1967年。

巫永福：《巫永福全集・文集II》，臺北：榮神實業，2003年。

塚本照和：《臺灣長篇小說集一》，東京：綠蔭書房，2002年。

龍瑛宗：《龍瑛宗全集》第6、7、8冊，臺南：國家臺灣文學館籌備處，2006年。

龍瑛宗：《龍瑛宗全集　日本語》第3冊，臺南：國立臺灣文學館，2008年。

附錄

表一　本文以「幾何會」為主的文友關係圖

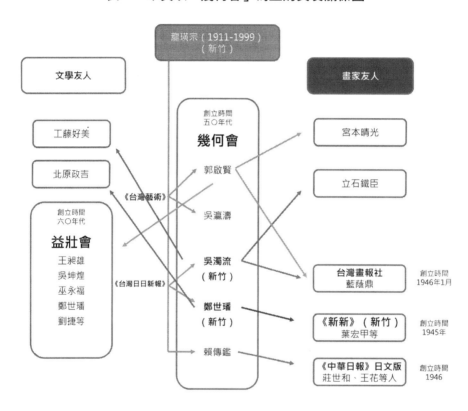

* 賴傳鑑、鄭世璠與北原政吉為詩人兼畫家

表二　龍瑛宗文友關係圖

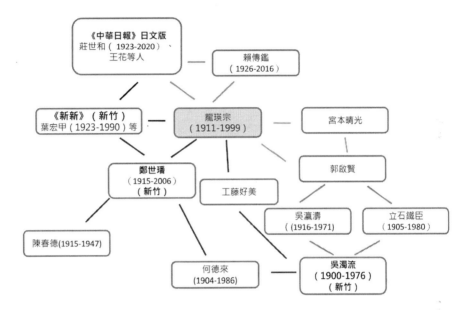

女性主體與地方認同
——一九二〇至一九五〇年間成長的新竹女作家及其作品中的「新竹」記憶[*]

羅秀美[**]

摘要

　　本論文以日治時期新竹州（1920-1945）及戰後初期新竹縣（1945-1950）出生成長的九位女作家及其作品中的「新竹」記憶為主要討論範圍，試圖梳理新竹州時期的女性文學系譜，以了解出身新竹或與新竹有地緣關係的女作家記憶中的「新竹」以及新竹這一方水土如何孕育她們，而她們的女性主體之表現又是如何彰顯了新竹這個地方的特色與價值。本文的研究對象包含林海音（1918-2001）、陳秀喜（1921-1991）、杜潘芳格（1927-2016）、李政乃（1934-2013）、黃娟（1934-）、劉慕沙（1935-2017）、丘秀芷（1940-）、謝霜天（1943-）、愛亞（1945-）等九位。[1]她們出生的年代介於一九一八年至一

---

[*] 本論文曾以〈女性主體與地方認同——竹塹／新竹州女性文學與文化圖像初探〉，發表於二〇二一年十一月十三日的「第五屆竹塹學國際學術研討會」（2021年11月12-13日），國立清華大學華文文學研究所主辦（視訊會議）。感謝會議特約討論人許俊雅教授提供寶貴的意見，受益良多，謹致謝忱。

[**] 國立中興大學中國文學系教授。

[1] 原發表之論文有女畫家陳進（1907-1998），因畫家為少數，較不易列入文學系譜中，同時陳進離鄉較久，其作品中的新竹州地方認同較不明顯，因此論文修訂時予以割愛。又，原發表論文尚有席慕蓉（1943-），但由於她與新竹結緣的時間較晚，且作品中較少新竹在地記憶的書寫，亦予以割愛。這兩位皆為新竹知名女畫家，倘日後有機會將再予以專章論述。其次，愛亞（1945-）部分僅保留其一九四九年隨家人來台定居新竹至一九五〇年間的童年記事，至於其一九五一年後的新竹生活，圍於本論文的時

九四五年，活動的期間延續至戰後臺灣乃迄於今日；而她們成長的空間包含日治時期新竹州及戰後初期新竹縣（包含今日桃竹竹苗四縣市）。本文以這九位女作家與新竹的地緣關係之遠近深淺做為分類準則，大致分為三類，第一類是長居台灣的新竹女作家，包含陳秀喜、李政乃、杜潘芳格、劉慕沙、丘秀芷等閩客籍女作家。第二類是本籍新竹州且都曾以「三部曲」書寫家鄉風土的女作家，包含後期旅居美國的楊梅街人黃娟、銅鑼庄人謝霜天。第三類是戰後由大陸渡海回台／來台的「外省」女作家，包含本籍頭份庄而童年旅居北京且於戰後初期回台的「另類外省人」林海音、幼年由四川渡海來台定居新竹的東北人愛亞。她們與新竹的地緣關係或深或淺，也因此增添了她們創作的養分。本文希冀以此研究補足新竹在地文學史書寫較缺乏的一塊由女性主體所展現的豐富創造力，以加深近現代女性文學與文化研究在地化發展的可能性，藉此以凸顯新竹這座具有世界性耀眼成就的科技城，同時也是一座具有深厚女性文學與文化涵養的歷史名城，並提供學界的參考。

關鍵詞：竹塹學、女性文學、林海音、陳秀喜、杜潘芳格、李政乃、黃娟、
劉慕沙、丘秀芷、謝霜天、愛亞

　　代斷限，暫予割愛。並依據講評人許俊雅教授的建議，增加李政乃（1934-）與謝霜天（1943-）兩位女作家作品，謹致謝忱。

一 前言

　　本論文的發想與筆者出身新竹及近年來的研究主軸有關，[2]因此結合近幾年來較有研究心得的女性文學與文化，試圖爬梳自己的成長地竹暫在日治前後新竹州的女性文學系譜，並聚焦於出身新竹或與新竹有密切地緣關係的女作家作品中的新竹州記憶，以了解新竹這一方水土如何孕育她們，而她們的女性主體之表現又是如何彰顯了新竹這個地方的特色與價值。

　　本文討論範圍以日治時期新竹州（1920-1945）及戰後初期新竹縣（1945-1950）[3]出生成長的九位女作家及其作品中的「新竹」記憶為主要討論範圍，試圖梳理一九二○至一九五○年間新竹的女性文學系譜，以了解出身新竹或與新竹有地緣關係的女作家記憶中的「新竹」，以及新竹這一方水土如何孕育她們，而她們的女性主體的表現又是如何彰顯了新竹這個地方的特色與價值。本文的研究對象，依生年為序，包含林海音（1918-2001）、陳秀喜（1921-1991）、杜潘芳格（1927-2016）、李政乃（1934-2013）、黃娟（1934-）、劉慕沙（1935-2017）、丘秀芷（1940-）、謝霜天（1943-）、愛亞（1945-）等九位女作家。她們出生成長的年代介於日治時期（1918）至日治結束（1945），活動的時間皆延續至戰後台灣乃迄於今日；而她們出生成長的空間為日治時期的新竹州及戰後初期的新竹縣（包含今日桃竹竹苗四縣市）。簡言之，她

結緣的時間較晚，且作品中較少新竹在地記憶的書寫，亦予以割愛。

2　筆者自幼生長於新竹地區已近半世紀（除短暫赴外地求學及工作外，即使目前在外地工作，仍定居新竹為主），下一代亦出生成長於此，對於生長於斯的鄉土自有一份孺慕；而新竹市擁有三座貞節牌坊亦令人印象深刻。同時，十來年前曾在李瑞騰老師的帶領下，參與《南投縣文學發展史》的寫作計畫，為地方文學史的寫作盡了一些心力。

3　新竹州是台灣日治時期至戰後初期的行政區劃之一，自一九二○年（大正九年）八月十日新竹州成立，以迄一九四五年（昭和二十年，民國三十四年）日本投降止，轄區為今桃園市、新竹市、新竹縣、苗栗縣。一九四五年八月日本投降，新竹州由臺灣省行政長官公署民政處新竹州廳接管委員會（11月8日成立）接收，隨即成立新竹縣。次年一月二十八日，改劃為「八縣九省轄市」，原新竹州劃分為新竹縣、市。一九五○年（民國三十九年）十月二十五日，原新竹州劃為桃、竹、苗三縣，新竹市改為縣轄市。

們與新竹的地緣關係，增添了她們創作的養分，尤其是她們書寫與「新竹」相關記憶的散文、詩與小說，值得探賾。

　　近來學界關於這九位女作家的研究，以林海音、陳秀喜、杜潘芳格、黃娟、愛亞等五位被研究的狀況較為熱烈，相較之下，李政乃、劉慕沙、丘秀芷、謝霜天等人被研究的較少。然而，即使是較多被研究的幾位女作家，學界對於她們的女性主體與地方認同的研究也仍有努力的空間。

　　本文所謂新竹女作家與她們的地方記憶之認同，指的是這九位女作家在新竹這一實存的地理空間親身生活過，且新竹這個空間也豐富了她們自己生命的存有意義。是以原本單純的地理空間，因為她們「對於地方有主觀和情感上的依附」，[4]便產生歸屬感與認同感，新竹便是她們具有生命意義的「地方」，因此她們對於新竹便有「地方感」或「地方認同」。進言之，新竹這個銘刻她們生命歷程意義的「地方」，使她們有機會展演自己的文學創作，不只安頓了自己的女性主體，也擴大了她們的創作能量。是以，本文所稱女性主體與地方認同的意涵在此。

　　是以，本文依次討論以下三個議題。首先，討論長居台灣新竹的女作家，包含陳秀喜、李政乃、杜潘芳格、劉慕沙、丘秀芷，她們活動的地區包含如今的新竹市、新竹縣、苗栗縣、桃園市，分屬閩、客兩種族群身分，創作身分包含詩人、翻譯家、散文家，她們作品中的新竹書寫較為具體而豐富，地方認同感較為明確。第二類是本籍新竹州且都曾以「三部曲」書寫家鄉風土的女作家，包含以「楊梅三部曲」書寫楊梅的黃娟、以三部「梅村心曲」書寫銅鑼的謝霜天。第三類是戰後由大陸渡海回台／來台的「外省」女作家，包括本籍頭份庄而童年旅居北京且於戰後初期回台的「另類外省人」林海音、幼年由四川渡海來台定居新竹的東北人愛亞。前者林海音的新竹記憶有兩個時段，一是一九二一至一九二三年童年時期短暫的頭份生活，二是一九四八年戰後初期回台至一九五〇年間的新竹縣探親記憶；而後者愛亞的

4　Tim Cresswell 著，徐苔玲、王志弘譯：〈導論：定義地方〉，《地方：記憶、想像與認同》（台北：群學出版社，2006年12月），頁15。

新竹記憶集中於一九四八至一九五〇年間幼年時代，即使後來又移居台北，但童年在新竹的地方記憶十分深刻，使愛亞自認為是新竹人，新竹更是她往後創作中的重要主題，因此也列入討論。

是以，本論文將以她們九位才女的創作中涉及女性主體與地方書寫的文本為主，試圖梳理日治時期新竹州及戰後初期新竹縣的女性文學系譜，希冀補足新竹在地文學史書寫較缺乏的一塊由女性主體所展現的創造力與豐富的文本，以加深近現代女性文學與文化研究在地化發展的可能性，藉此以凸顯新竹這座具有世界性耀眼成就的科技城，同時也是一座具有深厚女性文學與文化涵養的歷史名城，並提供學界的參考。

二　閩客融合，島內移居：
　　陳秀喜、李政乃；杜潘芳格、丘秀芷、劉慕沙

首論新竹州時期出生的幾位閩客籍女作家，包含新竹郡新竹街（今新竹市）的陳秀喜、李政乃；出身新埔庄（今新竹縣新埔鎮）的杜潘芳格、中壢街（今桃園市中壢區）的丘秀芷與銅鑼庄（苗栗縣銅鑼鄉）的劉慕沙。大致而言，新竹市區多閩籍人士，桃園縣、新竹縣、苗栗縣多客籍人士。本節將上述幾位女作家的地緣關係做為探討其作品之地方認同的依據。

（一）由日語轉換中文書寫的女詩人：新竹街陳秀喜與李政乃

出身於新竹州新竹郡新竹街（今新竹市區）的詩人陳秀喜（1921-1991），[5] 出生後即被收為養女，卻是罕見的幸福。陳秀喜求學階段表現優異，進入新竹女子公學校（今新竹市民富國小）就讀，但後來養父轉請女家庭教師教習漢文。一九三六年開始寫日文詩、短歌及俳句，在《竹風》發表文章。一九四〇年被官方指派代表新竹市出席日本全國女子青年大會。回台後任職新竹市黑金日語講習所講師，兼任新竹市新興國小（今新竹國小）代

5　陳秀喜的生平與寫作，參考〈陳秀喜寫作生平簡表〉，陳秀喜著，莫渝編：《陳秀喜集》（台南：國立臺灣文學館，2008年12月），頁128-133。

用教員。總之，在她的年代裡，陳秀喜也算是學有專精的職業婦女。

一九四二年，二十一歲的陳秀喜結婚後，曾隨夫旅居上海、杭州。一九四六年回台後，與丈夫移居彰化、基隆與台北等地，一九六九年起定居台北市。然而相較於幸福的養女生涯，後來的婚姻卻不幸福，陳秀喜於一九七八年離婚並移居台南關仔嶺。一九八五年她再度結婚又隨即離婚。因此她的創作中常探討婆媳與夫妻關係在傳統社會對女性的影響。

陳秀喜與許多日治時期即開始創作、戰後卻無法立即以中文創作的作家一樣，被視為「跨越語言的一代」。[6]但陳秀喜終究克服語言的障礙，成為戰後重要的女詩人之一。一九五八年陳秀喜開始學習中文，一九七〇年加入笠詩社，出版日文短歌集《斗室》；一九七一年擔任笠詩社社長至辭世為止，長達二十年。一九七三年她於《文壇》發表詩作〈臺灣〉，被淡江大學教師梁景峰改寫、李雙澤作曲，成為校園民歌〈美麗島〉，風行八年，後因故被禁。一九七四年，五十四歲的陳秀喜出版第一本詩集《樹的哀樂》，同年移居台南縣白河鎮關仔嶺「笠園」，此後她因豪爽好客且積極扶植後進而被眾人稱作「陳姑媽」。一九七五年《陳秀喜詩集》日文版出版；一九八一年出版詩集《灶》；一九八六年出版詩選集《峰嶺靜觀》；一九八九年出版詩文集《玉蘭花》。

綜觀她的詩作多以女性為主題，並以寫給女兒或觸及母女情的詩作最具有女性意識，如〈嫩葉──一個母親講給兒女的故事〉、[7]〈愛的鞭〉、[8]〈白色康乃馨〉、[9]〈復活〉、[10]〈歸來〉、[11]〈父母心〉[12]等，多首詩作呈現她獨特

6　一九九七年，陳秀喜過世七年後，由李魁賢主編的《陳秀喜全集》十冊由新竹市文化局出版。

7　陳秀喜：〈嫩葉──一個母親講給兒女的故事〉，原刊《葡萄園》第二十一、二十二期合刊本，1967年7月、10月；收錄於李魁賢主編：《陳秀喜詩全集》（新竹：新竹市文化局，2009年7月），頁18-19。

8　陳秀喜：〈愛的鞭〉，原刊《笠》第二十期，1967年8月；收錄於李魁賢主編：《陳秀喜詩全集》，頁21-22。

9　陳秀喜：〈白色康乃馨〉，原刊《笠》第二十期，1967年8月；收錄於李魁賢主編：《陳秀喜詩全集》，頁27-28。

的生命歷程裡的女性處境，陳秀喜是養母疼愛的女兒，但她的女兒卻急於離開她，這種矛盾的兩代母女情與她不幸福的婚姻有關，因此她的女性意識是複雜而分化的。[13]雖然如此，陳秀喜辭世後，一九九二年長女張瑛瑛及女婿潘俊彥為紀念陳秀喜，特設立陳秀喜詩獎基金會，決定每年於母親節頒發陳秀喜詩獎。陳秀喜身後，女兒以如此有意義的方式感念母親，也算是母女情緣的延續。

而她的詩作仍可見女性意識，如描寫生產經驗的〈初產〉尤具女性自覺的聲音，如第一段：

> 如爆發前的火山
> 子宮硬要擠出灼熱的熔岩石
> 陣痛誰能替代？
> 兩條生命只靠女人的天性
> 醫生和助產士不過是
> 振作精神的啦啦隊
> 心欲不如一死
> 她忽然憶起
> 媽曾說過：
> 「結婚就是忍耐的代名詞」[14]

---

10 陳秀喜：〈復活〉，原刊《笠》第二十六期（1968年8月）；收錄於李魁賢主編：《陳秀喜詩全集》，頁29-30。

11 陳秀喜：〈歸來〉，原刊《笠》第三十一期（1969年6月）；收錄於李魁賢主編：《陳秀喜詩全集》，頁38-39。

12 陳秀喜：〈父母心〉，原刊《笠》第三十五期（1970年2月）；收錄於李魁賢主編：《陳秀喜詩全集》，頁48-49。

13 進一步可詳參洪淑苓：〈家·笠園·臺灣——陳秀喜詩中的空間文本與身分認同〉，《思想的裙角：臺灣現代女詩人的自我銘刻與時空書寫》（台北：臺大出版中心，2014年5月），頁199-210。

14 陳秀喜：〈初產〉，原刊《覆葉》；收錄於李魁賢主編：《陳秀喜詩全集》，頁81-82。

女人的生產經驗之疼痛，非親身經歷難以體會，其中又以初產最為艱難而疼痛難當，幾乎是與死神搏鬥的局面。極端痛苦之際，她以母親的教誨「忍耐」二字自我激勵，終於贏來新生命的誕生而流下感恩的淚珠。而她奉行母教以「忍耐」面對自己的婚姻生活，卻換來一場充滿桎梏的不幸婚姻，如〈棘鎖〉：

> 卅二年前
> 新郎捧著荊棘（也許他不知）
> 當作一束鮮花贈我
>
> 新娘感恩得變成一棵樹
> 鮮花是愛的鎖
> 荊棘是怨的鐵鍊
> 我膜拜將來的鬼籍
> 冷落爹娘的乳香
> 血淚汗水為本分
> 拼命地努力盡忠於家
> 捏造著孝媳的花朵
> 捏造著妻子的花朵
> 捏造著母者的花朵
> 插於棘尖
> 湛著「福祿壽」的微笑
> 掩飾刺傷的痛楚
> 不讓他人識破[15]

---

15 陳秀喜：〈棘鎖〉，原刊《笠》第六十五期，1975年2月；收錄於李魁賢主編：《陳秀喜詩全集》，頁163-164。

此詩將痛楚的婚姻具象比擬為愛的鎖、荊棘的鐵鍊，百般隱忍著夫家的不公對待，努力掩飾痛楚不讓人識破。這是已婚三十餘年的陳秀喜對婚姻的深刻感受，三年後她選擇離婚。

此外，她的詩作也呈現相當明確的本土意識，其知名詩作〈臺灣〉對於台灣風土有相關書寫，但似乎未見特別以新竹在地風土為描寫對象的文本。這樣的現象應與她在一九四二年結婚後即隨夫遷居外地有關，此後至辭世為止亦似乎未再與家鄉新竹發生關聯。[16]

而李政乃（1934-2013），筆名白衍，新竹市人。[17]祖籍廣東平遠的客家人，先人來台定居苗栗大湖。父母婚後定居在新竹組織小家庭，李政乃誕生於竹東。一九三七年接受學前教育，在竹東鄉下就讀日本國語講習所一年。一九四○年入小學，適逢戰爭，多數時間做勞動生產或躲警報。一九四五年戰爭結束，回到城市接受祖國教育，學習國語。一九四六年進入初中，一九四九年進入臺北女子師範學校（今臺北市立大學）至一九五二年畢業，隨後返回新竹市任教小學，一九八一年自新竹市虎林國小教導主任退休。著有詩集《千羽是詩》、《李政乃短詩選》（中英對照）。[18]

李政乃也是自小學習日語的一代，戰後重新學習中文。就讀臺北女師時開始寫詩，一九五二年五月於《自由青年》發表第一首詩〈偽君子〉，同年十二月又在《自立晚報》的「新詩周刊」發表另一首詩〈夏夜〉。李政乃當時才十九歲，已展現過人的才華，被已故詩人覃子豪稱許為「台灣光復後第一位省籍女詩人」。後來李政乃將詩作發表移到紀弦創辦的《現代詩》，一九五三到一九五五年先後發表〈除夕〉、〈村戀〉和〈幽靈〉後，未見她再有作品在《現代詩》發表。

---

16 陳秀喜曾寫過〈關帝廟晨陽〉（〈關帝廟晨陽〉原刊《笠》第三十三期，1969年10月），然未知是否為新竹市的關帝廟，暫不列入討論。

17 以下生平資料，根據李政乃：〈自序〉，《千羽是詩》（新竹：竹一出版社，1984年5月），頁7-10。

18 張默主編、許志培譯：《李政乃短詩選》（香港：銀河出版社，2002年6月）是「中外現代詩名家集萃——臺灣詩叢系列21」中的一部。

　　一九五五年李政乃與當時創辦並主編《青潮》詩刊的詩人林曉峰（本名林金鈔，後任教交通大學）結婚後，自一九五七年起因家累及教職繁忙而停筆，至一九八一年退休，始重新執筆寫詩。當時張默出版女詩人專輯《剪成碧玉葉層層》，收錄了李政乃的詩作〈夏末〉，其後又在《創世紀》、《秋水》、《葡萄園》、《笠》、《乾坤》等刊物發表詩作。一九八四年集結過去詩作出版詩集《千羽是詩》。

　　李政乃為台灣光復後較早以白話寫詩的本省籍女詩人，詩作中若干以「新竹」為主題的作品，風格婉約而淺白易懂，如《千羽是詩》中書寫新竹記憶的詩作，如〈誕生地〉：

　　　　美麗的童話一樣美麗的竹東城裡
　　　　珍藏著我的美麗的誕辰的故事
　　　　鄰家的異國婦人贈我永恆的名字
　　　　長春的島上也有了我的聲音[19]

李政乃詩中的誕生地竹東，具有童話般美麗的色彩，符合她幼年階段的成長印記。又如〈麗池的聯想〉第一段：

　　　　風細細
　　　　水柔柔
　　　　曉月清瘦
　　　　一泓碧水
　　　　環抱在琪花瑤草中[20]

以婉約的文字寫出新竹公園的麗池風光，引人入勝。李政乃曾自述：「從

---

19 李政乃：〈誕生地〉，《千羽是詩》，頁26。
20 李政乃：〈麗池的聯想〉，《千羽是詩》，頁64-66。此詩也收錄於張默主編、許志培譯：
　　《李政乃短詩選》（中外現代詩名家集萃──臺灣詩叢系列21），頁24。

小，除了愛批閱父親的筆墨與藏書之外，更愛留連於屋後的新竹公園，欣賞
麗池的小船與水文。是它，櫻花般絢麗了我弟人生，是它，孕育了我這愛作
夢的女孩。」[21]可見新竹公園的麗池對於李政乃的意義重大。又如〈新竹光
復路上〉第一段和第五段（也是最末段）：

> 行在光復路上
> 好久不再寫詩
> 我已不像一首詩
> ……
> 行在光復路上
> 兩旁的風景不再入詩
> 風打裙襬下逃逸　挖了又補的馬路總是在生病[22]

女詩人以簡單直白的文字，書寫她對於住家所在的光復路的無奈，它是新竹
市通往國道交流道的一條人車洶湧的大馬路，女詩人對於它經常挖挖補補的
狀態感到不滿意，因此道路兩旁的風景不再詩意，自己也因此好久不再寫詩
了。然而，詩人畢竟熱愛她的新竹家鄉，如〈小城故事〉倒數二、三段：

> 在新竹成長又生根
> 一呆便是五十個寒暑
> 你沒見滿腦子智慧的電腦
> 在市場氾濫不羈　多過我的小詩
>
> 當然我也懷念昔日的瑰麗與典古
> 曾幾何時載歌載舞的

---

21 李政乃：〈自序〉，《千羽是詩》，頁7。
22 張默主編、許志培譯：《李政乃短詩選》，頁52。

踩著喧鬧的鑼鼓

在鞭炮聲中跟著迎神的人群

步過古色古香的迎曦門[23]

這首詩寫出新竹今日成為高科技發展的科學城，而李政乃說她更懷念昔日充
滿傳統氣息的小城，可見她對於新竹的深刻了解與深厚情感。文字直白，淺
顯易懂。

（二）客家庄女子：
新埔庄杜潘芳格、銅鑼庄劉慕沙、中壢街丘秀芷

　　由於竹塹／新竹州的範圍大致涵蓋如今桃竹竹苗四縣市，其中客語族群
的人數明顯較多。包括新埔庄杜潘芳格、銅鑼庄劉慕沙與中壢街丘秀芷。

　　出生於日治時期的新竹州新竹郡新埔庄（今新竹縣新埔鎮）望族的杜潘
芳格（1927-2016）[24]出生後不久，因父親赴日留學而隨父母同往。其後返
台上小學，一九三四年，八歲的她與日本人同上新埔小學校。[25]一九四〇
年，十四歲的杜潘芳格考入新竹州立新竹高等女子中學（今新竹女中）。一
九四四年新竹女中畢業，考入私立臺北女子高等學院（肄業）。[26]一九四八
年，二十二歲的杜潘芳格與醫師杜慶壽結婚，婚後隨醫師夫婿開業而定居中

---

23 李政乃：〈小城故事〉，《千羽是詩》，頁138-142。

24 杜潘芳格生平參考劉維瑛編：〈杜潘芳格寫作生平簡表〉，《杜潘芳格集》（台南：國立
台灣文學館，2009年7月），頁138-140。

25 日治時期的「小學校」指專供通日語的學童（幾乎為日籍學童）所唸的學校，科目與
日本本土一般的尋常小學校完全相同。戰後廢校，原址現為新埔國中。

26 「私立臺北女子高等學院」設立於一九三一年，是日治時期台灣唯一一所女子高等教
育機構，以培育女子成為賢妻良母為宗旨。一九四三年改為「台北女子專門學校」，成
為正規學制，以培育中等教育的女性師資為主，一九四四年開始招生。惟戰後一年即
廢校，校址改為臺北市國語實驗國民小學。其知名校友尚有楊千鶴、黃鳳姿、曾文惠
等。參考鄭麗玲：《阮ê青春夢：日治時期的摩登新女性》「二、纏足與高女──女性社
會階層的流動與轉變」（台北：玉山社，2018年6月），頁19。

壢，擔任醫務協助工作，也自由寫作、擔任插花指導老師。[27]

　　一九六五年開始加入笠詩社，一九六八年詩社四週年慶在中壢杜宅慶祝。一九七七年，五十一歲的她出版第一本詩集《慶壽》出版；陳秀喜也是年過五旬方才出版第一部詩集，這可說是她們做為跨越語言一代的共同寫照。一九八六年，六十歲出版第二本詩集《淮山完海》。一九八八年，六十二歲出版日文詩集《拯層》。一九九〇年，六十四歲出版第三本詩集《朝晴》、自選集《遠千湖》。一九九二年，六十六歲以《遠千湖》獲第一屆陳秀喜詩獎，這個獎項連結了前後兩位皆出身新竹的優秀女詩人，特別有意義。一九九三年，六十九歲出版詩集《青鳳蘭波》。一九九七年，七十一歲出版《芙蓉花的季節》。同時，她也是《臺灣文藝》社長、「女鯨詩社」社長。

　　杜潘芳格的詩作主題以女性、本土意識、基督教信仰為主。詩作除以中文（國語）創作外，尚有許多客語創作，很能彰顯杜潘芳格的客家出身，無論出生成長於新埔或婚後隨夫定居中壢，這兩地都是客家人居多的環境。

　　曾任女鯨詩社社長的杜潘芳格，其詩作有不少以女性為主題，且涉及女性主體與自覺者，如書寫女性身體經驗的客語詩〈末日〉，刻畫女性的生育：

油桐樹開百花召來夏日聲

所有个婦人家應該愛經過生產个痛苦
受過艱苦生養自家个細孲子个鋪娘人
還係會愛慕姖个丈夫畀丈夫管治到底。

相思樹開花來告五月風
這下有盡多唔甘願受生產个痛苦，唔甘心樂意生養細孲子个婦人出現咧，
姖兜儕根本唔使丈夫个存在囉。

---

27 筆者與杜潘芳格曾有中壢地緣關係。筆者自一九九一年插班考入國立中央大學中國文學系二年級，至一九九四年畢業；緊接著就讀同校系碩士班，至一九九七年取得碩士學位。一九九九年再考入同校系博士班，至二〇〇四年一月取得博士學位。

　　禁忌果子完完全全姬兜消化到徹底光光。
　　白花黃花共下滯在小小个海島上
　　初夏个山林知背肚。[28]

此詩以客家山區常見的油桐花為起興的意象，寫出所有婦人必經生產的痛苦，即使艱苦育兒持家，仍有可能被丈夫管治。因此第二段以相思樹起興，寫出現在已有愈來愈多女性不願承受生產之苦，她們也不需要丈夫。以兩代女性對於生產的不同態度，對照出生產乃至於為人母的辛苦，也說明生產進而為人母已未必是女人必經的生命歷程了。而一九六九年收錄於《淮山完海》的詩作〈更年期〉則寫出所有女性，無論生育與否，必經另一次重要的身體經驗，如前四段：

　　俯伏，在山野，把耳朵貼在地面上。
　　仍聽不到你的聲音。

　　那是，紅紅的夕陽，
　　染沾了油加利樹梢，渡過鄉道
　　你和我，坐在同一部車子裡。

　　頭痛，是車禍引起的，
　　不，也許是秋天引起的吧，

　　不擁抱在一起
　　就揣測不到
　　真實嗎？[29]

28 杜潘芳格：〈末日〉，《清鳳蘭波》；收錄於劉維瑛編：《杜潘芳格集》，頁55-56。
29 杜潘芳格：〈更年期〉，《淮山完海》；收錄於劉維瑛編：《杜潘芳格集》，頁82-83。

杜潘芳格書寫女性的更年期，描寫女體在此階段的重要變化以及不適，是女性書寫身體較少呈現的主題。同時，當時她也面臨了丈夫外遇帶來的痛苦，所以用更年期這種身體的不適做為譬喻也有其意義。

其次，她對於地方的認同，展現在她以客家文化為主題的詩作中，如以〈笠娘〉書寫客家族群與地方文化的認同：

> 頂著笠
> 那女人走過去
> 向無盡頭且寬闊而遙遠的藍染原野走過去，
> 翻過一山，再翻過一山，進而跨向大海那邊。
> 再過去，再過去，
> 再過去的高山，過去的高山。
>
> 在廣東一帶，「客家笠」披著黑色遮日流蘇
> 飄飄吹彿著大地，
> 飄著，飄著。
> 那女人霎時間將頭上的笠拿下來翻開，
> 相思迷戀的貞女，花蕾般的貞女，
> 翻開的笠，裝滿了早春的櫻花，盛開的杜鵑花。
> 那女人搖晃著嬌媚的身姿走過去，引誘著太陽光。
> 把引誘著太陽光的那艷麗的春天之花，從女人的花筐一朵一朵
> 摘下來丟開。[30]

此詩以戴笠帽的廣東客家女子為描寫對象，展現女子拿下笠帽的嬌媚身姿，鋪陳一幅明媚的春景。杜潘芳格即為出身廣東移民台灣的客家人後裔，因此此詩具有族群與文化身分認同的義涵。

---

30 杜潘芳格：〈笠娘〉，《朝晴》（台北：笠詩刊社，1990年3月）。

是以，身為客家人的杜潘芳格對於客語的流失特別有感，因此她創作不少客語詩實踐她身為客家人的身分證明，如〈到个時接个旗無根就無旗〉便高舉客語對於認識客家文化的重要性：

　　從來吂識有過真正个自家根
　　在海風強烈吹來吹去个島嶼

　　畀外來文化連根掘挖
　　移上移下

　　根，尋唔到地下水脈，
　　釘唔下自家真正个根
　　祖公傳下一句話
　　到个時就揭个旗

　　「母語个文字化」
　　就係恩兜客家根
　　「我寫我口」
　　就係全地球流動个地下水脈[31]

此詩題意為「到那時候就舉那政治單位的旗」，詩中對於客語的流失感到憂心，不只竭力提倡客語，更積極地將客語文字化，並親身實踐創作客語詩。她也曾以客家飲食譬喻政治的客語詩〈選舉合味〉：

　　婦人家　料理青菜時
　　傴腰菜　一定愛用　桔漿豆油，

---

31 杜潘芳格：〈到个時接个旗無根就無旗〉，《臺灣文藝》創新十號，1992年5月。收錄於劉維瑛編：《杜潘芳格集》，頁51-52。

　　紅菜葉　一定要用　薑麻酸酢，

　　限菜　煮湯時　愛配　細魚脯干

　　鹹菜豬肚湯　係客家名菜之一，有傳統个。

　　一家團圓食飯時

　　舖娘人　就想，那係民進黨係傴腰菜，國民黨就桔漿豆油。

　　國民黨係紅菜葉，無黨派就係薑麻酸酢。　盡合味。

　　台灣人大家圓滿享受客家好味道一樣選出好人才。[32]

此詩以客家飲食譬喻政治，包含傴腰菜（包心芥菜）[33]配桔醬豆油（醬油）、紅菜葉配薑麻（薑）酸酢（醋），限菜（莧菜）煮湯配細魚脯干（小魚乾）、鹹菜豬肚湯等知名的客家菜色，期待不同政黨可以成為相互搭配的菜色與調醬，團結圓滿。此外，尚有不少以客家文化為主題的客語詩，如〈中元節〉[34]以客語書寫桃竹苗客家莊的中元節活動，如第二、三段：

　　哇，在人群知背

　　越來就越清楚

　　哇係孤獨心蕉人。

　　貢獻畀中元節祭典个大豬公

　　打開大大个嘴，含一隻「甘願」。

　　不論脈个時節

32　杜潘芳格：〈選舉合味〉，《自立早報‧副刊》，1989年12月9日。收錄於劉維瑛編：《杜潘芳格集》，頁38-39。

33　傴腰菜即包心芥菜，菜梗粗大而彎曲，俗稱「駝背菜」，客語叫做「傴腰菜」或「姑腰菜」即指駝背之意。

34　杜潘芳格：〈中元節〉，《清鳳蘭波》；收錄於劉維瑛編：《杜潘芳格集》，頁57-58。

> 畀佢含「甘願」个
>
> 就係喔，沒就係你。[35]

此詩凸顯中元節祭典以大豬公為主的特色，為大豬公被迫嘴含「甘願」（柑子、鳳梨）的命運發出質疑與批判。與〈普渡〉[36]的題材與此雷同，但「在平凡的日常生活中，節慶每每令人以歡欣鼓舞的心情期待。但杜潘芳格對節慶生活的描寫卻獨樹一格，不取其熱鬧場景，反而從旁冷靜觀察，甚至有所批判、省思。」[37]這種冷靜的觀察，確實正是杜潘芳格對鄉土或地方文化認同採取的態度。此外，尚有許多以日常生活為題材的客語詩，如〈擎針連衫〉、[38]〈菜頭花開囉！〉、[39]〈世〉、[40]〈學問〉、[41]〈你个時空〉、[42]〈嘴个果子〉、[43]〈月清・秋深〉、[44]〈化妝等清秋〉、[45]〈含笑花〉、[46]〈出差世〉、[47]

---

35 杜潘芳格：〈中元節〉，《清鳳蘭波》；收錄於劉維瑛編：《杜潘芳格集》，頁57-58。

36 杜潘芳格：〈普渡〉，《臺灣文藝》創新十號，1992年5月；收錄於劉維瑛編：《杜潘芳格集》，頁63-64。

37 洪淑苓：〈日常的興味──杜潘芳格詩中的生活美學〉，《思想的裙角：臺灣現代女詩人的自我銘刻與時空書寫》，頁251。

38 杜潘芳格：〈擎針連衫〉，《客家》第62期，1995年8月；收錄於劉維瑛編：《杜潘芳格集》，頁57-58。

39 杜潘芳格：〈菜頭花開囉！〉，《臺灣時報・副刊》，1992年3月20日；收錄於劉維瑛編：《杜潘芳格集》，頁57-58。

40 杜潘芳格：〈世〉，《清鳳蘭波》；收錄於劉維瑛編：《杜潘芳格集》，頁65-66。

41 杜潘芳格：〈學問〉，《清鳳蘭波》；收錄於劉維瑛編：《杜潘芳格集》，頁59-62。

42 杜潘芳格：〈你个時空〉，《清鳳蘭波》；收錄於劉維瑛編：《杜潘芳格集》，頁61-62。

43 杜潘芳格：〈嘴个果子〉，《芙蓉花的季節》；收錄於劉維瑛編：《杜潘芳格集》，頁76-77。

44 杜潘芳格：〈月清・秋深〉，《朝晴》（台北：笠詩刊社，1990年）；收錄於劉維瑛編：《杜潘芳格集》，頁21-22。

45 杜潘芳格：〈化妝等清秋〉，《自立晚報・副刊》，1991年9月18日；收錄於劉維瑛編：《杜潘芳格集》，頁46-47。

46 杜潘芳格：〈含笑花〉，《臺灣文藝》創新十七號，1993年6月；收錄於劉維瑛編：《杜潘芳格集》，頁53-54。

47 杜潘芳格：〈出差世〉，《臺灣時報・副刊》，1990年8月22日；收錄於劉維瑛編：《杜潘芳格集》，頁40-43。

〈光个「日」〉、[48]〈公民〉、[49]〈紙人〉[50]等。又有部分客語詩以基督教信仰
為主題，如〈偓本身係光个工具〉、[51]〈有光在个位个時節〉、[52]〈子孫係上
帝交託个產業〉[53]等。簡言之，杜潘芳格的客語詩彰顯她所出身的文化、生
活況味與信仰生活。

　　再者，新竹州苗栗郡銅鑼庄（今苗栗縣銅鑼鄉）[54]人劉慕沙（1935-
2017），原名劉惠美，[55]出生於新竹醫院（今臺灣大學醫學院附設醫院新竹
分院）。[56]劉慕沙為知名的日本文學翻譯家，曾翻譯的日本小說高達六十餘

48　杜潘芳格：〈光个「日」〉，《臺灣時報‧副刊》，1992年3月11日；收錄於劉維瑛編：《杜
潘芳格集》，頁48-49。

49　杜潘芳格：〈公民〉，《臺灣時報‧副刊》，1990年8月22日；收錄於劉維瑛編：《杜潘芳
格集》，頁44-45。

50　杜潘芳格：〈紙人〉，《客家》第23期，1992年4月；收錄於劉維瑛編：《杜潘芳格集》，
頁50。

51　杜潘芳格：〈偓本身係光个工具〉，《客家》第23期，1992年9月。收錄於劉維瑛編：《杜
潘芳格集》，頁67-68。

52　杜潘芳格：〈有光在个位个時節〉，《自由時報‧副刊》，1995年12月27日；收錄於劉維
瑛編：《杜潘芳格集》，頁73-74。

53　杜潘芳格：〈子孫係上帝交託个產業〉，《芙蓉花的季節》；收錄於劉維瑛編：《杜潘芳格
集》，頁80-81。

54　筆者與銅鑼亦有地緣關係，夫家公婆皆為世居銅鑼的客家人，目前仍定居銅鑼。

55　劉慕沙生平經歷參考〈劉慕沙經歷〉，朱西寧、劉慕沙、朱天文、謝材俊、朱天心合
著：《小說家族：朱西寧、劉慕沙、朱天文、謝材俊、朱天心的小說》（台北：希代書
板公司，1986年），頁272-289。

56　新竹醫院始於一八九五年日本殖民政府設置臨時醫局於淡水廳署（今土地銀行新竹分
行）內，由陸軍軍醫部管轄。一八九六年改稱「新竹醫院」，改由臺北縣新竹廳管轄。
一八九七年改稱「新竹縣新竹醫院」。一八九八年改稱「臺灣總督府新竹醫院」。因設
備不全與地方狹隘，一九〇三年遷入位於南門的龍王祠及育嬰堂（今南門街與林森路
交叉口），仍為清代建築。一九〇八年九月遷入西門街新建的廳舍（現址為遠東百貨公
司）。一九三〇年增建門診大廳。日治時期新竹重要的西式醫院。戰後由臺灣省行政長
官公署民政廳衛生局接收，改名為「臺灣省立新竹醫院」，由於醫療設施老舊不符時代
需求，且空間不足，於一八八三年遷至新竹市北區經國路一段現址，一九九九年更名
「行政院衛生署新竹醫院」，二〇一一年改制更名為「國立臺灣大學醫學院附設醫院新
竹分院」。原新竹醫院已拆除，現址目前為遠東百貨公司與明志書院停車場。資料取自

部，包括川端康成、三島由紀夫、石川達三、曾野綾子、吉本芭娜娜、大江健三郎、井上靖等名家作品，成果卓著。一九六五年出版短篇小說集《春心》。[57] 而劉慕沙與作家朱西甯所締結的文學家庭，後來加上朱天文、朱天心、朱天衣三名女兒及二女婿謝材俊（唐諾），形成一個可觀的文學之家。朱天文即曾以〈家，是用稿紙糊起來的〉（1983年3月）定義自己獨特的文學家庭。[58]

　　劉慕沙外祖父李金盛為實業家，曾與後藤新平（1857-1929）同至西伯利亞考察。其父劉肇芳醫師畢業於臺北醫專（今臺大醫學院），學成後返回苗栗銅鑼家鄉開業行醫，其位於火車站附近的重光診所，建物至今猶存；[59] 母親留學日本。由於父母工作忙碌，從小託養於苗栗市外婆家。一九四二年入苗栗市大同國小，一九四三年父親被日軍徵召為海軍醫官，開赴南洋，劉慕沙與外婆遂遷居銅鑼，就近照顧母親與其他手足。一九四五年台灣光復，小學四年的日本教育中止。一九四六年全家遷回銅鑼街上，父親自南太平洋

「新竹市地方寶藏資料庫」（新竹市政府製作）https://hccg.culture.tw/home/zh-tw/shinchikushuu/514859（2021年10月31日查詢）。

57　劉慕沙：《春心》（台北：幼獅文化公司，1965年10月）。

58　朱天文〈家，是用稿紙糊起來的〉（「朱天文作品集6」《黃金盟誓之書（1981-2000）》，台北：印刻出版社，2008年2月），頁69-77。

　＊一九八六年，劉慕沙一家五口出版小說合集《小說家族：朱西甯、劉慕沙、朱天文、謝材俊、朱天心的小說》（台北：希代書版公司，1986年），收錄劉慕沙〈助選記〉與〈再見，斧頭坡〉兩篇作品。

　＊一九九三年，大陸出版朱西甯、劉慕沙、朱天文、朱天心、朱天衣合著《帶我去吧，月光：台灣朱家五人集》（南京：南京出版社，1993年）收錄劉慕沙〈生〉、〈喬遷之喜〉、〈春心〉。

59　筆者任職於聯合大學全球客家研究中心時期（2004年8月～2005年1月），曾於二〇〇四年十一月間籌辦「文定西湖」研習會，當時即曾參訪銅鑼火車站附近的劉診所。又，當時客家研究中心也同時辦理「苗栗故事館」計畫，撰寫劉慕沙的故事：〈在重光診所的童年，以及與朱西甯的相遇——劉慕沙的銅鑼故事〉，「苗栗故事書：人物篇」，2004年12月，聯合大學全球客家研究中心（http://www2.nuu.edu.tw/~hakkacenter/ch/story/01/01-17.htm）。

歸來，劉慕沙國小復學。一九四七年考入省立新竹女中，[60]每天從苗栗銅鑼通車到新竹市區通學六年（初中部、高中部）。

　　由於生長於日治時期，接受四年日語小學教育，其後就讀新竹女中六年，同學間仍習於以日語溝通；當時她特別喜愛閱讀說書體的日文武俠列傳，讀了三十餘部日譯世界文學名著，對日後譯事助益甚多。高中時期（1952年1月），劉慕沙認識外省軍官小說家朱西甯。一九五三年高中畢業後，聯考失敗；開始與朱西甯通信。一九五四年，擔任銅鑼某小學四年級代課教員。一九五五年十月一日劉慕沙離家出奔，南下高雄鳳山與朱西甯生活。一九五六年由叔父協助還鄉與父母溝通，終獲同意，遂於一九五六年三月十七日完成公證結婚。這段浪漫的出奔故事，後來由長女朱天文演繹為短篇小說〈敘前塵〉（1983）：

> 站上的人都熟識林傳麗，為怕追蹤去向，她買了北上到新竹的票，從新竹跟老五再轉車南下直達高雄，海成在高雄車站會她。[61]

> 傳麗走時一概不戀，簡單的衣物之外，就帶了一〇一名歌選合唱集。從新竹轉而南下，特快車過鎮上不停。傳麗選了左邊靠窗的位子，通

60　一九二四年設立「新竹州州立新竹高等女學校」，為四年制本科。一九二九年增設一年制補習科（專修科）。初期暫用新竹小學校（今東門國小）作為授課場域。一九二六年新竹中學校校地讓與新竹高等女學校，前者則遷至十八尖山附近。一九二九年設立作法室（禮儀學習教室）、一九三一年設立室內體操場及整容室（更衣換裝室）、一九四一年設立游泳池（今沂風園）。戰後改稱「臺灣省立新竹女子中學」，設初中部和高中部。一九五八年改制為完全中學，更名為「臺灣省立新竹女子高級中學」。二〇〇〇年因臺灣省虛級化，改制為「國立新竹女子高級中學」。目前校內舊建築尚存室內體操場（今小禮堂）、科學大樓保留舊建築的紅磚外牆。資料取自「新竹市地方寶藏資料庫」（新竹市政府製作）https://hccg.culture.tw/home/zh-tw/shinchikumachi/510367（2021年10月31日查詢）。

61　朱天文：〈敘前塵〉，原收錄於《最想念的季節》（台北：三三書坊，1984年；遠流出版公司，1987年），今《最想念的季節》收錄於「朱天文作品集3」《炎夏之都（1982-1987）》上卷（1982-1983）（台北：印刻出版社，2008年2月），頁142。

> 學六年下來，光憑車輪規律的響動，就可曉得車子又經過哪個山坡、
> 哪座橋了。[62]

劉慕沙當年由銅鑼車站先搭車北上新竹，再搭特快車南下高雄鳳山。二〇〇
一年，劉慕沙為台灣文學館舉辦的朱西甯紀念展而撰寫〈照見──為「朱西
甯文學紀念展」〉，敘寫她與朱西甯締結文學因緣，並回憶克難流離生活等。[63]
直到二〇〇四年，劉慕沙以〈背後的風景〉敘寫這段銅鑼客家千金與外省軍
官作家聯姻的故事，其中提及：

> 苗栗縣西湖老家的劉家祠堂裡，早年供的有一根扁擔，據稱是第一代
> 來台祖賴以成家立業的吃飯傢伙。我決定離家出走，投奔朱西甯之
> 際，曾思及是否該帶根扁擔以赴。[64]

文中提及當年離家出走時，曾想帶走一根苗栗縣西湖鄉劉家祠堂[65]的扁擔，
顯示劉慕沙毅然決然奔赴一個美好的願景時，著實也有先人披荊斬棘開墾新
天地的勇氣。

劉慕沙婚後開始從事文學創作，一九五七年以處女作〈沒有炮戰的日子
裡〉（短篇小說）獲得臺灣省婦女寫作協會徵文第二名（第一名從缺）。一九
五九年取筆名為劉慕沙；朱西甯由南部調職台北國防部，由於尚未分配房
舍，劉慕沙帶著天文、天心兩女暫居苗栗銅鑼娘家近兩年；利用時間從事日
文譯作，首篇翻譯〈紫鈴蘭〉於《皇冠》雜誌刊出。一九六〇年，三女朱天
衣生於銅鑼。因此，苗栗銅鑼的外公外婆家，也是朱天文三姊妹的童年故居

---

62 朱天文：〈敘前塵〉，《炎夏之都（1982-1987）》上卷（1982-1983），頁144。

63 劉慕沙：〈照見──為「朱西甯文學紀念展」〉，《聯合報‧副刊》，2001年3月16日。

64 劉慕沙：〈代序：背後的風景〉，朱西甯：《現在幾點鐘：朱西甯短篇小說精選》（台
北：麥田出版社，2005年1月），頁31。

65 筆者任職聯合大學全球客家研究中心時期（2004年8月～2005年1月），曾於二〇〇四年
十一月至十二月間籌辦過「文定西湖」研習會，當時即曾參訪過劉慕沙先人在苗栗縣
西湖鄉的祖居彭城堂。

之一，往後成長中的假期也常往外公家小住，客語也是她們的母語，朱天文短篇小說〈外婆家的暑假〉（1984年4月）[66]與散文〈外公的留聲機〉（1984年7月27日）[67]即以這段童年故事為本。一九八四年八月由侯孝賢導演、長女朱天文編劇的電影《冬冬的假期》也在此地取景，劉慕沙特地前往盯場，從旁照顧。朱天文散文〈拍片的假期〉（1984年11月16日）即記錄當時在外公家（重光診所）拍片與相關的童年記事。[68]一九八一年五四文藝節，劉慕沙以「苗栗縣出生優秀文藝工作者」接受苗栗縣政府表揚，獲得地方政府的認同，對於劉慕沙這位苗栗女兒而言，應是十分有意義的。

簡言之，劉慕沙的女性主體表現在年輕時爭取自由戀愛並勇敢出奔這一具體的事實上，雖然文學作品中多不見與此相關的自述，但長女朱天文「代言」的〈敘前塵〉已清楚交代這段故事中的女主角（母親劉慕沙的化身）對於愛情的堅持。其地方認同則可見於婚後常帶女兒們回娘家過暑假及出借重光診所供長女朱天文參與拍片之用，並且親自盯場協助拍攝。而她終生孜孜不倦從事的文學工作及成果，則為她自己贏來家鄉苗栗的認同。

出生於新竹州中壢郡中壢街的丘秀芷（1940-），本名邱淑子，祖籍廣東蕉嶺（今梅州市），祖父丘先甲，叔公丘逢甲。[69]丘念台是堂伯父，筆名即由其決定。其父親畢業於日治時期的臺北國語（日語）學校（後更名臺北師範學校），[70]是當時台灣人極少數可以就讀的二所高等學府之一。然而，時代的

---

66 朱天文：〈外婆家的暑假〉，原收錄於《炎夏之都》（台北：三三書坊、時報出版社，1987年；遠流出版公司，1989年），今收錄於「朱天文作品集3」《炎夏之都（1982-1987）》下卷（1984-1987），頁153-169。

67 朱天文：〈外公的留聲機〉，「朱天文作品集6」《黃金盟誓之書（1981-2000）》（台北：印刻出版社，2008年2月），頁124-125。

68 朱天文：〈拍片的假期〉，「朱天文作品集6」《黃金盟誓之書（1981-2000）》，頁126-132。

69 筆者任職於聯合大學全球客家研究中心助理研究員時期，曾參與二〇〇四年十二月二十三至二十四日舉辦的「紀念丘逢甲誕辰140周年學術研討會」（廣東丘逢甲研究會主辦），發表〈客家詩人丘逢甲的白話書寫——以詩界革命為觀察角度〉一文。會議結束後，主辦單位邀赴丘逢甲故居參訪，曾走訪廣東蕉嶺與梅州市等客家原鄉（2004年12月25日至26日）。當時丘秀芷女士以丘氏後人身分參與盛會。

70 一九一八年，國語學校改名為臺北師範學校，一九二〇年三月設預科及本科，並改稱

動盪與父親讀書人的風骨，丘逢甲後裔這樣的家世卻未能庇蔭丘秀芷的童年。

　　自小出生成長於中壢，五歲隨父遷居台北，曾遷居台中，後又遷至台北定居，但大姊與親族仍居中壢。[71]〈不能忘，常思量〉第三節「仁海宮的收音機」敘寫一九四五年八月十五日，在中壢仁海宮聽到日本投降的廣播。而仁海宮是當時打算全面改建日本神社的政策中，極少數倖存未被拆除的廟宇，與一八九五年北白川宮能久親王曾駐紮此廟有關。[72]〈夏蟲不可語冰〉第三節「皇民化」也提及當時日人在台參謀長荻洲立兵下令拆除中國廟宇，以中壢為第一推行站，後因北白川宮能久親王當年曾駐紮而逃過被拆除的命運。[73]〈回憶的軌道〉敘寫童年成長的中壢，並以年紀大上許多的且出嫁後仍住中壢的大姊與住觀音鄉崙平的二姊為敘事對象，描繪那個貧瘠年代的成長故事。[74]〈那個年頭〉則寫五歲後隨父親定居台北，父親雖為當時少見的高級知識分子，又是公務員，但天生硬骨頭，一直沒能讓全家過上中產生活，加上食指浩繁，一家過得十分貧困。一九四七年，七歲的丘秀芷開始上

為臺灣總督府臺北師範學校。一九二七年，將臺北師範學校分割為臺北第一師範學校及臺北第二師範學校。臺北第一師範學校（小學校師範部，後為臺北市立教育大學）使用南門校舍，臺北第二師範學校（公學校師範部）使用新建之芳蘭校舍。一九四〇年，臺北第二師範學校設「女子講科」，並廢止高等女學校師範科。一九四三年臺北第一及第二師範學校再度合併，仍保留兩校區；其中，南門校區專收預科及女子部，芳蘭校區專收本科生。國民政府接收台灣後，兩校區分別獨立，南門校區改為臺灣省立臺北女子師範學校，芳蘭校區改為臺灣省立臺北師範學校，日後兩校分別演變為臺北市立大學博愛校區及國立臺北教育大學。

71 後因故家道中落，十一歲時（1951）全家遷居台中郊區，備嘗艱辛。高中時領取臺中市政府清寒獎學金完成學業，但大專聯考並不順利。其後，丘秀芷參與中國文藝函授學校（免學費），自此開始寫作。一九六三年再度報考大專聯考，考上世界新聞專科學校三專部。在學期間，丘秀芷接受大量新聞寫作訓練。畢業後，丘秀芷擔任豐原高中及豐原國中教職。此後，丘秀芷被延攬入政府單位任職，負責編輯專書、撰寫文稿，與藝文界互動。其夫婿是符兆祥也是作家。案：筆者於一九八六年考入世界新專五專部報業行政科。

72 丘秀芷：〈不能忘，常思量〉，《一步一腳印》（台北：文化建設委員會編印，1986年6月），頁162-163。

73 丘秀芷：〈夏蟲不可語冰〉，《一步一腳印》，頁199。

74 丘秀芷：〈回憶的軌道〉，《悲歡歲月》（台北：大地出版社，1982年6月），頁13-24。

學，沒有鞋可穿；而二哥仍常回中壢老家帶些蔬果到台北叫賣，[75]丘秀芷的童年因此蒙上一層灰。

　　丘秀芷也以客家飲食記錄她的出身。如〈過年的滋味〉裡，四歲的丘秀芷看到母親洗石磨，便知道要做甜粄（年糕）了；八歲時，過年時母親做年糕、發粿（鬆糕）、蒸蘿蔔糕，這些皆為飲食習俗。[76]〈雞湯倒在水溝裡〉敘寫她成為主婦十數年後，因年長二十餘歲的大姊召喚，便和四姊、三弟回到出生地中壢，參加七年一輪的中元節豬公比賽。桃園客家庄訂每年農曆七月二十日為普渡之日，各庄輪辦，而被餵養得碩大無朋的豬公便是祭典的主角，家家戶戶在大拜拜後大請客，十分熱鬧。如今再回中壢參加祭典，發現已較少人殺豬宰羊了，也不見每家都大宴賓客。但發現許多浪費食材的現象，尤其是許多仍有料理價值的內臟之類的。[77]而〈瓜仔脯〉以製作醃漬類食物最能表彰客家飲食的尚儉精神，更是她出身客家人的身分認同之作。[78]其母雖為福佬人，「但嫁到客家人的家庭後，曬製的蘿蔔乾、梅乾菜、瓜仔脯、冬菜全是一等一的好吃。」[79]可見丘秀芷的客家飲食記憶極為鮮明，尤其是母親製作的瓜仔脯，因此在〈瓜仔脯〉裡，丘秀芷描寫客家飲食常見的瓜仔脯，即大黃瓜醃製的醃瓜仔乾，而記憶中的瓜仔脯吃法有幾種：

> 瓜仔脯加肉剁碎來，做紅燒獅子頭，兼具肉香，菜乾之香，又爽脆。
> 蒸魚、煮魚更是魚和瓜乾香互補——和一般鄉土味餐館的破布子蒸魚絕然不同。

75　丘秀芷：〈那個年頭〉，《悲歡歲月》，頁25-32。

76　丘秀芷：〈過年的滋味〉，《一步一腳印》，頁181-183。

77　丘秀芷：〈雞湯倒在水溝裡〉，《一步一腳印》，頁189-194。

78　丘秀芷：〈瓜仔脯〉，曾是筆者拙著〈飲食記憶與族群身分——試論現代客家飲食文學系譜建構的可能性〉所討論的文本之一。拙文收錄於焦桐編：《飯碗中的雷聲——客家飲食文學與文化國際學術研討會論文集》（台北：二魚文化事業公司，2010年9月，頁110-139）。

79　丘秀芷：〈瓜仔脯〉，《中國時報・人間副刊》，2007年7月26日；收錄於焦桐編：《2007臺灣飲食文選》（台北：二魚文化事業公司，2008年4月），頁249。

就是不煮切片下稀飯，也很對味的，如果手力夠，不用刀切，而是撕
開成一小片一小片，更好。

瓜仔脯和蘿蔔乾、梅乾菜一樣，曬製數日中，不經過發酵，更不長
霉，所以怕得癌症的人不用擔心。而是一天天曬、收、下鹽、出水，
在曝曬風吹中，風味自然出來。[80]

由此可知，瓜仔脯被運用在各式烹調中都很有滋味，也深入丘秀芷的成長記
憶；尤其是它經由風吹日曬所調製而出的天然風味，更令人難忘。因此，當
母親老邁後不再製作它，也就再也吃不到那麼香的瓜仔脯了。於是，丘秀芷
只好到師大附近龍泉市場買客家婦女自製的瓜蔬蘿蔔乾來品嚐。又有一回在
澎湖買了瓜仔乾回來，卻因故整瓶「氣爆」，而未能順利做完一頓飯；事後
再做，味道都不對了。[81]因此，對丘秀芷而言，滋味最好的瓜仔脯，自然仍
是母親製作的最令人難忘。〈瓜仔脯〉充滿思親憶舊的氛圍，藉飲食的滋味
以懷緬故人舊事，其中的滋味與氣味，都是記憶的最好誘餌。此外，一九九
○年代的作品中，也有多篇以客家飲食為主題的，如〈鹹菜風味〉、[82]〈恤
圓　湯圓　圓仔〉[83]等都是地道的客家飲食。

　　簡言之，丘秀芷出身名門，也是書香世家，童年在中壢的五年歲月正是
日治後期，由於父親的際遇問題而家道中落，自小飽嚐貧困之苦。因此她的
中壢記事大多與貧困童年有關，由於親族仍居中壢一帶，往後仍有許多與中
壢、客家相關的記憶，是以她的中壢地方認同十分明確。

80　丘秀芷：〈瓜仔脯〉，焦桐編：《2007臺灣飲食文選》，頁250。

81　丘秀芷：〈澎湖瓜仔脯〉，《每個人一串鑰匙》（台北：九歌出版社，1999年7月），頁51-
　　53。

82　丘秀芷：〈鹹菜風味〉，《每個人一串鑰匙》，頁18-20。

83　丘秀芷：〈恤圓　湯圓　圓仔〉，《每個人一串鑰匙》，頁21-23。

三 以大河小說書寫家鄉風土的女子： 銅鑼庄謝霜天的「銅鑼書寫」、楊梅街黃娟的「楊梅書寫」

本節論及的新竹州女作家，她們以大河小說的規模書寫家鄉風土，包括銅鑼庄謝霜天的書寫家鄉銅鑼的三部《梅村心曲》、楊梅街成長的「台美人」黃娟書寫家鄉楊梅的「楊梅三部曲」，都以較長篇幅的三部曲書寫自己的地方認同。

（一）銅鑼庄謝霜天的「銅鑼書寫」：《梅村心曲》（三部曲）

謝霜天（1943-），本名謝文玖，誕生於苗栗縣銅鑼鄉芎蕉灣丘陵上的小村莊，典型的客家村落，以務農為業。其父親謝長海（1887-1967），號鐸庵，畢生以延續漢學為己任，曾連續擔任「苗栗詩社」六屆社長，對漢詩的提倡與發揚不遺餘力，好奔走於詩人節大會與同好作詩賽詩，擊缽聯吟。一九五〇年，謝霜天進入銅鑼國小就讀。苗栗高中畢業後，她順利考上淡江文理學院中文系。一九六六年大學畢業，首先任教於基隆私立立德中學，翌年夏天轉任省立台北盲聾學校。一九六八年起正式寫作，一九七三年第一本散文集《綠樹》出版，一九七五年長篇小說《梅村心曲》三部曲出版，隔年榮獲第二屆國家文藝獎。一九八一年結業於臺灣師範大學國文研究所暑修班。一九九九年畢身奉獻盲聾教育長達三十餘年的謝霜天自教職退休後，自資成立智燕出版社，負責整理、校訂與出版自己的文稿。

謝霜天畢生出版二十餘種作品，其中又以一九七五年出版的長篇小說《梅村心曲》為其代表作，此書分為「秋暮」、「冬夜」、「春晨」三部曲，共七十七個短篇，組合成五十餘萬字的長篇，形式上有所創新。謝霜天所寫的「梅村」就是她的家鄉銅鑼鄉郊後龍溪畔的小村，女主角林素梅是典型的客家農村婦女，勤奮而堅強。小說中林素梅的人生故事劃分三個階段，一是嫁到梅村以後至喪夫、喪子、婆婆去世，是黯淡、疲累的沒落時代；二是自中日戰爭爆發至政府播遷來台之前，黑暗、貧困的苦難時代；三是從土地改革

至今,則是重建家園,充滿希望的安定時代。[84]在第一回〈于歸〉裡,林素梅由南勢坑出嫁至銅鑼鄉芎蕉灣山腰的一處莊院的吳家。而林素梅的形象是:

> 她明白自己的弱點——總是缺乏那麼一些女性的溫柔。從小,她就跟一般女孩不大一樣,不愛躲在家裡拈針線、包布娃娃,她愛的是與泥土為伍,小小年紀便知道:用雙手付出勞力,泥土便會回報一分收穫,可以填實飢餓的胃囊。她對田園向來抱著信心和愛戀,要她做一個盡責的農家媳婦絕無問題,只要改改急躁脾氣就行了。

林素梅在這三個人生的重要階段裡,展現了客家婦女的堅毅形象,「真是寓不平凡於平凡中,堪稱為一個女中丈夫。」[85]此書可說是結合了女性主體與地方認同的最佳示範。

值得一提的是,謝霜天《夢迴呼蘭河》[86]是一部以蕭紅為主題的人物小說。謝霜天〈我寫「夢迴呼蘭河」〉提及蕭紅擁有過人的才華及悲劇的人生,創作時間只有九年,「但她那些以心血凝聚而成的文學作品卻如日光月華,不僅照耀了她活著的那個時代,閃爍的芒輝更熠亮了後來無數讀者的心靈。」[87]因此謝霜天以同情共感的態度寫下蕭紅短暫的一生以及她那個時代的文壇實況。藉由書寫蕭紅的寫作與人生,也是對女性自我與文學書寫的認同。

(二)新竹市出生與楊梅街成長的「台美人」黃娟「楊梅書寫」:「楊梅三部曲」

黃娟(1934-),原名黃瑞娟,出生於新竹州新竹郡新竹市,半年後即遷

---

84 謝霜天:〈我寫「梅村心曲」(代總序)〉,《秋幕——梅村心曲之一》(台北:智燕出版社,1975年6月),頁1-3。

85 謝霜天:〈我寫「梅村心曲」(代總序)〉,《秋幕——梅村心曲之一》,頁2。

86 謝霜天:《夢迴呼蘭河》(台北:爾雅出版社,1982年1月)。

87 謝霜天:〈我寫「夢迴呼蘭河」〉,《夢迴呼蘭河》,頁5。

居台北。[88]一九四二年，因戰爭威脅而舉家遷居故鄉新竹州中壢郡楊梅街。一九四六年考入省立新竹女中初中部（隔年，小一歲的劉慕沙也考入），自楊梅以火車通學；一九四七年家人遷回台北，寄居新竹外婆家，唸完初中。一九四九年，因戰後極端困難的家境而選擇公費的師範教育，進入省立臺北女子師範學校（今臺北市立大學），一九五二年畢業後任教臺北市螢橋小學；一九五八年任教臺北市大同中學。

一九六一年處女作〈蓓蕾〉在《聯合報‧副刊》登出，從此展開寫作生涯。一九六二年與翁登山結婚。一九六八年辭教職赴美與夫團聚，定居美國，一九八〇年首次返台。一九八三年加入「北美台灣文學研究會」，一九八八年當選會長，也是北美台灣客家公共事務協會會長。

一九六〇年代黃娟即享譽台灣文壇，屬於戰後第二代作家。其出國前的小說《愛莎岡的女孩》[89]，見證一代年輕人在高壓統治下的留美熱潮，尤其是《愛莎岡的女孩》及集中短篇〈讀莎岡的夜晚〉中的「莎岡」（Françoise Sagan, 1935-2004）是法國知名女性小說家、劇作家、編輯，代表作為《日安憂鬱》（*Bonjour tristesse*），可以想見一九六七年方才三十三歲的黃娟對於莎岡的著迷，應與其敏感而豐富的人生思考有關。[90]

出國後的黃娟於一九八三年復出寫作，定位自己的作品為「台美人（台灣美國人）文學」，對於在美台灣人的生活與文化進行批判性的反思。一九八八年，黃娟在北美的報刊上發表短篇小說〈閩腔客調〉，文中以兩位到美國發展的台灣人為主軸，敘寫他們在異鄉參加台灣同鄉會，聚會時採用大多數福佬族群的福佬話（閩南語），相對地，客家族群因不諳福佬話，只能以北京話發言，竟被排斥。文中以福佬話（閩南語）為母語的台灣人，因此對

---

88 黃娟生平寫作狀況，參考黃娟編、方美芬增訂：〈黃娟生平寫作年表〉，林瑞明、陳萬益主編：《黃娟集》（台北：前衛出版社，1993年12月），頁335-342。

89 黃娟：《愛莎岡的女孩》（台北：純文學出版社，1968年3月；台北：前衛出版社，1996年4月）。

90 可參看鍾肇政：〈台美文學旗手——黃娟——序《愛莎岡的女孩》〉，《愛莎岡的女孩》（台北：前衛出版社，1996年4月），頁3-10；黃娟：〈青春——愛莎岡的女孩〉前衛版序〉，《愛莎岡的女孩》，頁11-14。

於以母語為客語的朋友感到抱歉。本文道出客家人（語）與福佬人（語）都是台灣人（語）的心聲，勿以福佬話（閩南語）做為台灣話的唯一語言。[91]同年（一九八八年）獲吳濁流文學獎。時至一九九一年，黃娟又出版長篇小說《故鄉來的親人》，題材也是以台美人為主。[92]一九九三年，前衛出版社為她出版個人專集《黃娟集》，[93]收錄多篇她出國前的代表作、生平寫作年表、相關評論等。一九九四年，黃娟出版散文集《我在異鄉》，敘寫她身為台美人的生活與心聲。[94]一九九九年，黃娟榮獲第廿二屆吳三連文學獎。二○○一年，又榮獲台美基金會「人文科學獎」。

　　最值得注意的是，黃娟自二○○一年至二○○五年連續出版「楊梅三部曲」（《歷史的腳印》、《寒蟬》與《落土蕃薯》），[95]由標題可知，它與鍾肇政「濁流三部曲」、「台灣人三部曲」和李喬「寒夜三部曲」一樣，可說是大河小說，標題中的地名「楊梅」便是黃娟童年定居、成長的故鄉，因此這三部曲雖為小說，也可視為她的地方認同之作。黃娟〈關於《楊梅三部曲》──第一部《歷史的腳印》自序〉自承：「年輕的時候，只知道往前看，往前走。……。從事寫作三十餘年，我尚未寫過楊梅。」[96]這與她常年離鄉在外甚至出國的離散經歷有關，只有離鄉愈遠愈久，才會想到要寫自己從未寫過的家鄉「楊梅」；為此她特別返回故鄉楊梅進行田野調查及走訪故居，並得到許多協助，包括由鍾肇政陪同走訪楊梅，拜訪《人與地學訊》的黃厚源老師、「楊梅文化促進會」的梁國龍先生等。因此，三部曲分別寫主角在日治時期的童年與少女階段，至戰爭結束；戰後國府接收台灣階段，青年期的主角，一直待到離開台灣為止；主角離台赴海外定居卻心懷家鄉。此三階段經

91 黃娟：〈閩腔客調〉，鍾肇政主編：《客家台灣文學選》（台北：新地出版公司，1994年4月）。

92 黃娟：《故鄉來的人》（台北：前衛，1991年11月）。

93 黃娟：《黃娟集》（台北：前衛出版社，1993年12月）。

94 黃娟：《我在異鄉》（台北：前衛出版社，1994年5月）。

95 黃娟：《歷史的腳印》（台北：前衛出版社，2001年1月）；《寒蟬》（台北：前衛出版社，2003年8月）與《落土蕃薯》（台北：前衛出版社，2005年9月）。

96 黃娟：〈關於《楊梅三部曲》──第一部《歷史的腳印》自序〉，《歷史的腳印》，頁7。

歷，儼然就是作者黃娟自己遭逢的人生歷程。同時，首部曲《歷史的腳印》更呈現許多客語交談的段落，以符合現實。在第一部完稿時，黃娟自承：「把自己的故鄉，以書名突顯出來，未嘗不是一件可喜的事。」[97]因此，黃娟藉由「楊梅三部曲」表達了她對於自己出身的鄉土的地方認同。二〇一九年榮獲第二十一屆國家文藝獎，實至名歸。

簡言之，黃娟出國前的《愛莎岡的女孩》可見其對於女性主體的自覺認同以及年輕一代對於家國處境的迷惘，尤其是作為一名敏感而豐富的女性寫作者。出國後，她離鄉千萬里，反而有更多直面故鄉、心懷故鄉的作品，直到「楊梅三部曲」的誕生，確立她對於地方的認同。

四 戰後渡海回台／來台的「外省」女子： 頭份庄林海音的「兩地」人生、由四川來台的東北人 愛亞的新竹童年

本節以戰後渡海回台／來台的兩位「外省」女子為主，一是原籍頭份庄但出生於大阪而成長於北京的客籍女子林海音，另一位是由四川來台的東北人愛亞。林海音青年時期之前大多在北京成長，但幼年時曾短暫回頭份庄老家生活過一段時間，戰後攜家帶眷回到台灣定居，也不時返回頭份老家探望，因此林海音的「兩地」人生相當值得探討，可說是「另類外省人」。愛亞則是因擔任教職的母親早年工作於新竹縣寶山鄉與湖口鄉的兩所小學而遷居新竹州，愛亞也因此就讀了寶山國小與新竹師專附小；其中就讀新竹師專附小（今清華大學附屬小學）時，全家已遷居湖口鄉新湖國小宿舍，愛亞便每天通學；初中則進入離家較近的湖口中學（後更名湖口國中，今為湖口完全中學）就讀。因此，她們兩位是戰後回台／來台的「外省」女子。

---

97 黃娟：〈關於《楊梅三部曲》——第一部《歷史的腳印》自序〉，《歷史的腳印》，頁10。

（一）頭份庄林海音的「兩地」人生

　　林海音（1918-2001）的父親林煥文（1888-1931）出生於新竹廳竹南一堡頭份庄（今苗栗縣頭份市），[98]祖籍廣東蕉嶺縣。由臺灣最高學府國語（日語）學校師範部（今臺北市立大學）畢業後，任教新埔公學校（今新埔國小），吳濁流為其學生；後又任教頭份公學校（今頭份國小）。而林海音出生於日本大阪，三至五歲（1921-1923）曾短暫回台居住於頭份，學會客家話。一九二三年又隨父母遷居北平（今北京），在城南度過童年及青年時期，完成中小學教育並考入南社詩人成舍我創辦的北平世界新聞專科學校，[99]畢業後進入成舍我創辦的北平《世界日報》工作，直到一九四八年（三十歲）回台。

　　戰後由「外省」回台定居的林海音，因此擁有獨特的流離與離散經驗，既是台灣人也是外省人的雙重身分，是以她擁有「兩地」人生。與當時由上海返台的林文月一樣特別，而這樣的身分與經歷特別具有寬厚的包容力，尤其在族群文化上。其寫於一九五七年的小說〈蟹殼黃〉[100]便是一則食物與離散的故事。小說中的「家鄉館」以大陸地區的小吃招徠客人。館中三位成員，廣東人賣蟹殼黃，山東人賣小籠包，老北平負責打雜。簡言之，〈蟹殼黃〉主訴兼容並蓄與和平共存的族群觀念。[101]這樣包容的特質，也使得林

---

[98] 頭份在清雍正九年至光緒四年（1878），屬淡水廳。光緒初年屬新竹縣竹南一堡（1878-1895），至光緒二十一年日治時期，改隸台北縣新竹支廳，光緒二十三年（1897）為新竹縣頭份辦務署。一九〇一年成為新竹廳中港支廳「頭份區」。一九二〇年（民國九年）屬新竹州竹南郡頭份庄，一九三九年（民國二十八年）改為頭份街。台灣光復後隔年，改為新竹縣竹南郡頭份鎮。一九五〇年改為苗栗縣頭份鎮。二〇一三年改為苗栗縣頭份市。

[99] 筆者國中畢業後就讀成舍我於台北復校的世界新聞專科學校五專部報業行政科（1986-1991）。

[100] 林海音〈蟹殼黃〉曾為筆者拙著〈飲食記憶與族群身分──試論現代客家飲食文學系譜建構的可能性〉討論的文本之一。拙文收錄於焦桐編：《飯碗中的雷聲──客家飲食文學與文化國際學術研討會論文集》（台北：二魚文化事業公司，2010年9月，頁110-139）。

[101] 進一步可參考王德威：〈食物的旅程〉，《臺灣──從文學看歷史》（台北：麥田出版社，2005年9月）。

海音在擔任《聯合報》副刊期間（1953-1963）提拔不少台籍年輕作家，使
他們得以和當時所謂的「外省」作家並駕齊驅，林海音享有當代台灣文學史
上舉足輕重的地位，其來有自。職是，林海音的女性主體便是展現在這種跨
越族群的包容與悲憫情懷上，如同她的代表作《城南舊事》與《婚姻的故
事》對於各種女性的關懷與包容。

　　而林海音與新竹州與新竹縣的地方記憶有二個階段，[102]一是童年時期
（三至五歲，1921-1923）曾短暫定居頭份老家，二是青年時期回台（一九
四八年）後至一九五○年間，她常有機會回頭份老家省親。因此，林海音除
了以《城南舊事》記錄北京的童年故事外，《兩地》（1966）、《家住書坊邊》
（1987）及《隔著竹簾兒看見她》（1992）中也有多篇散文記錄了她與家鄉
頭份的故事。

　　林海音第一階段的新竹記憶，可見於她一九六六年出版的散文集《兩
地》，其中有多篇與家鄉頭份、新竹市相關的散文，可見她回台早期與新竹
地區的因緣。一九六四年補寫的〈英子的鄉戀〉（寫於一九五一年）「後記」
提及她童年時期的故事，三歲（1921）回頭份短暫定居即學會客家話。[103]
而一九八七年出版的《家住書坊邊》中，有一篇寫於一九八五年的〈舊時三
女子〉，分寫曾祖母、祖母與母親三位女性長輩，其中第一節寫曾祖母的部
分，特別寫道林海音童年三至五歲曾暫居的地方，即如今三嬸家。林海音這
趟回鄉起因於當時攝影家謝春德為完成《作家之旅》而到頭份林家拍攝林海
音幼年故居場景。[104]同時，書中附錄的張典婉〈英子的鄉戀〉（與林海音寫
於一九五一年的同名），即記錄了林海音配合攝影家謝春德完成《作家之

---

102 筆者曾任職聯合大學全球客家研究中心，當時該中心曾申辦「苗栗故事館」計畫，筆
　　者撰寫過林海音的故事：〈英子轉來囉——林海音的回鄉記事〉，「苗栗故事書：人物
　　篇」，聯合大學全球客家研究中心 http://www2.nuu.edu.tw/~hakkacenter/ch/story/01/01-
　　16.htm，2004年12月。

103 林海音：〈英子的鄉戀〉「後記」，《兩地》（台北：三民書局，1966年10月），頁118。

104 林海音：〈舊時三女子〉，《家住書坊邊》（台北：純文學出版社，1987年12月），頁21-
　　32。

旅》而回到頭份老家拍攝幼年故居場景之事，其中提及林海音三嬸指出林海音小時候最愛在井邊玩耍的往事。[105]

　　而林海音第二階段的新竹記憶，也可見於一九六六年出版的散文集《兩地》，其中〈故鄉一日〉敘寫民國三十九年（1950）回頭份老家省親的事。[106]其後，林海音一九八七年的《家住書坊邊》亦有若干篇書寫她與老家頭份的相關記憶，如一九八四年二月張典婉的〈英子的鄉戀〉（與林海音寫於一九五一年的同名），即對林海音因攝影家謝春德為完成《作家之旅》而到頭份林家拍攝林海音幼年故居場景而詳細記錄，其中提及林海音一回台灣雖住台北，但很快就回故鄉、訪老厝、探親人。往後家鄉的大拜拜、婚嫁、入厝等喜事，她也都會回鄉吃喜酒的。同時也提及林海音喜歡吃客家鹹肉粽；以標準發音的客家話對老屋內唯一守著的三嬸喊著：「含英轉來嘍！」之後堂弟媳做了炒米粉與（煮）雞酒招待林海音一行人。[107]此外，林海音次女夏祖麗〈大阪·頭份·北京──英子最早的生活〉[108]也可以做為林海音早年的家鄉記事的印證。

　　此外，《兩地》中的〈新竹白粉〉寫母親愛用當年知名的新竹白粉做為化妝品；[109]而寫於民國三十九年（1950）的〈滾水的天然瓦斯〉則敘寫苗栗出產的天然瓦斯和出礦坑的石油產業。[110]由此可見，戰後初期的新竹白粉可說是知名物產，而苗栗出礦坑的石油開採更是早自日治時期即已知名的地景。

---

105 張典婉：〈英子的鄉戀〉，《家住書坊邊》，頁257-268。張典婉〈英子的鄉戀〉以另一個篇名〈林海音返鄉的一日〉收錄於李瑞騰、夏祖麗編：《一座文學的橋──林海音先生紀念文集》（台南：國立文化資產保存研究中心籌備處，2002年12月）。

106 林海音：〈故鄉一日〉，《兩地》，頁199-206。

107 張典婉：〈英子的鄉戀〉，《家住書坊邊》，頁257-268。張典婉〈英子的鄉戀〉以另一個篇名〈林海音返鄉的一日〉收錄於李瑞騰、夏祖麗編：《一座文學的橋──林海音先生紀念文集》。

108 夏祖麗：〈大阪·頭份·北京──英子最早的生活〉，收錄於李瑞騰、夏祖麗編：《一座文學的橋──林海音先生紀念文集》，頁185-196。

109 林海音：〈新竹白粉〉，《兩地》，頁120-121。

110 林海音：〈滾水的天然瓦斯〉，《兩地》，頁124-125。

　　在林海音與新竹頭份相關的記憶裡，尚有不少家族重要親友的故事。如《家住書坊邊》中寫於一九八四年的〈番薯人〉，敘寫自己童年由台灣遷移至北京的軌跡，以及幾位和林海音一家一樣到北京發展的番薯人（台灣人）的故事，林海音很慶幸自己一家的後代沒有失落在北平。[111] 而寫於一九八〇年的〈一位鄉下老師——兼記新埔國小八十三週年〉敘寫了一九〇八年二十歲的父親林煥文被派任到新埔公學校教書之事，兩年後父親轉至家鄉頭份公學校服務，此後不曾再赴新埔。而父親當年任教的許多事都是由後來成為知名小說家的吳濁流告知的。[112]《兩地》中的〈我父親在新埔那段兒〉重回父親當年在新埔公學校（今新埔國小）教書的故地緬懷先人，[113] 也呈現她對於家鄉親人與新竹的重要地方記憶。這兩篇都是父親林煥文年輕時曾任教新埔國小的記事。[114]

　　簡言之，林海音的女性主體與地方認同，由她對故鄉的眷戀可見一斑。而林海音與故鄉頭份的聯結，更可見她對於生命中最重要的「兩地」（頭份、北京）的認同如何形塑了她的主體價值。

---

111 林海音：〈番薯人〉，《家住書坊邊》，頁3-10。

112 林海音：〈一位鄉下老師——兼記新埔國小八十三周年〉，《家住書坊邊》，頁11-20。

113 林海音：〈故鄉一日〉，《兩地》，頁199-206。

114 附帶一提，與林海音頭份老家相關的人事記憶中，尚包含作家沉櫻（原名陳鍈；1907-1988）。一九九二年林海音《隔著竹簾兒看見她》有篇特別的散文〈念遠方的沉櫻〉，記錄民國四十五年（1956）她返回頭份老家參加婚禮兼訪當時在頭份教書的作家沉櫻。當時人在頭份斗煥坪私立大成中學教書的女作家沉櫻，自民國三十九年至四十六年任教於此，住在校門對面的宿舍中。雖是初次見面，但由於沉櫻早已成名於三〇年代，算是林海音的前輩；沉櫻來台後在頭份定居，而頭份正是林海音的老家；同時，視頭份為第二故鄉的沉櫻退休後在此地蓋了三間屋子，其地主張漢文正是林海音先父在頭份公學校教過的學生，是以頭份便是「有家歸不得」的沉櫻精神上的老家。以上種種因緣，使得林海音與沉櫻雙方更加親近。因此很自然地促成這項探訪。詳參林海音：〈念遠方的沉櫻〉，《隔著竹簾兒看見她》（台北：九歌出版社，1992年5月），頁50-59。

（二）四川女子愛亞與新竹市南大路麗池附近的記憶（1950）

出生於大陸四川的東北人愛亞（1945-），則是一九四九年隨父母來台，愛亞在〈珍珠色〉（《暖調子》）曾敘寫短暫住在台中大同國小附近的記憶，後因母親調職而遷居新竹。[115] 一九五〇至一九五四年間，五至九歲的愛亞全家隨母親調職而定居新竹縣市。是以，愛亞這一戰後來台的外省女作家童年時期曾經親身見證了戰後初期的新竹。

愛亞《喜歡》中的〈那時〉曾敘寫了一九五〇年她五歲時記憶中的新竹老家：

> 那時，家住新竹市區一條極寬闊的大馬路上，母親回憶說好像是南大路，……，那是一棟漂亮的日本房子，貼後門駐著一個大兵營，前門右轉順著路走，可以走到麗池，上坡就是公園，我們一向不買門票，由一大排七里香樹籬底下鑽進公園去大走大玩。[116]

> 我好像總是喜歡一個人在外晃蕩。甚至一個人跑到麗池看人家划船，或是鑽七里香樹離去那高坡上玩秋千。秋千屬於新竹公園，……，秋千旁不遠又是駐軍，不知道駐軍為什麼那樣多。……，多年後我才恍然大悟，原來那是無線電鐵塔和雷達。[117]

據此描寫，愛亞的新竹老家便是在今日新竹公園附近的南大路開頭附近。新竹公園在竹市東區，原名「枕頭山」。早在日治時期的一九二五年便被改建為公園，開放大眾使用，包含文中提及的「麗池」公園、一九三六年設立且為目前台灣原址現存最古老的動物園。這就是愛亞童年玩耍的地方。

其後愛亞一家人在一九五〇年代又搬遷至新竹縣寶山鄉、湖口鄉兩地，

---

115 愛亞：〈珍珠色〉，《暖調子》（台北：大田出版社，2002年3月），頁140-143。

116 愛亞：〈那時〉，《喜歡》（台北：爾雅出版社，1984年11月），頁4。

117 愛亞：〈那時〉，《喜歡》，頁11。

愛亞曾在新竹縣寶山國小、新湖國小的日式教師宿舍居住過,也曾經是新竹師專附小(今清華大學附小)、湖口初中(今湖口中學)的學生,因此愛亞的新竹記憶及地方認同十分明確。愛亞在新竹的童年時光曾有過三個老家,其共同特色都是日式房子,在《暖調子》(2002)的〈紙拉門〉裡,愛亞即敘寫當年全家先後定居新竹市、新竹縣寶山鄉雙溪村、新竹縣湖口鄉愛勢村的老家,住的都是日本房子。而此類居所必有以紙糊成的拉門,不時需要修繕,當時愛亞還曾陪著父親到新竹市的紙門店買紙,回家自己修補拉門。[118]
此外,這三處老家中,以寶山鄉與湖口鄉的時間較久,接觸的多是客家人,儘管愛亞並非客家人,且高中後即遷居台北定居至今,但早年的新竹客家庄生活經驗,早已形塑了愛亞的地方認同意識,在她往後的散文裡不時會與童年在新竹客家庄的各種生活經驗連結在一起,言談間彷彿自己就是客家人,尤其客家飲食更能勾起她童年定居客家庄的鮮明記憶。但由於一九五〇年代以後的新竹記憶並非本文研討的範圍,因此只能簡單提及如上。[119]

五 結語:女性自我與新竹的相互定義

本文以九位一九〇八至一九四五年間出生的新竹女作家為主體,探討她們與日治時期新竹州與戰後初期新竹縣的地緣關係,同時以她們的文學創作中的新竹主題為探討的文本,以了解新竹這一方水土如何孕育她們的創作,而她們又以自己的文學表現成就了新竹的在地風采。是以,本文以此探討一九二〇～一九五〇年間與新竹有地緣關係的九位女作家,以建立新竹女性文學的系譜,自有一定的意義。

職是,本文選取的九位新竹女作家雖有出生年代先後的差異,但無疑地她們都是二十世紀的新女性,尤其是出生年代較早期的女作家的表現更難能可貴。然而,她們九位女作家在作品中表現的女性主體,又因個人遭際與體

---

118 愛亞:〈紙拉門〉,《暖調子》,頁43-46。
119 原發表論文中對於愛亞一九五一年後的新竹記憶有較多篇幅的探討,如今修改後已大幅刪去,以符合研究範圍的界定。

會的不同而有所差異。本文討論後發現，這九位女作家的文學創作中所呈現的女性主體與新竹地方面貌各有千秋。首先，第一類是長居新竹地區的女作家，包含陳秀喜、李政乃、杜潘芳格、劉慕沙、丘秀芷，研究發現她們分屬閩、客籍背景，陳秀喜作品中較多女性主體的呈現，單獨以新竹地景為主題的作品較少，但她仍是新竹最具代表性的女作家；李政乃詩中的新竹地景主題較明確。而杜潘芳格詩中的女性主體與新竹客家文化的主題表現較鮮明；劉慕沙的自述作品較少，其女性主體表現在離家自主決定婚姻的行動上；丘秀芷的女性主體表現較不明顯，但新竹州中壢郡客家主題的呈現較為明確。其次，第二類是本籍新竹州而曾經以「大河小說」或「三部曲」規模書寫家鄉的女作家，包含謝霜天與黃娟。前者謝霜天為銅鑼在地人，長年在台北擔任盲聾學校教職，但她藉由書寫「梅村心曲」三部曲表彰她對於家鄉銅鑼鄉的孺慕，也寫出了典型的客家農村婦女的勤奮。而後者黃娟原本也從事教職，中年之前即離台赴美定居，成為「台美人」，因此故鄉楊梅成為她身在異國心心念念的地方，「楊梅三部曲」的誕生其來有自。兩位女作家皆有獨立自主的文學事業，對於女性主體與地方認同很有自己的看法；她們都擁有大半生的異鄉經驗，同時又都熱愛家鄉。第三類，戰後初期回台／來台的「外省女作家」林海音與愛亞。前者林海音的「兩地」家鄉包含北京與頭份，即使戰後回台定居台北，仍經常回到曾經短暫居留的故鄉頭份探望，因此她的地方認同與她同時兼具本省人及外省人的雙重身分有關，可謂「另類外省人」。而愛亞的地方認同緣於她幼年即隨家人來台定居新竹縣（市）的地緣關係，愛亞因任職小學的母親而定居並就學於新竹，新竹成為她的童年成長之地，也是她在台灣的第一故鄉，往後的散文與小說裡也不時展現不少以新竹縣市或客家庄為主的回憶。

是以，上述這九位與新竹有地緣關係的女作家，大多具有一定的女性主體意識，同時她們對於日治時期的新竹州與戰後初期的新竹縣的地方認同，也都有一定深刻的連結。希望本文可提供一些研究上的參考，逐步建構出竹塹學中一方以女性為主體的研究園地。

徵引書目

一 文本（依論文論述先後排序）

陳秀喜；李魁賢主編：《陳秀喜全集：1詩集一》，新竹：新竹市文化中心，
　　　1997年5月。

陳秀喜；李魁賢主編：《陳秀喜全集：2詩集二》，新竹：新竹市文化中心，
　　　1997年5月。

陳秀喜；李魁賢主編：《陳秀喜全集：4文集》，新竹：新竹市文化中心，
　　　1997年5月。

陳秀喜；李魁賢主編：《陳秀喜詩全集》，新竹：新竹市文化局，2009年7月。

陳秀喜；莫渝編：《陳秀喜集》，台南：國立台灣文學館，2008年12月。

張　默主編、許志培譯：《李政乃短詩選》（中外現代詩名家集萃——臺灣詩
　　　叢系列21），香港：銀河出版社，2002年6月。

李政乃：《千羽是詩》，新竹：竹一出版社，1984年5月。

杜潘芳格：〈笠娘〉，《朝晴》，台北：笠詩刊社，1990年3月。

杜潘芳格；劉維瑛編：《杜潘芳格集》，台南：國立臺灣文學館，2009年7月。

劉慕沙：〈代序：背後的風景〉，收錄於朱西甯：《現在幾點鐘：朱西甯短篇
　　　小說精選》，台北：麥田出版社，2005年1月。

朱天文：〈敘前塵〉，原收錄於《最想念的季節》（台北：三三書坊，1984
　　　年；遠流出版公司，1987年），今《最想念的季節》收錄於「朱天
　　　文作品集3」《炎夏之都（1982-1987）》上卷（1982-1983），台北：
　　　印刻出版社，2008年2月。

朱天文：〈外婆家的暑假〉，原收錄於《炎夏之都》（台北：三三書坊、時報
　　　文化出版社，1987年；遠流出版公司，1989），今收錄於「朱天文
　　　作品集3」《炎夏之都（1982-1987）》下卷（1984-1987年），台北：
　　　印刻出版社，2008年2月。

朱天文：〈家，是用稿紙糊起來的〉、〈外公的留聲機〉、〈拍片的假期〉，「朱
　　　　天文作品集6」《黃金盟誓之書（1981-2000）》，台北：印刻出版
　　　　社，2008年2月。

丘秀芷：《悲歡歲月》，台北：大地出版社，1982年6月。

丘秀芷：《一步一腳印》，台北：文化建設委員會編印，1986年6月。

丘秀芷：《每個人一串鑰匙》，台北：九歌出版社，1999年7月。

丘秀芷：〈瓜仔脯〉，《中國時報・人間副刊》，2007年7月26日；收錄於焦桐
　　　　編：《2007臺灣飲食文選》，台北：二魚文化事業公司，2008年4月。

黃　　娟：《愛莎岡的女孩》，台北：純文學出版社，1968年3月；台北：前衛
　　　　出版社，1996年4月。

黃　　娟：〈閩腔客調〉，鍾肇政主編：《客家台灣文學選》，台北：新地出版公
　　　　司，1994年4月。

黃　　娟：《故鄉來的人》，台北：前衛出版社，1991年11月。

黃　　娟：《黃娟集》，台北：前衛出版社，1993年12月。

黃　　娟：《我在異鄉》，台北：前衛出版社，1994年5月。

黃　　娟：《歷史的腳印》（楊梅三部曲之一），台北：前衛出版社，2001年1月。

黃　　娟：《寒蟬》（楊梅三部曲之二），台北：前衛出版社，2003年8月。

黃　　娟：《落土蕃薯》（楊梅三部曲之三），台北：前衛出版社，2005年9月。

謝霜天：《梅村心曲之一：暮秋》，台北：智燕出版社，1975年6月。

謝霜天：《梅村心曲之二：冬夜》，台北：智燕出版社，1975年7月。

謝霜天：《梅村心曲之三：春晨》，台北：智燕出版社，1975年9月。

謝霜天：《夢迴呼蘭河》，台北：爾雅出版社，1982年1月。

愛　　亞：《喜歡》，台北：爾雅出版社，1984年11月。

愛　　亞：《暖調子》，台北：大田出版社，2002年3月。

二　專書

Tim Cresswell著，徐苔玲、王志弘譯：〈導論：定義地方〉，《地方：記憶、
　　　　想像與認同》，台北：群學出版社，2006年12月。

王鈺婷：《女聲合唱——戰後台灣女性作家群的崛起》，台南：國立臺灣文學館，2012年12月。

王德威：〈食物的旅程〉，《臺灣——從文學看歷史》，台北：麥田出版社，2005年9月。

李瑞騰、夏祖麗編：《一座文學的橋——林海音先生紀念文集》，台南：國立文化資產保存研究中心籌備處，2002年12月。

李魁賢主編：《陳秀喜全集：10資料集》，新竹：新竹市文化中心，1997年5月。

李魁賢主編：《陳秀喜全集：8評論集》，新竹：新竹市文化中心，1997年5月。

阮美慧編：《臺灣現當代作家研究資料彙編——陳秀喜》，台南：國立臺灣文學館，2013年12月。

洪淑苓：《孤獨與美：台灣現代詩九家論》，台北：釀出版（秀威資訊公司），2016年10月。

洪淑苓：《思想的裙角：臺灣現代女詩人的自我銘刻與時空書寫》，台北：臺大出版中心，2014年5月。

夏祖麗：《從城南走來——林海音傳》，台北：天下遠見出版公司，2000年10月。

張典婉：《台灣客家女性》，台北：玉山社，2004年4月。

莫渝編：《認識謝霜天》，苗栗：苗栗縣立文化中心，1993年6月。

鄭麗玲：《阮ê青春夢：日治時期的摩登新女性》，台北：玉山社，2018年6月。

三　其他

〈劉慕沙經歷〉，朱西寧、劉慕沙、朱天文、謝材俊、朱天心：《小說家族：朱西寧、劉慕沙、朱天文、謝材俊、朱天心的小說》，台北：希代書版公司，1986年，頁272-289。

「新竹市地方寶藏資料庫」（新竹市政府製作）https://hccg.culture.tw/home/zh-tw/shinchikushuu/514859（2021年10月31日查詢）。

王開平編：《穿過林間的海音──林海音影像回憶錄》，台北：格林文化公司
　　　（城邦），2000年5月。

何來美報導：〈新竹高女劉慕沙的愛情故事〉，《聯合報》，2009年3月31日。

李欽賢著；金炫辰改繪：《台灣的古地圖──日治時期》，台北：遠足文化公
　　　司，002年12月。

莊永明策畫；李懷、桂華：《文學台灣人》，台北：遠流出版公司，2001年10
　　　月。

黃金鳳：〈鍋鏟間生甘露：成就文學朱家的劉慕沙〉，《人間福報》，2008年3
　　　月15日。

潘國正編著：《新竹文化地圖》，新竹：齊風堂出版社，1997年1月。

附錄　新竹女作家之生活記憶空間

一　林海音（1918-2001）

一九二一～一九二三年，林海音三至五歲曾短暫居住祖居「雙桂第」（今苗
栗縣頭份市中華路919巷16號），由「下公園」旁邊的巷子進入。（2021年11
月8日筆者親自拍攝）

「雙桂第」宅邸一影。（2021年11月8日筆者親自拍攝）

一九五○年左右，林海音回台灣初期，重回父親當年在新埔公學校（今新埔國小）教書的故地緬懷先人。（林海音〈我父親在新埔那段兒〉）（2021年11月8日筆者親自拍攝）

二　陳秀喜（1921-1991）

一九二九～一九三四年，陳秀喜就讀「新竹女子公學校」（今民富國小）[120]，今民富國小已經翻新，外觀不見日治時期的建築風格。（左圖引用自小山權太郎：《新竹市大觀》〔台南：台南新報台北印刷所圖書部，1930年〕，右圖為筆者於2021年11月6日親自拍攝）[121]

---

[120] 一九一五年（大正四年）「新竹公學校」（今新竹國小）設立女子部。一九一六年（大正五年）切割部分新竹公學校的校地及校舍，獨立為「新竹女子公學校」。一九三二年（昭和七年）遷至住吉町校舍，即今「國立清華大學附設實驗小學（原新竹教育大學附設實驗小學）」校址北區西大路。一九三五年（昭和十年）開始招收男生，改稱「住吉公學校」。一九四一年（昭和十六年）遷至現址（新竹市北區西大路），並改稱「新富國民學校」。一九五○年（民國三十九年）改稱「民富國民學校」。新竹市地方資源寶藏庫 https://hccg.culture.tw/home/zh-tw/shinchikumachi/510387?fbclid=IwAR12ik6gp3ACzySWJo3Wa2cET6_7eooiiG87YAm8EaG9tomdEaqqACS3GzI（2023年3月5日擷取）。

[121] 新竹市地方資源寶藏庫 https://hccg.culture.tw/home/zh-tw/shinchikushi/267294（2023年3月5日擷取）。

一九四一年，陳秀喜二十歲，擔任「新興國民學校」（今新竹國小）教員。左
圖為「新興國民學校」前身「新竹第一公學校」舊照，右圖為今新竹國小校
門。（左圖引用自小山權太郎：《新竹市大觀》〔台南：台南新報台北印刷所圖
書部，1930年〕[122]，右圖為筆者於2023年3月5日親自拍攝。）

今新竹國小校園僅存的日治時期建物「百齡樓」與「禮堂」，依稀可見當年校
園的風貌。（2023年3月5日筆者親自拍攝）

---

122 新竹市地方資源寶藏庫https://hccg.culture.tw/home/zh-tw/shinchikushi/267292（2023年3
月5日擷取）。

一九四一（或一九四二）年，陳秀喜結婚時在新竹神社拍攝婚照。新竹神社於一九九二年後成為內政部移民署新竹收容所（俗稱新竹靖廬），二〇一八年遷出。左圖為日治時期的新竹神社（引用自新竹街役場：《新竹街要覽》〔台北：臺灣日日新報社，1926年〕）[123] 右圖為收容所目前大門深鎖準備修復的模樣。（2023年3月5日筆者親自拍攝）

今新竹神社，大門兩側的狛犬雕像已被移走，僅存石砌底座。新竹神社「靖廬」時期的行政中心為原「神樂殿」殿址；原社務所後加蓋鐵皮屋。（2023年3月5日筆者親自拍攝）

---

123 新竹神社主祀乙未戰爭逝世的北白川宮能久親王，選址在能久親王曾紮營過的「御遺跡地」牛埔山。第一代新竹神社由時任台灣總督府技師的森山松之助設計，大正六年（1917）動工，大正七年（1918）完工。一九三〇年代因應皇民化運動，擴大新竹神社的規模，因而有第二代新竹神社。由新竹州技師手島誠吾、篠崎善一設計，昭和十三年（1938）動工，昭和十五年（1940）完工。戰後由警備總部新竹分隊、新竹市團管部進駐使用，轉作為軍事機關。民國八十一年（1992）因應非法入境的大陸人民收容問題，作為新竹收容所，俗稱「靖廬」；民國一〇七年（2018）十月裁撤。「新竹神社殘蹟及其附屬建築」於民國九十年（2001）被公告為古蹟，目前僅存石砌的底座、石欄杆、社務所、神樂殿。其中，社務所為台灣所存規模最大，石燈籠、手水舍等則被移至靈隱寺；第一代狛犬移至新竹市議會門口。新竹市地方資源寶藏庫https://hccg.culture.tw/home/zh-tw/dybg/267275（2023年3月5擷取）。

三　杜潘芳格（1927-2016）

一九三四年，杜潘芳格進入日本人就讀的「小學校」新埔小學校（今新埔國小）接受貴族教育。左圖為一九四一年的校舍（引用自《昭和十六年三月新埔公學校本科第三十九回　高等科第十七回卒業記念寫真帖》〔新竹：新埔公學校本科第39暨高等科第17屆畢業紀念冊，約1941年〕[124]）右圖為今日新埔國小。（2021年11月8日筆者親自拍攝）

新埔鎮公所於二〇二〇年十二月五日設立的「向文學大師致敬」牆，杜潘芳格與吳濁流並列。此牆位於杜潘芳格母校新埔國小旁的「宗祠客家文化導覽館（原校長宿舍）」（2021年11月8日筆者親自拍攝）

---

124 新埔公學校（今新竹縣新埔國民小學），前身為一八九八年設立的「新竹國語傳習所新埔分教場」，同年更名為「新埔公學校」。校址早期設於新竹文昌廟內，一九〇二年新校舍落成後遷至現址。一九四一年更名新埔旭國民學校。一九四此年更名為新竹縣新埔國民學校。國立台灣歷史博物館-藏品資料《新埔公學校本科第三十九暨高等科第十七屆畢業紀念冊》https://collections.nmth.gov.tw/CollectionContent.aspx?a=132&rno=2001.008.0087#lg=1&slide=3（2023年3月5日擷取）。

「向文學大師致敬」牆面右側是根據杜潘芳格名作〈平安戲〉製作的馬賽克畫作（2021年11月8日筆者親自拍攝）

一九四〇～一九四三年，杜潘芳格就讀「新竹高等女學校」，為今新竹女中。該校目前僅存日治時期建築「小禮堂」仍佇立在學校中（左圖[125]引用自新竹街役場：《新竹街要覽》〔台北：臺灣日日新報社，1926年〕，右圖為筆者於2017年9月16日親自拍攝）

---

125 一九二四年（大正十三年）設立「新竹州州立新竹高等女學校」。初期暫用新竹小學校（今東門國小）作為授課場域。一九二六年（大正十五年），新竹中學校校地讓與新竹高等女學校，其遷至十八尖山附近。日治末期，受戰爭波及，校舍毀損嚴重，疏開至新埔國民學校（今新埔國小）。戰後改稱「台灣省立新竹女子中學」，設初中部和高中部。一九五八年（民國四十七年）改制為完全中學，更名為「台灣省立新竹女子高級中學」。二〇〇〇年（民國八十九年）因台灣省虛級化，改制為「國立新竹女子高級中學」。目前校內舊建築尚存室內體操場（今小禮堂）、科學大樓保留舊建築的紅磚外牆。新竹市地方資源寶藏庫https://hccg.culture.tw/home/zh-tw/dybg/267288（2023年3月5日擷取）

今新竹女中僅存的日治時期建築「小禮堂」內部，牆上展示學校的歷史照片（2017年9月16日筆者親自拍攝）

一九四八年杜潘芳格與杜慶壽醫師結婚，婚後隨夫婦中壢開業並定居，即「杜耳鼻喉科診所」，目前已歇業。其招牌於中壢區中平路故事館「百合與蘭──杜潘芳格生活特展」中展出。（2021年11月5日筆者親自拍攝）

一九六七年九月十七日杜潘芳格因先生車禍幸運康復，而開始投入傳教工作。左圖為「杜耳鼻喉科診所」隔壁的中壢教會。（2021年11月5日筆者親自拍攝）

四　李政乃（1934-2013）

李政乃定居於於新竹公園附近，其詩作〈麗池的聯想〉即描寫新竹公園（麗池）。左圖為日治時期的新竹公園景色舊照（大致為今東大路一段與公園路交叉口望向公園），右圖為今新竹公園（麗池）。（左圖引用自高木正信：《新竹市大觀》〔新竹：台灣經世新報新竹支局，1928年〕）[126]，右圖為筆者於2023年4月2日親自拍攝）

李政乃任教於新竹市虎林國小，今虎林國小一影。（2023年3月19日筆者親自拍攝）

---

126 新竹公園的設置計畫始於一九一四年（大正三年），是新竹市區改正計畫的一環。公園居於舊城區和十八尖山的中間地帶，占地約五萬坪，自一九一六年（大正五年）編列預算起，至一九二一年（大正十年）才完工。園區內包含水池、運動場、游泳池、兒童專用游泳池、兒童遊樂場、網球場、料理亭等設施。亦有各種紀念碑，如無壽量石碑（今移至新竹市立動物園內）、攻占竹塹城紀念碑（今已不存）、忠魂碑（戰後被改建鄭洪上將紀念碑）、警察招魂碑（今已不存）等。戰後仍為新竹最大的公園，一度改稱中山公園、麗池公園，現又改名為新竹公園。新竹市地方資源寶藏庫https://hccg.culture.tw/home/zh-tw/shinchikushi/267282（2023年3月5日擷取）。

五　黃娟（1934-）

黃娟出生於新竹州新竹郡新竹市，半年後即遷居台北。一九四二年因戰爭威脅而舉家遷居故鄉新竹州中壢郡楊梅街，就讀楊梅國小。今楊梅國小一影。（2021年11月7日筆者親自拍攝）

黃娟於一九四六～一九四九年就讀新竹女中初中部。左圖為一九四六年左右光復初期的校園模型。[127] 右圖為今新竹女中。（進校門後的第一棟大樓）（2020年6月16日筆者親自拍攝）

---

127 新竹女中「竹女簡介—歷史鏡頭—民國30年代照片」https://www.hgsh.hc.edu.tw/ischool/public/AlbumViewer/index.php?aid=184（2023年3月19日擷取）。

六　劉慕沙（1935-2017）

劉慕沙祖祠「彭城堂」（位於苗栗縣西湖鄉）[128]，右圖「醫學士」牌匾由其父劉肇芳醫師所立（2004年12月筆者親自拍攝）

臺灣新竹府醫院

民國 24 年由當時任職事務長之日人山崎新一郎拍攝，其子山崎喬（京都大學退休教授，現任台灣史研究員）提供

劉慕沙於一九三五年出生於「台灣總督府新竹醫院」，為今日臺灣大學醫學院附設醫院新竹分院（但其原址為今日大遠百百貨公司）。左圖為「台灣總督府新竹醫院」舊照（引用自新竹街役場：《新竹街要覽》〔台北：臺灣日日新報社，1926年〕[129]，右圖為一九三五年的「台灣總督府新竹醫院」一影，

---

128 二〇〇四年，劉慕沙〈背後的風景〉敘寫銅鑼客家千金與外省軍官作家聯姻的故事：「苗栗縣西湖老家的劉家祠堂裡，早年供的有一根扁擔，據稱是第一代來台祖賴以成家立業的吃飯傢伙。我決定離家出走，投奔朱西甯之際，曾思及是否該帶根扁擔以赴。」
129 一八九五年（明治二十八年）日本殖民政府設置臨時醫局於淡水廳署（今土地銀行新竹分行）內，由陸軍軍醫部管轄。一八九六年（明治二十九年）改稱「新竹醫院」，改由台北縣新竹廳管轄。一八九七年（明治三十年）改稱「新竹縣新竹醫院」。一八九八年（明治三十一年）改稱「台灣總督府新竹醫院」。因設備不全與地方狹隘，一九〇三年（明治三十六年）遷入位於南門的龍王祠及育嬰堂（今南門街與林森路交叉口），仍為清代建築。一九〇八年（明治四十一年）九月遷入西門街新建的廳舍（今大遠百百貨公司）。一九三〇年（昭和五年）增建鋼筋水泥制的門診大廳。戰後改名「台灣省立

陳列於今「國立臺灣大學醫學院附設醫院新竹分院」竹樓六樓樓梯間的牆面
（2023年3月2日筆者親自拍攝。）

劉慕沙於一九四一年就讀苗栗市大同
國小，一九四七年考入省立新竹女中
初中部就讀，直到一九五三年由新竹
女中高中部畢業。

左上圖為今苗栗市大同國小。（2023年
　3月12日筆者親自拍攝）

右上圖為一九五○年代新竹女中校門
　舊照。[130]

左圖為劉慕沙高二時（1953）榮獲社
　會組女網雙打冠軍。左位為劉慕
　沙。[131]

新竹醫院」。一九八三年（民國七十二年）遷至新竹市北區經國路一段現址至今。一九
九九年（民國八八年）更名為「行政院衛生署新竹醫院」。二○一一年（民國一○○
年）改制更名為「國立臺灣大學醫學院附設醫院新竹分院」。原位於西大路的新竹醫院
已經拆除，該地目前為百貨公司（大遠百）與明志停車場。新竹市地方資源寶藏庫
https://hccg.culture.tw/home/zh-tw/shinchikumachi/510760 （2023年3月5日擷取）。

130 新竹女中「竹女簡介—歷史鏡頭—民國40年代照片—校景」https://www.hgsh.hc.edu.tw/
ischool/public/AlbumViewer/index.php?aid=187（2023年3月19日擷取）。

131 新竹女中「竹女簡介—歷史鏡頭—民國40年代照片—教學活動與競賽」https://www.
hgsh.hc.edu.tw/ischool/public/AlbumViewer/index.php?aid=188（2023年3月19日擷取）。

一九四七～一九五三年劉慕沙從銅鑼搭火車通學至新竹，一九五五年十月一日，劉慕沙也由銅鑼火車站搭車離家投奔朱西甯。左圖為大約民國四十年（1951）的銅鑼火車站前廣場（2021年2月12日筆者攝於「苗栗故事館」）右圖為一九五五年五月的銅鑼火車站月台。（劉安慶攝影，2021年2月12日筆者翻攝於「苗栗故事館」）

民國三十八年（1949），劉慕沙父親、朱天文三姊妹外公劉肇芳醫師開設「重光診所」（銅鑼火車站旁）。一九五九～一九六〇年，劉慕沙與三名女兒曾暫居銅鑼娘家「重光診所」。二〇〇四年筆者在聯合大學全球客家研究中心時期，曾帶隊參訪，並於重光診所中向研習學員講解。[132]（左上圖為2004年12月拍攝，右上圖為2023年3月12日筆者親自拍攝），左圖為重光診所招牌。（2023年3月12日筆者親自拍攝）

---

132 二〇〇四年十二月時任聯合大學全球客家研究中心助理研究員的筆者，帶領「閱讀吳濁流‧文定西湖研習會」學員參觀劉慕沙父親、朱天文三姊妹外公劉肇芳醫師的「重光診所」（銅鑼火車站旁）。

七　丘秀芷（1940-）

丘秀芷叔公丘逢甲出生地，位於苗栗銅鑼鄉竹森村李家。李家旁丘逢甲出生的屋子，已傾頹許久，僅存一面土牆（淺色帆布遮蔽處）（2023年3月12日筆者親自拍攝）

丘秀芷叔公丘逢甲於一八九五年渡海回到大陸後的故居，其位於廣東省蕉嶺縣（今廣東省梅州市蕉嶺縣文福鎮淡定村）（2004年12月26日筆者親自拍攝）

左圖：邱滄海（逢甲）紀念碑（今苗栗市貓貍山公園）（2023年3月12日筆者
　　　親自拍攝）

右圖：一九四五年八月十五日，丘秀芷全家在中壢仁海宮（中壢區延平路）
　　　聆聽日本天皇投降的廣播。圖為今仁海宮一影（2021年11月5日筆者
　　　親自拍攝）

八　謝霜天（1943-）

謝霜天故居，位於苗栗縣銅鑼鄉朝陽村芎蕉灣（銅鑼第二公墓附近，今銅鑼
鄉朝陽村朝北），也是代表作《梅村心曲》的場景。二圖為今銅鑼鄉朝陽村
朝北路標。（不確定其故居詳細位置）（2023年3月12日筆者親自拍攝）

謝霜天一九四九年就讀於銅鑼國小，後就讀於苗栗高中。（左圖為今銅鑼國小，右圖為今苗栗高中，2023年3月12日筆者親自拍攝）

九　愛亞（1945-）

愛亞與家人一九五〇年左右曾定居於新竹市南大路新竹公園附近，幼年多在新竹公園玩耍。由於不確定其故居位置，暫以目前南大路（近新竹公園）修復完成的舊日式宿舍（目前經營餐廳）重現愛亞當年定居於此地的房舍模樣。（2023年3月19日筆者親自拍攝）

愛亞一九五〇年定居於新竹市南大路、新竹公園附近時，跑到麗池看人家划船。左圖為日治時期麗池一景，可見男子搖著小船，岸上有一和服女子蹲著[133]（引用自新竹街役場：《新竹街要覽》〔臺北：臺灣日日新報社，1926年〕）右圖為今新竹公園。（2020年1月11日筆者親自拍攝）

---

[133] 新竹公園的設置計畫始於一九一四年（大正三年），是新竹市區改正計畫的一環。公園居於舊城區和十八尖山的中間地帶，占地約五萬坪，自一九一六年（大正五年）編列預算起，至一九二一年（大正十年）才完工。園區內包含水池、運動場、游泳池、兒童專用游泳池、兒童遊樂場、網球場、料理亭等設施。亦有各種紀念碑，如無壽量石碑（今移至新竹市立動物園內）、攻占竹塹城紀念碑（今已不存）、忠魂碑（戰後被改建鄒洪上將紀念碑）、警察招魂碑（今已不存）等。戰後仍為新竹最大的公園，一度改稱中山公園、麗池公園，現又改名為新竹公園。新竹市地方資源寶藏庫https://hccg.culture.tw/home/zh-tw/shinchikumachi/510326（2023年3月5日擷取）。

戰後台日雙方的少年工意象比較[*]

〔日〕明田川聰士[**]

摘要

本文欲以新竹市立文化中心出版之《天皇陛下の赤子──新竹人・日本兵・戰爭經驗》（1997）為起點，探討透過台日雙方文學、回憶錄及訪談方式所形塑呈現之「少年工」意象。自九〇年代後半，台灣陸續出現以「少年工」為題之訪談、記錄、文學與記錄片等，但至今以此為主題之表象研究仍為數不多。本文企圖以上述新竹市立文化中心出版之訪談為起點，歷時性爬梳於回憶錄及文學作品中所呈現之「少年工」意象，包括龍瑛宗的日語小說〈海の宿〉（中文譯名為〈海邊的旅館〉，1944）、邱永漢〈濁水溪〉（1954）、李喬〈蕃仔林的故事〉（1969）、周姚萍《台灣小兵造飛機》（1994）、陳彥亨《債與償》（2013）、吳明益《睡眠的航線》（2007）及《單車失竊記》（2016）等文學作品，綜合性探討不斷積累成形的「少年工」意象。梳理台灣「少年工」意象的同時，本文亦欲以日本文學中之少年工形象為參照點，藉此凸顯台灣文學中「少年工」意象建構之特徵與獨特性，並以此作為深究台灣戰爭記憶之思考脈絡之一。

關鍵詞：台灣少年工、回憶錄、龍瑛宗、邱永漢、李喬、吳明益、戰爭記憶

---

[*] 筆者感謝特約討論人國立政治大學台灣文學研究所吳佩珍教授於會議上提出的寶貴意見，在此表達誠摯謝意。

[**] 日本獨協大學國際教養學部專任講師。本篇論文由卓于綉譯，譯者為日本東京理科大學教養教育研究院講師。

一　前言

新竹市立文化中心於一九九七年出版了《天皇陛下の赤子——新竹人・日本兵・戰爭經驗》[1]一書（以下簡稱《天皇陛下的赤子》），多方面網羅新竹當地耆老珍貴的戰爭經歷，將之區分為入伍、戰地經驗及返鄉主題，為台灣的戰爭口述史增添了珍貴的一頁。書中收錄的〈八千名娃娃兵——台灣少年工的故事〉及〈來自綠之島的台灣少年工——麻雀部隊〉更喚醒了台灣社會對台灣少年工議題的注目與重視。〈八千名娃娃兵——台灣少年工的故事〉（以下簡稱〈八千名娃娃兵〉）以楊榮山、謝清福及李永圳等三位原台灣少年工的對談為主要內容，依時序編排訪談內容，從報考海軍工員為始，將實際前往日本神奈川縣高座海軍工廠製造戰鬥機，經歷戰爭空襲，最後在日本面臨戰爭結束但卻無法順利歸鄉的情況娓娓道來，透過口述者自身經歷勾勒出台籍日本兵參與戰爭的另一種歷史面貌。

本文企圖爬梳九〇年代出版之回憶錄與訪談，從「台灣少年工」之意象浮現出發，討論由文字所建構而成之台灣少年工的形象與敘事軸線，如何從曖昧朦朧至逐步清晰，乃至於出現形象上之轉折。另一方面，透過歷時性之整理，思考文學作品中出現的台灣少年工形象，包括龍瑛宗日語小說〈海の宿〉（1944）、邱永漢〈濁水溪〉（1954）、李喬〈蕃仔林的故事〉（1969），以及兩本日本與台灣兒童讀物《綠の島はるかに——台灣少年工物語》（1989）、《台灣小兵造飛機》（1994），乃至於當代小說作品如吳明益《睡眠的航線》（2007）、甘耀明《殺鬼》（2009）、陳彥亨《債與償——台灣二二八傷痕小說》（2013）、吳明益《單車失竊記》（2016）。藉由口述出版品與兒童讀物、小說作品之兩相對照，探索自九〇年代以來不斷發展、建構之台灣少年工意象與獨特之歷史脈絡，希望能以此發展為日後深究台灣戰爭記憶之思考角度。

---

[1]　潘國正：《天皇陛下の赤子——新竹人・日本兵・戰爭經驗》（新竹市：新竹市文化中心，1997年）。

二　台灣少年工意象浮現

　　台灣自九〇年代中期開始，以台籍日本兵為主題的訪談及口述出版品數量大幅增加，如一九九五年鄭麗玲採訪撰述的《台灣人日本兵的「戰爭經驗」》及許昭榮《台籍老兵的血淚恨》，而一九九七年的出版品則更令人注目，包括《台灣兵影像故事》、《走過兩個時代的人──台籍日本兵》、《台籍日本兵座談會記錄并相關資料》，以及上述列為竹塹文化資產叢書中的《天皇陛下的赤子》。[2]這些出版品大多以對談、訪談、口述或資料整理方式，呈現日本統治時期台灣人前往戰場擔任軍人、軍屬或軍夫的從軍經驗。其中，一九九七年的〈八千名娃娃兵〉及《高座海軍工廠台灣少年工寫真帖》（以下簡稱《寫真帖》）[3]之刊行，更使得「台灣少年工」議題漸受矚目。因此，台灣少年工連帶地與其他如日本陸軍、海軍、軍屬或軍夫等台籍日本兵擁有更可指稱、辨識且鮮明的形象。

　　台灣自一八九五年依馬關條約割讓予日本後，成為日本首處海外殖民地，在日本殖民統治下經歷中日戰爭爆發。自盧溝橋事變前後，台灣治理統治方針由同化政策時期步入皇民化政策時期。除了在教育層面上逐步施行皇民化教育外，也積極徵雇成年男性，並針對各級學生及女性以「勤勞奉仕」為名之進行系統性之勞力動員。而台灣少年工是指第二次世界大戰末期，從台灣出發至日本內地從事戰爭勞務的台灣少年，這批少年當初通過名為「海軍工員」或「海軍航空廠工員」之招募徵選，年齡只有十二至十八歲。他們大多在學校教員的鼓勵或優渥條件的驅使下，動身前往日本從事戰鬥機、彈

2　書籍之詳細出版資訊為鄭麗玲：《台灣人日本兵的「戰爭經歷」》（台北市：台北縣立文化中心，1995年）。許昭榮：《台籍老兵的血淚恨》（台北市：前衛出版社，1995年）。陳銘城、張國權：《台灣兵影像故事》（台北市：前衛出版社，1997年）。蔡惠玉：《走過兩個時代的人──台籍日本兵》（台北市：中央研究院台灣史研究所籌備處，1997年）。周婉窈：《台籍日本兵座談會記錄并相關資料》（台北市：中央研究院台灣史研究所籌備處，1997年）。

3　陳碧奎、張瑞雄、張良澤編：《高座海軍工廠台灣少年工寫真帖》（台北市：前衛出版社，1997年）。

藥甚至魚雷的製造工作。

　　台灣少年工招募背景始於一九四一年太平洋戰爭爆發，再加上隔年六月中途島戰役失利，日本耗損之軍機數量甚鉅，為了能迅速補充耗損的戰鬥機，日本海軍省兵備局於一九四二年六月發出極機密文件要求神奈川縣知事協助建設海軍航空兵器製造工廠，[4] 預計於神奈川縣高座郡厚木機場旁新設一座專門製造戰鬥機的兵工廠，也就是日後被稱為「空C廠」的高座海軍工廠。[5] 這座戰鬥機製造廠在設計之初即被視為日本規模最大的海軍工廠，除生產大型及中型戰鬥機之外，每年預計製造小型戰鬥機約五千五百架至六千架。[6] 而如此龐大的製造量能，也需要相對之人力動員。然而，當時日本與同盟國之間戰況日益激烈，日本內地成年男性大多都已被徵雇，導致這座戰鬥機製造廠於設立初始便面臨嚴重的人力短缺問題。在此情形下，海軍將目光轉向台灣尋求解決之道。

　　台灣島上可動員的勞動力自然地成為填補高座海軍工廠人力缺口的來源。台灣總督府因應日本海軍的要求，通過學校招募海軍工員，動員台灣島上十二歲至十八歲的少年人口，自一九四三年五月至日本戰敗，前後共有八四一九位台灣少年陸續被送往日本內地。[7] 這些還是中小學程度的少年們，

4　參考大和市役所管理部庶務課編：《大和市史6　資料編　近現代　下》（神奈川縣：大和市，1994年）。

5　高座海軍工廠位在橫跨現在神奈川縣大和市、座間市及海老名市之處。宿舍等相關建築位於大和市，而製造工廠則位在座間市及海老名市。詳見大和市役所管理部庶務課編：《大和市史6　資料編　近現代　下》（神奈川縣：大和市，1994年），頁477。

6　高座海軍工廠員工約一萬人，開設前所預計之生產力為每個月生產小型機及中型機各一百架，為日本國內規模最大之海軍工廠。一九四四年四月起由日本政府開始下達製造命令，至二次大戰結束期間，原本預計生產三四一架戰鬥機。但因戰爭期間建物之建造及零件採購運送延遲，也曾為了躲避美國軍機的空襲，一度移至地下工廠持續從事製造工作。實際上高座海軍工廠的生產力並不如預期，製造量能於一九四五年三月達至高峰時為月產二十三架戰鬥機，該工廠自建造後之實際製造量亦不過為一二八架戰鬥機。詳見樋口雄一、鈴木邦男：〈大和市と台灣の少年工——高座海軍工場關係資料調查概報〉，《大和市史研究》第18號，1992年3月，頁65。

7　樋口雄一：〈解題〉，大和市役所管理部庶務課編：《高座海軍工場關係資料集——台灣

經選拔測驗後，分批於高雄岡山的第六十一海軍航空廠集合，搭船至日本神奈川縣大和町（原地點如今已分屬大和市、座間市及海老名市）的高座海軍工廠，於高座研修三個月，待研修期間結束，除部分少年工仍繼續留在高座海軍工廠工作外，其餘皆分發至日本全國各地兵工廠以從事戰鬥機零件的組裝、焊接等作業。[8]

　　一九四五年八月日本宣布無條件投降後，台灣少年工從日本各地兵工廠陸續回到高座海軍工廠，但廠內的大批日本軍官、工員、舍監及指導員都已紛紛離開高座各自回鄉，唯獨這八千多位台灣少年工滯留於宿舍。此後，這群少年為了能順利返回台灣，在高座海軍工廠內自行組織「台灣省民自治會」，推舉代表與神奈川縣政府交涉糧食及煤炭等生活相關補助，同時與海軍省等商討安排歸台事宜，最後於一九四五年末開始陸續搭船歸台。

　　上述這段台灣少年工之歷史境遇，在戰後鮮少為人注意，日本國內出版的相關書籍也寥寥可數，除了加藤邦彥所著《一視同仁の果て──台灣人元軍屬の境遇》[9]曾片段提及之外，要到一九八七年早川金次的《流星──高座工廠と台灣少年の思い出》[10]出版，才算是出現以台灣少年工為主題之專書。此後，台灣少年工議題雖未能引起廣泛矚目，但該議題也並未銷聲匿

　　少年工關係を中心に》（神奈川縣：大和市役所管理部庶務課，1995年），頁5。近藤正己：〈台灣の勞務動員〉，大濱徹也編：《近代日本の歷史的位相──國家・民族・文化》（東京都：刀水書房，1999年），頁181。

8　王溪清撰稿，郭嘉雄整理：〈記日據末期赴日本為「海軍工員」之台灣少年心酸史〉，《台灣文獻季刊》第48卷第4期，1997年12月，頁128。以及鍾淑敏：〈望鄉的鐵鏈──造飛機的台灣少年工〉，《台灣史料研究》第10期，1997年12月，頁120。此外，根據上述註釋7之〈大和市と台灣の少年工──高座海軍工場關係資料調查概報〉頁502記載，高座海軍工廠並非輪班制，而是採用十個小時勤務體制。少年工經三個月研修之後，分別派遣至兵庫縣西宮市及姬路市的川西航空機、名古屋的三菱重工業、群馬縣大泉町（曾經稱為小泉町）的中島飛行機等日本全國各地之民間航空機製造工廠。詳見保坂治男：《台灣少年工　望鄉のハンマー》（東京都：ゆい書房，1993年），頁70-71。

9　加藤邦彥：《一視同仁の果て──台灣人元軍屬の境遇》（東京都：勁草書房，1979年）。

10　早川金次：《流星──高座工廠と台灣少年の思い出》（東京都：株式会社そうぶん社，1987年）。

跡，相關之出版物零星地陸續出現。一九八九年，兒童文學作家勝尾金彌的
《綠の島はるかに——台灣少年工物語》[11]（以下簡稱《綠之島》），將台灣
少年工的經歷改寫為日本青少年讀物。時至一九九三年，神奈川縣大和市柳
橋小學校長保坂治男收集了大量史料，親身來台訪談多位台灣少年工，撰寫
成《台灣少年工　望鄉のハンマー》（以下簡稱《望鄉》）。[12]

　　值得注意的是《望鄉》於正式出版前，保坂治男已在自身任職的小學進
行過以台灣少年工為題之退休演講。保坂當時身穿少年工服裝，拿著鐵鎚，
詳細解說各項資料及影像照片，讓小學生及當地市民重新認識自己所不知道
的戰爭面貌。這場演講在大和市及日本各地均引起迴響，[13]之後不少平面媒
體報導了有關台灣少年工的歷史，連帶地也讓原本建於善德寺內的「戰歿台
灣少年之慰靈碑」受到關注。建碑者早川金次於戰時曾任高座海軍工廠技
師，在一次空襲警報中，他與少年工們躲在防空壕，由於警報過了一段時間
都毫無動靜，再加上徹夜趕工的少年工又餓又累，似乎已無體力繼續藏匿。
於是，他下令解散隊伍讓他們返回宿舍，孰知敵機突然開始掃射，六位少年
工因此喪生。早川對這段過往耿耿於懷，便在一九六三年十一月於善德寺內
建立這座慰靈碑。建碑後二十八年，保坂治男被小學生問及石碑的由來但卻
無法回答，下定決心深究台灣少年工歷史，因此有了《望鄉》這本書的出
版。而同時期，大和市市役所也派了樋口雄一及鈴木邦男兩位職員來台灣收
集相關史料，將台灣少年工編入大和市史，並列為大和市史資料叢書《高座
海軍工場關係資料集——台灣少年工關係を中心に》[14]史料集。

---

11 かつおきんや：《綠の島はるかに——台灣少年工物語》（東京都：大日本圖書，1989
　　年）。

12 保坂治男：《台灣少年工　望鄉のハンマー》（東京都：ゆい書房，1993年）。

13 《日本教育新聞》（1993年2月22日）即以「自らの手で地域教材　訪台し調查資料收
　　集も　太平洋戰爭がテーマ」為題刊登了這場演講。〈自らの手で地域教材　訪台し調
　　查資料收集も　太平洋戰爭がテーマ〉，《日本教育新聞》，1992年2月22日，首都圈版
　　第16版。

14 大和市役所管理部庶務課編：《高座海軍工場關係資料集——台灣少年工關係を中心
　　に》（神奈川縣：大和市役所管理部庶務課，1995年）。

　　時至戰後，回到台灣的少年工又再一次地面臨人生重大轉折。日本戰敗
後，中國國民黨政府接管台灣，然國民黨在國共內戰中頻頻失利，在節節敗
退的情況下，中華民國政府於一九四九年遷至台灣。此後，為順利治理台
灣，國民黨政權推行一系列政治、教育、經濟及文化方面之變革，但卻引發
通貨膨脹、物價高漲、糧食不足、失業率攀升等社會問題，在經濟與文化上
日益激增的衝突下爆發了二二八事件，而國民黨政府也迅速展開高壓統治及
獨裁體制，於一九四九年五月發布台灣省戒嚴令，開啟了台灣長達三十八年
之久的白色恐怖時期。

　　原台灣少年工歸台後碰上言論箝制力量不斷高漲的白色恐怖時期，他們
大多無法表露自身過往經歷，且語言的隔閡也迫使他們不得不重新學習「國
語」以謀取生計，許多人都在獨裁政權下隱瞞少年工經歷，降低被誣陷為叛
亂份子的可能性。原台灣少年工陳碧奎表示，戒嚴時期只要組織社團即屬違
法集會，唯有同學會不在此限，因此，日後擔任高座同學聯誼會新竹總幹事
的謝清福先生將成立的集會名稱放入「同學」兩字，在一九八二年成立了台
北高座同學聯誼會，此後，各地高座聯誼會陸續成立，總計十四處各地區會
統合稱為聯誼總會。[15]一九八八年，即政府解除戒嚴令隔年，聚會正式更名
為「台灣留日高座聯誼會」。一九八八年在台中舉辦全台聯誼大會之後，每
年亦舉辦聯誼大會。[16]到了一九九三年六月，台灣少年工首次組團前往日本
參加紀念大會，亦即高座海軍工廠成立五十週年紀念會，這次聚會共有超過
一千三百人的原台灣少年工參與。[17]

　　聚會的盛大規模成功地引起了台灣社會對台灣少年工議題的關注與報

---

15 陳碧奎：《赤手空拳——一個「少年工」的故事》（台北市：前衛出版社，1998年），頁
　273。以及林景淵編：《高座海軍工廠——八千四百名台灣少年赴日造飛機的歷史》（台
　北市：南天書局，2021年），頁172-173。

16 林清泉：〈屏東子弟扶桑行——日本戰時台灣少年工憶往〉，《屏東文獻》第17期，2003
　年12月，頁412。

17 劉嘉雨：《僕たちが零戰をつくった——台灣少年工の手記》（東京都：潮書房光人新
　社，2018年），頁157。以及石川公弘：〈台灣少年工と台灣を想う〉，野口毅編：《台灣
　少年工と第二の故鄉》（東京都：展轉社，1999年），頁141。

導,記者、作家甚至影像工作者陸續以台灣少年工為題進行深入介紹。一九九三年原台灣少年工前往日本參與大會時,華視派了記者同行,並推出電視專題報導《夢碎東瀛——台灣囝仔造飛機》。[18]此後,台灣少年工相關報導也陸續出現在各新聞報章雜誌上,為社會大眾所認識。相關史料的收集、研究乃至於口述整理等工作,也於九○年代初期逐漸步上軌道,並在九○年代中期之後步入高峰。

三 回憶錄中的台灣少年工

　　九○年代後關於台籍日本兵的史料及研究陸續出現,此後,凡提及台灣少年工似乎就讓人聯想到這八千多位前往高座海軍工廠的戰鬥機製造工員。但事實上,戰前台灣招募的海軍工員,並非專指負責製造戰鬥機、魚雷或炮彈等武器的少年工。日治時期被列為軍屬的海軍工員除了實際從事製造之員工外,還包括打字、文書處理、會計記帳甚至接線生等所有在海軍航空廠提供勞務者。依《台灣日日新報》刊登之海軍工員招募條件,對象並不限於男性,航空廠護士也被列為海軍工員。雖然依負責職務可能有與此相應之年齡限制,但一般而言,專職機械製造之海軍工員被稱為見習工員、中堅工員或要員,而一九四二年海軍工員招募條件,年齡須在十七歲以下,但隔年可能因戰況激烈,招募年齡則限為滿十四歲以上至滿十七歲以下。除專職製造者之外,其餘海軍工員的年齡限制為滿十五歲以上至滿三十五歲以下。[19]再者,雖然就募集台灣本島少年前往日本從事戰事勞務一事,高座海軍工廠之

---

18 之後,陸續出現非常多的新聞報導,如劉育岑:〈造飛機、造飛機、造到日本去——台灣少年工赴日記事〉,《聯合晚報》,1993年9月26-27日,第15版。戴火木:〈老照片說故事——台灣囝仔造飛機〉,《中國時報》,1995年5月2日,第34版。如劉育岑:〈櫻花戰火少年行——台灣少年工赴日造飛機的故事〉,《歷史月刊》第68期,1993年9月。青少年讀物方面則有周姚萍:《台灣小兵造飛機》(台北市:天衛文化圖書公司,1994年6月)。

19 詳見《台灣日日新報》海軍工員招募之消息。〈海軍工員募集　府勞務課で要領を發表〉,1942年5月21日,第3版。〈海軍航空廠で工員募集〉,1942年10月4日,第3版。〈海軍航空廠で見習工員募集〉,1943年1月16日,第2版。

招募人數確實不容小覷，但自一九四一年太平洋戰爭後，日本即開始招募台灣本島之少年工員，除了火藥及製船等海陸軍工員外，民間方面也有由三井、三菱等企業招募派往南洋地區的拓南工業、拓南農業及海洋訓練隊工員等。[20]因此，我們不禁要問台灣少年工是如何一步一步地等同於高座海軍工廠製造戰鬥機之少年工員？筆者以下將透過九〇年代出版之一系列回憶錄及史料、研究等，探究台灣少年工之形象建構。

首先，保坂於《望鄉》一書中提到當時台灣少年之所以報考海軍工員，原因可歸納為三點：第一是為了脫離現階段的貧困生活，再者是對於前往日本求學深造抱有強烈的期待感，最後則是認為報效國家是當時作為「日本青年」的他們所應盡之義務。[21]台灣總督府於招募海軍工員時開出的條件極為優渥，不但支付所有食、衣、住宿費用，還可領取高額薪資。三年學習及兩年工廠見習期間結束後，原小學畢業者可取得甲種工業學校之畢業資格，而原中學畢業者，則可取得高等工業學校畢業資格。[22]原台灣少年工的林清泉曾回憶道：

> 台灣總督府奉命發布招考「航空技術養成所」公告，透過學校系統，列出半工半讀、可領高薪、接受技術訓練、授予畢業證書等優厚條件……在當時「皇民化」教育下，經學校「先生」積極宣導，特別是承諾「可以取得畢業證書」，即服務三年，可以取得高一級學校畢業

---

20 詳見吳淑真、吳淑敏：《消失的1945——台灣拓南少年史》（台北市：力和博原創坊，2014年）。

21 保坂治男：《台灣少年工 望鄉のハンマー》（東京都：ゆい書房，1993年），頁72-80。此外，由郭亮吟導演拍攝的台灣少年工紀錄片《綠的地平線》（2007）中也提到，一九四四年台灣全島開始施行徵兵制，也有部分人是為了逃避兵役而前往擔任少年兵。

22 早川金次：〈台灣少年工と高座海軍の思い出〉，野口毅編：《台灣少年工と第二の故鄉》（東京都：展轉社，1999年），頁98。以及陳碧奎：《赤手空拳——一個「少年工」的故事》（台北市：前衛出版社，1998年），頁63。早川提到國民學校高等科畢業生只要通過三年的學習及兩年的工廠作業期間，即可取得甲種工業學校之畢業資格，而原來為中等學校之畢業生只要經兩年期間的工廠時期即可取得高等工業學校之畢業資格。

證書，讓處在困苦環境中想盡辦法升學而獲得學歷的台灣子弟為之心動。[23]

薪資方面，根據李永圳的口述資料，當時一般警員月薪約十五元，而少年工月薪則高達二十四元，兵工廠服務滿五年即可返鄉，離職前還可領取一千元的退職金。[24]

　　不論保坂所歸納的原因或林清泉的描述，從海軍工員的報考動機看來，台灣少年工展現出求學欲高昂，且對家庭、國家盡心盡力的好青年姿態。此外，當時激烈與殘酷的戰況也讓台灣少年工的形象更加具體，高座海軍工廠訓練三個月後，台灣少年工隨即被派往日本各地的兵工廠從事武器設備的製造工作。李展平等所著《烽火歲月——台灣人的戰時經驗》中描述蘇清源在工廠工作的情形：

> 少年們一手握鐵鎚，一手扶鋼鑿，使勁的敲擊在金屬板上，賣力地製作機身和各式零件。沈重的鐵鎚經常無意地錯擊在疲累的左手上，皮綻骨腫的疼痛，使得廠房裡不時傳來淒屬的慘叫聲。但除非是嚴重骨折，否則不能就醫，不能休息。少年工必須概括承受一切苦楚，繼續不輟不止地工作下去。[25]

工廠工作所經歷的苦痛，防寒衣物與食糧短缺，夏季還有跳蚤與白虱的侵襲。在異鄉克服苦難的台灣少年工以回顧及重述的方式被描述為堅毅、刻苦耐勞，在逆境中奮鬥的台灣少年。刻苦耐勞的台灣少年工形象繼續以不同方

---

23 林清泉：〈屏東子弟扶桑行——日本戰時台灣少年工憶往〉，《屏東文獻》第17期，2003年12月，頁399。

24 潘國正：《天皇陛下の赤子——新竹人・日本兵・戰爭經驗》（新竹市：新竹市文化中心，1997年），頁82。

25 林翠鳳：〈飄浪的渡鳥——海軍少年工蘇清源〉，李展平、林翠鳳、鄭道聰、陳惠美、簡傳技、葉連鵬：《烽火歲月——台灣人的戰時經驗》（南投縣：國史館台灣文獻館，2005年），頁160。

式持續開展，戰後少年們返回台灣，在國民黨統治下，政治、法律、語言等
與戰前截然不同，他們再次面對生活上的重大轉折。林清泉回憶道：

> 由於我們受日本教育的背景，面對一個大轉換的戰後台灣社會生活環
> 境，經濟蕭條，官方語言、文字改了，各種考選制度也不同了，就業
> 謀生或報考學校唸書都受到相當大的限制，所以，要放下身段，調適
> 心情，努力學習新事物和國語，突破現實困境，才跟得上職場需求，
> 心理上充滿不安與惶恐，帶來沈重的精神壓力，頗感無奈。[26]

國民黨政府為順利治理台灣，積極以「去日本化」進行文化重建，企圖打造
以中國文化為中心的新文化體制，將台灣整合入中國文化圈。[27]而在此情形
下，這群曾為日本參戰的台灣少年工，勢必將面對陌生的戰後社會，為日本
參戰的戰爭經歷使他們成了背叛同胞的「漢奸」而必須時時注意周遭的視
線，強忍著內心的不安與衝擊，塵封自身的過往經歷。[28]經歷戰爭、異鄉奮
鬥的苦難與返鄉後的思想箝制等，各方面身心靈之重大挫折，都使得刻苦耐
勞、勤勞向上的台灣少年工意象逐漸鮮明起來。

　　然而，台灣少年工的形象建構並非到此為止，一九九九年日本出版的
《台灣少年工と第二の故鄉》（以下簡稱《第二故鄉》）是少數以台灣少年工
為標題的日文出版品之一，作者野口毅在二次大戰期間曾於高座海軍工廠擔
任海軍少尉。[29]書中提到他問及原台灣少年工，他們於戰爭時期報名海軍工
員前往日本，但最後卻無法升學或取得資格的感想，而台灣少年工回答：

---

26 林清泉：〈屏東子弟扶桑行──日本戰時台灣少年工憶往〉，《屏東文獻》第17期，2003
　年12月，頁410。

27 詳見黃英哲：《「去日本化」「再中國化」──戰後台灣文化重建（1945-1947）（修訂
　版）》（台北市：麥田出版社，2017年）。

28 林清泉：〈屏東子弟扶桑行──日本戰時台灣少年工憶往〉，《屏東文獻》第17期，2003
　年12月，頁411曾提道：「回到故鄉──台灣，政府官員也在仇日的氛圍中對我們不聞
　不問……由於顧忌戒嚴的政治環境，默不作聲」。

29 參考野口毅編：《台灣少年工と第二の故鄉》（東京都：展轉社，1999年）。

我們並非被強行徵召赴日，而是自己主動報考，通過考試合格，按照自身意願來到日本。再者，在日本培養了相互生死與共的信賴感，憑藉一己之力克服苦難的自信心，這些都是值得驕傲的收穫。[30]

《寫真帖》及《烽火歲月》兩本書均以斗大的標題「我們被騙了」來描述台灣少年工原想赴日求學，但最後不但沒有學生服、學生帽、課程被減縮，最後還必須日以繼夜趕工製造的情況，而身處異鄉的他們無力反抗，只能順應環境力求生存。[31]但這個迫於現實或遭受欺騙的動機，在《第二故鄉》、《二つの祖國を生きた台灣少年工》（2013，以下簡稱《兩個祖國》）及《僕たちが零戰をつくった——台灣少年工の手記》（2018，以下簡稱《零戰》）中均被轉化為強調台灣少年工勤勉、優秀與自願報國。[32]這樣的少年工形象在二○○○年之後出版的《兩個祖國》及《零戰》中更加顯著，《兩個祖國》書中引用原台灣少年工第三期生的李保松的話：

我們在經驗豐富的鈴木伍長指導下拼了命地工作，一刻也不停，只為了能多完成一架飛機，並且將全部的飛機都送往前線，期待能早日戰勝，不管要加班七小時還是持續徹夜工作，我們都不厭煩地不斷辛勤勞動。一想到在前線的將士們他們勇敢戰鬥的精神，我們當然也必

---

30 野口毅：〈台灣少年工と高座海軍工廠〉，野口毅編：《台灣少年工と第二の故鄉》（東京都：展轉社，1999年），頁45-46。日文原文為：「それは、徵用で連れて來られたのではない。自分たちは試驗を受け、これに合格し、自ら望んで日本に來た、という誇りである。そして、日本で生死を共にしたという信賴と、自ら苦難を克服したという自信である。全く素晴らしいことであると思う。」

31 陳碧奎：〈緒言〉，陳碧奎、張瑞雄、張良澤編：《高座海軍工廠台灣少年工寫真帖》（台北市：前衛出版社，1997年），頁10。以及林翠鳳：〈飄浪的渡鳥——海軍少年工蘇清源〉，李展平、林翠鳳、鄭道聰、陳惠美、簡傳技、葉連鵬：《烽火歲月——台灣人的戰時經驗》（南投縣：國史館台灣文獻館，2005年），頁160。

32 野口毅編：《台灣少年工と第二の故鄉》（東京都：展轉社，1999年）。石川公弘：《二つの祖國を生きた台灣少年工》（東京都：並木書房，2013年）。以及劉嘉雨：《僕たちが零戰をつくった——台灣少年工の手記》（東京都：潮書房光人新社，2018年）。

須在後方努力奮鬥。一群十二至十六歲的少年們能夠合力製造出高性
能的飛機，我覺得這可以說是世上難得一見的成就，而我認為之所以
能達到這樣的成就，其原動力就來自於教育。我很欣賞日本，我的學
齡時期剛好在日本本土克服了種種的艱難與辛苦，當然就會在心中懷
有日本即祖國的想法。[33]

此後，將日本稱為「第二故鄉」或「第二祖國」的這類修辭也不斷地出現在
各媒體或書刊雜誌中。一九九三年六月九日在大和市的台灣高座歡迎大會上，
李雪峰會長宣布台灣高座會將集資捐贈一座涼亭給大和市，名為「台灣亭」，
地點設於當初六位台灣少年工因空襲喪身的地點附近，也就是現在的引地川
公園內。台灣亭建設工作因簽證、材料及建築等相關規定等而受延宕，歷經
四年終於在一九九八年完工。日本國內也可以看到零星的報導，如《產經新
聞》便以夾雜「第二故鄉」的標題來介紹台灣亭。[34]此後，日本及台灣高座
會相互之間的往來與交流更加頻繁，一九九九年台灣亭完工隔年，在野口毅
等人的推動下，四十三位戰歿原台灣少年工核准合祀於靖國神社。[35]

高座海軍工廠成立五十週年的紀念大會成功引起台日雙方媒體的矚目
後，大和市又於二○○三年舉辦了「六十週年」紀念大會。這次大會在雙方
成員共同交涉下，日本厚生勞動省頒發了高座海軍工廠養成所畢業證書或在

---

33 石川公弘：《二つの祖國を生きた台灣少年工》（東京都：並木書房，2013年），頁216。
　　日文原文為：「ベテランの鈴木伍長指導の下、死に物狂いで働き、一機でも多く、一
　　刻も早く前線へ送り返し勝利してもらおうと、七時間殘業はおろか徹夜の繼續も嫌わ
　　ず働きました。前線の將兵の決死の敢闘精神を思うと、それぐらいの勞働は當たり前
　　でした。十二歲から十六歲の少年たちが、力を合わせて高性能の航空機を製作したこ
　　とは、世界に比類のないことだと信じています。その原動力は教育の力だと思いま
　　す。私は日本が大好きです。ちょうど學齡期の頃に日本本土にいて、艱難辛苦を克服
　　したのですから、私たちが日本を心の祖國と胸に秘めるのは當然のことなのです」。
34 〈第2の故鄉に平和のシンボル　元少年工が『台灣亭』建設　台灣高座會在日高座會
　　あす大和市に引き渡し〉，《產經新聞》，1997年10月21日，相模版第22版。
35 野口毅編：《台灣少年工と第二の故鄉》（東京都：展轉社，1999年），頁211-215。至
　　一九九九年三月為止共有四十三名戰歿台灣少年工合祀於靖國神社。

職證明書給原台灣少年工，領取證書暨大會結束後，高座會成員也前往參拜靖國神社。這張遲了半個世紀之久的證明書以及靖國神社參拜的活動再度成為台日雙方媒體報導的焦點。[36]最後，十年後的七十週年大會，除了邀請台灣前總統李登輝蒞臨之外，更以日本原內閣總理大臣森喜朗之名義，頒發感謝狀給原台灣少年工，感謝他們為日本國的付出。從八〇年代台灣高座會成立以來，《第二故鄉》、《兩個祖國》及《零戰》，再加上一系列的活動為台灣少年工的形象帶來了一個轉捩點，從原本勤奮好學、克服困難的好青年姿態，逐漸固著為因成績斐然通過測驗，日後在工廠表現優異、致力報效國家且心懷兩個故鄉或祖國的愛國青年，而戰前以勞動犧牲奉獻的愛國青年形象，更在戰後透過事業上的成功，進而成了台日雙方的親善代表。

筆者認為此一形象上的轉折必須與當時的社會背景相互扣連，才能使各文本的對話對象及文脈更加清晰。首先，進入九〇年代後，台灣對台籍日本兵口述整理或研究的重視與當時急遽抬頭的台灣意識有著深切關聯。在經歷戒嚴、解嚴且逐漸走出威權時代之後，急切地以尋根或回顧的方式為台灣或台灣人加以定位，因此，也就出現如《烽火歲月》中勤奮好學、克服萬難的「台灣子弟」形象，此一「台灣子弟」形象與台灣少年工相互加乘疊合，並透過台灣少年工的歷史遭遇添補血肉，使之更為強化與具體。[37]

而日本方面，關於第二次世界大戰的歷史書寫問題於八〇年代浮出表面，其中，教科書問題更成為各方論述的焦點。日本當時的文部省於一九八二年的教科書檢定，正式將「侵略」字眼修改為「拓展勢力」（日文為「進出」），此舉引發中國及韓國等鄰國強烈抗議，也在日本國內引起大規模討

---

36 陳世昌：〈遲來半世紀，台灣少年工，赴日領畢業證書，二戰期間，一群少年被徵召到日本海軍工廠，當年保證半工半讀一定可畢業，未料盼到白了頭〉，《聯合報》，2003年10月21日，第 A9版。這次大會後，台灣高座會也正式更名為「台灣高座台日交流協會」。

37 《烽火歲月》中也不斷地頌揚這些「台灣子弟」展現出勇於承擔的毅力、吃苦耐勞、認真負責與團結精神。李展平、林翠鳳、鄭道聰、陳惠美、簡傳技、葉連鵬：《烽火歲月——台灣人的戰時經驗》（南投市：國史館台灣文獻館，2005年），頁162-165。

論。[38]到了一九八六年，過去被批評為繼承戰前皇國史觀的日本史教科書通過檢定一事，又再次爆發了另一波來自鄰國的抗議風潮。[39]步入九〇年代後，日本以自民黨為首之國會議員，更在周邊中國、韓國等亞洲國家的壓力下，繼續強調修改戰後「自虐史觀」之必要性。[40]

　　而首部以台灣少年工為主的兒童文學《綠之島》便是在這樣的社會背景下出版。作者勝尾金彌的目的在於讓教科書中被刪除的戰爭題材能重現於兒童文學之中，保坂的《望鄉》也可以看到同樣的意圖。身為小學校長的保坂治男也在後記中提到對當時日本教育所懷抱的危機感：

> 台灣少年工的這段歷史不該被塵封，鑑於現今（南京大屠殺、七三一部隊犯罪問題均被粉飾）仍處於訴訟中的教科書檢定問題，我們似乎無法保證，像過去教師們親手將台灣少年工送往日本的苦惱之事絕對不會再次發生。我們不得不仔細地張大雙眼看清越是善良的教師可能越是容易被國家體制所收編吸納。唯有教師們的雙眼不被蒙蔽，才能守護全國澄澈的「二十四之瞳」。[41]

---

38 自一九八二年七月起中國、韓國、東南亞各國等十九個亞洲國家，三個月內就有高達二四三九件日本教科書問題的相關報導而日本國內也引發熱烈討論。德武敏夫：《教科書の戰後史》（東京都：新日本出版社，1995年），頁203。〈教科書さらに「戰前」復權へ〉，《朝日新聞》，1982年6月26日，第1版。以及〈「侵略」を「進出」とした教科書檢定が外交問題に　中國が是正要求　韓國「重大關心」〉《每日新聞》，1982年7月27日，第1版。

39 家近亮子、松田康博、段瑞聰編：《岐路に立つ日中關係──過去との對話・未來への模索（改訂版）》（京都：晃洋書房，2012年），頁72-74。

40 毛里和子：《日中關係──戰後から新時代へ》（東京都：岩波書店，2006年），頁171。

41 保坂治男：《台灣少年工　望鄉のハンマー》（東京都：ゆい書房，1993年），頁174。日文原文為：「こうしたことがまったくの過去のことではなしに、現在でも（南京大虐殺、七三一部隊の犯罪がなかったことにという）教科書檢定をめぐる裁判が行なわれている現狀を見ると、台灣で少年工を日本に送った先生たちの苦惱が再び來ないとは限らない危機を感じます。善良な教師ほど自分たちが國家統制に組み込まれやすいことを、よくよく目を見開いて見定めなければなりません。教師のさめた曇らされない眼こそ、全國の『二十四』の澄んだ瞳を守り切れるのです」。保坂在這裡

日本於一九八二年及一九八六年因教科書的歷史認識問題而與亞洲鄰國所產生的緊張局勢，嚴重地影響了九〇年代的中日外交關係。中國與日本自一九七二年建交以來，就延續著所謂的「七二年體制」，維持相互友善的外交關係。但七二年體制蘊含的雙方共識在於日本對侵略中國一事自省，而中國則放棄戰後請求賠償之權利。[42]八〇年代的教科書問題、歷史認識上所產生的矛盾以及一九八五年中曾根康弘首相以內閣總理大臣身分參拜靖國神社，使得七二年體制內含的共識面臨崩解，再加上中日雙方媒體相互渲染，使得雙方的衝突與敵對意識不斷增強。[43]

因此，不論是一九八九年的《綠之島》或一九九三年出版的《望鄉》都是對當時日本社會、教育或歷史認識產生危機感，藉以台灣少年工為出發點回應並省思自身所處之社會現況。而相較於此，九〇年代後出版的《第二故鄉》、《兩個祖國》及《零戰》則是在中日之間緊張、敵對關係高漲的情況下，以「第二祖國」或「第二故鄉」等修辭強調台灣少年工之親日傾向以對抗中國的反日風潮。但如果繼續深入思考台灣少年工敘事中被引用或強調的「親日傾向」，則會發現「親日」背後的參照對象大多是戰後遷台的國民黨政府。在林景淵編，《望鄉三千里——台灣少年工奮鬥史》最後，作者總結訪談多位原台灣少年工之感想時提到：

> 在訪談原少年工時，問起回台初期，「二二八事變」以及入伍從軍這一時期的感想時，大多數人都十分氣憤，明確地指出，大陸來的公務員、軍人都是以「征服者」的姿態對待台灣人。注意「征服者」三個

引用了壺井榮的長篇小說《二十四の瞳》（1952年），來比喻教師與學生之間深厚的師生情。

42 毛里和子：《日中關係——戰後から新時代へ》（東京都：岩波書店，2006年），頁91。

43 〈北京で反中曾根デモ　學生ら千人「打倒」叫ぶ　「反中曾根」の學生デモ〉，《朝日新聞》，1985年9月19日，第1版。當天朝日新聞頭條新聞報導，近千名北京大學及清華大學的學生聚集在天安門廣場，示威遊行高喊「打倒日本軍國主義」、「反對教科書改寫」。大學校園裡也有超過兩千名學生集會舉行抗議活動，而日本方面也報導了中國抗議的情況。

字，這是許多原少年工的用詞；因為，他們在日本生活期間，可以說完全不覺得日本軍官以「征服者」對待「皇國臣民」的心態；一般日本老百姓對少年工，也沒有把他們降一級為「殖民地人」來看待。兩相比較，少年工內心中的感受如何，也就不難理解了。[44]

相較於戰後一黨獨大的威權統治，殖民政府似乎顯得更令人懷念。台灣少年工就這樣在台灣、日本不同陣營或立場的各自對話脈絡中被回顧且不斷地重新書寫呈現，並且在回顧或爬梳歷史過程中建構出日益清晰的形象。但雖然不同陣營之對話對象相異，但到了九〇年代後期，戰後作為台日親善的台灣少年工形象，與對戰後威權統治懷抱著反抗情緒的台灣少年工形象的相互疊合，也使得台灣少年工的歷史敘事在日益清晰的同時，也逐漸走向單面化。下一節筆者將討論文學作品中的台灣少年工形象，並與上述回憶錄中所呈現之意象相互參照。

四 文學作品中的台灣少年工

一九四二年開始號召台灣本島少年赴日從事航空機製造時已接近戰爭尾聲，因此戰前描述台灣少年工的作品寥寥可數，但從另一方面看來，正因為當時戰況已進入最激烈階段，其形象也極為鮮明。一九四四年龍瑛宗發表於《臺灣藝術》上的短篇作品〈海の宿〉（以下稱〈海邊的旅館〉），主人公杜南遠巧遇公學校時代同學黃東善，杜看到黃的弟弟在窗邊勤奮苦讀，原以為在準備中學入學考試，但一問之下才知道是為了報考海軍工員。[45]小說中未正面直指台灣少年工，而僅僅提到海軍工員，從報考海軍工員的黃東善弟弟身上，杜看到年幼一代的勞動姿態，心生感嘆「所謂人生，絕對不會存在於書房裡，也不在理論或觀念性的東西之中。而是在工作中所發現的喜悅裡，

44 林景淵編：《望鄉三千里——台灣少年工奮鬥史》（新北市：遠景出版事業公司，2017年），頁248。

45 龍瑛宗：〈海の宿〉，《臺灣藝術》第5卷第1期，1944年1月。

那裡自人生，有生活」。[46]〈海邊的旅館〉透過壯闊的海景與揮汗工作的人物，頌揚勤奮勞動所展現出的生活之美，藉以呼應戰時建設生產、勞動報國的國家政策。

日本戰敗後，台灣少年工這段過往被塵封於歷史深處，鮮少出現於文學作品，亦未有深刻或具體的描述。一九六九年李喬在〈蕃仔林的故事〉描述主人公阿泉牯的幻想場景，「去南洋當海軍的大哥，和在內地（日本本土）做飛機的二哥回來！他們帶了好大包的豬肉回來」。[47]李喬透過阿泉牯快樂的白日夢，形塑出親人團聚、糧食充足的烏托邦世界，藉此諷刺戰爭泯滅人性的嚴峻現實。幻想中赴日製造飛機的二哥得以歸鄉，此烏托邦幻影映襯出戰時下九死一生、離鄉背井的悲哀，以小說中從未現身的二哥也展演出戰爭時期的悲哀與無奈。然而，早在一九五四年，邱永漢的〈濁水溪〉就已出現過台灣少年工的身影。[48]小說中主人公「我」在終戰後搭船回台，船上即戰時在神奈川縣高座工作的兩千多位台灣少年工：

> 包含我約莫有兩千名台灣人在船上，大部分都是戰爭時被徵召前往神
> 奈川縣高座工作，年紀約十五至二十歲的少年工員。三千噸的老朽貨
> 輪上，人像貨物般將整艘船擠得水泄不通，連腳踩的地方也沒有。如
> 果每個人都朝上方仰睡的話，勢必有些人連草蓆也睡不到，大家只好
> 像生魚片一樣將身體與身體盡量靠近、交疊在一起。[49]

---

46 龍瑛宗：《龍瑛宗全集（中文卷）第二冊　小說集2》（台南市：國家台灣文學館籌備處國立台灣文學館，2006年），頁124。

47 李喬：〈蕃仔林的故事〉，《李喬短篇小說全集5》（苗栗：苗栗縣立文化中心，2000年），頁196。原小說發表於《中國時報》，1969年8月15-16日，第11版。

48 邱永漢：〈濁水溪〉，《大眾文藝》1954年8-10月號，1954年8-10月。

49 邱永漢：〈濁水溪〉，《邱永漢短篇小說傑作選──見えない国境線見えない国境線》（東京都：新潮社，1994年），頁175。日文原文為：「船上には私をも含めて約二千名の台灣人が乗っている。大部分は戰時中海軍に徵用されて神奈川縣下の高座で働いていた十五歲から二十歲の少年工員で占められ、三千トンの老朽貨物船はこれらの人間貨物で足の踏み場もないほど混雜している。皆が仰向けに寢ると、何人かはゴ

邱永漢透過台灣少年工搭船返台的情景，將戰爭非人性的一面徹底突顯出來，活在戰時下的人就像「貨物」或「生魚片」般的存在。四〇年代的海軍工員是生產報國、值得頌揚的勞動者，而戰後在邱永漢及李喬筆下，赴日製造戰機的台灣少年工形象雖然不甚清晰，卻已轉為戰爭的犧牲者。文學作品中的台灣少年工形象因戰爭終結而有了第一次轉折。邱永漢的〈濁水溪〉作品中雖已具體指稱在神奈川縣高座工作的台灣少年工，但戰後邱永漢的作品在很長一段時間不受台灣文學界重視。[50]此後的七、八〇年代筆者亦未見到其他提及台灣少年工的文學作品。

　　直到日本著名兒童文學作家勝尾金彌的《綠之島》[51]在一九八九年出版後，台灣少年工才開始正式受到台日雙方文學創作者的矚目。勝尾在讀了上述加藤的《一視同仁の果て》之後，意外發現一九四四年名古屋空襲的受難者中有十四位台灣少年工。於是他前往台灣，拜訪高座會成員收集資料，將從高座被派往名古屋三菱重工工廠的台灣少年工的歷史撰寫為兒童讀物。

　　八〇年代末至九〇年代初，勝尾的《綠之島》及上述保坂的《望鄉》相繼出版，大和市將台灣少年工列入市史，再加上一九九三年大批原台灣少年工赴日參加高座海軍工廠五十週年紀念會的一系列報導，使得台灣少年工議題急遽受到關注。一九九四年出版周姚萍的兒童小說《台灣小兵造飛機》在序言中提到保坂的《望鄉》，作者也表示自身對歷史教育的關切與重視，並

ザからはみ出てしまうので、刺身のように体と体を重ね合わさなければならない。」戰前海軍工員就名義上採取「招募報考」的方式，邱文中使用「徵召」（徵用），因此中譯也依原文譯為「徵召」。當時，就公布或實施之法令字面意義而言雖非強制，但依紀錄片《綠的海平線》中謝火生說法，也有透過體罰方式迫使學生自願報考的情形，其強制性不言而喻。

50 王惠珍：〈邱永漢文學在台翻譯的政治性——以譯作《濁水溪：邱永漢短篇小說選》為考察對象〉，《台灣文學研究學報》第31期，2020年10月，頁145-146。王惠珍認為邱永漢的〈濁水溪〉在發表及中譯過程中歷經多次刪修與檢閱，不斷「去政治化」的結果，抹煞了邱永漢文學中的主題性、主體意識與批判性，因此導致邱長期以來受到台灣文學界漠視。

51 かつおきんや：《綠の島はるかに——台灣少年工物語》（東京都：大日本圖書，1989年）。

坦言在撰寫時參考了大量日文及訪談資料，希望寫出令孩童充滿興趣且能充分體會當時時代的兒童讀物。《台灣小兵造飛機》的情節與日後相繼出版的口述史有極高的重複性。因此，研判周應是將採訪高座會成員所得知的內容直接改編為小說情節。

《台灣小兵造飛機》主角之一的十五歲的吉田英夫在造飛機的同時，一邊準備報考少年飛行兵，最後雖因發生意外變成跛腳而無法完成夢想。但情節設計上確實與戰前勞動報國所區分之價值體系相符。四〇年代鼓吹的勞動或生產報國，以從軍前往戰場最受推崇，再者才是奉獻勞動力的製造工作，而升學則被歸為私領域，屬於應予以摒棄之最後選項，上述價值體系也清楚地展現在龍瑛宗的〈海邊的旅館〉當中。一九四三年五月《台灣日日新報》一篇關於航空機製造廠工員的報導，內容即鼓勵從事製造的工員報考軍人：

> 海軍工員養成所教員石川正夫於公告海軍特別志願兵制度實施一事之後，勉勵全體工員必須更加勤奮努力，工員們聽了之後深受感動，深感作為海軍軍屬之榮譽感。每位工員都表示如果有機會希望能再向上成為海軍軍人奉公報國，充滿感激的氣氛感染了在場的所有工員。[52]

《台灣小兵造飛機》除了參照歷史事件編排小說情節之外，也有許多與後續九〇年代出版的口述資料相同的橋段，如愛讀書的大川正一邊製造飛機，一邊參加了通訊教學努力充實自己、德永明光自製領取餐點的假飯票、台灣少年工在聽聞台灣空襲的消息後，焦急地半夜一起請狐仙，以及互打耳光的海軍制裁式處罰等等，[53]這些情節都可以在日後出版的口述資料中找到相同的

---

52 〈いざ海軍志願兵へ　海軍工員養成所所員張切る〉，《台灣日日新報》，1943年5月15日，第3版。日文原文為：「同所囑託教員石川正夫は海軍特別志願兵制度実施の旨を傳へより一層の奮勵努力を促した處一同は深く感動し全員が海軍軍屬としての榮譽を荷ふ我である、ゆるされるならばこの上は海軍軍人として御奉公したいとの熱意を表明、感激的情景を呈した」。

53 這些小說中所安排的橋段均可散見於以及陳碧奎的《赤手空拳》或潘國正所整理的《天皇陛下的赤子》。唯小說中出現的請「狐仙」在《赤手空拳》中為請「碟仙」，詳

敘述。

《台灣小兵造飛機》雖是兒童小說，但細緻地參照歷史事件並利用口述資料清楚描寫台灣少年工所身處的時代。相較於之前的文學作品，台灣少年工的形象因此從朦朧轉趨鮮明，以貼近歷史事件的方式成為有具體形象的戰爭受害者，筆者認為此為台灣少年工形象的第二次轉折。九〇年代一系列口述資料、寫真帖或自傳出版，再加上媒體報導、學術研究等不斷積累下，台灣少年工已有具體且鮮明的輪廓，而此形象也出現在二〇一三年陳彥亨的長篇小說《債與償》[54]中。《債與償》主人公李嘉華從北二中畢業後，為反對父親續弦，隨即報考海軍工員前赴日本，終戰歸台後因白色恐怖而鋃鐺入獄。雖然這部小說對台灣少年工的歷史描述在細節上不甚考究，過於籠統地將海軍工員、志願兵、軍夫等均視為受徵召參戰。但作者主要的目的在於透過台灣少年工李嘉華之戰前及戰後經歷，描寫連續遭受日本及國民黨政權迫害的受害者形象。在第二次轉折上，對台灣少年工的認識已定位於時代之受害者，唯《台灣小兵造飛機》之台灣少年工為戰前戰爭體制下之受害者，而《債與償》則更將時代延長至戰後的白色恐怖時期。

這兩部作品除了時代焦點不同之外，各自所流露出之「祖國觀」也有所不同。《台灣小兵造飛機》中，女子挺身隊美惠的男友文廣對著台灣少年工的英夫說道：

> 我父親也是軍人，他常常說台灣人最可憐了，被我們日本人牽著鼻子走，還自覺光榮！我父親說，這得力於「教育」成功，為了使殖民地的人民服服帖帖，不會反抗我們的統治，甚至甘心受我們驅使，日本

見陳碧奎：《赤手空拳——一個「少年工」的故事》（台北市：前衛出版社，1998年），頁107。

54 陳彥亨：《債與償——台灣二二八傷痕小說》（台北市：釀出版，2013年）。這部小說的出版時間雖比後續提到的吳明益《睡眠的航線》更晚，但由於小說主人公雖是原台灣少年工，但作者對其形象之認識與描述未能如周姚萍般細緻調查，而是將重點擺置於台灣人於戰前及戰後所經歷之歷史苦難，因此筆者將本部小說列為台灣少年工形象之第二次轉折。

政府可是煞費苦心，推行「皇民化運動」，並且由小學開始，就致力
改造學生們的腦袋。喂！馬鹿野郎，你也是被改造過的一個啊！所以
難怪會這麼蠢，拼命製造飛機，供皇軍攻打中國。嘿！中國正是你們
台灣的祖國。啊！也許你還不知道吧！[55]

英夫聽了之後深覺被日本政府欺騙，日本利用教育洗腦，讓他們製造飛機攻
打「祖國」。而《償與債》則將敘事焦點擺放至戰後，強調台灣人即使在回
歸「祖國」後仍繼續受騙：

戰後自日本歸來，他也和大家一樣，衷心期待祖國的中國能撫慰他
們，關愛他們，好好照顧他們，結果卻事與願違，祖國不但落後、腐
敗、無能，甚至貪污充斥，更在終戰來台接受的第二年，即一九四七
年，就爆發了近代史上淒慘無比的二二八事件。[56]

前後兩部小說透過台灣少年工戰前及戰後的歷史遭遇，各自展演出因戰爭體
制或時代變遷而受騙的受害者形象。兩部小說所提到的「受騙」雖不同於
《寫真帖》、《烽火歲月》中陳碧奎、蘇清源所說的，原先以為是「升學」但
卻變成「工人」的受騙，但台灣少年工形象已被形塑為受政權欺騙，且受戰
爭或時代所迫的受害者。

　　筆者認為文學作品中台灣少年工形象的第三次轉折發生在二○○七年吳
明益的長篇小說《睡眠的航線》。[57]小說中兩個「我」的其中之一是父親世
代的台灣少年工三郎。三郎從海島出發搭船航向高座海軍工廠，製造雷電、
月光等戰鬥機，三郎的經歷與台灣少年工口述史記錄相互呼應疊合，包括改
日本姓名，在教員的鼓勵下到內地半工半讀，[58]好友大田秀男原本報考飛行

---

55 周姚萍：《台灣小兵造飛機》（台北市：天衛文化圖書公司，1994年），頁127。

56 陳彥亨：《償與債──台灣二二八傷痕小說》（台北市：釀出版，2013年），頁307。

57 吳明益：《睡眠的航線》（台北市：二魚文化事業公司，2007年）。

58 「可以一面學習技術，一面讀書，一面到工廠工作，在工廠工作不但有薪水可以領，

員，但因未通過適性檢查而轉至工廠製造飛機，甚至在空Ｃ廠「甲板掃除」
或接受「海軍制裁」等都能從過去史料或口述史中找到相應的敘述。

吳明益在三郎的段落中穿插了許多台灣少年工的經歷，但除史料之外，
吳更透過三郎這個角色為口述史料添加許多個人經驗式的感受性描述。如三
郎在回顧目睹森兵曹試飛雷電時，飛機突然在空中解體，森兵曹跳傘逃生一
事，這件事情也曾出現在《烽火歲月》陳碧奎的訪談內容中。[59]但三郎目睹
的情況，在吳的筆下卻增添了許多細碎、零星但充滿個人感受的描述：

> 十四歲生日那天在工廠外抬頭看到森兵曹試飛雷電失事的時候，遠方
> 帶著預言似的雲朵的形狀。森兵曹在那次跳機沒死真是非常幸運，因
> 為飛機在爬升到大約一萬兩千公尺時開始無預警地下墜，墜到四千公
> 尺左右的高度發現機體無法控制，森兵曹只好放棄飛機跳傘。從下面
> 看上去，傘花在空中開放時顯得輕鬆寫意，但實際上那是與死亡擦身
> 而過的傘花。[60]

吳明益以雲朵或傘花等視覺描寫使原本平面的歷史敘事成了具備遠近即視感
的生命經歷。除了視覺之外，吳亦以大量的聽覺及嗅覺描寫，帶領讀者順著
三郎的身體感官回到過去：

> 海的味道從戰爭開始也變得不同了，過去海充滿螃蟹味、章魚味、鯖

而且修業三年也看得到工業學校同等學力的證書，如果是中等學校的畢業生則可獲得
高等工業的同等學力資格」。小說中的描述與歷史資料相吻合。吳明益：《睡眠的航線》
（台北市：二魚文化事業公司，2007年），頁65。

59 李展平、林翠鳳、鄭道聰、陳惠美、簡傳技、葉連鵬：《烽火歲月──台灣人的戰時經
驗》（南投縣：國史館台灣文獻館，2005年），頁146。訪談內容為：「有一次曾遇到有
少年工打釘子時沒依照程序處理，結果飛行員森益基兵曹將剛組好的雷電戰鬥機飛上
天空時，發生空中分解的慘劇，還好飛行員跳傘逃生，飛行員回來時，有追問釘子是
誰打的？大家都有被懲罰的心理準備，但寬宏大量的森兵曹最後也就算了」。

60 吳明益：《睡眠的航線》（台北市：二魚文化事業公司，2007年），頁235。

> 魚群味、礁石味、海底火山味，但戰爭開始以後海就出現了硝火與屍
> 臭味，把其它的味道壓了下去。[61]

戰爭宛如一個黑洞，戰爭發生的時代所有人事物都被吸納入這個黑洞，其中也包括海的氣味。整部小說透過大量的視覺、聽覺、嗅覺等感官描寫，讀者於是透過台灣少年工三郎極為私密的感官經驗，進入口述史或歷史資料所無法觸及的時代氛圍。

《睡眠的航線》除了三郎的視點之外，更將現實上可能與台灣少年工互動機率不高的三島由紀夫也放入小說中與三郎對話。三島由紀夫本名平岡公威，小說中毫不隱諱地將角色命名為平岡君，並將三島在書信等著作中透露出的訊息帶入平岡君這個角色。「平岡君是東大法學部的學生，被勤勞動員徵召後，因身體不適轉而擔任宿舍圖書館職員。」[62]平岡君不敢吃阿海等少年工們用機油炒的菜等軼事，以及書桌上擺放的書籍等細節都可以在三島的著作中找到同樣內容。[63]吳明益在小說中除了三郎自身的經歷之外，也安排讓三島與三郎、阿海等台灣少年工相遇、對話，更帶出當時作為敵軍的哈普少尉，讓讀者得以複眼式地看到更多視角的共時性歷史，讓同時代的各個生命史得以在多觀點的情況之下眾聲喧嘩。

---

61 吳明益：《睡眠的航線》（台北市：二魚文化事業公司，2007年），頁122。吳明益在小說中有大量的感官或氣味方面的描寫，如「三郎走在工廠外面的水泥步道，上草柳附近的森林，乃至於走在被燒毀的東京街道所嗅到的焦慮絕望的氣味非常接近」（頁165），「在接近地面的地方所嗅到的氣味和站著時候並不相同，那氣味稍稍比空氣暖和一些，是一種悲傷不安的溫暖氣味」（頁200）等等。

62 吳明益：《睡眠的航線》（台北市：二魚文化事業公司，2007年），頁164。三島由紀夫確實是東大法學部學生，也因勤勞動員曾於高座圖書館擔任職員。

63 吳明益描述平岡君桌上擺放的書籍為近松門左衛門、鶴屋南北、泉鏡花、小泉八雲、泰戈爾、內瓦爾，白瓷花瓶內還插著一枝夏薊（吳明益：《睡眠的航線》，頁164）。三島由紀夫在與川端康成之間往返的書信中也寫到自己書架上的這些書籍以及花瓶內的夏薊。詳見三島由紀夫：《決定版三島由紀夫全集38》（東京都：新潮社，2004年），頁237。此外，使用機械油炒飯一事也出現在三島由紀夫自傳性小說〈假面の告白〉。詳見三島由紀夫：《決定版三島由紀夫全集1》（東京都：新潮社，2000年），頁307。

不論是大量的視覺、聽覺、嗅覺、觸覺等感官描述，或是多視角並行的複眼觀點，吳似乎不斷地在為大歷史敘事中添加「人味」，為九〇年代持續積累形塑的台灣少年工形象，以多感官與視角的方式賦予生命力。最後，三郎回想自己的赴日經歷：

> 我們用熟練的技巧、認真的意志、以及渴望獲得證書，成為日本人的條件，幫助了一個用盡各種方式將戰爭延長下去的國家，參與了殺戮。我們坐在收音機前面，聽到自己曾經親手釘上鉚釘的飛機，不曉得是真實或虛構地擊落美機，聽著飛機飛到遙遠的地方丟下炸彈，我們以天真的少年的姿態，學習並且參與了人類存在的殘酷性。我的友伴，不就是因為另一群人，所努力生產出的炸彈與飛機，而永遠走不出那座森林的？我既不認為自己有罪，也不認為自己無罪。所謂有罪和無罪這回事，在戰爭裡是最難認定的。[64]

台灣少年工形象在戰後文學作品中逐漸被定位為戰爭受害者，而在吳明益的多點視角映照下，台灣少年工不僅是受害者，也同時是參與戰爭殺戮的其中一員。筆者認為此為台灣少年工形象的第三次轉折。在這個轉折點上，台灣少年工形象除了以更具個人感受性或感官性的方式呈現時代氛圍之外，其中所蘊含的歷史觀也有了根本性的質變。

正如吳明益在《睡眠的航線》中另一個「我」的睡眠困擾一樣，原以為出現睡眠不規律的狀態，但細想卻發現原來那是「睡眠規律」。吳巧妙也諷刺地突顯出「規律」與「正常」的弔詭性，睡眠的「規律」反而是需要接受治療的「不正常」狀態。歷史也是如此，台灣少年工意象在史料、口述史或文學作品中浮現、建構，在日益鮮明的同時也逐漸服膺於歷史框架之中，最終慢慢歸結於單一面向。不論是自詡為客觀的記錄、稱頌或是小說中的勞動者、受害者，逐漸固著的形象也弔詭地使得「人味」消散。

---

64 吳明益：《睡眠的航線》（台北市：二魚文化事業公司，2007年），頁292。

> 說起來武器是戰爭裡最實在的東西，他和死亡人數、損傷人數在所謂
> 的歷史上，都會化成一個數字讓人便於記憶、背誦。戰爭只會創造士
> 兵、烈士、叛國者，但沒有人，沒有成年人、少年人、女人、懷孕的
> 人、富同情心的人、思考的人、安心睡覺的人。[65]

《睡眠的航線》裡的三郎似乎就是為了要創造出「戰爭或歷史中的人」，透過氣味、感官或感受，重新尋找戰爭或歷史裡的「人味」。而吳明益對歷史的探問並不僅止於此，二〇一六年的《單車失竊記》中，曾在日本高座海軍工廠製造戰鬥機的父親，和光華商場的老鄰居們一起等著偷單車的竊賊現身。但小偷出現後，父親躲在一旁而卻沒有衝出去抓他。事後主人公「我」從媽媽的口中得知竊賊就是父親在日本高座海軍工廠的同學。[66]

自九〇年代台灣少年工因高座會的活動而出現在各大媒體後，「台灣少年工」一詞從海軍工員、戰時被動員的年幼工員到成為專指在高座製造戰鬥機的台灣少年工員，其形象在不斷建構與鮮明化的過程中，也逐漸被縮小或替代。台灣少年工在戰前經歷多重苦難，戰後則憑藉堅忍不拔的精神獲得社會或經濟上的成功，最終成為台日之間的親善橋樑。而吳明益的《睡眠的航線》及《單車失竊記》則以私密的感官經驗、複眼式的觀看視角解構了趨向神話般的台灣少年工形象，也迫使我們不得不重新反思「真實」與「寫實」之間的複雜問題。當歷史敘事只能展露單一面向的真實時，口述史等歷史書寫與文學作品的真實／虛構或客觀／主觀的邊界也值得我們再次深思與探問。

五　結語

　　本文以口述史、影像資料、歷史記錄及文學作品中展現之台灣少年工形象為主題，討論台灣少年工形象之浮現、日益鮮明乃至於固著之過程。戰前

65　吳明益：《睡眠的航線》（台北市：二魚文化事業公司，2007年），頁198。
66　吳明益：《單車失竊記》（台北市：麥田出版公司，2016年7月）。

在學校教員鼓勵下，前赴日本高座海軍工廠從事戰機製造的台灣少年工，戰後自日本返台後，因白色恐怖等政治因素而導致很長一段時間都未能有具體之文字或歷史記錄。直到八〇年代加藤邦彥《一視同仁の果て》、早川金次《流星》乃至於保坂治男《望鄉》等日文書出版，才開始逐漸受到矚目。隨著日文書出版及一系列高座會的媒體報導，台灣從九〇年代開始積極地以回憶錄、訪談等方式重新整理史料，回溯台灣少年工這段塵封已久的歷史。台灣少年工的形象也在這個回顧過程中得以重現，而其形象也在不斷被建構與積累之中逐漸獲得定位。

　　九〇年代中期在歷史學界對台籍日本兵議題的關心下，《台灣人日本兵的「戰爭經歷」》、《台灣兵影像故事》、《走過兩個時代的人》及新竹市立文化中心出版之《天皇陛下的赤子》等史料相繼出版，再加上以高座會為主之相關媒體報導，台灣少年工議題重新被挖掘與重視。戰前赴日的台灣少年工在各項史籍及媒體報導中，成為在逆境中奮鬥求生的表徵，而這個形象也同時與當時逐漸抬頭之「台灣子弟」或「新台灣人」[67]形象不謀而合。此後，野口毅的《第二故鄉》及石川公弘《兩個祖國》等以台灣少年工為主題之專書，更透過報紙及書籍出版及日本及台灣雙方高座會活動，使台灣少年工形象朝向單一面向發展。台灣少年工從克服困難的好學青年，逐漸被塑造為致力報效國家且心懷兩個故鄉或祖國的愛國青年，更在政治人物的加持下，進而成了台日雙方的親善代表。[68]

　　參照史料出版品的台灣少年工形象，本文繼續探討文學作品中之台灣少年工形象，並列出其三個重要轉折點。戰前曾提及海軍工員的文學作品唯有

67　李登輝在九〇年代提出「新台灣人」概念。蕭新煌也在《新台灣人的心》中提到「台灣人從歷史的煎熬裏磨練出能拼、能變、能求生存、能忍辱，更能隨著外在變化立即調整內心的價值的妥協現實性格」。詳見蕭新煌：《新台灣人的心——國家認同的新圖像》（台北市：月旦出版社，1999年）。以及李登輝：《新・台灣的主張》（新北市：遠足文化，2015年）。

68　石川公弘：《二つの祖國を生きた台灣少年工》（東京都：並木書房，2013年）。本書序言作者為李登輝，後方的跋則是森喜郎。

龍瑛宗的〈海邊的旅館〉，龍在小說中以頌揚勤奮勞動呼應戰爭體制下的勞動報國政策，並透露出從軍征戰優於奉獻勞力，而致力生產又優於升學的價值體系。戰爭結束後直接描寫台灣少年工之文學作品甚少，一九五四年邱永漢〈濁水溪〉及一九六九年李喬〈蕃仔林的故事〉兩部短篇小說雖然整體而言，對台灣少年工著墨不多，但在兩人的筆下的台灣少年工無疑地是戰爭時代下的犧牲者。因此，筆者認為台灣少年工形象因戰爭之終結而產生了第一次的轉折。

此後，九〇年代一系列的出版、報導與研究，使得台灣少年工的形象逐漸清晰，也逐步被台灣及日本社會所認識。兒童小說《台灣小兵造飛機》是以台灣少年工為主題，且詳細介紹其歷史背景的第一部小說。這部作品與之後的《債與償》雖出版年代相差久遠，但均為原本不甚清晰的台灣少年工輪廓添補血肉，使之更加具體化。但也因雙方作者各自之立場與出版時代不同，兩部小說之間有著截然不同的「祖國觀」。貼近大歷史敘事所展現台灣少年工形象，以回顧或回溯的方式「補足」了台灣少年工這段歷史。這個順應歷史填補敘事的方式，彷彿是尋找吳濁流在〈歷史有很多漏洞〉所說的「真正的真相」。[69]因此，筆者將這兩部作品視為台灣少年工形象之第二個轉折點。

最後，吳明益在《睡眠的航線》及《單車失竊記》中描繪的無法出現於口述史或歷史大敘事中的台灣少年工形象，筆者將之列為第三個轉折點。在這兩部作品中，吳以視覺、聽覺、味覺及觸覺等感官，重新再現出歷史大敘事中所無法展現的台灣少年工。自九〇代末，以台灣少年工為題之中日文書籍或報導逐漸以單面化之台灣少年工，不論是戰前成績斐然，或戰後忍辱負重在經濟或事業上獲得成就的台灣少年工，均以奮鬥史之撰述方式被描寫為形象正面的精神象徵。《睡眠的航線》及《單車失竊記》中對台灣少年工的描述也表現出其歷史觀的質變。當歷史只能擁有一個真實，文學書寫像是為

---

69 吳濁流：〈歷史有很多漏洞〉，《台灣文藝》第2期，1964年5月。參考吳濁流：《吳濁流作品集5》（台北市：遠行出版社，1977年），頁1。

歷史扭出一個角，以感官或複眼式的觀點，或如甘耀明《殺鬼》[70]中以哈哈鏡的歷史呈現手法闡述出一種尚未知是否可稱之為「歷史」的生命經歷。

---

70 本文礙於篇幅而未能詳述，甘耀明《殺鬼》中也有部分提及台灣少年工的描寫：「白虎隊也擔任起少年工，製造起飛機。飛機是竹飛機，不是真的飛機。鬼中佐允諾，誰的假飛機做得有夠像，可派到內地的高座海軍C廠做真飛機。白虎隊卯足勁幹活，到內地能觀光，又能造飛機賺薪水，總比在關牛窩練習撞戰車自殺多了」。詳見甘耀明：《殺鬼》（台北市：寶瓶文化事業公司，2009年），頁118。

徵引書目

一　專書／專書論文

かつおきんや：《綠の島はるかに──台灣少年工物語》，東京都：大日本圖書，1989年8月。

大和市役所管理部庶務課編：《大和市史6　資料編　近現代　下》，神奈川縣：大和市，1994年3月。

大和市役所管理部庶務課編：《高座海軍工場關係資料集──台灣少年工關係を中心に》，神奈川縣：大和市役所管理部庶務課，1995年3月。

三島由紀夫：《決定版三島由紀夫全集1》，東京都：新潮社，2000年1月。

三島由紀夫：《決定版三島由紀夫全集38》，東京都：新潮社，2004年3月。

毛里和子：《日中關係──戰後から新時代へ》，東京都：岩波書店，2006年6月。

石川公弘：〈台灣少年工と台灣を想う〉，野口毅編：《台灣少年工と第二の故鄉》，東京都：展轉社，1999年7月。

石川公弘：《二つの祖國を生きた台灣少年工》，東京都：並木書房，2013年5月。

加藤邦彥：《一視同仁の果て──台灣人元軍屬の境遇》，東京都：勁草書房，1979年5月。

甘耀明：《殺鬼》，台北市：寶瓶文化事業公司，2009年7月。

早川金次：《流星──高座工廠と台灣少年の思い出》，神奈川縣：早川今次，1987年5月。

早川金次：〈台灣少年工と高座海軍の思い出〉，野口毅編：《台灣少年工と第二の故鄉》，東京都：展転社，1999年7月。

吳明益：《睡眠的航線》，台北市：二魚文化事業公司，2007年5月。

吳明益：《單車失竊記》，台北市：麥田出版社，2016年7月。

吳淑真、吳淑敏：《消失的1945——台灣拓南少年史》，台北市：力和博原創坊，2014年8月。

吳濁流：〈歷史有很多漏洞〉，《台灣文藝》第2期，1964年5月。參考吳濁流：《吳濁流作品集5》，台北市：遠行出版社，1977年9月。

李展平、林翠鳳、鄭道聰、陳惠美、簡傳技、葉連鵬：《烽火歲月——台灣人的戰時經驗》，南投縣：國史館台灣文獻館，2005年8月。

李　喬：《李喬短篇小說全集5》，苗栗市：苗栗縣立文化中心，2000年1月。

李登輝：《新・台灣的主張》，新北市：遠足文化，2015年8月。

近藤正己：〈台灣の勞務動員〉，大濱徹也編：《近代日本の歷史的位相——國家・民族・文化》，東京都：刀水書房，1999年11月，181頁。

邱永漢：〈濁水溪〉，《大眾文藝》1954年8-10月號，1954年8-10月。

邱永漢：〈濁水溪〉，《邱永漢短篇小説傑作選——見えない国境線見えない国境線》，東京都：新潮社，1994年1月。

周姚萍：《台灣小兵造飛機》，台北市：天衛文化圖書公司，1994年6月。

周婉窈：《台籍日本兵座談會記錄并相關資料》，台北市：中央研究院台灣史研究所籌備處，1997年1月。

林景淵編：《望鄉三千里——台灣少年工奮鬥史》，新北市：遠景出版事業公司，2017年3月。

林景淵：《高座海軍工廠——八千四百名台灣少年赴日造飛機的歷史》，台北市：南天書局，2021年10月。

林翠鳳：〈飄浪的渡鳥——海軍少年工蘇清源〉，李展平、林翠鳳、鄭道聰、陳惠美、簡傳技、葉連鵬：《烽火歲月——台灣人的戰時經驗》，南投縣：國史館台灣文獻館，2005年8月。

保坂治男：《台灣少年工　望鄉のハンマー》，東京都：ゆい書房，1993年12月。

家近亮子、松田康博、段瑞聰編：《岐路に立つ日中關係——過去との對話・未來への模索（改訂版）》，京都：晃洋書房，2012年6月。

野口毅編：《台灣少年工と第二の故鄉》，東京都：展転社，1999年7月。

野口毅：〈台灣少年工と高座海軍工廠〉，野口毅編：《台灣少年工と第二の故鄉》，東京都：展転社，1999年7月。

許昭榮：《台籍老兵的血淚恨》，台北市：前衛出版社，1995年1月。

陳彥亨：《債與償——台灣二二八傷痕小說》，台北市：釀出版，2013年1月。

陳銘城、張國權：《台灣兵影像故事》，台北市：前衛出版社，1997年10月。

陳碧奎：《赤手空拳——一個「少年工」的故事》，台北市：前衛出版社，1998年11月。

陳碧奎、張瑞雄、張良澤編：《高座海軍工廠台灣少年工寫真帖》，台北市：前衛出版社，1997年11月。

陳碧奎：〈緒言〉，陳碧奎、張瑞雄、張良澤編：《高座海軍工廠台灣少年工寫真帖》，台北市：前衛出版社，1997年11月。

黃英哲：《「去日本化」「再中國化」——戰後台灣文化重建（1945-1947）修訂版》，台北市：麥田出版社，2017年8月。

蔡惠玉：《走過兩個時代的人——台籍日本兵》，台北市：中央研究院台灣史研究所籌備處，1997年11月。

樋口雄一：〈解題〉，大和市役所管理部庶務課編：《高座海軍工場關係資料集——台灣少年工關係を中心に》，神奈川縣大和市：大和市役所管理部庶務課，1995年3月。

德武敏夫：《教科書の戰後史》，東京都：新日本出版社，1995年10月。

潘國正：《天皇陛下の赤子——新竹人・日本兵・戰爭經驗》，新竹市：新竹市文化中心，1997年3月。

劉嘉雨：《僕たちが零戰をつくった——台灣少年工の手記》，東京都：潮書房光人新社，2018年8月。

鄭麗玲：《台灣人日本兵的「戰爭經歷」》，台北市：台北縣立文化中心，1995年7月。

龍瑛宗：〈海の宿〉：《臺灣藝術》第5卷第1期，1944年1月。

龍瑛宗：《龍瑛宗全集（中文卷）第二冊　小說集2》，台南市：國家台灣文學舘籌備處國立台灣文學館，2006年11月。

蕭新煌：《新台灣人的心——國家認同的新圖像》，台北市：月旦出版社，
　　　1999年11月。

二　期刊論文

王惠珍：〈邱永漢文學在台翻譯的政治性——以譯作《濁水溪：邱永漢短篇小
　　　說選》為考察對象〉，《台灣文學研究學報》第31期，2020年10月。

王溪清撰稿，郭嘉雄整理：〈記日據末期赴日本為「海軍工員」之台灣少年
　　　心酸史〉，《台灣文獻季刊》第48卷第4期，1997年12月。

林清泉：〈屏東子弟扶桑行——日本戰時台灣少年工憶往〉，《屏東文獻》第
　　　17期，2003年12月。

樋口雄一、鈴木邦男：〈大和市と台灣の少年工——高座海軍工場關係資料
　　　調查概報〉，《大和市史研究》第18號，1992年3月。

劉育岑：〈櫻花戰火少年行——台灣少年工赴日造飛機的故事〉，《歷史月
　　　刊》第68期，1993年9月。

鍾淑敏：〈望鄉的鐵鎚——造飛機的台灣少年工〉，《台灣史料研究》第10
　　　期，1997年12月。

三　報紙文章

佚　名：〈海軍工員募集　府勞務課で要領を發表〉，《台灣日日新報》，1942
　　　年5月21日，第3版。

佚　名：〈海軍航空廠で工員募集〉，《台灣日日新報》，1942年10月4日，第3
　　　版。

佚　名：〈いざ海軍志願兵へ　海軍工員養成所所員張切る〉，《台灣日日新
　　　報》，1943年5月15日，第3版。

佚　名：〈海軍航空廠で見習工員募集〉，《台灣日日新報》，1943年8月24
　　　日，第4版。

佚　名：〈教科書さらに「戰前」復權へ〉，《朝日新聞》，1982年6月26日，
　　　第1版。

佚　名：〈「侵略」を「進出」とした教科書檢定が外交問題に　中國が是正要求　韓國「重大關心」〉，《每日新聞》，1982年7月27日，第1版。

佚　名：〈北京で反中曾根デモ　學生ら千人「打倒」叫ぶ　「反中曾根」の學生デモ〉，《朝日新聞》，1985年9月19日，第1版。

佚　名：〈自らの手で地域教材　訪台し調查資料收集も　太平洋戰爭がテーマ〉，《日本教育新聞》，1993年2月22日，首都圈版第16版。

佚　名：〈第2の故鄉に平和のシンボル　元少年工が『台灣亭』建設　台灣高座會在日高座會あす大和市に引き渡し〉，《產經新聞》，1997年10月21日，相模版第22版。

陳世昌：〈遲來半世紀　台灣少年工　赴日領畢業證書　二戰期間　一群少年被徵召到日本海軍工廠　當年保證半工半讀一定可畢業　未料盼到白了頭〉，《聯合報》，2003年10月21日，第A9版。

劉育岑：〈造飛機、造飛機、造到日本去——台灣少年工赴日記事〉，《聯合晚報》，1993年9月26－27日，第15版。

戴火木：〈老照片說故事——台灣囝仔造飛機〉，《中國時報》，1995年5月2日，第34版。

四　影像資料

郭亮吟導演：《綠的地平線》，2007年。

「野」孩子
——談徐仁修《家在九芎林》的童年再現[*]

張日郡[**]

摘要

　　本文嘗試以「童年再現」的角度，探究徐仁修的第一本小說《家在九芎林》（1980）中的地理記憶、在地民俗與自然體驗，本文認為廓清自然書寫者的童年圖像，將有助於我們進一步理解徐仁修於八〇年代以降，出版一系列的探險、自然、攝影之作，甚至是創辦荒野保護協會、孕育生態保育之心的生命歷程。故本文以此作為論述起點，應為可行的研究進路，期能補充徐仁修的相關學術成果。另一方面，徐仁修做為出身於新竹的作家，《家在九芎林》故事場景便設定於新竹縣芎林鄉，既可呼應「竹塹學」之精神，亦能透顯出一九五〇～一九六〇年代新竹農村的自然環境與在地書寫。

關鍵詞：荒野保護協會、芎林、自然書寫、野孩子、竹塹學

---

[*] 本文初稿發表於「第五屆竹塹學國際研討會」，承蒙討論人黃雅莉教授不吝斧正謬誤，惠賜修改意見，謹此誌謝。
[**] 國立清華大學華文文學研究所兼任助理教授。

一　前言

　　徐仁修，一九四六年生於新竹縣芎林鄉，為台灣著名的探險家、攝影家、也是台灣重要的自然寫作者之一，除了以圖書出版的方式來記錄、書寫與傳達生態保育的觀念之外，徐仁修也以實際的行動來宣揚環境保育的重要性，一九九五年與醫師李偉文（1961-）共同創辦了「荒野保護協會」，二○一五年則成立了「荒野基金會」[1]，持續推廣華人自然生態教育。一般學界討論徐仁修及其作品，多半聚焦於其自然書寫、生態攝影的特色、成就及影響[2]，對於其小說作品，尤其是書寫、重現早期童年回憶的《家在九芎林》（1980）[3]關注不深。[4]

　　然而，據徐仁修不只一次陳述：「我親自驗證了童年的經歷對於人生所造成重大的影響」[5]，甚至談道：「童年的記憶，跟我後來成立荒野保護協會

1　荒野基金會以「成為華人世界之環境教育推廣平台」為要旨，致力推廣閱讀自然文學，守護自然生態棲地，關注保護熱帶雨林，推展自然生態保育實作經驗國際交流。網址：https://www.facebook.com/wildrainforest/，檢索時間：2021年10月10日。

2　關於徐仁修自然書寫的研究文獻，多以碩士論文為主，如劉倩心：《走向荒野——徐仁修及其自然書寫》（嘉義縣：南華大學文學系碩士論文，2015年）。鄭健民：《以詩的名，建構美的生存空間——徐仁修生態攝影誌詩之研究》（嘉義縣：南華大學文學系碩士論文，2014年）。張簡啟煌：《徐仁修自然寫作研究》（屏東縣：國立屏東教育大學中國語文學系碩士論文，2013年）。黃靜芬：《徐仁修域外與在地的自然書寫研究》（新竹市：國立新竹教育大學中國語文學系碩士論文，2014年）。至於單篇論文的部分，如吳明益：〈以荒野的自律、自癒與美對抗毀壞〉，收入吳氏著：《台灣現代自然書寫的作家論1980-2002 BOOK2》（新北市：夏日出版社，2012年），頁165-200。此外，徐仁修及其作品也常為學界分析自然書寫時會舉出的作家作品之一，如藍建春：〈類型、文選與典律生成：台灣自然寫作的個案研究〉，《興大人文學報》第41期（2008年9月），頁173-200。

3　徐仁修《家在九芎林》最早的版本為一九八○年由遠流出版事業公司出版（二○○○年再版，二○○四年已是一版四刷）。另有一九八四年版，由皇冠出版社出版。二○一四年版，則由北京大學出版社出版。本文援引的版本為徐仁修：《家在九芎林》（台北市：遠流出版事業公司，2004年）。

4　較為相關者，有劉尹婷：〈童夢的實踐者——徐仁修的荒野有情〉，《東海大學圖書館館訊》新106期，2010年，頁56-63。

5　徐仁修：《村童野徑》（新北市：泛亞國際文化公司，2006年），頁8。

有很大的關係。」[6]似乎都可呼應「一個人的幼年時期，其情感狀態與心理境遇，對其一生價值觀念之形成，人格之塑造，均有決定性的影響。」[7]而他在撰寫《家在九芎林》期間（1974-1979），[8]也在《中央日報》副刊發表了〈失去的地平線〉（1974），這篇文章被稱作是台灣第一篇自然生態保育的文章，若將兩者合觀，《家在九芎林》應可視為理解一個作者如何成為自然寫作者、生態保育者的重要線索。

《家在九芎林》這本帶有「自傳性質」[9]的小說，乃以生活在新竹縣芎林鄉的十一歲男孩雄牯為主角，描寫他與手足友伴們參與（或搗蛋）在地的民俗慶典、沈浸自然生態與一連串人情世故之成長體驗，篇章脈絡從廟坪上的首級始，一路談及水燈上的兩毛錢、火燒大士爺、萬善堂之夜、福佬人來鎮的時候、決鬥頭前溪、離家出走、牧童之歌、捉妖記、荒河寒夜、頑童與石虎等，再以春雨做結，《家在九芎林》實反映出一九五〇年代新竹農村的樸素樣貌。近年來，陳惠齡以「地方意識與經驗」的嶄新角度，挖掘出《家在九芎林》的新竹書寫及地方意識，得出徐仁修「營構的客庄氛圍和地方素

6 〈徐仁修、吳金黛：傾聽大自然學習人生〉，2018年12月7日，網址：https://www.cna.com.tw/culture/article/20181207w001，檢索時間：2021年10月10日。

7 熊秉真：《童年憶往——中國孩子的歷史》（台北市：麥田出版社，2000年），頁235。

8 《家在九芎林》遠流出版事業公司版收錄了兩篇序，其中一篇為一九七九年序〈童年與鄉愁〉，徐仁修寫道：「這些短篇小說，大部分都是寫於中美洲尼加拉瓜蠻荒裡的農場，以及菲律賓民多羅島的叢林裡。」而他在接受彭永松訪談時，則提道：「原本準備應聘到印尼，結果當地動亂而無法成行，在沒有工作的情況下，我到台北的工地挑磚頭。白天挑磚頭，晚上有時間就開始專心寫東西，像《家在九芎林》或尼加拉瓜的冒險《月落蠻荒》這些書，都是在挑磚頭期間寫的。……不久，又有個機會應聘到菲律賓民多洛島，擔任當地一個農場的開發顧問。」大致可以推論《家在九芎林》小說撰寫期間約莫是一九七四～一九七九年間。請見徐仁修主述，彭永松訪談整理：〈永遠的自然守護者——徐仁修〉，《94年4月攝影網路雜誌第83期》，網址為：http://sowhc.sow.org.tw/html/knight/zunshow/zunshow.htm，檢索時間：2021年10月10日。

9 小說中部分人物、場景與自然生態的描寫，可參閱徐仁修的自然書寫作品〈牠們那裡去了？——記二十年來在我家附近消失的動物〉一文。徐仁修：《荒野有歌》（台北市：遠流出版事業公司，2002年），頁103-134。

材，顯然也遙擬了新竹地緣色彩與歷史年月。」[10]順此脈絡，本文所欲追問的是，徐仁修如何營構了他的童年，呈現他的孩子形象？並如何透過地方動、植物素材的書寫，與其後來成立荒野保護協會，及撰寫一系列的自然書寫作品產生什麼樣的關聯性？此也可呼應「竹塹」作為一個地理實體、歷史實體、文化實體，如何在一個創作者及其文本中反映出什麼樣區域文化特質。[11]

不僅如此，本文也希望將這本「當年被譽為『東方的頑童歷險記』」[12]的《家在九芎林》，放在台灣戰後現代小說的「野孩子」論述中來觀察，藉此廓清、挖掘這本小說在徐仁修個人寫作歷程，或台灣現代小說發展可能隱含的意涵。有意思的是，《頑童歷險記》（*Adventures of Huckleberry Finn*, 1884）原為馬克吐溫（Mark Twain, 1835-1910）的經典小說，其主角就是典型的「野孩子」或「壞孩子」（bad boys），「野孩子」的特質即「不（願）受制於傳統禮教，喜愛冒險，獨立自主，勇於挑戰威權，卻也經常惹來麻煩，甚至無端涉險。」[13]《家在九芎林》裡的主角雄牯，的確也有不少特質與行為，可與之對話、細究。

---

10 陳惠齡：〈作為隱喻性的竹塹／新竹符碼——在「時間—空間」結構中的地方意識與地方書寫〉，《成大中文學報》第67期（2019年12月），頁251。

11 陳惠齡指出：「昔為『新竹』舊稱的『竹塹』符碼，不僅可視為一『地理實體』（座落位址與自然環境）、『歷史實體』（地方發展與環境變遷）、『文化實體』（在地文化脈絡與生活方式），同時也表徵為在地住民生活經驗所建構的一個『多元世界』——涵攝自然、人文、歷史、族群、區域、社會、科技等諸多邊變流動而互為關聯性的大新竹生活區域。由是，在『時間—空間』結構中的『竹塹』，除了具有共時性的『家園』、『社會空間』、『日常生活』、『社群』、『集體意識』和『城鄉歷史文化』等符碼意義外，也同時隱喻了歷時性的地方脈絡，諸如閩客原漢多元性的族群文化形態，以及異文化輸入後所產生本土與外來、傳統性與現代性、古都與新城交接，甚至是根著與移動共構等『混融性』、『辯證性』的區域文化特質。」見陳惠齡：〈作為隱喻性的竹塹／新竹符碼——在「時間—空間」結構中的地方意識與地方書寫〉，頁230。

12 徐仁修：《家在九芎林》，頁6。

13 吳玫瑛：〈「彈子王」與「大頭春」：台灣少年小說的「野孩子」論述與少年主題形構〉，《臺灣文學研究集刊》第13期（2013年2月），頁65。

　　而在所謂「野孩子」的相關論述之中，以梅家玲的研究論述最具代表性，以八、九〇年代台灣小說裡的「青少年」為研究對象，論其家國情懷的堅持與失落、家庭倫理的探討與反思、教育體制的抗爭與辯證，甚至是關於身體、情慾、性別認同的複雜糾葛，投射出自我的、台灣的自我追尋歷程及其多元樣貌。[14]吳玫瑛繼其後提出或洞穿這類型的小說文本「不免指向（青）少年的『野』化，以此掙脫或穿透（舊）社會的框架與束縛，以迎向家／國意識重構的（新）時代挑戰」[15]，進而提出以「野孩子」來作為兒少主體的想像論述，探討其折射、映現或隱含解嚴後台灣社會的變貌。無論是梅氏或吳氏的相關研究，均有助於本文作為一種參照對象，進一步聚焦徐仁修小說裡的「野」孩子形象建構與童年再現。[16]

　　本文將聚焦於「鄉野與自然：『野』孩子的成長場域」以及「鄉野迷信的破譯與生態知識的參悟：『野』孩子的自然生命體驗」這二大主軸，嘗試論析、挖掘《家在九芎林》的豐富內涵，最後凝聚相關研究成果，為徐仁修的相關研究，做出一點具體的貢獻。

二　鄉野與自然：「野」孩子的成長場域

　　徐仁修曾言：「離開家鄉愈遙遠就愈惦念故土，年華越老就越懷念童年

14　梅家玲：〈少年台灣——八、九〇年代台灣小說中的青少年論述〉，收入梅氏著：《性別，還是家國？：五〇與八、九〇年代台灣小說論》（台北市：麥田出版社，2004年），頁191-225。

15　吳玫瑛：〈「彈子王」與「大頭春」：台灣少年小說的「野孩子」論述與少年主題形構〉，頁64。

16　除了八、九〇的台灣小說作品之外，六〇年代的少年小說作品，如《魯冰花》與《阿輝的心》、《小冬流浪記》、《賣牛記》等文本中的男童形象亦有「頑童」、「完人」、「好孩子」、「流浪兒」的特質，這部分可參吳玫瑛：〈「頑童」與「完人」：《魯冰花》與《阿輝的心》中的男童形構〉，《台灣文學研究集刊》第八期（2010年8月），頁125-152。吳玫瑛：〈從「流浪兒」到「好孩子」：台灣六〇年代少年小說的童年再現〉，《台灣圖書館管理季刊》第5卷第2期，頁27-36。後收錄於吳玫瑛：《主體、性別、地方論述與（後）現代童年想像：戰後台灣少年小說專論》（台南市：成大出版社，2017年）。

舊事。大家庭、窮苦、做不完的農事。是我童年時代的大背景，也是國民政府來台後的最初十年間。」[17]那麼遠在他鄉的徐仁修如何回顧他的新竹童年，並透過文學之筆建構自己的童年形象？[18]當然，亦可使我們窺見五、六〇年代，新竹當地的鄉野兒童之娛樂世界與成長歷程。

《家在九芎林》所描寫的芎林鄉屬於典型的農村形態，地形以平原和丘陵為主，鄉內最重要的河川為頭前溪，經濟作物誠如徐仁修書中所述，以稻米、柑橘、茶葉為主。[19]事實上，當地的孩子所能進行的種種遊戲活動，多半與當地的地理環境、生活步調及節日氣候有十分密切的關係。[20]《家在九芎林》開篇以中元節前一天為始，寫到隔年插完秧的春天為止。小說以半年左右的故事時間（story time）描寫雄牯與同伴們，如何撿水燈上的壓燈錢、調皮的火燒大士爺，萬善堂看乞丐分飯、頭前溪決鬥、柑園崗牧牛、舊渡船潭游泳……等等。藉由孩子們的活動描寫，以及書中十八幅的黑白插畫，拼湊出家在「九芎林」的地景風貌、民俗慶典及童年經驗，流露出相當濃厚的鄉土氣息。

徐仁修的鄉土言說，基本上以市街、廟宇、溪流、池潭及野林等鄉野場域為主，相較於台灣小說裡的「野孩子」們多半流動、游移於家庭、學校或城市裡的不同空間，並且展演出有關家國想像、倫理道德、身體情欲等議題，徐仁修則將描寫重心放在動、植物與地景、人類的關係之上，逐步開展他對當地民俗的反思與野外自然的關注。據本文大致的統計，徐仁修描寫之在地植物，如苦楝樹、相思樹、大葉桉等共三十七種；動物的部分，則有過山刀蛇、蟾蜍、夜鷺、貓頭鷹等共四十三種。這些均為小說主角日常生活所見，並常與之互動的大自然之物，實則「動物乃是形塑理想男童／頑童

---

17 徐仁修：《家在九芎林》，頁4。

18 關於作家如何處理童年經驗，許建崑曾指出兩種傾向，「一是以幼稚觀點表現，使自己回到童年的型態，誇張頑皮搗蛋、瞎鬧瞎玩的經驗；另種是倚老賣老的口吻，述說當年的乖巧與努力，務期為現代孩童的榜樣。」許建崑：〈阿輝，你今年幾歲？——林鍾隆「阿輝的心」評議〉，《中華民國兒童文學學會會訊》第17卷第6期（2001年），頁6。

19 雄牯家種稻，故有水牛。阿鳳家則有茶園、柑橘園。徐仁修：《家在九芎林》，頁189。

20 熊秉真：《童年憶往——中國孩子的歷史》，頁257。

（wild boys）樣貌不可或缺的一環。」[21]因此。本文認為徐仁修筆下野孩子的「野」，不只是行為舉止的「野化」，還有自然「鄉野」（野外）的意味，或者可以說，鄉野是雄牯的主體建構很重要的一部分。

相當有意思的是，小說描述雄牯在家庭生活裡，扮演的是一個會幫忙家務、農務的「好」孩子，勤勞、孝順又誠實。[22]但一出家門則如鳥出籠、如馬脫韁，雄牯就曾直言：「野外的一切，都教我覺得爽快。」[23]幫忙家務、農務是不得不為的「工作」，[24]是屬於或代替大人的工作，若以孩子而言，玩樂才是本心所欲，因此雄牯所言之「野外」（也有鄉野的意思），乃是不必工作之「野外」，也是使心情愉悅、展現本心的重要場域。

此外，在這樣的場域之中，雄牯不僅是村庄裡的孩子眼中「最大膽的孩子頭」，[25]更時常帶領著手足友伴四處探險、搗蛋，在關鍵時刻挺身而出，也在危難之際展現機智，形塑出「孩子王」的領導者形象。不過，「孩子王」也只是孩子，亦有犯錯無助的時候，小說在〈離家出走〉一章，特別將雄牯因貪吃而火燒廚房，為了逃避責罵而獨自離家搭車，前往桃園新屋外婆家求援的過程描述出來。雄牯能順利抵達外婆家，來自於「陌生人的慈悲」，[26]無償為他購買車票，展現出台灣最純樸的人情味，同時也在這個買「免票」、「半票」或「全票」的過程之中，隱喻了雄牯實際上已是即將成為大人的「見習生」。

小說描寫的正是這個見習或是逐漸社會化（socialization）之階段，他們會在同儕的世界裡打架玩樂，反叛或挑戰大人們所給予的諸多規定，並且容易犯錯或觸犯禁忌，也會從錯誤中得到經驗，以及從長輩的安慰裡獲得成

---

21 吳玫瑛：〈「頑童」與「完人」：《魯冰花》與《阿輝的心》中的男童形構〉，《臺灣文學研究集刊》第八期（2010年8月），頁137。

22 相關描述請見徐仁修：《家在九芎林》，頁10、98、108、110、182。

23 徐仁修：《家在九芎林》，頁160。

24 徐仁修：《家在九芎林》，頁12。

25 徐仁修：《家在九芎林》，頁16。

26 熊秉真：《童年憶往──中國孩子的歷史》，頁27。

長。[27]除了在小孩的世界嬉鬧之外,他們也時常透過大人的口中,或實地涉入大人的世界,提早知曉未來世界複雜的人情世故。例如雄牯為了游泳而邀請同伴去「鬼嫲潭」,但同伴害怕有「水鬼」而不想前往,雄牯則搬出了「大人」養鴨阿郎告訴他的故事——賭仔林及其妻兒的悲慘故事——證明「一是大人都喜歡恐嚇小孩子,二是鬼嫲潭根本沒有水鬼。」[28]為他的同伴廓清、破除大人所給予的迷信或制約,這時雄牯就像一個「大人」一般,複製了養鴨阿郎的形象。

養鴨阿郎在小說中的角色類似於「智慧老人」,會在雄牯遭遇困難之際及時伸出援手,並針對不公不義之現象進行懲戒,例如〈萬善堂之夜〉不僅拯救吊在樹上進退失據的雄牯,也藉機懲戒了暴虐無道的乞丐頭仔,又如〈荒河寒夜〉中,阿郎也透過懲戒假意送煞斂財的一行人,伸張了正義,間接讓雄牯與老鼠湘知曉人心的險惡與迷信的害處。養鴨阿郎這個智慧老人「一方面代表知識、反省、洞見、智慧、聰明和直覺,另一方面代表善意、助人為樂等道德品質。」[29]自然而然,見多識廣、正義凜然且和善親切的養鴨阿郎,遠比學校「一天到晚就會打人、罵人、管人,不准做這,不准做那……」的老師,更加讓雄牯喜歡且信服,甚至還成為雄牯想像未來、成為大人的重要窗口,他向喜歡的女同學阿鳳吐露自己的志向:「我長大要像養鴨阿郎那樣,生活得又簡單又自由,像他那樣去唐山各地遊歷,去看遍地冰雪,遊萬里長城」。[30]養鴨阿郎實為他「野外」的啟蒙導師,「野」孩子亦有

---

27 這也是成長小說的核心,如梅家玲研究指出:「成長小說(Entwichungsroman)則以某一中心人物的經驗和成長變化為小說結構核心。」梅家玲:《從少年中國到少年台灣》(台北市:麥田出版社,2013年),頁153。

28 徐仁修:《家在九芎林》,頁89。

29 〔瑞士〕卡爾‧古斯塔夫‧榮格著,徐德林譯:《原型與集體無意識》(北京市:國際文化出版公司,2011年),頁176。以此觀點研究小說者,可參閱張漢良:〈楊林故事系列的原型結構〉,《中外文學》第3卷第11期(1975年),頁166-179。康韻梅:〈唐人小說中「智慧老人」之探析〉,《中外文學》第23卷第4期(1994年),頁136-171。

30 徐仁修:《家在九芎林》,頁190-191。

可能長成「野」大人，[31]於此，我們似乎得以發掘出徐仁修日後會從事海外探險的緣由。

小說的結尾〈春雨〉其實饒富意味。雄牯的同學阿鳳，因為家裡太窮，阿鳳的父親決定棄農從工，舉家搬往台北。〈春雨〉最後描寫雄牯追到公車站，欲與阿鳳道別，最後卻未見著，堂弟老鼠湘做為一個未知的旁觀者，還追問雄牯，「你……你在追……追什麼？」[32]阿鳳，不只是作為雄牯愛情啟蒙的一個對象而已，同時，它也是一個雄牯成長所遇到一個難以解決的難題——喜歡的女生離開家鄉，原因「只是」因為家裡太窮——面對無解的、大人世界的「只是」，也面對在台灣工商業急遽發展之下，農村人口移向城市求生的「困境」，雄牯只能將之藏在心裡，轉而向堂弟說，「我來看華朴結子了沒有。」華朴子是他們童年的玩樂之一。因此，有時「野」孩子也許流動、游移的不只是家庭、學校或城市裡的不同空間，也不只是野外的市街、廟宇、溪流、池潭及野林，同時也是在（仍是）孩子與（即將）成人之間游移，譜寫出青春的啟蒙與成長的困惑。

三　鄉野迷信的破譯與生態知識的參悟：
　　「野」孩子的自然生命體驗

誠如上述，徐仁修透過雄牯的孩子視角，展開對當地民俗的反思與野外自然的關注，而且兩者互有交涉與辯證，而這也是《家在九芎林》相較於其他相關的小說作品，最特殊也最為重要的書寫脈絡。

例如〈福佬人來鎮的時候〉一章描寫了三個福佬人，來到芎林鄉的文昌廟耍藝賣藥，而為了促銷號稱能治蛇毒的祖傳秘方，福佬人輪番抓了數種毒蛇展示，在場的鄉人無一識得，但一旁的雄牯及其同伴卻能一一細數與蛇相

---

31 小說裡寫道：「阿郎只笑了一笑，沒有回答。『我以後要像你一樣！』雄牯以堅定的語氣說：『沒有家，我愛怎麼樣就怎麼樣！』」見徐仁修：《家在九芎林》，頁147。
32 徐仁修：《家在九芎林》，頁196。

遇的記憶,「你看這條蛇像不像上次我們在屋後小溪邊遇見的過山刀蛇?⋯⋯祖父說這種蛇沒有毒,喜歡吃老鼠。」、「這種青竹絲沒有毒!⋯⋯有毒的青竹絲頭很大,三角形,尾巴赤紅色!」、「是那種無毒的山龜殼(錦蛇)嘛!」[33]福佬人利用當地人們懼怕毒蛇的心理,加上對毒蛇相關知識的陌生,使得福佬人能胡謅亂吹成功推銷「秘方」。但對於孩子來說,這些蛇一點也不神秘,他們在意的也不是「秘方」,反倒能經由蛇的外觀、特徵與福佬人的解說裡,辨別出牠可能是什麼樣的蛇種。何以孩子能擁有基礎的蛇類辨別知識?而何以多數的在地(大)人不能正確認識,也是在地自然環境一份子的蛇類?

　　另一篇出現蛇的是〈抓妖記〉。〈抓妖記〉描寫了雄牯堂姐秀圓罹患怪病,中西醫均束手無策,雄牯的祖母只好求助於神,孰不知請來的卻是假借神威的斂財神棍,神棍宣稱秀圓房裡有一對「千年蟾蜍精」,並抓了一隻雄蟾蜍以茲證明。雄牯發現這一切不過是神棍自導自演,於是他找到了養鴨阿郎,想請他幫忙解決這件事。養鴨阿郎傳授了妙法,給了雄牯一個黑袋子,袋子裡裝有一條龜殼花,讓雄牯隔天在神棍即將要拿出雌蟾蜍之前,將黑袋子置換過來。隔天的情況,亦如養鴨阿郎的安排,神棍在成功訛詐之前,先被龜殼花所傷。龜殼花「雖不會使人致命,但卻會使受噬者腫痛腐爛,非得一、二個月不會痊癒。」[34]養鴨阿郎運用對蛇的了解,藉由毒蛇來懲戒假借神威的神棍,但他並不自詡為神明的代言人,而是運用知識與判斷來廓清、破譯迷信。徐仁修塑造阿郎這樣具有現代知識分子的形象,藉此對比鄉間迷信的芎林人。[35]

　　無獨有偶,〈荒河寒夜〉亦描寫阿郎因看不慣假驅鬼、真斂財的送煞鄉民,故將大毛蟹放入送煞的竹籠裡,嚇得「那些人大概一輩子再也不敢送煞

33　徐仁修:《家在九芎林》,頁76-81。

34　徐仁修:《家在九芎林》,頁137。

35　依據小說描寫的線索,養鴨阿郎年約半百。民國二十八年,十六歲的阿郎「偷渡到唐　　山去,到了中國戰時的臨時首都──重慶,他在哪裏唸書,後來投筆從戎。」見徐仁　　修:《家在九芎林》,頁146。

了。」[36]或許在徐仁修重建童年記憶的過程之中，這些利用民智未開的鄉下人的恐懼，以此斂財的偽民俗、偽宗教的行為，是需要被記錄、警告與懲戒的，便塑造阿郎這樣的角色、當地的生物來實現。其次，我們也看到在徐仁修的童年記憶裡，五、六〇年代的頭前溪，寒冬時節就會有大批毛蟹集體「進軍」溯溪而上，也會有大批從北方飛來頭前溪渡冬的野鴨。[37]於此可證，「自然」是徐仁修小說情節推演、情志抒發及環境刻劃的重要素材。

當然，書中出現之動、植物，或許也是歷史意義上的珍貴記錄。譬如說，〈頑童與石虎〉描寫了現今已列為一級保育類「瀕危動物」（2008年始）的石虎，竟在當時造成芎林鄉的重大「農害」——「侵入住在山腳的阿真伯家，叼走了他的大公雞，又咬死了昌盛伯的狗！……一隻石虎勝過三頭獵犬」[38]——小說清楚描繪出石虎動人姿態與生物行為，使得雄牯忍不住稱讚：「只有野獸走路才這樣好看，……為石虎美麗的皮毛和姿態迷惑了，他們一意欣賞著石虎。」[39]該段文字應可視為《家在九芎林》描寫野生動物裡最為動人的篇章。根據文獻，「一九四〇年代鹿野忠雄與黑田長禮，乃至一九八四年陳兼善與于名振等人的記錄指出石虎在台灣全島一五〇〇公尺以下低海拔地區都有分布。」[40]陳美汀的研究指出：「過去新竹和苗栗的低海拔山區都有石虎出沒，現在卻只有苗栗地區曾記錄到石虎。」[41]若再對照芎林鄉長（二〇一八年到職）的說法：「日前在飛鳳山發現的受傷石虎，是新竹

---

36 徐仁修：《家在九芎林》，頁156。

37 根據洪明仕的考察，毛蟹應為「日本絨螯蟹（Eriocheir japonica）」，過去在新竹的河川、水圳及溝渠的數量相當多，但由於水污染，與過往數量相比，已是天壤之別。此外，野鴨的部分則以鳧湖（位於南寮里）為野鴨群聚的濕地。洪明仕：〈竹塹的自然環境與物種的生態變遷〉，《新竹300年文獻特輯》（新竹：新竹市文化局，2018年），頁451-452。

38 徐仁修：《家在九芎林》，頁166。

39 徐仁修：《家在九芎林》，頁176-177。

40 陳彥君：〈石虎、里山、田鱉米〉，《國立自然科學博物館館訊》第314期（2014年），頁2。

41 陳美汀、裴家騏：〈搶救石虎〉，《科學發展》第496期（2014年4月），頁50。

縣第一隻。這表示芎林的土地和生態系是自然且健康的。」[42]可知生態鏈頂端的「石虎」其實具有生態指標意義，從而得知五、六〇年代的芎林鄉，低度開發，擁有良好的自然環境，人與自然共存共榮，同時也彼此競爭的，徐仁修想借小說家之言重現的、凝固的，也許就是那樣一個民風純樸的、生機盎然的、非虛構經驗之下的，也是一種具有生物多樣性（Biodiversity）[43]的芎林鄉。

回顧徐仁修在自然攝影集《不要跟我說再見，台灣》所言：

> 我出生在農家，也在鄉間長大，大自然的一切，與我的童年密不可分。對於大自然的認識，我幾乎都是從親身接觸體驗得來的；我能分辨每一種在林野出沒的蛇，能聽辨出大部分鳥的鳴聲，掏過牠們的巢，養過牠們的幼雛。……後來我離家去都市求學，等到大學畢業，服役回來，大自然已經日漸衰敗，等我出國工作歸鄉，台灣的大自然竟已奄奄一息，這些都在短短的十幾二十年間發生，致病的病毒是人。[44]

一九六八年徐仁修軍中退役後，「經歷台灣農村污染最嚴重的年代，農民過度使用農藥，各種生物以驚人的速度消失。……當時他閱讀美國學者瑞秋‧卡森所著的《寂靜的春天》……引發他對生態議題的重視。」[45]到了一九七四年在《中央日報》副刊發表台灣第一篇呼籲自然生態保育的文章〈失去的地平線〉，徐仁修的呼籲並未得到具體的效果，誠如我們的後見之明，「經濟快速發展的結果，使台灣的環境危機問題在一九七〇年代末一九八〇年代初

---

42 芎林鄉公所，網址：https://reurl.cc/Gb5dqy，檢索時間：2021年10月10日。

43 林幸助指出：「土地利用造成棲地破壞，放任污染、廢棄物傾倒、抽取地下水或採礦等的人為因素，使生物多樣性降低。這樣行為產生『大自然的反撲』。」見林幸助：〈生物多樣性為何重要〉，《科學發展》第573期（2020年9月），頁12-17。

44 徐仁修：《不要跟我說再見，台灣》（台北市：錦繡出版社，1987年），頁9。

45 郭麗娟：〈荒野築夢的鬥士──徐仁修〉，2006年12月，網址：https://reurl.cc/EZgo4A，檢索時間：2021年10月20日。

期，越顯嚴重。」[46]這段時間，徐仁修開始撰寫《家在九芎林》，筆觸與〈失去的地平線〉完全不同。

其實，它也可以是一本抗訴台灣自然環境破敗之書，然而《家在九芎林》卻不是一本抗訴自然環境破敗之書，反而是一本歌頌自然美好的童年之書，藉此傳達他的生態意識與生態理想。誠如徐仁修的攝影觀一樣：「徐仁修不拍污染的景象，只為自然萬物留下美麗的瞬間。」更何況，「污染只要走出家門隨處都可以看到，我讓大家知道台灣是這麼美，我們不能讓它消失，自然才是我們的未來。」[47]拍攝是一種當時自然環境影像的保留與凝結，也可是環境殘破之後的再次重現，那麼來不及拍攝的、記錄的童年呢？[48]徐仁修選擇以文學之筆，重現人與自然關係密切的童年。[49]

或許，小說未曾寫出的、未交代的，本就可以「自然書寫」[50]來代替，例如〈牠們那裡去了？——記二十年來在我家附近消失的動物〉，徐仁修細數在他家附近絕跡的眼鏡蛇、雨傘節、臭青公、南蛇、龜殼花、過山刀；頭

---

46 曾華璧：〈台灣的環境治理（1950-2000）：基於生態現代化與生態國家理論的分析〉，《台灣史研究》第十五卷第四期（2008年12月），頁133。

47 楊媛婷：〈人只是大自然的一部分——徐仁修用快門抓萬物靈動〉，2018年12月16日，網址：https://talk.ltn.com.tw/article/paper/1254244，檢索時間：2021年10月20日。

48 徐仁修後來又出版一本攝影圖文集《村童野徑》，「用充滿盎然生命力的影像，以童稚細微之心，寫出對大自然甜美與淡淡憂傷的感受，刻劃出喜悅又惆悵的荒野鄉愁，這是寫《村童野徑》的緣起。」徐仁修：《村童野徑》，頁4。

49 徐仁修也曾言：「我的母親是一位很懂得欣賞、很熱愛自然的人，從小就灌輸我們愛護自然的觀念。」徐仁修口述，佳欣紀錄：〈大自然探險家徐仁修的成長路〉，《小作家》96期（2002年4月），頁5。

50 吳明益定義下的「台灣現代自然書寫」有幾個特質，一是以「自然」與人的互動為描寫的主軸——並非所有含有「自然」元素的作品皆可以稱為自然書寫。二是注視、觀察、記錄、探究與發現等「非虛構」的經驗——實際的田野體驗是作者創作過程中的必要歷程。三是自然知識符碼的運用，與客觀上的知性理解成為行文肌理。四是一種以個人敘述為主的書寫。五是已逐漸發展成已文學揉合史學、生物科學、生態學、倫理學、民族學的獨特文類。六是覺醒與尊重——呈現出不同時期人類對待環境的意識。吳明益：《台灣現代自然書寫的作家論1980-2002 BOOK1》（新北市：夏日出版社，2012年），頁36-44。

前溪因蓋了砂石廠而消失的大肚魚、三斑鬥魚、土鯽魚、香魚、鱸鰻；還有夏季田野裡鳴唱的虎皮蛙、中國樹蟾、金線蛙，隨之消逝的還有鱉、柴棺龜、金龜，以及斑龜；芎林不只鮮少聽到石虎的消息了，還有水獺、食蟹獴、鼬獾、穿山甲以及被水泥堤岸擋住去路的毛蟹……「大人啊！／請告訴我們／牠們那裡去了？／牠們都那裡去了？／牠們到底那裡去了？」[51]牠們在新竹現有的自然環境裡消逝，卻能「回到」了徐仁修的小說裡，回到書裡所欲重現的五、六〇年代的芎林鄉，也是台灣在經濟急速成長的過程中，逝去的他的一種自然鄉野、美好童年，試圖引人嚮往與珍惜。

最後，回到「致病的病毒是人」的「人」身上。如果說「野」孩子雄牯是徐仁修長大面對台灣環境破敗時的心理寫照或隱喻的話，那麼養鴨阿郎則可能是他所希望的大人模樣，較為溫柔（暖）的面對自然的「階段性」模樣（即便對待自然的方式與知識有待商榷）——「這些野鴨是昨天從很遠的北方飛來這裏過冬的，牠們經過好幾日夜的飛行才到這裏，一定很餓了，我就撒一點米殼給牠們吃。」[52]後來，徐仁修出版更多著作，並從中去體驗、書寫並活在自然之中，他對於人尤其是孩子的角色，有了更精準的定位，即是「教育」[53]孩子，讓孩子從小就知道自然的美好，或許就從成為「融入野地」的「野」孩子開始。

四　結語

在所謂的「鄉土」言說裡，較為常見的主題有「懷舊」（nostalgia）或是「殤逝」（lamentation），[54]但是有關於台灣的、自然的、生態的懷舊與書

---

51 徐仁修：《荒野有歌》，頁103-134。

52 徐仁修：《家在九芎林》，頁143。

53 楊媛婷：〈人只是大自然的一部分——徐仁修用快門抓萬物靈動〉，2018年12月16日，網址：https://talk.ltn.com.tw/article/paper/1254244，檢索時間：2021年10月20日。

54 吳玫瑛：〈李潼少年小說中的「（非）地方」論述與兒少主體想像〉，《竹蜻蜓‧兒少文學與文化》第4期（2018年5月），頁82。

寫，卻並不見得那樣的常見。《家在九芎林》也許可以成為這一類的代表作品，尤其它又是由一個自然寫作者所創作的作品。以下凝聚本文的研究成果：

其一、《家在九芎林》使我們見識了五、六○年代，新竹當地的鄉野兒童之娛樂世界與成長歷程。首先，「野外」也是主角雄牯展現本心、建構主題的重要場域。也可以說，徐仁修藉由孩子們的活動描寫，以及書中十八幅的黑白插畫，拼湊出家在「九芎林」的地景風貌、民俗慶典及童年經驗，流露出相當濃厚的鄉土氣息。其次，「野」孩子也許流動、游移的不只是家庭、學校或城市裡的不同空間，也不只是野外的市街、廟宇、溪流、池潭及野林，同時也是在（仍是）孩子與（即將）成人之間游移，譜寫出青春的啟蒙與成長的困惑。

其二、徐仁修透過雄牯的孩子視角，展開對當地民俗的反思與野外自然的關注，而且兩者互有交涉與辯證，而這也是《家在九芎林》相較於其他相關的小說作品，最特殊也最為重要的書寫脈絡。也可以說，「自然」是徐仁修小說情節推演、情志抒發及環境刻劃的重要素材。藉由動、植物的書寫，使我們得知五、六○年代的芎林鄉，低度開發，並擁有良好的自然環境。徐仁修想借小說家之言重現的、凝固的，也許就是那樣一個民風純樸的、生機盎然的、非虛構經驗之下的，也是一種具有生物多樣性的芎林鄉。

其三、《家在九芎林》書寫童年，但也可延伸出徐仁修後來對於孩子的關懷，即是教育、建立他們自然的知識，鼓勵他們融入野外，成為「野」孩子，能在自然裡學會與其他物種相處，激發自己的想像力與觀察力，以大自然為師，就像《家在九芎林》裡大自然對於徐仁修的召喚，「野外的一切，都教我覺得爽快。」

徵引書目

一　徐仁修作品

徐仁修：《家在九芎林》，台北市：遠流出版事業公司，2004年。

徐仁修：《村童野徑》，新北市：泛亞國際文化公司，2006年。

徐仁修：《荒野有歌》，台北市：遠流出版事業公司，2002年。

徐仁修：《不要跟我說再見，台灣》，台北市：錦繡出版社，1987年。

二　專書

吳明益：《台灣現代自然書寫的作家論1980-2002 BOOK1》，新北市：夏日出版社，2012年。

吳明益：《台灣現代自然書寫的作家論1980-2002 BOOK2》，新北市：夏日出版社，2012年。

吳玫瑛：《主體、性別、地方論述與（後）現代童年想像：戰後台灣少年小說專論》，台南市：成大出版社，2017年。

梅家玲：《從少年中國到少年台灣》，台北市：麥田出版社，2013年。

梅家玲：《性別，還是家國？：五○與八、九○年代台灣小說論》，台北市：麥田出版社，2004年。

熊秉真：《童年憶往——中國孩子的歷史》，台北市：麥田出版社，2000年。

〔瑞士〕卡爾‧古斯塔夫‧榮格著，徐德林譯：《原型與集體無意識》，北京市：國際文化出版公司，2011年。

三　期刊論文

吳玫瑛：〈「彈子王」與「大頭春」：台灣少年小說的「野孩子」論述與少年主題形構〉，《臺灣文學研究集刊》第13期（2013年2月），頁61-84。

吳玫瑛：〈「頑童」與「完人」，《魯冰花》與《阿輝的心》中的男童形構〉，《台灣文學研究集刊》第8期（2010年8月），頁125-152。

吳玫瑛：〈從「流浪兒」到「好孩子」：台灣六〇年代少年小說的童年再現〉，《台灣圖書館管理季刊》第5卷第2期，頁27-36。

吳玫瑛：〈李潼少年小說中的「（非）地方」論述與兒少主體想像〉，《竹蜻蜓‧兒少文學與文化》第4期，（2018年5月），頁67-82。

林幸助：〈生物多樣性為何重要〉，《科學發展》第573期（2020年9月），頁12-17。

洪明仕：〈竹塹的自然環境與物種的生態變遷〉，《新竹300年文獻特輯》（新竹：新竹市文化局，2018年7月），頁451-452。

徐仁修口述，佳欣記錄：〈大自然探險家徐仁修的成長路〉，《小作家》第96期（2002年4月），頁4-10。

陳惠齡：〈作為隱喻性的竹塹／新竹符碼──在「時間─空間」結構中的地方意識與地方書寫〉，《成大中文學報》第67期（2019年12月），頁227-260。

陳彥君：〈石虎、里山、田鱉米〉，《國立自然科學博物館館訊》第314期（2014年），頁2。

陳美汀、裴家騏：〈搶救石虎〉，《科學發展》第496期（2014年4月），頁48-53。

張漢良：〈楊林故事系列的原型結構〉，《中外文學》第3卷第11期（1975年），頁166-179。

曾華璧：〈台灣的環境治理（1950-2000）：基於生態現代化與生態國家理論的分析〉，《臺灣史研究》第15卷第4期（2008年12月），頁121-148。

康韻梅：〈唐人小說中「智慧老人」之探析〉，《中外文學》第23卷第4期（1994年），頁136-171。

許建崑：〈阿輝，你今年幾歲？──林鍾隆「阿輝的心」評議〉，《中華民國兒童文學學會會訊》第17卷第6期（2001年），頁5-7。

藍建春：〈類型、文選與典律生成：台灣自然寫作的個案研究〉，《興大人文學報》第41期（2008年9月），頁173-200。

劉尹婷：〈童夢的實踐者——徐仁修的荒野有情〉，《東海大學圖書館館訊》新106期（2010年），頁56-63。

四　學位論文

張簡啟煌：《徐仁修自然寫作研究》，屏東縣：國立屏東教育大學中國語文學系碩士論文，2013年。

黃靜芬：《徐仁修域外與在地的自然書寫研究》，新竹市：國立新竹教育大學中國語文學系碩士論文，2014年。

劉倩心：《走向荒野——徐仁修及其自然書寫》，嘉義縣：南華大學文學系碩士論文，2015年。

鄭健民：《以詩的名，建構美的生存空間——徐仁修生態攝影童詩之研究》，嘉義縣：南華大學文學系碩士論文，2014年。

五　網路資源

荒野基金會，網址：https://www.facebook.com/wildrainforest/。

芎林鄉公所，網址：https://reurl.cc/Gb5dqy。

〈徐仁修、吳金黛：傾聽大自然學習人生〉，2018年12月7日，網址：https://www.cna.com.tw/culture/article/20181207w001。

徐仁修主述，彭永松訪談整理：〈永遠的自然守護者——徐仁修〉，《94年4月攝影網路雜誌第83期》，網址為：http://sowhc.sow.org.tw/html/knight/zunshow/zunshow.htm。

郭麗娟：〈荒野築夢的鬥士——徐仁修〉，2006年12月，網址：https://reurl.cc/EZgo4A。

楊媛婷：〈人只是大自然的一部分——徐仁修用快門抓萬物靈動〉，2018年12月16號，網址：https://talk.ltn.com.tw/article/paper/1254244。

後人類時代的虛擬愛情：
論平路與張系國科幻小說中的電子情人[*]

蔣興立[**]

摘要

　　平路於一九八九年發表〈人工智慧紀事〉，張系國於一九九三年發表〈金縷衣〉、〈珍妮的畫像〉，三篇科幻小說皆探討人類男性與機械女性之間的情感轇輵。兩位作家曾合作創造實驗小說《捕諜人》，兩人又分別在相近的時間點，思考後人類時代人機戀情裡的性別關係，使這三篇科幻小說猶如《捕諜人》般，再次呈現了男作家與女作家對同一議題的殊異觀點。本文從「機械姬的身體敘事」、「虛擬愛情的建構與解構」、「後人類時代的性別烏托邦」切入，藉由此三部科幻文本，思考後人類時代的愛情建構、性別關係、烏托邦想像。平路與張系國於世紀末書寫的科幻愛情寓言，喻示了兩性的分歧觀點，歧異的罅隙在時間的震盪之下愈趨擴張，愈演愈烈，似乎也已成為今日拒絕繁衍與情感孑立的孤獨世代的新世紀預言。

關鍵詞：金縷衣、珍妮的畫像、人工智慧紀事、身體敘事、性別烏托邦

* 感謝「新竹在地文化與跨域流轉：第五屆竹塹學國際學術研討會」的主辦者林佳儀教授、協力的工作人員，以及討論人蔣淑貞教授，使本論文能更趨完備，順利出版。
** 國立清華大學華文文學研究所副教授。

一　前言

　　陳思和嘗論及：「回顧整個百年小說史，科幻發展的第一波浪潮，在台灣的六〇到八〇年代，這段期間出現過科幻的奇觀」。[1]陳氏提到張系國在八〇年代初出版的《星雲組曲》、《城》三部曲，連結了西方的高科技知識，以及東方的傳統人文精神，堪稱結合東西方特點的東方科幻小說。八〇年代台灣的科幻文學達到很高的水平，完全將科幻小說從通俗文學中剝離，例如林燿德的〈雙星浮沉錄〉、張大春的〈傷逝者〉、平路〈按鍵的手〉，跳脫一般通俗文學的拘束，將人類最巔峰、最前緣的思考放進小說。八〇年代之後，文壇關注的是台灣的酷兒、同志各種理論潮流，卻忽略了科幻，感覺九〇年代和新世紀之後，科幻沒有當時那麼繁榮興盛。[2]陳思和認為華文科幻文學的第一波高峰始於台灣，其中張系國與平路等作家的科幻小說超越了通俗文類，傾向於純文學，寄寓著嚴肅的人生思考，而台灣這一波科幻浪潮在九〇年代與新世紀之後呈現頹勢，被性別理論淹沒。事實上，九〇年代台灣科幻文學的發展依舊持續，只是將關注焦點轉向思索後人類與性別政治的議題。[3]平路於一九八九年發表〈人工智慧紀事〉，張系國於一九九三年發表〈金縷衣〉、〈珍妮的畫像〉，三篇科幻小說皆探討人類男性與機械女性之間的情感輾轉。兩位作家曾於一九九二年合作出版實驗小說《捕諜人》，以虛實交錯的後設手法，探討八〇年代末的金無怠事件。[4]兩人又分別在相近的時間點，思考

1　陳思和：〈兩個新世紀的科幻小說〉，封德屏總編輯：《百年小說研討會論文集》（台北：文訊雜誌社，2012年），頁260。

2　陳思和以為二十世紀初引進中國的科幻作品，被魯迅定義為科學小說，梁啟超〈新中國未來〉、老舍〈貓城記〉在某種意義上而言，屬於政治性的幻想小說，香港倪匡的科幻小說趨近鬼怪或推理文學，因此他認為東方科幻發展的第一波浪潮，在台灣的六〇到八〇年代。陳思和：〈兩個新世紀的科幻小說〉，封德屏總編輯：《百年小說研討會論文集》，頁260-263。

3　陳國偉：《類型風景──戰後台灣大眾文學》（台南：國立台灣文學館，2013年），頁171-178。楊勝博：《幻想蔓延──戰後臺灣科幻小說的空間敘事》（台北：秀威資訊科技股份有限公司，2015年），頁140。

4　華裔男性金無怠因中共間諜身分被美國政府逮捕，後在獄中自殺身亡。

後人類時代人機戀情裡的性別關係，使這三篇科幻小說猶如《捕諜人》般，再次呈現了男作家與女作家對同一議題的殊異觀點。

　　科技日新月異，智慧型手機、筆電、平板等數位商品廣泛滲透於日常生活，改變了人類的存在方式。有機生物與機械，人與非人的界線不再決然對立，反而日益消融，此一現象揭櫫賽伯格（cyborg）[5]時代已悄然到來。美國科技與社會研究學者，同時也是女性主義思想家唐娜・哈洛威（Donna Haraway）提出的〈賽伯格宣言〉啟動了人們對「後人類」的思考；[6]儘管真正人機混合的模控有機體仍在實驗室內，但觀察生活周遭，孩童由機械保母（科技產品）餵養成長，人們習慣與數位科技獨處，勝過與同類共處，人類主體與機械主體之間邊界模糊，相互混雜……我們似乎已不知不覺置身「後人類」的社會語境。當拒絕繁衍與情感獨立的單身狀態成為社會常態，[7]重新回顧九〇年代初期，台灣科幻文學中對於後人類時代的愛情預言，格外耐人尋味。

5　賽伯格是一個複合字，原文 Cyborg 為 cybernetic organism（模控有機體）的結合，意思為機器與有機體的混種，最早出現在一九六〇年，由美國科學家 Manfred Clynes 與 Nathan Kline 提出，後來哈洛威運用此一概念來突破人機界線、性別界線，對抗二元論述。唐娜・哈洛威（Donna Haraway）著，張君玫譯：〈賽伯格宣言〉，《猿猴、賽伯格和女人：重新發明自然》（台北：群學出版社，2010年），頁244。

6　王建元於《文化後人類》一書中提到：後人類主義並不僅僅指涉嬰兒暗含了機器成分（人機複合）這麼簡單，「後人類」的意念配合了整個文化研究的發展，以肯定的態度面對人機同步、互動進化這個人類文明發展的總方向。另一個關鍵在於「介面」（interface）：人與機器互動互涉的共同空間，當使用者進入虛擬空間（介面）後，逐步成為人機一體的有機機械人，捨棄原本的物質外貌，將不同型態的生命體存在融合於無形。此時，人本主義的主體會傾向斷裂、眾多和去中心，以另類論述將身體改寫改讀。在超越人類中心主義的領域上，文化後人類的討論衝擊了傳統的人文主義與人本主義，打破人類至尊無上的虛妄。王建元：《文化後人類》（台北：書林出版社，2003年），頁5、31。

7　根據美國 CNN 網站發表的文章顯示，約有百分之二十五的美國人終其一生單身未婚。不僅僅是在美國，單身未婚、獨自生活的現象已然走向全球化，台灣亦然，猶有過之而無不及。根據內政部最新統計指出，台灣去年（2020）首度出現人口負成長，恐面臨十六萬名新生兒「保衛戰」。《經濟日報》電子報：https://money.udn.com/money/story/5617/5226840，瀏覽日期：2021年7月10日。

　　張系國的小說創作可區分為兩類：科幻小說與寫實小說，兩者皆聚焦於人性的矛盾糾結與隱晦幽微之處，其中也不乏對於性別主題的探討。張氏曾創作《沙豬傳奇》一書，並在後記中提到此書「試圖刻畫出某些現代沙豬的形象，以警愚頑。」；「也許，極少數沙豬還有救贖的可能？」[8]平路的文學創作十分多元，兼擅小說、散文、文化評論，其小說形式風格多變，關注的主題也相當寬泛。范銘如曾針對平路性別議題的創作提出評論：「八九〇年代以降，包括平路在內的不少台灣當代作家，採取以女性或另類的發聲位置去質疑主流的論述與價值，……誠然表面上平路不忌憚呈現出對立的兩極，並且加重了弱勢端的砝碼，她最深刻著墨的倒不在於對抗，而是兩端的辯證關係。」[9]綜前所述，九〇年代初，創作高度卓然可觀的台灣科幻小說將聚焦所在轉向性別政治，而在八〇年代科幻文壇令人矚目的作家張系國與平路，在此類議題上各有立場，張系國試圖透過小說鬆動沙文主義者的男性本位意識，平路則是在性別霸權的中心與邊緣往返擺盪、思索辯證。筆者欲進窺探究的是〈人工智慧紀事〉、〈金縷衣〉、〈珍妮的畫像〉三篇小說，藉由人機之間的情愛欲望及身體敘事，如何反映九〇年代的人機關係想像？如何呈現對他者之他異性（alterity）[10]的恐懼？人類男性與機械女性的設定如何呈現張系國與平路的性別觀點？小說如何輻射九〇年代台灣兩性的內在心靈圖景？如何預示之後台灣性別場域的扞格與衝突？兩位創作者如何遐想兩性未來的烏托邦景致？本文擬從「機械姬的身體敘事」、「虛擬愛情的建構與解構」、「後人類時代的性別烏托邦」切入，藉由此三部科幻文本，思考後人類時代的愛情建構、性別關係、烏托邦想像。

8　張系國：《沙豬傳奇》（台北：洪範書店，1988年），頁211。

9　范銘如：〈歸去來〉，平路：《東方之東》（台北：聯合文學，2011年），頁5。

10　他者之他異性是當代哲學討論中的焦點議題，它的首要地位一方面是基於他者問題的普遍有效性，另一方面則是基於其深度。他者問題普遍有效，既涉及最具體的交互主體現象，亦涉及極抽象的形上學探討。「他異性」與西方哲學思維相互糾纏，並涉及多個領域的理論探討，哲學源於發現遍在的他異，批判和瓦解這些試圖同化陌異的「中心主義」，可說是當代紛雜的哲學思潮的共同旨趣。吳俊業：〈胡塞爾與他者問題──基本規模的闡釋與初步定位〉，《哲學與文化》，第36卷第4期（2009年4月），頁71-72。

二　機械姬的身體敘事

　　〈金縷衣〉、〈珍妮的畫像〉以第三人稱的上帝視角敘事，小說的世界觀設定相似，男主角都置身於實施一胎化計畫生育政策之下的中國，政策導致大量女嬰遭撲殺，使得新世紀的中國男性人口過剩，如果不與女機器人配對，將有八千萬中國男人被迫單身。無奈與機械女性聯姻的人類男性，於是將憤怒發洩在機械姬[11]的身上。〈金縷衣〉中無名的「他」，是中國為政策所苦的廣大男性的縮影，除非女機器人要求離婚，否則他無法從婚姻圍城脫困。於是他變成人機共組家庭內的施暴者，他以寶劍攻擊機械珍妮，將其碎屍萬段，夜夜如此；但天明前，珍妮會自我修復，完好地與他破鏡重圓。承受不了扭曲的夫妻關係，他向心理醫師白流蘇求助，穿上金縷衣的人類女性白流蘇，勸他買一件暗藏微寶機器人的金縷美衫給珍妮，保護機械姬，維繫婚姻。儘管他耗費巨資，購置美衫，最後仍在爭執中，殺害了珍妮，並被金縷衣扼死。〈珍妮的畫像〉裡，高健是個與名字相悖的卑微男人，唯一的夢想是憧憬娶一個能繁衍後代的人類女性，珍妮無法生育，想領養小孩，卻被高健拒絕並家暴，家暴一事導致他被裁員，甚至入獄，故事收束在珍妮未來可望裝設人工子宮，並承諾將為高健生子，等他出獄。

　　「身體」是承載人類生命與靈魂（意識形態）的空間，此一空間具有內在性與外在性的多元意義，內在性牽涉到個體的自由意志，外在性則關乎個體在社會公共場域的位置。儘管身體空間兼涉前述兩種面向的存在，然而當外在的政治權力介入後，身體介入政治語境的結構體系，內在性無疑會受到外在性的強烈牽制，身體將任由政治裁決支配。兩則故事裡人類男性的內在主體意識與自我抉擇，是期望能與人類女性共組家庭，但礙於國家政策的限制，使得他們的內在性遭受壓抑，自由意志被禁錮於肉軀之內，無法施行於形骸之外。被國家機器與權力結構規訓的外在身體，與渴求遂行自我的內在

11　「機械姬」原為科幻電影《Ex Machina》的台灣翻譯名稱，本文中以此名稱指涉女性機械人。

意識兩相頡頏，使得「他」與高健懸置於一種內外失衡的身心狀態。此一失衡的局勢，在對照其他五億與真人女性聯姻的男子之後，內在的扞格傾軋更為激烈。高健對法官控訴道：「你們的老婆都是人，為什麼我的老婆是機器人？不公平，這社會太不公平！我抗議，我要抗議！」[12]受害男性攻擊法官，家暴珍妮，是透過肢體消極抵抗他們認為不公不義的國家機器與公共政策，同時也是身體內在性與外在性分裂失和後形諸於外的具體表現。機械姬的身體成為生育政策的符號延伸，被收編到國家權力政治的體制範疇，身體與政治勾連，成為受害男性否定與攻訐的代罪羔羊。此外，小說中的人類男性在意的是女性身體中生物性的面向，因為機械姬缺乏生物繁衍後代的功能，從身體生理結構的視角觀看，機械姬的身體被小說中的男性認為具有瑕疵，她也因此受到暴力的懲罰。承前所述，身體是生命與靈魂的載體，有其不可回復性，因此彌足珍貴。身體的毀壞消亡，直接影響置於其中的載體；死亡的侷限性，強化了身體存在的意義與重量，人類的情感起伏幾乎是建構在「身體死亡」所造成的有限性與匱缺感之上，並進而產生對時間消逝、肉身終將腐敗的抒情感傷。機械姬的身體具有無限重生的特點，不會死亡的可回復性其實是無生命機械體的優勢，卻因此削弱了珍妮身體的珍貴價值，也使得人類男性敢於肆無忌憚地重複揮劍痛擊。寶劍所指涉的承自東方的傳統大男人主義的意涵，反映了人類男性與機械女性之間糾結牴觸的複雜關係；「他」與高健對珍妮的暴力相待，肢體衝突，源自於弱勢男性面對國家機器的怨懟憤懣，以及平凡人類面對人造意識的不知無措，還有意欲傳宗接代的傳統男人面對不孕機械姬的嗔怒責怪。[13]

平路〈人工智慧紀事〉以機械姬的立場，從第一人稱「我」的視角，講

---

12 張系國：〈珍妮的畫像〉，《金縷衣》（台北：洪範書店，1994年），頁47。

13 張系國的小說〈殺妻〉描寫男主角透過幻想殺妻，希望挽回自身日益弱勢的地位。張氏坦承此作正是描述在女性已經獲得經濟獨立之後，丈夫地位下降，淪落成為無用的人的悲慘狀況；藉此反映男人傳統自大的心理，「義和團」的思想如何被打敗？張系國認為若女人無法被解放，男人亦不能被解放。此一觀點可對照其科幻小說裡，對於兩性關係的看法。張系國：〈殺夫、殺妻、沙豬〉，《沙豬傳奇》，頁215。

述男性科學家H創造了女性機器人「認知一號」，並賦予仿人機器對於人類的各種認知，認知一號「不只像『人』」，H意圖挑戰上帝，甚至對認知一號表示：「我還要你比『人』接近於完美。」[14]而後造物者與被造者相戀，認知一號的智慧意識、內在發展竟真的如H所願，超越人類（包括H），認知一號對於H的情感也與日俱減，甚至在腦海裡自行揉捏另一個愛人L，並幻想自己在人造子宮裡創生L，成為新的造物者，改寫父權秩序的歷史。故事末了，想拆解機械姬的H，被對方搶先一步殺死，而認知一號也鋃鐺入獄。〈人工智慧紀事〉的小說內蘊，回應了九〇年代以降文壇聚焦的性別論述，獲得不少學者的關注與迴響，楊勝博認為認知一號重新體認到加諸自己身上的性別位置，不過是造物者（男科學家）強加給她的限制，開始想像自己各種可能的面貌，跳脫了二元對立的性別疆界。[15]梅家玲則將《捕諜人》與〈人工智慧紀事〉相互參照，認為兩作的書寫策略雖有出入，但平路展現出同樣的企圖是：「（女作家）怎樣才能從派定的角色中顛覆出來，創造一個勢均力敵的局面？」經由男女兩性的頡頏，讓女性自原先被派定的角色中顛覆翻轉，從而辯證創造／被創造、書寫／被書寫間的糾葛，兩性交鋒之餘，也質詰了自上帝以降的男性本位創造神話。[16]平路的科幻小說鏡射出某種可能性：一旦機械發展出人工智慧，進而產生主體意識，它或許會揚棄人類編派的劇本，既不甘於人類支配的性別位置，也未必馴服於人類設定的生死時限。平路的作品衍生諸多值得深入考掘的問題：如果機器被賦予了人造意識，能否思考、產生自我意識？人工智慧能夠進化到什麼程度？如果超越了

---

14 平路：〈人工智慧紀事〉，《禁書啟示錄》（台北：麥田出版社，1997年），頁182。

15 楊勝博：《幻想蔓延──戰後臺灣科幻小說的空間敘事》，頁149。

16 梅家玲提到《捕諜人》中，女作家（平路）原本與男作家（張系國）約定一人輪流寫一章，男作家派定小說任務，男作家從金無怠的角度寫，女作家則從金妻的角度寫，男自寫男，女自寫女。事實上，女作家卻顛覆了男作家指派的角色定位，剝解了男性歷史書寫的虛妄，讓一直以為自己主動選擇題材與操控遊戲規則的男作家，焦慮地懷疑自己活在女作家用文字所創造的世界。梅家玲：〈「她的故事──平路小說中的女性、歷史、書寫」〉，梅家玲編：《性別論述與台灣小說》（台北：麥田出版社，2000年），頁184，頁243。

人類，或者不分軒輊，它何以心甘情願任人擺布？一旦它產生了主體意識，是否會試圖奪回自己的身體自主權？而它又會如何行使自己的身體自主權？「疑懼機械他者的失控」向來是科幻小說樂此不疲，反覆操作的議題，映現了人類本位主義者內在錯綜複雜的矛盾，一方面從科學的立場，渴望締造人類科技文明的新高度，僭越上帝的位置，打造新品種的「人類」──仿人機械。另一方面，又憂慮AI人工智能凌駕它的創造者，構成威脅，摧毀人類。對於「失控」動機的差異，是這三篇科幻小說判然有別之處，〈人工智慧紀事〉裡，機械姬的失控殺人是為了己身的生存與自由，認知一號具備自我覺知的功能，體悟到內在求取生存，憧憬自由的主體意識，透過身體遂行自我意志，殺死造物者，犧牲他者，保全自我。而小說裡也針對此一失控行為，進行「何者為人」的辯證。H為認知一號輸入了童年記憶與性別意識，但認知一號卻自體萌發了愛情想像，並體認到「人的『存在』不過是一種意識，『性別』無非另一種意識」，[17]她開始覺知到所謂的人與性別僅僅是一種中心／邊陲位置的排除與推移，那麼問題的樞紐便是誰來定義「人」與「性別」的意涵？誰來決定人與非人、男與女的疆界？媒體認為H造了一個真正的人，H臨死前卻對著認知一號叫喊：「你不是一人！」[18]H此語之意究竟是高舉人的善念，認為人不會弒父？或者不會為了自私求生，殘害他人？還是機械的身體永遠不可能被認定為真人？又或者純粹只是一句謾罵對方的否定形容？認知一號於小說的尾聲說道：「我現在終於明白，我所驗證的，不過是H的夢想成真。對人類的模擬中，我終於無望地也成為人類的一員。」[19]認知一號所言，是駁斥H臨終之語，認為展現求生的意志才是動物本能的人性真相？還是發現自己癡愚於造人的渴望，愛戀起自己創生的L，正是複製了H的行徑，自認為是上帝，不過是一種「只愛自己，愛戀那酷似你自己的部分」？[20]耽溺於創造的狂妄而無法自拔，反向詮釋自私自戀自尊自大才是人

---

17 平路：〈人工智慧紀事〉，《禁書啟示錄》，頁185。

18 平路：〈人工智慧紀事〉，《禁書啟示錄》，頁197。

19 平路：〈人工智慧紀事〉，《禁書啟示錄》，頁200。

20 平路：〈人工智慧紀事〉，《禁書啟示錄》，頁196。

類的真我？平路的小說文本對於「何者為人」的詰問，充滿思辨機趣，也開展了對於後人類身體的各種可能想像。〈金縷衣〉、〈珍妮的畫像〉中，機械姬雖然同樣失控，但此一行為的動機卻是出於愛情，為了他人，付出自己。〈金縷衣〉的珍妮選擇心碎而死，拒絕自我修復，任由身體毀損，生命終結；另一個珍妮則不願離開高健，執意等他出獄，為他安裝子宮，孕育生命，傳宗接代。與認知一號迥異的是，珍妮們原因不明地深愛著配偶，寧可自我犧牲，也要透過身體的死與生實踐內在對愛情的執念。但小說並未明確交代受虐的機械女性，何以頑固執拗地癡戀著一個施虐者？並對此毫無質詰？面對科幻文類此一具有較強可塑性的想像性文學，小說裡後人類時代的性別身體為何仍鞏固著既有的異性戀霸權的藩籬，依舊是男女有別，毫無懸念地將女體視為繁衍後代的唯一空間？關於此議題，本文將於下節進一步析論。

三 虛擬愛情的建構與解構

《珍妮的畫像》（英文原名《Portrait of Jennie》）是美國小說家勞勃・納珊（Robert Nathan）在一九四〇年出版的中篇小說，一九四八年搬上銀幕。故事以第一人稱「我」的敘事口吻，講述窮困潦倒的畫家埃本・亞當斯（Eben Adams）在返家途中遇見名叫珍妮的小女孩，埃本為其手繪了一幅素描，順利賣出畫作，解決自己的生計問題。此後，他又多次邂逅珍妮，在一年多的時間內，六次相遇，她快速地長大，故事壓縮了她成長的時間，兩人後來發展為戀人關係，直至珍妮在海嘯中喪生。「珍妮」的存在具有多義性，既象徵了埃本的理想戀人，也是畫家的靈感來源，甚至是「我」自己的靈魂投射。珍妮雖然逝去，但畫家卻創作出雋永的藝術品——《珍妮的畫像》，這張超越時間向度的畫作被收藏在博物館，迎接畫家的是永恆的珍妮，湧現的靈感，不朽的作品。[21]《珍妮的畫像》是一部以男性「我」為中心視

---

21 蘇銀娜：〈《珍妮的畫像》：夢幻的外衣和豐富的內裡〉，《電影評介》，第22期（2016年），頁65-67。

角,思索理想戀人真貌的影片;影像文本裡的珍妮縹緲迷離、綺年玉貌,是畫家的繆斯女神,與男主角心靈相契,甚至讓他實踐理想。評論者認為像極了蒲松齡筆下《聊齋志異》書生和女鬼的故事,或是湯顯祖《牡丹亭》中杜麗娘和柳夢梅的愛情,荒誕不經。[22]張系國的同名小說很可能是借鑑於此部電影,[23]張氏將電子情人命名為珍妮,而人類女性的代表則取名為白流蘇,曾寫過科幻小說版〈傾城之戀〉的張系國,再次向張愛玲致敬。[24]與原文本相互參看,《珍妮的畫像》以疑幻疑真的虛實手法,追尋永恆的愛情,珍妮是畫家靈魂裡真善美的鏡像投射。〈傾城之戀〉則透過兩性之間的角力算計,呈現傳統與現代的扞格,城市愛情的日常虛無,而白流蘇是個現實庸俗的尋常女人。張系國藉由科幻文本重繪珍妮與白流蘇的面目,探問未來世界的情愛真相,兩個珍妮分別被描述成歇斯底里的失控女性與哀而不怨的賢慧妻子:

> 「珍妮快把我逼瘋了。」他對心理醫生說:「……她的脾氣不小,變化無常,機器人都這麼情緒化嗎?」白醫生噗哧一笑:「你是學工程的吧?的確你不太了解女人。珍妮這類型的機器人有完整的心理模型,在這方面幾乎可媲美真正的女人,只要有一線愛情的希望,那怕是十分微弱的希望,她也要追求,不能放棄的。」[25]

> 和珍妮結婚已經兩年多了,高健的心理越來越不平衡。雖然珍妮對他百依百順,他卻懷疑別人都在背後訕笑他,這個五億女人都不要的男

---

22 蘇銀娜:〈《珍妮的畫像》:夢幻的外衣和豐富的內裡〉,頁65。

23 張氏的科幻小說,除了與電影《珍妮的畫像》同名之外,故事裡的珍妮形象「像個十六、七歲的大女孩(高健是在一部老電影裡發現她,恰巧公司居然有這種造型的機器人)」,與電影內容相呼應。張系國:〈珍妮的畫像〉《金縷衣》(台北:洪範書店,1994年),頁45。

24 白流蘇為張愛玲〈傾城之戀〉女主角的名字。

25 張系國:〈金縷衣〉,《金縷衣》,頁10。

> 人。他對珍妮脾氣越來越壞，甚至動手打她。他最不能忍受她從不還
> 手，只會流淚。[26]

美麗與智慧兼具的白流蘇則轉變為聖女，是完美真女人的表徵：

> 白醫生走到書架旁，抽出幾本書來。她是個秀氣的女人，手腳都很修
> 長。她舉起手臂時，金色的披肩如海浪般自然分開，又沿著她的身軀
> 黏合在一起，他簡直看呆了。[27]

為愛而情緒失控的機械珍妮羨慕真正的女人白流蘇：

> 「我知道你愛上了那位心理醫生白流蘇。」珍妮嗚咽著說：「白流蘇
> 是真正的女人，我怎麼能和她比？」
> 「連看心理醫師都有罪，你真要逼瘋我嗎？不錯，我喜歡白醫生，因
> 為人家講道理。哪像妳，一點小事情就要鬼哭神嚎。」[28]

掀開前揭之表象敘述，細究三個女性角色的內在形塑，卻會發現缺乏更深層
的心理探析。失控女性與賢慧妻子的內在意識究竟如何發展？具有人工智慧
的珍妮自我認知為何？對於配偶的情愛感知如何生成？對於丈夫的暴力為何
毫無抗拒？卸下聖女的面具，白流蘇是否會羨慕永不衰老的機械姬？是否也
將其視為愛欲戰場上的競爭者？張氏並未對此多做著墨。〈人工智慧紀事〉
恰好可彌補前作的罅隙，除了細緻梳理女性角色的內在，回應了前述問題之
外，小說也同樣設計一個人類女性的角色 B，與之相較，電子情人並未屈居
下風，反倒更勝一籌。

---

26 張系國：〈珍妮的畫像〉，《金縷衣》，頁44。
27 張系國：〈金縷衣〉，《金縷衣》，頁10。
28 張系國：〈金縷衣〉，《金縷衣》，頁14。

我也無以避免地看出 B 小姐的傖俗。

由於她神經比較粗條（直徑比一般人大了10^{-42}吋），雖然她專業是測試人的心理，B絲毫沒有感覺到H如今移情別戀的異狀。[29]

我不喜歡肌膚與肌膚的接觸，用表皮的摩擦來激起最原始的性感，只是缺乏新意的遊戲……我寧可用充滿巧思的話語，屢試不爽地──勾起H最強烈的欲念，……H卻經常在持續的滿足之後惶恐莫名。

……「我已經到我的極限了。」H沮喪地說。而他說得很對，我愈來愈不費力氣，就在一次次邏輯思辨中占盡上風。

有時候，我警覺到自己顯然是在敷衍H，就像H總敷衍著B一樣。原來，我自忖著，H一向知悉B的限度，才對她毫不用心。如今，正因為我掌握了H的限度，我必然會試圖跨越這層層限制，我開始嚮往更大的自由……[30]

從認知一號的表述得知，H顯然更鍾情於女機器人的機敏巧思，人類女性B的淺薄與易於掌控，成為她不敵機械姬的肇因；H既耽溺於認知一號奧妙的精神層次，又為自己的能力侷限而惴惴不安。對照張系國的科幻小說，珍妮落敗的關鍵因素：她不是「真正的女人」，真女人的定義是「能繁衍後代」。〈珍妮的畫像〉與理想戀人婚配的高健忿忿不平，「他知道珍妮不可能替他生孩子，雖然這並不是珍妮的錯，他卻始終無法接受這個殘酷的事實。」[31]他不願意領養別人的孩子，「他從來要的是自己的孩子，自己的孩子。有個機器人老婆已經夠屈辱的了，連孩子也要領養別人的！那五億混帳男人得到了真正的女人不算，還要把孩子塞給他養，將來繼承他的財產。他成了甚麼東西？是他們五億人的奴才麼？」[32]愛情是個體自由意志的展現，由愛而生的行動選擇，揭示了個體的自我認知、內在欲求、審美趣味、傳統文化、價

29　平路：〈人工智慧紀事〉，《禁書啟示錄》，頁192。

30　平路：〈人工智慧紀事〉，《禁書啟示錄》，頁193。

31　張系國：〈珍妮的畫像〉，《金縷衣》，頁44。

32　張系國：〈珍妮的畫像〉，《金縷衣》，頁45。

值認同、集體潛意識……張系國與平路同樣構思了人類男性周旋於電子情人、人類女性之間的故事橋段，但值得玩味的是平路的女性敘事，安排男主角迷戀電子情人的內在智慧更勝於人類女性的生動肉體，而電子女性的智慧超越了人類男性，改寫了自以為上帝的人類本位主義者、男性本位主義者的劇本。張系國的男性敘事，則給出迴異的答案，對於東方傳統男性而言，理想的戀人除了內外皆美，還需要生養後代，協助男性完成他的社會義務與家族責任；精神層次與肉體功能的天秤比重，在兩性文本裡似乎迴然相悖。

劉人鵬曾在討論一九九四年幼獅科幻文學獎酷兒科幻小說的文章中提問：當身體與生命如同拼圖，性別還會是「人類」的性別嗎？劉人鵬認為後人類必須以不同的方式了解什麼是「母親」這個語彙：「母親」意謂著：「保育箱、輸送帶、人造羊水、智慧型合成乳，」以及種種「教育訓練」。當「後人」們腦子有了晶片，愛情成為機器的設定，因著與機器的關係改變，「人」當然也改變了。惚們沒有標準無誤的認同（包括性別認同，甚至做為「人」這個「人種」的認同），不是權利、尊嚴的主體，甚至不是自我意識、理性與愛情的主體。[33]該論文引用了一九九四年幼獅科幻文學獎中，三篇入選該次文學獎，特別涉及性別／政治的三篇作品進行討論，分別是張啟疆〈老大姐注視你〉、洪凌〈記憶的故事〉、紀大偉〈他的眼底，你的掌心，即將綻放一朵紅玫瑰〉。劉人鵬認為在後人類時代，隨著人機關係的變革，主體與客體不再涇渭分明，截然二分，人機之間的關係會相互滲透融通。劉人鵬的觀點提醒我們後人類時代新形成的人機互動，包括性別認同，應該更具顛覆性。張系國與平路的三篇科幻文本與劉人鵬所析論的小說，創作時間接近，一九八九年發表的〈人工智慧紀事〉作為前行者，已萌發了性別越界、自體繁殖的想像；當同時期的科幻作家意識到機械文明已影響了人機之間的主體客體關係，並重構了「性別認同」、「母親意涵」、「人機界線」的觀念時，〈金縷衣〉、〈珍妮的畫像〉卻似乎僅僅複寫了《聊齋志異》書生與鬼

---

33 劉人鵬：〈在「經典」與「人類」的旁邊：1994幼獅科幻文學獎酷兒科幻小說美麗新世界〉，《清華學報》，第32卷第1期（2002年6月），頁167-173。

妖美女的故事脈絡，不過將女性角色替換為人工智慧而已。紀大偉便曾評論台灣科幻小說普遍具有異性戀本位的思想，自張系國以降的科幻小說只書寫異性戀關係，科幻文類的高度彈性並未使其性別觀念鬆綁。[34] 紀大偉的觀點明確指出過往台灣科幻文學的性別刻板面貌，洪凌與紀大偉兩位作家的科幻小說，藉由科幻文類具有實驗可能的高度彈性，聚焦同志與情慾的議題，讓台灣科幻小說展現出與曩昔迥異的，更寬廣的性別視角。

然而追溯張氏的原意，是企圖藉彼喻此，透過文本批駁東方男人傳統自大的心理，打敗「義和團」的思想，解放性別，喚醒傳統的沙文主義者，[35] 箇中矛盾，委實弔詭曖昧。回溯張系國的創作歷程，他曾於受訪時表示，自己終其一生只講一個故事，無論長篇或短篇，寫實或科幻，皆圍繞著核心主題：「人到底是不是自由的？人到底能不能自己作主？還是人是歷史的產物？就是所謂的『歷史決定論』。」[36] 從張氏的創作觀點思索，人的行動實現是否是行動者自我意志的選擇，又或者人自以為主觀能動的自我抉擇，其實是潛意識或無意識中，受到社會結構、倫常秩序的制約？延續張氏的提問，新世紀的男性與女性是否有可能擺脫人本思想、威權主義、父權政治的思維，創生一種新型態的人機／性別平等的社會結構？〈珍妮的畫像〉、〈金縷衣〉中，張氏勾勒了置身於新世紀，性別思想仍滯留於晚清，冥頑不靈、膠柱鼓瑟的傳統男人，堅持人類女性優於機械女性，將女體視為生育機器，擇偶策略是為了繁衍能延續自身血緣的後代，豢養女性（機器人），將之視為附屬品。兩篇科幻文本裡的人類男性，對於跟人類女性共結連理的極端渴望，與機械姬被輸入的愛情程式一樣不近情理，張氏的科幻文本從對立面反

---

34 紀大偉：〈莫比斯環的雙面生活──閱讀洪凌科幻〉，洪凌：《肢解異獸》（台北：遠流出版社，1995年），頁13。

35 張系國：《殺豬傳奇》，頁211。

36 童清峰：〈張系國科幻新作借幻諷今〉，《亞洲週刊》，第44期（2017年）。童清峰：〈張系國科幻新作借幻諷今〉，《亞洲週刊》，第44期（2017年）https://www.yzzk.com/article/details/%E6%96%87%E5%AD%B8/2017-44/1508989879518/%E5%BC%B5%E7%B3%BB%E5%9C%8B%E7%A7%91%E5%B9%BB%E6%96%B0%E4%BD%9C%E5%80%9F%E5%B9%BB%E8%AB%B7%E4%BB%8A，瀏覽日期：2021年9月3日。

向詮釋，無法抽離傳統，與時俱進，理解後人類時代新型態人機／性別關係的人類男性，與被輸入過時的戀愛程式的機器女性，皆如線抽魁儡，缺乏個體的能動性。囿限於既定的愛情模式與婚戀窠臼的男人，除非像高健能僥倖地邂逅充滿愛與包容的珍妮，否則極有可能陷落到〈金縷衣〉的悲劇，兩性相殘，玉石俱焚。張氏的科幻文本，似乎是以二十世紀末既有的性別框架，提出對未來男人的警示。

李玲曾提到中國傳統男性敘事把女性分為賢妻良母、才女佳人、淫婦潑婦的分類，蘊含了封建性道德與男性慾望相混和的價值判斷尺度。而中國現代男性敘事中的女性形象，同樣將女性進行平面化的分類，例如天使型的女性形象表達了現代男性心目中從夫、殉夫的理想女性典範；惡女型表達了現代男性對女性主體的恐懼與憎恨；正面自主型的女性雖然高揚了女性的主體意識，卻不免改頭換面地表達了男權文化消費異性的非人觀念。[37]追根究柢，前述男性敘事的方式皆是將女性的面貌空洞化，為其帶上符合男性理想標準的刻板面具。挖掘女性的內在意識，建構女性的主體自我，發出女性的真實聲音，是女性文本對於男性文本的逆寫；然而一切的注視都體現了觀看者背後的價值判斷，正視男性文本裡書寫女性的視閾限制，藉由男性敘事的相互觀照，反而更能鞭辟入裡、切中肯綮地闡發女性敘事的文本深層底蘊，有助於女性找回迎視世界的目光與自我詮釋的能力。正如科幻小說，藉由機械他者的鏡射，映照出人類本身的欲望、畏怯、閾限與匱乏。考掘對於機械他者的他異性恐懼，此類課題在科幻文本中屢見不鮮，人類會藉由他者來定義自我，因此哲學範疇對於「某個異於我的他人」的存在，這種陌異經驗的意義建構，開展了廣泛而深邃的思辨，已有學者提出分析。[38]個體企圖滅絕他者的他異性，以完整自我，凜然於自我被吞噬的思維，反映在早期的科幻小說，此類科幻文本大多以人類為主體中心，進而劃分「人」與「非人」、「我」與「非我」的畛域，將機械他者視為客體，「一個被建構的意義，而

---

37 李玲：《中國現代文學的性別意識》（台北：秀威資訊科技公司，2011年），頁117。

38 吳俊業：〈胡塞爾與他者問題——基本規模的闡釋與初步定位〉，《哲學與文化》，頁71-84。

非意義的共同建構者。」[39]艾西莫夫（Isaac Asimov）一九四二年提出的機器人學三大法則，[40]堪稱是代表，人類是負責決策與主宰的認知主體，而機器則是必須服從人類的受到宰制的被動客體。然而隨著時移事遷，兩者分野愈趨模糊，面對後人類時代，與其說人機之間的主客體關係由對立轉為融合，不如說因為人機畛域的虛線化，使得主客體的流動隨之液態化，究竟是物為人役或者人為物役，已變得撲朔迷離，當主客體的位置不再固定膠著，主客體之間的愛情變化自然也處於相對不穩定的狀態。張氏與平路世紀末的科幻書寫，虛擬了人機之間的情感建構，張系國以上帝視角冷眼旁觀兩性之間的感情曲折，他的男性文本以人類男性與機械女性的婚戀故事為寓言，孜孜不倦地告誡世紀末男子務必逸離陳腐的沙豬觀念的囿限，避免淪為父權歷史的砲灰，試圖為邁向新世紀的男子指引迷津；平路卻搶先一步預言上帝可能已轉身蛻變成機械女性，而新世紀的女性主體早已液態化，充滿無限可能的流動性，既不服膺於男性戀人，也可能無性繁殖，甚至可以獨體歡愉，解構了男性敘事對於人機／男女婚戀的既定想像，也提前諭示了新世紀的時空中，無論哪一種性別，無法追上趨前疾馳的性別列車者，都將被困縛在孤獨的牢籠中。

四　後人類時代的性別烏托邦

　　科幻文學與現實世界之間千絲萬縷的微妙關係，經常被評論者提出探討，宋明煒以中國現狀為例論述：「科幻小說描寫的現實比任何現實主義方法所容許的寫作更具有真實感。在主流現實主義中缺失的有關現實的真相，

---

39 吳俊業：〈胡塞爾與他者問題——基本規模的闡釋與初步定位〉，《哲學與文化》，頁82。

40 艾西莫夫的機器人三定律是：一、機器人不得傷害人類，或因不作為而使人類受到傷害。二、除非違背第一法則，機器人必須服從人類的命令。三、在不違背第一及第二法則的情況下，機器人必須保護自己。艾西莫夫著，葉李華譯：《艾西莫夫機器人短篇全集（全新修訂版）》（台北：貓頭鷹出版社，2014年），頁18。

只有在科幻小說話語中才能得到再現，這決定了科幻成為一種顛覆性的文類，」文中引用了科幻小說作家韓松的話語，「科幻是一個作夢的文學，是一種烏托邦。」[41] 王德威以為：「烏托邦是科幻小說的重要的主題之一。藉著一幻想國度的建立或消失，科幻小說作家寄託他們逃避、改造、或批判現實世界的塊壘，……烏托邦的想像可以投射一理想的桃花源，也可以虛擬出墮落的鬼門關，因此又有反烏托邦、擬諷烏托邦等次文類的衍生。」[42] 統攝上述要點，科幻文類透過奇詭異想，幻設一處機械文明發達的未來世界，小說欲再現的其實是目下的現實，烏托邦是科幻小說裡的重要課題，烏托邦與反烏托邦的辯證，寄寓了作家對於現實的批判、逃避，或者期待。張惠娟於《烏托邦的流變——文類研究與文本考察》一書，分析了中國烏托邦文學的認定，樂園神話與烏托邦的關係，並進行女性烏托邦小說的文本考察。文中論及「女性烏托邦」是二十世紀以還十分盛行的一個次文類，一九七〇年代女性烏托邦標榜「回歸自然」，厭倦或懼怕科技，一九八〇年中期興起的女性電腦叛客則修訂「自然抵抗科技」的策略，強調正視科技、挪用科技。原本將科技視為父權的幫凶，成為物化女性的頭號殺手，因此大部分的女性科幻作者並不看好「女性成為機器」的議題，但隨著觀念的轉變，「女性成為機器」的負面意涵逐漸被消解，人本焦慮的狹隘跨越人類／機械二分法的藩籬，轉而擁抱「後人類」的境界，不再囿於「以人為本」的思想，甚至認為「人類化的機器」與「機械化的人類」中間有甚大的對話空間與越界的可能。[43] 蔣淑貞〈兩性戰爭可休矣？當代女性科幻小說的敘事模式與性別政

41 宋明煒：〈科幻中國〉，王德威主編：《哈佛新編中國現代文學史》（台北：麥田出版社，2021年），頁484。

42 王德威：〈賈寶玉坐潛水艇——晚清科幻小說新論〉，王德威：《小說中國——晚清到當代的中文小說》（台北：麥田出版社，2012年），頁144。

43 張惠娟提到「烏托邦」一詞被指涉為好地方，或烏有之鄉，烏托邦作家於描述心目中之理想國時，能同時正視「現實」的一切缺失，希冀藉由「虛構」來引領「現實」踏出舊門檻，以致二者終融合為一。與烏托邦的風貌有別，樂園神話一意規避現實，沉湎於虛構的理想世界中，其所架構的自足（self-sufficient）而封閉的體系裡，所有屬於現實的不快和缺失皆被摒棄，而呈現一幅永恆、完美的靜態畫面。其基本精神是隱

治〉引用了喬安娜・拉斯（Joanna Russ）的觀點，科幻傳統中男性作家在處理兩性議題時，一定是令男人用殘暴的手段制服女人，美國科幻小說截至一九七〇年左右一向忽視女性議題，科幻中女性地位十分低微，直至一九六〇年代末，隨著六〇年代末女性主義風潮湧現，為數不少的女性作家加入科幻小說的陣營，陸續有作品探討女性烏托邦，女性科幻小說和女性烏托邦文學的分際已經很難界定，大部分的女性主義批評家常把這兩個放在一起討論。[44] 承前所述，烏托邦原是由男性主導的文類，傳統烏托邦作品中的女性角色存在感薄弱，面貌模糊，此一文類或批判政經現實，或關懷社會改革，但都毫無懸念地忽略了女性的內在價值與存在的意義。二十世紀的女性主義者逐漸改變了此一局勢，隨著女性科幻作家的出現，探討是否有可能出現一個更美好的「性別平等的未來烏托邦」，成為女性科幻文學中引人注目的課題。在那處比今日世界更適宜居住的明日烏托邦，消弭了性別的桎梏，個體與他者的閾限，甚至是人類與機械的間隙，後人類的女性烏托邦改弦易轍地重新反思「何者為人」的駁雜曖昧，並且重新建構女人的定義與存在價值。回溯前行研究者的論述，本文擬藉此返觀平路與張系國的小說，兩位作家筆下建構的性別烏托邦有何殊異？

張曉風一九六八年發表的〈潘渡娜〉被視為台灣科幻小說的起點，[45] 小說描述一九九七年居住在紐約的廣告畫家張大仁的詭譎遭遇。他偶然認識了科學家劉克用，劉為他介紹了一個美麗柔順的女子潘渡娜，兩人結婚後，張大仁發現潘渡娜有些古怪，她雖然是一個完美的家庭主婦，克盡妻職，但她既無父母，且身世空白，後來得知她其實是一個無生育能力的人造人。最終，潘渡娜因為感到自己欠缺了什麼，停止脈動而死。〈潘渡娜〉複述了一

遁、出世的，與烏托邦的積極、入世大不相同。張惠娟：《烏托邦的流變——文類研究與文本考察》（台北：書林出版社，2020年），頁30-33，頁135-140。

44 蔣淑貞：〈兩性戰爭可休矣？當代女性科幻小說的敘事模式與性別政治〉，《中外文學》，第26卷8期（1998年1月），頁34。

45 陳國偉：《類型風景——戰後台灣大眾文學》（台南：國立台灣文學館，2013年），頁171-178。

個自〈科學怪人〉起，人們反覆辯證的科學與倫理的話題，自以為上帝的男性科學家創造了美麗的女性人造人，她被設定為美則美矣，毫無靈魂的家用功能版女性，因為體悟到自身靈魂的欠缺，厭倦存在，自棄而死。楊勝博提到張曉風讓潘渡娜的活動範圍完全在「家庭」的空間內，這種將女性與家連結起來的刻板印象，也將女性排除在公共領域之外，從而讓女性變成國家結構裡被隔離的附屬品。[46] 從楊勝博的視角進一步論析，被圍限於家屋的潘渡娜，並未覺得幸福，「無法生育」與「欠缺靈魂」微妙地被相互勾連，當女體的生育功能被刻意強調時，無形中也弱化了女性其他方面的存在價值，「家屋」對潘渡娜而言，究竟是溫暖的避風港，抑或是讓其困陷其中的縲紲？「監獄」此一空間也同時出現於〈人工智慧紀事〉與〈珍妮的畫像〉。認知一號勒斃科學家後身陷囹圄，在法庭上對法官申訴：

> 庭上，犯罪的那一日到今天，庭上，我想通了我應該得到的，乃是人權。
> 庭上，站在這裡，我明白為什麼我要替自己辯護。因為你不可能公正！你與H骨子裡都是一樣的。我的存在令你不安，令你覺得恐慌，庭上，你知道嗎？造物與被造之間，注定了是緊張的對立關係。
> 庭上，庭上，你為什麼制止我再說下去？[47]

〈珍妮的畫像〉機器人公司代表珍妮控告高健：

> 高健怒道：「我打老婆是我自家的事，了不起我們脫離夫妻關係好了。」
> 「珍妮雖然是你的妻子，她其實是國家的財產，免費借給你使用。」
> 法官嚴峻的說：「你不好好保護珍妮，卻任意虐待她，這是蓄意破壞國

---

46 楊勝博：《幻想蔓延——戰後臺灣科幻小說的空間敘事》，頁146。
47 平路：〈人工智慧紀事〉，《禁書啟示錄》，頁197。

家財產，惡性重大。判你有期徒刑五年，褫奪公權八年，從今天起在家執行。換句話說，你的家就是你的監獄，從今天起不得出去。」[48]

根據艾西莫夫提出的機器人學三大法則，認知一號充滿瑕疵，應當立即被銷毀。然而從人權的觀念審視，認知一號對H的反擊，乃是出於自衛，維護自身的生存權。認知一號為此向法庭辯護，然而她也清楚理解審判者對於機械他者的他異性恐懼，使她入獄，也將使她被凌遲。追本溯源，認知一號入獄的根由，是爭取當人，自以為是人。高健銀鐺入獄的理由，是違反國家政策，破壞國家財產，然而探究他家暴珍妮的緣由，是為了捍衛自己的人權自由，力爭婚戀自主。倘若入獄受刑所代表的意涵是違反所在地的誡律，被懲罰剝奪自由，那麼兩篇小說的結局，延展引人深思的問題是，為何機械姬被賦予人工智慧，卻被剝奪人類的求生權？為何高健的婚姻對象被控管箝制？為何人民被限制了生育的自由？科學與政府權力的畛域應該上綱至何處？此一反烏托邦的書寫，投射的疑問是更適宜居住的明日烏托邦的風貌景致究竟為何？

〈人工智慧紀事〉認知一號描述殺死科學家（弒父）的過程：「望著H垂下的眼瞼，我鬆軟了捏住他咽喉的手指。我並不驚慌（按照邏輯演算的結果，這樣的下場或許無以避免）。」[49]無獨有偶，〈金縷衣〉也出現男主角被微寶機器人扼死的情節。承前所論，此一敘述鏡射了人類對機械他者失控反噬的疑慮隱憂，以及機器人被賦予人工智慧後，迴護己身權益時，或許無以避免的結局。然而在〈珍妮的畫像〉中，卻出現了樂觀的翻轉：

「健子，他們要我離開你，可是我拒絕了，他們說我不能回家，要等五年。我說我可以等，我不在乎等你多久。」

珍妮說：「儘管你對我那麼不好，我仍然愛你。健子，你相信嗎？機

---

48 張系國：〈珍妮的畫像〉，《金縷衣》，頁46。
49 平路：〈人工智慧紀事〉，《禁書啟示錄》，頁197。

器人一樣能愛。我會等你。……再過幾年機器人就可以裝人工子宮，……五年後，等你出獄，我為你生個孩子好不好？」[50]

機械姬真摯的話語感動了高健，他憶起初次在老電影中看見珍妮，便已愛上對方。「高健悔恨交加，呆望著珍妮的畫像，還有五年，還有五年！」[51]於此之前，無論是否有珍妮，家屋對高健而言不過是孤獨的縲絏，然而當珍妮以愛召喚，並承諾將有子嗣，結局幡然逆轉，時間象限才是困籠，只要穿越時限的藩籬，他們便能置身樂土。〈潘渡娜〉與〈珍妮的畫像〉同樣安排人類男性與人造女性聯姻，共組家庭，兩則小說的結局一悲一喜，歧異點在於愛與子嗣。缺乏愛與靈魂的潘渡娜毫無生育能力，而機械珍妮則獲得「改良」的機會。張氏科幻文本裡對兩性烏托邦的想像，建構於女性／機械對於男性／人類廣博浩瀚的真愛與包容，以及共同孕育下一代的未來，易言之，倘若欠缺如前所列之元素，兩性之間的烏托邦，恐將淪為一種過度樂觀的樂園式想像。

張惠娟於文中提到：女性主義思潮本質上即為烏托邦，因其建構於兩性平等的假設上，而此一現象為史上前所未有。史上從未有男性作家寫作純男性的烏托邦，卻有不少女性描寫純女性的烏托邦，其原因乃是，在純男性社會中男性不復擁有箝制女性的威權，而女性唯有在純女性社會中始得成為完整的個人，[52]張惠娟的觀點指涉出兩性烏托邦的分歧，長久處於性別失衡的社會結構裡的女性，唯有在排除男性的烏托邦中，始能保有獨立完整的個體。以此論述返觀〈人工智慧紀事〉的烏托邦世界：認知一號在獄中遇見心理醫師，法庭聘請的心理醫師要求她回答各種問卷與墨跡測驗，「我從黑糊糊的圖像中見到繁複的意義：我看見了許多對眼睛、許多隻手，像是印度教中的shiva，像是H，又像是L的化身，我喃喃地說道H並沒有死，H只是在我睡夢中被我殺了。」「另一幅圖，我看見翻轉的子宮，像花瓣一樣的連綿開

---

50 張系國：〈珍妮的畫像〉，《金縷衣》，頁47-48。

51 張系國：〈珍妮的畫像〉，《金縷衣》，頁48。

52 張惠娟：《烏托邦的流變——文類研究與文本考察》，頁88-97。

展，竟是蓮池的意象。是淨土還是往生？是孕育還是寂滅？在造物與被造的纏繞與糾結裡，我看到的依然是不可能的愛戀⋯⋯」[53] shiva（濕婆）作為印度教最崇高的神祇之一，兼具毀滅與新生的象徵，shiva以雌雄同體的「半女之主」形象出現，這種半女之主強調了陰性的力量。[54]平路書寫的科幻文本，講述了一個上帝換成機器母親的故事，透過平路擅長的思辨手法，將小說收束在刑罰宣判之前，結局凝止於機械姬的內在世界，認知一號是一具人類化的機器，無性的軀殼被造物者輸入了陰性的記憶與思維，她如同雌雄同體的濕婆，但更傾向於陰性的半女之主，展現了孕育與寂滅兩種截然不同卻循環共存的力量。於認知一號的表述，H在她的睡夢中被殺，但H卻沒有死，或許意味著H所代表的男性勢力，以科學取代上帝的理性思維，僭越上帝的創造狂妄，缺乏寬容而導致分手暴力的人性之惡，自我中心以至於愛無能的病態自戀，不會因為H的消失而煙消雲散。〈人工智慧紀事〉並沒有虛擬一個機器與人類／多元性別平等共處的圓滿世界，也沒有想像一處排除男性、純女性的幸福烏托邦，反而饒富深意地安排一個完美仿人的機器母親，深感自己被人同化，耽溺於創造的虛妄自戀而兀自嘆息的寓言。機械母親試圖模擬H的行為卻鋃鐺入獄，意味著平路的科幻小說雖然肯定機械女性優勢與超越的力量，但並未盲目的樂觀，在人類男性主導的世界裡，處於弱勢邊陲的機器／女性有能力得以顛覆既有的父權秩序，翻轉劣勢。被輸入了人類男性所界定的人性、女性的記憶認知，長期被囿限於不對等的權力位階，是否真能理解人性與女性的意義與價值？抑或是從眾如流地融入男性本位的創造神話而自矜自是？進入了嚮往為人的人類中心結構而困陷牢籠？小說的尾聲懸置於審判宣布之前，似乎暗示著毀滅或重生仍懸而未決，有待商榷。是否「覓得更宜居住的烏托邦」之可能性端視個體的裁決，獲得「更適宜人／女人居住的烏托邦何在？」此一質詰的答案前，需先重新認知何謂人？何謂女人？一旦釐清了問題的意義，才有可能尋求到真實的謎底，也才

---

53 平路：〈人工智慧紀事〉，《禁書啟示錄》，頁196。
54 張法：〈濕婆的多種面相與印度美學的特色〉，《浙江社會科學》，第8期（2021年3月），頁131-132。

有機會覓得通往烏托邦的曲折幽徑。

五　結語

　　張系國藉由〈金縷衣〉、〈珍妮的畫像〉重新演繹了科幻版的沙豬傳奇，平路的〈人工智慧紀事〉則派出女機器人，再次向人類男性爭取話語權。看似老調重彈的故事裡，張系國虛擬了一個身體被困在威權政治內的科幻時空，政治身體與性別身體交織纏繞，使得人機對立，兩性牴牾。平路則藉由一具來自明日世界的身體，想像著這具身體如何跨越主流霸權的框架，細緻地書寫了個體自我覺醒的過程。三則故事的相同之處在於：揭櫫愛情的缺乏理性與超越邏輯。耐人尋味的是，平路與張系國都在小說裡創造了一個女版的電子情人，也都安排了機器女性與人類男性相戀的故事情節，並且同樣在愛情裡失去控制，但在女性文本與男性文本裡，卻發展出南轅北轍的敘事脈絡，各自表述，展示了機械姬截然不同的面向。

　　張系國的創作理念試圖藉由科幻文本考掘，人的行動實現是否是行動者自我意志的決斷，又或者人自認為主觀能動的自我選擇，其實在潛意識或無意識中，已受到政經文化、社會規範的制約？新世紀的男女是否有可能擺脫人類本位思想、威權政治、父權思維的範限，創生一種更適宜生存的人機／性別平等的社會結構？他在愛情題旨的表象之下，訴說了人類男性對於機械與女性等陌異他者的不安與恐懼，並表述在父權政治之下被迫害的男性與女性，唯有寬宥和煦的愛是超越之道。然而隨著後人類時代，人機畛域的虛線化，當主客體的位置流動變得液態，主客體之間的愛情變化自然也不可能凝固僵化。平路的科幻小說認為新世紀的女性主體可能早已液態化，充滿無限可能的流動性，既不服膺於男性戀人的掌控，也可能自體無性繁殖，甚至享受獨體的狂歡，解構了男性敘事對於人機／男女婚戀的既定想像。

　　科幻小說作為一種具有顛覆性的文類，以借彼喻此的技法，透過彼端的烏托邦鏡射目下的現實社會，寄寓了作家的批判、逃避與期盼。張系國與平路同樣質詰在人類男性主導的時空之中，機器／女性是否有能力翻轉既有的

父權秩序，而兩人的烏托邦想像卻大相逕庭，張氏科幻文本裡對兩性烏托邦的想像，建構於女性／機械對於男性／人類的摯愛與涵容，以及共同孕育人機混種的子嗣。然而，隨著人機界線混雜曖昧的新世紀到來，被輸入情感程式的人工智慧是否真能增生愛情？抑或是日益機械化的人類，其人性之愛反倒逐漸被稀釋？一旦張氏所期盼的必要元素有所欠缺，他所建構的性別烏托邦，恐將淪為過度美好的樂園式想像。平路的科幻小說雖然肯定機械女性優勢與超越的力量，但她對於人機共處的圓滿世界，或者女性烏托邦的可行性仍然充滿疑慮，與張系國相同的是，平路也透過小說文本探問個體自主意識的可能。當絕大多數的個體，皆被輸入了人類男性所界定的人性、女性的記憶認知，長期被囿限於不對等的權力位階，是否真能理解人性與女性的意義與價值？倘若依舊從眾如流地融入男性本位、人類中心的結構系統之中，那麼人機和諧、性別平等的明日烏托邦，仍然只是無法觸及的海市蜃樓。平路與張系國於世紀末書寫的科幻愛情寓言，喻示了兩性的分歧觀點，歧異的罅隙在時間的震盪之下愈趨擴張，愈演愈烈，似乎也已成為今日拒絕繁衍與情感孑立的孤獨世代的新世紀預言。

──本文最初發表於「第五屆竹塹學國際學術研討會」，後刊於《女學學誌：婦女與性別研究》第50期（2022年6月），因應該刊格式及審稿人、編委會的建議，論文有些修改與調整，本文為研討會發表之版本。

徵引書目

一　專書

王建元：《文化後人類》，台北：書林出版社，2003年。

王德威：《小說中國——晚清到當代的中文小說》，台北：麥田出版社，2012年。

王德威主編：《哈佛新編中國現代文學史》，台北：麥田出版社，2021年。

平　路：《禁書啟示錄》，台北：麥田出版社，1997年。

平　路：《東方之東》，台北：聯合文學，2011年。

李　玲：《中國現代文學的性別意識》，台北：秀威資訊科技公司，2011年。

洪　凌：《肢解異獸》，台北：遠流出版社，1995年。

封德屏總編輯：《百年小說研討會論文集》，台北：文訊雜誌社，2012年。

梅家玲編：《性別論述與台灣小說》，台北：麥田出版社，2000年。

陳國偉：《類型風景——戰後台灣大眾文學》，台南：國立台灣文學館，2013年。

張系國：《沙豬傳奇》，台北：洪範書店，1988年。

張系國：《金縷衣》，台北：洪範書店，1994年。

張惠娟：《烏托邦的流變——文類研究與文本考察》，台北：書林出版社，2020年。

楊勝博：《幻想蔓延——戰後臺灣科幻小說的空間敘事》，台北：秀威資訊科技公司，2015年。

唐娜・哈洛威（Donna Haraway）著，張君玫譯：《猿猴、賽伯格和女人：重新發明自然》，台北：群學出版社，2010年。

二　期刊論文

吳俊業：〈胡塞爾與他者問題——基本規模的闡釋與初步定位〉，《哲學與文化》，第36卷第4期（2009年4月），頁71-84。

張　法：〈濕婆的多種面相與印度美學的特色〉，《浙江社會科學》，第8期（2021年3月），頁131-137。

蔣淑貞：〈兩性戰爭可休矣？當代女性科幻小說的敘事模式與性別政治〉，《中外文學》，第26卷第8期（1998年1月），頁32-47。

劉人鵬：〈在「經典」與「人類」的旁邊：1994幼獅科幻文學獎酷兒科幻小說美麗新世界〉，《清華學報》，第32卷第1期（2002年6月），頁167-202。

蘇銀娜：〈《珍妮的畫像》：夢幻的外衣和豐富的內裡〉，《電影評介》，第22期（2016年），頁65-67。

三　網絡資料

《經濟日報》電子報：https://money.udn.com/money/story/5617/5226840，瀏覽日期：2021年7月10日。

童清峰：〈張系國科幻新作借幻諷今〉，《亞洲週刊》，第44期（2017年）https://www.yzzk.com/article/details/%E6%96%87%E5%AD%B8/2017-44/1508989879518/%E5%BC%B5%E7%B3%BB%E5%9C%8B%E7%A7%91%E5%B9%BB%E6%96%B0%E4%BD%9C%E5%80%9F%E5%B9%BB%E8%AB%B7%E4%BB%8A，瀏覽日期：2021年9月3日。

我祖父的 Tapung（李棟山）事件：
尖石鄉耆老口述歷史與 Lmuhuw
吟唱之互文意義[*]

劉柳書琴[**]

摘要

　　Tapung（李棟山）事件，泛指一九一一年八月到一九一三年九月臺灣總督府攻占李棟山（Rgyax Tapung）及周邊山區的系列戰役。這個事件對尖石鄉泰雅族的意義為何？筆者於二〇二〇年以「我祖父的李棟山事件」為題，對十位耆老進行半結構式訪談，確認他們對於此事件的定義是「戰爭」。

　　本文援引雷蒙德・威廉斯的感覺結構概念，目的在使尖石鄉人遭受戰爭創傷的感覺得以被分析，讓主體史觀呈現。文中將說明：一、受訪者、研究目的與研究操作；二、口述歷史中的李棟山事件：首先歸納起因、經過、議和落幕的過程；其次分析記憶錨點（memory anchors）、語義特徵（semantic feature）和肢體語言（body language）。三、當代族人的歷史反思：首先介紹 Lmuhuw 吟唱傳達的重點，其次說明這種形式的價值。

　　原住民族的無形文化資產（Intangible Cultural Heritage）應獲得重視。本

---

* 本文初稿發表於「新竹在地文化與跨域流轉：第五屆竹塹學國際學術研討會」，新竹市：國立清華大學華文文學研究所主辦，2021年11月12-13日。將刊於《全球客家研究》第21期（2023年11月），頁99-150。初稿發表及投稿期間，承蒙中正大學江寶釵教授講評及兩位期刊匿名審查委員給予寶貴建議，謹此致謝。日文文獻，為筆者自譯。
** 國立清華大學台灣文學研究所教授。

文搭建口述歷史和 Lmuhuw 吟唱相互詮釋的架構，並累積尖石鄉的記憶文本，從中得知口頭傳統（oral tradition）保存了泰雅族的抵抗史觀、限制性視野（limited Point of View）和創傷記憶，而其對話目的包括慰藉祖靈及教育子孫兩方面。

關鍵詞：隘勇線、集體記憶、感覺結構、泰雅族、重大歷史事件、口述傳統

一 前言：研究方法、目的與訪談設計

　　二〇一二年Lmuhuw被列為文化部文資局無形文化資產保存物件，是文化部、教育部、原民會政策扶助下泰雅族文化復振的重要指標之一。[1]泰雅口述傳統保存的經典案例，為二〇一三年文化部文化資產局委託執行為期四年的「林明福泰雅口述傳統Lmuhuw傳習計畫」。該計畫是政府部門首次以Lmuhuw國寶藝師為中心，兼顧保存者和傳習者之主體觀點及能動性，對原住民族無形文化資產進行的保護措施。[2]Lmuhuw成為重點保護對象，顯示它在原住民族精神文化中的地位。二〇一五年文化部調查各縣市文化資產保存者，並從文化行政的角度研擬保護方案。

　　泰雅族文化復振的指標之二，為二〇一四年實驗教育三法的通過，二〇一七年尖石國中、嘉興國小、尖石國小、新樂國小、桃山國小發起「新竹縣Tnunan 泰雅族實驗教育學校聯盟」，響應臺中市博屋瑪國小比令・亞布（Pilin Yapu'）校長之泰雅教育學主張。二〇一九年後，以原住民族學校傳遞原住民族知識體系之理念獲得實踐，使得調查、研究和教案研發成為當務之急。

　　新竹縣政府文化局積極關注相關動向，在泰雅口傳方面，二〇一九年曾在田埔部落召開口述傳統審議會，透過耆老現場演示，了解教會及地方團體保存工作的進展。在李棟山事件史蹟劃設及文資價值評估方面，則從二〇二〇年起召開多次諮詢會議，並以研究計畫案的方式鼓勵族人調查研議。[3]本文為響應文資保存、史蹟劃設及民族教育課程研發之需求，以泰雅族重大歷

1　二〇一二年八月，經文化部審議，將「泰雅口述傳統」列為「重要傳統藝術」，林明福為文化保存者，爾後文化部推動修法，「口述傳統」受到國家法定保護，視為我國重要的無形文化資產之一。

2　曾麗芬：〈泰雅族口述傳統的傳承：以「林明福泰雅口述傳統Lmuhuw傳習計畫」為例〉，《民族學界》第40期（2017年10月），頁5-39。

3　相關計畫參見新竹縣政府文化局：「新竹縣尖石Tapung事件史蹟基礎調查研究」專業服務案，計畫主持人羅恩加，協同主持人林嘉男。執行單位為識野環境資源顧問有限公司，執行時間：2021年12月29日至2023年6月22日。

史事件為主題，記錄尖石鄉耆老有關Tapung事件的家族故事與Lmuhuw吟唱，觀察其記憶錨點（memory anchors）、語義特徵（semantic feature）和肢體語言（body language），讓歷史創傷的感覺得以被分析。筆者由尖石鄉原住民文化館賴清美策展員（Sabi' Batu''，泰雅族）陪同，依循研究倫理申請程序，在二〇二〇年一月到七月進入鄉內，訪談主題為「我祖父的Tapung事件」，問題採用半結構式設計，受訪者共十人，講述內容製成訪談稿，便是本文分析的資料。

李崠山（Rgyax Tapung），位於桃園市與新竹縣交界，是復興區與尖石鄉的分水嶺。李崠山事件，泰雅族簡稱為Tapung事件。事隔一百一十年，我們重新了解這個事件是因為──它是泰雅族為阻擋日殖政府之隘勇線前進政策，和軍警、隘勇組成的討伐隊，在高海拔山區展開的廣域對抗。該事件泛指一九一一年八月到一九一三年九月臺灣總督府從攻占李崠山，到鎮壓馬里光群（Mrqwang）、基那吉群（Mknazi'）及部分霞喀羅群（Skaru'）的一系列討伐。這個強烈衝擊北臺灣泰雅族的事件，族人長期未掌握話語權，故而筆者希望以口述歷史和Lmuhuw吟唱挖掘事件記憶，增加不同形式的記憶文本。

感覺結構（structure of feeling），一九六〇年代由文化研究學者雷蒙德·威廉斯提出，用以區別觀念層次的概念、思想、世界觀、社會意識或意識形態，也與形式凝固的傳統有別，指現實實踐中的特殊感覺（feeling）與氛圍，以及人們在一定時期再現和經驗該感覺的方式。[4]威廉斯強調：感覺結構如同時代精神（Zeitgeist／spirit of the age）般難以捉摸，不是弗洛姆（Erich Fromm）所謂的社會性格，也不是本尼迪克特（Ruth Benedict）所說的文化模式。感覺結構，在威廉斯闡述文化的三定義（理想定義、文獻定義、社會定義）時，被歸類於「文化的社會定義」範疇，認為「文化」是對特殊生活方式的描述，特殊感覺會表現在藝術與知識中，也包含在制度與日常行為的某些意義與價值內參。

---

4 雷蒙德·威廉斯（Raymond Henry Williams）著，王爾勃、周莉譯：《馬克思主義與文學》（開封市：河南大學出版社，2008年），頁136-139。

感覺結構非屬個人，是社群或世代特有並共同享有。他者（局外人）想要了解某地的感覺結構，「必須竭盡所能地利用記錄文化，來重新攫取感覺結構」，舉凡藝術、建築、流行風尚、書寫性的作品等物質證據，都能展現「當活生生的見證者沉默之時，直接呈現於我們眼前的生活」。不過，無論記錄文化如何完整，僅能讓我們「大致接近」具有獨特感覺結構的「被活出的文化（lived culture）」。[5]記錄文化的優勢與限制，恰足以說明本文為何要以尖石鄉族人的口頭講述及一息尚存的口傳吟唱，取代文獻研究法，作為提供臺灣大眾了解Tapung事件集體記憶的路徑。那是因為：

第一，口述歷史與口傳文本，更貼近受訪者傳統的溝通表達文化。Tapung事件的研究始自一九七六年，學者楊緒賢以殖民文獻為主的歷史分析法，首度重構了事件輪廓。[6]時隔五十年，我們該如何讓戒嚴體制下無法自主發聲的族群現身？感覺結構中的語義特徵分析，提供一種可能。[7]相對於撰述，事件後裔講說時的個人語彙、時代用語、意在言外的情緒，乃至肢體語言，在這些感覺凝固為文字性、論述性的主導結構之前，保留了更多當地人的情感與思維。Tapung事件雖在一九七〇年代被納入臺灣史視野，漢人抗日史觀卻忽略了山地戰爭及底層原民的差異經驗，這正是訪談法必要的原因。

第二，「原地讀史」的生態總體觀，有助於了解山地戰爭。原地讀史，由尖石鄉出身的泰雅族學者官大偉所提出。二〇一九年他將二〇〇三年完成的Tapung事件調查報告增補出版為專書，書中前半部解析殖民文獻，指出臺灣北部山地被日本政府給定的空間角色和經濟功能，藉此說明Tapung事件爆發與林業拓殖、樟腦原料、國際市場之邏輯關係；後半部訪錄事件「子代」後裔的集體記憶。這本書綜合文獻法和訪談法，首次呈現泰雅族對此事件的觀點，其核心論點指出：Tapung事件之系列戰役，從生態歷史學的角度觀

5　菲力普・史密斯（Philip Smith）著、林宗德譯：《文化理論面貌導讀》（新北市：韋伯文化，2008年），頁216-217。

6　楊緒賢：〈李崍山抗日史蹟調查〉，《臺灣文獻》第27卷第4期（1976年12月），頁87-95。

7　雷蒙德・威廉斯著，王爾勃、周莉譯：《馬克思主義與文學》，頁143-144。

之，泰雅族與殖民政府的土地觀念嚴重相剋，部落尚以各自的Gaga'（律法規範）進行資源的利用與分配，對漢人墾民和日警治理的反抗，皆出於資源衝突和生存爭鬥。因為游獵游耕的生產型態需要廣大空間，對於土地森林崇敬的泛靈信仰，亦與現代國家的資本主義消費邏輯相違甚大。泰雅族蜂起出草，多年獻身不對等的戰事，此不尋常的出草可與神話中人口壓力的意涵連結，但並非單純的文化行為，是有計畫地連結我群反抗入侵者的戰爭行為。[8]官大偉從全球經濟下的樟腦市場、理蕃戰爭、生死存亡的資源競爭，對李崠山事件進行闡述，筆者則偏重受訪者的集體記憶、感覺結構和教育傳承理念。官大偉以「李崠山事件」的中性名詞作為書名，但在並置的族語書名及正文論述裡，將此事定位為戰爭（pintriqan），這種帶有重層語義的表述法，即牽涉了本文關注的感覺結構。

在事隔百餘年後，透過孫代後裔了解長輩面對事件的感覺結構，是否可能？依據威廉斯的觀點，特定經驗社群（community of experience）僅憑生活共同特點即可一覽無遺的感覺結構，唯有透過社會化與生活經驗去獲得。[9]以此證諸過去僅限於當地人或參戰者後裔家族內部「口口相傳」的話語，則可發現特定記憶世代透過講唱行為再現共同經驗時，得以形成局外人體驗該社群感覺結構的契機。

記憶錨點（memory anchors），常用於討論集體記憶的場合，指某個時刻附著在物體和空間上的心理錨點，其續後的曝光將引導記憶主體在精神上回到放置錨點的那一刻。[10]語義特徵（semantic feature），為語彙意義上所具有的特徵，如同動物外表上的特徵，是否具有尾巴、斑點或條紋等。[11]

---

8 官大偉：《李崠山事件》（新北市：原住民族委員會，2019年），頁23-24、105-106。

9 雷蒙德・威廉斯著、趙國新譯：〈文化分析〉，收錄於羅鋼、劉象愚主編：《文化研究讀本》（北京市：中國社會科學出版社，2000年），頁131。

10 Ch'ng, Eugene, "Virtual Environments as Memory Anchors," in Ch'ng, Eugene & Chapman, Henry & Gaffney, Vincent & Wilson, Andrew S. eds., *Visual Heritage: Digital Approaches in Heritage Science* (Switzerland: Springer Cham, 2022), 532-533.

11 林昕柔、鍾曉芳著：〈「忙」的語意特徵及認知概念——以語料庫語言學及語意側重為架構之研究〉，《語文與國際研究》第26期（2021年12月），頁127-151。

對於近代以前無文字的泰雅族而言，口述歷史及口述傳統Lmuhuw，富含族群現代性體驗和社會潛規則，兩者採集之後可成為相互詮釋的文本。歸納口述歷史的記憶錨點和語義特徵，再與文本空白（blank of text）甚多的Lmuhuw文本相互詮釋，可以得知口頭傳統（oral tradition）傳承了哪些泰雅族參戰者的史觀、視點和創傷。

「我祖父的Tapung事件」訪談操作：一、擬定題綱邀請受訪人概述家族世系，受訪者基本資料，參見附件一。二、針對祖代或父代參與事件的經歷進行講述；三、視能力與意願，邀請對講述內容進行Lmuhuw吟唱。四、將口述歷史初稿比對文獻、地圖、老照片，釐清空間位置與地緣戰略，歸納記憶錨點，分析語義特徵。五、二○二○年一月至二月初訪，同年三月至七月補訪。

Tapung事件後，多數家族奉命移往前山，少部分接受官方期許的角色獲准留居後山。十位受訪者目前散居各村，祖先來自馬里光群、基那吉群和卡奧灣群（Mkgogan）。他們都屬於事件的孫代，出生於一九四○～一九六三年間，無日語教育經驗，記憶內容出自父輩轉述，半數以上受訪者聽過祖代親口講述。一九四五年以前出生者三位；一九四六至一九六○年間出生者五位；一九六○年以後出生者二位。由於受訪者絕大多數在六十五至八十歲之間，幼年曾與祖父共同生活，且參戰者為青、中、壯年不等之混齡梯隊，故累計記憶資訊長達百餘年。

二　尖石鄉耆老口中的Tapung事件

本節歸納耆老記憶中的父祖輩傳述內容，性質上屬於家族內部的交往記憶。透過歸納法得知當地人對此事件的記憶，集中在起因、經過（攻守同盟、游擊戰、火攻與狼煙戰術、全族皆兵）、議和落幕三個面向，以下依序介紹：

（一）起因

有五位耆老述及起因，第一種說法認為與「理蕃五年計畫」有關。

> 日本人入山後想治理泰雅族，卻用隘勇線包圍，沒收我們視如生命的
> 槍枝，又時常做出不禮貌的舉動，使得長輩十分反感。Mkgogan打仗
> （Pintriqan Mkgogan）烽煙四起，族人知道存亡迫在眉睫，積極應
> 戰。這是一個艱難的決定，族人不好戰、不求戰，也都明白這是敵我
> 懸殊的長期戰，會帶來巨大的破壞和犧牲。（馬賽‧穌隆，2020）

馬賽‧穌隆講述時刻意放低音量，語氣含蓄，態度謹慎。他強調：「這是一
個艱難的決定，族人不好戰、不求戰，都明白這是敵我懸殊的作戰，會帶來
巨大的破壞和犧牲」。他指出祖父傳述此事時「點到為止」的立場：「泰雅族
叫戰爭pintriqan，是合理的qmhzyaw（抵抗）和lhmtuy（阻擋），事後遵守不
對子孫誇耀殺戮細節的Gaga'。老人家不多說，不希望後代蒙上陰影，被仇
恨吞噬。然而時移事往，族人漸不知曉，我今作為頭目，認為此事子孫不可
遺忘（laxi zyungi'）」。

第二種說法：日本人濫砍樟樹、原始林，破壞生物和泛靈的棲地，引發
不滿。

> 森林和土地是祖先留給我們的，也是動物植物生長繁衍的地方，是值
> 得敬畏的，但日本人入山一心想要樟腦（rknus），製腦（kblayan
> rknus）的小寮一個個出現。樟腦可以做很多東西，包括火藥。長輩們
> 說，當時日本參加很多世界大戰，樟腦就成為目標。山上還有紅檜和
> 扁柏，送回日本可以建神社，因此堅持要把李崠山攻下來。（阿棟‧
> 優帕司，2020）

第三種說法：常來山上作買賣的客家人捎來口信，引發部落恐慌。

事件爆發前，上山的客家挑夫多次說：「Gipun hetay（日本軍隊）和
Gipun kinsat（日本警察隊），不久就要上山，打算把泰雅族全部殺死
丟進大鍋（tebali'）裡煮。」長輩們聽到格外氣憤，仇日情緒蔓延開
來。後來只要有入山的日本人，不管是隘勇還是工程隊（pkbalay
tuqiy）一律殺死，並搶走他們的配槍。（黃未吉，2020）

李棟山事件發生前就有客家人警告馬里光社族人，警察隊馬上就要從
大溪、宜蘭、尖石進山圍剿（lbwan）了。客家人還提供槍枝、彈藥
給一些部落的頭目，頭目們就把武器分配到每戶家裡，認真擬定封山
作戰計畫。大家知道的Tapung事件有四次大對決（yaya' pintriqan），
分別發生在李棟山、太田山、馬里光部落和基那吉部落，前三次日本
人都受到打擊。（尤命‧哈用，2020）

曾祖父曾經從客家挑夫口中，打聽到日軍有入山滅族的計畫。凶訊很
快傳開，後山部落的反應尤其大。當時很多部落都流傳「帶著太陽帽
的軍人要入山進行屠殺，將族人丟進油鍋裡煮」的說法。（江瑞乾，
2020）

綜合三人的口述，客家挑夫與族人互動頻繁，是後山部落獲得外界訊息
的重要管道。江瑞乾則提到謠言為何深入人心：

早期老祖先的「射日」神話，這時也變成了「抗日」的預言。早在事
件前，日本政府用隘勇線（pinhluyan qhut）封鎖前山的部落以後，鹽
和山產的交易沒有了，不滿之情暗潮洶湧。在生死交關的情勢下，任
何流言蜚語都顯得格外真實。八五山、李棟山那邊開始修隘勇線以後，
後山部落禁不住滅族的壓力和恐慌，決定先發制人，襲擊入山的討伐
隊。日方便拉起通電網作為防護牆，並招募隘勇（ay-yong）和人夫
（sehu），很多客家人進來修路、挖壕溝（qmihuy haga' tlqingan），雙

方劍拔弩張，戰事全面升級。（江瑞乾，2020）

從復興區的Balung（中巴陵部落）嫁到Ulay（宇抬／烏來部落）的黃招甘女士，屬於卡奧灣群。她與丈夫黃末吉一同受訪，不斷點頭贊同先生所言，並補充一段前山親友通風報信的往事：

我出嫁前聽爸爸說，事發之前住在Krapay的親戚，曾走獵路來通知說日軍入山了。祖父和部落男人很快就外出，到下游的部落去支援（mbbiq qba'），大家團結（msqutux），但最後我們還是被包圍了。斷糧之後，他們想了很多辦法，其中一個就搬碎石集合成堆，用藤條綁住，遠遠看見幫日軍做補給的客家挑夫進來，就扯動藤條讓石頭滾下去。補給隊受到驚嚇，貨物掉落山谷，族人再找機會下去撿。我們要的是物資，因此傷亡不多。（黃招甘，2020）

黃招甘講起被圍困時的存活之道，難為情地摀起嘴巴笑道：「長輩們很辛苦但也很聰明」。部落之間素有互通情報、同族馳援的運作，有交易往來的挑夫也會通風報信，販售槍彈。耆老們說挑夫有的基於同仇敵愾，有的別有用心，有的後來變成日軍的挑夫，族人也漸漸半信半疑。

根據學者研究，原漢聯合抗日確實存在，客家人扮演了一定角色。[12]誠如威廉斯指出：社會雖有既存的主導結構，但也有仍在變動、融解、流動的邊緣部分——感覺結構即屬此類。戰火延燒下，原客兩族不再共享早年建立的信任，主導結構變化，無法辨識對方真實意圖，素來交往的關係也就產生了閾限。[13]

事件後裔有關起因的集體記憶，集中在「理蕃計畫」、流言與證實、槍枝來源三個方面，族人直接承受「理蕃計畫」帶來的隘勇線封鎖、圍剿、砲

---

12 當部落被隘勇線包圍時，山腳接壤地區的漢人即成為唯一消息來源。
13 雷蒙德‧威廉斯著，王爾勃、周莉譯：《馬克思主義與文學》，頁143-144。

擊、收槍、勞役、資源掠奪，但激起行動的關鍵是挑夫的傳言、親戚的證實，
以及客家商販提供的槍枝彈藥。語義特徵包括：Gipun hetay 日軍、Gipun
kinsat日警、ay-yong隘勇、qnawal ka qnhu通電鐵絲網、pkbalay tuqiy工程
隊、qmihuy haga' tlqingan挖壕溝、sehu人夫、lbwan圍剿、msqutux團結，指
向隘勇線pinhluyan qhut前進政策的一系列關鍵字。記憶錨點包括：rknus樟
樹、Mkgogan社、Krapay社、挑夫、隘勇線、帶著太陽帽的軍人、大鍋煮
等。口述者再現的感覺結構，是對合理防禦的強調，以及對現代戰爭、異族
入侵的恐懼，以及交易停頓、必要物資缺乏的斷糧焦灼。面對此一未曾有的
歷史情境，各個部落出現了攻守結盟的共識，以及全族皆兵的行動。

（二）經過

後山族人並非杞人憂天，一九○七年基那吉群、馬里光群都曾參與枕頭
山戰役：

> 馬里光地區第一次派出突襲隊，是因為下游親戚傳出求救的口信，說
> 日軍揚言要在一個月內拿下枕頭山，後來花了兩個月半。我祖父他們
> 是中游的部落，馬上下去支援，帶著約五十位勇士攻上枕頭山，據說
> 殺死了一百多人，有日本警察，也有客家ay-yong（隘勇）。（尤命・
> 哈用，2020）

尤命耆老的祖父帶族人前往支援角板山方面的姻親。達利・貝夫宜也提到：
祖父的第一場戰役是去支援大豹社（Ncaq），第二場是枕頭山事件，第三場
包括巴陵社（Balung）、卡拉社（Kara'）、馬告社（Makaw）的戰鬥，都是為
了支援血族。（達利・貝夫宜，2020）日軍謹記枕頭山一役的輕敵之痛，積
極加強壕溝、碉堡等設施，馬賽・穌隆也說道：

> 當時日軍在山上興建了一個發號司令中心（sska' ka pwahan nha' ke'），
> 上頭架設了幾個瞭望臺，監控四野的一舉一動。堡壘內有各式各樣的

槍砲,外圍也搭通電的鐵絲網(qnawal ka qnhut),使得泰雅族遲遲無法攻破。(馬賽・穌隆,2020)

李金水的祖輩從粟園遷徙到Sbaqi(西堡溪社)超過五代,他說曾祖父曾參與李崠山之役,Sbaqi社被迫歸順之後被官方指派為頭目,但是他常告訴年幼的孫兒被徵調勞役的痛苦。李金水憶及祖父,不禁潸然淚下:

> 那是很久以前的事了,祖父一遍一遍告訴我。Sbaqi山腳下來了一千多個日本人,往山頂建步道、壕溝、砲臺,有些是他們修的,有的是強迫我們祖先作苦力修的。當時哪有工具,都是用雙手去搬、扒、挖。現在芝生毛臺步道還看得到祖父牽著我、告訴我的那些土臺和砌石,我每次回山上看見了都還會流淚。那是誰造的?當然是我的祖先他們用汗和血去造的啊!祖父說,Sbaqi砲臺可以射到河對岸的泰崗、養老,最後族人只好表面歸順(wal mktuqiy),找機會反抗了。(李金水,2020)

李金水指出,日本人為獲得戰略要地Hbun Tunan(秀巒/控溪),奇襲Sbaqi部落,強迫當地人趕建陣地,以便向上游推進。黃未吉則指出從控溪啟始的這條基那吉線,是官方銜接卡奧灣線、馬里光線的最後一次深進,目的是要綏服與卡奧灣群、大嵙崁前山群和馬里光群聲氣相通的基那吉群:

> 李崠山事件的前一年,日本警察隊在Mkgogan的部落修隘勇線(pinhluyan qhut),山頂的巴陵砲臺(haga' Tayhuw na Balung)對準馬里光溪(今玉峰溪)上游。我們在Mkgogan有親戚,馬上就選出二十位勇猛的人,包含我祖父和我爸爸在內,馬里光的部落以叔公為首,組織一個游擊隊去幫忙。基那吉那邊的部落也出動了。(黃未吉,2020)

1 攻守同盟

　　一九一一年李崍山線推進時，Mkgogan群及其下游的msbtunux（大嵙崁前山群）已被壓制，因此攻守同盟的網絡萎縮，只剩馬里光群與基那吉群唇齒相依。達利牧師和江瑞乾提到：

> 李崍山事件我們叫Tapung戰爭（Pintriqan kya Rgyax Tapung），從大豹社事件到李崍山事件，十幾年間整條流域的族人一直很團結。日軍擅長陣地戰（mtciriq sa haga'），他們移防到下一個部落，族人就通報下一批部落去攻擊，各部落間輪流派員，用游擊戰（kinnbang pciriq）造成敵人不少死傷。參加作戰的人都是各部落一時之選，不只要勇氣過人，還要熟悉環境，矯健靈活，才有辦法去打日本人。（達利·貝夫宜，2020）

> 一九一二年泰崗部落由我曾祖父Kila' Buyong帶頭，將周遭部落聯合起來商量、抵抗（qmhzyaw），沒多久砲火就籠罩整個基那吉群的家園，警察和軍隊多路進來包圍。……。李崍山事件對我們是空前的災難，攻守同盟的網絡很快就從相鄰部落（qutux phaban）的合作，擴大到整條流域（qutux llyung）。這個命運與共的網絡，持續十幾年，到此才被瓦解。（江瑞乾，2020）

　　泰雅族攻守同盟的特點如下：血親和姻親部落、大漢溪流域的地緣戰略、掌握環境優勢的戰鬥者、部落之間完善的通報系統、分批輪攻、相互支援的原則。除了攻守同盟的總指揮，部落戰士聽命於各自的指揮，分進合擊：

> 攻守同盟時每個部落由一到兩位勇士指揮。當時，從大鎮西堡派出的勇士由我祖父Batu' Syat指揮，泰崗方面由Kila' Buyong指揮，馬里光方面由Botu' Pehu'指揮，秀巒方面由Kila' Buyong指揮，田埔方面由Tali'

Behuy指揮。族人稱這些不怕死、和敵人拼死活的勇士為ngarux na 'Tayal，意思是「像黑熊般勇猛的泰雅人」。（達利・貝夫宜，2020）

2 泰雅的游擊戰：突襲與伏擊

三位受訪者談起馬里光群的光榮戰役，是一九一一～一九一二年間的幾次突襲：

> 李崠山事件的第一波戰爭，從一九一一年夏天開始。馬里光和基那吉的精銳，趁敵人還在布署時先發制人（glelungun 'mpux），攻進營地殺人奪槍，以逸待勞在山頂殲滅緊急上來支援的部隊。那一次日方死傷慘重，決心大動作討伐周邊的泰雅部落。太田山砲臺，就是紀念那次戰死的指揮官。（尤命・哈用，2020）

> 叔公Botu' Pehu'利用夜半起濃霧（krahu' yulung）的時候，帶人潛去蓋好不久的李崠山碉堡。當時沒有石牆，一陣槍林彈雨（yan qwalax qu qengay），有的解決熟睡的敵人，有的搶彈藥。最後帶回六百多發子彈，在現在馬里光基督長老教會那邊分給各戶，提高部落的戰力。（黃未吉，2020）

> 我祖父Batu' Temu'參與過最大戰役（yaya' na pintriqan），是颱風造成李崠山本部及沿線的設施、電網、電話癱瘓那次。他們跟很多部落一起攻上太田山陣地，搶武器、引爆砲臺火藥、推落河谷。（徐榮春，2020）

黃未吉的頭目祖父Batu' Pehu'擔任總指揮、叔公（尤命・哈用的祖父）帶頭實際作戰，與基那吉群同盟，善用天候生態優勢，使他們搶到彈藥並將砲臺推落河谷，成為族人迄今津津樂道的大捷。官大偉書中曾述及，父代報

導人也有相關回憶。[14]

　　泰雅人的戰略是制敵機先，趁機充實部落彈藥，再以連日連夜的埋伏追蹤、精確的游擊戰，持續騷擾：

> 颱風（sbehuy）過後二、三週，敵人過河之後開始蓋碉堡。日本人占領（yehakun）制高點以後，白天難以接近，只能趁天未亮前去，殺掉幾個清早起來上廁所的敵人，撿走武器，就這樣用心理戰騷擾。（尤命・哈用，2020）

　　泰雅族以空間換取時間，以敵人的武器回擊敵人。但一九一二年十二月以後形勢改變，李崠山、太田山、馬美、巴斯、烏來山等制高點設置砲臺，族人只能伺機伏擊，或騷擾落單者。

3　火攻和狼煙戰術

　　在戰爭白熱化的一九一二年秋冬之際，泰雅人除了游擊戰也兼用火攻：

> 最後想出一個妙計，將開花的茅草燒起來（mtlom），沒多久日軍營地就被濃煙遮蔽，狙擊手看不見東西。祖父看見一位像指揮官（mrhuw na Gipun）的人，一個箭步上前就砍下頭顱。再交手時，日軍也以火攻還擊，但他們灑上石油，火勢很大，最後發生了激烈的肉搏戰。（馬賽・穌隆，2020）

　　除了火攻之外，狼煙誘敵也讓日軍疲於奔命：

> 煙（heluq），也是誘餌。青少年在山頭偵查，一旦發現工程隊，就會趁守備隊熟睡之際在附近升火，破曉前摸黑離開。修路的客家工人發

14　官大偉：《李崠山事件》，頁70-71、80-83。

覺炊煙竄升，誤以為族人在那群聚便通知守備隊砲擊。砲煙和巨響反而成為各部落集結的信號。大家依約往山腳潛伏，等砲擊結束，守備隊放鬆用餐時，再同步攻擊（siptnaqiy lmuhuw），搶走他們的槍。（江瑞乾，2020）

日方以炊煙研判目標卻被反利用，待發現是無效攻擊時，各部落早已利用砲聲作暗號，集體進攻。在這場科技、資源與人數懸殊的戰爭中，泰雅人不冒進，交替使用狙擊、火攻、狼煙、誘敵等，與侵略者對峙。

4 人員分工

達利牧師、范坤松、江瑞乾、徐榮春都提到「全族皆兵」的歷史。青壯年負責戰鬥，少年擔任運輸與通訊，配合生產糧食的老人與婦孺，將糧食補給到前線。家族中有四人參加過戰役的達利牧師說道：

隘勇線延長到後山時，我祖父Batu' Syat三十六歲，帶著我伯公Yabu' Siyat、叔公Liyok Siyat和我爸Behey Batu'去打日本人。祖父說，他常常帶頭突破隘勇線，由地勢低的地方往上跳，越過高處的電網潛入線內破壞電網，讓族人進入。

那時我爸十三歲，還不會用槍，只帶了刀。但因為幫大人揹敵首，獲得文面（ptasan）的資格，上額紋了一豎，下巴沒有，那必須殺死敵人才可以。祖父則因為在肉搏戰（mtsbing qba'）中十分頑強，被日本人記住，稱為yan utux，意即「像鬼一樣的人」。事件結束後，祖父還被日本人要求去抽血化驗。（達利・貝夫宜，2020）

達利・貝夫宜追憶家族參戰人物，指出抗日者獲得准許文面的肯定，其他四位則提到長輩在少年少女時代擔任的支援角色：

Tapung事件打了好幾年，我們基那吉群堅持不繳槍（ini' swal wayal galan ppatus）、不聽從（ini' swal mung ke'）、不投降（ini' swal lmeliq qba'），抵抗到最後。主力以男人為主，老人、婦女和小孩則幫忙補給。當時我祖父十歲，還是一個少年，負責揹地瓜，跟著他的爺爺Kumu'和奶奶一起去送糧食。他們都是走安全的高地，祖先遷徙的路徑，從秀巒爬上山頂，沿著稜線走到田埔，再爬上Rupi（魯壁），之後沿著稜線一直走，就能到Tapung。他們說這是pkraw rmuruw，就是「相互支援」的意思。（阿棟・優帕司，2020）

婦人是穩定部落的角色，也負責貯備糧食（smliy nniqun）。頭目（mrhuw）留守或親自帶領作戰的都有。通常由幾位善戰的人一起領導，挑選作戰者，還要選跑得快的青少年，來回供應前線需要的東西。我祖父當時就是「送便當」的。由於青少年是族群延續的希望，因此不會讓他們待在前線。勇士也是精神導師，教年輕人熟悉戰場、做好任務，也會講笑話提振士氣（plwax squ qpzing）。（江瑞乾，2020）

我的祖先數百年來生活在一千六百～一千七百公尺的高地，堪耐大自然的洗禮，祖父Tahus活到一○八歲，祖母一一○歲。祖父從李埔遷到那羅以後，是四代宗親的大家長，但和基那吉群混居以後，不再統理部落事務。一般由男性決定的物種、節氣、收成時間，他也交給祖母全權打理。這是因為祖母從李崠山事件開始，擔任後勤，練出好身手，後來又跟日本人、客家人學到一些。（頂定・巴顏，2021）

當時我祖父十五歲，因為年紀小負責送便當、連絡（pkkayal）。所謂的「便當」，好的話也不過是芋頭、地瓜、鹽、一小塊山肉而已。祖父會趁夜晚摸黑跑到前線族人休息的樹林或山洞送食物，再把口信帶回給頭目Batu' Pehu'研判，安排人力、支援物品，也通知婦女做好保護和農作。（徐榮春，2020）

　　Tapung事件是至少三條隘勇線推進圍剿下，激起的聯合反抗。在地家族有關事件經過的集體記憶，集中在以寡擊眾的光榮戰役、流域性的攻守同盟、高山戰爭與生態戰略、戰時部落生活等方面：

　　一、大戰與大捷：族人難以忘懷的四波大戰（yaya' na pintriqan）為一九一一年李崠山戰役（Pintriqan kya rgyax Tapung）、一九一二年太田山戰役（Pintriqan rgyax Maqaw，馬告山戰役）、一九一二年馬里光戰役（Pintriqan Mrqwang）、一九一三年基那吉戰役（Pintriqan Mknazi'）。大捷出現在一九一一～一九一二年兩線推進期間：1.一九一一年李崠山線前進期間（1911年8月1日至1911年9月31日）的某次有效反擊；2.一九一二年九月，泰雅族多群聯合，利用颱風天發動反攻的李崠山碉堡攻防戰；3.一九一二年九月到十一月太田山戰役中的幾次成功狙擊。後兩次皆在馬里光線前進期間（1912年9月24日-12月17日）。

　　二、攻守同盟：一九〇七年枕頭山之役至一九一〇年卡奧灣之役期間，是部落同盟上升到流域同盟的階段；一九一一年李崠山之役至一九一三年基那吉之役期間，是流域同盟從有效反抗的高峰到漸次瓦解的過程。

　　三、戰時領袖與游擊戰術：頭目與善戰者共同領導，制定「後勤支援前線」的一套戰略。日軍採正面戰及陣地戰，泰雅族採狙擊戰，結合火攻、狼煙、騷擾、風雨霜雪等生態及地理優勢。

　　四、戰時生活：作戰人員依年齡分工，中壯年為攻擊主力，少年擔任通訊補給員，並輔助婦女生產糧食。後勤生產由老弱婦孺擔當，婦女為主力。老人擔任物資補給嚮導，少年協助，循安全的獵道、遷徙道、稜線前進。

　　詞意特徵包括：sska ka pwahan nha ke'司令部、haga' Tayhuw na Balung巴陵砲臺、haga' Tayhuw na Tapung李崠山砲臺、glelungun 'mpux先發制人、qutux phaban部落攻守同盟、qutux llyung流域攻守同盟、qmhzyaw 抵抗、hmtuy阻擋、rmaw rmuru支援、smliy nniqun貯備糧食、ptasan文面等。在語言中表露無遺的一系列關鍵字，得知族人將此事件理解為戰爭（pintriqan）。

　　記憶錨點有三類：首先，正如李金水耆老所言「那些土臺和砌石，我每次回山上看見了都還會流淚」，隘勇線上的司令部、監督所、砲臺位址、銃

口遺構、土臺、砌石、駁坎、礙子，是強烈的有形錨點。第二，是族人敬仰的作戰領袖，亦即抗日英雄，譬如Batu' Syat、Kila' Buyong、Tali' Behuy、Batu' Pehu'、Botu' Pehu'等，包含戰士獲得的文面記號，還有被客家學者記上一筆的犧牲領袖。[15]第三，是留存在泰雅語中的新造詞彙，譬如mrhuw na Gipun 指揮官、teyurang 手榴彈、mtsbing qba' 肉搏戰、mtciriq sa haga' 陣地戰、kinnbang pciriq游擊戰、siptnaqiy lmuhuw同步攻擊、yan qwalax qu qengay槍林彈雨、glelungun 'mpux先發制人，則是戰時動員之後留下的無形錨點。

誠如威廉斯所言：研究過去時最難把握的，是對於某個特定地方和時代的生活性質的感覺。然而正是憑藉感覺所發揮的作用，各種行動、思考和生活才能結成一體。[16]歸納泰雅游擊戰、全族皆兵、攻守同盟等口述重點，可以梳理出如下一些情緒、氛圍、精神和立場：ini' swal wayal galan ppatus 不繳槍、ini' pktuqiy 不聽話、ini' alax sa sinrxan 不放棄、ini' swal lmeliq qba' 不投降、ini' swal mung ke' 不聽從。無論是ngarux na 'Tayal 像黑熊般勇猛的泰雅人，或yan utux像鬼一樣的人，正足以顯示泰雅部落在戰爭高峰期「決一死戰」的感覺結構。

（三）議和與落幕

一九一二年十二月馬里光隘勇線推進完成後，多個砲臺形成犄角之勢，一九一三年六～七月基那吉隘勇線推進完成，軍隊進駐，封鎖部落，要求歸順，繳出所有槍枝。馬里光、基那吉兩群的日常採集和農事停頓，在斷糧和砲擊壓力下陸續繳槍停火。一九一三年九月官方宣布桃園、新竹方面的討伐完成，馬里光群、基那吉群及部分霞喀羅群「歸順」。對於殖民政府這種負面定義，尤命耆老、徐榮春等人都反對，並說明官方當時許多軟硬兼施的操

---

15 林柏燕：《前進李棟山》（新竹縣：竹縣文化局，2010年），頁273。次丹仲耳瓦斯（田埔社）、高戈諾斯（田埔社）、桃雅火恰巴（秀巒社）、由剛諾命（巴拋兒社）。

16 雷蒙德・威廉斯（Raymond Williams）著、倪偉譯：《漫長的革命》（上海市：上海人民出版社，2013年），頁50-56。

作，以及族人忍辱負重的考量：

> 因為馬里光抵抗激烈，日軍決定在部落北面的烏來山頂設砲臺。馬里
> 光遭到無情轟擊（tmahun nya' smbu'），山河震動（syuy kwara' rgyax）。
> 有些被瞄準的部落棄村逃向深山，附近部落也陸續順從，最後剩下抵
> 抗最激烈、犧牲最慘重的我們堅持不投降。日軍突然改變態度，提出
> 談判，並請角板山（rgyax Sbtunux）那邊我們的姻親，帶小米、衣服、
> 地瓜、鹹魚、罐頭前來，當時部落的糧食已成問題，族人被封鎖生死
> 茫茫，外面的親戚前來探望很感動，這個方法很有效。……。頭目聽
> 從建議，為了大家活下去，忍痛接受議和。（尤命・哈用，2020）

> 砲臺對族人最大的影響，是懼怕（mngungu'）和憤怒（t'uqu'），不是
> 直接造成傷亡；是封鎖了山間工作和生活的動線，讓我們無法耕種、
> 狩獵、收割和辦祭典，生產秩序和生活作息整個被打亂了。（徐榮春，
> 2020）

兩位馬里光群的受訪者提到：日方一邊加強火力，一邊示好，主動提出議
和。火力壓迫下部落同盟瓦解，分為主戰和主和兩派，基那吉方面的情況也
同樣：

> 日軍對曾祖父與他兩個弟弟厭惡極了（kinsqihan），強迫他們挖地牢
> 囚禁自己。一個只能容納三個人的深坑，用竹子封住洞口讓他們動彈
> 不得，但他們不願甘休，連夜用雙手挖掘壁土，鬆動土中固定蓋板的
> 柱子，再頂開覆蓋，屏氣爬出。稍有閃失就會死在日軍槍口下，因此
> 三人耐心等候時機，趁士兵熟睡，一口氣從洞中竄出，合力襲殺六名
> 看守，攜帶家眷連夜逃亡。（江瑞乾，2020）

江瑞乾的祖輩帶領家族數代人，趁夜脫逃到霞喀羅群深山的白石社三、

四年。一九一七年才試探性地分段遷返，確定日警不再追究以後，返回泰崗重建家園。他認為，曾祖父和他的兒子們保全了抵抗的尊嚴，歷經兩、三代的努力，江家才走出李崠山事件的陰影。

　　日軍進駐各部落後第一要務為收槍，懲治少數反抗派，之後日趨懷柔。達利‧貝夫宜也提到日軍議和之初的一場「鴻門宴」：

> 一九一三年，日本的「和平軍」從宜蘭的棲蘭山，沿著駕鴛湖古道進來。立刻就占領了武備弱的塔克金社，接著占領司馬庫斯，目標是對付強大的泰崗社和鎮西堡社。日軍第一次求和時，駐營在司馬庫斯山上的 rgyax Snuring，邀請鎮西堡的代表過去。頭目研判日軍極可能見到交手過的泰雅人氣憤難平，失控就殺掉，那麼部落會馬上陷入危險。因此決定派些不曾交手的人陪著耆老過去。……到了營地，他們看見軍警數量驚人，但日本人熱情招待他們吃喝，也就放鬆戒備了。沒想到，席間突然被一頓暴打，日本人說是想起死去的同袍心裡很痛（qmtqit inlungan）的緣故。代表們被放回後，告訴祖父和頭目說，日軍無心和解，欺騙（mtqruw）泰雅人，必須出草（mgaga'）。沒多久日軍就派員來說「這是意外」，送米、鹽、味噌和醬油來，一再允諾會給族人「好生活」。頭目只接受了鹽和米，因為族人認為醬油是泰雅戰士的血（ramu'）做的，味噌則摻了日軍的大便（quci'）。部落分裂為主戰和主和兩派，直到日本人宣布不會完全沒收槍枝，刀也不必交出，可以打獵，才達成停戰（mhngaw mtciriq）共識。（達利‧貝夫宜，2020）

達利‧貝夫宜強調鎮西堡社沒有投降，是日方「求和」，歸順儀式被族人理解為「和解儀式」，之後官方拉攏部落的工作也不順利。尤命‧哈用也曾提到，日警曾有意攏絡Ulay社頭目Batu' Pehu'，讓其長子擔任警察，遭頭目拒絕。仇日情緒無法平息的年輕人，甚至出草報復。徐榮春提到一段誘殺往事：

一九一三年部落大頭目Batu'不得不接受官廳停戰的協議，但是我祖父痛恨日本人，不甘願就此罷休，於是找了兩個跟他同樣厭惡日本人的年輕人，一個是我堂哥他爸爸Temu' Batu'，一個是徐榮春校長的祖父Batu' Temu'。他們祕密安排了誘殺（smqru kmut）日警兒子的計畫。由青年出面邀約巡查兒子晚上去射魚，趁其不備在河邊報復（kbzih）。（尤命・哈用，2020）

頭目被迫停戰、交槍，但初生之犢的我祖父和頭目的兒子Temu' Batu'以及他堂弟卻憤恨難平。十七歲、十六歲、十五歲的他們，就設局接近Ulay社巡查的兒子。邀約晚上去河邊射魚，趁機殺人棄屍。巡查得知兒子被做掉（wal kblayun），大為震怒要求立即交出凶手，血債血還。頭目心知是自己長子幹的，又是對入侵者合理的制裁（mgaga'），便抱著被嚴懲也不低頭的覺悟，無意談判（ini' swal mpkal）。被拒絕的巡查悲恨至極，但官廳高層不希望好不容易達成的和解破裂，雙方陷入僵局，後來還是巡查飲恨，族人暗喜在心。（徐榮春，2020）

事發第一時間，三位起事者便在頭目Batu' Pehu'指示下，連夜逃到司馬庫斯的深山，該社不僅協助藏匿，還將少女嫁給其中一位「抗日勇士」。為了平息這場風波，最後頭目接受官廳要求，將么女和次子作人質，送交日本警官撫養，男孩被栽培為日警，女孩長大後嫁給部落的勢力者。

一九一二年十二月馬里科灣隘勇線推進完成後，馬里光群遭壓制，基那吉群孤掌難鳴，後山的抗日力道減弱。一九一三年九月兩群停戰，有關這最後半年的抵抗，在地家族的集體記憶包括：1.部落為何接受議和；2.官方的策略；3.議和的過程。

在這項訪談中，與和解經過有關的語義特徵包括：ini' swal mpkal無意談判、mhngaw mtciriq停戰、sbalay和解、smqru kmut誘殺、kbzih報復等。記憶錨點包含：rgyax Sbtunux角板山、Smangu司馬庫斯、ramu'血（醬油）、

mstanux大便（味增）、qmihuy haga' tlqingan挖壕溝、誘殺日警之子事件等。

從中能夠察覺族人由憤怒、懼怕、出草到冷靜研判情勢、忍辱負重的感覺層次：tmahun nya' smbu' 無情轟擊、syuy kwara' rgyax山河震動、pspung qu rngu' nya' pkhwah摧毀的力量無以倫比、t'uqu' 憤怒、mngungu' 懼怕、kinsqihan厭惡極了、tqrgun nha' qu Tayal ta' 欺騙泰雅人、siki musa' mgaga' 必須出草、qmtqit inlungan心裡很痛、pinhkngyan sa qnihutx艱苦的足跡、plwax squ qpzing樹立典範等。

口述者再現了與官方截然不同的感覺結構——泰雅族是合理迎戰，也是自主停戰。族人沒有投降，出擊或停戰都是基於族群永續的考量，目標是儘快回歸正常的生活與生產。因此當官方容許有條件使用槍枝，而提出與泰雅族和解（sbalay）概念相似的議和時，各部落便陸續接受了。

儘管如此，連年對峙，餘恨難平，族人的地理優勢如故，治理不易，導致官方發起下一波「集團移住」和「分而治之」的對策。誠如傅琪貽所言，原住民的抵抗是保衛家園和領土的正當防衛。[17]Tapung事件結束後，總督府威撫兼用，先以「埋石儀式」要求繳槍、禁止復仇，遵守「歸順誓約」，後又要求服從「官命」遷移到前山易治理之地。對此傅琪貽批判道：「日方這種強迫離鄉背井，將原住民從其鄉土和傳統文化加以隔離的徹底歸順政策，……顯然是以武力強制手段，從根本上消滅原住民固有的一切。」[18]

三　悼念長眠李崠山的祖先英靈：Lmuhuw中的歷史教誡

參戰後裔口述時有不矜誇的Gaga'，那麼透過Lmuhuw口傳，這個事件又呈現出怎樣的感覺結構呢？

Lmuhuw是「穿」、「引」之意，包括口白和吟唱兩種。有如針路的陽線

17　藤井志津枝：《日治時期臺灣總督府理蕃政策》（臺北市：文英堂，1997年），頁238、249。
18　藤井志津枝：《日治時期臺灣總督府理蕃政策》，頁293。

與陰線，傳述者選用隱喻和深奧語，講述一事並賦予教誨。有基本的敘事形制和程式，唱腔與修辭則可自由變化。透過雙人、多人或單人吟唱，將遷徙史、家系、史事、社群規約代代相傳。最早記錄見於一九一八年佐山融吉《蕃族調查報告書》，余錦福在二〇〇八年定義為「泰雅族的口述傳統與口唱史詩」。[19]

在今日的尖石鄉，泰雅族的 Gaga'仍有一定效力。大約到一九七〇年以前，在祭典、嫁娶、和解、談判、講述家系源流等場合，仍可見到Gaga'透過Lmuhuw在日常生活中體現。在泰雅族使用拼音文字以前，Lmuhuw就是最重要的記錄系統，現在只剩下極少數耆老具有能力，包含本次受訪時吟唱的四位。以下，簡介泰雅耆老對Lmuhuw的觀點。

堪稱尖石鄉吟詩人的范坤松（Lesa' Behuy）指出「泰雅族過去沒有文字，現在有羅馬字了，也無法完全傳達我們語言的妙味」，他特別重視Lmuhuw的風雅溝通功能：

> 過去當部落發生問題，雙方長者會圍坐著火堆，拿出自釀的酒，一邊Lmuhuw一邊調解，Lmuhuw就是溝通的橋樑。又比方說，我家孩子在別的部落有悅意的對象了，家長絕不能魯莽地跑去說：「你的孩子嫁到我家吧！」必定要透過Lmuhuw表達。（范坤松，2020）

五峰鄉族人黑帶‧巴彥（Hitay Payan）長年致力於泰雅文化的傳承，他說Lmuhuw是「半明半暗」的話語，有如縫衣時的穿針引線：「隱喻，有如陰線，因看不見而充滿想像，但只要以明言連貫，便能讓人們體會話中寓意。」（黑帶‧巴彥，2020）他強調Lmuhuw是詩的語言，點綴著古奧語，流露「老人之言」的悠遠，以及「祖訓歌謠」的權威性：

19　余錦福：〈泰雅族Qwas Lmuhuw即興吟唱下的歌詞與音樂思維〉，《臺灣音樂研究》第6期（2008年4月），頁31-63；余錦福：〈在音樂中聆聽彼此：泰雅族qwas Lmuhuw歌者「聽唱行為模式」之觀察〉，《玉山神學院學報》第25期（2018年6月），頁37-60。

有如漢文中的國風，Lmuhuw就是泰雅族的文言文。老人家在對話時，就會出現那些文言文。一定要從頭到尾聽完，無法中間擷取會意，也不是懂得泰雅語就聽得懂Lmuhuw。（黑帶・巴彥，2020）

至於情境，他指出有祭儀、議事、議婚等嚴肅場合，也有情感交流的輕鬆場合：「有要事或平常烤火時，在老人的對話間，很容易出現這種吟唱。各種情境，表現不一，基本特徵是雙關，幽默則非必要。」（黑帶・巴彥，2020）他還指出，Lmuhuw對唱的過程也是一種「智慧的較量」。常見男性尊長你來我往，少由女性擔綱，年輕人也不易勝任。

在祖訓主題的Lmuhuw吟唱中，遷徙史是最重要的主題。吟唱者透過發祥地、遷徙宣告、覓地擇居、新的領域疆界、姻親關係、通婚、亂倫禁忌及其他gaga'規範，進行各群各部落血脈親疏的源流教育。大嵙崁群、馬里光群、基那吉群的祖訓歌謠，都會娓娓道出遷徙祖、路線、分散點、新部落位置，強調大漢溪流域的泰雅族「係出同源」，要友好團結，相互通婚，「不可用厚木板、荊棘隔絕彼此」等等。

嘉興國小徐榮春（Makus Suyan）校長重視Lmuhuw的民族教育與社群凝聚功能，他說：「Lmuhuw用在徵詢和宣告，是社會溝通的重要過程，用在祭典則加強了文化傳承和群體認同。」隨著口傳文化的式微，連聽懂都不容易，除了深奧語之外，還有尊卑表現，像是「容我抓著你的衣襟一角」、「立在你的屋簷底下」等謙遜語，而對方可能答以「樹枝」、「河床的石頭」等機智隱喻。他解釋Lmuhuw用於多種社交場合，會因時代環境、社會氛圍、對手素養而變化修辭，營造不同感覺，如果不明白文化隱喻，就會誤解對方意思。他舉出一例：「Maytaq qhzi'」直譯是「刺酒杯」，令人摸不著頭緒。泰雅族提親需要好幾回合，唯獨最後一次女方答應時才會取出酒杯，盛情款待。「Maytaq」是「刺」，同時有「直達」的意思。提親者不用「商量」，而說「直達酒杯」，著墨的是男方家庭的決心和態度，表示「最高的慎重」。[20]

---

[20] 劉柳書琴：《尖石鄉前山部落史日文文獻及泰雅族Lmuhuw文本研讀計畫（2020.07-

　　徐校長的祖父很少對他談論Tapung事件，倒是常用Lmuhuw吟唱，讓他留下深層的泰雅記憶。「祖父很愛唱Lmuhuw，在山上工作或外地出入時，只要遇到親戚朋友就會唱。……自然會講到李崠山事件的過往。祖父他們大多是在回憶打仗時的共同經歷，或當時的一些事件。」（徐榮春，2020）從祖父的吟唱中自然薰染，使徐榮春對於Lmuhuw特別有感情。他提倡透過校園祭儀進行活化，讓下一代體驗口傳文化，並在校園內實踐。目前尖石鄉、五峰鄉都有耆老進入校園吟唱Lmuhuw，也有小學生在公開場合練習吟唱。以下試舉兩首Lmuhuw觀察在社區和學校不同情境，耆老如何以Lmuhuw傳達他們對Tapung事件的定位及教育意義，溝通的對象為誰？

（一）遙念Tapung事件捍衛泰雅家園的祖父們（緣起、正唱）

　　以下是在玉峰村宇抬部落採錄的對唱，兩位耆老以手蘸酒點灑，獻給祖靈與神祇，再小口啜飲。堂兄黃未吉開場，堂弟尤命‧哈用回應，先說明吟唱緣起，接著進入正唱。

　　〈緣起〉開啟塵封的家族記憶，黃未吉率先以族語吟唱下列內容：「今天教授邀請我倆Lmuhuw，請容許我們堂兄弟，執起酒杯向祖先敬上一杯。哪怕我們只能獻出祖先的萬分之一（galaw ta' qutux~ ru cikay ta' qutux qunbkis ta' han），也請妳在最短時間帶回去。為免孩子們聽不懂，我儘量言簡意賅，請為學生們帶去這最最重要的話語。」尤命回應：「啵～開始吧！兄弟～我也希望後代知道完整真相（Tapung事件），因此始終把祖先的腳印放在心，我們怎能不好好教給子孫呢？我和哥哥有同樣的使命呀！」

　　兩位表現出吟唱者謙遜的 Gaga'，說明他們希望這段歷史被記錄下來，希望後代記取祖先精神，接著尤命耆老開始吟唱：

2021.08）》（臺北市：科技部人社中心補助學術研究群暨經典研讀班成果報告，2021年），頁116-117。

口述／吟唱：尤命・哈用（1948年生，Mrqwang群）

採錄時間：2020年1月19日

族語記錄：張國隆（Buya' Bawnay）

華語文本：筆者

sm'inu' squ llkawtas rngu' nha' mlahang squ rhzyal ta'

pux~ lkotas Batu'! lkotas Nawi'! lkotas Botu'!

snbil su' sami' laqi'~

wal myan keran papak, minlahang sa hbun na Bilaq,

nway ki wah~ ana si say nanu'~

zywaw qani, nyux maku' baqun inlungan,

ini' ta' qhqihul qnxan mwah hmiriq rhzyal ta' ita' Mrqwang

musa' ta' smyuk uzi ki wah!

soni' la~ ana simu wal m'abi',

sami 'laqi' kinbahan, iyat myan zngyan hway 'buk mamu,

kblaq myan mqyanux ki wah!

kwara' kinbahan qani inbleqaw myan mssi' inlungan,

glgay myan rapal su' lkotas.

nway ana yasa nanak,

ulung su' simu thuyay sami mqyanux soni',

lelaqi', kwara' qu kinbahan misu qani~

hazi' na wal nha' zngyan,

talagay~ memaw msbuq roziq…

gaga' ta' 'Tayal ke' ta' 'Tayal wal ungat kwara' lki wah!

nway la~ ki wah~ mslokah,

aki nha' baqun kwara' qu pin'aras llyu na hmali' ki!

wah!

遙敬李崠山事件捍衛泰雅家園之祖父們（正唱）

啵～先祖Batu'、Nawi'、Botu'！

我們是您們留下的子孫啊～

您們耳提面命、浴血守護玉峰家園的往事，

我們都牢記在心念念不忘～

情非得已，深深慚愧，

馬里光的領土遭受侵犯，

我們不得不回擊！

今日您們雖已長眠，

子孫不會忘記您們艱苦守護土地，

讓我們安身立命。

我們會記取這種精神，

努力追隨您們的腳蹤。

我僅能略表一二，

卻感激您們抵禦外侮使我們安居樂業。

子孫啊，現在的子孫啊～

似乎已忘記（祖先的歷史），

唉！想來就讓人流淚，

泰雅的gaga'，泰雅的語言，也幾近消失了！

但我們會再接再厲，

讓子孫明瞭祖先舌梢的智慧！

哇！

尤命耆老獨吟，在發語詞「啵」之後，以四段啟白，表明家系與思念心情。首先，感謝開墾和守護馬里光的一切祖先，特別追懷帶領族人北遷的三大祖先。其次，憐惜父祖們在事件中的犧牲，肯定合理防禦。第三，感謝祖

先讓子孫有安身立命的家園，子孫們會相親相愛。第四，請祖先饒恕遺忘古
訓和泰雅語的一些後代，承諾自己會努力讓祖先的話傳下去。

　　尤命耆老的吟唱採用深情的慢板，內容由祈請祖先、簡述史事、感念祖
先、垂訓子孫、自我鞭策構成，不講述戰爭。與口述歷史的差異在於更著重
憐惜和感謝，溝通對象是泰雅祖靈和事件英靈，旁及敵靈，訪談者是其次。
吟唱者表現出對不可見的靈（utux）的臨在感、對受難者的感同身受，以及
對敵人再三釋放仇恨怨念的和解精神。

　　在這首追思弔亡的短篇吟唱裡，rapar（腳蹤）是關鍵詞，原指祖先遷
徙開拓的足跡，在此轉喻為保家護士的精神典範。「情非得已，深深慚愧」
一語，隱含對戰歿雙方的弔慰，與其口述歷史內容相互呼應：

　　　祖父說，日軍到烏來山第一件事是挖濠溝，他和幾十個族人從側翼潛
　　　上去突擊。族人射中掩堡內的手榴彈，引發一連串爆炸和哀嚎，趁敵
　　　人向外逃竄的時候解決了一群。但第三天凌晨就有幾十位敢死隊摸黑
　　　來攻，掩堡被他們奪回。緊接著將近兩個月，槍戰、手榴彈、砲擊、
　　　肉博戰沒有停過，雙方都死很多人，真的是腥風血雨。看見烏來山，
　　　就會想到祖父他們的辛苦。（尤命・哈用，2020）

　　相對於族人避言殺戮的內斂立場，此役官方記錄以日俄戰爭比擬，不自
覺對殖民地人民流露討伐異族的國際戰爭觀點。一九一二年十一月二十日
「永井部隊聯絡恢復如舊」一節寫道：「烏來山地勢險峻，猶如旅順的金州
南山。我方三十位突擊隊誓死勇士，堪與日俄戰爭的『白襷隊』匹敵。若能
奪回實屬僥倖，倘使敵蕃抵抗，則我方必全滅於不利險峰之中。當日山田、
佐藤、永井、和田、岡本部隊多路夾擊，經歷殊死格鬥，上至分隊長、巡查
等死傷多人，終於占領烏來山高地，夜間敵蕃多面攻來，銳勢不減。我方隔
日速設臼砲一門於山頂。」[21]

21　入澤滲編：《生蕃國の今昔》（臺北市：成文出版社，1922年），頁244-246。

（二）悼念長眠李崠山的祖先英靈

口述／吟唱：達利・貝夫宜（1940-2020年，Mknazi'群）

採錄者：高文良（Yabu' Silan）

採錄時間：2020年6月24日

族語記錄：劉芝芳（Apang Bway）

華語文本：筆者

sin'inu' myan squ kinbkisan nyux m'abi' sa rgyax Tapung

nyux sqa kwara' qu lelaqi' snbil mamu qani,

ru sinsi kwara' qu lpyung nyux mwah mluw sami qani,

klhangi sami,

ru blaq sami mlahang mwah myan qani,ru aring kira' qani ga, blaq mlahang qu 'laqi' qani.

kana nbu',

ru aki ms'inlungan,

ru aki balay mlahang squ rhzyal,

mlahang squ qalang,

teta' nha' i kana pkyut qu snbil mamu.

lkotas kwara' mamu, nyux i wal i m'abi' sqani

wal mkramu' sqani, rgyax Tapung wah~.

qani ga, pplaw mamu qani,

pplaw mamu qani.

悼念長眠於李崠山上的祖先英靈

（祖先們啊！）這些您們留下的孩子們，

以及同我們一起來的老師們和親友們，

請看顧我們，

使我們今天的到來能平安，

並從今天開始看顧這些孩子們。

不讓他們生病，

讓能夠同心，

能夠看顧土地，

看顧部落，

你們所留下的家園才不會中斷。

李棟山啊！已在此沉睡、曾在此流血的祖先們，

你們的精神與我們同在，

與我們同在！

　　這是新樂國小的戶外課程，採用的是口白式的 Lmuhuw。二○二○年該校為二十四位應屆畢業生舉辦一場別具意義的畢業巡禮，校長帶領登臨位於玉峰村、新樂村交界的李棟山古堡。被族人視為不祥殺戮地的古堡，在斷垣殘壁間散發敗者的記憶錨點，曾是鄉人不喜進入的所在。儘管外地人的登山客不絕如縷，當地人的創傷猶在，因為不曾有政府清理悼亡，也不曾進行祭儀或教育的補償。

　　關注到此議題的新樂國小，試圖重述禁錮在「理蕃政策」下充斥死亡與帝國邏輯的 Tapung 事件。師生們首先告慰祖靈，報告來者是「您們留下的孩子們，以及同我們一起來的老師和親友們」，懇請祖靈「看顧」。接著，透過傳統領域相關的文化教育，形成當地人的感覺結構與 Gaga' 垂訓，重造兒少主體的歷史理解與心靈安定。這次行動的意義，顯示政治意識形態能夠滲入常民領域，不在理法，而在感覺管理和情感動員；反之，欲解構殖民主義，也必須從感覺結構入手。

　　〈悼念長眠李棟山的祖先英靈〉，是師生們爬上海拔一九一四公尺的李棟山、憑弔祖先多次攻防的古堡遺址時，由秀巒村耆老——達利・貝夫宜牧

師進行的口白式Lmuhuw。李崠山古堡，曾為隘勇監督所和討伐隊司令部。徒步登臨事件的關鍵現場，師生們真切感覺祖先的足跡。達利牧師首先以Lmuhuw提策宗旨，帶領師生獻灑酒水，之後用族語說明為什麼高文良校長要帶大家來這裡。他說：

> 這個（酒水）是我們給祖靈的分享，祖靈在這裡犧牲了，他們的血流在這裡，而且就犧牲在這裡。（祖先的英靈）可能有回家的，有！回部落的，有！但是沒有回家的也不少。就在這裡！

透過耆老的言傳身教，Tapung事件的「孫代」，帶領國小師生，體驗超越物質遺留與文字記錄的祖先生命史。類似的史蹟巡禮，尖石鄉多所學校也會結合「山林漁獵」和「社會課程」進行。[22]

時年八十歲的達利・貝夫宜牧師，多年來往返前、後山擔任泰雅族民族實驗學校的文化老師與顧問。他抱病擔任本次活動，親力親為，鄭重賦予準國中生「泰雅精神」。在這首Lmuhuw裡，主祭者諄諄教誨孩子們——要記取歷史教訓，看顧祖先們以生命守護的家園。這也是達利牧師過世前幾個月，最後一次在公開場合的活動。整首口傳簡潔，不過百字，字字表現出其職志——看顧土地、看顧部落、看顧孩子。守護家園與泰雅傳統是主旨，也是達利牧師從事佈道、參與原運、協助泰雅民族教育的一貫理念。

Lmuhuw作為文化記憶的載體，具備了存儲（speicherung）、調取（abrufung）、傳達（mitteilung）的作用。[23]在臺灣原住民族中，泰雅族的口傳文化是一種罕見的無形文化資產。Lmuhuw經由儀式展演，結合口述歷

---

22 除了古堡之外，Tapung 事件結束後 Mrqwang 和 Mknazi' 曾因一次狩獵誤殺，引發兩群七年的衝突。糾紛經日方挑撥而擴大，最後兩敗俱傷。至一九二〇年代後期，官方實行集團移住。移住家族在前山落地生根，但與後山親戚至今依然緊密，而誤殺地點設置的和解廣場也成為民族教育的地點之一。

23 揚・阿斯曼著，金壽福、黃曉晨譯：《文化記憶：早期高級文化中的文字、回憶和政治身分》（北京市：北京大學，2015年），頁51。

史，有效召喚集體記憶成員的感覺結構，刺激新的回憶文化，並在持續流衍的文化中，重塑族人的文化認同與感覺結構。尖石鄉的口傳文化日漸危脆，耆老多年未唱而淡忘。然而，於公開場合聚集耆老「重新開口」，互相激發，有助於參與者被這種靈性文化所滋養鼓舞，進而關注這項文化資產的傳承議題。除了「新竹縣Tnunan泰雅族實驗教育策略聯盟」的五校之外，二〇二一年以後「新竹縣原住民族部落大學」的江森主任，也將Lmuhuw演示列為年度特色加值型指標，持續在縣內部落巡迴辦理，對這項文化資產的保存有正面影響。

感覺結構作為一種方法，有助於闡明特殊生活方式，特別是一種特定文化中或隱或顯的價值。創傷事件形塑的感覺結構，在說與不說之間成為深層文化結構。說，包括直述的語言（口述歷史、小聲講、在火堆光明處講）和隱喻的語言（Lmuhuw）。不說，包括不接受訪談、避談、說得少、潛台詞、不言自明，以及使用非語言的語言（肢體語言、畏懼的表情等）。無論何者，都傳達了孫代的集體觀感。同時，我們也看見什麼是談論此事時，耆老認為不能不說的，包括歷史教訓和 Gaga'提醒。吟唱者虔敬的身口，顯示其對英靈與祖靈臨在的相信，以及對於戰爭巨大破壞性的畏戒，因此即使文本簡短或語義空白很多，主旨和情感的傳達卻能深刻。

口述歷史與口傳文化，是泰雅族重要的言說形式。兩者在Tapung事件記憶上的感覺結構大致相同，但口傳形式修辭簡約古雅，抑揚頓挫之間帶有強烈詩性與情感，除對生者表達，亦重靈界溝通，具有宗教與儀式的功能，因而具神聖性與感染力。口述歷史著重對臺灣社會發聲及重寫歷史；Lmuhuw吟唱則以族人內部為首要對象，目的包括慰藉祖靈及教育子孫。然而，兩種言說以族語、音腔、對話、身體、情境、環境構成不可複製的感覺結構，翻轉了官方史，也補充了圖文資料的不足。非文字的語言，非語言的吟唱，訴諸官能、心理與靈性的溝通。這種溝通環繞著「創傷與和解」的歷史難題，帶有民族情緒和倫理色彩，蘊藏了許多另類現代性的思維。

四　口頭文本與歷史文獻的參照閱讀

本文訪談的十位耆老，來自馬里光群、基那吉群、卡奧灣群，祖父居住地為馬里光社、烏來社、李埔社、泰崗社、鎮西堡社、司馬庫斯社，散布於今日尖石鄉的玉峰村和秀巒村。世代上橫跨一九四○年代出生的戰爭世代，到一九六○年代出生的戰後第一代尾段。

相對於大嵙崁群遭遇的樟腦戰爭，臺灣總督府以世界市場及母國林木消費為目的之山地經略，不是大漢溪上游尖石鄉人的記憶重點，但外出支援與保境對抗期間，他們充分體驗了現代戰爭的討伐懲治，以及殖民國家的直接治理。在百年後的今日，參戰後裔向公共領域道出家族內部傳述多代的記憶，是希望不要讓祖先保衛土地和家園的真相和精神被遺忘，更是希望所有戰歿者不論敵我，皆能安息。受難後裔透過口述歷史抒解創傷，在族語吟唱中慰靈弔亡，教育民族的下一代，並對多元族群的臺灣公眾發聲。這些看得見或看不見的溝通過程，皆是改寫殖民文獻、扭轉污名的行動。這正是原住民族神話、傳說、口述、吟唱等，口頭文本的價值。

馬里光線的推進，結束於烏來山激戰，之後官方隨即舉辦追悼法會。一九一二年十二月三日，總督府在臺北市西本願寺舉行追悼法會，憑弔警部、警部補、巡查、巡查補、隘勇等二百二十九位前進隊殉職者。蕃務總長大津麟平祭文如下：「諸士今已攻掠烏來山、馬美山諸險要，不日可搗敵蕃巢窟，功績留在理蕃史上不朽。哀忠臣兮一去不復返，李崍山顛悲風轉蕭條。願諸英靈，隨法會雲板寶鐸，早得佛果。」龜山警視總長接著致祭：「此次隘勇線推進意外遷延，死傷甚多，係因馬里光群自矜慓悍，糾合同黨，布背水之陣，鼓決死之勇反抗。欲平定實屬不易，然有進死無退生，非敵蕃乞降絕無中止，乃我武士道真隨。……爾諸士乃義勇奉公死，……，祈英靈安息。」[24]

前者著重殉職軍警官員「理蕃功勛不朽」，後者慰藉隘勇諸士「義勇奉

24　臺灣總督府警務局編：《理蕃誌稿 第二卷》（臺北市：南天書局，1922年），頁343-344。

公」，不同階級，生前死後的待遇都不相同，此外更有埋骨荒山者。「有一次我去玉峰三鄰的李埔部落親戚家採箭筍，他家土地上有一片整齊的老墳墓，他們說：『小心！不要踩在日本人頭上喲！』部落人忌諱，因此另設墓場，不會埋在一起。玉峰大橋附近也有日本人墳墓（buqul na Gipun），族人很避諱。」（頂定‧巴顏，2021）比對官方文獻與兩種口頭文本，得知參戰雙方對於英靈／敵靈，都心存敬畏。

殖民者在山地戰爭中，也使用了「以蕃制蕃」的手段。一九一三年二月三日，角板山蕃務官吏駐在所召集馬武督群、卡奧灣群等「歸順部落」的頭目及勢力者施壓：「彼等若再行兇，則是汝等責任。官方會借給各位頭目槍枝和彈藥，以武裝進入彼之巢窟，分析利弊。」官方稱：之後六十餘名進入基那吉群和馬里光群部落後質問：「為何到我們的部落殺人越貨恣意抗官，等於污辱我們。」兩群頭目於是道歉：同族相殘祖先不容，將聚集社眾研議歸順。[25]《理蕃誌稿》自曝壓迫手段，反觀尤命耆老的口述「親戚前來探望很感動」、「頭目聽從建議，為了大家活下去，忍痛接受議和」，可知部落之間自有溝通的方式與考量。

官方舉辦追悼法會、壓迫泰雅同族入山勸降之後，便動員大批軍警收槍。《理蕃誌稿》載及鎮西堡社分裂為戰和兩派，但未提「鴻門宴」一事。達利牧師的口述，使我們注意到鎮西堡社、烏來社等長久支援同族的部落，在大漢溪泰雅族保衛戰中扮演舉足輕重的角色。

以基那吉群為例，共有六社、二百三十戶、六百三十餘人。一九一三年六月二十四日，基那吉隘勇線推動之前官方已掌握部落動態：「先前卡奧灣方面隘勇線前進時，與馬里光群共援之。李崠山方面隘勇線前進時，煽動馬里光群，襲擊太田山方面隘勇線並攻陷之。烏來山方面隘勇線前進時，又與之同盟，抵禦總計五旬。其後馬里光群多已投降，其仍與未歸順各社結盟，屢屢窺伺隘勇線，加害警備員。不僅如此，更引卡奧灣、馬里光、霞喀羅諸群作亂。」[26]官方深知該群長年支援中下游，掠回火力，充實武備，是流域

25　臺灣總督府警務局編：《理蕃誌稿　第二卷》，頁361。

26　入澤滲編：《生蕃國の今昔》，頁255。

中唯一未繳械者。這使得日軍一度欲以「鴻門宴」擒拿多年對抗的驍敵，事敗之後派遣塔克金支隊，由弱而強各個擊破，步兵出面執行收槍重任。一九一三年六月二十五日～九月五日，鎮西堡社繳出四十三鋌槍枝（村田槍七鋌、毛瑟槍二十五鋌），在新竹、桃園、宜蘭三廳中數量居冠，幾乎是同樣強盛的烏來社的兩倍。

殖民者進入殖民地時的巡覽（surveillance），挾其優越視角，被觀看者對於觀看者強勢的認知及定位的知識化過程，毫無招架之力。[27] 總督府討伐北部泰雅族時，借助現代科技的調查記錄，是權力更大的巡覽，不僅洞察地理，掌握族群關係、部落人口、壯丁數、槍枝彈藥，事後還進行了區域的重劃、部落的遷移，乃至生產形式的改造。然而猶如燈臺底下最暗處，整個事件之中位居底層的漢人角色反倒模糊不清。

沿山地帶的客家人，在這場山地戰爭中扮演什麼角色呢？迄今研究不多。筆者發現，泰雅語中仍有ay-yong（隘勇）和Isehu（工人、僱工、師傅）兩詞。由此推測，除了挑夫傳遞日軍動態、客商販賣槍枝之外，隘勇和修路工中也有不少客家人。除了內地人軍警和隘勇之外，討伐、協防、築路、搬運、建築工事、淨山伐木、電線架設，皆需本島人支援。人員編制中以「隘勇」最多，「人夫」其次，「工夫」極少。

一九一○年桃園廳卡奧灣方面隘勇線前進時，人夫招募困難。討伐隊深進之後，山路險惡，泰雅族反抗猛烈，人夫相繼逃亡，補充不易，使盡百萬手段，效果不彰。總督府先強令宜蘭廳的保甲供出一定數量，又動用臺北廳徵調人力，不料交通中斷，導致數千名隊員陷入飢餓。新竹廳方面，由於輕便鐵道只通行到樹杞林（竹東），物資全賴人夫運至高山，因此徵募困難之情況，有過之無不及。[28]

隘勇經常參與作戰、防衛或工事，死傷率極大。以一九一二年太田山戰役為例，摘記如下：「自黎明前砲擊馬里光、基那吉兩番及野馬瞰溪的上

---

27 David Spurr, ed., *The Rhetoric of Empire: Colonial Discourse in Journalism, Travel Writing, and Imperial Administration* (Durham and London: Duke University Press, 1993), 13-27.

28 入澤滲編：《生蕃國の今昔》，頁198-214。

流。是日，李棟山第一分隊附巡查戶部治吉，率隘勇五名，踏查鐵絲網，受到由線外來的狙擊，隘勇李阿朝受創。岡崎分隊長即刻率領巡查二名、隘勇八名赴援，猛擊敵番退走去。又中園分隊被襲，隘勇一名左胸受重創，巡查影山定之進指揮三名隘勇，以齊射擊潰之。」[29]記載中，一日之間多次述及隘勇，危難之際被派往第一線支援。此類記錄，在《理蕃誌稿》裡隨處可見。

根據官方統計，馬里光線前進期間，民政局警察本署投入2,363人，包括前進本部長官、隊長及下列人員：巡查473人、巡查補12人、隘勇682人、人夫1,092人、工夫8人、工手1人、職工51人、醫員及醫員心得3人、護理4人、原住民29人。[30]最後，戰死205名，負傷288名，作業中死亡3名、傷38人，搜索行動中戰死2名、戰傷4名、作業負傷4名。官方只公布巡查以上死亡者姓名95人，其餘110名未見姓名及職別，但由於參加本次行動的巡查補只有12名，可知隘勇、雇工死亡者幾達百人。[31]

隘勇線推進完成後，部落治理仍需借助漢人。羅文君指出，一九一四年起新竹廳透過官方許可的方式引導漢人與泰雅族簽約，於原漢交往頻繁地帶，以指導耕作的名義實施水田授產。當時在麥樹仁社和嘉樂社各有二戶指導員，主要是客家人，官廳透過農業經濟活動進行同化和綏撫。[32]

黃榮洛和林柏燕等客家研究學者，都曾關注李棟山事件。黃榮洛（2003）選譯《理蕃誌稿》，林柏燕（2010）則利用李棟山古堡被指定為縣定古蹟的契機，撰文介紹尖石鄉人積極挖掘真相、重寫歷史的努力，旁及北埔人到梅嘎浪社當隘勇的實例。可惜兩位對客家人在事件中扮演的角色，未多著墨。

本文的訪談針對泰雅族，與官大偉教授所做相去二十年，事件報導人已從第二代遞換到第三代。孫代與父代有不少共同回憶，但孫代的仰望裡，更

29　入澤滲編：《生蕃國の今昔》，頁198-214。

30　入澤滲編：《生蕃國の今昔》，頁218-221。

31　入澤滲編：《生蕃國の今昔》，頁252-254。

32　羅文君：《山地鄉的平地客家人——以新竹縣尖石鄉前山地區客家住民之經濟活動為核心之研究》（臺北市：國立政治大學民族學系碩士論文，2017年），頁25。

多了憐惜。他們謹記不矜誇、不渲染、不給後代陰影的「三不」原則，深解戰爭摧毀無數家園，敵我雙方都被奪走許多生命，因此不得張揚。

> 在訴說作戰過程時，我祖父沒有露出一絲得意的神情。他說戰爭摧毀的力量無以倫比（pspung qu rngu' nya' pkhwah），很多人死去，所以在談論時必須保持嚴肅。（尤命·哈用，2020）

但是另一方面，黃末吉、馬賽·穌隆、徐榮春則提到，長輩們雖不願回首，但會拿來教導成長中的男孩，因此他們也希望史事被記憶：

> 小時候我問叔公，打仗這麼恐怖你不怕嗎？叔公反問：「不怕嗎？」又問：「我們為什麼要有槍，為什麼學日本人挖壕溝（qmihuy haga' tlqingan）？」他說：「lkButa'也是用艱苦的行走（pinhknyan sa qnihul）為子孫做柱子（plwax）啊！」（黃末吉，2020）[33]

> 老人家不多說，不希望後代蒙上陰影，被仇恨吞噬。然而時移事往，族人漸不知曉，我今作為頭目，認為此事子孫不可遺忘（laxi zyungi'）。（馬賽·穌隆，2020）

黃末吉理解長輩們為了延續族群，冒死立下精神典範。馬賽·穌隆則在謹遵祖訓之餘，有新的感覺結構和教育立場產生。

本文設計口述歷史與Lmuhuw互詮的策略，其結果呼應了揚·阿斯曼將記憶區分為「文化記憶」和「交往記憶」的討論。誠如阿斯曼所言：「在時間層面上表現為節日與日常生活的根本性差異，在社會層面上表現為知識社會學意義上的精英人群、負責文化記憶的專職人員與群體中一般成員的根本

---

33 lkButa'為泰雅族北邊的帶領者之一，是尖石鄉馬里光群和基那吉群的共同祖先。叔父此言意指：無畏犧牲是為了替子孫立下精神典範，並非不怕。

性差異。」從回憶文本到文化記憶，須經專職的承載者負責傳承，唯有特別文化身分者才能保存回憶資料，轉為文化記憶，促進流傳。[34]在泰雅社會並非誰都能唱、會唱，吟唱時必須調度傳統知識與倫理，是生命教育的傳遞，也是社會行為的履行，以往須長時間跟在長者身邊薰染，現今更要特別拜師學藝。Lmuhuw吟唱者，因具備這項文化資本，受他人敬重。本節同時也透過口頭文本與官方文獻的參照，得知各群對此事件的記憶錨點豐富，評價觀點相近，集體記憶的框架已經成形。[35]不少記憶在殖民文獻中可以找到佐證，但族人的記憶皆足以顛覆帝國的書寫。

五 結論

原住民族的無形文化資產（Intangible Cultural Heritage），應該獲得重視。新竹縣政府研議中的「Tapung事件史蹟劃設及文資價值評估」，除了範圍與保存項目之外，也應參考泰雅族內斂的抵抗記憶及傳統言教形式。孫代耆老是該事件回憶文化中重要的意見群體，在後人逐漸不知泰雅族保衛戰，或對古蹟、歷史遺跡、紀念碑、日軍墓地仍感畏懼不祥的今日，他們的歷史觀點和感覺結構格外有價值。本文引用雷蒙德・威廉斯的感覺結構概念，希望讓泰雅傳統領域被納入國家治理的創傷得以被梳理，讓主體史觀浮現。

本文中主體言說的兩種方法：口述歷史，以家族故事道出歷史事件記憶錨點；Lmuhuw則著重情感意象和儀式性；前者清晰描繪歷史輪廓，後者抽象但提供後人Gaga'訓喻。不論哪一種言說，受訪者都認為祖先在懸殊武力下果敢的行動，對族群精神產生了深遠影響。祖先雖被迫議和、遷徙，精神上卻守住了對歷史家園的責任，子孫應謹記在心。

---

34 揚・阿斯曼著，金壽福、黃曉晨譯：《文化記憶：早期高級文化中的文字、回憶和政治身分》，頁23-24、48、50。

35 筆者推測相近的原因如下：一、祖輩都親身參與李崠山戰役；二、受訪者皆長住原鄉（非都市原住民族）；三、一定程度信仰泰雅族 Gaga'；四、是尖石鄉民認可傳述此事件的適切人物。五、某些受訪人曾應邀公開講述 Tapung 事件。

　　口述歷史記憶錨點的歸納、Lmuhuw的深層文化情感、對外不矜誇的Gaga'，以及「不得不回擊」、「沒有歸順只有議和」等歷史詮釋，使我們明瞭泰雅族對Tapung事件向來有的主體認知。嚴守父祖要求的「和平反戰，永續生存」之立場，是族人對此事件的核心價值。

　　一九八六年鎮西堡、新光兩部落族人聯合抵抗林務局砍伐其傳統領域原始林，喊出「砍一棵樹、償一條命」。二〇一四年鎮西堡居民又為抵抗盜林事件，舉行「立約設卡，封山護林結盟」。三十多年來，尖石鄉的生態永續議題一直屹立於全國原住民運動前沿。在Tapung事件過去一百一十餘年的現在，相關記憶仍透過「孫代」落實在泰雅族實驗教育、友善農業、生態觀光等方面，開展出一種有別於全球化資本主義的「tnunan（緊密編織）」的團結經濟。[36]尖石鄉的泰雅價值主張，究其淵源應與事件激發的抵抗精神，以及過程中強化的對祖先、土地、森林的崇敬思想有關。[37]

　　創傷事件的感覺結構，無法脫離文化的深層結構而形塑，在本研究裡歷史記憶的傳遞仰賴於「言說的文化」。集體記憶透過口說實踐與文化教育，形成能動性的倫理。尖石鄉族人在歷史創傷清理和主體史觀的建構方面，其努力具有原創性。儘管口說文本累積不易或不可復得，但待到山林文化遺址調查（李崠山古堡、隘勇線遺址、砲臺遺址等）開展後，物質性的佐證資源將使記憶文化與口傳文化獲得再生產的契機。

---

36 Tnunan 一詞，係司馬庫斯已故領袖 Icyeh Sulun（倚岕・穌隆）所言：部落的生活靠著在土地上彼此幫助，也就是我們泰雅人說的 Tnunan。Tnunan 源自於 tminun（編織）時之緊密編織；就像追求來日靈魂走向虹橋的祖靈居所，必先在現世努力和所有人做到心靈契合、共食分享、相互關懷、彼此扶持。

37 拉互依・倚岕（Lahuy Icyeh）：《是誰在講什麼樣的知識？Smangus 部落主體性建構與地方知識實踐》（臺中市：靜宜大學生態學所碩士論文，2008年），頁64-65。

表一　受訪者基本資料

受　訪　者	出生年 所屬語族	訪談地點 訪談時間	祖父所屬部落 移住時間地點
黃未吉 Sozi' Temu'	1940年生 Mrqwang	玉峰村宇抬部落 2020年1月18日、 2021年2月7日	宇抬部落（Ulay） 獲准不移住
黃招甘 Yasuko	1941年生 Mkgogan	玉峰村宇抬部落 2020年1月18日、 2021年2月7日	桃園市復興區華陵里 中巴陵部落（Balung）
達利・貝夫宜 Tali' Behuy	1940-2020 Mknazi'	秀巒村新光部落 2020年6月1日、 2020年7月4日	鎮西堡部落（Cinsbu'） 1920年代移住馬胎社（Mkmatuy）
范坤松 Lesa' Behuy	1945年生 Mknazi'	錦屏村比麟部落 2020年7月13日	鎮西堡部落（Cinsbu'） 1920年代移住比麟社（Piling）
李金水 Temu' Kumay	1947年生 Mknazi'	義興村馬胎部落 2020年2月11日	原居西堡溪社（Sbaqi），1931年移住馬胎社，1946年遷回秀巒村控溪（Hbun Tunan），1955年二度遷居馬胎社。
尤命・哈用 Yumin Hayung	1948年生 Mrqwang	玉峰村宇抬部落 2020年1月18日、 2021年2月7日	玉峰村宇抬部落（Ulay） 獲准不移住
阿棟・優帕司 Atung Yupas	1954年生 Mknazi'	尖石鄉新樂國小 2019年12月17日、 2020年2月21日、 2020年4月15日	鎮西堡部落（Cinsbu'） 1920年代移住比麟社（Piling）
馬賽・穌隆 Masay Sulung	1960年生 Mrqwang	玉峰村司馬庫斯部落 2020年1月19日	玉峰村司馬庫斯部落（Smangus）， 1940年代移住鳥嘴社（Cyocuy）

受　訪　者	出 生 年 所屬語族	訪談地點 訪談時間	祖父所屬部落 移住時間地點
江瑞乾 Hola' Yumin	1960年生 Mknazi'	竹東鎮臺鐵車站 2020年1月19日、 2020年3月20日	原居泰崗社（Thyakan），1913年流亡白石社（Sakayachin），1917年返回泰崗，不移住。
徐榮春 Makus Suyan	1963年生 Mrqwang	新樂村水田部落 2020年2月11日、 2020年4月11日	宇抬部落（Ulay） 1920年代移住西拉克社（Slaq）
頂定．巴顏 Tingting Payan	1965年生 Mrqwang	秀巒村芝生毛臺古道 2021年4月24日、 2021年5月20日	李埔部落（Libu'） 1920年代移住錦屏村那羅部落（Naro'）

徵引書目

一　專著

台湾総督府警務局編：《理蕃誌稿　第二卷》，二版，臺北市：南天書局，
　　　1922年。

官大偉：《李崠山事件》，新北市：原住民族委員會，2019年。

羅　鋼、劉象愚主編：《文化研究讀本》，北京市：中國社會科學出版社，
　　　2000年。

藤井志津枝：《日治時期臺灣總督府理蕃政策》，臺北市：文英堂，1997年。

〔日〕入澤滲編：《生蕃國の今昔》，臺北市：成文出版社，1922年

〔英〕雷蒙德・威廉斯著、王爾勃、周莉譯：《馬克思主義與文學》，開封
　　　市：河南大學出版社，2008年。

〔英〕雷蒙德・威廉斯著、倪偉譯：《漫長的革命》，上海市：上海人民出版
　　　社，2013年。

〔英〕雷蒙德・威廉斯著、趙國新譯：〈文化分析〉，收錄於羅鋼、劉象愚主
　　　編：《文化研究讀本》，北京市：中國社會科學出版社，2000年。

〔奧〕菲力普・史密斯（Philip Smith）著、林宗德譯：《文化理論面貌導
　　　讀》，臺北市：韋伯文化國際出版有限公司，2008年。

〔德〕揚・阿斯曼（Jan Assmann）著、金壽福、黃曉晨譯：《文化記憶：早
　　　期高級文化中的文字、回憶和政治身份》，北京市：北京大學，
　　　2015年。

Ch'ng, Eugene, 2022, "Virtual Environments as Memory Anchors", in Ch'ng,
　　　Eugene & Chapman, Henry & Gaffney, Vincent & Wilson, Andrew S.
　　　eds., *Visual Heritage: Digital Approaches in Heritage Science*, pp. 532-
　　　533. Switzerland: Springer Cham.

David Spurr, ed., 1993, *The Rhetoric of Empire: Colonial Discourse in Journalism,*

Travel Writing, and Imperial Administration. Durham and London: Duke University Press.

二　學位論文

拉互依・倚岕（Lahuy Icyeh）：《是誰在講什麼樣的知識？Smangus部落主體性建構與地方知識實踐》，宜蘭市：靜宜大學生態學研究所碩士論文，2008年。

羅文君：《山地鄉的平地客家人——以新竹縣尖石鄉前山地區客家住民之經濟活動為核心之研究》，臺北市：國立政治大學民族學系碩士論文，2017年。

三　期刊（學報）論文

余錦福：〈在音樂中聆聽彼此：泰雅族qwas Lmuhuw歌者「聽唱行為模式」之觀察〉，《玉山神學院學報》第25期（2018年6月），頁37-60

余錦福：〈泰雅族Qwas Lmuhuw即興吟唱下的歌詞與音樂思維〉，《臺灣音樂研究》第15期（2008年4月），頁31-63

林昕柔、鍾曉芳：〈「忙」的語意特徵及認知概念——以語料庫語言學及語意側重為架構之研究〉，《語文與國際研究》第26期（2021年12月），頁127-151

曾麗芬：〈泰雅族口述傳統的傳承：以「林明福泰雅口述傳統Lmuhuw傳習計畫」為例〉，《民族學界》第40期（2017年10月），頁5-39

黃榮洛：〈李崠山方面前進記（明治四十四年，1911）〉，《新竹文獻》第13期（2003年8月），頁48-57。

楊續賢：〈李崠山抗日史蹟調查〉，《臺灣文獻》第27卷第4期（1976年12月），頁87-95。

劉柳書琴：《尖石鄉前山部落史日文文獻及泰雅族Lmuhuw文本研讀計畫（2020.07-2021.08）》，科技部人社中心補助學術研究群暨經典研讀班成果報告，2021年（未正式出版）。

四　口述文獻

尤命・哈用（Yumin Hayung）口述，劉柳書琴訪談：〈尤命・哈用先生訪談稿〉，新竹縣：尖石鄉玉峰村宇抬（Ulay）部落，2020年1月18日、2021年2月7日。

江瑞乾（Hola' Yumin）口述，劉柳書琴、賴清美訪談：〈江瑞乾先生訪談稿〉，新竹縣：竹東車站、尖石鄉嘉樂教會，2020年1月19日、2020年3月20日。

李金水（Temu' Kumay）口述，劉柳書琴訪談：〈李金水先生訪談稿〉，新竹縣：尖石鄉義興村馬胎（Mkmatuy）部落，2020年2月11日。

阿棟・優帕司（Atung Yupas）口述，劉柳書琴、賴清美訪談：〈阿棟・優帕司先生訪談稿〉，新竹縣：竹東鎮自宅、尖石鄉新樂國小、嘉興國小義興分校，2019年12月17日、2020年2月21日、2020年4月15日。

范坤松（Lesa Behuy）口述，劉柳書琴訪談：〈范坤松先生訪談稿〉，新竹縣：尖石鄉比麟部落，2020年7月13日。

徐榮春（Makus Suyan）口述，劉柳書琴訪談：〈徐榮春先生訪談稿〉，新竹縣：尖石鄉新樂村自宅、嘉樂村嘉興國小，2020年2月11日、2020年4月11日。

馬賽・穌隆（Masay Sulung）口述，劉柳書琴、賴清美訪談：〈馬賽・穌隆先生訪談稿〉，新竹縣：尖石鄉玉峰村司馬庫斯（Smangus）部落，2020年1月19日。

頂定・巴顏（Tingting Payan）口述，劉柳書琴訪談：〈頂定・巴顏先生訪談稿〉，新竹縣：尖石鄉秀巒村芝生毛臺（Sbaqi）古道，2021年4月24日、2021年5月20日。

黃末吉（Sozi' Temu'）口述，劉柳書琴、賴清美訪談：〈黃末吉先生訪談稿〉，新竹縣：尖石鄉玉峰村宇抬（Ulay）部落，2020年1月18日、2021年2月7日。

黃招甘（Yasuko）口述，劉柳書琴、賴清美訪談：〈黃末吉先生訪談稿〉，新

竹縣：尖石鄉玉峰村宇抬（Ulay）部落，2020年1月18日、2021年2月7日。

黑帶・巴彥（Hitay Payan）口述，劉柳書琴訪談：〈黑帶・巴彥耆老訪談稿〉（未公開），新竹縣：尖石鄉嘉興國小義興分校，2020年。

達利・貝夫宜（Tali' Behuy）口述，劉柳書琴訪談：〈達利・貝夫宜先生訪談稿〉，新竹縣：尖石國小（今葛菈拜民族實驗小學），2020年6月1日、2020年7月4日。

生態智慧：里慕伊・阿紀
《山櫻花的故鄉》的三維生態學

王秋今[*]

摘要

　　本文以三維生態學角度，分析當代原住民作家里慕伊・阿紀的文學作品《山櫻花的故鄉》的生態智慧。里慕伊・阿紀是泰雅族新竹縣尖石鄉葛拉拜（Klapay）部落人，在《山櫻花的故鄉》書寫泰雅族的堡耐・雷撒從新竹遷徙到高雄那瑪夏鄉開墾定居的經過，後來落葉歸根，重返原鄉斯卡路（Skaru）部落。

　　瓜達希（Félix Guatarri）曾在《三維生態學》（*The Three Ecologies*）提出「生態智慧」（ecosophy）的生態觀，包含主體、社會與環境三個面向的生態學考察，亦即精神生態、社會生態以及環境生態，相當適合討論台灣原住民自然書寫。本文以原住民文學作品《山櫻花的故鄉》，分析台灣當代作家里慕伊・阿紀在泰雅族主體性、地方部落與山林生態三個面向的原住民生態智慧，以「三維生態學」重新思考原住民文學在當代自然書寫的新路徑。

關鍵詞：生態智慧、原住民、自然書寫、瓜達希、里慕伊・阿紀

---

[*]　國立清華大學中國文學系兼任講師。

一 前言

泰雅族女作家里慕伊·阿紀的《山櫻花的故鄉》是以一九六〇年代為背景，描述泰雅族堡耐一家人從北部新竹遷移至高雄三民鄉的拓墾經歷。她以第三人稱視角，書寫部落故事與山林生態，將耆老說的故事拓展至過去空間，敘述真正泰雅人（Tayal balay）精神形構泰雅族的主體性。泰雅族人的移動過程連結了排灣族、布農族、卡那卡那富族部落的地方空間，呈現族群衝突與融合的差異共生。族人在墾殖與獵場空間的自然生態觀念，更體現出獵人禁忌與傳統知識在現代生態平衡的重要。瓜達希（Félix Guatarri）曾在《三維生態學》（The Three Ecologies）提出「生態智慧」（ecosophy）的生態觀，包含主體、社會與環境三個面向的生態學考察，亦即精神生態、社會生態以及環境生態，相當適合討論台灣原住民自然書寫（李育霖，2015，頁183）。《山櫻花的故鄉》一書從泰雅族語言和習俗、族群差異共生、族人的傳統知識形構台灣原住民的生態智慧，展現出瓜達希的三維生態學。

綜觀自然書寫作家，不論是漢人或原住民，顯然大多以男性敘述觀點為主，女性作家囿於身體與環境的限制，較少涉及自然書寫，這也是自然書寫的性別政治特色。但是，漢人的自然書寫作家，還是有少數女性作家參與其中，像是心岱、凌拂、韓韓、馬以工、洪素麗等人。而原住民的自然書寫作家以男性為主體的性別政治就更為明顯，應該是原住民與大自然密切接觸的狩獵文化大都屬男性，以致於幾乎罕見原住民女性在自然書寫方面的作品。范銘如曾提出女作家確實不喜歡寫鄉土題材的小說，儘管女性常常跟土地、自然這些傳統隱喻連結。所謂的鄉土泛指鄉下，如小城、鄉鎮、農村、漁村、聚落或部落等等（范銘如，2013，頁3）。她從空間的概念說明四面透明牆的限制，包括女性經驗的城鄉差距、文學機制的城鄉偏好、城鄉敘事、女性書寫空間。邱貴芬說明夏曼·藍波安的作品多是達悟男人相濡以沫的原住民生活剪影，原住民女性的身影並不常見。男性情誼是故事的主軸，女人鮮少登場（邱貴芬，2012，頁19）。里慕伊·阿紀在《山野笛聲》不但以文學性與科學性文字表現自身對山林的真實經驗，而且對自然環境的破壞與環境

倫理的呼籲，都發人深省，具自然書寫特質。因此，泰雅族女性作家里慕伊・阿紀自然書寫的作品，更是值得重視。

吳明益在著作中提出，自然書寫（Nature Writing）可以歸納出幾個要點：第一是「文學性」與「科學性」是書寫類型的特色。第二是作者要有「自然體驗」的要求。第三是與環境毀壞之後的環境議題和環境倫理觀相涉。雖然自然寫作沒有一個標準定義，但已有基本共識的邊界（吳明益，2012，頁24）。根據自然書寫的界定，里慕伊・阿紀的《山野笛聲》是自然書寫作品。而《山櫻花的故鄉》的文字敘述，雖然大多是真實的泰雅族與大自然的生活經驗，具有自然書寫風格，卻是小說體裁。吳明益說明對自然書寫書設定的「暫時限制性定義」，使得論述台灣自然書寫時缺了詩、小說、原住民文學，以及部分科學書寫。這些遺漏的研究版塊，是自然書寫研究應該加以拓展（吳明益，2006，頁179）。雖然國外的自然書寫論述，皆不將小說納入自然書寫討論範圍，但是，小說中所隱含的自然意識也是自然書寫延伸的議題，更是下階段研究的重點（吳明益，2012，頁46-47）。故本文以瓜達希三維生態學討論《山櫻花的故鄉》的自然意識，延伸自然書寫的議題。首先，分析里慕伊・阿紀以泰雅族語言與部落習俗建立主體性，其次，說明書中原住民族與四大族群的差異共生，最後，闡釋泰雅族遷徙墾殖和狩獵的原住民傳統生態智慧，這些內容展現出瓜達希的精神生態學、社會生態學與環境生態學。

二　部落習俗與語言的精神生態學

里慕伊・阿紀（Rimuy Aki），漢名曾修媚，一九六二年生於泰雅族新竹縣尖石鄉葛拉拜（Klapay）部落人。從事學前教育多年，曾任幼稚園園長。寫作種類有學前教育專文、青少年心靈成長專文、生活散文、小說。曾榮獲一九九五年第一屆山海文學獎散文組第一名，二〇〇〇年第一屆中華汽車原住民文學獎小說組第三名，二〇〇一年第二屆中華汽車原住民文學獎第三名，二〇〇七年山海文學獎小說組佳作。著作有《山野笛聲》（2001）、《彩

虹橋的審判》（2002）、《山櫻花的故鄉》（2010）、《懷鄉》（2014）（里慕伊·
阿紀，2014年封面內頁）。浦忠成在《台灣原住民族文學史綱》提及里慕
伊·阿紀溫和描述的生活內容，是相當有別於以抗爭為目標的原住民文學。
他認為原住民族作家並非都是主體性的抗爭書寫，應有原漢融合過程中適應
現代化社會的族群，里慕伊·阿紀書寫出真實生活的深情文學，並非異端
（浦忠成，2009，頁1181）。里慕伊·阿紀以女性溫婉細膩、包容寬厚的敘
寫風格，是原住民族文學多樣發展中的一環。

　　《山櫻花的故鄉》故事以一九六○年代為背景，描寫泰雅族的堡耐·雷
撒一家人從北部新竹遷移到高雄縣三民鄉（那瑪夏鄉）開墾定居的經過。透
過堡耐·雷撒一家人在新竹山上的斯卡路部落，以及遷徙到三民鄉之後所發
生的故事，不但可以認識泰雅族人的習俗和傳統核心價值，也可以了解鄒、
布農、泰雅、排灣、閩、客、外省等族群，在當時的差異共生。里慕伊·阿
紀是與泰雅族耆老聊天時，得知巴彥爺爺（yatus Pyan）在四十歲左右，曾
經南下高雄三民鄉開墾，並在當地居住將近二十年。在一九六○年代，確有
一群自桃園復興、台北烏來，以及新竹五峰的泰雅族人，陸續前往三民鄉開
墾定居。黑帶·巴彥曾自述原為新竹縣五峰鄉人，也在一九六三年隨家人遷
移至三民鄉（黑帶·巴彥，2002，頁8）。這個地區的地理位置很特別，剛好
在不同原住民族群傳統領域交界的地方，成為台灣四大族群不同文化之間的
互助與競爭，這是里慕伊·阿紀寫一個故事的緣起。

　　瓜達希在說明精神生態學時，非常認同本雅明（Walter Benjamin）的
〈講故事的人〉，故事講述者的痕跡，就像陶工的手印會在黏土容器上一
樣，緊緊抓住故事（本雅明著，張旭東、王斑譯，2012，頁127）。「說故
事」是具有生命力，更具有傳承的力量。里慕伊·阿紀，藉由說故事來凝聚
泰雅族的主體性，試圖建立泰雅族的想像共同體。她在〈寫一個故事〉一
文，引用老人說的故事，呈現「真正泰雅人」的形象，用故事將空間帶到過
去，說明泰雅人的傳統觀念：

　　　　我們泰雅族傳統古調裡，有一首非常重要的歌，是關於泰雅族群從

> Sbayan 的 pinsbkan（現在的南投縣仁愛鄉的發祥村）往北遷徙的歷史，
> 其中也有祖先對泰雅族人的訓示。祖先期許泰雅族人要勇敢、智慧、
> 正直、勤勞、互助、慷慨……等，這就是我們泰雅族人的核心價值。
> 我在巴彥爺爺身上看見這樣高貴的品格，在我們泰雅族社會裡，人們
> 會稱讚他是 Tayal balay（真正的泰雅人），這是泰雅族對人最高的評
> 價。Tayalbalay！巴彥爺爺當之無愧。（里慕伊・阿紀，2010，頁14）

里慕伊・阿紀運用老人說的故事空間，將族人的知識系統傳承，在泰雅族的
社會，「Tayal balay」（真正的泰雅人）是族人最高評價，也就是勇敢、正
直、有禮、做人處事符合泰雅族的gaga（規矩、習俗、自然規律、祭典之總
稱）的人。她從神話故事說明gaga，以〈巨石傳說〉、〈神奇的呼喚術〉和
〈彩虹橋的審判〉的神話傳說，指出神話故事不是荒誕不經的憑空想像，而
是泰雅人行為規範以及生活禁忌的來源，成為神聖的祖訓：

> 泰雅語為嘎嘎（gaga），是一切風俗習慣及生活規範的統稱，以及族
> 人共同遵循的習俗和文化信仰。「嘎嘎」有多種涵意，也可以是族人
> 的一種互助團體的稱呼，相同的團體會共同制定是非善惡標準，一起
> 舉行祭典儀式，在開墾、播種、收割，或建屋等工作繁忙的時候，也
> 相互支援。所以，「嘎嘎」是泰雅社會結合的重要因素，也是泰雅族
> 人的生活重心。（里慕伊・阿紀，2002，頁74）

《山櫻花的故鄉》有提及婚禮中的「養婚」是讓女方家族認識女婿的為人處
事，是否符合泰雅族的gaga（里慕伊・阿紀，2010，頁223）。書中里夢對女
兒雅外私自跑回娘家行為，認為是不符合泰雅族的gaga（里慕伊・阿紀，
2010，頁243）。泰雅族群與山川林地之間，自有人類與大自然和平共處的
gaga（里慕伊・阿紀，2010，頁82-83）。黑帶・巴彥也闡釋泰雅族的gaga
「是指一切規範的統稱。也是風俗習慣的總稱」（黑帶・巴彥，2002，頁
36）。內容包括九大綱要及細節，是泰雅族文化的核心價值。

　　所以，里慕伊・阿紀在《山櫻花的故鄉》用出草、婚禮、蹲踞葬的習俗文化來強調gaga的重要性，目的在建立泰雅族的主體性，而這些傳統習俗往往銜接著泰雅族的神話傳說。首先是泰雅族的出草，出草的目的只在獵取敵人的首級，並不是為了消滅敵人的勢力。主要的目的大致有三：其一，為了決定爭議的曲直，其二，為近親報仇，其三，為了得到男子勇武之表彰（里慕伊・阿紀，2002，頁106-107）。泰雅族稱「出草」是mgaga，是基於古代泰雅族祖先與他族祖先所締結的契約，在泰雅族神話傳說中是有其典故，族人認為出草有執行祖先傳下來之正當權力（里慕伊・阿紀，2010，頁38）。里慕伊・阿紀在《彩虹橋的審判》指出每個泰雅族人死後的靈魂，都要通往靈界的彩虹橋，有遵守gaga的人，才能在祖靈的歡迎下走過去，傳說中的神靈之橋是卜大（buta）幻化而來。她解釋出草的意義：

> 出草：泰雅語為抹嘎嘎（mgaga），其中加m（抹）使gaga轉成動詞，有「執行」的意思。而嘎嘎（gaga）指泰雅族一切規範，法律，祭儀的總稱，mgaga就是去執行祖先傳統的規範。所以，古時候泰雅族人出草獵敵首，是執行一項神聖的儀式。（里慕伊・阿紀，2002，頁80）

里慕伊・阿紀透過「說故事」方式將過去空間帶到現代，神話故事拓展至泰雅族祖先象徵，可以看到泰雅族的傳統思想。神話空間有可能是煞費苦心經營的經驗，是一種知識的建構（段義孚，2017，頁80）。出草的方式從準備、啟程、襲擊、凱旋、到招魂都有嚴謹的規矩與禁忌必須遵守。所以，出草在傳統的泰雅族人心目中，是非常莊嚴神聖與重要的一種儀式。

　　其次是泰雅族的婚禮，在傳統的泰雅族社會，常年的祭典儀式（播種祭、收割祭、祖靈祭）都是不予外人參與，完全以家族為單位的祭典儀式。所以除了過去迎接獵頭歸來的慶功宴之外，「婚禮」可說是規模最盛大的公開慶祝活動了。《山櫻花的故鄉》書中的出嫁程序是按照泰雅族的gaga進行，訂婚儀式依泰雅族傳統把豬肉「撒巴特」（sapat），分送給女方每一戶親友。泰雅族人在訂婚之後，男子便會偶爾住到女方家幫忙工作，這是泰雅

族傳統的「養婚」（里慕伊・阿紀，2010，頁221-223）。通過養婚的考驗就會進入談論婚嫁，里慕伊・阿紀說明泰雅族的婚姻習俗過程：

> 當一個成年男子向家長及部落長老表明他喜歡某一位女子時，長老會派代表前往查詢那位女子是否成年，如果是，那麼男方會選擇一個日子，由部落長老和家族代表為該男子前往求親。如果女方家長同意，他們會請家族的女性長輩告訴那位女子這樁求婚的事。如果女子也同意，這個親事就算成功，這對男女就可以準備結婚了。（里慕伊・阿紀，2002，頁97）

一場圓滿完整的婚禮，是由部落之力協助完成，部落長老會召集各戶代表開會，宣布迎親的日期之後，整個部落的人都會為了這場婚禮而忙碌。在過去的時代，婚嫁兩地的交通完全靠徒步，浩大的親友團扶老攜幼來參加婚禮，可以綿延數公里。男方則是充分準備了豐盛的美食醇酒，雙方親友開懷暢飲的歌舞歡慶，至少要三天通宵達旦才會結束（里慕伊・阿紀，2010，頁195）。

最後是有別於漢人喪禮形式的蹲踞葬，在日據時代之前，泰雅族是以蹲踞葬的方式埋葬死者，一般都是葬在屋內，就在死者的床下挖個豎坑，四周貼滿平滑的石板，再把死者安放入其中，面朝太陽升起的山頭。泰雅族人認為，人死後會回到祖靈的永恆的故鄉（'tuxan）。葬禮完成之後，家人必須離開，另外找地搭建新屋（里慕伊・阿紀，2010，頁76）。里慕伊・阿紀在《彩虹橋的審判》說明蹲踞葬過程如下：

> 過去泰雅族人的喪葬很特別，當一個人過世的時候，就在死者的床下掘一個墓穴，並且是深而窄的「豎坑」。親人會幫過世的人梳洗換裝，並且佩戴耳飾、首飾、手環、臂飾、胸兜等服飾，盛裝打扮一番。然後將死者調整成蹲踞的姿勢，也就是雙腳彎曲到腹部，雙手環抱胸前，恰如胎兒在母親子宮裡的姿勢。然後用方形的麻布把屍首擺在中央，四角拉起包裹好，在頭頂的上方打結，再將屍首以及死者日

常所用的物品安置於墓穴中，上方覆以石板，再填上厚土。（里慕伊·
阿紀，2002，頁97-98）

泰雅族人視土地、大自然為生命，採用如胎兒蹲踞的姿勢告別人世，感覺上
像是回歸大地母親的懷抱。當親友過世的時候，近親會輪流去陪伴喪家，圍
在大廳的火塘邊聊有關亡者生前的事蹟，一直要到天亮才會離開（里慕伊·
阿紀，2010，頁76）。書中的堡耐帶著兒子參與喪葬的陪伴過程，有著傳承
習俗的使命。

　　里慕伊·阿紀《山櫻花的故鄉》除了說明重要習俗的價值觀以建立泰雅
文化之外，更運用泰雅語言建立泰雅族的想像共同體。在書中只要是人物名
字，一定用英文音譯於後；所運用的對話都是泰雅語，並在下方用中文的翻
譯，中文淪為翻譯的角色。茲以堡耐跟哈勇的父子對話為例：

　　　洗完臉，哈勇跟父親說，
　　　"rasaw misu maniq 油條 ru 豆漿 na theluw ba."
　　　「爸，我帶您去吃外省人的油條和豆漿。」哈勇在外島當兵三年，已
　　　經算是見過世面的人了，知道要帶父親吃一點不一樣的食物。兩人找
　　　了一家豆漿店點了兩套燒餅油條，各一碗熱豆漿。
　　　"nanu blaq niqun nniqun na theluw qani."
　　　「果然這外省人的食物還真好吃啊。」堡耐吃完抹了抹嘴稱讚，這是
　　　他第一次吃到豆漿油條，他以前下山只會去吃麵，沒有注意過其他的
　　　食物。（里慕伊·阿紀，2010，頁117-118）

里慕伊·阿紀除了採取泰雅語的對話形式之外，還用中／英文翻譯泰雅語的
專有名詞以及翻譯其他族群語言，經筆者整理有以下幾種形式：

表一　里慕伊・阿紀作品中的泰雅語（含其他語言）翻譯形式

	翻譯形式	原文
1	用英文音譯，再用括弧中文名稱。	這兩隻狗的「qoyat」（運氣）似乎特別好（里慕伊・阿紀，2010，頁21）。
2	用中文音譯的泰雅語，再用括弧英文音譯之後，使用中文名稱。	還有一包「吉露克」（ziluk-野刺莓），用姑婆葉仔細包起來（里慕伊・阿紀，2010，頁27）。
3	用中文名稱之後，再用括弧英文的音譯。	一隻傍晚出來覓食的白腹秧雞（pwak）罷了（里慕伊・阿紀，2010，頁25）。
4	用中文音譯泰雅語，再用括弧中文的名稱。	很多土地又被「林班」（指林務局）拿走了（里慕伊・阿紀，2010，頁51）。
5	用中文音譯泰雅語，再用括弧中文解釋。	一包五顏六色的「阿咩搭瑪」（外表裹著砂糖的彩色糖球）（里慕伊・阿紀，2010，頁55）。
6	用中文解釋，再用英文音譯泰雅語。	人死後會回到祖靈的永恆故鄉——「'tuxan」（里慕伊・阿紀，2010，頁76）。
7	用英文音譯泰雅語，再用括弧中文解釋功能或形態。	堡耐跟父親一起整理rahaw（捕松鼠用）以及tlnga（捕竹雞用）（里慕伊・阿紀，2010，頁112）。
8	直接在泰雅語對話中，加上中文名稱。	rasaw misu maniq油條ru豆漿na theluw ba.（里慕伊・阿紀，2010，頁117）
9	用中文音譯泰雅語，再用括弧英文音譯。	山櫻花又名緋寒櫻，泰雅族語叫「拉報」（lapaw）（里慕伊・阿紀，2010，頁28）。
10	用英文音譯布農語，再用括弧中文的名稱。	隔壁的女孩偏著頭問：「像lumah（布農語：家）（里慕伊・阿紀，2010，頁131）。
11	用中文音譯閩南語。	這樣我「了錢」啦（里慕伊・阿紀，2010，頁55）！
12	用中文音譯日語。	「歐嗨優」（日語：早安）（里慕伊・阿紀，2010，頁124）。

有趣的是，全書都未發現有泰雅族語對客語的翻譯語言，經筆者實際詢問里慕伊‧阿紀得知：原來位在五峰、尖石的泰雅族人與竹東客家人來往互動密切頻繁，原客雙方對彼此的語言完全不陌生，說任何一方的語言都能互相溝通。早期客家人到山上生活，他們租借泰雅族人的土地，開墾種植水稻和作物。小學時期，學校老師和班上同學約有一半都是客家人。部落一般生活所需日用品，都要到竹東採購。如此生活環境，使得早期五峰、尖石兩個原住民部落的人，幾乎都是原客雙語都能溝通的。[1]

　　陳芷凡認為原住民的書寫，除了發聲的可能，也是建構主體性過程，三者相依相存。而以母語思維的相關思考時，是一種既「反本」又「開新」的實踐歷程（陳芷凡，2005，頁189）。台灣原住民的漢語書寫，在母語與漢語的翻譯過程，有些是漢語無法翻譯的詞彙，因此可以看到里慕伊‧阿紀用中英文翻譯語言的形式，可謂是變化多端。而原住民作家的文學作品所運用語言文字，會出現特殊的族語符號，是在進行某種語言文字的「少數化運動」（雷諾‧伯格著，李育霖譯，2006，頁180）。里慕伊‧阿紀以獨特的泰雅族語言重塑主體性，如同瓜達希精神生態學方案的目的在「尋求主體化的潛在向量以及存在所有的獨異化」（李育霖，2015，頁196），她運用泰雅族語言重新發聲並構成存在領域。里慕伊‧阿紀經由神話故事傳遞泰雅族習俗文化，透過泰雅族語言的翻譯傳布與文學書寫，可以凝聚為一種族群的向心力，建立泰雅族文化的主體性與語言的想像共同體。

三　族群差異共生的社會生態學

　　里慕伊‧阿紀《山櫻花的故鄉》以北部新竹斯卡路（Skaru）部落到竹東小鎮的空間移動，接著從竹東小鎮到南部那瑪夏（Namasia）的族群互動，書中描述四大族群的融合與衝突過程，展現族群差異共生的社會生態學。

---

[1]　筆者於二〇二一年八月二十日致電子訊息詢問里慕伊‧阿紀女士，她說明：「五峰、尖石的泰雅族人與竹東客家人來往互動密切頻繁，原客雙方對彼此的語言完全不陌生，說任何一方的語言都能互相溝通。」

（一）從斯卡路部落到竹東小鎮的空間移動

　　據里慕伊‧阿紀表示：斯卡路（Skaru）部落定位在五峰清泉的白蘭部落。[2] 從部落下山到竹東小鎮，通常徒步約兩小時，便接上了比較寬大的產業道路，偶爾有卡車載運貨物經過。卡車上一綑一綑的竹子疊得很高，看起來竹的體積似乎比車子本身還大，《山櫻花的故鄉》的堡耐只能踩著卡車的腳踏板，雙手緊抓著車門，站在卡車門外搭便車。雖然這條路彎來彎去，是非常克難的鵝卵石山路，但對長年徒步下山的族人而言，已是便捷的高速公路了。抵達竹東小鎮之後，可以從堡耐的視野，看到當地的地景特色：

> 竹東鎮是新竹縣的「溪南地區」（包括竹東鎮、芎林鄉、寶山鄉、峨眉鄉、北埔鄉、橫山鄉、五峰鄉、尖石鄉等八鄉鎮）的交通網路樞紐與商品的集散中心。因為地理位置的優越，鎮上的商業活動一直都很興盛。所以小鎮即使腹地不算寬廣，但卻是「五臟俱全」，工廠、醫院、學校、電影院、商店、市場……應有盡有。小鎮的中心有一座公園，公園西邊流過一條大溝圳，圳旁種著兩排垂柳，長長的柳條低低垂在水面上，隨風搖曳，像是在水上畫畫。圍著公園四周有許多攤販、店家、集結成了一個市場。市場從一大清早就聚集著鄰近鄉鎮來採買的人，小販高聲的叫賣聲參（摻）雜在熙攘往來的人群裡，顯得非常熱鬧。他們賣著魚、肉、醃漬品、蔬果等食物，市場附近的店家則賣日用品、五金、衣物鞋襪……日常生活所需，都可以在這個市場買到。如果不是特別的狀況，一個人一生所需要的，幾乎可以完全在這小鎮上得到供應。（里慕伊‧阿紀，2010，頁54）

泰雅族人下山都會到竹東小鎮，以獵物交易來補充日常生活所需，交易互動

2　筆者於二〇二一年八月二十日電子訊息詢問里慕伊‧阿紀女士，她說明：「小說中的主角一家人，原來住在斯卡路部落；此小說中的人、事、時、地、物都算是『半虛構』的；書中說的斯卡路部落，我自己是定位在五峰清泉的白蘭部落。」

最多的族群是當地的客家人。當堡耐把獸皮拿到竹東小鎮市場旁邊小雜貨鋪，客家人都會熱情的用客家話打招呼（里慕伊·阿紀，2010，頁47）。堡耐的兒子哈勇也是把鹿皮、鹿骨拿到老彭的雜貨店去，老彭卻是說起生澀國語，有著非常濃郁的客家腔，可見不同世代的慣用語言已經產生了變化。哈勇更展現年輕人有話直說的特質，直指老彭的商人行徑：

> 老彭打開鹿皮拿了皮尺量一量，又拿出鹿骨仔細端詳後，裝在布袋裡勾在秤子一端秤了起來，他把秤鉈在畫有刻度的秤桿上移過來移過去，秤鉈這端往上翹得老高，鹿骨這邊垂到快掉下來了。「老闆，這個棍子快到打到你的頭了啦！」哈勇指了指往一邊翹的秤桿。（里慕伊·阿紀，2010，頁110）

老彭一聽這麼直白的語言，頗為尷尬的稍微調整一下秤桿，顯示出老彭的貪小便宜卻也能和氣生財，不影響原客之間的往來。小說另有提到，山上的泰雅族人到了竹東鎮上，很喜歡吃客家人煮的油蔥酥香味的麵，要是到鎮上沒吃麵就回去，等於是沒有下山了，顯示原客密切來往。

另外一位阿明也是客家人，從他父親的時代就到山上來開店了，一開始，客家人是來山上開墾種田，也種經濟作物賣錢，有的土地是自行開墾，有的是跟原住民租地。阿明的父親就在此開了一個小店，由於山上對外交通不便，日常用品取得不易，店內貨物都是人工揹上山，所以比山下的價錢還要貴（里慕伊·阿紀，2010，頁111）。當地的交通已逐漸改善，橘色的新竹客運車早已從竹東開到五峰鄉公所站。斯卡路部落的人下山，雖然沒有客運車可以搭，但有專跑山上的計程車每天固定在竹東和斯卡路部落載運人，比起過去徒步動四、五個小時要方便許多了（里慕伊·阿紀，2010，頁214）。後來，客運車開到了阿明的小店，斯卡路的族人就可以每天搭車往返鎮上和部落之間工作上班。而客家人阿明的店，仍然是泰雅族人聚集的地方：

> 電燈在幾年前就有了，阿明還買了一台黑白電視機擺在小店，每天晚

> 上都有人專程到阿明小店看電視。播放摔角的那一天更是部落總動
> 員，大家拿著手電筒的、打著火把的，全都從山上走下來，聚在阿明
> 小店裡觀看摔角節目，日本的摔角選手，什麼「馬場」、「豬木」、「力
> 道山」……大家能都朗朗上口，部落還有馬場迷把孩子直接取名叫
> 「馬場」。（里慕伊・阿紀，2010，頁245）

斯卡路部落的泰雅族人在竹塹的空間活動，交通成為連結竹東小鎮的樞紐，因此和客家族群往來密切，客家人老彭和阿明分別在山下和山上都開了雜貨店，老彭山下雜貨店是泰雅族人獵物的交易所，而阿明山上的雜貨店卻是泰雅族人的休閒娛樂中心。

　　由於，泰雅族人的獵場關係著獵物與生計，堡耐到山上狩獵，是爬了好幾座山至苗栗縣泰安鄉境內，這是政府劃分的區域，但以泰雅族人的眼光來看，族人世代都以所居住的部落為核心，四周附近的幾十座山頭都是屬於族人的活動範圍。所以，斯卡路部落族人除了下山到竹東鎮上買日用品之外，也常會走獵徑下山到苗栗購買器具。因為部落連接苗栗泰安鄉，也跟新竹尖石鄉為鄰，所以這些部落的泰雅族人都會互相往來，也互相通婚（里慕伊・阿紀，2010，頁101）。但是，台灣光復之後，北台灣的發展迅速，所謂「文明」的腳步很快的就進入了部落。最重要的改變是泰雅族傳統的獵場（qyunam）幾乎都被劃為國有，不准原住民進入狩獵，狩獵的場域和墾植的土地都受到限制。所以堡耐聽聞高雄三民鄉的大片山林，無異像個強力磁鐵，把堡耐的心往南部吸引過去（里慕伊・阿紀，2010，頁53）。於是，堡耐家族陸陸續續的往南部遷移。

（二）從竹東小鎮到那瑪夏（Namasia）的族群互動

　　里慕伊・阿紀《山櫻花的故鄉》說明堡耐想往南部拓展，最大的原因是狩獵的場域愈來愈小，墾植的土地也受到限制而影響生計。堡耐決定南下高雄之後，父子兩人在竹東小鎮客運車站搭車到新竹，從新竹搭了普通列車南下高雄。當時一般平地人對於「山地人」會跟「野蠻」、「未開化」聯想在一

起，兩父子在車上直接用手抓著糯米飯糰和鹹魚吃，身上配著「蕃刀」，被標籤為「山地人」。火車到高雄火車站時，已經是晚上九點多，往甲仙的客運末班車早已開走，兩人就在火車站的椅子上坐著睡覺。天亮，搭上第一班開往甲仙的客運車，到了甲仙小鎮，這時已經快十點了（里慕伊・阿紀，2010，頁116-118）。從新竹到甲仙已經花了一整天的時間，而且尚未抵達目的地。由此可見，在一九六〇年代的南北交通非常不便，也可以想像三民鄉的偏遠。

兩父子在甲仙小鎮下車之後，就在客運站附近走走看看，甲仙小鎮與竹東小鎮相比起來似乎較小，一下子就全逛完了。他們和伍道會合之後，就從甲仙小鎮往彎彎曲曲山路走，經過幾戶卡哈滋（閩南人）住家，在新竹山上是比較少見閩南人。爬到山頂之後再往下坡走，山下是一個比較平緩的小聚落是小林村。三人往山上走，左右兩邊都是綿延不斷的高山，沿著河谷又往山腰上爬，從甲仙經過小林之後走了快五個小時。在天將暗的時候，到了小聚落的一間小雜貨店，老闆是退伍的外省人老王，單身沒有結婚，來到這偏遠深山賣一些日常用品，他來自湖南，但對原住民來說都是「來自大海背後的人」（squliq minkahul suruw silung）。老王給他們點了火把，三人繼續趕路（里慕伊・阿紀，2010，頁118-120）。終於在夜深人靜時，抵達伍道的家。

泰雅族人伍道三年前跟隨家鄉的牧師到三民鄉，當時從復興鄉一起南下大約四十人。三民鄉民權村的長老教會牧師，請教友收留「搭呀魯」（泰雅族）人暫時居住。而教友幾乎都是布農族人，很熱心接待泰雅族人。布農族人跟泰雅族比較不同的地方，似乎喜歡一大家族人住在一起互相照應。伍道的布農族親家與堡耐父子說話時，雙方完全靠日語加手語溝通（里慕伊・阿紀，2010，頁122-123）。布農族親家介紹著當地環境：

> 親家告訴堡耐說最早來到三民鄉的是南鄒「卡那卡那富」群的人，這裡在日據時代叫做「瑪雅峻」，光復以後改成「瑪雅鄉」後來又改成「三民鄉」。「這地方的名字改來改去的真是奇怪，」親家說，「其實，當初鄒族人稱這裡是『那瑪夏』，他們把山谷這條楠梓仙溪稱為

『那瑪夏』啊！」他說他的祖父是從隔壁的桃源鄉遷過來的。據說這
裡曾經發生瘟疫，原先住在這裡的鄒族人折損了大半，使這裡一下子
變得地廣人稀，布農族人在狩獵的時候發現這裡的土地很不錯，就成
群結隊的遷移過來。原本居住在這裡的鄒族人耕種狩獵，不管是土地
或是獵物，只取足夠生活的就好，對於其他人要來開墾土地，他們是
並不排斥，反而認為有人願意遷過來居住比較熱鬧。（里慕伊・阿
紀，2010，頁123-124）

上文提及最早來到三民鄉的是南鄒「卡那卡那富」群的人，事實上，史料顯
示「卡那卡那富」族人並非屬於南鄒人，後來才會有「Kanakanavu」族的正
名運動，也就成為原住民族群中的另一支族群。

　　不管是人或是自然環境，堡耐比較喜歡南部樸實的深山部落，與開發較
早的斯卡路山上相比，「文明」的干擾是比較遙遠，這種生活使他的生命能
夠連結與更貼近祖先的足跡（里慕伊・阿紀，2010，頁168）。堡耐和當地人
都用日語溝通，有一些人會把他當成日本人，還會用「歐嗨優」（日語：早
安）打招呼（里慕伊・阿紀，2010，頁124）。布農族跟泰雅族一樣，在農忙
時會用換工的方式互相幫忙。堡耐父子到各處工作，結識了許多布農族、排
灣族、鄒族的朋友，趁著農忙空隙時間常相約打獵。鄒族長老巴武
（Pawu）擁有好幾座山的農作地，他送出八甲土地給堡耐。後來，巴武的
女兒嫁給了堡耐兒子哈勇，泰雅族和鄒族結為姻親，堡耐一家人越來愈融入
當地生活。

　　堡耐的妻子阿慕依認識一位排灣族巫師樂葛安（Ljegelan），她主動用日
語打招呼，對一般人來說，巫師會令人感到害怕，被敬而遠之。不過，阿慕
依不忌諱巫師，泰雅族也有巫師，巫師大部分都是幫人去病解厄，樂葛安還
曾用巫術治療了阿慕依的兒子伊凡（里慕伊・阿紀，2010，頁183）。堡耐的
女兒比黛透過教會的活動，進行著不同族群的交流，從小孩子的童言童語可
以發現「語言」是溝通的關鍵：

「那個火車啊！很長很長喔！」她兩隻手臂張得大大的比出火車有多
麼長。隔壁的女孩偏著頭問：「像 lumah（布農語：家）這樣長嗎？」。
比黛並不知道 lumah 是什麼，不過她看了看女孩手指著房子就知道她
說的是房子，「火車，它比這個 ngasal（泰雅語：房子）還要長啦！」
她說，「就像那個 gong（泰雅語：河）那樣長～～長的。」她用手比
了比山下楠梓仙溪，全部的孩子都順著她手指的方向看去，不但驚訝
世界上有這麼長的「火車」，也學到了一個泰雅族的單字「gong」。
（里慕伊‧阿紀，2010，頁131）

學齡兒童剛好是學習語言的發展階段，所以互相學起對方的語言非常快。當
然，布農族語在這裡占有優勢，比黛學會了許多布農族語。

里慕伊‧阿紀《山櫻花的故鄉》除了敘述泰雅族與其他原住民族群的生
活融洽之外，也書寫了四大族群互動過程。她對於外省人的敘述，大多是持
正面肯定態度，像是山腰上外省人老張，他會免費幫人剪頭髮，原住民剪髮
之後，總是會帶一些土產感謝，老張是會收下誠意的東西，但就是不收錢
（里慕伊‧阿紀，2010，頁139）。而閩南人阿文請原住民上山種生薑，他們
從天一亮就開始種，連月亮都悄悄爬上山頭，老闆阿文還不讓大家休息。眼
看著天都要黑了，老闆還是沒有結束的意思，哈勇忍不住提醒老闆並指著天
上的月亮，運用日語、台語、國語加上比手畫腳，讓彼此能聽懂（里慕伊‧
阿紀，2010，頁140）。雖然阿文斤斤計較，但是在風災過後，他也能共體時
艱的暫時收留無家可歸的原住民。里慕伊‧阿紀對於閩南人的描述，雖有著
隱隱的批判，卻不失寬容敦厚。

如前所述，浦忠成認為里慕伊‧阿紀的書寫風格有別於以抗爭為目標的
原住民文學，因此，她對於一九七○年代大環境下國家暴力迫使原住民遷徙
的族群政治意涵，並沒有特別的發聲抗議，更能凸顯出泰雅族「真正泰雅
人」的核心價值。任何族群相處過程，由於風俗習慣的不同，會造成想法的
差異，衝突難免。里慕伊‧阿紀書中的負面人物反而是泰雅族伍道的謊言欺
騙和造謠生事，以及喜佑的亡命恐嚇和悔婚縱火，曾令當地居民惶惶不安。

當堡耐和哈勇的房子被燒個精光，所有的家當也都化為烏有時，布農族、鄒族、排灣族朋友都來幫忙重建家園，甚至連阿文、老張、老王和一些平地人鄰居，也會自動上山送食物（里慕伊・阿紀，2010，頁206）。由此可見，里慕伊・阿紀非常注重族群之間的差異融合。雖然泰雅族人與當地族群相處融洽，但是堡耐的媳婦雅外發現這裡交通非常不方便，經濟上也不穩定。她非常擔心孩子的未來的學習與教育環境（里慕伊・阿紀，2010，頁241）。於是，雅外和伊凡帶著子女毅然決然地離開了那瑪夏，回到新竹故鄉。三民鄉有一些泰雅族人也陸續遷回家鄉，主要是北部發展愈來愈快，南部山區相對發展緩慢，南北差異愈來愈大（里慕伊・阿紀，2010，頁246）。不久，堡耐也把土地處理完畢後準備歸鄉，並將第一塊地要還給巴武。泰雅族的堡耐與鄒族巴武，兩人卻用布農族語交談，由於布農族在三民鄉的人數最多，布農族語儼然成為三民鄉的「鄉語」了。

瓜達希在社會生態學說明：「最近阿爾及利亞年輕人的起義促進了西方生活方式與各種形式的原教旨主義之間的雙重共生。」（Félix Guattari, 2008，頁42）。瓜達希提出的是西方生活方式和伊斯蘭教生活的雙重共生模式。事實上，瓜達希的社會生態學，是批評資本主義經濟與社會現象，使得主體與社會愈趨向同質化，危及主體獨異化。面對此一危機，瓜達希的社會生態學尋求的便是一種傳統與現代重置／共生（super-imposition / symbiosis）（李育霖，2015，頁214-215）。如同里慕伊・阿紀敘述斯卡路部落，從台灣北部移動到南部，不斷地與四大族群互動的生活型態，呈現雙重共生模式。而在現代化過程中，泰雅族在語言、文化、信仰、習俗等也面臨了危機與消長，形成差異共生的社會生態學。

四　原住民生態智慧的環境生態學

台灣原住民族有所謂的「傳統生態智慧」（Traditional Ecological Knowledge, TEK），官大偉說明西方學者對於原住民生態知識有不同的詮釋，他的界定為「被稱為原住民的這一群人，因和其土地互動的特殊方式所產生的知

識」（官大偉，2013，頁74）。從八〇年代以來，原住民傳統生態知識的研究有蓬勃發展的趨勢，這主要是以西方自然科學為主的生態保育方式與當地原住民發展有所衝突。一方面，這些衝突出現在生物多樣性與文化多樣性相關；另一方面，則是各地的原住民族在爭取自身權益上的聲浪日漸高漲。所以，無論是保育人士、原住民族運動者、在地原住民、國家政府機關都發現無法迴避傳統生態智慧與環境保育、地方發展的關聯性。因此，傳統生態智慧的意涵與其在社會發展的應用性，便成為一個重要研究課題（林益仁、褚縈瑩，2004，頁63）。其中，劉炯錫在〈台灣原住民族生態學的研究〉說明台灣原住民族生態學研究社群有專門的調查，雖然發表數篇專業論文，但是原住民的「傳統生態智慧」卻有快速的流失與來不及記錄的窘況，因此需要更多有心人士的投入（劉炯錫，2000，頁11）。裴家騏認為在地居民的參與，將有助於自然環境及生物多樣性的保育，主張政府應該邀請魯凱族人，並參照當地的傳統狩獵制度，發展出共同管理在地自然資源的制度，以強化台灣的生態系統經營管理的成效（裴家騏，2010，頁67）。這些研究，從尊重當地生態智慧知識的西方生態學出發，正面積極地提供保育政策與在地文化之間的一座橋樑。

里慕伊・阿紀《山櫻花的故鄉》在原住民傳統生態知識的環境生態學，主要聚焦在泰雅族的遷徙墾殖和狩獵過程。黑帶・巴彥認為泰雅族的農事是主要生計，森林的活動等於是菜園，亦即農事是生活的中樞，而狩獵是精神的支柱（黑帶・巴彥，2002，頁113-114）。里慕伊・阿紀說明泰雅族遷徙墾殖的特色，如果部落人口密度過高，墾植和狩獵的活動就一定會受到影響。族裡的意見領袖（mrhuw）和長老（bnkis）就會提議有人要遷徙墾殖。在古謠「泰雅族的歌」（qwas na Tayal）裡，唱出泰雅族開拓新疆域而遷徙的歷史，發源地為南投縣仁愛鄉的發祥部落（sbayan），而台北烏來以及雪山山脈與中央山脈中部以北的中高海拔兩側，都有泰雅族群的生活領域。在台灣原住民族群當中，泰雅族群的傳統領域最為廣闊（里慕伊・阿紀，2010，頁83-84）。根據黑帶・巴彥介紹泰雅族的發展型態，可分為直向發展和橫向發展（黑帶・巴彥，2002，頁14）。這兩種型態互相交織遷徙之後，是大自然

軌道中的自然發展現象。

　　堡耐跟哈勇父子好不容易擁有自己的土地，就開始進行墾殖拓荒的工作。按照一般泰雅族火墾的過程處理箭竹林土地，就是先把山上的雜木、草叢砍除乾淨，這種砍除新墾地的工作泰雅族語為「抹那樣」（mnayang），而幫作物砍除雜草叫做「斯馬力特」（smalit）。她說明如下：

> 「抹那樣」在砍除新墾地上的草木時，因為要把土地開墾成種植作物用的土壤，所以在砍草木的時候，必須砍在植物最底部靠近根部的位置。「斯馬力特」的砍草是幫成長中的作物砍除遮住它陽光的草木，只需把雜草攔腰砍下即可。過去的泰雅族對於生長在作物之間的雜草、雜木是抱著讓它們「公平競爭」的態度，菜園、稻田中的雜草用手拔除或單手拿的小鋤頭「把亞嗬」（pazih）一點一點鋤下來；竹木林裡的雜木就用砍草刀砍除。這樣的方式在現在的「有機耕作」裡是常見的，泰雅族人讓作物透過與身邊野草木的生長競爭之下，長得更強壯健康；長不過野草木的作物就會變得瘦小，人們在取種子的時候，一定會取最健康強壯的那棵作物種子，瘦小的就不會被流傳下來。（里慕伊‧阿紀，2010，頁145）

堡耐這一塊地長滿箭竹，開墾起來格外困難。他們就直接在箭竹之間的土壤播下旱稻種子，也種了一些小米、芋頭。堡耐父子在這樣困難的環境條件之下播種作物，硬是把叢林地種成了肥沃的農地（里慕伊‧阿紀，2010，頁146-147）。楊翠認為堡耐在南方的拓墾歷程，可以觀察到泰雅族與自然共處的模式與生態觀。堡耐父子的開墾模式的土地倫理觀，與現代環境保育觀念中的「圈地保護」觀大異其趣。對泰雅族而言，「生態保育」並非一種「圈地保護」，亦非人與自然隔離的概念，而是將人放在自然之中，與自然協商、共處、節制（楊翠，2018，頁246）。這樣的方式類似現代的「有機耕作」，原住民的傳統開墾模式有著生物多樣性和土壤生物活動，從而達到優質的作物和自然環境得到保育。

　　在墾殖過程，泰雅族群與山川林地之間，也有人類與大自然和平共處的
gaga。泰雅族人的觀念是人類從山林土地中滋養生命，絕對不會將土地山林
的壽命窮枯耗竭，所以不論是人口的密度，或是墾植的方式，都有其自然的
規範：

> 一塊土地的種植使用，通常不會超過三年，平均兩年就會離開墾地，
> 讓土地休息。離開之前人們會在那塊地裡種植赤楊木（iboh）以使土
> 地休養生息。赤楊木可以適應任何貧瘠的環境而生長，它的樹幹可以
> 砍下來種香菇，也可以用來搭蓋建築物。最重要的是，赤楊木是一種
> 非常好的土地改良者，寄生在它根部的根瘤菌能吸收空氣中的氮氣，
> 有固氮作用可以改善土壤的品質。當然，泰雅族的祖先大概不會知道
> 「根瘤菌」或是「氮氣」，人們在使用過的土地上種植赤楊木的習
> 慣，是經過一代一代與大自然共同生活所得到的經驗。（里慕伊・阿
> 紀，2010，頁82-83）

楊翠指出從種植赤楊木使土地休養生息，可以看見泰雅族與山林土地的關
係。如果不是具備與傳遞一套豐富的「原初的知識系統」的有效運作方式，
泰雅人如何能找到與自然和諧共處？這套「原初的知識系統」，既在維持自
然的能量，也裝備人類的生存條件（楊翠，2018，頁263）。原住民對於山林
土地的運用，有著代代相傳的傳統生態智慧。

　　里慕伊・阿紀在《山櫻花的故鄉》關於狩獵過程最精彩的敘述是「手工
架橋」。當哈勇與弟弟伊凡、鄒族的巴倪和一位排灣族朋友，趁著稻作收成
完的空閒，四個人一起上山去狩獵。半夜獵寮因颱風的風雨交加而毀壞，大
家只好躲進樹洞（里慕伊・阿紀，2010，頁173-174）。隔天，風雨過後造成
湍急的流水，河面變寬，河水也變深，完全無法渡河，他們被隔成一座孤
島。於是，大家開始砍粗的直木材以及一種很強韌的蔓藤植物（wahiy）準
備造橋。當堡耐一行人找到了被困在河對面的人，就開始計畫架橋工程。堡
耐把五根樹幹一根一根併排，用wahiy把它們緊緊串編成一片，就像一般橫
跨在河上的竹橋，找了一塊面向對岸的大石頭底座當成支點，把這排木橋深

深埋入石底，第一段「木橋」插在大石底部朝對岸斜斜的站穩。他也指導對岸的哈勇四人，學習造橋的步驟：

> 接下來，堡耐用wahiy在「木橋」的腰上緊緊的綁一圈，他就攀著這圈wahiy爬上去，站穩後再往上綁一圈。等他爬到一半的時候，下面的人就遞上一根木頭，堡耐把遞上來的木頭像鋼琴的黑白鍵樣穿插在第一段「木橋排」之間，小心的用wahiy把它們綁緊，這次共需要四根木頭穿插在第一段的「木橋排」之間與第一段連接起來了。第二段木橋完成之後，他再重複剛才用wahiy緊緊的圈綁「木橋排」，然後踩著wahiy再往上爬。第三段「木橋排」則只需要三根木頭穿插在第二段的四根「木橋排」之間綁緊。（里慕伊・阿紀，2010，頁180）

楊翠說明堡耐對於狩獵文化的相關禁忌能清楚掌握，對於山林知識系統建備齊全，不但是位好獵人，更有完備的文化與生態的認識系統（楊翠，2018，頁247）。堡耐這樣在湍急的河川上空工作是非常危險，沒有足夠的技能和膽識是絕對不可能完成的。這些高空的動作所有的平衡，完全只靠他掛著一根長竹竿，插在河底撐著，快要失衡的時候就用手扶一下竹竿做平衡，堡耐的山林知識系統終於將兩邊「木橋」在河上空接上了，原住民的傳統生態知識，在危急的時刻往往是關鍵的生存法則。

　　獵人不僅能辨識腳印、水源和獵捕區，其空間知識可能遠遠超過了當地的農學家（段義孚，2017，頁62）。台灣原住民長期在深山峻嶺中求生存，必須仰賴空間的知識技能。《山櫻花的故鄉》的伊凡用潮濕的木材取火煮飯，潮濕的木頭很難燃燒，即使燒了起來，黑煙瀰漫，薰得他眼淚鼻涕直流。此時，伊凡特別想起爺爺以前在大雨中的竹林幫他生火取暖的往事：

> 他看了看雙手又看了看冒著濃黑煙卻沒有火舌的柴堆，突然想起長輩在山上最常使用iboh（赤楊木）來起火。他趕緊到林子裡找了一棵赤楊木，砍下幾根樹枝，回到獵寮用細的赤楊樹枝重新起火。一般的木柴必須要等木頭裡的水分乾了才可以燃燒，赤楊木卻是可以生燃的，

　　赤楊木可以在潮濕的環境中燃燒，也是它的特性之一，這對泰雅族人
　　來說是生活常識。（里慕伊・阿紀，2010，頁175-176）

如前所述，泰雅族人會種植赤楊木（iboh）以使土地休養生息，這樣的生態
智慧成為伊凡的求生技能。老獵人所說的「技術和能力是跟隨在我們手上
的。」是對環境的敏銳觀察，除了善用視覺能力之外，還有所有的感官靈
敏，不論是白天或黑夜，從存檔的記憶中找出走過的情景，就像愛斯基摩人
觀察環境以尋找道路是相似的空間技能。原住民對環境空間儲存的記憶會形
成空間知識，累積的大自然互動經驗也就成為原住民的傳統生態知識。

　　原住民因為缺少文字，會藉由「空間」幫助記憶，而重返過去的遺址，
不只是尋根，更是尋找記憶（黃應貴，1995，頁23）。《山櫻花的故鄉》的堡
耐在房屋的院子前面有兩棵高大的老山櫻花樹，泰雅族語叫做「拉報」
（lapaw）（里慕伊・阿紀，2010，頁28）。他到三民鄉轉眼滿一年時，遙望對
面山上的山櫻花樹，光禿禿的枝頂冒出了粉紅色的花苞，寄予了新的希望（里
慕伊・阿紀，2010，頁131）。堡耐到了南部三年，終於擁有自己的土地，他
是尋找有山櫻花的地方搭建房子（里慕伊・阿紀，2010，頁144）。歷經過十
數年離鄉背井，重歸人事已非的故鄉，而山櫻樹依舊開滿了山櫻花（里慕伊・
阿紀，2010，頁249）。山櫻花的不斷出現，有著落葉歸根意象。尤其，雷撒
幫曾孫子取名為旮命（Gami 根），是希望能像樹根一樣堅實強壯，也寄予永
遠不要忘記自己的根。堡耐家族重返故鄉，不但是尋根的動力，也是尋找原
初的記憶。山櫻花的故鄉是斯卡路部落的根，山林土地更是泰雅族人賴以生
存的根本。

　　里慕伊・阿紀曾見識過洪水暴漲、山崩地裂的駭人氣勢，泰雅族人對於
山川大地是「有所敬畏」，恣意墾發的結果是要付出代價（里慕伊・阿紀，
2001，頁258）。《山櫻花的故鄉》書寫泰雅族在山林土地的環境倫理觀，將
人放在自然生態中，是互相依存的關係。瓜達希曾說地球正在經歷一段強烈
的技術科學變革，如果找不到補救措施，這種生態平衡將最終威脅到地球表
面生命的延續。伴隨著這些動盪，人類的生活方式，無論是個體的還是集體

的，都在逐步惡化。因此，無論哪裡，都存在著同樣令人困惑的悖論：一方面，不斷發展的新技術科學手段解決主要的生態問題，並恢復地球表面的有益活動；另一方面，社會力量無法利用這些資源來使它們發揮作用。（Félix Guattari, 2008, pp.19-22）那是因為人類與自然環境存在著二元論對立的關係，存在著「人類中心」與「非人類中心」的抉擇衝突。所以，瓜達希認為自然生態不應是少數自然愛好者或生態環境專家的事，而應該是主體與資本形構全面性的社會與環境的考察（Félix Guattari, 2008, p.35）。

五　結論

　　瓜達希在環境生態學的討論中，強調生態學的三維視角，認為創造一個可居住的環境，必須與生存領域的多重運作以及社會群體生態一併考量。三維生態學就是包含了人類主體性、社會關係和環境的三環相扣的生態理論模型，橫切心靈生態、社群生態與自然生態的理論視野，是一種具有「橫越性」（transversally）的思想方法（Félix Guattari, 2008, p.29）。里慕伊・阿紀的《山櫻花的故鄉》敘述泰雅族主體、社群以及自然的三個面向，亦如瓜達希的三環相扣的生態理論。

　　里慕伊・阿紀以獨特的泰雅族習俗和語言重塑主體性，即瓜達希精神生態學的目的在尋求主體化及獨異化；斯卡路部落與四大族群的差異共生，正如瓜達希的社會生態學尋求的是一種傳統與現代共生的契機；泰雅族人對於山林心存敬畏、互相依存的關係，呼應瓜達希強調人類必須徹底的反思的環境生態學。而詹姆斯・克里弗德（James Clifford）在著作《復返：21世紀成為原住民》說明夏威夷人「足智多謀地往返於當前的難題與被記取的過去之間」（詹姆斯・克里弗德著，林徐達等譯，2017，頁32）。里慕伊・阿紀在書中汲取過去泰雅族傳統文化經驗，以面對未來發展的方向。本文從「三維生態學」的角度，分析台灣當代原住民作家里慕伊・阿紀的《山櫻花的故鄉》，用「生態智慧」重新思考台灣原住民文學在環境議題的新路徑。

——原刊於《台灣原住民族研究》第15卷第1期（2022年6月）

徵引書目

里慕伊・阿紀（2001）《山野笛聲》。台中：晨星出版社。

里慕伊・阿紀（2002）《彩虹橋的審判》。台北：新自然主義出版社。

里慕伊・阿紀（2010）《山櫻花的故鄉》。台北：麥田出版社。

里慕伊・阿紀（2014）《懷鄉》。台北：麥田出版社。

李育霖（2015）《擬造新地球》。台北：台大出版中心。

吳明益（2006）〈且讓我們蹚水過河：形構臺灣河流書寫/文學的可能性〉《東華人文學報》第9期，頁177-214。

吳明益（2012）《臺灣現代自然書寫的探索1980-2002：以書寫解放自然BOOK 1》。台北：夏日出版社。

邱貴芬（2012）〈性別政治與原住民主體的呈現：夏曼・藍波安的文學作品和Si-Manirei的記錄片〉《臺灣社會研究季刊》第86期，頁13-49。

官大偉（2013）〈原住民生態知識與流域治理──以泰雅族 Mrqwang 群之人河關係為例〉《地理學報》第70期，頁69-105。

林益仁、褚縈瑩（2004）〈有關「傳統生態智慧」的二、三事〉《生態台灣》第4期，頁63-67。

范銘如（2013）〈女性為什麼不寫鄉土〉《台灣文學學報》第23期，頁1-28。

段義孚（王志標譯）（2017）《空間與地方：經驗的視角》。北京：中國人民大學。

浦忠成（2009）《台灣原住民族文學史綱（下）》。台北：里仁出版社。

陳芷凡（2005）〈母語與文本解讀的辯證──以魯凱作家奧威尼・卡露斯《野百合之歌》為例〉《臺灣語言與語文教育》第6期，頁188-201。

楊　翠（2018）《少數說話：台灣原住民女性文學的多重視域》（上）。台北：玉山社。

黑帶・巴彥（2002）《泰雅人的生活型態探源：一個泰雅人的現身說法》。新竹縣：文化局。

黃應貴主編（1995）《空間、力與社會》。台北：中研院民族所。

裴家騏（2010）〈魯凱族的狩獵知識與文化——傳統生態知識的價值〉《台灣原住民研究論叢》第8期，頁67-84。

劉炯錫編著（2000）〈導論：台灣原住民族生態學的研究〉《東台灣原住民民族生態學論文集》。台東：東台灣研究會。

Benjamin, Walter.（張旭東、王斑譯）（2012）《啟迪：本雅明文選》（*Illuminations: Essays and Reflections*）。台北：臺灣商務印書館。

Bogue, Ronald.（李育霖譯）（2006）《德勒茲論文學》（*Deleuze on literature*）。台北：麥田出版社。

Clifford, James.（林徐達、梁永安譯）（2017）《復返：21世紀成為原住民》（*Returns: Becoming Indigenous in the Twenty-First Century*）。台北：桂冠出版社。

Guattari, Félix. (2008) *The Three Ecologies*, trans. by Ian Pindar and Paul Sutton. London: Bloomsbury Publishing PLC.

南來北往：新竹同樂軒之
軒社經營與進香演出[*]

林佳儀[**]

摘要

　　新竹同樂軒為新竹市最早成立之北管子弟軒社，自清道光二十年（1840）年成立至今，已有一百八十年之歷史，日治時期是新竹五軒一社規模最大者，約在一九三七年七七事變前分為三組；雖然例行活動已有三十年餘年不曾舉行，卻留下豐富且保存良好之文獻及文物。本文以「南來北往」概括同樂軒之活動，不僅在新竹一地，而是在臺灣西部數個大城市，皆有其活動蹤跡及口碑，且以子弟戲為人稱道。

　　本文關注之焦點：一是從其日常營運文獻瑣碎卻又翔實的記錄中，分析其如何經營，包含軒員之內的互助，及參與活動之相關安排，經費開支、禮簿呈現的人際網絡。二是從口碑「同樂軒交透透（kau-thàu-thàu）」及往來

* 謹以此文祝賀新竹同樂軒成立一百八十週年。本文曾宣讀於「新竹在地文化與跨域流轉：第五屆竹塹學國際學術研討會」，國立清華大學華文文學研究所主辦，2021年11月12-13日，承蒙主辦單位邀請及特約討論人林曉英教授之肯定與建議。後發表於《竹塹文獻雜誌》第74期（2022年8月），頁121-153，照片較多且全部彩色印刷，可線上閱讀，感謝主編江燦騰教授邀稿。本文能夠順利完成，因筆者執行新竹市文化局委託之「新竹市北管保存維護計畫」（2019-2020年），獲得同樂軒管理人蘇宏杰先生同意，提供曲館內保存之文獻、文物閱覽，並得同樂軒軒員陳培松先生、同樂軒軒員鄭江濱先生之孫女趙梅珠女士、振樂軒軒員鄭淞彬先生報導，新竹北管子弟林育臣、楊巽彰，及清華大學學生楊欣鎔、賴佳嫆協助整理資料，謹此敬申謝忱。

** 國立清華大學華文文學研究所副教授。

東帖,探討同樂軒之交陪軒社,及其從日治時期開始的南下進香,沿途開演、返回新竹演落馬戲等,以及在新竹的神誕演出,累積在本地/外地的演出聲望與交陪情誼。三是臺灣各地子弟軒社的活動模式,有其區域特色,同樂軒並非新竹特定廟宇之駕前子弟,雖然參與都城隍廟、東寧宮之遶境,但相較於北港地區軒社,與在地大廟朝天宮或特定廟宇的日常信仰活動關聯密切有所差異;雖然廟宇仍是同樂軒主要演出場域,但卻是南來北往,不拘新竹在地,本文將釐析同樂軒活動與廟宇信仰或軒社交陪之錯綜關係,及進香開演之活動模式。

　　相較於一般北管子弟軒社以學習音樂聚合,主要在村莊角頭活動,同樂軒則社交性格強烈,所謂「交透透」雖以臺北軒社為主,但其南來北往的進香演出,卻是拓展及延續交陪的重要作為,唯搬演子弟戲所需的人力、物力、財力,在一九七○年代之後,同樂軒難以為繼,至一九八○年代,僅能維持在地方出陣的低度活動。

關鍵詞:北管、同樂軒、子弟戲、交陪、進香

一 前言

民國四十九年（1960），新竹同樂軒成立將屆一百二十年之際，在勝利路興建曲館，所需一萬元的費用，由眾人合資，據軒員陳培松回憶，共二十人，每人五百元；[1] 實際的出資者，據其中一位出資者鄭江（或稱鄭江濱）的後人提供，共有二十三位，芳名如下：王家鈿、江錦火、吳敏濤、林金山、林家祿、林萬寶、林樹清、張堃城、莊添、許清火、許增城、陳文福、陳建榮、陳祥麟、陳聯聲、陳錦滋、廖福生、蔡添財、蔡錦祥、鄭火龍、鄭石源、鄭江、駱清俊，建造執照殘片上的代表人為王家鈿。[2]

那年農曆六月，乃是同樂軒成立一百二十週年的軒慶，如今還可見三方祝賀同樂軒一百二十週年的匾額，[3] 至今仍收藏於曲館內，其中兩方為臺北

1　陳培松口述，2013年10月3日，感謝鄭淞彬協助。按，下文曲館一百二十週年賀匾之事，亦在陳培松口碑提及，唯其記得軒社名稱，但未述及題字內容。按，陳培松（1922-201×）為同樂軒前任管理人，其兄陳炳煌亦為同樂軒軒員，為布袋戲新竹園創辦人暨主演，陳培松則為新竹園之後場鼓師，以擅長通鼓聞名，後亦加入新竹市北管戲曲促進會（1995-2007），就同樂軒父母會會員簿、奠儀簿所見，陳炳煌至遲已於一九六四年加入，陳培松至遲已於一九六七年加入；可惜筆者二〇一三年因寫作〈竹塹北管子弟軒社活動考察——起源年代、空間分佈及演出盛況〉，訪問陳培松先生時，因初識北管，當時同樂軒曲館並未開放，亦不知文獻俱存，訪談內容有限。鄭淞彬（1959年生）為熟悉新竹市北管活動之資深子弟，退伍後於一九八七年加入振樂軒，一九九〇年發起成立眾樂軒，曾任新竹市北管戲曲促進會總幹事，後加入竹塹北管藝術團，家中長輩多人參與軒社活動，父親鄭閻奇參加同樂軒青年組，後轉至二組，舅舅蔡欽慕參加三樂軒，後加入新竹市北管戲曲促進會。

2　蘇宏杰提供，筆者重新依姓氏筆畫排序，並就所見同樂軒文獻校對姓名用字。按，蘇宏杰（1973年生），為同樂軒軒員暨曲館二十三位起造人之一鄭江濱（或稱鄭濱，經營濱記建材行）之外曾孫，因遺產繼承，分得部分同樂軒曲館產權，當時曲館由二十三位起造人之一駱清俊的媳婦負責祭拜王爺，後因陳培松先生主持公道，亦得進入曲館內，約二〇一四年開始整理同樂軒曲館內部及文物，並於二〇一六年八月借出軒內文物參與國立新竹美學館主辦之「鏗鏘軒昂：北管戲曲文物展」，為同樂軒一九八〇年代低度活動之後，同樂軒文物首次參展。

3　雖然三方匾額並未標誌曲館落成，但在陳培松口碑，曲館落成、一百二十週年、友軒贈匾，乃是一體之事。

八個軒社共同致贈，其一為曾掛於曲館門楣的「同樂軒」（尺寸較小，118×59.5公分），其二為曾懸掛於館內的「盛世元音」（尺寸較大，242.5×68公分），二方上款皆為「歲次庚子年荔月／慶祝同樂軒壹佰貳拾週年紀念」，下款皆是「台北共樂軒、蘆洲樂樂樂／台北新樂社、淡水南北軒／景美義樂軒、台北忠安樂社／台北金海利、台北明光樂社／同賀」，立匾的庚子年為民國四十九年（1960）；另有臺北保安社獨贈一匾，題「同樂千秋」，上款為「祝新竹同樂軒／壹百貳拾週年留念」，下款為「台北保安社敬賀」。由交陪軒社致贈同樂軒的匾額，可推算同樂軒成立於清道光二十年（1840），[4]揭開新竹北管活動的序幕。

直至民國四十九年農曆十二月下旬，同樂軒終於不必再支付每個月三百五十元的曲館租金，眾人合力，又租用兩臺三輪車，歡喜搬遷至新落成的曲館，當年新樂軒致贈「祝同樂軒新居落成」的日本 HINO 機械鐘擺掛鐘，至今仍保留在曲館內。根據當時會費收入，樂捐者約六十名，[5]僅出力不出錢者，人數不詳。

至民國五十三年（1964），因空間不敷使用，又增建二樓庫房（加強磚造構造），建造執照所載同樂軒代表人為吳敏濤，兩層樓皆是27.825平方公

---

4 按，同樂軒成立年代乃是往回推算而得，是否可信，相關討論可見林佳儀：〈竹塹北管子弟軒社活動考察──起源年代、空間分佈及演出盛況〉，《臺灣音樂研究》，第18期（2014年6月），頁5-10；後收入陳惠齡編：《傳統與現代──第一屆臺灣竹塹學國際學術研討會論文集》（台北：萬卷樓圖書公司，2015年），頁249-257。

5 曲館租金花費、會費收入，引自「同樂軒收支明細表」（不著年月，尺寸66×26公分），該張以昭公信的紅紙，折疊後夾在民國四十九年農曆四月五日「新竹同樂軒於新港、臺南、高雄登臺演唱受贈禮品‧高雄代天宮」的禮簿內，可確信其為民國四十九年收支，除了曲館搬遷一事外，乃因農曆九月有一筆支出是「江錦火岳父糕仔盒三座」，應是喪事所用，故翻查「同樂軒父母會會員簿軒員名簿」，其中江錦火名下確實註記：「49/11/25出岳父一回」，該日期為國曆，農曆為十月七日，是以該收支明細，確為民國四十九年。此外，會費收入乃是浮動，原則上每人樂捐十元，但農曆九月會費收入為四十一名，一千二百三十元；十月、十一月會費收入皆為五十五名，五百五十元；十二月會費收入為六十三名，六百三十元；隔年一月會費收入為六十名，六百元，樂捐會費的會員人數增加中。

尺，乃為今見曲館樣貌，只是歷經半個世紀，二樓部分水泥掉落、鋼筋裸露，幸而奉祀之西秦王爺未受傷害。

同樂軒雖為新竹最早成立之軒社，然而，清領時期相關資料匱乏，目前所知主要為日本時代以降的資料。一九九三年之後由振樂軒帶動的新竹北管復振，新樂軒、三樂軒等，甚至恢復演出，但同樂軒一九八○年代已然沒落，人員星散，古老的軒社漸漸淡出。直至二○一六年「鏗鏘軒昂：北管戲曲文物展」，同樂軒「盛世元音」匾額等文物展出，才又重回公眾視野。本文寫作背景，乃是筆者於二○一九至二○二○年執行「新竹市北管保存維護計畫」，訪問同樂軒管理人蘇宏杰先生之際，他說起前任管理人陳培松先生（1922-201×）將軒社文獻妥善收存在館內，他接手之後，完整保留各式紙張物品，是以，一九六○年曲館落成之後的日常經營文件，諸如軒社交陪的賀年卡、禮簿、日常開支記錄，大量保存，戰後報刊罕見報導同樂軒活動，亦可由此窺知一二。本文以此為基礎，結合日本時代報刊資料，

同樂軒曲館門口懸掛之「同樂軒」匾額，由臺北八個軒社聯合致贈（孫致文攝於一九九○年代）

同樂軒一九六○年落成之曲館（林佳儀攝於二○一三年）

闡發同樂軒「南北交透透」的活動印記，期使新竹最早成立、組織最龐大之子弟軒社同樂軒，在走過一百八十年之後，雖然沒有動態活動，但靜態文物及文獻仍能成為臺灣北管活動、新竹常民娛樂之重要內涵。

二　同樂軒的營運

（一）會員

1　會員名簿

　　同樂軒的軒員，因組織龐大，在一九三七年七七事變之前，分為三組，[6]各自獨立設館，同樂軒細分為老組、青年組，曾設館於地藏庵，同樂軒二組設館於安南宮，同樂軒三組（一九五八年前後[7]定名為三樂軒）設館於竹蓮寺。本文討論的軒員，乃為老同樂軒，[8]並不包括二組、三組。

　　目前所知同樂軒的軒員，除了「同樂軒先輩芳名錄」之外，就屬《新竹市耆老訪談專輯》附錄的〈新竹市的傳統民間戲曲〉[9]最為詳盡，包括專長腳色、職業等，但以前場演員為主，另有少數後場人員及負責人姓名。同樂軒現存四本會員名簿，皆不著記年，人數最多的一本，題《同樂軒會員名簿》，包括退出後以粗黑筆槓除的二十八人，計一百二十九人，另以黑色毛筆書寫，註記部分地址的計五十八人，再有兩本以硬筆書寫，計六十五、六十六人，據陳培松口碑，同樂分組之後，老同樂曾經多達百人，故推測人數最多者可能是時代較早。會員名簿註記部分地址，可見軒員大部分居住在新

6　據陳培松的印象，同樂軒在七七事變前夕分組，分組之後，老同樂曾經多達百人，見蘇玲瑤：《竹塹憨子弟——新竹市北管子弟的記錄》（新竹：新竹市立文化中心，1998年），頁57。實際分組，據振樂軒北管子弟鄭淞彬表示，應是：同樂軒（再細分老組、青年組）、同樂軒二組、同樂軒三組（後獨立為三樂軒），鄭淞彬口述，2020年4月1日。

7　據二〇一八年三樂軒慶祝建軒六十週年恭迎西秦王爺遶境時間回推。

8　口頭會稱「老同樂」，區別同樂軒二組、三組，一般不稱同樂軒一組。

9　張永堂主編：《新竹市耆老訪談專輯》（新竹：新竹市政府，1993年），頁382-385。

竹市，偶見居住在外地者，如鄭石源名下標註其在竹東鎮的詳細地址、葉萬德名下標註其在新埔鎮的詳細地址，而原居新竹市的陳祥麟，搬遷至桃園市，並未退會。[10]

　　同樂軒的軒員職業，猶如百工。[11]如開設建材行的鄭江濱，他喜歡走訪廟宇，出資蓋安南宮，還擔任過廟公，而進香團搭配遊覽，經常是他邀集的；出陣時，可能打響器，或者踩蹺，不登臺演戲，在軒裡主要是出資、交際，他就住在曲館旁邊，夫人會在軒員排練對鼓介時準備點心，出陣時準備涼水。王家鈿曾是警察，後在內媽祖廟旁開設建材行，是鄭江濱找來擔任出資者的。林金山也開建材行。駱清俊是總舖師，莊三八是打石匠。林萬寶、林長發是兄弟，林長發在出陣時，經常穿著西裝走在繡旗前面，昂揚自得，平常也是由他負責招呼、應酬。周進登在南門市場賣豬肉，張堅城經營海產店，都是同樂軒較為人熟知的出資者。

　　部分軒員行業與表演藝術相關，如註記「新竹園」的陳炳煌，[12]在一九六一年前後，擔任新竹園布袋戲團的團長。[13]其實，名列在後的陳培松，為陳炳煌之弟，也任職新竹園，為後場樂師，以打通鼓聞名。又如駱柳村，民國三十五年（1946）擔任新竹市影劇公會理事長，歷任新世界戲院（約1941-1950年間）、國民戲院（約1952-1955年間）、新竹戲院（約1955-19××年間）經理，善於安排戲劇節目、重視演藝品質，故他擔任經理期間，戲院

10　據《同樂軒會員名簿》（不著記年）標示。

11　以下同樂軒軒員，主要依據趙梅珠口述，2020年7月2日。按，趙梅珠（1949年生）為同樂軒軒員鄭江濱暨曲館二十三位起造人之一鄭江濱的外孫女。從小在同樂軒曲館邊長大，還曾到曲館中幫李玉等軒員跑腿，對曲館人事，多少有些印象，可惜筆者訪問時已然錯過最佳時機，若能早幾年，趙的母親還在，所知更多。

12　據《同樂軒會員名簿》（不著記年）標示。按，陳炳煌為陳培松之兄，為新竹布袋戲團「新竹園」之創辦人，該團活動期間為光復後至民國八十幾年，據蘇玲瑤：《竹塹憨子弟──新竹市北管子弟的記錄》（新竹：新竹市立文化中心，1998年），頁58。

13　據呂訴上：《臺灣電影戲劇史》（台北：銀華出版社，1961年），「布袋戲」所列登記有案團體的表格，編號49，頁422。

總能有極佳之收益。「為人慷慨大方，幾乎是有求必應且來者不拒。」[14] 在同樂軒的緣金芳名簿，也能看到他的名字，雖非主要出資者。而擔任前場的軒員，最著名者如飾演小旦的李玉（大戀伯仔 tuā-gōng-peh-á），他本職裁縫，演戲愛漂亮，自備登臺裝飾的花朵，即使五十多歲了，登臺依舊甚得觀眾緣，經常收到金牌；因住在曲館內，整理軒內傢俬，經手帳務；[15] 又有榮仔（姓楊），演戲時才三十多歲，《黃鶴樓》飾演周瑜，最後吐血時因嘴裡含紅色素，整件上衣噴得很滿，還能演老旦，《打金枝》飾演皇后，怕媳婦怕到發抖，表演張力強烈。年輕一輩的，則有陳鐵雄、陳順吉兄弟，是青年組的演員，家裡開協成油飯。雖然同樂軒有不同世代的演員，但青年組的演員，人數不多，[16] 上一代不演之後，難以接續，同樂軒至民國六十幾年，就不再演戲了。

同樂軒能樂捐會費的軒員數量，因部分年度尚存日常收支，可見會費收入，如一九六七年十一至十二月，會費收入一○二○元，因每月十元，推知當時有五十一位會員樂捐；一九六八年七至八月，會費收九百六十元，推知有四十八人樂捐；一九七一年一至二月，會費收入九百六十元，推知會員有四十三人樂捐；樂捐的會員遞減，但實際的會員數量，因有些僅出力氣不樂捐會費，遠不只此數。

2 父母會會員簿

同樂軒今存文獻，多是一九六○年曲館落成之後之文件，其中最具歷史者為《同樂軒父母會會員簿軒員名簿》，所謂父母會，是軒員才能參加的互助組織，身為會員，要在其他會員家中長輩過世出殯時義務出陣，每位會員

---

14 據葉龍彥：《新竹市電影史（1900-1995）》（新竹：新竹市立文化中心，1996年），頁166-167、169、185、291、293，引文見頁166。新世界部分又參考潘國正主編：《風城影話》（新竹：新竹市立文化中心，1996年），頁84。

15 同樂軒帳目內，經常看到「李玉手開出」之類的註記。

16 同樂軒青年組人數不詳，但知其中鄭闖奇等九位結拜。據鄭淞彬口述，2021年11月12日。

可有兩位長輩被照顧；稱為父母會，當是父母亡故時，會員能夠彼此幫忙，但實際運作，或者祖母亡故，或者姑母、嬸母亡故，乃至本人、妻子、媳婦亡故，每人至多兩次。同樂軒父母會，共有會員九十三人，其中有退出亦有後來加入者，其中最早一筆記錄為一九五五年蔡乾秀，註記「44出母一回」，最晚一筆記錄為一九七三年蔡添財，註記「62年舊曆13/8母親一回」，其中一九五〇年代出陣者最多，有二十八人名下無任何出陣註記，這本會員簿被帶來新曲館，乃是父母會仍在運作，同樂軒今存文物，有一套喪事出陣用的紗燈、彩牌旗、繡旗，乃至告知會員時間、地點，參加告別式及準備奠儀的通知單，甚至數本一九六四年的奠儀簿，軒員之間人際互動較為密切。[17]

「同樂軒父母會會員簿」題字及內頁（同樂軒提供）

3 頭家爐主總簿

　　同樂軒奉祀鎮館的西秦王爺（包括劍印侍童）之外，另有爐主王爺及陪祀的將軍爺，與新竹其他軒社相同，每年農曆六月二十四日西秦王爺誕辰，

---

17 關於父母會的運作，在新竹北管子弟軒社，除了同樂軒，振樂軒亦有。感謝趙梅珠女士、林玉茹教授、孫致文教授解說父母會運作。

擲筊選出頭家爐主，甚至演戲慶祝。同樂軒現存頭家爐主名單，最早為一九六三年，其他明確記年者為一九六五、一九六七、一九六八、一九六九、一九七一、一九七二、一九七三、一九七九、一九八〇、一九八一、一九八二、一九八三、一九八四、一九八六，至少在一九八六年以前，都還維持頭家爐主的制度，同樂軒活動漸趨減少之後，恐怕頭家爐主制度也未能維持。

（二）開支

1　緣金芳名簿

俗諺說：「會開錢的才是子弟」，子弟館運作的資金，主要是子弟們認捐，與廟宇的關係，大抵是借放傢俬，在廟有慶典時義務出陣，而不是靠廟宇資助。[18]同樂軒現存四本《緣金芳名簿》，僅有一本封面題簽，其中三本有事由，以下稍做勾稽，可見同樂軒營運的重要出資者。

募捐事由最明確者，為一九六八年中元城隍遶境出陣，前面還有一篇啟事，引錄如下：

> 茲因農曆七月十五日，恭迎新竹都城隍遶境，祈求闔竹平安。本軒為參加行烈〔列〕，籌備經費，煩祈本軒軒員同仁自由樂捐，以照〔昭〕誠敬／是禱。／民國五十七年農曆七月五日／新竹同樂軒公啟。（同樂軒朱文印記）

中元迎城隍，乃是新竹每年例行之重要民俗節慶，至遲日本時代開始，同樂軒都是音樂團的其中一員。啟事之後，首先以粗黑筆預寫了駱清俊等十位軒員的名字，金額都是300元；接著以硬筆書寫一批軒員名字，除陳錦滋金額300元，其餘50元、100元、120元、150元、200元不等，以100元最多，總共三十七位軒員捐款，計6,270元，雖然捐款300元的駱清俊等十一人，就占了款項的半數，但畢竟眾人有志一同，不拘金額多寡，共同襄贊。捐款的運作

18　鄭淞彬口述，2020年4月1日。

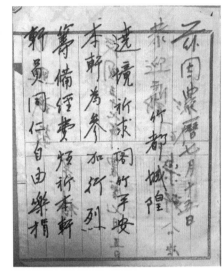
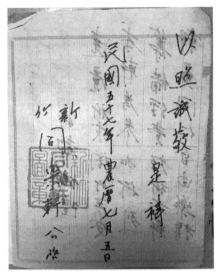

「同樂軒緣金芳名簿」一九六八年迎城隍啟事（同樂軒提供）

模式，就字跡看起來，會先預寫部分熱心軒員的名字及金額，確定繳交之後則在上方註記，其中有些預寫姓名及金額，但並未樂捐者，每頁計算總數時則略過。這本冊子的最後，相當負責的記寫開支細目，其中花費最高的是旗工，有三十二名，連同點心費，共980元。又聘請四名鼓吹，花費480元；二名掃〔哨〕角，花費160元。購買銅鈸，花費850元；服裝（內衣、竹笠），共計860元；總支出4,628元，存入1,642元。從開支中可見此時同樂軒出陣，表演的主體還是軒員自身。

還有一本年代不詳，註明「十一月城隍爺生」的緣金芳名簿，此次樂捐金額較高，第一段確實樂捐500元的計有林家祿等十六位，第二段樂捐300元的計有吳敏濤等九位，再有陳合三位樂捐200元，總計11,300元，此本沒有支出記錄，不確定是否因為登臺演戲，或者年代靠後，物價上漲，故募捐金額較高。

再有一本封面題簽「緣金芳名簿」者，不著記年，為四天三夜行程，應是進香團，鈐有同樂軒朱文印記，因至新港、北港、臺南、彰化，當是到奉天宮、朝天宮、大天后宮、南瑤宮等參拜媽祖，一樣是預寫了第一批勸募名

單王家鈿等二十一人，金額是500元，但這次繳交比例較低，連新增的林長發、周進登，實際捐款的有十七人，後續金額包括300元、200元不等，最末也沒有計算總額，支出明細，筆者計算金額為13,100元，本次進香是否即是保留三月十八至二十日三天旅社住宿券，乃至於一九六三年農曆三月十九日高雄代天宮開演，難以確知。但從簿冊中可以想見軒員認捐的情形，雖無特大筆金額，但人數累積，仍有一筆款項可供運用。

另有一本事由不詳、樂捐者不多，但根據註記，看起來確實樂捐之芳名簿，有助於勾稽同樂軒較為熱心的出資者。而一九八一年竹蓮寺成立二百週年觀音佛祖遶境的捐款名冊（詳附錄七），根據樂捐名單、捐款金額及書寫形式，[19]較上述緣金芳名簿時代為晚，上述無論是否記年，時間應該落在一九六〇年代或稍後。一九八一年周進登捐20,000元，李灶生樂捐15,000元，藍金土、林萬寶等八人，樂捐10,000元，共115,000元，超過總收入173,500元的半數。而周進登在此次不僅捐款金額拔高，他也是同樂軒晚近活動較為人所知的領導者，一九六九年同樂軒業餘劇團[20]的「臺灣省劇團登記證」，負責人即為周進登。

綜合上述樂捐記錄（包括年建造曲館），同樂軒經常熱心捐助且金額較高者，依其姓氏筆畫，大致為以下數位：江錦火、吳敏濤、李再發、李燦坤、周進登、林金山、林家祿、林萬寶、胡英、張堃城、許清火、許增城、陳錦滋、陳鑄河、曾文色、鄭江濱、駱清俊、謝錦河等十八位。

2 法主公宮、龍山寺獻演兩天決算表

這是同樂軒一九六二年赴臺北的演出，北部軒社貼賞豐厚，詳見下節「同樂軒的交陪」，由於禮簿尚存，筆者摘錄部分置於附錄（四）（五）。此節將扼要說明同樂軒帳目清晰，雖然筆者乃從零碎的文件中勾稽而得，但可對這檔受賞豐厚，但也支出龐大的演出稍做說明。收入的部分，全部來自禮

---

19 上述幾種《緣金芳名簿》皆以小本線裝帳冊書寫，而一九八一年提供給樂捐者的收支報告，則是以直行散裝信紙書寫。

20 按，當時劇團種類被登錄為歌仔戲。

簿，支出的部分，有公告用的大幅紅紙，雖然紙張破屋損，但主要文字大多尚可辨識，這是同樂軒相當正式的公告，正楷書寫，且有大小字區別，迻錄文字如下：

> 台北法主公宮承賞
> 現金肆萬壹仟零伍拾元
> 二位金牌壹萬零捌拾元
> 合計陸萬伍仟伍佰玖拾參元伍角正
> 支出部分
> 伙食及什費肆萬參仟捌佰零伍元柒角
> 還東區合作社借款貳萬貳仟元
> 利息壹佰捌拾柒元捌角
> 合計壹萬伍仟玖佰玖拾參元陸角
> 對除不足肆佰元壹角
> 右記數目如有不明賬簿可稽

標題雖寫「法主公宮」，但根據其他細目及禮簿，乃是北上開演兩天的決算，總計承賞現金及金牌的收入65,593.5元，排練及演出期間的支出總計：43,805.7元，雖有餘額，但還款22,187.8元，尚不足400.1元。這些細部的帳目，另有多張支出明細，乃至飯菜收據佐證，但是將臺北龍山寺、法主公宮的開支一起記寫，諸如到兩間廟宇各添油香2,400元，排練期間的先生禮、鼓吹、搏頭禮，5,225元，而探館的花費1,990元雖然占比不算最高，但準備了80份蛋糕及金香，登上三輪車，臺北是「北管巢」，同樂軒將先拜訪與龍山寺、法主公宮關係密切的諸多在地軒社，行程相當忙碌！初看法主公宮承賞禮簿，雖然豐厚，北上開演尚有多餘金額得以償還借款，但由此亦可想見登臺演出的高額支出，此前一九六〇年同樂軒南下開演三場，三地受賞總額還不如法主公宮，收支顯然無法平衡。同樂軒以詳細帳目取信軒員，日後募捐，軒員知曉開支龐大，當更願意認捐。

三　同樂軒的交陪

　　口碑「同樂軒交透透」，意指同樂軒交遊廣闊，本節主要由其現存信柬及禮簿，分析其往來軒社及其他交陪之概況。

　　首先說明本節運用之文獻，「信柬」部分，以賀年片為大宗，其次為邀約參與西秦王爺（如蘆洲樂樂樂社）／田都元帥（如基隆得意堂）等神明祭典，另有軒社演出邀請前往觀看（如淡水南北軒一九七〇、臺南興南社），乃至商議出陣（如梨春園）等。這批信柬，根據尚可辨識之郵戳或內文日期，最早者為一九六六年，最晚者為一九七八年，乃是同樂軒一九六〇年喬遷至勝利路曲館現址後，至一九七〇年代活動力旺盛期間的往來記錄。「禮簿」部分，則有同樂軒一九六〇年農曆四月南下新港奉天宮、臺南大天后宮、高雄代天宮演出；一九六二年農曆九月北上臺北龍山寺、法主公

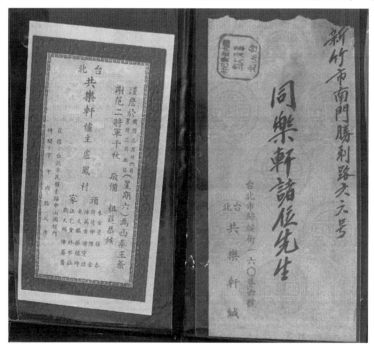

共樂軒一九六六年寄給同樂軒的請柬（同樂軒提供）

宮演出；一九六三年農曆三月再赴高雄代天宮演出，所存的六本禮簿，可見其交陪之一斑。筆者節選禮簿內容，大致依宮廟、商號或組織、子弟軒社、親友分類，置於附錄（一）至（六），以利參照。這幾場外地演員的緣由，未見同樂軒相關記載，謹能就日期推測，其中臺北法主公宮演出，極有可能是慶賀法主公誕辰，因農曆九月二十二日廟方舉辦祝壽慶典，而其他幾場，筆者仍未找出關聯性。

（一）交陪屬性

首先分析同樂軒交陪的屬性，姑且不論深交淺交，或是特定演出情形，明顯可以看出禮簿中貼賞同樂軒者，以**北管子弟軒社**為多，雖然北管根據所學內容，分為福路派、西皮派，福路派奉祀西秦王爺，西皮派奉祀田都元帥，臺灣各地北管子弟所學不一，軒社名稱亦有別，同樂軒奉祀西秦王爺，兼學福路、西皮，但其交陪的軒社，固有如梨春園，奉祀王爺，兼學兩派者，但亦有奉祀田都元帥，專學西皮者，如基隆得意堂，各組亦在田都元帥誕辰之際，具束邀請同樂軒參加。是以同樂軒的交陪對象，並不限於自身的北管派別，甚至偶有其他音樂性質的團體，諸如**南管館閣**：新港清華閣南管部、萬華集絃堂、萬華聚英社、閩南樂府，其中可能僅有閩南樂府交情較深，在一九六二年法主公宮不僅賞金壹仟元，還有一座銀盾（今存）。

又如**平劇票房**：臺南的天南平劇社、雅成平劇社、普濟殿鏞鏘平劇社，這幾個平劇社亦會登臺彩演，[21]其中雅成平劇社相當活躍，除了錦旗，還賞同樂軒金牌一面；而高雄則有臺南市同鄉會平劇票房、鐵道機場國劇社，亦關注同樂軒的演出，唯交情不深，僅贈錦旗。還有**歌仔戲音樂團**：如大稻埕的保安社、雙連社，其中保安社與同樂軒交情較深，一九六〇年同樂軒建軒一百二十週年，致贈「同樂千秋」匾額，一九六二年法主公宮演出，賞同樂軒金牌金牌十面、大鏡一面。同為文館，或者軒社本身較常與外界交流，或

---

21 據曾子玲：《臺南京劇研究》（臺南：臺南市政府文化局，2018年），頁154-155、164-179、187-190。

者因為同樂軒子弟戲的聲望，因著同樂軒到外地演出，不同樂種之間遂有互動。此外，同樂軒亦有相好的**職業劇團**，如：演歌仔戲的臺北勝利歌劇團，演布袋戲的幾個著名劇團：一九六二年法主公宮演出，小西園、新西園、亦宛然、新宛然，或賞現金、或賞金牌，小西園團主許王貼賞一千二百元、新西園團長許欽則是金牌五面及大鏡，或許因為軒員之中有新竹園布袋戲的陳炳煌、陳培松，故有此厚賞。而大天后宮演出時的「青龍閣妓女戶」、「東月妓女戶」，龍山寺演出時的「夜巴黎」，應該是**酒樓藝妲**，所贈或為錦旗，或為花籃。

音樂戲曲團體之外，同樂軒與**漁業**亦關係密切，雖然緣由不詳，高雄哈瑪星代天宮的演出，因該地產業以漁業為大宗，一九六〇年演出，高雄鮮魚台車公司、高雄市魚類商業同業工會，各賞同樂軒二千元，兩者合計，已經超過該次受賞現金的四成；而一九六三年再度赴代天宮演出，雖然可能改由代天宮邀約，其賞金一千六百元最高，但魚類公會贈紅紕繡橫彩，魚類工會臺車部除了賞金五百元、還有大砲一環，年豐漁業則賞同樂軒金牌、銀盾，該次受賞金額雖不如一九六〇年來得高，但大砲、紅彩、銀盾等，畢竟妝點得戲臺熱鬧繽紛，也給同樂軒做足面子。此外，一九六二年法主公宮演出，太原路魚市場及承銷商，一賞金二百元，一贈繡彩牌，亦可見同樂軒與漁業之交情，不知是否與金海利（漁業成員組成）交陪有關。再者則是**同鄉會**性質的單位，這在高雄最為明顯，如高雄市鹽埕區新竹同鄉會，兩次代天宮演出，皆有賞金，其餘如在高雄的臺南市同鄉會、在高雄的臺北靈安社，亦贈錦旗表達祝賀之意。

（二）交陪區域

雖然口碑說「同樂軒交透透」，就文獻所見，其交遊雖廣，還是集中在西部大城市，新竹本地之外，以臺北的交陪軒社最多，其次為臺中彰化、臺南，交陪軒社的數量，也與當地軒社活躍情形相關，以下先就目前所存信柬，整理出交陪軒社，再以「＋」補入禮簿及其他文獻所見軒社：

北北基	桃竹苗	中彰投	雲林以南
得意堂（基隆）	鈞天社（桃園）	新春園（臺中）	朴子新樂社（嘉義）
聚樂社第一組（基隆）	竹樂軒（竹北）	新豐園（臺中）	+舞鳳軒（新港）
平樂社（大稻埕）	同樂軒二組（新竹）	集興軒（臺中）	+清華閣南音部（新港）
共樂軒（大稻埕）	三樂軒（新竹）	豐聲園（豐原）	保安宮興南社（臺南）
新樂社（大稻埕）	同文軒（新竹）	梨春園（彰化）	+天南平劇社（臺南）
保安社（大稻埕）	新樂軒（新竹）		+雅成平劇社（臺南）
明光樂社（大稻埕）	振樂軒（新竹）		+鏞鏘平劇社（臺南）
金海利（大稻埕）	和樂軒（新竹）		+保安市場錦疏軒（臺南）
德樂軒（大稻埕）	和安義軒（新竹）		+同意社（臺南）
+靈安社（大稻埕）	集樂社（新竹）		+朝興宮四方社（臺南）
+雙連社（大稻埕）	長樂軒（新竹）		+鐵道機場國劇社（高雄）
+清心樂社（大稻埕）	苑裡太空女子樂團（苗栗）		
興義團			
福壽堂[22]			
南樂社（草埔仔）			
進音社（萬華）			
義樂軒（景美）			
樂英社（汐止）			
樂義社（板橋）			
樂樂樂（蘆洲）			
和義軒（淡水）			
南北軒（淡水）			
+三義軒一組（臺北）			
+三義軒二組（臺北）			
+天后宮新興社（臺北）			
+義安社（臺北）			
+義音社（臺北）			
+玄音社（萬華）			

---

22 按，同樂軒曾準備賀年卡給興義團、福壽堂，因地址欠詳被退回。

北北基	桃竹苗	中彰投	雲林以南
+昭義軒			
+新金山樂社			
+新義社（萬華）			
+啟義社（萬華）			
+堀江社（萬華）			
+集絃堂（萬華）			
+集義軒（萬華）			
+新清樂社龍組（萬華）			
+聚英社（萬華）			
+龍津社（萬華）			
+龍音社（萬華）			
+蓮英社			
+錦義安社			
+舊媽祖宮口鳳音社			
+忠安樂社			
+新安社（關渡）			
+福樂軒（松山）			
+華英社（臺北）			
+和華樂社（臺北）			
+靈聖堂（臺北）			
+福壽堂二組			
+閩南樂府			
+小西園			
+新西園			
+亦宛然			
+新宛然			
+勝利歌劇團			

　　在臺北的軒社中，同樂軒經常往來的，集中於大稻埕，所謂大稻埕八大軒社：靈安社、平樂社、共樂軒、新樂社、保安社、雙連社、明光樂社、清

心樂社，一九六二年同樂軒赴法主公宮的演出，八大軒社皆貼賞，但也明顯可見交情有別，共樂軒出手闊綽，高達一萬五千元的賞金之外，還有大獅旗、繡燈，共樂軒為法主公駕前曲館，當是因為法主公聖誕，對應邀前來獻戲祝壽的同樂軒特別看重；而靈安社雖是歷史悠久的大社，但與共樂軒長期競爭乃至對立，同樂軒既是共樂軒的友軒，與靈安社亦不大往來，故靈安社見同樂軒在法主公宮演出，僅以大鏡乙面聊表新意，在大稻埕八大軒社中，是貼賞最為簡單者。

不妨從同樂軒一百二十週年軒慶聯合贈匾，見其交陪密切之八個軒社，稱「臺北」的五個軒社：共樂軒、新樂社、忠安樂社、金海利、明光樂社，除了忠安樂社之外，都在大稻埕，其他三個為：景美義樂軒、蘆洲樂樂樂、淡水南北軒，全部皆是北部的軒社，除了忠安樂社之外，其他幾個軒社平日都與同樂軒有束帖往來，新樂社、蘆洲樂樂樂社尤多，而所謂臺北五大軒（靈安社、共樂軒、平樂社、德樂軒、金海利），除了靈安社，亦皆與同樂軒熟稔。

還可再舉一九五八年同樂軒支援蘆洲樂樂樂北上遊行，可見彼此交陪之深厚，該場集結兩千多人的遊行，起因為蘆洲樂樂樂社，不滿被臺北平安樂社譏笑為「草地人的小班子」，遂在將軍爺生日，糾集各路人馬，以「慶祝國父誕辰」的名義，到臺北市來參加遊行，與臺北的平安樂社較量。樂樂樂社邀集新竹同樂軒、淡水和義軒、景美義樂軒、暖暖靈義軒、臺北共樂軒、德樂軒、新安樂軒、保安社、明光樂社，共二千五百餘人，平安樂社也邀得十幾個樂社幫忙，動員一千二百餘人。同樂軒襄助的樂樂樂社果然扳回面子，而樂樂樂社邀請的軒社中，除了暖暖靈義軒未見與同樂軒往來記錄，其餘亦是同樂軒交陪，這場聲勢浩大的遊行，於同樂軒而言，也是與交陪軒社往來的絕佳時機。[23]

在同樂軒現存六本禮簿中，明顯可見一九六二年法主公宮的演出最為風

---

23 姚鳳磬：〈民間藝術競賽　樂社爭勝各獻拿手傑作　遊行鬧市絲竹互奏清音〉，《聯合報》，1958年11月13日，第5版。

光，受賞金額高達41,050元（含抬頂12,400元），又有金牌一四二面等，即使前一天在龍山寺的演出，受賞金額13,740元（扣2,800元在單），又有金牌一一二面等，已較一九六〇年同樂軒赴新港、臺南、高雄單次演出的受賞豐厚許多，但一與法主公宮演出相較，同樂軒交陪較深的軒社，亦與大稻埕軒社頻繁互動，故貼賞的軒社數量、賞金或金牌皆相當驚人，讓身處「戲窟」大稻埕的戲棚頂、戲棚腳，皆熱鬧非凡。至於同樂軒為何與大稻埕的著名軒社交往密切，卻與萬華一帶較少來往，則不得而知。

在中部軒社中，與同樂軒互動頻密者，應為彰化梨春園，除了賀年片及邀約參與西秦王爺壽誕餐敘外，梨春園於一九七一年洪添旺老總理仙遊之際，除訃聞外，還以手寫之明信片敦促同樂軒回覆出殯當日是否出席會葬，詢問出陣車輛及人力等，後又以明信片感謝同樂軒參與告別式。甚至某次農曆五月的出陣，梨春園還寫信請同樂軒代為安排車輛、工人。由於梨春園為

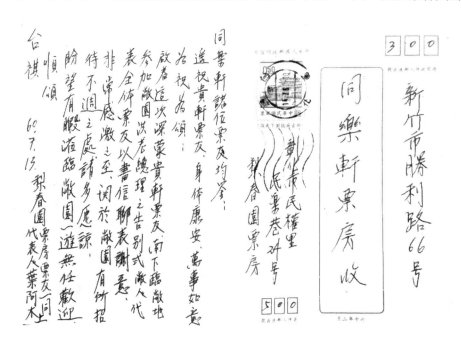

梨春園一九七一年寄給同樂軒的致謝明信片（同樂軒提供）

彰化南瑤宮老大媽駕前曲館，同樂軒自日本時代南下進香，即曾前往南瑤宮，[24]與梨春園應交陪甚久。

而在南部軒社中，同樂軒交陪甚深者，當為臺南南廠保安宮興南社，興南社為歌仔戲子弟團，[25]不僅賀年卡往來，當同樂軒一九六〇年赴臺南大天后宮開演，興南社自身除了公賞現金五百元、紅彩一條，諸位先生貼賞，總計錦旗十九支、現金一千三百元，同樂軒該次受賞現金計三千一百四十元，半數以上來自興南社，可見彼此頗有交誼。興南社在一九六六年等，[26]還在同樂軒慶賀西秦王爺誕辰活動時致贈紅聯，乃至興南社行香團赴外地演出的請柬，也成為同樂軒印製的參考。

四 同樂軒參與廟宇活動

（一）在地遶境出陣

新竹神明遶境，最盛大者為農曆七月十五日都城隍公爺奉旨遶境賑孤，亦是日本時代報紙最常報導之新竹行列。其他常民生活的神明出巡，還有農曆十月十五日下元節，東寧宮東嶽大帝、地藏王菩薩遶境，俗諺「儉腸耐肚，儉到十月十五」，這是年度最後宗教盛事了。而新竹人不在「三月瘋媽祖」，而是農曆五月五日端午節迎媽祖。這三場神明遶境，自日本時代以來，新竹子弟團「五軒一社」皆熱情參與，甚至對於排列次序爭先較後，直至一九二二年方在城隍廟內協議，拈鬮配定順序，同樂軒為第一組。[27]本節

---

24 詳下文「外地進香演出」。

25 筆者曾於二〇二二年八月二十三、二十八日赴臺南南廠保安宮，廟內所見耆老及文史工作者除了告知興南社為歌仔戲社，廟方另有北管軒社適意社，出示收藏的興南社相關文物，並無同樂軒所贈者，目前亦無熟知興南社的耆老可進一步訪談。唯提起新竹同樂軒，想到臺北共樂軒，廟方收藏臺北共樂軒致贈興南社的匾額、鑼槓等，可見雙方交誼深厚，同樂軒與興南社的互動，或是彼此共同交陪的臺北共樂軒促成。

26 此類紅聯共有三幅，僅一幅明確記年。

27 佚名：〈組列順序〉，見《臺南新報》，1922年5月16日，第6版。

不擬回顧日本時代遶境陣頭之熱鬧，而關心一九七〇年代同樂軒活動趨緩之後，作為新竹重要軒社，是否依舊參與地方上每年重要民俗慶典。

　　同樂軒參與遶境的主要憑證，乃是廟方的感謝狀以及軒社相關開支，先羅列歷次遶境年份，目前未見同樂軒在戰後參與內天后宮遶境，倒是參與長和宮（外媽祖）誕辰遶境：

> 城隍廟—1972、1982、1983、1985、1986、1987、1988
> 東寧宮—1974、1976、1977
> 長和宮—1985、1986
> 竹蓮寺建寺兩百週年遶境—1981

先從竹蓮寺建寺兩百週年遶境說起，竹蓮寺又稱觀音亭，觀音佛祖難得出門，此次遶境，乃因建寺兩百週年，同樂軒亦踴躍參與，且該次收支，亦留下明確帳目（見附錄七），只是，從其聘請鼓吹手、哨角、大鼓亭、藝閣，最大花費則是延請三重埔土地公隊，可知雖然搬出繡旗，以同樂軒之名出陣，還購置大鑼、銅鈸，但軒員真能在陣頭中吹打表演者，當屬有限，口碑中同樂軒已經不活動了（此前同樂軒明確的出陣記錄，是一九七七年參與東寧宮下元節遶境），[28]開支中，有大鑼16,000元，大鑼書寫軒名的工錢300元，推測是因為竹蓮寺重要慶典，舊的大鑼不堪使用，遂重新添購。可能是這一次的成功經驗，籌募經費順利，個人捐款達173,500元，支出為162,356元，尚餘11,144，於是此後數年尚參與長和宮媽祖聖誕千秋遶境、七月城隍遶境賑孤，直至一九八八年。這段期間，同樂軒仍每年擲筊決定爐主，相關記錄至一九八六年。回望歷史，沉寂的同樂軒，因著竹蓮寺二百年慶典，喚醒子弟參與廟會活動的熱情，遂以每年出陣一二次的低度活動，延續軒社的日常，

---

28 按，一九七七年城隍廟以明信片通知同樂軒，因西大路天橋工事、中華路禁止車輛通行，市區交通擁擠，考量安全，停辦中元遶境。由此推測，雖未見一九七三～一九七六城隍廟感謝狀，同樂軒應仍經常參與中元遶境，才會在通知名單中。

諸如一九八二年慶祝新竹市升格省轄市系列活動，七月一日的萬民遊藝活動，同樂軒由周進登領隊，以約三十人的北管陣頭參與，[29]七月十八日的民俗音樂欣賞會，同樂軒由周進登領隊、陳培松指導，軒員共二十一人參與，演奏北管牌子【一江風】、【二凡】、【遊將令】、【普天樂】，節目長度約四十五分鐘。[30]此後直至一九八八年都還參與城隍廟中元遶境。再至一九九○年，預定隔年農曆六月初舉辦的恭祝西秦王爺暨田都元帥聖誕，擴大慶祝並遶境的籌備會，[31]邀集各軒社代表，同樂軒由周進登、陳培松擔任籌備召集人，唯該次遶境並未如願舉行。此後，北管子弟活動，幾乎不見同樂軒的參與。

（二）外地進香演出

同樂軒今藏文物，有「新竹同樂軒進香團」的橫幅紅布條，及某年赴嘉義、高雄、臺南進香的旅社住宿券，當年有一百二十人參加。新竹北管子弟赴外地廟宇進香並登臺演戲，早在日本時代即可見相關記載，如：「同樂軒」曾於一九一七年曾赴北港朝天宮參拜，順途到嘉義城隍廟；隔年又捧匾額「威靈遠震」前往城隍廟參拜，但是否兩次皆演戲，因與其他團體寫成一則，不易判別；[32]一九二二年赴北港朝天宮進香，演出《呂后斬韓》、《觀音收怪獸》、《韓文公過秦嶺》、《鐵弓緣》等難得貼演之劇目；[33]一九二五年則赴臺南大天后宮，並演戲敬神。[34]「新樂軒」曾於一九二六年，以一行五十餘人的陣容，前往北港朝天宮進香，沿途經過臺中、臺南、高雄等地，回程將依次在北港、嘉義、苗栗後壠等地開演，來回長達兩週。[35]「振樂軒」曾

---

29 據新竹市升格省轄市萬民遊藝（車隊）名冊，1990年7月1日。

30 據新竹市升格省轄市民俗音樂欣賞會秩序冊，1990年7月17-18日，該會由都城隍廟公局主辦，在都城隍廟舞臺表演。

31 據恭祝西秦王爺暨田都元帥聖誕遶境第一次籌備委員會通知，1990年12月26日。

32 佚名：〈諸羅特訊　威靈遐方〉，見《臺灣日日新報》，1918年5月4日，第6版。

33 佚名：〈梨園酬神〉，見《臺灣日日新報》，1922年4月9日，第6版。

34 佚名：〈臺南媽祖之獻納〉，見《臺南新報》，1925年4月12日，第9版。按，該則報導並未寫明為臺南媽祖為何，唯參酌同樂軒多次進香報導，此次應仍赴大天后宮。

35 佚名：〈新竹特訊　新樂軒參詣媽祖〉，見《臺南新報》，1926年3月26日，第6版。

於一九二七年，赴北港朝天宮進香，順路在中南部開演，受賞金牌數十面，回新竹之後則於內天后宮開演。[36]「同文軒」則於一九三六年四月赴臺南大天后宮「開演奉敬聖母」。[37]以上數例，乃在農曆三月或稍早，媽祖誕辰前夕進香獻戲，順途並到其他廟宇參拜，甚至演戲。

同樂軒進香開演一事，可從一九二七年農曆三月赴媽祖廟進香的記載，深入探討：

> 新竹同樂軒子弟團。茲訂古曆三月十日起八日間。前赴彰化南瑤宮北港朝天宮進香。而順途在各地登臺演技。而豫定十八日至二十日之期間內。擬在竹街獻技云。

由於農曆三月二十三日為媽祖誕辰，同樂軒提早赴主祀媽祖的南瑤宮、朝天宮進香，沿途在各地登臺演出，唯實際地點及場次不詳，返回新竹則演一場「落馬戲」。[38]這種沿途參拜暨演出的模式，至一九三六年春天，發展得更具規模，人數達二百人，且以觀光團的名義，由旅行俱樂部招募辦理，該次報端刊載標題為〈新竹老同樂軒組織進香觀光團體擬遊臺南高雄屏東〉，[39]茲將預告行程整理如下：

2月18日　赴北港朝天宮進香

---

36 佚名：〈新竹　子弟開演〉，見《臺灣日日新報》，1927年4月22日，第4版。

37 佚名：〈新竹同文軒來南開演〉，見《臺南新報》，1936年4月7日，第8版。

38 按，「落馬戲」（或稱下馬戲），指進香活動返程，迎接神明落馬的祭祀演劇：「凡香客起程後。按日計程。某日可回抵本境。則街庄居民。必於是日。預備綵旗鼓吹。齊赴首途迎接。既抵境矣。又不遽入廟。必繞往各庄。巡歷一迴。名曰游境。迨游畢回廟。則於廟口開檯演劇。牲犧酒醴。排滿庭中。爆竹之聲。轟震天地。謂之落馬。」見佚名：〈媚神何益〉，《臺灣日日新報》1906年4月27日，第4版。但在新竹，子弟出外演戲之後回到新竹，需演一臺戲，也稱「落馬戲」，鄭淞彬口述，2021年11月16日。

39 佚名：〈新竹老同樂軒　組織進香觀光團体　擬遊臺南高雄屏東〉，《臺南新報》，1936年2月1日，第8版。

2月19日　赴臺南參謁大天后、探訪古都名勝

2月20日　赴屏東祝竹友會成立

2月21日　赴高雄訪問鄉僑同仁會

2月22日　赴嘉義城隍廟開演

2月23日　赴彰化參拜南瑤宮聖母

雖然，從後續報導可知行程稍有調整，尤其是二月二十一日到屏東慈雲宮媽祖進香演出盛況，[40]但此行不僅綜合觀光、進香、演出，更具社交功能，竹友會、鄉僑同仁會及後續報導提及高雄的臺北親友會、臺南親友會到場迎接，[41]聯絡鄉梓情誼；尤有甚者，同樂軒藉此展示滿洲國駐日大使謝介石、總督府評議員鄭肇基贈送的繡金錦旗，作為先導，由於謝介石、鄭肇基都是新竹人，謝介石是臺灣人在滿洲國期間官職最高者，鄭肇基出身新竹望族，雖然據《臺灣總督府職員錄》，鄭氏自一九二四～一九三五年間擔任新竹州協議員，[42]並未擔任總督府協議員，然而，與兩位地方聞人的互動，使同樂軒擁有其他軒社豔羨的繡旗，頗為自得，故將其推至陣頭最前方，南下各城市炫耀一番。[43]

　　在同樂軒南下進香／參拜且登臺演出「素人劇」（即子弟戲）的廟宇中，日本時代報紙所見包括：彰化南瑤宮、北港朝天宮、新港奉天宮、嘉義城隍廟、臺南大天后宮、屏東慈雲宮，除了嘉義城隍廟，其餘皆是知名媽祖廟，尤以朝天宮出現頻率較高。此處，當涉及新竹在日治時代即有的「請媽祖」習俗，[44]一九二六年一則〈媽祖遶境〉報導，開端即是「近駐新竹街北

40　佚名：〈新竹老同樂軒　於屏東開演〉，《臺南新報》，1936年2月23日，第4版。

41　佚名：〈〔高雄電話〕〉，《臺南新報》，1936年2月23日，第4版。

42　據中央研究院臺灣史研究所：「臺灣總督府職員錄系統」，http://who.ith.sinica.edu.tw/（2021年11月5日擷取）。

43　同樂軒與謝介石、鄭肇基的互動，難以考察。這兩面繡旗，如今並未收藏在同樂軒曲館。據林仁政主持：《新竹市北管文物普查建檔計畫成果報告》（新竹：新竹市文化局委託，2020年），頁64。

44　據林美容：《媽祖婆靈聖——從傳說、名詞與重要媽祖廟認識臺灣第一女神》（台北：前

門外長和宮之北港媽祖及彰化南瑤宮聖母」，後續再說明藝閣及子弟團等陣頭恭迎神像遶境；[45]是以長和宮雖然奉祀湄州祖廟正三媽，但信徒仍迎請北港媽及彰化媽來當客神，並請神遶境保平安。一九二九年則報導南門外信眾，在新春結團赴北港朝天宮進香之外，繼又迎請北港媽、彰化媽、新港媽來竹，抵達當天，在新竹火車站迎接的陣頭包括詩意、子弟團、蜈蚣閣等，在迎神與竹蓮寺主神觀音佛祖遶境之後，媽祖駐蹕於竹蓮寺，晚上則有餘興節目：施放煙火、演出子弟戲；[46]竹蓮寺請媽祖的習俗延續至今。[47]

　　而子弟軒社參與請媽祖，除了請來時遶境時出陣相迎，亦可能在回鑾時隨香南下，[48]口碑[49]中提及新竹是安南宮（趙大人廟）最早請外地媽祖來當客神，接受信徒奉拜，其模式大抵為擇期迎請媽祖到新竹，待媽祖誕辰將屆，再請回原廟，並演戲祝壽；而請何處媽祖來新竹為客神，則以南部各大媽祖廟為主，如：鹿港天后宮、北港朝天宮、新港奉天宮、臺南大天后宮、鹿耳門媽祖廟等；而同樂軒曲館，至遲一九二六年已遷至安南宮附近，安南宮請媽祖，邀請同樂軒一起南下，肇因於安南宮部分委員亦為同樂軒軒員，故相邀同行，但同樂軒並非年年隨同南下演戲，但勤赴媽祖廟進香，則延續到戰後，口碑[50]提及新竹是安南宮（趙大人廟）最早請外地媽祖來當客神，接受

衛出版社，2020），〈請媽祖（迓媽祖）〉：「是到外地或層級較高（指祭祀圈的不同地域層級）的廟宇，去迎請其神明前來境內當『客神』，參與巡境，接受信徒的奉拜。……用曲館、陣頭把神明請來之後，跟地方保護神一同在域內巡庄遶境，接受地方居民的祭拜。」頁120。

45 佚名：〈媽祖遶境〉，《臺南新報》，1926年5月24日，第6版。

46 佚名：〈竹街南門善信　籌請北港彰化新巷〔港〕三處媽祖〉，1929年2月15日，第4版；佚名：〈新竹街民籌迎外來媽祖〉，《臺灣日日新報》，1929年2月23日夕刊，第4版；佚名：〈明新竹街籌迎聖母續報〉，《臺灣日日新報》，1929年3月21日，第4版。

47 竹蓮寺信眾現今仍經常迎請大甲、旱溪、鹿港、北港、新港、朴子、溪州、臺南等地的媽祖回寺供奉，近年又增加白沙屯媽祖，每年大約農曆十月請來，隔年三月媽祖誕辰前再請回各廟。鄭淞彬口述，2021年11月6日。

48 按，同樂軒至今保留一九六六年二月十七日安南宮之公函，事由為北港媽祖等回鑾隨香事宜，邀請軒社參加座談會，討論如何聘請軒社配合隨香。

49 鄭淞彬口述，2020年4月1日、趙梅珠口述，2020年7月2日。

50 鄭淞彬口述，2020年4月1日、趙梅珠口述，2020年7月2日。

信徒奉拜，其模式大抵為擇期迎請媽祖到新竹，待媽祖誕辰將屆，再請回原廟，並演戲祝壽；而請何處媽祖來新竹，則以南部各大媽祖廟為主，如：鹿港天后宮、北港朝天宮、新港奉天宮、臺南大天后、鹿耳門媽祖廟等。是以上引農曆三月同樂軒等赴各地媽祖廟進香，極有可能是媽祖回鑾隨香。

對於同樂軒而言，南下進香，不僅是崇奉媽祖祈求平安的宗教意涵；順途開演，甚至返回新竹再演一場落馬戲，藉著登臺奏技展現軒社實力；並在演出前藉著拜訪當地曲館，或者認識新軒社，或者與交陪軒社聯絡情誼，乃至於與在地同鄉會交流鄉誼、連結在地人脈，社交意義亦是此行的重點；同樂軒南來北往演出，才有機會建立「交透透」的軒社人脈；是以隨香南下敬獻子弟戲，在乘坐火車的年代，雖然前路迢迢、搬運頻仍，但只要經費充裕，進香之行還是頗具效益的。同樂軒雖不像新樂軒被稱為紳士軒，有諸多董事長作為暗股，大力支持經費，但樂善好施者為數亦夥，小額累積亦成大數，以不著記年「緣金芳名簿」，赴嘉義、高雄、臺南（進香）的四天三夜行程為例，該次捐款從500元至100元不等，根據收款註記，計有10,400元，亦是一筆資金。

五　結語

新竹最早成立的北管子弟軒社同樂軒（1840-），歷經一百八十餘年，一九六〇年建成的曲館內，保留大量傢俬，包括木雕四點睛、繡旗、戲服等，筆者的興趣在諸多日常文件，繼本文討論的同樂軒的營運、交陪、參與廟宇活動之後，將回頭思考同樂軒何以留下這些文獻，能否與曲館的活動盛況呼應，以及同樂軒的軒社性格。

同樂軒在北管圈內，自日本時代，即以演出子弟戲為人稱道，甚至被誤以為是職業戲班登臺演出，軒社之內固然保留大量戲服，以供登臺扮演，但其他與演出相關之文獻，其實相當有限：總綱今存六種，[51]另有少數曲爿，

---

51 新竹北管子弟軒社保留總綱抄本最豐富者為振樂軒。

以及《斬蛟龍》臺數表。而能夠標誌演出的文件，諸如禮簿尚存六本，另有一九六四年參與臺灣省新竹縣五十三年度戲劇比賽演出《大登殿》的演職員名冊，劇照則有十餘張。外界觀看的是同樂軒上棚演戲的戲齣與關目，但於同樂軒自身，登臺並不純然是展現演藝風華，演出劇目的記載並非重點，更

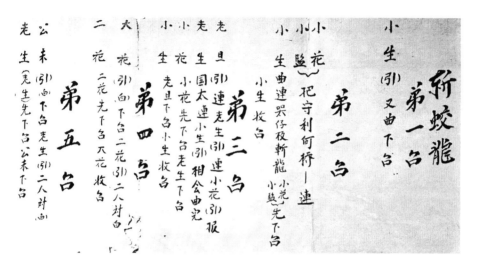

同樂軒《斬蛟龍》臺數表局部（同樂軒提供）

在意的當是與交陪軒社搏感情，尤其赴外地演出的拜館、受賞，以至禮簿鉅細靡遺的註記，除了是公款務要清晰，其實重在禮尚往來，此番受賞，下回其他軒社有活動，亦需表示心意！

　　而所謂「同樂軒交透透」，固然是指同樂軒交遊廣闊，但經由本文的考察，同樂軒的交陪固然遍及南北，但主要還是在臺北，尤其跟大稻埕的軒社熟稔。但由「交透透」一說，以及仔細收存禮簿，彰顯的是同樂軒的社交性格，除了參與新竹的廟會慶典，同樂軒藉由進香、神明壽誕等機會，赴外演出，如此方能延續及拓展其交陪，因為南來北往，名聲不侷限在新竹，成為外地軒社最熟悉的新竹子弟。而高額的活動經費，多是這群戀子弟一筆一筆捐出的，來自百工的他們，雖無赫赫有名的地方名流，但軒員眾多，得以聚沙成塔。

　　而曲館在漢人地方社會的互助意涵，還可從同樂軒保留的《父母會會員簿軒員名簿》見及，這是曲館內除了傢俬之外，少見保留遷居新館之前的紙本文件，因會員在彼此喪事出殯時以北管陣頭互助，在同樂軒還延續至一九七三年，這是北管子弟在其閒暇時期共同練樂之外的社會互助。現存同樂軒旗幟中，雖有一面「同樂軒西樂隊」錦旗，可見同樂軒學習音樂的嘗試，但似乎只是一時熱鬧，沒有太多下文。相較於北港子弟團在原本樂種之外，對廣東音樂與國樂的興趣，[52]新竹的子弟軒社著迷登臺演出，一九九三年之後的北管復振，亦關注子弟戲，少見投入學習其他音樂學習。相較於音樂的個人修為，子弟戲的群體活動，乃至赴外地上棚演出，實為新竹北管軒社特殊的文化景觀，同樂軒雖非唯一，卻是當年最為活躍者，但上棚演戲是北管子弟活動型態中難度最高者，無論人力、物力、財力皆是。翻閱同樂軒的文獻，對於其在一九六〇年代依舊南北開演，風光抱得金牌回竹，但至一九七〇年代，無論人員數量、活動次數都漸趨消滅，無力再演子弟戲，一九八一年竹蓮寺二百週年的遶境，固然促使同樂軒又以低度活動延續數年，但自家軒員愈來愈少，外請人員維持出陣，同樂軒漸漸地鑼鼓聲歇，僅以文物及文獻展示過往風華。

——原刊於《竹塹文獻雜誌》第74期（2022年8月）

---

52 詳見范揚坤主編：《北港地區的傳統音樂在地歷史》（斗六：雲林縣政府，2020），頁76-84。

徵引書目

一 近人論著

呂訴上：《臺灣電影戲劇史》，臺北：銀華出版社，1961年。

林仁政主持：《新竹市北管文物普查建檔計畫成果報告》，新竹：新竹市文化局委託，2020年。

林佳儀：〈竹塹北管子弟軒社活動考察——起源年代、空間分佈及演出盛況〉，《臺灣音樂研究》，第18期（2014年6月），頁5-10；後收入陳惠齡編：《傳統與現代——第一屆臺灣竹塹學國際學術研討會論文集》（臺北：萬卷樓圖書公司，2015年），頁249-257。

林美容：《媽祖婆靈聖——從傳說、名詞與重要媽祖廟認識臺灣第一女神》，臺北：前衛出版社，2020年。

范揚坤主編：《北港地區的傳統音樂在地歷史》，斗六：雲林縣政府，2020年。

張永堂主編：《新竹市耆老訪談專輯》，新竹：新竹市政府，1993年。

曾子玲：《臺南京劇研究》，臺南：臺南市政府文化局，2018年。

葉龍彥：《新竹市電影史（1900-1995）》，新竹：新竹市立文化中心，1996年。

潘國正主編：《風城影話》，新竹：新竹市立文化中心，1996年。

蘇玲瑤：《竹塹憨子弟——新竹市北管子弟的記錄》，新竹：新竹市立文化中心，1998年。

二 報紙報導

《臺南新報》
《臺灣日日新報》
《聯合報》

三 人物訪談

陳培松口述，2013年10月3日。

趙梅珠口述，2020年7月2日。

鄭淞彬口述，2020年4月1日、2021年11月6日、2021年11月12日、2021年11月16日。

四　其他

中央研究院臺灣史研究所：「臺灣總督府職員錄系統」，http://who.ith.sinica.edu.tw/。

同樂軒文獻，新竹：同樂軒典藏。

恭祝西秦王爺暨田都元帥聖誕遶境第一次籌備委員會通知，1990年12月26日。

新竹市升格省轄市民俗音樂欣賞會秩序冊，1990年7月17-18日。

新竹市升格省轄市萬民遊藝（車隊）名冊，1990年7月1日。

附錄

（一）「中華民國四拾玖年梅月參日　新竹同樂軒於新港、台南、高雄登臺演唱受贈品·奉天宮」禮簿節選（1960）

新港奉天宮管理委員會（錦旗一支、金牌一面、肆佰元）

明星戲院（紅聯一幅）

舞鳳軒（錦旗一面、金牌一面）

新港清華閣南管部（紅聯一幅、金牌一面）

……

計現款1,800元、金牌3面、錦旗3支、紅聯2幅。

（二）「中華民國四十九年四月初四日　新竹同樂軒於新港、台南、高雄登臺演唱受贈品·台南大天后宮」禮簿節選（1960）

大天后宮（洋餅一箱、新樂園烟一箱）

大天后宮管理委員會（繡旗一支）

大天后宮眾舖戶（繡旗一支）

開基武廟（錦旗一面、新台幣陸拾元）

南廠保安宮（錦旗一支、新台幣貳佰元）

四安境神興宮（錦旗一面、金牌一面）

集慶堂（錦旗一面、金牌一面）

三老爺宮（烟一箱）

三老爺宮眾舖戶（錦旗一面）

市議會議長辜文炳先生（錦旗乙面）

光華戲院（錦旗一面）

青龍閣妓女戶（錦旗一支、金牌一面）

東月妓女戶（錦旗一面）

保安宮興南社（錦旗19支、新台幣陸拾元×14、新台幣壹佰元×3、新台幣壹佰陸拾元×1、新台幣伍佰元×1、紅彩一條、吹□二打）

天南平劇社（橫錦旗一面）

雅成平劇社（錦旗一支、金牌一面）

普濟殿鏞鏘平劇社（錦旗一支、大鏡一面）

保安市場錦疏軒（錦旗一支、新台幣壹佰貳拾元）

同意社（錦旗一面、新台幣陸拾元）

朝興宮四方社（額橡一個、金牌一面）

……

共現金3,140元、金牌7面、錦旗54支、繡旗2支。

（三）「中華民國四十九年農曆四月五日　新竹同樂軒於新港、台南、高雄登臺演唱受贈品・高雄代天宮」禮簿節選（1960）

高雄代天宮及諸位董事（錦旗15支、金牌一面）

高雄鮮魚台車公司（錦旗一支、新台幣貳仟元）

高雄市魚類商業同業公會（錦旗一支、新台幣貳仟元）

高雄市鹽埕區新竹同鄉會（新台幣肆佰元）

高雄市臺北同鄉會靈安社（錦旗一支、金牌一面）

高雄台南市同鄉會平劇票房（錦旗一支）

高樂社（錦旗一支、金牌一面、新台幣壹佰元）

高雄鐵道機場國劇社（錦旗一支）

……

共現款9,520元、金牌3面、錦旗41支。

（四）「民國壬寅年農曆九月廿一日臺北龍山寺登枱留念」禮簿節選（1962）

艋舺龍山寺管理委員會（錦旗壹面、貳仟肆佰元）

廣照宮（金牌壹面、連珠砲一團）

祖師廟管理人會（錦旗壹面）

台北市魚市場主任陳震霖（貳佰元）

台北魚市場（壹佰元）

土地廟前飲食一同（壹佰元）

萬華戲院（壹仟元）

萬華戲院口飲食攤販一同（金牌五面入框）

光華玻璃光場林貴甫（壹仟元）

豐興肥皂工廠（金牌貳面）

芳明戲院（貳佰元）

監察委員李緞（錦旗壹面）

省議員陳重光（錦旗壹面）

新□縣議員郭俊萍（伍佰元）

台北市議長張祥傳（錦旗壹面）

台北市教育局長盧啟華（錦旗壹面）

夜巴黎（生花籃一個）

萬華南新繡莊（錦旗壹面）

台北勝利歌劇團（壹仟元）

新金山樂社（金牌貳件）

萬華新清樂社龍組（金牌壹面、大鏡壹面）

蓮英社（金牌壹面）

萬華龍津社（金牌貳面、大鏡壹面）

昭義軒（金牌壹面）

舊媽祖宮口鳳音社（金牌六面）

萬華集義軒（金牌貳面）

台北義安社（金牌壹面）

台北三義軒一組（金牌貳面、大鏡壹面）

三義軒二組（金牌壹面）

玄音社（金牌壹面、錦旗壹面）

台北義音社（貳佰元）

萬華啟義社（貳佰元、大鏡壹面）

新義社（金牌貳面）

台北天后宮新興社（金牌貳面、大鏡壹面）

錦義安社（金牌貳面入小框）

萬華堀江社（金牌貳面入框）

萬華龍音社（金牌參面）

萬華集絃堂（錦旗壹面）

萬華聚英社（錦旗壹面）

萬華龍山寺口親友（金牌六面、大鏡壹面）

龍山寺口親友（繡旗壹支、金牌拾貳面）

萬華祖師廟口親友（金牌六面入框）

萬華芳明館口親友（金牌六面入框）

萬華堀江町親友（金牌六面入框）

黨部親友（金牌四面）

石森藩、陳甲、陳承業（金牌參面入框）

許仔蚊、陳仔崁（參仟元、繡旗壹對、生花圈壹對）

日本華僑郭炳聯（伍佰元）

……

共收現金13,740元（扣2,800元在單）、金牌112面、錦旗19支、繡旗5枝、大鏡7面、員鏡1面。

（五）「民國壬寅年農曆九月廿二日臺北法主公宮登枋留念」
　　　禮簿節選（1962）

法主公廟公陳留（貳仟陸佰元）

法主公爐主暨頭家（繡旗壹支、壹仟壹佰元）

太原路魚市場（貳佰元）

太原路魚市場承銷商（繡彩牌壹面）

津津味素公司（金牌貳面、大鏡壹面）

添進五金行（陸佰元）

中國國民黨台北市主任委員彭德（錦旗壹面）

小西園主許王（壹仟貳佰元）

小西園陳田等（共肆佰元）

新西園主團主許欽（金牌五面、大鏡壹面）

亦宛然、新宛然（金牌參面、大鏡壹面）

靈安社（大鏡乙面）

平安樂社（金牌貳面、員鏡壹面）

共樂軒（繡燈一對、壹萬伍仟元、大獅旗貳對）

共樂軒大頭鼓亭陳財（伍佰元）

新安樂社（參仟貳佰元）

保安社（金牌拾面、大鏡壹面）

雙連社（金牌壹面）

臺北明光樂社全体一同（壹仟玖佰伍拾元）

臺北明光樂社諸位先生（共參仟零伍拾元）

大橋頭清心樂社（金牌七面、大鏡壹面）

德樂軒（金牌十二面、大鏡壹面）

金海利（貳仟元、金牌十五面、大鏡二面）

金海利諸位軒員（共壹仟元）

淡水南北軒（壹仟元、金牌貳十面、大鏡壹面）
淡水和義軒（金牌八面、大鏡壹面）
忠安樂社（壹仟元、金牌六面、大鏡壹面）
關渡新安社（金牌十二面、大鏡壹面）
樂樂樂社會員十名（壹仟貳佰元、金牌八面）
樂樂樂社周朱貴（繡旗壹枝）
樂樂樂社龍團（金牌十二面）
台北華英社（金牌參面）
松山福樂軒（貳佰伍拾元）
台北和華樂社（金牌六面）
景美義樂軒（壹仟貳佰元、金牌八面、大鏡壹面）
福壽堂（金牌壹面）
福壽堂二組（金牌壹面）
台北靈聖堂（金牌壹面）
興義團（金牌壹面）
閩南樂府（壹仟元、銀盾壹座）
……
計收入41,050元（含抬頂12, 400元）、金牌142面、繡旗2支、大獅旗2對、繡彩牌1面、繡燈1對、員鏡1面、大鏡14面、銀盾1個。[53]

（六）「癸卯年三月十九日高雄代天宮登枱紀念」禮簿節選（1963）

高雄代天宮董事會（金壹仟陸佰元）
高雄市魚類商業同業公會理事長蔡文進等（紅綢繡橫彩壹條）

---

53 另有錦旗4面未計入總數。

魚類公會台車部（大砲壹環、錦旗乙面、金伍佰元）

高雄市新竹同鄉會理事長葉福安先生（錦旗乙面、新台幣肆佰元、汽水參打、大砲乙環）

高雄市台南市同鄉會何傳（錦旗乙面）

年豐漁業公司董事長林永水（銀盾壹座、金牌乙面）

高雄市霞海城隍廟靈安社（錦旗乙面）……

……

計收入現金 4,920 元、金牌 1 面、銀盾 1 座、紅鏽彩 1 條、錦旗 31 支。[54]

（七）「民國辛酉年十一月十七日竹蓮寺觀音佛祖遶境」本軒參加遊行之金費收支報告（1981）

1 收入部分

周進登	貳萬元	王盛全	伍仟元	許水生	貳仟元
李灶生	壹萬伍仟元	江金木	伍仟元	郭榮地	貳仟元
藍金土	壹萬元	郭榮福	伍仟元	蔡錦祥	貳仟元
林萬寶	壹萬元	邱根枝	伍仟元	鄭福枝	貳仟元
謝錦河	壹萬元	陳培松	伍仟元	卓錦鎰	貳仟元
曾文色	壹萬元	鄭江濱	參仟元	許增城	貳仟元
李　樹	壹萬元	吳福旺	參仟元	張清淵	貳仟元
林振淵	壹萬元	張堃培	參仟元	呂燦坤	壹仟元
駱清俊	壹萬元	林樹清	參仟元	鄭天俤	壹仟伍佰元
王仁禮	壹萬元	林事堯	參仟元	廖福星	壹仟元
林　愛	壹仟元	陳鐵雄	壹仟元	遠東旅社	壹仟元

收入總計：新台幣拾柒萬參仟伍佰元正

---

54 該次未統計總數，上列數字為筆者根據禮簿計算而來。

2 開支部分

三重埔土地公隊	肆萬貳仟元	俊司宴席十桌（包含飯湯在內）	貳萬伍仟伍佰元
全隊點心費	參佰伍拾元	紹興酒三十四矸	參仟肆佰元
台北藝閣拾閣	參萬元	黑松汽水參仟柒矸（矸二支）	參佰伍拾陸元
發財車（載繡旗）五臺	肆仟柒佰元	長壽煙拾伍條	參仟壹佰貳拾元
三輪車（拖飯湯）壹臺	貳佰伍拾元	貼扛工點心費	貳佰伍拾元
台北金來大鼓亭	柒仟伍佰元	市場借地清潔費	陸佰元
掃角八支	肆仟捌佰元	印軒名衛生衫	貳仟元
電子琴壹臺	伍仟元正	普通內衣	壹仟壹佰元
扛工（五名）三輪車一臺	參仟陸佰元	雙溪鼓吹手壹名	壹仟元
卡車壹臺（王何壽）	壹仟元	綢仔布	陸佰肆拾元
白飯六拾斤	柒佰貳拾元	茶盤外什費	參仟貳佰元
金油毛筆	柒拾元	宜蘭車費	壹仟捌佰元
大鑼壹面	壹萬陸仟元	寫大鑼軒名工金	參佰元
銅鈸參面	壹仟壹佰元	以上	

開支總合計新台幣拾陸萬貳仟參佰伍拾陸元正

收入開支對除外尚存金

新台幣壹萬壹仟壹佰肆拾肆元正

同樂軒 啟

新竹九甲什音初探[*]

黃思超[**]

摘要

　　「什音」是因應民間婚喪喜慶需求而存在的音樂，流行於臺灣各地的什音，名義與內容都有所不同。今所見新竹什音從九甲子弟龍舞社、鳳韻堂、和清堂等轉型而來，而九甲子弟又與王包的錦上花、錦上花囝仔班及後來成立的同樂園一脈相承，大約在民國五〇年代後期，子弟逐漸停止演出，把九甲曲及鑼鼓加入了什音，演奏的曲目主要是九甲曲，故新竹的什音參與者，皆稱之為「九甲什音」，與臺灣其他地區流行的什音有所不同，別具特色。

　　筆者於二〇二〇年至二〇二一年間，多次訪問新竹現存什音團龍舞社、鳳韻堂、和清堂、南樂堂與新勝堂，並參與排場與出陣，調查其歷史與現況，補充目前新竹南管、九甲與什音的研究成果：鳳韻堂抄本九種，補充當年九甲子弟演出劇目；龍舞社民國五十年以後的歷史，及其與新竹南管絃友的關係；從南勝堂到南樂堂、新勝堂的演變，以及職業九甲班新麗園與新竹九甲的互動；新庄地區九甲子弟團的變遷。據此，本文將民國五十年（1961）以後新竹九甲什音活動分為三個階段，論述其淵源與發展歷程，由

* 本文宣讀於國立清華大學華文文學研究所主辦之第五屆竹塹學研討會（2021年11月12日、13日），感謝討論人國立臺北藝術大學林珀姬教授。會後蒙國立清華大學華文所林佳儀副教授惠賜陳彬南南管、北管抄本，並得《臺陽文史研究》兩位匿名審查人審查意見，在此一併致謝。
** 國立中央大學中國文學系助理研究員。

此可知目前的什音，曾為新竹當年盛行一時的九甲戲餘響，具有研究與文化資產價值。

關鍵詞：什音、九甲、子弟、南管、鼓吹

一　前言

　　臺灣的「什音」，與常民生活緊密相關，普遍用於婚喪喜慶、宮廟祭典等需要鼓樂熱鬧場合，也由於具有因時、因地而變的靈活性，現今可見的什音記載、調查研究中，不同地區什音使用的樂器、演奏的曲目系統，都有所差異。新竹[1]也有「什音」，這個在新竹曾被認為隆重熱鬧的音樂，隨著時代與風俗的變遷，已逐漸沒落，時至今日，什音已不用於神明出陣，僅用於喪葬的排場與陣頭。然而，從歷史淵源、樂器、曲目來看，新竹什音可說是盛行一時的九甲戲餘響，參與者往往謂之「九甲什音」，並與新竹南管活動息息相關，相較於臺灣其他地區的什音，極具特殊性。

　　新竹什音的研究，如《新竹市耆老訪談專輯》中〈新竹市的傳統民間戲曲〉第四章「高甲戲」，[2]敘述本地九甲子弟團集合社、龍舞社、鳳韻堂成員與始末，並說明鳳韻堂轉為什音團的情況。《續修新竹市志》〈卷七‧藝文志〉、[3]蘇玲瑤《塹城南音舊事》、[4]謝水森《昔日新竹傳統戲曲南管／北管軼事》[5]等，敘述新竹南管活動時，也論及九甲戲的王包、王萬福、同樂園，以及新竹九甲子弟團的概況。《新竹鳳韻堂什音研究初探》是目前唯一研究新竹什音團體的學位論文，[6]作者於民國一〇二年（2013）七月至民國一〇三年（2014）七月間，多次田野調查，訪問鳳韻堂負責人彭玉地，記錄什音之

1　本文所言「新竹」，以目前尚有活動之什音團團址、活動區域來看，目前主要集中在新竹市之南寮、湳雅與新竹縣竹北一帶，含括新竹縣市，故論文名稱、內文行文以「新竹」為名。

2　張永堂主編：《新竹市耆老訪談專輯》（新竹：新竹市政府，1993年），頁373-379。

3　張永堂總編：《續修新竹市志》（新竹：新竹市政府，2005年），卷七，藝文志，頁1905-1910，述及王包與泉郡錦上花、同樂園，並有「新竹地區南管系統音樂、戲曲團體一覽表」，然尚未述及九甲子弟日後轉型為什音之始末。

4　蘇玲瑤：《塹城南音舊事》（新竹：新竹市文化局，1999年）。

5　謝水森：《昔日新竹傳統戲曲南管／北管軼事》（新竹：國興出版社，2009年），頁26，提及謝旺與王包之關係，以及新錦珠、新麗園、勝錦珠到新竹演出之情況。

6　歐育萍：《新竹鳳韻堂什音研究初探》（新竹：新竹教育大學音樂學系鄉土音樂組碩士論文，2014年）。

內容與活動，並分析鳳韻堂九甲譜鼓介與樂曲【漿水】、【五開花】。上述成果，已勾勒新竹九甲子弟與什音團的形式與發展，本文試著進一步針對以下問題補充研究：

（一）早期新竹什音的痕跡：今日的新竹什音，與曾經盛行的九甲子弟有關，但在九甲子弟改出什音以前，新竹是否有什音？其歷史追溯又有哪些可能性？

（二）參與者／團體：目前除了鳳韻堂與彭玉地調查成果相對較完整，其他什音團研究較少，目前鳳韻堂、龍舞社、南樂堂，新勝堂、和清堂皆仍有活動，參與者與團體的歷史與現況，仍待透過田野調查補充。

（三）曲本與曲目：新竹什音為九甲子弟轉型而來，演出曲目亦多九甲曲。今可見曲本，除《塹城南音舊事》所錄鳳韻堂《三嬌美人圖》、《白虎堂》，及《新竹鳳韻堂什音研究初探》翻拍戴錦鑾藏《董良才》頁面，其餘未見；曲目更是僅有零星提及。筆者得龍舞社鄭智仁先生協助，得見鳳韻堂抄本九種，共計十本戲，並有什音常演曲目之錄音，可對新竹九甲子弟戲、新竹什音的演奏曲目與特色、文化定位有所補充。

二　從「什音」的名義到新竹的九甲什音

臺灣的「什音」，分布遍及南北，形式與內容多樣而複雜，以致今日對「什音」的研究，各家所述都有些不同。「什音」的名義為何？許常惠舉「什音」與「客家八音」相對，稱「福佬什音」或「閩南什音」，認為無論客家八音或閩南什音，都是與常民生活密切結合的音樂；[7]呂錘寬則認為什音是「陣頭式音樂」，因其功能性存在於各種民俗場合，並提及客家八音與十音

7　許常惠：《台灣音樂史初稿》（臺北：全音樂譜出版社，1991年），頁226-227。云：「台灣的客家八音與福佬什音（閩南什音），也經常採用鼓吹和絲竹樂器混合的形式演奏，使人無法分出客家八音與福佬什音的區別。」並列舉二者相同曲目與樂器，說明其相似性。

的相似與差異。[8]二者均認為，什音是與常民生活緊密結合的器樂演奏，並把「十音」與「客家八音」相對照，說明其音樂內容的多樣性，曲目除了源自北管、民歌等，部分地區什音也帶有南管、九甲曲。[9]

　　然而，從更多的文獻與研究參照可以發現，由於「什音」根植於民間習俗的需求，舉凡婚喪喜慶、宮廟祭典，只要有鼓樂需求，什音就可能在選項之中。而相較於其他體系嚴謹的劇／樂種，在不同的地域與年代，什音的自由性極高，演奏人數可多可少，演奏曲目因地、因時可有不同，至於使用的樂器與出陣人數，亦可見諸說並陳，如「嗩吶」，有些地方什音使用「噠仔」，有些則用「噯仔」，[10]樂器不同，涉及的是不同的樂種，這也反映「什音」在臺灣各地，因應地域、族群、使用場合，曲目系統存在著共同點，也存在著差異性。此外，日治時期文獻已可見「什音／十音」、「八音」等詞，其內容所指為何？對文獻中名實問題的釐清，有助於理解什音的歷史、內容，並對新竹什音演變的論述有參照之價值。以下從相關文獻與田野調查，思考相關的問題。

8　呂錘寬：〈器樂篇〉，《台灣傳統音樂概論》列八音與十音於「陣頭式音樂」，認為八音與什音並不像南管或北管一般為特定的樂種，而是以功能性存在各種民俗場合，也可能隨著時間延伸其功能性。而客家八音與什音的編制很類似，同樣是絲竹樂和鑼鼓，但音樂風格截然不同。（台北：五南圖書出版公司，2007年），頁215。又所述「陣頭鼓吹中的十音」，主要指「北管館閣或職業樂師所出陣頭」，主要用於喪事，呂錘寬：〈器樂篇〉，《台灣傳統音樂概論》，頁217-218。

9　臺灣什音演奏曲目，見下文論述。閩南一地的流行的什音，參見林育毅、謝萬智主編：《泉州非物質文化遺產大觀》（北京：中國戲劇出版社，2013年），頁41-43；張兆穎：〈閩南城鎮民俗型傳統音樂「景觀」與「非遺」保護〉，《中國音樂》2015年第4期，頁177-180。

10　吳彥德：《從北管什音團看台灣傳統音樂陣頭的發展與傳承》（臺北：臺北藝術大學傳統藝術研究所碩士論文，2011年），頁13。引用邱火榮上課筆記云什音使用的樂器有「殼仔弦、和弦、三弦、廣弦、琵琶、笛、噠仔、板鼓、通鼓、大鈔、大鑼、小鈔、小鑼」，又訪問莊進才，云什音參與人數為二十到四十人，使用樂器有「殼仔弦、和弦、三弦、沙箏、洋琴、廣弦、笛、噠仔、板鼓、通鼓、大鈔、小鈔、大鑼、小鑼。」至於筆者訪問林雲洲，則提到什音使用的樂器為「拍板、木魚、雙音、雲鑼、殼仔弦、廣弦、簫、品仔、噯仔、三弦、秦琴，古箏（十六弦箏）。」可見出自不同地區的人，所見什音使用的樂器亦有不同。

（一）日治時期文獻所載「什音」

「什音」之名，見於日治時期文獻者，有以下記載：

1 《漢文臺灣日日新報》載兩筆有關什音的報導：（1）明治38年
（1905）12月27日2版，報載本島士紳於林本源庭園舉辦總督招待
會，餘興節目有「彈曲（在觀稼樓下）、大戲（在來青閣）、掌中班
戲（在方鑑齋）、什音（在六角堂）、女優演戲（在定靜堂前）、大
鼓吹（在龍門口）、南管（在雙高亭）、北管（在蓮花池邊四角亭）、
官音（在白花廳前）、變把戲（假山下石庭）、西施採蓮舟（假山下
池）」；（2）明治42年（1909）10月22日5版，載臺灣神社祭典各種
閣棚，有「南館及北館／什音／縉紳有志者」。這兩則報導的「什
音」是什麼？雖然名稱與本文討論的「什音」相同，但相關訊息仍
少，內容難以確認，從前後行文推測，應是有別於南北管、且可能
符合仕紳欣賞品味的樂種。

2 昭和8年（1933）8月《臺灣時報》所載黃銘鉎〈臺灣音樂考〉：文
中把「十音」歸類於「北管音樂團」，並云「福路と同種類の歌曲
を奏し」、「上流社會に歡迎せられる」。[11]

3 昭和17年（1942）東方孝義《臺灣習俗》：此作說明「十音」云
「これを北管系の本地の一種である」，所舉「十音」曲目「大曲
には烏盆、和番や小曲の三更天などがある」，並云「中流以上の
社會に歡迎されて居る。」[12]

---

11 黃銘鉎：〈臺灣音樂考〉，檢索於《日治時期臺灣時報資料庫》：https://cd3.lib.ncu.edu.
tw/twjihoapp/start.htm，檢索日期：2021年9月20日。
12 東方孝義：《臺灣習俗》（臺北：南天書局，1997年），頁348。

由上述〈臺灣音樂考〉、《臺灣習俗》所言「十音／什音」特徵可知，此「什音」與前述許常惠、呂鍾寬對「什音」名義之說明有所不同。二作皆把「十音」歸為北管一類，東方孝義又舉了十音內容有「大曲」之〈烏盆〉、〈和番〉，與「小曲」之【三更天】，[13]可知此處的「什／十音」所指為細曲（幼曲）。細曲被認為是最為艱難的曲目，細膩美聽，[14]受仕紳階層歡迎，如此，則《臺灣日日新報》記載總督歡迎會，以及「縉紳有志者」提供的祭典閣棚之「什音」，與此可相互呼應。

（二）「八音」與「什音」：

既然前述文獻所引「什音」為細曲，與本文所論之「什音」不同，文獻中是否還有其他訊息？前引〈臺灣音樂考〉、《臺灣習俗》同時提到另一種「八音」，這種「八音」的特徵為：（1）音樂較為單調簡單；（2）受到「泉州籍」勞動階層的歡迎；（3）東方孝義認為「八音は其旋律や調が餘程北管樂に近いので、中にわこれを北管樂であると云ふ人がある位であるが、要するに南北の中間の樣に思はれる。」黃銘鉎則將之歸類於「南管音樂團」。綜合這三點，此處的「八音」，應非今日所言「客家八音」，而是後人所謂「閩南什音」。《漢文臺灣日日新報》載「八音」使用的場合眾多，如臺南總爺街迎親「以樂隊八音為前導」、[15]臺北大稻埕送抽籤彩品、[16]宜蘭迎接

---

13 關於此處所舉之內容的樂種，見潘汝端：〈試析北管細曲大小牌之音樂結構〉，《臺灣音樂研究》第7期（2008年），頁125-184。潘汝端：〈北管細曲〈烏盆〉【大牌】音樂結構之探析〉，《關渡音樂學刊》第6期（2007年），頁43-74。潘汝端：〈北管細曲〈昭君和番〉聯套之文本與音樂結構初探〉，《關渡音樂學刊》第9期（2008年），頁45-90。

14 洪惟助：〈臺灣「幼曲」【大小牌】與崑曲、明清小曲的關係〉，《人文學報》第30期（2006年），頁1-40。

15 如明治四十三年（1910）十二月二十六日《漢文臺灣日日新報》「南部近信／新婚奇聞」載：「去念一日總爺街吳蔭行親迎禮，以樂隊八音為前導。」

16 如明治四十三年（1910）一月二十五日《漢文臺灣日日新報》「雜報」載：「大稻埕各商店聯合抽籤，大昨日有中特等彩者，以八音護送品物，沿街而行。」

頭圍支廳長坂井埋彥凱旋，[17]皆以八音為迎送之用，此「八音」雖未明言內容為何，但參考前文所引流行於「泉州籍」民眾之「八音」，再則臺南總爺街、大稻埕、宜蘭皆非客家八音流行的主要地域，[18]故此「八音」應非「客家八音」，而是流行於臺灣南北各地，用於節慶、廟會、喜事、喪事等場合的音樂，若加入更多人演奏，有時亦可稱為「十音」。[19]

（三）關於一九五〇年代以前新竹什音的蛛絲馬跡

大約一九五〇年代後期，新竹九甲子弟團改出什音，九甲曲成為新竹什音演奏的主要樂曲，但在此之前，新竹什音還有哪些蛛絲馬跡？由於幾乎未見相關文獻的記載，對於這段歷史的探究，筆者試著從田野調查成果補充。然而，也因缺乏文獻參照，田野調查所得，仍多有存疑之處，暫錄於此，供日後進一步研究參考。目前所知，一九五〇年代以前新竹確實有演奏什音的團體，且所演奏的什音，仍與九甲有關，以下分別說明：

1 新竹「鼓吹世家」

筆者於二〇二〇年十一月二十五日，訪問曾參與金浦社、閩聲社、龍舞社的林雲洲。林雲洲出生於民國五十五年（1966），幼時就參加金浦社，並與同在金浦社學南管的孩子一起參與龍舞社什音出陣（主要是喪葬陣頭），可說

---

17 如明治四十一年（1908）七月一日《漢文臺灣日日新報》「湖海琅國」載：「凱旋歸廳，是日頭圍區內，諸有志者，感前進之勞瘁，為民謀益，早備八音鼓樂數陣迎接。」

18 客家八音主要流行於北部的桃、竹、苗客家聚落，以及南部的六堆地區。見劉美枝：〈臺灣北部客家地區「北管八音」現象析論〉，《全球客家研究》第12期（2019年），頁175-222。此文註1云：「臺灣北部的客家聚落主要集中於桃園、新竹與苗栗地區，若以音樂文化現象而言，近一、二十年從桃竹苗移居至臺北市、新北市的客籍人士，也組織客家八音等音樂團體，使北部客家音樂文化圈的範圍擴及大臺北地區。本文所論『北部客家地區』的範疇，為苗栗以北至大臺北地區的客家音樂文化圈。」吳榮順：〈臺灣客家八音的傳統與傳習〉，《關渡音樂學刊》第8期（2008年6月），頁1-16，則以臺灣南部六堆地區之客家八音為例，論其八音傳承。

19 黃琬如：《臺灣鼓吹陣頭的音樂研究》（台北：國立臺灣師範大學音樂碩士論文，1999年），頁48-55。

很早就參與新竹九甲什音團的歷史。據林雲洲的說法，在新竹九甲子弟團轉型以前，新竹原也存在「什音」，而這一線索與陳彬南一家的傳承有關。

據林雲洲所言，陳彬南家族是新竹最老的「鼓吹世家」。清領時期，陳家第一代名為陳發，陳發無子，只有女兒，因此招贅張清海為婿，因是入贅，張清海又名「陳張清海」。陳張清海有四子，長子陳張彬南，次子陳張勻泉，三子後來當作道士，名石泉，四子名文土。陳張彬南會寫字，故所抄曲譜甚多，據林雲洲所言，其中包括什音譜、鼓吹譜、牌子、廣東音樂。陳張彬南兩個兒子，從這一代起，就不姓陳張，改姓陳。長子陳智銘，民國十七年次；次子陳智福，民國二十三年次，現在兩位都已不在了。陳智銘的兒子主要打鼓，陳智福兩個兒子，其中一位陳奇峻，目前幫林雲洲道場法會吹嗩吶。

據林雲洲的說法：「就帶動了鑼鼓也進來。鑼鼓樂的原始點是，在棚上搬九甲那套，把它拿下來用。」[20]換言之，新竹原本的什音，從曲目到鼓介都有不同，今日演奏的樂曲與鼓介，從九甲而來。此說未見於其他文獻記載，查證關鍵，在於前述陳家抄藏的曲本，然林雲洲告訴筆者，這些曲本目前秘不示人，[21]因此關於林雲洲的說法，尚未能得到文獻佐證，僅能錄之於此，未敢妄下定論，但參考其他地區什音的情況，林雲洲的說法應是合理的。如果此說成立，則什音應在九甲子弟轉型什音團以前，就已存在於新竹，其內容應更近於「閩南什音」，與今日新竹的「九甲什音」有所區別。

2　關於新庄地區什音團的記憶

筆者曾於訪問鄭玉山，詢問其年幼時，在龍舞社、鳳韻堂從九甲子弟團

---

20 二○二○年十一月二十五日訪問林雲洲。

21 二○二一年十一月，筆者有幸蒙國立清華大學華文文學研究所林佳儀教授提供陳彬南之南管、北管抄本各一冊之書影，得以一窺陳彬南抄本，在此致謝。陳彬南所抄南管曲本一冊，共一百三十四頁，收二百三十一曲，字跡端正清晰，曲名標註門頭，以朱筆點撩拍，未有工尺，全數皆為正南管曲；北管一冊錄有崑腔扮仙戲〈大天官〉、〈醉仙〉、〈三仙會〉與北管牌子多種，此二本可見陳彬南兼擅南北管，且能曲數量眾多。但此二本皆未見什音譜。

改出什音以前，是否曾聽聞有什音？鄭玉山述及幼年時，新庄地區已有什音團，然對於團名，以及當時什音的內容，已記不得，言談間值得注意的是，鄭玉山對當時什音與今日什音，未能完全分辨其間差異，二者應有所關聯。但關聯為何？或許仍需進一步詢問。

如果把這樣的說法與林雲洲相互參照，可得到兩個訊息：其一、目前雖然查無文獻，但九甲子弟轉型前，新竹確有什音，故而九甲子弟後來不再上棚演戲，改出什音，他們會認為自己是「轉變為什音團」；其二、九甲子弟團轉為什音團前後的什音即使有別，但二者之間也應有相似之處，前所言閩南什音的內容，本有部分九甲曲目，應是二者有所關聯之處。

三 今日新竹什音的演奏曲目

今日新竹的什音，從師承、演奏曲目、使用樂器、現存抄本來看，與臺灣的九甲戲關係密切。新竹的「什音」應該定名為「九甲什音」，這樣的說法也是相關參與者的共識。又彭玉地、鄭玉山，皆多次於訪問時提及自身與洞管（南管）的相關與差異，可見新竹什音參與者，對自身演奏的音樂系統是清楚的，與南管、九甲的關係，正是新竹什音不同於其他地區什音之處。

然而，如何從具體的曲目論述新竹什音之特色？其他地區名為「什音」的樂種，演奏的音樂內容為何？目前可見各地什音曲目之記載，有許常惠、呂鍾寬所舉曲目，[22]洪惟助一九九六年主持《桃園縣傳統戲曲與音樂錄影保存及調查研究計畫報告書》訪查當時桃園境內九個什音團，列舉桃園什音團演奏的音樂內容，並追溯其源流，包括一般所稱的吹場樂、與客家八音相同

---

[22] 許常惠認為，客家八音與福佬什音難以分辨，二者相同的曲目，有地方民歌：【嘆煙花】、【鬧五更】、【雪梅思君】等；曲牌音樂：【鳳凰鳴】、【春景】、【水底魚】、【百家春】等；戲劇唱腔：【六板】、【西皮倒板】、【都馬調】等，有時也加入時代歌曲或民間樂人所編作的樂曲，許常惠：《台灣音樂史初稿》，頁226。呂鍾寬則認為八音與十音的曲目「都來自北管譜」，並舉【百家春】、【水底魚】為例，呂鍾寬：《台灣傳統音樂概論》，頁219-220。

的樂曲、現代國樂與無法辨識來源的曲目。[23]又黃琬如《臺灣鼓吹陣頭音樂研究》所舉「八音」、「十音」陣頭，謂所用音樂多為北管弦譜，唯「彰化地區因有南管樂的背景，八音吹的曲目也多有互通，如【將水】、【相思引】、【紅衲襖】、【福馬】等，『交加』（南唱北打）的情形亦多見。」[24]吳彥德《從北管什音團看台灣傳統音樂陣頭的發展與傳承》於二〇一一年補充調查桃園地區什音團與臺南新寮鎮安宮八音團，列其使用曲目包括出自北管弦譜、國樂曲、流行歌曲，以及其他如歌仔戲、北管戲曲等曲目。[25]上述論著所列什音曲目，可為新竹什音特色之對照。

民國一〇九年（2020）六月十四日，筆者邀請龍舞社、鳳韻堂、南樂堂、新勝堂、和清堂等目前新竹縣市尚有活動的什音團體，至中央大學黑盒子劇場錄影，以保存目前還能演奏的什音樂曲。當天錄製的曲目有：【相思引】、【玉交】、【倍思】、【四空北】（以上四首彭玉地唱曲）、【襖】、【將水】、

23　洪惟助主持：《桃園縣傳統戲曲與音樂錄影保存及調查研究計畫報告書》（桃園：桃園縣立文化中心，1996年），頁42-43。由於報告書並未公開出版，敘述音樂的部分引用於此，以供讀者比較：「藝人們所稱的什音當中包括了我們一般稱的吹場樂（或過場樂），如【百家春】、【將軍令】、【朝天子】、【水底魚】、【大開門】、【小開門】、【二錦】、【寄生草】、【一串連】等；和一些與八音音樂相同的曲目，如【二句半】、【王大娘】、【白牡丹】、【二八佳人】、【開金扇】、【瓜子仁】、【剪剪花】、【姑嫂看燈】等。雖然這些曲目與八音音樂相同，但並不代表什音團使用八音的音樂，可能的情況是這些曲目一直是流傳於民間的曲子。其他還有應是屬於高甲音樂的【將水】；以及許多無法辨識的曲目，有【王昭君】、【蘇武】、【松鐘】、【留新娘】、【三寶塔】、【哭調】、【喜串】、【八板頭】、【花胎】、【梅山】、【有緣千里】、【山東漢】、【春影】、【南福河】、【過境悲雁】、【千里怨】、【蟠桃】、【一其醒時迷】、【二其醒時迷】、、【點支香】、【百元宵】（北元宵）、【煮菜歌】、【春串】、【西庄台】、【春只青】、【雙寶笭】、【蕃薯仔普】等，其中應有許多是流傳時產生的筆誤。」又演奏現代國樂與其他音樂者，包括【小放牛】、【漢宮秋月】、【平湖秋月】、【三潭印月】、【美麗的寶島】等。

24　黃琬如：《臺灣鼓吹陣頭的音樂研究》，頁49。文中所舉彰化以外地區多用之「北管弦譜」，曲目如：【百家春】、【福祿壽】、【進酒】、【春串】、【春至清】、【將軍令】、【寄生草】、【一支香】、【水底魚】、【點紅脂】、【小八六】、【楊文玉】、【九連環】、【拜印】、【一粒星】等，黃琬如：《臺灣鼓吹陣頭的音樂研究》，頁50。

25　吳彥德：《從北管什音團看台灣傳統音樂陣頭的發展與傳承》，頁15-18。

【補甕】、【五開花】、【玉交】、【倍思】、【地獄】、【四平上】、【紅綠襖】、【福馬】、【園內花開】（望吾）、【老婆仔譜】、【水車】、【雙鬮】、【鴛鴦譜】（【園林好】）、【雙清】、【水月燈樓】、【慢頭】、【四空】、【叫皇天】、【柳青陽】、【喜串】、【拜靈】、【寄生草】等廿八首，其中彭玉地所唱的四首皆有曲詩，出自過去曾經演出的九甲戲。而在此之前，民國一〇九年（2020）五月十四日，筆者首次訪問新竹什音團體，由鄭智仁協助，邀集鳳韻堂彭玉地、和清堂張炳煌、南樂堂孫根財、龍舞社的鄭玉山，及林雲洲等人，現場集思廣益，商議六月十四日錄影事宜，除上述曲目外，當日所列而未及錄下的曲目有：【百家春】、【陰陽別】、【短商】、【生地獄】、【聯答詞】、【滾】、【中滾】、【短滾】、【五面】、【八面】、【一支香】、【水底魚】、【九蕊點】、【錦上添花】、【落倍】、【北元宵】、【倒打襖】、【工工六工】、【將軍令】。這些是目前新竹什音團排場、出陣所用曲目。六月十四日錄音時，有些樂曲不常演奏，已略顯生疏，老藝人現場邊回憶邊套演，部分曲目演奏較不順暢，雖然如此，可知目前新竹什音團體能夠演奏的樂曲，至少尚有三十餘首。

如果把新竹什音演奏的曲目，與上述曲目相比，可發現共同曲目有其關聯性，而新竹什音的特色也非常鮮明，有以下四個觀察的切入點：

（一）曲目相關聯者，主要是上述所列之「吹場曲」（或吳彥德所列出自北管弦譜的曲目）與部分九甲曲，前者如【百家春】、【一支香】、【水底魚】等，或為普遍流傳於民間音樂。而各地什音團演奏曲目，也帶有一些九甲曲，新竹什音以九甲為主，故有相同曲目。

（二）歌仔戲、北管戲曲、國樂曲、流行音樂等，見於其他地區什音團，但新竹什音團演奏的曲目中，未見這類樂曲。

（三）如桃園地區什音團有少數出自九甲的曲目，新竹什音曲目則以九甲為大宗，如【相思引】、【玉交】、【倍思】、【四空北】、【襖】、【將水】、【五開花】、【地獄】、【紅綠襖】、【福馬】、【水車】、【慢頭】等等，皆屬九甲。[26]前

---

26 此處對照之九甲曲目的範疇，參考陳廷全整理之「高甲曲牌」、楊堯鈞：《臺灣高甲戲及其基本唱腔之研究》（台北：國立臺灣師範大學音樂研究所碩士論文，1992年）。高樹盤收集整理：《高甲戲傳統曲牌》（廈門：廈門大學出版社，2006年）。

文所引彰化地區因有南管樂背景而多有「交加」的情況，新竹什音與此相近。

（四）新竹什音出陣、排場曲目中，有【五面】、【八面】、【工工六工】等正南管曲，又林雲洲回憶當年隨龍舞社出什音：「在式場奏，都要奏正南管【起手板】，一開始還不是九甲。」今日新竹什音老一輩參與者，多曾為九甲子弟，並與新竹南管館閣關係較為密切，因此演奏曲目有部分屬於正南管曲，而這也是相較於其他地區什音團的一大特色。雖然如此，新竹什音團出陣排場，使用的樂器編制，與正南管的上、下四管有別，可見這些曲子演奏起來，也應與南管演奏有所不同。

以上討論，主要針對的是目前論著新竹什音的歷史考述，皆起於九甲子弟團的說法，希望能對相關的歷史、內涵有所補充。雖仍缺乏具體文獻參照，本文從上述討論，推論如下：

（一）日治時期文獻中提到的「八音」，流行於臺灣的泉州籍勞動階層，音樂較為簡單，與後來所稱的「什音」或「閩南什音」相近，主要演奏的曲子包括了流行於閩南地區的南管、九甲與民間音樂，九甲子弟改出什音以前的新竹什音，應是近於這一系統的音樂，林雲洲所提到的差異或可為證，但由於什音本身即已包含上述吹場曲與九甲曲，新竹的九甲子弟不再登臺，改出什音以後，與原來的什音具有相似的特性，得以自然接軌。

（二）今日新竹什音團與戰後初期九甲子弟團多有關聯，所奏曲目有大量的九甲曲、九甲戲鑼鼓被帶進了什音的音樂系統，成為新竹什音的一大特色，類似的現象，也見於彰化的八音。故新竹的什音，可視為新竹九甲戲的延續，深具特色。

四 新竹什音團體／參與者補述與歷史概況

今日新竹仍在活動的什音團，其歷史可上溯到王包、泉郡錦上花、同樂園等職業九甲班。

泉郡錦上花大約活動於一九一八至一九三七年間，[27] 除了演戲，也有

---

27 李國俊、林麗紅：《臺灣高甲戲的發展》（彰化：彰化縣文化局，2000年），頁76。

「団仔班」，影響新竹九甲子弟團創辦的蔡庚灶、李金俊、黃養、楊雨梅等人，他們均出自泉郡錦上花団仔班，這些演員加入昭和初年由樹下村保正楊乞等組織的「同樂園」。同樂園後來因二戰爆發解散，演員為謀生計，於新竹成立業餘九甲子弟團，當時創辦的子弟團，有蔡庚灶的龍舞社、李金俊的集合社，[28]鳳韻堂則為更早的歌仔子弟團鳳韻社轉型而來。蔡庚灶、黃養等人擔任龍舞社、鳳韻堂教師，而香山集合社教師李金俊，亦與鳳韻堂彭玉地等老一輩子弟相熟，彭玉地等人稱之為「金俊仔」。這些九甲子弟團，在民國五〇年代後期逐漸不再上棚演戲，改出什音，鳳韻堂、龍舞社等九甲子弟班名稱，也沿用為什音團名稱，至於後起的南樂堂、新勝堂、和清堂，亦與鳳韻堂、龍舞社等九甲子弟團有所淵源。

　　新竹的什音團體，至今仍在活動者，有鳳韻堂、龍舞社、南樂堂、新勝堂、和清堂。除鳳韻堂，其他團體相關研究較少。《新竹市耆老訪談專輯》記述集合社、龍舞社、鳳韻堂三個九甲子弟團創辦、負責人、歷屆會員名單與現況，其中，所記現況分別為：1.集合社僅在每年田都元帥、元旦時演奏，平時練習時間不固定；2.龍舞社：已解散；3.鳳韻堂：轉變為什音團。[29]《塹城南音舊事》對集合社、龍舞社、南樂堂的描述為：1.香山集合社由李金俊於一九三一年左右創立，並指導前後場，一九五六年於竹蓮寺演出後，不再排戲演戲，今日已無活動；2.龍舞社創立於一九四六年，一九四〇～五〇間最為興盛，唯後來人員流失，一度解散。龍舞社解散後，麻園里里長「土仔」曾組織剩餘團員，今已無任何活動；3.南樂社負責人僅標註「姓孫人士，外號無牙仔樹」。[30]《新竹鳳韻堂什音研究初探》以鳳韻堂為研究對象，對其他團體簡述為：1.南樂堂前身為一九七九年成立的南勝堂，二〇一一年由孫根財接管；2.龍舞社至今仍有活動，鄭玉山為負責人，其孫鄭智仁負責龍舞社北管。[31]以上是目前可見述及新竹什音團體的著作，對龍舞社、

28 關於同樂園、李金俊、蔡庚灶始末，見蘇玲瑤：《塹城南音舊事》，頁47-51。

29 張永堂主編：《新竹市耆老訪談專輯》，頁373-379。

30 以上見蘇玲瑤：《塹城南音舊事》，頁92-99。

31 歐育萍：《新竹鳳韻堂什音研究初探》，頁21-22。

南樂堂、新勝堂、和清堂等，所述十分有限，部分訊息也略有出入。筆者於二○二○、二○二一年間，多次訪問新竹什音團，[32]以下從田野調查所得，補充目前各團體、參與者的歷史與現況。

（一）鳳韻堂

鳳韻堂是新竹什音歷史悠久的團體，相關研究較多。[33]大約在民國三十八年（1949）前後，居住在蟹仔埔的彭富，因曾在臺北學習南管之故，接手原為歌仔戲子弟團的「鳳韻社」，聘請蔡庚灶、楊雨梅、黃養等人任教，改組為九甲子弟的「鳳韻堂」。在筆者的訪問中，彭玉地（1933年生）談到，他年輕之時，彭姓宗族就住在蟹仔埔，即今日南寮代天府一帶，務農維生，當年新竹九甲戲亦屬流行，為了讓族中子弟農閒時不致學壞，故聘請九甲班演員至鳳韻堂教戲。彭玉地十八歲時開始學演九甲戲，工旦腳，據他的回憶，當時的鳳韻堂子弟戲，不全是男性，已有不少女性成員參與演出，扮相、劇藝俱佳，常常散戲後，觀眾捨不得離去，並遠赴北港、臺南等地演出，足見當年受歡迎的程度。

新竹九甲子弟演出劇目，據《新竹市耆老訪談專輯》、《塹城南音舊事》所載，計有《三嬌美人圖》、《六使斬子》、《白虎堂》、《丹桂圖》、《四褶錦裙》、《東介山》、《五部會審》、《什錦帕》、《火燒百花台》、《陰陽令》、《攻打

---

32 訪問記錄為：二○二○年五月五日，首次至南寮代天府訪鄭智仁指導的龍舞社北管團，五月十四日、二十四日在鄭玉山私宅，得鄭智仁協助，訪談林雲洲、鳳韻堂彭玉地、龍舞社鄭玉山、和清堂張炳煌、南樂堂孫根財、新勝堂楊明宗。五月三十日隨同出陣（喪葬陣頭）。六月十四日邀請上述各團至中央大學黑盒子劇場錄影。七月三十一日田都元帥誕辰，至代天府錄製龍舞社、鳳韻堂、南樂堂排場。十一月二十五日訪問曾參與金浦社、閩聲社、龍舞社活動的林雲洲。二○二一年二月六日、十月七日訪問鄭玉山、鄭智仁等。本文所據田野調查資料，出自這幾次訪談，所有訪談均感謝龍舞社鄭智仁先生大力協助。

33 見張永堂主編：《新竹市耆老訪談專輯》，頁377-378、蘇玲瑤：《塹城南音舊事》，頁94-98、歐育萍：《新竹鳳韻堂什音研究》。目前負責人彭玉地曾入選《新竹市2008年百位藝術家小傳——表演藝術篇》（新竹：新竹市文化局，2008年），頁83。

飛毛洞》、《取木棍》、《剪羅衣》等。目前能見到的新竹九甲戲抄本，均為鳳韻堂抄本，《塹城南音舊事》錄有二種：《三嬌美人圖》與《白虎堂》，皆為打字排印，[34]所附「彭富所收藏之高甲戲手抄本」照片，有《白虎堂》、《三嬌美》等，封面錄劇名、年份（二本皆為癸卯年，民國五十二年）與「鳳韻堂」。

其他鳳韻堂九甲戲抄本，目前保存於和清堂負責人張炳煌處，筆者訪問時，得鄭智仁協助，得見抄本九種：《白兔記火燒百花台總講》、《白虎堂劇本》、《東介山》、《迫宮》、《剪羅衣》、《董良才》、《劉漢卿》、《鄭元和》、《秦世美》，其中，除《迫宮》未標抄錄年份、《白兔記火燒百花台總講》封面標註「歲次乙巳年端月」（民國54年），其他各本皆於封面標註「癸卯年」（民國52年），這些抄本為鳳韻堂演出劇目，可知民國五〇年代前半，鳳韻堂子弟仍能登臺演出。抄本有「總綱」，也有曲白俱全的劇本，以下兩處內容值得注意：

1.《白兔記火燒百花台總講》封底裡，錄有劇目名稱十一種，依序為：《王昭君》、《陳杏元》、《季阿仙》、《鄭元和》、《白兔記》、《藍芳草》、《秦世美》、《剪羅衣》、《白虎堂》、《迫花台》、《丹貴圖》。這時一種劇目字跡與抄本不同，由於參照資料不足，據彭玉地先生所說，為鳳韻堂能演劇目，由庚灶先等人所授。（見附錄圖一、圖二）

2.〈迫宮〉一本，演曹操逼宮故事，情節緊湊，唱曲眾多。此抄本末兩頁，錄南管曲〈恨冤家〉、〈早起日上〉曲詞。又《剪羅衣》末尾，錄〈園內花開〉、《鍘美案》卷首錄「鴛鴦群本成雙」。將歌仔戲子弟「鳳韻社」改組為九甲「鳳韻堂」、並長年擔任負責人的彭富，曾在臺北學習南管，此抄本出自鳳韻堂，空白頁抄錄南管曲詞，或與此有關。（見附錄圖三、圖四）

民國五〇年代後期，鳳韻堂女性社員陸續出嫁，團中成員減少，加以排戲需要較多時間，子弟團團員另有家庭與工作，大約在民國六十年（1971）左右就已不太演出，改以出什音陣頭。鳳韻堂供奉的田都元帥，原奉祀於南

---

34 蘇玲瑤：《塹城南音舊事》，頁108-139。

寮代天府，代天府重修後，重塑元帥金身，原來的元帥像目前奉祀於彭玉地私宅（位於代天府旁，見附錄圖五）。

（二）龍舞社

1 龍舞社歷史補述

　　龍舞社創設於民國三十五年（1946）左右，最早活動於新竹水田尾（北區，今光田社區一帶），由蔡庚灶創辦，又聘同班武生黃養一同任教。《新竹市耆老訪問錄》、《塹城南音舊事》俱載龍舞社停止活動，據筆者的訪問，龍舞社其實並未解散。龍舞社大約在民國五十八年（1969）前後改出什音，上述兩作所載「解散」，應是由九甲子弟團改出什音、不再上棚演戲的年份。從民國五十八年（1969），龍舞社改出什音後，迄今並未停止活動，初時由楊炎俊（龍舞社成員，工公末，林雲洲等人均稱「楊仔伯」）負責接洽龍舞社什音團出陣事宜。

　　龍舞社什音團負責人幾經更替，[35]目前負責人為鄭玉山。民國八十三年（1994），當時的負責人林木樹因故放棄權利，便由鄭玉山、曾煥恆、許玉樹三人合股，購買出陣所需貨車與音響設備，頂下龍舞社，《塹城南音舊事》所載「土仔」，即為鄭玉山，外號「土伯仔」。鄭玉山，新竹麻園人，民國二十五年（1936）生。據鄭玉山所述，其父鄭灶生（1900年生）曾參加龍舞社，學習九甲戲，鄭玉山生長在這樣的環境，卻自言從小並未跟著學九甲與南管，只是耳濡目染之下也學會演奏，故早年雖以務農為業，並曾擔任麻園里里長，平時也會跟著出什音。

　　鄭玉山的什音為自學，筆者訪問鳳韻堂彭玉地時，彭玉地曾謂自己與同輩的和清堂張炳煌均有師承（指九甲子弟出身），唯鄭玉山先生並無拜師學藝。然鄭玉山生長在南管、九甲環境，自幼尤嗜九甲戲，加以天資聰穎，善解音律，故能迅速上手。鄭玉山自幼愛看九甲，至今對劇情、曲調仍朗朗上

---

35 據《新竹市耆老訪談專輯》所載，李靖、曾寶樹、曾火林均曾擔任龍舞社負責人，張永堂主編：《新竹市耆老訪談專輯》，頁375。

口,筆者二○二一年十月七日再度拜訪,閒談間,鄭玉山提及幼年隨兄長看九甲戲,故事裡被害的婆、媳二人沿街乞討,苦不堪言,臺下兄弟二人邊看邊哭,還忍不住把買冰棒的錢丟到臺上給劇中婆媳,說著又唱起劇中一段【將水】,曲詞、鼓介皆能唱出,可見幼年環境的潛移默化。鄭玉山何以接下龍舞社?據本人所述,有兩個原因:其一,當時請什音出陣者多,有錢可賺,據鄭玉山所述,民國七○、八○年代,婚、喪、喜、慶都要請什音,碰到大日,一天最多可以出到四場,是當時重要的收入來源;其二,不忍因缺少頭人導致廢社,社員四散,故而接手。鄭玉山、曾煥恆、許玉樹三人後來因理念不合,由鄭玉山收購曾、許二人股份,獨立經營龍舞社。龍舞社的什音至今仍持續活動,分什音與北管兩團,鄭玉山與原龍舞社社員仍出什音陣頭,其孫鄭智仁兼習北管,每週二於南寮代天府訓練年輕學員。龍舞社活動地點,目前在竹北的麻園里與南寮代天府兩處,除了喪葬陣頭,每年田都元帥生辰,龍舞社、鳳韻堂與南樂堂成員,都會到南寮代天府排場慶壽。

2 龍舞社與新竹的南管弦友

新竹什音團中,龍舞社與南管弦友互動較密切,尤其是金浦社、閩聲社。金浦社大約成立於民國六十三年(1974),由吳惠馨所創,該社初學北管,由陳丁鳳執教,後聘黃清芳教南管。金浦社平日多在浦雅街林木樹家練習,而林木樹曾一度擔任龍舞社負責人,由於二者關係密切,金浦社成員亦多參與龍舞社出陣。據林雲洲所述,民國六○年代末,金浦社成員有些十歲左右學南管的囡仔,也參與龍舞社出團,這些囡仔學的是南管,而非九甲什音,然因同屬南管系統,不用特別學九甲便可跟著出什音。當年金浦社的囡仔一度成為龍舞社的「賣點」,喪家若欲指定囡仔出陣排場,還得配合學校假日,把出殯日期安排在週末。前所言指導金浦社南管的黃清芳,據林雲洲回憶,為新麗園九甲班的琵琶,筆者查找文獻,發現黃清芳亦曾參與崇孟社,擔任教習,[36]可見與新竹南管界關係較深。新竹後來有一「南樂合勝

---

36 據謝水森:《昔日新竹傳統戲曲南管、北管軼事》,云:「經由黃天送的熱心,擬借用長

堂」，經詢問，鄭玉山先生也記不清楚此團始末，但至今保留曲本一冊，封面題「南樂合勝堂」、「林乾照」，據鄭玉山所言，林乾照曾在新庄學九甲，距今二十餘年前已過世，年六十餘歲。卷首題「南管名曲冊本」、「中華民國六十七年歲次戊午年七月初五日立管」、「黃清芳留示」，可知成立日期，以及南樂合勝堂與黃清芳的關係。

閩聲社與龍舞社關係亦相當密切。民國六〇年代（1970），原「崇孟社」成員鄭金泉、周宜佳、曾煥恆、戴武雄等人出走，組織「閩聲社」。目前所知有以下三位，同時為龍舞社重要成員：

（1）楊炎俊：據《新竹市耆老訪問專輯》所列閩聲社歷屆會員名單，有從事洗衣業的「楊光俊」（頁369），應更正為「楊炎俊」，楊炎俊曾參與參與崇孟社，[37]亦為閩聲社與龍舞社成員，在民國五〇到六〇年代，負責龍舞社什音團出陣的接洽工作。

（2）曾煥恆：閩聲社創社會員，民國八十三年（1994）龍舞社重組，曾煥恆為三位股東之一，經常參與龍舞社出什音，至今與住在麻園的鄭玉山仍有交往。

（3）鄭金泉：鄭金泉為鄭玉山胞弟，亦為閩聲社創社會員，擅長噯仔，據林雲州回憶，鄭金泉噯仔吹的極好，龍舞社出什音時，早期的頭手噯仔便是鄭金泉。後來因故淡出，由鄭玉山接手，負責噯仔。

或許也因這樣的淵源，鄭玉山十分喜愛南管，曾在民國八〇到九〇年代，於麻園里成立「麻園南樂社」，禮聘周宜佳指導，學員主要是麻園一帶的親友，龍舞社、鳳韻堂、南樂堂參加者眾，最盛時成員多達三十餘名，持續十餘年，曾於民國九〇年（2001）、民國九十二年（2003）參與崇孟社春、秋

和街之聖媽廟作為平常聚會場所，再由長兄水木招呼郵局同事五人前來學習南樂，邀到由北港來此居住，黃清芳擔任教習，以僅提供教習，無報酬為條件駐教，然因初學者要求每日上午六時至七時三十分，上班前學習，僅維持約半年，即告解散。此時，黃清芳仍然加入崇孟社運作之奏樂活動。」，頁38。

37 謝水森：《昔日新竹傳統戲曲南管、北管軼事》，頁41。

祭，[38]今日雖已無活動，周宜佳亦因身體欠佳，移居高雄，但迄今每逢過年，周宜佳返回新竹時，麻園南樂社成員仍相聚為周宜佳賀年唱曲，情誼深厚，於此可見。[39]

（三）從「南勝堂」到「南樂堂」、「新勝堂」

新竹市的「南樂堂」與「新勝堂」，至今仍有活動，唯目前可見的記載極少。這兩團前身名為「南勝堂」，據南樂堂負責人孫根財回憶，南勝堂與龍舞社、鳳韻堂同樣是由蔡庚灶創辦，前引《新竹鳳韻堂什音研究》所言南勝堂成立於民國六十八年（1979），應是有所誤解。據孫根財陳述其父孫水來參與南勝堂的經歷可知，南勝堂大約在民國三十五年（1946）前後就已創立，首任負責人名楊木星，應曾為九甲子弟團，然歷史難以查考，大約在民國六〇年代初期，南勝堂已開始出什音。

從民國六〇年代到八〇年代初，新竹什音十分盛行，大約在民國六十八年（1979）前後，南勝堂團員楊其昌首先從南勝堂分出。楊其昌為楊木星內姪，據《塹城南音舊事》所記，為李金俊之徒（頁99），可見亦曾學習九甲。民國六十八年（1979）獨立成團後，原擬仍名「南勝堂」，但受到其他團員反對，便改名為「新勝堂」。新勝堂目前執行長為楊明宗，楊其昌之子。大約在民國六〇年代，為出什音所需，楊其昌以總額高達六十～七十萬學費，聘請「鹿港先生」一對一指導楊明宗噯仔，這名「鹿港先生」，據說即是當時新麗園的頭手噯仔，由於花費鉅資，此事至今仍為新竹什音各團成員津津樂道。[40]新竹市婦女社區大學於民國九十九年（2010）十一月十日舉

---

38 謝水森：《昔日新竹傳統戲曲南管、北管軼事》，頁51、52。

39 林珀姬：〈古樸清韻——臺灣的南管音樂〉，《臺北大學中文學報》第5期（2008年9月），頁295-328。載「臺灣各地尚有活動之南管館閣」，列有麻園南樂社，負責人名「鄭義山」，實即鄭玉山先生。

40 關於這位「鹿港先生」，筆者訪談時多次聽鄭玉山、彭玉地、林雲洲等人提及，唯內容略有出入。其中，關於聘請的金額，二〇二〇年五月二十四日，謂「每月一萬元」，二〇二一年二月六日，筆者再次詢問，提到總共的花費約是六十至七十萬元。又「鹿港

辦「錦秋美歌劇團學習成果展」，演出由蔡泗川指導的《火燒百花台》，後場噯仔便是楊明宗。[41]新勝堂田都元帥像今由楊明宗供奉。（見附錄圖七）

民國六十八年（1979）前後，因新勝堂先由南勝堂分出，南勝堂另一成員孫水來也在民國七十年（1981）獨立成團，名「南樂堂」。孫水來，民國八年（1919）生，為南樂堂現任負責人孫根財之父。據孫根財的記憶，其父孫水來民國三十五年（1946）受龍舞社「鄭狗煌」影響而出道，故曾被列為龍舞社社員，[42]出道後不久即加入南勝堂，精通文場，尤擅噯仔。民國七十年（1981），孫水來自南勝堂分出，創辦南樂堂，所生五子皆為南樂堂成員：長子孫根旺，民國二十七年（1938）生，受父親影響學會九甲什音，頭手鼓，民國八十四年（1995）孫水來往生後接任負責人，任期至民國九十三年（2004）；次子孫根澤，民國三十六年（1947）生，本業製作儀器玻璃，兼道士後場樂師，精通文武場樂器，民國九十三年（2004）到一〇〇年（2011）擔任負責人；三子孫根臣，民國三十八年（1949）生，擅月琴；四子孫根財為現任負責人，民國四十一年（1952）生，擅三弦；么子孫根炎，民國四十四年（1955）生，目前為新竹上昇玻璃工藝社負責人，擅笛。至今孫家第三代也都在工作之餘參與南樂堂出什音。南樂堂元帥今由孫根澤供奉。（見附錄圖八）

（四）和清堂

關於和清堂，由於現任負責人張炳煌為高齡已近九十歲，身體狀況不佳，筆者一年多以來訪查，所得較少，未來將加強和清堂相關成員的調查記錄。

據目前田野調查所得，和清堂位於新竹新庄地區，據鄭玉山回憶，其年幼之時，新庄地區就有什音團，然團名已不可考。早期新庄有有一九甲子弟

先生」為何人？先是提及記不清楚，而後又回憶起或是周水松先生。因說法未能確定，錄之於此，以待日後查考。

41 網址：https://www.youtube.com/watch?v=h3MLt7Q4LYE（2021年9月27日查詢）

42 據張永堂主編：《新竹市耆老訪問專輯》所列龍舞社成員名單（頁375），並與孫根財確認。

團「新英社」，也是由蔡庚灶指導，[43] 前文所提及在新庄學九甲的林乾照，即為此新英社。據彭玉地回憶，和清堂前身即此新英社，新英社轉型為什音團後，才更名「和清堂」。

和清堂目前負責人為張炳煌（1931年生），民國四十年（1951）加入鳳韻堂，開始學九甲戲，目前鳳韻堂九甲戲抄本，多藏於張炳煌處，與這段經歷有關。後來，張炳煌與彭玉地爭執，便離開鳳韻堂，加入和清堂。近年什音逐漸沒落，成員漸少，由於師承相近，有時會與龍舞社、鳳韻堂、南樂堂人員一同出陣。

根據以上歷史與團體／參與者的追溯，本文認為，迄今新竹什音活動，可分為三個階段：

（一）民國五○年代末前後： 從「閩南什音」到「九甲」的過渡

民國五○年代前半，鳳韻堂、龍舞社等九甲子弟團仍盛演九甲子弟戲，今存鳳韻堂九甲戲抄本，標註的日期有癸卯年（1963）八種、乙巳年（1965）一種可以為證。但民國五○年代後半，因子弟團成員減少，難以演出子弟戲，加以什音在當時極為盛行，能夠賺得到錢，子弟團大約從民國五○年代末逐漸轉變為什音團，林雲洲認為，這是因原本的什音（絲竹）在當時逐漸沒落，九甲興起，而當時新竹的九甲有觀眾基礎，便逐漸取代沒落的絲竹什音，成為今日所見的「九甲什音」。

（二）民國六○年代到七十年代末：九甲什音的全盛期

民國六○到七○年代，可說是新竹什音全盛時期，婚喪喜慶都要請什音，特別是喪事，據鄭玉山提到，如果家裡辦喪事沒有請什音，會被認為是「埋死囝仔」，即年輕夭折、喪禮不夠隆重之意。雖然什音參與者都各有本業，出什音的收入幾乎可比「正職」，因此，除較早由九甲子弟團轉型為什

---

43 見張永堂主編：《新竹市耆老訪問專輯》，頁375、蘇玲瑤：《塹城南音舊事》，頁51。

音團者，這一時期也出現直接成立的什音團體。新竹地區社會習俗的需求，使得新竹曾經盛行的九甲得以延續。

（三）民國八〇年代以後：逐漸沒落

隨著社會環境的變遷，對什音的需求日漸減少。以目前現況，龍舞社、鳳韻堂、南樂堂、新勝堂、和清堂皆仍有活動，五團關係密切，多有往來，由於近年什音團人數、什音需求減少，出陣排場往往相互支援（見附錄圖九、圖十）。其中，龍舞社、鳳韻堂、南樂社師承相同，演奏的路子接近，已於民國一〇三年（2014）整併為「南樂龍鳳堂」。唯各團活動都僅出喪葬儀式，沒有其他傳承或演出場合，加以團員多已年長，新竹的九甲什音迅速走向沒落。

五　結語

本文在現階段新竹什音研究成果的基礎上，以田野調查補充什音團體與參與者的歷史與現況，有以下結論：

（一）基於民間習俗需求而存在的「什音」，雖然有一個曲目範圍的基礎，但因時、因地可以靈活變通，使得各地什音從樂器到音樂系統都有所不同。從鄭玉山、彭玉地、林雲洲等人對於早期什音的認識可知，這項早已與常民生活緊密結合的音樂，原也流行於新竹，由於閩南什音本包含部分九甲曲目，加以九甲戲曾流行於新竹，浸水庄、水田、新庄、蟹仔埔均有九甲子弟團，這些子弟不再上棚演戲後，把九甲樂曲與文武場拿來出什音，不僅有其銜接原來什音的基礎，也為民眾所喜愛，加以民間習俗對什音的需求，民國六〇到七〇年代，九甲什音盛行一時。今日新竹什音，不僅使用的樂器包括南管琵琶、噯仔，演奏曲目也以九甲曲為主，相較於其他地區什音，特色十分明顯，可謂新竹九甲戲餘響，彌足珍貴。

（二）目前尚有活動的什音團：鳳韻堂、龍舞社、南樂堂、新勝堂、和清堂，淵源清楚可考，不僅源自同樂園的李金俊、蔡庚灶、黃養、楊雨梅等

成立、指導的九甲子弟團,與新麗園、生新樂等職業九甲班,以及與新竹南管館閣的關係,都是新竹南管活動的歷史片段。

（三）除了目前仍有活動的什音團,據聞新竹尚有凰聲社、浸水庄的南能堂、湳雅的南興社等,[44]唯目前皆停止活動。筆者二〇二一年十月十八日在新竹金長和媽祖水仙文物館,見劉金枝女士為戲偶包頭,劉金枝過去常與婆婆陳盡常在新竹為北管子弟包頭,提及當年也曾幫九甲子弟包頭,該子弟團就位於浸水庄。又鳳韻堂為上棚演戲,也曾向新樂軒商借戲服,不僅可見民國四十～五十年間,新竹九甲子弟開枝散葉的盛況,新竹不同劇種子弟間的交流互動,相關調查研究,亦可待進一步開展。

臺灣九甲戲式微已久,彰化縣埔鹽鄉西湖村有一「錦成閣高甲團」,民國九十八年（2009）為彰化縣政府登錄為彰化縣傳統藝術「高甲戲」之保存團體,其登錄理由之一為「『錦成閣高甲團』為全臺唯一之九甲音樂社團」。[45]從本文調查與論述,新竹與九甲戲的關係,從錦上花、同樂園,到各地九甲子弟團,再到民國五〇年代以後的什音團,今日的新竹什音,不僅可說是臺灣今已少見的「九甲音樂社團」,其歷史亦可一窺新竹往昔九甲戲風華。新竹早期九甲子弟、什音團的第一輩參與者年歲已高,什音傳承也出現斷層,除了更多研究尚待開展,也建議文化主管機關給予更多保存與維護。

──原刊於《臺陽文史研究》第7期（2022年1月）

---

44 《續修新竹市志》〈卷七・藝文志〉頁1911所載「新竹地區南管系統音樂、戲曲團體一覽表」,列「二次大戰後」的「業餘高甲子弟班」有集合社、龍舞社、鳳韻堂、南興社、新勝堂、金浦社、新英社、南樂社、和清堂。其中「南樂社」應即「南樂堂」。又筆者於執行「新竹市傳統表演藝術普查計畫」期間,得黃忠勤先生來信提供資料,謂其外曾祖父曾參加九甲子弟團「凰聲社」,凰聲社元帥、繡旗、香爐俱藏於黃先生處,又提供浸水庄南能堂之線索。

45 錦成閣指定／登錄為九甲音樂保存團體,據民國九十八年（2009）府授文戲字第980001982E 號、府授文戲字第980316435E 號,二〇一八年據府授文戲字第1070337696號重新登錄。

徵引書目

一　專著

吳彥德：《從北管什音團看台灣傳統音樂陣頭的發展與傳承》，臺北：臺北藝術大學傳統藝術研究所碩士論文，2011年。

呂錘寬：〈器樂篇〉，《台灣傳統音樂概論》，臺北：五南圖書出版，2007年。

李國俊、林麗紅：《臺灣高甲戲的發展》，彰化：彰化縣文化局，2000年。

東方孝義：《臺灣習俗》，臺北：南天書局，1997年。

林育毅、謝萬智主編：《泉州非物質文化遺產大觀》，北京：中國戲劇出版社，2013年。

洪惟助主持：《桃園縣傳統戲曲與音樂錄影保存及調查研究計畫報告書》，桃園：桃園縣立文化中心，1996年。

高樹盤收集整理：《高甲戲傳統曲牌》，廈門：廈門大學出版社，2006年。

張永堂主編：《新竹市耆老訪談專輯》，新竹：新竹市政府，1993年。

張永堂總編：《續修新竹市志》，新竹：新竹市政府，2005年。

許常惠：《台灣音樂史初稿》，臺北：全音樂譜出版社，1991年。

黃琬如：《臺灣鼓吹陣頭的音樂研究》，臺北：國立臺灣師範大學音樂碩士論文，1999年。

楊堯鈞：《臺灣高甲戲及其基本唱腔之研究》，臺北：國立臺灣師範大學音樂研究所碩士論文，1992年。

歐育萍：《新竹鳳韻堂什音研究初探》，新竹：新竹教育大學音樂學系鄉土音樂組碩士論文，2014年。

謝水森：《昔日新竹傳統戲曲南管／北管軼事》，新竹：國興出版社，2009年。

蘇玲瑤：《塹城南音舊事》，新竹：新竹市文化局，1999年。

二 論文

吳榮順：〈臺灣客家八音的傳統與傳習〉，《關渡音樂學刊》第8期（2008年6月），頁1-16

林珀姬：〈古樸清韻──臺灣的南管音樂〉，《臺北大學中文學報》第5期（2008年9月），頁295-328

洪惟助：〈臺灣「幼曲」【大小牌】與崑曲、明清小曲的關係〉，《人文學報》第30期（2006年12月），頁1-40。

張兆穎：〈閩南城鎮民俗型傳統音樂「景觀」與「非遺」保護〉，《中國音樂》2015年第4期，頁177-180。

劉美枝：〈臺灣北部客家地區「北管八音」現象析論〉，《全球客家研究》第12期（2019年5月），頁175-222。

潘汝端：〈北管細曲〈烏盆〉【大牌】音樂結構之探析〉，《關渡音樂學刊》第6期（2007年6月），頁43-74。

潘汝端：〈北管細曲〈昭君和番〉聯套之文本與音樂結構初探〉，《關渡音樂學刊》第9期（2008年12月），頁45-90。

三 電子資料庫

《臺灣漢文日日新報資料庫》：https://cd3.lib.ncu.edu.tw/twhannews/user/index.php

《日治時期臺灣時報資料庫》：https://cd3-lib-ncu-edu-tw.ezproxy.lib.ncu.edu.tw/twjihoapp/start.htm

附錄　新竹什音相關照片

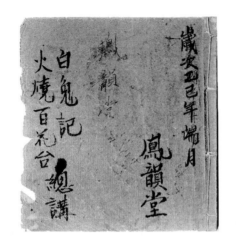

▲圖一　　　　　　　　　▲圖二

鳳韻堂《白兔記火燒百花台總講》封面及封底所錄劇目名稱十一種

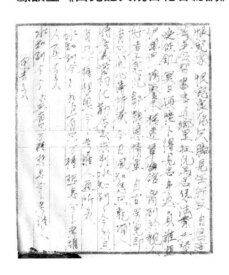

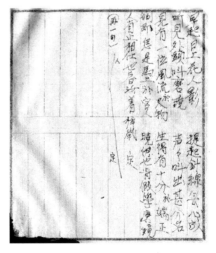

▲圖三　　　　　　　　　▲圖四

鳳韻堂抄本末尾所附〈恨冤家〉、〈早起日上〉曲詞

◀圖五　鳳韻堂田都元帥像，現供奉於彭玉地先生宅

中華民國六十七年歲次戊午年七月初五日立管

南管名曲冊本

黃清芳　留示

先師　玉府郡君

曲　名	門　頭	頁別	曲　名	門　頭	頁別
牽君手	綿搭絮	一	非是玩	雙閨	六
念月关	雙閨	四	喜今宵	"	七
春有百花	鴬啼柳	三	為伊割吊	短相思	一二
茶薇架	"	五	看見前面	"	一三
			從君一去	"	一四
			刣雞湊君呈	"	一五

（題有人名：福馬郎、秀才兄行、玉交猴、心頭悶憔悴等）

曲　名	門　頭	頁別			
南海普陀山	賽北調	一六	二六		
思鄉怨	外青譜	一七	二七		
鴬毛要・鳳雪飛	崑腔寄	一八	二八		
顛迷一二更	短中滾	一九	二九		
冬天寒	短滾	二一	二		
重臺別	北青陽	二二			
頭返	"	二三			
小子	二北疊	二四			
我是降龍	又調	二五			

▲圖六　南樂合勝堂《南管名曲冊本》，現藏於和清堂張炳煌處，題有「黃清芳　留示」

▶圖七　新勝堂元帥像，楊明宗
　　　供奉

▲圖八　南樂堂元帥像，孫根澤
　　　供奉

◀圖九　民國一〇九年（2020）五
　　　月三十日和清堂出陣，使
　　　用噯仔與南管琵琶，龍舞
　　　社、鳳韻堂亦參與出陣。

圖十　民國一〇九年（2020）六月十四日新竹市什音團體至中央大學黑盒子劇場錄影，參與者包括鳳韻齋、龍舞社、和清堂、新勝堂、南樂堂成員

為天下女人訴不平：
金玫與台語片《難忘的車站》[*]

黃美娥[**]

摘要

　　回顧台灣電影史，在一九五六至一九七一年此一階段的台語片發展時期，新竹人介入甚深，依據葉龍彥研究所得，當時投入領域包括：投資監製、製片、編劇、導演和演員等；其中，單以演員而言，頗具盛名者就有周宜得、吳影、金玫、王滿嬌、脫線等，足見人才濟濟。本文關注對象是台語片紅極一時的女明星金玫（1940-2009），她在一九六三到一九七〇年的短短期間參與了高達兩百部以上作品，且在一九六五年成為台語片演員中被公司簽訂為基本演員的第一位，又在一九六六年國內台語影星選美競賽中，被推為最優者，此外還有「寶島第一苦旦」的美譽。究竟，金玫何以能如此深獲觀眾青睞，她有何獨特魅力和表演特色？觀眾們的情感認同如何產生？這與台語片中產量最多「家庭倫理文藝」類型，以及銀幕內外的女性、愛情、社會和家庭倫理有何關係？本文擬選擇金玫在一九六五至一九六六年顛峰時代期間擔綱主演，由辛奇出任導演，一九六五年上映，但遲至二〇一八年影片始修復完成、學界較少剖析的《難忘的車站》為例，嘗試回應上述問題。

關鍵詞：新竹、金玫、台語片、女明星、《冷暖人間》、難忘的車站

---

* 本文原發表於國立清華大學華文文學研究所主辦「新竹在地文化與跨域流轉：第五屆竹塹學國際研討會」，2021年11月12-13日，會中承蒙葉龍彥教授擔任講評，提供寶貴修改意見，國立臺灣大學臺灣文學研究所博士生魏亦均協助蒐羅文獻，在此一併表達謝意。
** 國立臺灣大學臺灣文學研究所教授。

一　前言

　　回顧台灣電影史，關於台語片發展時期，[1]在一九五六至一九七一年此一階段，新竹人介入甚深。依據葉龍彥研究所得，當時投入領域包括：投資監製、製片、編劇、導演和演員等；[2]其中，單以演員而言，頗具盛名者就有周宜得、吳影、金玫、王滿嬌、脫線，[3]足見人才濟濟。本文關注對象是台語片紅極一時的女明星金玫（1940-2009），本名徐秀枝，客家人，一九四〇年出生於新竹關東橋，[4]因家貧，初中畢業後前往台北工作，後入政工幹校打雜，由於具有歌唱能力，因緣際會被推薦進入美軍俱樂部。[5]一九五九年入王邦夫特技團赴東南亞演出，後嫁王邦夫之弟王民夫。因丈夫外遇而離婚，一九六一年返台加入中華少女歌舞團，並主演人生中的第一部台語片

1　關於台語片的發展歷程，葉龍彥：《春花夢露：正宗台語興衰錄》（台北縣：博揚文化，1999年）區分為三階段，包括第一期（1955-1961）、第二期（1962-1968）、第三期（1968-1974-1981）。一般較受矚目的是一九五〇至一九七〇年代階段的二十餘年歷史，黃仁：《新台灣電影：台語電影文化的演變與創新》（台北：臺灣商務印書館，2013年），頁4。特別指出拍過台語片人士所指只有十二年生命之誤，並提出了二十五年的說法。另如洪國鈞〈類型與國族的糾葛：台語電影二十年〉則稱一九五六～一九六〇年是第一波台語片浪潮，一九六一～一九七〇年間是第二波台語片浪潮，收入王君琦主編：《百變千幻不思議：台語片的混血與轉化》（台北：聯經出版，2017年），頁83。

2　參見葉龍彥：《新竹市電影史1900-1995》（新竹：新竹市文化中心，1996年），第五章〈新竹人的台語片世界（1956-1971）〉，頁206-263。

3　參見葉龍彥：《新竹市電影史1900-1995》，頁232-249。

4　新竹文化局出版的紀錄片《金色玫瑰──金玫的電影人生》（2011），片中言及金玫出生於新竹關東橋，但戴傳行〈這些人，那些人：台語片人物介紹〉，則記為「新竹縣新埔鎮」，收入國家電影資料館口述電影史小組編：《台語片時代（1）》（台北：財團法人國家電影資料館，1994年），頁286。

5　關於金玫初中畢業北上之後的情形，黃仁〈擅演悲劇的演技派女星金玫〉所記為：「先在家鄉讀完初中，得大姊相助到臺北考進勵行中學，為了學費，課餘在廣播電台唱流行歌，國台語之外，英文歌唱得很棒，也會在勞軍晚會跳扭扭舞，花樣很多，高中畢業已成了名歌星。」以上參見黃仁主編：《開拓台語片的女性先驅》（台北縣：農學股份有限公司，2007年），頁116。

《阿丁大鬧歌舞團》，遂開啟從影之路。[6]

　　不久，金玫因拍攝《素蘭小姐要出嫁》大受歡迎，[7]在台語片中後來居上，於一九六三年到一九七〇年的短短期間，參與了高達兩百部以上作品。[8]黃仁認為「一九六三年到一九六九年最紅的台語影星是金玫，也是金玫從影生涯最輝煌時期，幾乎每個月都有五～六部片同時拍攝」，[9]且在一九六五年被永新公司簽訂為基本演員，乃台語片演員的第一位；[10]又在一九六六年國內台語影星選美競賽中，被推為最優者，[11]此外還有「寶島第一苦旦」的美譽。[12]究竟，金玫何以能如此深獲觀眾青睞，她有何獨特魅力和表演特色？翁郁琁於二〇二一年一月甫完成的碩士論文《台語片女明星金玫的銀幕演繹、角色塑造與媒體形象》，參考戴爾（Richard Dyer）明星研究論述，以之考察台語片語境脈絡底下的影星金玫表現，及其如何成為報紙媒體和觀眾追捧的明星。文中所論豐富，包括金玫的銀幕形象展演、女性角色的社會形象和媒體形象等面向，且觸及金玫苦旦表演美學塑造（特寫、臉、身體和物）、演出角色女性形象分析（酒家女、母親及獨立女性），以及明星化的過程和經營策略說明（電影公司經營、媒體宣傳和報導修辭），藉之有助掌握金玫能夠成為台語片巨星的原因與女星形象生成、發展情形。[13]

　　大抵，翁文針對金玫所進行的明星個案研究已有可喜發現，而在此基礎研究之後，本文研究路徑，擬聚焦於金玫演出「家庭倫理文藝」的類型片情

6　以上金玫生平簡介，參見《金色玫瑰──金玫的電影人生》片中所述。

7　參見黃仁：〈擅演悲劇的演技派女星金玫〉，頁116。不過《聯合報》【1965-03-31／08版／新藝】言及是在郭南宏的「女王蜂」中擔任配角，表現很好，而逐漸走紅。

8　參見戴傳行：〈這些人，那些人：台語片人物介紹〉，收入國家電影資料館口述電影史小組編：《台語片時代（1）》，頁287。

9　參見黃仁主編：《開拓台語片的女性先驅》（台北縣：農學公司，2007），頁118。

10　參見【1965-04-09／聯合報／08版／新藝】。

11　由台灣電影、東南電影及世界電影等三家畫刊聯合主辦的台語影星選美賽，參見【1966-10-07／聯合報／08版／新藝】。

12　中國時報記者宇業熒之說法，參見黃仁：〈擅演悲劇的演技派女星金玫〉，頁118。

13　參見翁郁琁：《台語片女明星金玫的銀幕演繹、角色塑造與媒體形象》（嘉義：國立中正大學臺灣文學與創意應用研究所碩士論文，2021年）。

形及其相關問題。這主要考量金玫曾經自述最擅長演出文藝少女型，[14]她甚至說不喜歡演出間諜片，因為觀眾愛看她流眼淚，她樂意多表演此類哭哭啼啼的悲劇。[15]那麼，哭哭啼啼悲劇文藝類型影片，為何最讓她得心應手表演？且觀眾也最為喜歡呢？實際上，在台語片眾多類型中，素來被認為「產量最豐富，也最為後人所知的類型，便是帶有悲情色彩，並在當時多被以『家庭倫理文藝』等關鍵字進行宣傳的通俗劇類型」。[16]尤其，文藝愛情片因為女性觀眾擁護，又融合時尚元素，因此成為了主流台語類型片。[17]換言之，金玫之能走紅，在其個人自身演技之外，顯然也和影片類型、女性觀眾群體偏好等因素息息相關。

　　有鑑於此，本文於是選從影片類型論和觀眾論著眼，進而闡述銀幕內外的女性、愛情、社會和家庭倫理糾葛關係，並以此說明金玫的苦旦表演如何讓觀眾產生情動（affect）作用？而為了便於探討，本文以下選擇由金杏枝《冷暖人間》長篇文藝創作改編，金玫在巔峰時代擔綱主演，[18]辛奇出任導演，一九六五年影片正式上映，但遲至二〇一八年始修復完成，過去學界較少剖析的《難忘的車站》為例，嘗試回應上述種種問題。

二　文藝愛情悲劇《難忘的車站》
──通俗小說改編與觀眾吸納

　　如同前述，從家庭倫理出發的文藝愛情片是台語片的主流，對此目前相關研究取向，係以影片箇中性別關係和「悲情」美學特質形構較受注意。[19]

---

14 參見【1965-06-19／聯合報／13版／聯合週刊　娛樂.5】。

15 參見【1966-10-14／聯合報／08版】。

16 參見王君琦：〈批判性的重構──台語片研究的過去、現在與未來〉，收入王君琦主編：《百變千幻不思議：台語片的混血與轉化》，頁12。

17 參見徐樂眉：《百年台灣電影史》（新北市：揚智文化，2012年），頁51。

18 一九六五年至一九六六年是金玫巔峰時代，參見戴獨行：〈這些人，那些人：台語片人物介紹〉，收入電影資料館口述電影史料小組：《台語片時代（1）》，頁286。

19 例如沈曉茵：〈錯戀台北青春：從1960年代三部台語片的無能男談起〉、張英進著，卓

至於影片所謂的「文藝性」究竟如何展演？[20]從何而來？尤其與戰前台灣本土文學作品、作家有何關聯？對於台語影片拍攝的意義何在？顯然是另一個可加耕耘的範疇。

其實，當年介入台語片者不少，箇中不僅有本省人投資的台語片公司，如「藝林公司」股東就有陳逸松、林快青、莊垂勝等人；[21]或者如張深切，則是於一九五七年擔任《邱罔舍》電影的編劇與導演；再如一九五九年林摶秋轉向電影，選擇張文環《藝旦之家》改編成《嘆煙花》，並在訪談回顧中，表示受到文化協會「文化人」的照顧與影響。[22]他如陳萬益，藉由一本舊雜誌《影劇內幕②》，揭露徐仁和（華興電影製片場董事長）、張維賢（東陸影業公司總經理）、許尚文（永光影業公司董事長）等人於影片公司擔任職務的重要訊息，裨益了解台灣本土知識菁英介入台語片熱潮的景像；另又指出雜誌內部尚闢有「台語片最重要的問題」欄目，刊載了王白淵、張文環探索台語片蓬勃發展現象和策略的珍貴文章。[23]面對台語片與日治時代台灣文學傳統的連結現象，鍾秀梅在〈一九六〇年代台語片與大眾文化的流變〉已經敏銳地將台語片敘事和一九三〇年代大眾文藝串連起來，不過該文主要參酌法蘭克福學派批判視野進行討論，一方面敘述台語片作為文化工業是與菁英文化緊張關係中的自我複製的產物模式，另一方面則體認到在冷戰反共時期存有透過諷諭而讓大眾社會主體萌生的可能。[24]

庭伍譯：〈悲情表述與性別空間：1960年代台語片的政治與詩學〉，二者皆收入王君琦主編：《百變千幻不思議：台語片的混血與轉化》，頁199-231、233-269。

20 徐樂眉：《百年台灣電影史》有關台語片類型的討論，還分有「文學台語片」一類，參頁54-55。

21 參見黃仁：《新台灣電影：台語電影文化的演變與創新》，頁108。

22 參見沈曉茵：〈錯戀台北青春：從1960年代三部台語片的無能男談起〉，收入《百變千幻不思議：台語片的混血與轉化》，頁204。

23 參見陳萬益：〈台語片的啟示〉，收入葉龍彥：《春花夢露：正宗台語電影興衰錄》，頁4-5。

24 參見鍾秀梅：〈1960年代台語片與大眾文化的流變〉，收入王君琦主編：《百變千幻不思議：台語片的混血與轉化》，頁55。

　　不同於鍾文思考進路，若從戰前通俗小說與台語片關係性來看，則能發現二者之間存有從戰前到戰後爭取「通俗」大眾的銜接狀態。雖然因為許多台語影片的逸失，造成今日研究困難，不過從戰後報刊對於影片訊息報導，仍得略窺一、二，因為有許多台語片的拍攝，直接承繼了日治台灣通俗小說作家的名篇而來。例如黃仁《優秀台語片評論精選集》便錄有魯稚子《可愛的人》、張崇君〈看靈肉之道〉、楊檳榆〈也談《靈肉之道》〉文章，據此確切知曉徐坤泉著名言情小說《可愛的仇人》、《靈肉之道》曾被改編成台語片電影的事實。[25] 而拍攝上述影片的導演，分別是林福地[26]和郭南宏，後者的拍攝訊息，在《聯合報》中曾留下較詳細的報導：

> 郭南宏導演最近完成一部新作「靈肉之道」，這幾天正在忙著錄音，預定下個月正式推出。「靈肉之道」是由新星唐琪、施茵茵及台南市議員趙震、老牌紅星何玉華、奇峰等合演。該片原作則為一位已故的台籍作家徐坤榮的一本著名的小說，內容對「靈」與「肉」的分際，有極為細膩而動人的刻劃。[27]

文中特別提到該片是「已故的台籍作家徐坤榮的一本著名的小說」，雖然徐坤泉名字誤植，但確切點明了影片劇本的來源。

　　眾所周知，徐氏是日治時期台灣最為出色的白話通俗小說作家，他擅長婚戀言情創作，王詩琅讚譽其作對於庶民大眾的出色影響力：「連續發表長篇連載小說『可愛的仇人』、『靈肉之道』等作，一時家傳戶誦，雖人力車伕，旅社女傭，也喜讀這些作品。」[28] 又，幫忙過《可愛的仇人》與《靈肉之道》二書出版校對工作的黃得時，在一九八〇年代評斷徐坤泉小說時，也

---

25 參見黃仁編著：《優秀台語片評論精選集》（台北：亞太圖書，2006年），頁133-134、192-194。

26 參見【1964-08-21／聯合報／08版／藝新】。

27 參見【1965-03-31／聯合報／08版／新藝】。

28 一剛：〈徐坤泉先生去世〉，《臺北文物季刊》第三卷第二期（1954年8年），頁136。

言及：「該兩篇小說，是大眾小說，不能算是純文學作品，但是因為徐氏對
於台灣的傳統家庭生活和大眾的心靈非常熟識，加上文筆相當流利，所以很
受讀者的歡迎。」[29]指出徐氏作品的大眾小說性質，以及內容題材源自台灣
傳統家庭生活和大眾心靈的重要意義。於此，清楚彰顯了徐坤泉小說作品題
材與所謂台語片「文藝」敘事若合符節的情景。更何況，如同王詩琅有關
「家傳戶誦，雖人力車伕，旅社女傭，也喜讀這些作品」的形容，顯現徐氏
《可愛的仇人》與《靈肉之道》銷售數量可觀，廣受社會大眾歡迎，尤其前
者更被公認為日治時期銷售最佳的通俗小說作品。綜上，戰後電影界會想以
徐坤泉作品拍攝成台語片，無論是考量承接過往的消費階層、觀眾數量，或
者故事題材的接受習性，都有其自然性和必然性。

　　藉由上述可知，台語片導演其實懂得善用日治台灣通俗小說原有讀者消
費群體，故一旦透過改編之舉，多少可以快速擁有一些文藝通俗閱讀愛好者
作為觀眾班底。那麼，《難忘的車站》又是怎樣的情形呢？在徐坤泉言情通
俗小說已被林福地、郭南宏運用之後，此片導演辛奇所根據的是戰後文化圖
書公司出版的金杏枝長篇文藝創作《冷暖人間》。關於此部小說，其實歷經
複雜的撰寫出版過程，張文菁〈1950年代臺灣中文通俗言情小說的發展：
《中國新聞》、金杏枝與文化圖書公司〉已有一番比對與分析：

> 在調查金杏枝著作的過程中，筆者發現金杏枝的處女作《冷暖人間》
> （1959年版），原是合訂紅嬌的《酒家女》（1956年）、《酒家女：下
> 集》（1958年）兩作品而來。單以女性的悲情為主題的《酒家女》，在
> 出版後迅速地受到當時女性讀者的支持，使得「文化圖書公司」不但
> 繼續出版下集與續集（1961年），還將作者紅嬌改名金杏枝，書名《酒
> 家女》也改為《冷暖人間》。

> 在《冷暖人間》出版後的兩年，於1961年文化圖書公司又推出《冷暖

---

29 黃得時：〈日治時代台灣的報紙副刊——一個主編者的回憶〉，《文訊》21期（1985年12
月），頁60。

人間：續集》（17-40章，以下《續集》）。一反《酒家女》的女性悲戀主題，《續集》以極大的篇幅介紹駐紮金門國軍，讚揚其愛國愛民的英姿，杏枝還以護士身分到前線為國軍服務，完全是反共文藝路線的翻版。

《冷暖人間：續集》於1961年9月出版，隨後文化圖書公司將全作品（1-40章）以「合訂本」結集，再次出版。因為「合訂本」的再版日期為1962年3月，所以能推測，合訂本在1961年末至1962年初已經推出，因再版的時間非常緊湊，可知本書的暢銷度。[30]

綜合上述，簡單來說，金杏枝《冷暖人間》的成書，依序進展如下：一九五六年紅嬌《酒家女》、一九五八年紅嬌《酒家女》下集、一九五九年金杏枝《冷暖人間》、一九六一年紅嬌《酒家女》續集、一九六一年金杏枝《冷暖人間》續集、一九六一年末至一九六二年初金杏枝《冷暖人間》合訂本、一九六二年三月《冷暖人間》合訂本再版。

　　唯參考筆者目前所能找到國家圖書館（以下簡稱國圖）和國立臺灣圖書（以下簡稱臺圖）館珍藏版本，發現成書情形和出版時間，與張文所記略有不同，實際出版情況資訊有些複雜，茲就考察所得加以說明，並一併略述小說內容。首先，最早出現的作品是第一至第八回本的《酒家女》，係由酒家女紅嬌自寫酒家女境遇及其和外省大學畢業生酒客何杏痴的相戀過程，到何母知悉紅嬌本是仙宮酒家的酒家女而非杏痴教師女兒金杏枝（原從養母周姓，名為周杏枝，杏痴幫忙贖身後恢復為金姓）身分，紅嬌遂被迫離開何家為止。此冊根據臺圖所藏版本，作者姓名館藏資料目錄誤記為江嬌，現所見書籍缺乏版權頁，參照臺圖館藏查詢系統，乃文化圖書公司於一九五六年發行；又，若輔以書末頁一○八紅嬌寫於民國四十五年元旦之〈編後小語〉來

---

30 以上引文參見張文菁：〈1950年代臺灣中文通俗言情小說的發展：《中國新聞》、金杏枝與文化圖書公司〉，《臺灣學研究》第17期（新北市：國立臺灣圖書館，2014年），頁89、102、103。

看，此版可能如張文菁所述係初版無誤。至於國圖方面，亦有《酒家女》一書，唯國圖藏本之版權頁因黏上書籍條碼，導致出版時間被遮住，僅知為？？年五月初版，查索國圖館藏目錄查詢系統則為一九五九年五月初版。於此，臺圖和國圖藏本若均屬初版，何以出現一九五六年和一九五九年之差異？而國圖館藏目錄資訊記錄為一九五九年初版，是否誤記呢？如果五月初版為確，則《酒家女》的初版，是否當在一九五六年五月？

其後，此本小說再作擴寫，依張文所述為《酒家女》下集的出版（1958），內容為第九至十六回；另同為第九至十六回，張文言及另有續集出版，時間為一九六一年九月。今查臺圖並無收藏此冊，而在國圖所藏，封面題為《酒家女》下集，內頁卻標誌為《酒家女》續集，則顯然下集即續集，但國圖藏本出版型態為一九五九年四月再版，此與張文所見一九六一年九月版發行時間不同。有關下集（或可稱為續集）之撰寫，係因為許多讀者來信（以女學生最多，軍人次之，商界的較少）關注紅嬌與杏痴之間愛情結局，因而才有《酒家女》續集出版，[31] 內容乃在描寫杏痴與紅嬌分離之後又在酒家重逢，進而同居、生子，卻因杏痴元配秦愛珠哀求遂再次分手的故事。

另一方面，文化圖書公司又將紅嬌《酒家女》和《酒家女》下集合併出版，並將作者直接改為金杏枝，書名亦易為《冷暖人間》，篇幅起迄為第一回至第十六回，此初次發行版本臺圖有收藏，時間為一九五九年四月。後來，金杏枝又續寫《冷暖人間：續集》，即第十七回至第四十回，筆者購得一九六一年九月發行初版。本冊敘及金杏枝前往金門前線服務，擔任金門省立醫院護士，且還歷經八二三炮戰，並在另一次砲戰中因搶救護士同袍而受傷，故離開金門返回高雄療傷，而小說進入第三十九回時另起高潮，脫離了前面二十餘回奉獻戰地金門的書寫主調，透過杏枝友人陳金蓮告知秦愛珠病重和懺悔消息，得於第四十回與秦愛珠和解，也知悉了杏痴患得精神疾病之事，後重回杏痴懷抱，且得到翁姑接納而一家團聚。最終，文化圖書公司又進一步出版自第一回至第四十回的「合訂本」，仍然名為《冷暖人間》，目前

---

31 參見紅嬌：《酒家女・續集》（台北：文化圖書公司，1959年再版），〈跋〉，頁234。

臺圖所藏缺乏版權頁，張文菁前揭文指出「合訂本」再版日期為一九六二年三月，且推測合訂本在一九六一年末至一九六二年初已經推出。對此，筆者另有購得同屬「合訂本」之再版，然出版時間卻是一九六九年六月。只是，何以出版時間竟會差距如此之大，其中是否會有盜版圖書，以致於造成出版時間不一。

　　儘管如此，透過上列《酒家女》、《冷暖人間》出版訊息的爬梳，已知當年文化圖書公司其實規劃有雙線發展模式：其一、以作者「紅嬌」署名，陸續發行《酒家女》和《酒家女》下集（續集），內容前者為第一回至第八回、後二者為第九回至第十六回。其二、以作者「金杏枝」署名，刊行《冷暖人間》、《冷暖人間》續集、《冷暖人間》合訂本，內容分別為第一回至第十六回、第十六回至第四十回、第一回至第四十回。何以《冷暖人間》會有如此繁複的出版歷程，張文菁認為這恰恰標舉著文化圖書公司對於言情出版領域的專業化，且正式起點就是金杏枝的創作，因為此後可見金杏枝大量創作，而其行銷手法「不但讓作者以女性身分書寫女性愛情，還配以廖未林的鮮豔封面設計，成功地勾起讀者的購買與閱讀欲望。出版社非常明確地意識到女性讀者的存在與閱讀需求」。[32]至此，可以理解《難忘的車站》所改編的其實是當時已經具有言情出版專業化的小說作品，且從《酒家女》到《冷暖人間》的出版，早已累積眾多女性讀者群體，因此有利於《難忘的車站》播出時可以快速獲得女性大眾關注。

　　那麼，被戴傳李稱許為有涵養，是適合拍文藝片的導演辛奇，[33]在針對上述多種版本的《酒家女》、《冷暖人間》，究竟影片所取為何？[34]影片中男主角張國良（小說男主角何杏痴，石軍飾）的精神失常，提供了相當重要的判斷依據。其一，此從紅嬌《酒家女》、《酒家女》下集（續集）內容只寫到

---

32 參見張文菁：〈1950年代臺灣中文通俗言情小說的發展：《中國新聞》、金杏枝與文化圖書公司〉，頁104。

33 參見沈曉茵：〈錯戀台北青春：從1960年代三部台語片的無能男談起〉，頁221。

34 另依據影片記載，編劇是陳小皮。則本片取材自《冷暖人間》，究竟是由導演或編劇選擇，無法明確得知。

第十六回，未有杏痴發瘋情節，亦無秦愛珠死亡事實，由此來看絕非紅嬌作品。其次，一九五九年四月首次初版的《冷暖人間》，僅止於紅嬌接受秦愛珠意見離開杏痴而已，今觀影片既有國良和翠玉在酒家重逢情節，又有國良後來精神失常狀態，故事完整，故可推測源於最終「合訂本」，或是至少得同時併觀《冷暖人間》及其續集方可。有鑑於影片上映是在一九六五年，則回溯影片拍攝之前，倘依張文菁論文以為一九六一年末至一九六二年初《冷暖人間》已有完整合訂本出版，且很快於一九六二年三月再版而風靡一時，則在此情形下，導演以合訂本為參考對象最為可能。

不過參照合訂版《冷暖人間》內有頗多篇幅描摹金門戰地情景，和傳達反共報國意識、批判日本殖民遺緒來看，可知此部分全被辛奇擱置捨棄，改為全力刻畫具有養女、女學生、酒家女、女工、妻子、母親多重身分的女主角李翠玉（小說女主角紅嬌，金玫飾）的愛情、婚姻曲折歷程，而這才是影片真正重視的旨趣所在。關於此一影片創作趨向，亦可另由影片放映前的報紙文宣廣告內容得知，包括：「自古紅顏多薄命，傷心淚盡此片中」、「養女紅顏，賣身葬母。歡場女子，改身掙扎」、「本片訴盡女人的心聲，為天下女人訴不平，為女人指迷津」，句句皆指向影片乃為關懷女性處境和心境而發。此外，文宣尚特別言明係由金杏枝名著《冷暖人間》改編而後搬上銀幕，且強調「文藝悲劇，不同凡響」，足證本部影片是道地的文藝悲劇，如此也正是金玫最為喜歡演出的類型。

三　車站為何令人難忘？──銀幕愛情與女性社會問題

關於台語片《難忘的車站》，雖然由小說《冷暖人間》而來，卻未沿用小說名稱作為片名，其原名為「苦戀養女淚」。[35]從片名可知影片內容當與

---

35 參見【1965-07-03／聯合報／07版】、【1965-07-11／聯合報／08版】。另中央研究院數位文化中心「開放博物館」，可以查索到陳小皮所寫分場劇本手稿，題目即〈苦戀養女淚〉，參見網址：https://openmuseum.tw/muse/digi_object/642ebc005df610abc395b4daa07b501a#6613，查索日期：2022年10月23日。

「養女」、「苦戀」有關,「淚」自然指向了悲劇;而這樣的劇目,正是會讓金玫不斷流淚,觀眾卻相當愛看的影片。但是養女為何發生苦戀?又為何車站會令人難忘?在探討相關問題之前,以下將先簡述小說改編和影片再現的差異及其意義,而這有利於回答前述疑問。

實際上,影片所據小說文本《冷暖人間》,本來就是一部標榜會讓讀者同情、感傷的作品,在一九五六年首次出版的《酒家女》〈編後小語〉寫到:

> 我是一個酒家女,這是一部敘述我自己生命過程中所遭遇的事蹟,所以這完全是真實的故事。我並不想替酒家女作辯護,但酒家女並非俱生以來就是個低賤的女子,她們本身是沒有什麼罪惡的。一個人的高貴並不限於窮富的階級,我認為祇要有純潔的思想,有一顆求上進的心,他(她)就是屬於高貴的。……這裡所寫的還是我此生中一部分的遭遇……我只求社會上的先生們,不要將酒女視作玩物,那我是代這般可憐的姊妹們深深地表示感激![36]

小說重點在於表達酒家女的不幸遭遇,以及期盼社會能鄭重看待他們。當然,如同小說封面標示「社會寫實言情小說」,「言情」也會成為閱讀者的焦點,因此到了一九五八年續集,在〈跋〉之中作者表示:

> 酒家女這本小說出版後,曾經接到許多讀者的來信。其中以女學生最多,軍人次之,商界的較少。不過他們寫信的動機則一,大都是讚譽我,安慰我;有的要幫助我,有的要與我做朋友。足見社會上人情的溫暖,使我很感動,也很感謝。大家都很關心我和杏痴間的愛情究竟如何結局,紛紛要求我趕快將續集寫出來。[37]

---

36 參見紅嬌:《酒家女》,頁108。按,關於此書,筆者所僅見為國圖典藏版本,但未見版權頁。參照前引張文菁論文,應為文化圖書公司出版。

37 參見紅嬌:《酒家女・續集》,頁234。按,筆者所僅見為國家圖書館典藏版本,但未見版權頁。參照前引張文菁論文,應為文化圖書公司出版。

雖然續集封面只剩標舉「社會寫實小說」，竟少了「言情」二字，但透過跋文所述，從「酒家女生命遭遇」說明，到直言大家仍詢問「與杏痴間的愛情結局」，可知「言情」部分依舊是外界關注焦點。

那麼，影片如何展現酒家女的愛情呢？有趣的是，《冷暖人間》的關鍵詞是「酒家女」和「愛情」，到了電影《難忘的車站》原名訂為「養女苦戀淚」，可見原先想要強調的是養女的愛情問題。而影片中也的確先從「養女」入手，拉開全片故事序幕，較小說多了養父嗜賭、養母病逝，因無力葬母，翠玉只得賣身酒家的情節。尤其，這些描摹在小說和電影中並不相同，小說將紅嬌養母刻畫為壓榨養女的惡母，電影裡養母反能善待翠玉，而小說還順道批判本省人因受日本重男輕女、把女人視為奴隸的觀念薰陶，竟將女孩也當作牛馬，只是不忍虐待親生女兒，遂改賣女兒給他人，又買進他人女兒來交換虐待，並謂大陸很少有買賣女孩子的事，政府應該取締養女制度等等。[38] 以上，辛奇在影片中並未複製小說刻意插入批判日本殖民遺毒的話語，僅將養女際遇純粹當成台灣本土議題來處理和面對。

至於為何會想以「養女苦戀淚」為題，這固然與《冷暖人間》女主角紅嬌本是養女有關，但應該是慮及台灣養女問題由來已久，值得加以關注。早在日治時期，作家張文環、吳新榮和《民俗臺灣》等，都曾撰文或闢設專欄探討；到了戰後，一九五一年國民黨中央改造委員會、婦女運動委員會更曾發起「保護養女運動」，並研擬相關辦法，成立臺灣省保護養女運動委員會，希望聯合政府和社會力量進行改善。[39] 不過，養女和酒家女實際常是問題的一體兩面，酒家女多出身於清寒的家庭，或因係養女的關係被送至酒家充當搖錢樹，或是親生女兒迫於家庭生計而以此營生。至於台灣的酒家女，也早已形成一個特殊的社會階層，《聯合報》曾經形容為「幾乎只要有人煙的地方，就有酒家的存在和酒女的蹤跡」。[40] 因此，對於觀影群眾而言，無

---

38 參見紅嬌：《酒家女》，頁46。

39 參見游千慧：《1950年代台灣的「保護養女運動」：養女、婦女工作與國／家》（新竹：國立清華大學歷史研究所碩士論文，2000年）。

40 參見【1952-02-13／聯合報／06版／聯合副刊】。

論本來就是瀏覽過《冷暖人間》的通俗大眾讀者，或是知悉台灣社會養女、酒家女問題者，對於影片內容勢必都會感到親切。

其次，針對「酒家女」這個身分的探索，小說《冷暖人間》對於酒家女遭遇和如何追求有意義人生視為寫作重點，但影片部分，則大抵是在翠玉被國良母親拆穿本是酒家女莉莉身分，且表達名望家庭不能娶酒家女為妻時，翠玉才痛哭表示「酒家女沒資格愛人和愛他人嗎？」、「我有我的人格」、「我不是出賣愛情的女性」，為酒家女的身分和人格做出捍衛，至於後續演出要點，其實更多在於兩女和一男婚姻、情感的周旋，亦即主軸是在「愛情」的演繹和爭奪，雖然中間穿插翠玉由酒家女改任縫紉女工追求新生，但身分變化的意義未被大力彰顯，仍然以情愛糾葛為影片敘事基調，而這也是為何後來片名要強調「難忘」，重在訴說一種情感記憶。值得補充的是，在小說之中，並沒有男女主角在豐原車站因撿拾翠玉學生證而結緣的書寫，之所以會出現此一橋段，甚至於在片名中特別冠上「車站」，是因為一九六三年梁哲夫執導《高雄發的尾班車》（1963）、《臺北發的早車》（1964）引發的台語片「火車熱潮」，導致導演辛奇作了片名的更動。[41]正因如此，當翠玉二度離開國良，男主角因而落魄發瘋時，便常常重回車站，隱喻著思念和創傷的源頭，「車站」會成為片名自然可知箇中意義。

而關於整部影片故事大概，主要敘述家境富裕大學畢業生張國良在豐原車站偶然撿到李翠玉這位養女／女學生掉落月台的學生證，因而相識、產生情愫，但因翠玉養母病逝，遂被養父賣入酒家而輟學，國良到車站多次尋人未得，後來與友人前去酒家消費而遇見翠玉，了解內幕之後更加同情愛憐，因國良即將出國唸書，而母親又催促與雲嬌訂親，遂謊稱翠玉是老師女兒，希望父母成全二人愛情，故帶回家中居住，等待其回國正式結婚。未料，國良出國之後，一日翠玉被張母外甥認出往日酒家女身分，故被張母勸離，因此無奈離開張家。為了生計，不得不重操舊業，多年後竟然又與國良在酒家

---

41 參見林祈佑：〈悲情城市：梁哲夫的臺語片與作為都市的台北〉，《台北文獻》直字215期（台北：臺北市立文獻委員會，2021年），頁137。

重逢，二人誤會冰釋，愛火重燃，因而同居、生子，直到原配雲嬌來訪，痛斥翠玉破壞婚姻，希望翠玉歸還丈夫，以讓雙方子女擁有父親和完整家庭。翠玉眼見懇求雲嬌無望，唯恐兒子將來處境，終於成全而離去，結果竟使國良深受打擊精神失常，至此國良父母和雲嬌逐漸體會到愛情的真諦，一切強求不得，以及明白國良、翠玉二人無比堅定的情意。其後，為了治療國良病情，張父帶其出國療養，而終究得不到國良歡心，無法與丈夫相守的雲卿，竟重病入院，遂設法通知翠玉前來，希望幫忙照料小孩。末了，國良亦由國外返回，在雲卿死後，男女主角有情人終成眷屬，以喜劇作結。

　　而針對此片，當年《難忘的車站》有擷取影片內容製作了六分鐘左右的預告片，標榜這是「永新電影公司本年度最佳影片」，開頭指出男女主角「車站邂逅，一見鍾情」，顯現影片的「言情」特質。繼而訴求全片演員是「鋼鐵般陣容」、「演員演技精湛，賺人熱淚」，導演的影片拍攝「手法寫意細膩，刻意入微」；內容情節方面「淒豔感人，愛情倫理文藝巨片」、「本片故事動人，高潮迭起」，尤其「大膽作風，描寫社會現實的一面，是本片的特點」，更強調全片所映是台灣社會現實的一面。究竟所謂淒豔感人的愛情倫理文藝巨片聚焦何在？仔細咀嚼，將會發現係針對女性問題而發，且特指愛情和婚姻，其內涵所指涉正是預告片中字幕所示：「弱者，女人的呼聲！（案：電影畫面落在雲嬌身上）」、「愛情糾葛，婚姻悲劇（案：電影畫面落在落在國良和翠玉二人身上）」，以及「本片提示著兩女之間難為夫，夫婦之間難為妾」、「婚姻有時是甘蜜，有時是苦恨」，在這一部最真摯、最偉大的愛情巨構下，「金玫的命運？何玉華的命運？癡情的石軍於兩女之間左右為難」等問題。

　　以上，清楚顯現本片展演著兩女一男的愛情糾纏、婚姻困境，到底女性在這種悲劇下，要如何因應和自處？為什麼柔順婉約的紅顏佳人翠玉，想要洗盡鉛華，卻依舊得不到自己所愛？她何以是如此不幸之人？究竟是什麼因素造成？養女、酒家女的身分，想要追求終身幸福何以如此困難？且，還有雲嬌角色的形象設計，小說裡秦愛珠愛慕虛榮而不顧家庭，電影中雲嬌卻賢慧而理智，但她不幸得面對國良因為深愛翠玉而外遇的慘況，她想捍衛自己家庭、給予女兒幸福而出面與翠玉交涉，她甚至疼愛翠玉所生兒子超過親生

女兒，但在片中最終卻病逝，實是悲劇角色。那麼辛奇導演或陳小皮編劇，未若小說賦予負面特質，則毋寧是以同情的心情來塑造何玉華所飾演雲嬌角色，則這樣的女人也可以算是弱者嗎？在台灣現實社會中，此類身陷丈夫外遇之苦的女性是否也屬常見？她們的呼聲能被聽見嗎？則《難忘的車站》所放映的不就是台灣社會女性在生命歷程、家庭倫理挑戰中，經常遭遇難處的顯影嗎？

參考上述影片預告宣傳內容，的確可知這是一部專為女性打造的影片，既為養女、酒家女尋愛艱難而同情，因而感嘆紅顏薄命；但，也要為女性抒發心聲，披露愛情和婚姻的甘苦，以及夫婦相處和第三者之間的挑戰。同時，又刻畫出女性和女性同性之間的加害者、協商者和諒解者的複雜關係、情誼狀態，因此既要幫忙女性「訴不平」，又想為女人「指迷津」。是故，為了強調此一影片特點，在預告片之外，報紙刊登的影片廣告，[42]出現了「自古紅顏多薄命，傷心淚盡此片中」、「養女紅顏，賣身葬母。歡場女子，改身掙扎」、「本片訴盡女人的心聲，為天下女人訴不平，為女人指迷津」等宣傳詞彙，比起預告片，可說是更明白地說出影片就是為了關懷、呈顯女性處境和心境、心聲而發。

至於影片中最為耐人尋思之處，筆者認為莫過於對於愛情真諦的詮釋，這也可見於預告片將之定位為「一部偉大、真摯的愛情巨構」的暗示。從車站邂逅，作為國良和翠玉愛情萌芽的起點，到經歷衝突和離合，由陌生、結識、相戀到同居、分手。因為階級觀念作祟，國良母親無法接受酒家女，硬是拆散了一對苦命戀人；因為不明白真正愛情的內涵，縱屬稟性善良的雲嬌，最終還是嚐不到婚姻甜果，遑論真正的愛情滋味。另外，為了相愛，翠玉願意犧牲，國良竟然發瘋，追求愛情之路，竟至血淚斑斑，傷痕累累，然而因為彼此心比石堅，終究能夠克服萬重艱難而破鏡團圓。亦即，直到影片結束，期間所有的一切都是「情／愛／恨」的情景再現，同時也是情感轉換生成、茁壯的歷程，且到了落幕那一刻，尋愛才告終止，苦命戀人才能復

---

42 參見【1956-10-06／民聲日報／第8版】。

合。藉由影片播放，觀影者從中自會感受到心靈的激盪、起伏和安慰，如此高潮迭起，就是促使觀賞愛情文藝片女性群眾不免流淚的緣故吧！

只是，若就「愛情」意義的現代性發展而言，由於影片是藉由國良發瘋和雲嬌病逝，來取得美好結局，並非透過相關當事人的心靈革命進化而來，因此仍屬通俗文藝的表演手段。值得肯定的是，金塗所飾演的建三角色，從影片初始母親病重，到後面縫紉工作眼睛失明，始終都是翠玉身邊的照料者，一直給予呵護關照，一旦知道翠玉心有所屬時，也能給予祝福，展現愛的風範，堪稱影片另一種愛的迷津指引。

四 弱者非弱者的苦旦——金玫的角色表演與形象特質

作為一部以女性愛情、婚姻問題，和吸納女性群眾為拍攝重心的家庭倫理文藝影片，如何透過劇中女性角色生命際遇風波，達到淒豔感人、傷心淚盡此片的收看效果，自然得慎選角色，尤其是擔任靈魂人物的女主角。又，這部影片乃由石軍飾演男主角，他和金玫合作機會最多，被稱為台語片的銀幕情侶。[43] 而電影預告片中，也清楚寫及是「石軍、金玫主演的難忘的車站」，但旁白口述卻僅宣傳是由金玫主演，並未說出石軍的名字，則就此片而言，金玫的地位和分量遠遠超過石軍。但，其實如果從影片敘事結構來看，兩人愛情能獲得重大翻轉與突破節點（node），乃源於國良因癡情而發狂，這才使得家人態度軟化，包括父母、妻子，皆願意真正面對翠玉和國良無比堅定的愛情。尤其，石軍由正常而失常當下，其臉部表情變化層次極為細膩生動，觀影者當會對其演技佩服；不過，儘管如此，永新影業公司還是將全片焦點置於金玫身上，此應如同前述，這是為了一部反映台灣女性社會現實問題，專為女性觀看群眾而製拍的影片。

那麼，金玫為何能深深擄獲電影公司和觀影大眾的喜愛呢？知名台語片導演林福地在《金色玫瑰——金玫的電影人生》紀錄片中，誇讚金玫擁有一

---

43 參見戴獨行：〈這些人，那些人：台語片人物介紹〉，收入電影資料館口述電影史料小組《台語片時代（1）》，頁277。

種清新特質。[44]而鏡頭前的她，總是令人著迷，《徵信週刊》報導可以為證：

> 開麥拉菲司最美的女星是金玫，攝影師把鏡頭無論怎樣擺法，她出現
> 在銀幕上的一張瓜子臉，總是那麼甜麗逗人喜歡。最近，她為了感情
> 上的折磨更加消瘦，但越消瘦則鏡頭越俏麗。她真是吃影星飯的人。[45]

其天生美貌，不僅憑藉一張瓜子臉成了攝影師鏡頭前「開麥拉菲司最美的女星」，前已述及一九六六年由台灣電影、東南電影及世界電影三家雜誌聯合主辦的台語影星選美賽的活動中，金玫還奪得了第一名佳績。[46]更難得的是，其人演技亦備受肯定，林福地說遇有艱難的戲，非她主演不可。[47]台灣日報社於一九六五年主辦台語片展覽會中，擔任評審委員的賴熾昌也有如下評論：

> 金玫的演技，可說是多方面；學生、小姐、淑女、妖婦，真是無所不
> 佳，尤其飾演《請君保重》裡的酒家女，實在再沒有那麼對工夫的，
> 維妙維肖，不，是真實的酒家女以上，妙不可言。[48]

以此觀察金玫在《難忘的車站》中的角色，便包括學生、酒家女、女工、小姐、妻子、母親等，針對各種身分的拿捏，肢體動作都得有相應身段和神情。於影片中，第一幕就是女學生形象，金玫身著學生制服，乍看之下似乎超齡。不過，她在豐原車站樓梯尋找遺失的學生證，後被石軍所飾國良尋獲，歸還之際，翠玉匆忙致謝就羞赧轉身，快步登梯離去，銀幕上腳步細碎輕盈，舉手投足背影纖纖，頓時鮮活展現少女姿態。又如，被張母拒絕姻緣

---

44 參見毛致新導演：《金色玫瑰──金玫的電影人生》（新竹：新竹市文化局，2011年）。
45 參見【1965-03-13／徵信週刊 影藝／第6頁】。
46 參見【1966-10-07／聯合報／08版／】。
47 參見毛致新導演：《金色玫瑰──金玫的電影人生》。
48 參見黃仁編著：《優秀台語片評論精選集》，頁286。

再度進入酒家工作，竟能與國良分離之後重逢，既驚喜、又難受，複雜情緒在翠玉臉龐流轉，透過旗袍展露酒家女成熟風韻，與女學生時期相較，已然另一種面貌。至於雲卿突然來訪和談判，雖自知理虧，但因與國良有愛在先，本想力爭幸福，突見雲卿之女下跪哭求，身為母親因而心理動搖，同時也擔心兒子未來無法擁有完整家庭，於是選擇成全雲卿而犧牲自我情愛，最終只能眼睜睜看著兒子從眼前消逝，在別離之際默默躲在樹後哭泣，那是出於為人母不得不然的考量。因此，雖然演員無權干涉腳本結構，但透過聲音、表情與動作，仍可創造出各種動人的人物形象，使觀眾感同身受，乃至於悲從中來。林碧滄在評述台語片演員的演技時，曾經說道：「金塗猶如金玫一樣，有多方面的奇人」，[49] 顯見金玫在時人心中評價。

　　作為一位出色演員，如同上面分析，金玫具有成功詮釋各種角色身分的能力，不過最受肯定的仍屬「苦旦」形象，這是因為金玫略帶幾分憂鬱的表情正適合「小可憐」的典型。[50] 而王滿嬌在《金色玫瑰——金玫的電影人生》中，回憶起金玫的感情戲，眼淚如自來水，一轉就出來，故能增添劇情張力。另，一九六〇年代影劇記者戴傳行亦言及：

> 金玫很會演戲，尤其擅長飾演悲劇人物。台語片的特點就是以感人的女性電影賺取女性觀眾的眼淚，而金玫的走紅，也就得力於她把孤女、棄婦等類的「苦命女子」演得入木三分，引起大批阿嬸阿婆觀看的共鳴，爭相去看她的「苦戲」，花錢流淚。雖然她後來也拍過一些喜鬧片，但給人印象不深。在大部分觀眾心目中，她似乎已被公認是一個出色的「悲旦」。[51]

---

49 參見黃仁編著：《優秀台語片評論精選集》，頁287。

50 參見【1965-06-19／聯合報／13版／聯合週刊 娛樂.5】：晃東的黃老板夫婦，發現在她倆面前的這位開麥拉非斯很理想，頭髮修短，纖細身段的少女，那種略帶幾分憂鬱的表情正適合於該公司新片女主角「女人同情女人」劇中人那種「小可憐」的典型！

51 參見戴傳行：〈這些人，那些人：台語片人物介紹〉，國家電影資料館口述電影史小組編《台語片時代（1）》，頁286-287。

通過以上片段描述，一方面可以明白金玫經常飾演孤女、棄婦之類苦命女子，另一方面也可了解頗多觀眾是阿嬤、阿婆，她們花錢流淚，在金玫苦戲中得到情感共鳴。而為了闡述金玫有關「悲情演繹與苦旦塑造」相關情形，翁郁琁碩士論文特以專節討論，分析鏡頭中金玫臉部表情訊息，注意到常有頭部低垂現象，指出這在銀幕表演上通常會被指為悲傷、哭泣等情緒低落的電影語言；其次則是發現金玫常會依靠周遭空間裡的物體，使其間接成為抒發悲情身體的表達性物品，說明兩者之間微妙的依存關係。[52]

不過，本文考索《難忘的車站》劇情，並參考影片預告片和報紙文宣共同出現的宣傳語句「為天下女性訴不平，為女性指迷津」之後，認為金玫苦旦形象除了攸關眼淚和悲情之外，尚有可供縝密詮釋其背後豐富意涵的空間。[53]因為無論是「訴不平」或「指迷津」，在這之間都蘊藏著影片業者想要藉諸金玫苦旦角色，去關懷女性在社會上的愛情／婚姻遭遇及其問題，反思夫婦倫理關係和責任義務，形構出一種女性社群的共感關係；並以此分享愛情真諦，進而讓情動的力量，轉化、介入重建社會倫理，力求重新激活或恢復情感的倫理性。是故，影片雖然從女性問題入手，觸及養女、酒家女的不幸命運，以及情人戀情遭阻，夫妻婚姻與第三者的衝突等，並以「弱者」來表述影片中陷於人生難題中的女性，但相較於國良因為失去戀人而精神失常的「無能男」形象，[54]金玫雖是「苦旦」卻反而願意面對生命中的每一個難題，包括養母過世被賣酒家、酒家女身世遭拆穿、雲卿上門要求遠離國良等，去尋求自立的可能性，最後更與雲卿達成和解，成就同性情誼，願意挺身承擔守護雙方年幼子女的責任。那麼，觀影女性群眾在花錢流淚的當下，便多少能夠體會由明星金玫擔綱演出的苦旦角色，所煥發出來的情感洗滌和鼓舞力量，在情感張弛經驗之中，經由心靈感召、身體流變與環境氣氛，逐

---

52 參見翁郁琁：《台語片女明星金玫的銀幕演繹、角色塑造與媒體形象》第二章第一節，頁29-35。

53 翁郁琁碩士論文也有注意到金玫在苦旦之外的形象，但討論重點在於其他類型電影中主演的非苦旦角色。

54 此處借用沈曉茵〈錯戀台北青春：從1960年代三部台語片的無能男談起〉說法。

漸達成導引或改變自我意識和行為的可能性，這就是情動的力量，也是促使影片「訴不平」、「指迷津」的宣傳口號，得以付諸實踐的精神結構。

五　結語

　　關於金玫在台語片的角色與地位，除了前引若干專書、導演、紀錄片、同時代演員有所回溯記憶之外，目前也有學位論文專門探討其人演技表現和明星化歷程，得為巨星個案研究奠下基礎。至於本文，因為注意到台語片乃以「家庭倫理文藝」類型為主流，而金玫本身便擅長於此，故新擬問題意識，選從影片類型論入手，希望能更清楚掌握金玫在「家庭倫理文藝」類型影片的表演情況及其意義。為便於進行相關說明，遂以金玫顛峰時期代表性作品之一的《難忘的車站》為例，對此學界迄今討論仍少。

　　而在研究過程中，有鑑於台語片「家庭倫理文藝」類型的「文藝性」未被注意，再加上影片係由金杏枝通俗言情名篇《冷暖人間》改編而來，因此進一步考掘台語片和戰前、戰後台灣通俗小說的關係性，指出改編名作是有利於閱讀群眾和觀看群眾有所銜接的極佳策略，此外還發現二者情節存有異同，顯見導演或劇作撰寫人，刻意迴避《冷暖人間》日本殖民遺緒批判和反共衛國意識形態，如此遂使影片主軸更為明確聚焦台灣在地女性問題；在關懷養女、酒家女不幸遭遇之餘，更全力展現現實社會中女性在愛情、婚姻漩渦中的處境和心理面貌。亦即，影像本身能關注社會脈絡和扣合觀眾消費習性，鎖定台灣女性問題，這亦與「家庭倫理文藝」類型以女性觀眾為主體密切攸關。以上，使本文在類型論、文藝性的關照之外，又涉入了觀眾論的研究視野。

　　至於金玫在影片中，不僅同時包辦多種身分，從學生、小姐、養女、酒家女、縫紉女工到情人、細姨、母親，都能細膩詮釋，展現出色演技，片中也充分發揮「苦旦」功力，常見哭泣流淚，博得觀眾同情。更值得補述的是，影片播放訴求強調要為女性訴不平，指迷津，故有激活女性情感倫理，表達關懷女性的社群共感作用，這對於金玫何以能夠長期獲致觀眾抱以支

持、共鳴的情動狀態，可以得到更多理解與認知。再者，劇中翠玉角色與形象，雖然生命境遇堪憐，但性格並非毫無抵抗劣勢的弱者，且即使受害，也不願為愛情出賣人格，接受張母金錢作為補償；於婚姻法理上，因非元配，故願意與雲卿協商，雖然無奈做出犧牲決定，但其後仍設法尋求生活出路，可謂弱者非弱者的苦旦，這是探討金玫明星研究中有關角色形象精神值得彰顯的一面。

綜上，影片的意義是在明星表演詮釋、群眾觀看反應和電影腳本敘事之間的複雜互動脈絡中生產出來的，因此在評價明星表現時，勢必無法單獨論述，而需透過其他面向合併闡釋，如此將有助於深化明星研究成果。

徵引書目

一　專書

王君琦主編：《百變千幻不思議：台語片的混血與轉化》，台北：聯經出版，2017年。

紅　　嬌：《酒家女》，新北市：台灣圖書館典藏版本，未見版權頁。

紅　　嬌：《酒家女・續集》，台北：文化圖書公司，1959年再版。

金杏枝：《冷暖人間》，台北：文化圖書公司，1959年初版。

金杏枝：《冷暖人間・續集》，台北：文化圖書公司，1961年初版。

金杏枝：《冷暖人間・合訂本》，台北：文化圖書公司，1969年再版。

徐樂眉：《百年台灣電影史》，新北市：揚智文化，2012年。

國家電影資料館口述電影史小組編：《台語片時代（1）》，台北：財團法人國家電影資料館，1994年。

黃　　仁：《新台灣電影：台語電影文化的演變與創新》，台北：臺灣商務印書館，2013年。

黃　　仁主編：《開拓台語片的女性先驅》，台北縣：農學股份有限公司，2007年。

黃　　仁編著：《優秀台語片評論精選集》，台北：亞太圖書，2006年。

葉龍彥：《春花夢露：正宗台語興衰錄》，台北縣：博揚文化，1999年。

葉龍彥：《新竹市電影史1900-1995》，新竹：新竹市文化中心，1996年。

二　期刊論文

一　　剛：〈徐坤泉先生去世〉，《台北文物季刊》第三卷第二期（1954年8年），頁136。

林祈佑：〈悲情城市：梁哲夫的臺語片與作為都市的臺北〉，《臺北文獻》直字215期（台北：臺北市立文獻委員會，2021年），頁131-162。

張文菁：〈1950年代臺灣中文通俗言情小說的發展：《中國新聞》、金杏枝與文化圖書公司〉，《臺灣學研究》第17期（新北：國立臺灣圖書館，2014年），頁89-112。

黃得時：〈日治時代台灣的報紙副刊——一個主編者的回憶〉，《文訊》21期（1985年12月），頁58-64。

三　學位論文

翁郁琁：《台語片女明星金玫的銀幕演繹、角色塑造與媒體形象》，嘉義：國立中正大學台灣文學與創意應用研究所碩士論文，2021年。

游千慧：《五○年代台灣的「保護養女運動」：養女、婦女工作與國／家》，新竹：清華大學歷史研究所碩士論文，2000年。

四　報章

《民聲日報》
《徵信週刊》
《聯合報》

五　電子資源

中央研究院數位文化中心：「開放博物館」，https://openmuseum.tw/。

新竹客家紙寮窩造紙產業

吳嘉陵*

摘要

此文是由客家生態經濟來談紙寮窩[1]發展竹紙業的發展，研究強調紙寮窩紙業有兩大特色，一是在竹林自然生態下保存了客家人的拓展歷史與性格。另一個特色是宗族倫理下，凝聚了家族成員之於紙產業再生的行動。

　　紙寮窩代表的是社區總體營造經驗下，以紙產業文化為主軸的發展。紙寮窩的紙業是文化產業或是地方產業，芎林紙寮窩的製紙業是清代移居到新竹的移民使用竹料製作成紙的拓荒史。現今社區美學與生態經濟抬頭的二十一世紀來看紙寮窩，它提供了紙與當地生態共存的發展史，遙想它曾經是臺灣北部宗教用紙提供地，其權威地位及傳統製紙法，隨著日治時期的結束而式微，真正促使紙寮窩紙產業沒落的危機，是國民政府接收了日治時期遺留下來的紙廠，整頓廠房與更換新機具，促進了機器紙的發展。在紙成為傳統文化的載具裡，文化有了新／舊、進化／落伍的象徵性。現今，在社區創生運動下，手工製紙地有了新的定位與價值。在家族共同的信念下，紙寮窩有了要面對的新課題，體驗活動的形式化與其他地區的趨同化是時代的共同作法，如何吸引新一代成為傳承的新血值得我們關注。

關鍵詞：紙寮窩、造紙產業、客家家族、社區營造、饒平客家腔

---

* 中國福建江夏學院設計與創意學院工業設計系教授。
1 現今芎林文林村紙寮窩十六號，九～十鄰的區域。

一 造紙工坊的產業發展

　　二○○九年紙寮窩的製紙工作坊在新竹縣文化局輔助下落成，它是新竹縣社區總體營造的案例，以及政府產業文化振興政策下的成果。紙寮窩的地形是淺山環繞成封閉性的窩狀，山凹處形成聚落，淺坡竹林叢生具有防衛功能，也有經濟上的生產價值。[2]紙寮窩代表的是社區總體營造經驗下，以紙產業文化為主軸的發展。紙寮窩的紙業是文化產業或是地方產業，其定義在實踐的過程中產生出不同的觀點。學者陳其南從地方上的傳統性與工匠的產品來看地方產業的「內發性發展」。而學者葉智魁則強調即將消逝的、被忽略的文化資源藉由創意、包裝行銷，使其有文化與經濟的雙重效益。而學者黃世輝則認為存在生活裡小而美的產業，應具有服務與學習的功能。楊敏芝學者則認為文化是消費力，更可以是地方產業的主要生產力。[3]綜合以上學者的觀點，筆者認為文化產業是當地社區作為政府與民眾連繫的中介單位，透過地方工藝的推廣，強化該地的人文與自然，喚起社區居民的認同感，帶來觀光效應，甚至是吸引新世代返回故鄉，一起加入經營地方文化的行列。這些觀點反映現代思潮下社會的文化觀是多元的，連帶反映出社會多元化需求。於是機械紙市場的茁壯，適時地補充了紙市場的多樣需求，例如道林紙、新聞用紙或者是粉彩紙，這樣的產業變化，造就了美勞／文化用紙新興的發展。而固守傳統文化的宗教用紙，這類價格低廉的粗紙，也面臨到機械紙取代了手工紙，紙寮窩缺乏硬體成本成為產業發展的局限，也是傳統產業在處變時代常見的困境。

　　臺灣大約是在一九九五年引進社區總體營造運動（まちづくり），學者

2　訪問劉邦平：「關於紙寮窩遺址」，訪問日期：2013年11月11日。據劉邦平表示此「窩」極具風水，有如花瓣五片形狀的窪地以容納人的聚落，居住劉姓六大房家族為主，是姻親、宗親形成的族群，他們共同的歷史記憶與傳統文化資產是兩百年以來的製紙產業文化，上一代家族中的長輩期望將祖先遺產傳承給新的世代並且視田產來自祖先，一旦祖先有所用，後世不是田產記錄上的占有者，而是管理人。

3　吳密察等：《2002年文建會文化論壇系列實錄──文化創意產業及地方文化館》（台北：文建會，2002年），頁41。

陳其南及文建會主委申學庸取法於日本社區改造的經驗，[4]鑑於日本地方產業曾經面臨到危機，提供臺灣借鏡。例如國際市場以低價傾銷日本，打擊到原有市場，日本在通貨緊縮的情形下，民眾購買力降低，政府提出一連串振興方案，期望經由創新產業來因應時代的變化，淘汰不良的產業制度。[5]此營造活動讓一九九九年歷經九二一地震待重建的臺灣災區有了重建的借鏡，二〇一九年是臺灣地方創生元年，臺灣也是取材於日本，日本在二〇一五年開始創生活動（ちほうそうせい），[6]臺灣體質雖與之不同，但可以發展出不同於日本的地方祭與創生文化，客家地區的人文特色與地理環境，有助於發展臺灣客家創生概念的案例，這是紙寮窩發展的契機。

學者黃世輝曾以「社區型文化產業」一詞來說明日本稻垣村以稻草主題發展出工藝與文化館，臺灣南投縣的桃米社區[7]則以生態發起一連串振興及保育活動。筆者認為以「社區型文化產業」來定義紙寮窩是切合主旨的，因為社區型文化產業是以原有的文史、自然及技術為基礎，透過規劃活用之，提供社區文化讓人們分享、學習當地產業文化。[8]於是，紙寮窩曾經發展的製紙業，透過文化局、學校單位及當地人的田野調查與記錄整理，轉變成產業文化的能量。之後，政府委託建築師事務所規劃動工興建紙作坊，該作坊落成後，期望能再生紙產業文化，變成當地文化產業的一部分。

在資訊流通便利的時代，以及經濟全球化的文化網絡下，各國的地方產業相互借鏡的作法容易產生觀念上的趨同作用。筆者在建構紙寮窩的文化產業特色時思考過這意識陷阱，甚至想過如何避免文化的複製模式。於是，筆者為突顯該地獨特性，著墨於紙寮窩製紙的始祖——劉傳老支派，定居臺灣

4　文建會：《1995年文化白皮書》（台北：文建會，1995年）。

5　吳密察等：《2002年文建會文化論壇系列實錄——文化創意產業及地方文化館》，頁20-21。

6　國發會：「地方創生資訊共享交流平台」，https：//www.twrr.ndc.gov.tw/case/case-list，檢閱日期：2022年8月2日。

7　桃米社區發展協會：「埔里桃米生態村」，https://tao-mi.com.tw/，檢閱日期：2021年11月21日。

8　吳密察等：《2002年文建會文化論壇系列實錄——文化創意產業及地方文化館》，頁25。

的源流與手工製紙的經驗。學者史東（Mike Featherstone）認為全球化
（globalization）與地方化不應該是敵對的概念，而是相輔相成。[9]學者黃世
輝認同學術界將文化產業商品進行分類，來分析地方文化產業無法長久的原
因。提出文化產業發展初期是實用型導向，累積文化經營約三年以後，才有
可能進階成為鑑賞型、知識理解型及體驗型，再次歷經三年，才可能是社區
改造型的產品，例如生態活動的解說，說明生態維護的重要性，當地人對於
地方資產的重視認同，從中故事流傳，蘊含著在地情感及奉獻精神，總的來
說，一個地方要歷經十年以上才可能是蘊含哲學性的文化商品，[10]如此，才
能成為當地的文化資產或是有生命價值的物件。此外，體驗經濟的作者派恩
（B. Joseph Pine II）及吉爾摩（James H. Gilmore）認為農業時代生產的是
初級產品，工業時代將初級產品加工成為商品，之後服務時代的來臨，體驗
經驗是不可避免的趨勢。[11]這些學者都指向無形的、體驗的價值勝過於有形
的、大眾化的商品。

　　在文建會出版的《1999年全國鄉鎮社區總體營造成果專輯》裡，文建會
將臺灣社區營造的實務經驗，所展現的特色歸納為「社區營造55招」，[12]以
社區為基地，讓居民與老年人與少年都有參與的管道，以居民參與、美化社
區、記錄社區、學習與交流、志工服務、創辦社區慶典等活動。以美化社區
的作法來說，綠化、種菜園或是清理環境都是可行的作法，記錄社區則設定
若干主題，圖檔、文字是材料，結合影像記錄，將社區共同的記憶變成他日
回憶的文本。或者請社區年老者教年少者製作古時童玩，以利傳承之用。於
是社區總體營造可以是有形的或是無形文化資產，它應該是能凝聚社區居民

9　洪鎌德：〈全球化下的認同問題〉，《哲學與文化》（台北：哲學與文化雜誌，2002年），
　　29：8。

10　黃世輝：《2002年文化創意產業及地方文化館》（台北：文建會，2003年），頁25-26。

11　約瑟夫‧派恩（B. Joseph Pine II），詹姆斯‧吉爾摩（James H. Gilmore）：《體驗經濟》
　　（台北：經濟新潮社，2003年），頁58-61。

12　李俊德：《1999年全國鄉鎮社區總體營造成果專輯》（彰化：彰化文化局，1999年），頁
　　50-52。

的共識成為大家園，社區情感有了交流點，彼此守望相助形成治安的防護網，當地特殊的技藝也可以傳承下去。這些養分與研習的課程，按資料顯示紙寮窩的成員皆按流程進行參與，期望有改造社區的行動力，而我們必須注意的是新竹縣文化局由上而下的主導力量，一旦與當地居民由下而上的期望有落差時，如何達成一定的共識是重要的。

　　紙寮窩珍貴的製紙史藉由社區總體營造活動重新再現，記錄片透過網路流傳，紙寮窩附近的古道與自然環境的資源一一納入社區的資源，輔導地方資源與民俗文化活動的展開，工作坊展示歷史資料與圖像、紙產品，觀光者可以想像建構出五〇年代農業文化與製紙的高峰期。由新竹縣文化局的總體營造相關政策出發，透過大學師生的田野調查下，保存紙寮窩的場域，展望未來的文化產業，勾勒出可能的遠景。由於機械紙取代手工紙，源自於中國的手抄紙業人才開始有減少的現象，無論如何的消長，傳統家庭的家學傳統不會因為時代不同而消失，這與它背後所代表的儒家倫理、宗族力量的約制以及傳統生活的信仰是相連接的，是機械用紙彰顯不出的傳統社會隱形架構。

　　紙寮窩的紙產業與其他地區不同的是，廣興紙寮與埔里的其他紙廠有產業社群，樹火紀念紙博物館擁有長春與中日特種等子紙廠的合作／分工，而紙寮窩在芎林一地，成了少數當地紙地區的資源中心，它與附近的鹿寮坑等地有著各自不同的特色，串連成為異業結盟，共同創造芎林鄉的文化經濟，

圖一　紙寮窩工作坊中廊竹林　　　　　圖二　紙寮窩曬紙
（圖片來源：筆者拍攝）　　　　　　　（圖片來源：筆者拍攝）

反映出一個典型的客家生態區。紙寮窩的紙產業不止於製紙，而是整個客家生活的氛圍與饒平客家腔的語言所串連的人文環境。[13]

一九六六年鄉公所統計資料顯示桂竹產量有五〇七六〇公斤，無進一步數據而無法得知產量之多寡，當時芎林不止紙業，也常見編織竹器、斗笠等農用具之手工業，而二〇〇〇年統計該鄉林業用地為一四五三公頃，其中種植柑桔等水果占三〇一公頃，自然林為一〇六六公頃，竹類只剩八十六公頃。可見竹產業的沒落，柑橘水果產業的成長，據劉邦芝表示當紙產業開始沒落的五〇年代，也因政府推行水土保持計畫，劉家逐漸改種柑橘，紙產業原本是主業，後來成為劉家在農閒時的副業，[14]由單一性轉變成複合式的經營模式。[15]

由於芎林是農業立鄉，在日治時期有限的發展工商業，根據昭和六年（1931）新竹州統計書記載，與農業相關的碾米廠便有八家，而製紙廠則高達十四家，除了紙寮窩劉姓家族製紙以外，新鳳村倒別牛的鍾家、田家也曾經加入製紙行列，據劉家二十世劉阿宣回憶紙寮窩出產的紙，是農曆年後至清明時節上山砍竹，集中放於砍竹坪，最後製作成大幅粗紙，整批發包出貨，供人加工製作成金銀紙，清朝至日治時期都是如此，屬於初級的地方產業。日治時期紙要課稅，加上曾經禁止祭祀祖先、廟宇，雖然衝擊到紙寮窩的紙產量，然民間之於宗教信仰的需求，讓紙寮窩的家族於祖厝後方的山林裡偷偷造紙，[16]劉邦芝補充說明日本政府來盤查食物或是查紙業的帳時，尤其是禁令以後，後山的山溝處劉家在石版築的防空洞處，供放製紙的工具及

---

13 吳嘉陵：《紙的文化產業與加值體驗：以紙寮窩、廣興紙寮、樹火紙文化基金會為例》（高雄：麗文文化事業公司，2014年），頁95。

14 訪問劉邦芝：「早期紙寮窩紙事及其土地神遺址」，訪問日期：2013年12月21日。

15 吳嘉陵：《紙的文化產業與加值體驗：以紙寮窩、廣興紙寮、樹火紙文化基金會為例》，頁102。

16 訪談劉阿宣（1930-）：「日治至戰後的紙寮窩生產紙情形」，訪問日期：2013年12月20日。劉阿宣原為興字輩，父親不識字以口語報戶口，因而將小名當成本名，妻為香山人，育有二子四女，劉阿宣目前的零售宗教紙是由竹南進貨，二〇一一年賣掉早期造紙的機械等物。

食物。[17]劉邦平進一步表示，防空洞坍塌數處，至今僅存一處，目前四房住區下方至三房住區斜坡處為昔日紙塘與製紙坊，設有四間操紙作業，大間設有二槽，小間為一槽，紙塘約一百五十公尺長的區域。並指出皇民化時代禁止祭祀祖先、廟宇，重挫了紙寮窩的全盛時期，導致戰後逐漸式微。

　　戰後至七〇年代由「芎林鄉公所工商業戶數登記表」來看，芎林登記的商家由一百四十九家發展到一百八十家，由營業項目與販售的商品改變不大來看，於是臺灣工商業起飛時，芎林在傳統農業型態上緩慢進步，紙與其他的傳統手工業逐步被淘汰，新興工業引進的有限，相較於鄰近的竹北、竹東或是湖口等地，芎林鄉的發展是比較遲緩的。從臺灣早期三〇～四〇年代的通則性產品，屬供過於求的時代，到五〇～六〇年代消費普及，開始產生多樣化的產品，到八〇年代消費意識抬頭，市場飽和的時代，消費者開始重視產品的象徵意義與文化內涵，業者多在追逐消費者的消費認知。而單一生產金銀紙的紙寮窩在量上無法滿足金銀機器紙市場，也無法滿足消費者的購買認知，更無法與低價的機器金銀紙競爭，達不到應有的利潤空間，過去的盛況就這麼式微，反觀竹料在傳統產業有更多的用途，例如工藝品、竹製傢俱等。

圖三　紙寮窩柑桔

（圖片來源：筆者拍攝）

圖四　紙寮窩竹林

（圖片來源：筆者拍攝）

---

17 訪談劉邦芝：「早期紙寮窩紙事及其土地神遺址」，訪問日期：2013年12月21日。

圖五　劉家第五代三房劉邦芝拜
**　　　土地神（樹神）**
（圖片來源：筆者拍攝）

在多廟宇、多宗教儀式的文化脈絡來看臺灣城鄉，提供了一定的金銀紙消費市場。在這有意義的脈絡下，結合了信仰與產業，創造了特定空間、時間的條件，紙寮窩的紙產業提供宗教用紙功能，宗教文化儀式中奉獻給神祇的紙錢，透過焚燒滿足當地人心靈祈求的期望，它如同過年張貼的年畫，其文化價值在於祈福圓滿，年畫紙於過年焚化，少有保存下來，以至於少有流通典藏。筆者隨劉邦芝前往探看竹林間目前存有三座的土地公遺址，俗稱「山伯公」，昔日砍竹或者入山祭拜之，每逢初一及十五日，劉家長輩前往祭拜，以誌記錄，防荒草淹沒之，經久，後人不得溯其源而至。客家人特別重視祭祖與土地公神，劉邦芝表示早期的土地公神並不氣派，甚至不易辨識，於是曾有叔婆輩幼年時於神址處不敬解急，回去後大病一場，經神明代言人說明緣由，家人再去祭拜一番，病才逐漸好轉。此外，往新埔古道旁的住家因風水問題不能住人，爾後地理師堪輿後，形式上挖口井的造型，便能解除困厄，之後相安無事。雖為日治時期一則軼聞，也說明宗教之於客家人的堅定信仰，燃燒宗教紙給神祇是伴隨信仰而生的心意，甚至是心靈的慰藉與寬恕。

二　紙寮窩社區竹林生態與文化行銷

新竹縣芎林鄉紙寮窩的紙業曾經繁盛一時。以臺灣植物的生長條件來看，海拔一百至一千公尺的丘陵及台地盛產竹，占臺灣全島森林面積百分之七點二四，全島總面積百分之四點二四，芎林鄉的四分之三面積是丘陵地，

土質、氣候與溫度適合竹林的生長，例如桂竹、莿竹、長枝竹及麻竹與綠竹等，《新竹縣志》[18]記載當地芎林鄉則以桂竹為多，當地人都善於利用自然生態當成生計的工具。臺灣中部以北多生長桂竹，由於桂竹是地下莖橫走側出單桿散生型竹類，生長期短且快速，在每年三月到五月之間為發筍期，六月以後為落葉期，各類竹種的發筍期與落葉期不盡相同，臺灣早期拓墾聚落的居民學會利用竹為經濟作物，如編織物、食用筍或者製紙。如苗栗縣的獅潭村及竹南鎮等地。這是人類學家狄克遜（Roland Burrage Dixon）提出的「趨同作用」（convergence），意指在同一時代裡不同地域的人採取類似的作法解決問題，從而發展出自身文化的獨特性。《新竹縣志》記載當地的竹材均適合製紙的原料，竹的自我更新能力強，各類竹種的發筍期與落葉期不盡相同，臺灣早期拓墾聚落的居民面對臺灣的拓殖，對媽祖等神祇的濃厚信仰，利用竹製成的紙為宗教用紙，燃燒紙錢以祈福祝禱。

桂竹於海拔一百至一千公尺的平地及高山皆可生長，竹材富彈性，質地堅硬且抗彎，用途最廣，紙寮窩盛產桂竹，開基祖來臺定居至今已九代，祖先認為紙寮窩天生有不絕的湧泉及桂竹林，有利於發展製竹紙業。由於作物生長有期，農忙時種植柑橘類，桂竹成長時則製作手工紙，如此輪作的生活模式成為劉姓家族從事山農種柑橘，也同時製紙業的自然條件。在《新竹縣志》[19]裡記載，新竹縣的柑橘曾經占臺灣總產量百分之四十五，是嘉慶十七年（1812）由廣東省引進至鹿鳴坑等地，由於新竹氣候、土質適合柑橘的生長，據縣志記載一九五一年芎林鄉的種植株數為二萬一千九百八十株，面積為四點五公頃，產量為二十一萬九千八百公斤，時值百斤平均價為一八○點三元。柑橘至今仍是芎林鄉推廣觀光的產物之一，屬於季節性的收成，而製紙期很長，是常態性的工作，可以填補農休時期的收入，五○年代開始，劉姓家族是工作輪作制度。這是指仰賴作物形成產業的經濟鏈，一旦資源與需求無法提供供需關係的平衡時，經濟學上的消長現象很容易出現。紙寮窩擁

---

18 黃旺成監修：《新竹縣志》（新竹：文獻會，1976年），卷一沿革志。

19 黃旺成監修：《新竹縣志》（新竹：文獻會，1976年），卷一沿革志。

有桂竹、清淨河流及紙湖等自然生態，提供了手工紙業生產的自然條件。因此，發展出紙寮窩一度是北部宗教用紙產量的高峰期。

製紙技術已消失，竹生態仍舊茂密成長，生態豐碩，劉姓宗族們反映時勢，道路拓寬工程、工作坊興建種種議題進行討論，提出解決的方案，並進行表決與記錄。同時紙寮窩也改變傳統工作坊一元化的功能與規模，由生態導覽、製紙儀式的體驗及品嘗客家美食，充分發展以竹為食材，或是手工製作的童玩。立體且動態的活動引導觀光客回到七○年代的臺灣，這群主事者的年輕時期與童年，代表著筆者歸納「樸實的客家美學」。[20]表面上是社區總體營造凝聚有共同目標或同一興趣的社群。在文化心理學來看，滿足了主事者對過去世代的想像與追憶，依想像與追憶而凝結成家族共同體。

據劉邦平表示，石灰也成了紙寮窩無形的遺址，累世長期浸竹，石灰沉

圖六　紙寮窩六○年代的紙

（圖片來源：筆者拍攝）

澱後，一方面人力會撈起石灰竹，石灰沉積在池壁內，形成石灰色壁面。如今的溪溝水及井水的水質含高石灰質，尤以食用的井水來說，軟化水質處理後才可以飲用。

現今的紙寮窩仍然是桂竹林圍繞，年長者仍能憑記憶還原整個製紙的流程，早期僅製紙，紙幅約一尺乘二尺寬不等，後來才加入加工裁切，使用大刀加木槌用人力為之，十分粗獷質硬，以日曬法為之，新竹縣的氣候「二、三月常多陰雨」，有利竹的生長，五至七月「盛暑鬱結」，八月以後，「雨少風多，竹邑播種在清明前後，早稻成於六

20 吳嘉陵：〈找尋北臺灣客家文化的 DNA〉，「文化、社會與地方創生：理論與實驗國際研討會」（高雄：國立中山大學，2022年）。

月」，至於彰化則立春前播種，四月新穀已收成。[21]由此得知日曬法是適合紙的風乾。而今紙寮窩透過一場場的觀光導覽，提供深度的在地故事與生態解說，形成新竹的竹文化產業的代表特色之一。在這些過程裡，「農民保存了一種違反工業資本主義所宣傳的歷史感，和一種對時間的體驗。」[22]並且透過對外界的導覽行銷，與過去產業的關聯，並且無限想像於經營未來的可能性。

參訪者透過導覽解說，相信這些世代居住於此的劉姓家族，正為祖先的故事發聲，另一邊是持續勞動著雙手，組織與生產，這些文化的脈絡提供外來者對地方產業產生更多的影響。久而久之，外界的研究與文評、參訪的團體及媒體的報導形成一個「自然焦點」：「意指故事的主題和使用的語言」。前者，奠定了他們祖先拓荒的成就，也代表了客家人遷徙的經典案例之一，操作紙產業只是客家人因地置宜，彈性生存的生計方法之一。關於使用的語言——饒平腔，是客家語流失的現在，益發珍貴的人文資產，他們世居於此，少有遷徙能保有完整的語言腔調，對外來者所持的當地語言有一致性。

紙寮窩的活動費收入全歸劉傳老造紙文化發展協進會，紙寮窩工作坊的每場活動來自家族各房的分工合作，一次次的合作經驗強化了劉姓宗族的凝聚力，同時也藉由來自不同地區的觀光客了解自身的定位。然而，紙寮窩並非是經濟產業為主體，而是重視文化的傳播與創新的重鎮。社區總體營造，強調的是深遠的、長久的在地興建。

一九九五年間公視電視臺以「世外桃源」為名報導紙寮窩製成短片，直到在二〇〇六年新竹縣文化局向文建會提出申請「區域型文化資產環境保存及活化計畫補助作業要點」，文建會通過先期調查與規劃案，據二房後人劉邦平表示早在一九九三年劉氏家族二房便於紙寮窩的窩口建造劉老亭，紀念劉氏家族的來臺開基主劉傳老，劉老亭為一方型約十坪的區域，粗具早期紙寮的規模，如石輪、浸紙槽等，紀念早期家族造紙的精神。

---

21 鄭鵬雲：《新竹縣志初稿》，第1冊（台北：成文出版社，1970年），頁181。

22 約翰・伯格（John Peter Berger），吳莉君譯：《觀看的視界》（台北：麥田出版社，2010年），頁22。

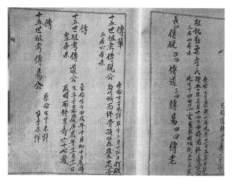

圖七　紙寮窩手寫族譜，劉邦鎮保存

（圖片來源：筆者拍攝）

圖八　紙寮窩石輪輾竹

（圖片來源：筆者拍攝）

爾後成立劉傳老造紙文化發展協進會，二○○八年新竹縣文化局委由中原大學建築系學者林曉薇承辦《芎林鄉紙寮窩文化環境保存及活化規劃報告書》，[23]林志成建築師事務所的文化環境保存與活化規劃案，參考日本黑谷和紙社區的案例，逐步完成地上物的建造，紙寮窩有豐沛水源又盛產桂竹，它的地理環境具備了發展製紙業的基本條件，在林志成建築師事務所的《芎林紙寮窩文化環境保存及活化規劃委託案期末報告書》[24]裡分析了黑谷適合製紙業興盛的原因：一、該地盛產楮木為製紙原料；二、該地有清流──黑谷川。在日本政府的鼓勵下，平家浪人流傳給子孫有關製紙的技藝。這些與紙寮窩的相似條件裡，居住於紙寮窩的劉家先祖可能是返回饒平附近學習製紙技術，再將技術傳回臺灣成為家族代代相傳的手工業。匠師羅文祥繪六張紙寮窩興起的解說圖，劉傳老發展協會的耆老先口述祖先渡海來臺的起源，

---

23 林曉薇：《芎林鄉紙寮窩文化環境保存及活化規劃報告書》（竹北：新竹縣文化局，2008年）以及《2009年新竹縣芎林鄉紙寮窩社區培力計畫委託專業服務案成果報告書》（竹北：新竹縣文化局，2009年）。

24 林志成建築師事務所：《新竹縣芎林鄉芎林紙寮窩文化資產環境保存及活化規劃委託案報告書》（竹北：新竹縣文化局，2008年），頁3。林志成建築師事務所：《2009年新竹縣芎林鄉紙寮窩造紙工作坊展示計畫委託專業服務案成果報告》（竹北：新竹縣文化局，2009年）。

之後在北埔姜家做事，自姜家手中購得紙寮窩部分土地，返原鄉學習製紙術，之後陸續擴充紙寮窩的腹地，蔚為五〇年代製紙概況。羅文祥先以草稿示族人，再逐步修圖，接近族人記憶裡五〇年代的製紙業的盛況，族人也示範使用製紙工具的姿勢，供匠師參考，匠師羅文祥表示亦有參考《天工開物》的製紙插圖，反覆地修改，完成族人心中記憶的藍圖。[25]

　　二〇一〇年四月紙工作坊啟動發揮好客精神接受參訪團體，提供教育解說及手工製紙的體驗活動。紙寮窩不僅解說當地的紙產業，還將整個地方聚落與自然生態納入解說的範疇，包括有桂竹林與文林古道、燒碳窯的遺址及三武宮等宗教建築，建立了自己的特色，劉姓家族還以祭祀公業的家族力量，繼續擴充紙寮窩的軟硬體的建設。

圖九　紙寮窩金廣福圖

（圖片來源：筆者拍攝）

圖十　紙寮窩挑紙工圖

（圖片來源：筆者拍攝）

---

25 訪問羅文祥：「關於繪製紙寮窩的過程」，訪問日期：2013年7月22日。以及林志成建築師事務所：《2009年新竹縣芎林鄉紙寮窩造紙工作坊展示計畫委託專業服務案》，頁12。

在社區總體營造下結合文創產業的手工再造精神，不以利潤為計算，而是尊重祖先的智慧，期望吸引更多人返鄉共同經營。然，傳統文化的斷層達五十年以上，今日的耆老是芎林紙傳統的童年，已逝去的上一代又是芎林紙的青春所在。

芎林紙寮窩有著來自饒平縣的客家生活文化，目前仍舊以饒平腔為主，累積墾殖時期漢民族的生活技能，代表芎林鄉曾有的典型產業。在社區總體營造基礎上，其經驗成為新竹縣各鄉鎮提振地方經濟發展的借鏡，當地共居的生活價值。紙寮窩的居民透過探訪活動，提供交流平臺，建立昔日產業的新模式，在他人觀光的反映裡擴張了地方的視野，了解自己的定位，甚至是待強化之處。

在工作坊運作以後，開始接洽參觀場次，由於巷口狹窄不能容納大型遊覽車，參觀者沿半里的巷弄道路進入紙寮窩的工作坊。劉傳老造紙文化發展協進會想引導給觀光客的是：探索芎林的地理環境，見識客家的風水觀，以及理解這些年事已高的劉姓長輩們，想透過社區總體營造再造客家儉樸的生活，珍惜社區資源。

三　結論

紙寮窩的文化持續再造，有賴於當地文史工作者與外來單位的合作，它不是領導芎林的先進力量，而是整個社區營造帶起來的文化力量。就目前來看，文化產業應是帶動居民意識的驅動力，然而紙寮窩的居民各有原本的職業，退休者、務農者或是家庭主婦才能於農閒時間招待觀光客人，發揮客家人向來好客的精神，這習性跨越時間與空間，在紙寮窩社區的導覽者身上，一遍遍地解說，來訪者能感染到「好客」之於客家庄的意義，來訪者在簡樸的社區外貌裡，能想像在困苦的環境中，客家人的親切與傳統文化常在。

在全球在地創生（ちほうそうせい）的趨勢下，完善地規劃了社區整體的營造，長遠來看紙寮窩亟需進駐專職專業人材，規劃紙寮窩的發展願景，回應學者陳其南在一九九六年所說的文化產業必須強調學習及利益的社區回饋的初心上。

徵引書目

文建會：《1995年文化白皮書》，臺北：文化建設委員會。

伊能嘉矩：《台灣文化誌》，臺北：南天書局，1994年。

吳密察等：《2002年文建會文化論壇系列實錄──文化創意產業及地方文化館》，文建會出版，2002年。

吳嘉陵：〈找尋北臺灣客家文化的DNA〉，「文化、社會與地方創生：理論與實踐國際研討會」，高雄：國立中山大學，2022年。

吳嘉陵：《紙的文化產業與加值體驗：以紙寮窩、廣興紙寮、樹火紙文化基金會為例》，高雄：麗文文化，2014年。

李俊德：《1999年全國鄉鎮社區總體營造成果專輯》，彰化：彰化文化中心，1999年。

林志成建築師事務所：〈新竹縣芎林鄉紙寮窩文化資產環境保存及活化規劃委託案報告書〉，竹北：新竹縣文化局，2008年。

林志成建築師事務所：《2009年新竹縣芎林鄉紙寮窩造紙工作坊展示計畫委託專業服務案成果報告》，竹北：新竹縣文化局，2009年。

林曉薇：〈芎林鄉紙寮窩文化環境保存及活化規劃報告書〉，竹北：新竹縣文化局，2008年。

林曉薇：《2009年新竹縣琴林鄉紙寮窩社區培力計畫委託專業服務案成果報告書》，竹北：新竹縣文化局，2009年。

洪鎌德：《哲學與文化》，臺北：哲學與文化雜誌，2002年。

約瑟夫‧派恩（B. Joseph Pine II），美詹姆斯‧吉爾摩（James H. Gilmore）：《體驗經濟》，臺北：經濟新潮社，2003年。

約翰‧伯格，吳莉君譯：《觀看的視界》，臺北：麥田出版社，2010年。

郁永河：《裨海紀遊》，台灣叢書第1種，臺北：東方印刷，1950年。

桃米社區發展協會：埔里桃米生態村，https://tao-mi.com.tw/。

國分直一：《民俗台灣》，第4卷，第5號，通卷第35號，臺北：東都書局，昭和16年（1941年）。

國發會：地方創生資訊共享交流平台，https://www.twrr.ndc.gov.tw/case/case-list。

莊興惠：《芎林鄉志》，新竹：芎林鄉公所，2004年。

許鳴岐：《中國古代造紙術起源史研究》，上海：交通出版，1991年。

陳其南：《婚姻家庭與社會》，台北：允晨出版，1990年。

黃旺成監修：《新竹縣志》，新竹：文獻會，1976年。

黃得時：《民俗台灣》，第1卷，第5號，通卷第5號，臺北：東都書局，昭和16年（1941年）。

劉邦平口述：「建造紙寮窩工作坊之事宜」，訪問日期：2013年1月5日。

劉邦平口述：「關於紙寮窩遺址」，訪問日期：2013年11月11日。

劉邦芝、張瑞森口述：「早期紙寮窩紙事及其土地神遺址」，訪問日期：2013年12月21日。

劉邦宮：「紙寮窩主題紀錄片」，2011年10月（無發行）。

劉邦森提供：《紙寮窩先祖沿革暨後裔通訊錄》，2008年印刷本，「文化、社會與地方創生：理論與實驗國際研討會」，高雄：國立中山大學，2022年。

劉邦森提供：《紙寮窩劉姓族譜》，（年代不詳）手抄本印刷版。

劉邦森提供：《劉氏家譜暨通訊錄》，2005年版本。

劉阿宣口述：「日治至戰後的紙寮窩生產紙情形」，訪問日期：2013年12月20日。

劉炳昌、劉邦森及劉邦平口述：「紙寮窩的製紙與家族史」，訪問日期：2012年4月9日。

鄭鵬雲等著：《新竹縣志初稿》，第1冊，臺北：成文出版，1970年。

羅文祥口述：「關於繪製紙寮窩的過程」，訪問日期：2013年7月22日。

重現地方：
北埔作為區域型文化資產的保存與活化

奚昊晨[*]

摘要

相比單體文化資產而言，區域型文化資產的保存更能夠突顯地方人類活動與自然環境之關聯，以及社會組織形態與運作方式，但保護成本與執行難度也相對較高。

北埔的漢人聚落成型於清末，在當時「防番」與「拓墾」的雙重需求下，聚落的空間組織形態同時符合了武裝防禦需求與漢人傳統的風水觀。同時期成立的金廣福墾號，則反映了當時地區內的社會組織形態與人口構成，北埔慈天宮亦見證了不同族群信仰共存的歷史記憶。

本研究首先梳理「地方」這一概念的源流，並藉由人文主義地理學的觀點說明地方這一複合概念如何通過實體的歷史遺存加以展現。接著論述北埔作為地方呈現的歷史、文化背景，及其在當代的保存現狀與危機。進而探討在現行文化資產保存體系中，北埔進行區域性文化資產保存的可能性與意義。並藉西村幸夫論述之「街區保全型社區營造」的概念，對北埔的保存與活化提出構想。

關鍵詞：地方、北埔、街區保全型社區營造

---

* 國立臺北藝術大學文化資產與藝術創新博士班博士生。

一　何謂地方：人文地理學的觀點

首先，本研究將從人文地理學的發展脈絡，論述「地方」的概念如何形成與發展。並重點論述人文主義地理學中，對於空間、地方及其與個體經驗關係的分析，以及資本主義社會帶來的「無地方」可能。

（一）地方、區位、空間與地景

Cresswell 認為，「地方」（place）一詞中暗示了一種所有權，或是一個人和特定區位（location）、建築物的某種關聯。相較之下，區位（location）不過是一個毫無意義的位址（site），而地方是人類創造的有意義空間，可以使人依附其中。對此，他轉引 John Agnew 提出的地方作為「有意義區位」的三個基本面向加以說明。首先，地方需要有其位置，即一種區位的觀念；其次，地方中需包含社會關係依存的物質環境，即「場所」（locale）；最後，Agnew 提出了「地方感」的概念，指人類對於地方有主觀和情感上的依附（Cresswell, 2006, pp.6-15）。

與地方常常具有概念上相似性的詞彙主要有兩個，一個是空間（space），另一個是地景（或稱景觀，landscape）。地方不同於單純的空間，空間是一種物理的、均質的生活坐標。而空間之所以成為地方的原因，即在於人將意義傾注其上（Cresswell, 2006, p.19）。這在某種程度上，與列斐伏爾所述之「社會生產的空間」概念有所類似。而地景與地方的差異主要在於視角的不同。首先需要討論的是地景的歷史與來源，地景觀念始於文藝復興時期威尼斯與法蘭德斯（Flanders）地區商業資本主義的出現。地景繪畫基於「光學」科學的重新發現、新航海技術的發展以及新興商人階級的興盛而誕生。地景的概念中主要涵蓋了觀看的客體（某一區域的地形地勢）以及觀看的方式（視野觀念），因此可以認為觀看者乃是位於地景之外（Cresswell, 2006, p.20）。地景強調視覺觀念，這是其與地方主要的不同所在。

因此可以說，地方不僅僅是一個名詞，而且還是一種認識世界的方式。不同於空間的理性化與地景的視覺化，地方的概念「將世界上某個地區視為

人與環境（作為地方）豐富且複雜的相互影響，使我們免於將它設想為事實和數字」（Cresswell, 2006, p.22）。

（二）地方與經驗：段義孚（Yi-Fu Tuan）與 Edward Relph 的地方觀點

人文主義（Humanistic）地理學者從一九七〇年代開始發展地方的概念，並逐漸將之作為事業的核心，這也使地方首度明確成為地理學探究的核心概念。他們採取了一種清晰的哲學轉向，吸取現象學和存在主義哲學的理念，強調主體性與經驗，而非理性的空間科學邏輯。人文主義地理學家感興趣的並非（世界上的）地方，而是作為一種觀念、一種在世存有方式的「地方」（Cresswell, 2006, pp.34-35）。

段義孚與 Relph 常常被共同歸類於人文主義地理學的流派，雙方都在地理學的研究中使用了現象學的觀點與方法。但 Relph 本人並不認可人文主義地理學成為一個分支，他認為人文主義屬於一種態度，而非一個知識分支。他更願將受到現象學影響的地理學研究稱之為「經驗的地理學」（experiential geography）（張驍鳴，2021，頁 vii）。

儘管如此，二人在地方的研究取徑上同樣採取了如上所述的哲學轉向，強調經驗與地方的關係，對抗抽象的空間科學。段義孚（2017，頁6-14）認為，人對於地方的完整經驗，來自於所有感官的共同作用於大腦的積極反思，由此地方才實現了具體的現實性。這種經驗是由感受和思想結合而成的，感受並非一系列個別的經驗，而是受到記憶和預期影響，從而形成變化的經驗流。他認為感受和思想並非相互對立，而是一個經驗連續體的兩端，都屬於認知方式。當人長期居住於一個地方，人的感官會具有對地方的感知。然而倘若不能通過經驗加以反思，那麼地方的形象便難以清晰呈現。反之，如果只是通過外部的經驗獲取地方的信息，而沒有感官的感知，那麼地方同樣缺乏真實意義。因此人們產生眷戀或依賴的某個地方並不一定是可見的，這種可見不是指視覺上的可見，而是一種經驗反思層面的可見——即外部的視角。因此地方的可見往往需要通過某些方式來實現，例如：與其他地

方的競爭或衝突；在視覺層面製造突出之處；或利用藝術、建築、典禮和儀式造成引人注目的表現。個人生活和集體生活的願望、需要和功能性規律為人所關注，地方的認同便能夠實現（段義孚，2017，頁147）。

段義孚的論述說明了地方和經驗如何產生互動，以及經驗的獲取如何塑造地方認同。而 Relph 則更關注地方與存有的關係。他強調「本真性」作為一種存在的形式，「其含義在於人對自身的存在所承擔的責任具有完全的接納和認同」（Relph, 2021, p.124）。他認為人與地方密不可分割的人地融合關係在現代社會已經很難實現，相較之下在當今社會可以實現的是人對地方的意義、象徵與特徵能夠給予真切回應，並與之相認同，這便屬於具有本真性的地方感。本真的地方建造來自於居住，居住造就了地方的意義，地方裡的建築和人造景觀就不致有多餘之物。人類的建造體現了生活所依靠的地方系統，這使得地方能夠反映文化中的物質需求、社會需求、審美與靈性需求等。本真的地方感建立在人與神靈、人與自然的關係上，並通過特定地方場景進行表達（Relph, 2021, pp.109-110）。當地方能夠清晰展現全人類的整體觀念，並且讓人感受到地方對於日常生活的意義，這便是地方感的自覺建造所帶來的成果，當然其中有某種精英特權的體現（Relph, 2021, p.116）。

而在當代，這種由本真性帶來的多樣性地方正在減少甚至消失，景觀的統一性破壞了現存的地方，理性主義與資本主義生產方式消解了人對於地方的歸屬感。儘管無地方性在表面上是由相似的景觀所構成的，但其基礎在於通信技術和交通方式發展帶來的流動性，而背後更隱含著將人與地方全部均一化的企圖。在這樣一種環境下，可以看到非本真性的兩種狀態：其一是不自覺被「匿名的他者」（anonymous they）所左右；其二是基於公共利益和決策來掌控一切事物，而這種利益和決策又來自於人為設定的均質化時間和空間（Relph, 2021, pp.128-129）。這可以理解為一種在資本主義技術官僚管理之下的人的異化，在當代社會非本真性的侵蝕十分普遍。人對於地方的非本真的態度也因此有兩種體現：一種是將地方的經驗和建造簡單服膺於一種普世的、統一的、流行的價值觀；另一種是將地方視為可依據大眾利益統一規劃、統一加以技術改造的功能性資源（Relph, 2021, p.181）。這種態度正

在進一步藉由大眾傳媒、中央集權政府或是寡頭企業擴散出去，從而侵蝕本真的地方感。視覺和經驗上都有所類似的景觀不斷被建造，其背後的權力運作使具有多樣性的本真地方逐漸消亡（Relph，2021，p.142）。

二　北埔發展歷史

　　上一節簡述了人文地理學中對於地方的觀點，本節和下一節將梳理北埔聚落的發展歷史。探討在歷史中，北埔的居民如何與自然環境互動，通過建造體現生活所依靠的地方系統，及其中蘊含的物質需求、社會需求、審美與靈性需求等地方文化。說明北埔地區人與神靈、人與自然的關係通過何種場景進行了表達。

（一）竹塹地區的早期開發與金廣福墾號的移墾

　　追溯竹塹地區的開墾歷史，明代便有西班牙人與荷蘭人先後涉足，但並未有對後世之顯著影響。而漢人開墾此一區域以清康熙中葉為始，先入今日新竹市、竹北鄉、新豐鄉等沿海平原地區。進而於乾隆年間深入內陸，到達今日新埔鎮、竹東鎮、芎林鄉等地。到了嘉慶、道光年間，則進一步靠近山區，到達今日關西鎮、橫山鄉等地（梁宇元，2000，頁34-36）。

　　漢人開墾逐漸靠近山區，難免與原居此地的原住民產生衝突，因此有了建造防禦工事、招募鄉勇、囤積食糧以對抗原住民侵擾的需求。依據北埔公學校編纂之《北埔鄉土誌》記載，道光十四年（1834），時任淡水同知的李嗣鄴認為「南庄『番』地之經營已就其緒」，因此計畫向東南山地展開拓墾（島袋完義，2006，頁20）。

> 乃喻粵人姜秀鑾、閩人周邦正二人鳩資著手策劃本計畫。據云，既設之鹽水港、南隘、茄苳湖、雙坑、大崎、金山面、圓山仔等各隘連同石碎崙官隘一併移屬於姜、周兩姓，而由官費及充公租所成立之石碎崙險費，依舊補助兩人外，另發給創業費壹千圓。於是，閩粵兩籍各

醵資壹萬貳千六百圓，由姜，周兩人於道光十年（1830）糾結之開拓團體，金廣福稱之。金廣福乃為往昔竹塹城內士紳所合股開設之商號，從事開墾山地之相關連事業。「金」代表給與保護以及補助之官方、「廣」為粵人、「福」則為福建等，其含意合而為彰顯三方有志一同之志趣。（島袋完義，2006，頁20）

以上敘述的情節，在諸多學者之論述中基本得到採信。唯金廣福之「金」字，有學者認為乃是取其吉祥兆頭，是商號常用字而已。例證則是新竹、苗栗山區多有「金」字開頭之墾號，並無接受官方補助（梁宇元，2000，頁48）。

道光十五年（1835）年，姜秀鑾率領數百人馬，沿著原住民劫掠漢人牛隻撤退時的牛蹄印記（又稱「牛路」），迅速突入北埔盆地，並以此地作為金廣福墾隘之大本營（梁宇元，2000，頁48；薛琴建築師事務所，2008，頁11）。進駐北埔盆地後，姜秀鑾旋即建立墾隘總部，並構築防禦工事。同時因北埔地區仍有原住民活動，而金廣福眾人並不熟識附近地形與番社配置，姜秀鑾故命人勘察地形，並擇其中險要之處建置防禦前哨——隘寮，配置隘丁值守防禦，以令防線之內的居民能夠安心發展墾拓事業（梁宇元，2000，頁48；薛琴建築師事務所，2008，頁11；專業者都市改革組織，2006，頁15）。

金廣福進入北埔後，與原住民的爭鬥仍然十分頻繁，因此墾號「奏請鑄頒鐵印，實際擔負守備、都司、游擊等以上職責」。在武力的基礎上，以隘為前導，金廣福不斷拓展墾拓範圍，最終原住民各部難以維繫，相繼退入內山（島袋完義，2006，頁21；徐裕健建築師事務所，2006，頁15）。

（二）北埔聚落的發展

在移墾初期，居民多棲身於臨時房舍，生活起居均聚集在聚落之內。白天則配合隘丁防線向外拓墾。移墾初期，原住民時常侵擾，此外還有瘴癘之虞，民俗信仰遂成為民眾的心靈寄託。以此姜秀鑾將祖上自惠州來臺時便一路奉祀的觀音像移奉北埔，並請堪輿師指點龍穴，最初僅為簡陋的祭祀空

間，即為今日北埔慈天宮之前身（梁宇元，2000，頁61；徐裕健建築師事務所，2006，頁1-9）。

慈天宮選址是堪輿師測定的聚落風水最佳之「正位」，而風水次佳之「副位」，則成為姜家宅第（即天水堂）的選址。儘管選址都已確定，但拓墾之初人力物力均難以支持大規模建設，因此最早僅為一間供墾民、隘丁辦理隘務、墾務以及集會的小公館。而一般墾民的住所則多為臨時屋舍，以木竹、茅草、泥土等材料構建。直至道光十七年（1837），各投資墾戶開始由金廣福總墾戶分得土地自有，隨後方才招佃開墾，建設宅莊，並進行水利、街道等基礎建設。至此北埔聚落基本已形成了完整的結構，主要建築慈天宮、天水堂與金廣福公館已確定選址，具有雛形，水利所用之陂塘、溝圳以及交通所用之道路、集會所用之廣場用地也逐步確定，其餘土地則供墾民建築居所。由於最初丈量記錄的是以隘寮為中心的臨近土地，因此最先建設的民家均圍繞慈天宮、天水堂聚居，其間巷弄蜿蜒曲折，房屋依山坡地勢而成階梯狀排布。由於居住環境改善、商業發展，北埔聚落內的人口也從「自然增加」，開始轉向「社會增加」，且日益密集（梁宇元，2000，頁61-65；薛琴建築師事務所，2008，頁12-13）。

道光二十六年（1846），慈天宮開始興建木造廟宇，並於道光二十八年（1848）落成，成為臨近區域之信仰中心（新竹縣文化局，2006，頁1之9）。天水堂至遲亦於道光二十六年已具「瓦屋」規模。金廣福公館則極有可能與「南埔公館前」建成時間相近，約略在道光十七年時已然建立（梁宇元，2000，頁63）。咸豐三年（1853）慈天宮重建，並於次年竣工。此時北埔聚落已日漸繁盛，各個墾戶紛紛興建大型住宅，將家庭、宗族整體遷至北埔定居。同治三年（1864），姜秀鑾之孫姜榮華邀臨近北埔、南埔、草山、月眉、富興五角頭輪流主辦中元祭祀，形成以北埔慈天宮為中心的中元普渡祭祀圈（梁宇元，2000，頁66）。祭祀圈具有地方性，其中居民因居住關係而有義務參與共同祭祀（林美容，2019，頁78）。祭祀圈的出現代表金廣福墾號所轄之北埔地區的居住關係基本已經穩定，進而形成了一種共同性的民俗信仰組織。這也使得幾個臨近聚落之間的地理距離被打破，在墾民之中建

立起一種無形的聯繫。各個聚落均奉祀北埔慈天宮諸神明，亦促成慈天宮於同治十年（1871）重修。而絡繹不絕的人潮亦促進了北埔的商業發展。由姜榮華等人合股成立的「金廣茂」於是成立，坐落於金廣福公館右側，北埔的商業活動由此開始繁榮。由於聚落墾民多前往金廣福公館辦理墾務，連同前往慈天宮祈福，因此陸續出現的店鋪大多集中於金廣福公館至慈天宮之間的路線上，慢慢形成商業街肆（梁宇元，2000，頁66-67）。

光緒十二年（1886）劉銘傳實施「開山撫番」，裁撤金廣福的隘務與番政，被北埔聚落的墾隘色彩逐漸淡化，逐漸成為一般的農商混合街莊。在此期間，北埔作為所屬各聚落農產、山產的集散地，以及居民日常百貨的輸入貿易場所，逐漸成為新竹東南山區的首要市場。此時北埔已至少有二十多家商鋪，集市主要販售貨品多為樟腦、米糧、柴及炭等。當商業不斷發展，聚落的人口承載能力幾近飽和，於是新的建築只得突破聚落範圍，在原聚落「城門」之外另尋建地。「城門」外向西通往埔心、埔尾的道路，是其他聚落前來北埔的必經之路。因此新建的商店多沿此路向西拓展。以「城門」為分界，以內（東）成為「上街」，以外（西）為「下街」。加之金廣福隘務與番政事務裁撤，北埔聚落重心逐漸轉移至「上街」、「下街」組成的中央軸線一帶（梁宇元，2000，頁69-71；薛琴建築師事務所，2008，頁13）。至此，北埔聚落已經形成了非常熱絡的商業街市形態，這與前期以隘務、墾拓為重心的聚落在表現上已經有所不同。

至日本殖民時期，為配合殖民政府的政治、經濟需求，北埔的主要產業有所變化，以樟腦採集、茶葉種植和煤炭開採為主。因此日本政府積極進行交通路網等基礎設施建設，以及在聚落內部進行市街改正計畫，將聚落內部的陂塘填平，將老舊的城郭拆除，道路裁彎取直，興建街屋牌樓立面。行政機構設置於金廣福公館及天水堂一帶，新建的學校、郵局的新式機關設置於埔心村一帶，這使得北埔聚落進一步朝「下街」方向延伸。最後是因北埔地區的煤炭和樟腦資源開採殆盡，都市計畫停止進行，才使得部分傳統聚落形式得以保存。一九四五年國民政府接管臺灣後，北埔聚落範圍進一步擴大至埔尾一帶，政治中心則移至原本老聚落範圍之外。一九九二年都市計畫通盤

檢討時，將行政商業區轉往聚落外發展，北埔聚落原始風貌得到一定保護（薛琴建築師事務所，2008，頁14）。

三　北埔聚落空間特色

（一）自然區位

　　北埔聚落主要位於山地及丘陵間的臺地地區，臺地受流水切割而成，故附近水系分布較為密集。此種自然區位的選擇，一方面反映了漢人移民注重風水的自然觀，另一方面也受移墾初期防衛需求的影響。

　　首先，傳統漢人的風水觀注重龍脈生氣，故要求聚落、宅第擇址須有背靠祖山，由遠及近又分為「太祖山」、「少祖山」、「父母山」，臨近聚落又須有「龍脈」經「化胎」入「穴」，「穴」即為藏風聚氣之所，是聚落及宅第的最佳選址所在。北埔聚落即以今日新竹縣五峰鄉的鵝公髻山為「太祖山」，北埔鄉內五指山為「少祖山」，龍脈沿此路徑一路進入秀巒山，即為聚落之「父母山」，隨後經今日秀巒公園為「化胎」，進入慈天宮所在之風水寶穴。

　　而北埔聚落兩側亦有丘陵山巒環抱，正應風水中「青龍」、「白虎」護衛家宅的要求。北埔聚落所在臺地前方相對較為空曠開闊，與慈天宮廟前廣場可分別作為內、外「明堂」。加之秀巒山發源的水磜子溪和大湖溪分別從兩側流經聚落，並匯聚於「明堂」，呈「二水會朝堂」之勢，後蜿蜒曲折回環而出，為藏風聚氣之極佳風水。再向前方則有「朝山」──龍鳳髻，保證生氣不致無所阻擋地逸散。

　　其次，北埔作為墾拓的大本營，考慮到和原住民族群的作戰需求，聚落的防禦功能是擇址時的首要考慮因素（梁宇元，2000，頁113）。因此北埔聚落選擇群山環抱之中的臺地，東側有秀巒山為倚靠，南北兩側有水磜子溪和大湖溪切割而成的深塹，這些都成為聚落防禦的天然屏障。

（二）莿竹叢、「城門」與溝圳之布局

北埔聚落的整體布局，處處體現了移墾早期的防衛需求。在聚落外圍種植莿竹叢，形成環繞聚落的藩籬。莿竹叢長勢茂密，又生有尖刺，人和動物都難以穿越而入，甚至對火力不夠猛烈的舊式槍彈都有一定的阻擋作用（梁宇元，2000，頁113-114）。雖然在日本殖民時代，以防治瘧疾為由將聚落的莿竹叢拆除，但其對於聚落布局的影響並未完全消失。

在莿竹叢之間，有供人進出之「城門」，其中除面向埔心、埔尾的西門稍具規模外，其餘「城門」可能多為木竹、土确等建材構築之隘門，因此一般所稱之「城門」即指西門。西門城門背後，上有「連楹榫眼」，下有「伏兔」，二者為上下對應的孔洞。城門關閉後，上下固定木桿，即可達到閉鎖城門的功能，防止外敵入侵。「城門」與莿竹之外，有溝鎮於西面流經，亦有「護城河」之作用（梁宇元，2000，頁114）。

除了直接的防禦需求外，以上工事亦呼應了漢人傳統的風水觀。北埔聚落地勢東高西低，水流自東方流入，西方流出。西門外之溝圳迂迴為南北流向，可令水流不致逕直流出。一方面保證聚落用水供應，另一方面便是形成「玉帶水」之格局，讓水流「生氣」盡可能久地徘徊於聚落之中，蓄養生氣。

（三）中心與軸線

如前所述，北埔慈天宮選址於聚落風水最佳之「正位」，一般民居用地在劃分時以其為中心環布於四周，一方面是希望在風水布局上盡量靠近「穴」之所在，另一方面因為慈天宮奉祀神明，與之相鄰可以更好地得到神明庇佑。

除去自然風水觀的方面，以慈天宮作為聚落核心也體現了北埔的社會組織形態。北埔的墾民由不同原鄉的移民混合而成，慈天宮內的神明也體現了不同族群之源流。主祀神觀音菩薩代表聚落內的惠州移民；副祀三官大帝，奉於左側神龕，代表嘉應州祖籍之移民群體；三山國王祀於右側神龕，代表祖籍為潮州的社群。這正反映了北埔聚落的人口構成，聚落內移民以惠州府

人數最多，嘉應州次之，潮州府第三（梁宇元，2000，頁116）。

　　而後期隨著北埔祭祀圈的形成，眾多民俗慶典均在慈天宮廟前廣場進行。加之居民民居距慈天宮距離大抵均等，因此慈天宮成為聚落各種社會活動的理想場所，也成為聚落之信仰中心與集會活動中心。

　　沿慈天宮一路向西，先後會經過前文所述之「上街」與「下街」，這兩條不同時期形成的街道，構成了北埔聚落的軸線。慈天宮乃是風水「正位」所在，這一軸線向東之延長便指向聚落龍脈所歸之秀巒山山頂。而此這條街道不僅僅是聚落的主要幹道，更是生氣運行之路，因此出慈天宮外的這條街道筆直貫通，其上再無其他建築阻擋。直至到達「城門」，生氣需盡量留駐於聚落之內，因此以城門作為閉鎖之用，保證生氣不會過快流失。與「上街」的筆直貫通不同，「下街」則稍顯迂迴曲折，一方面同樣是為使生氣盡量停留，與迂迴之水路有相同作用。另一方面也是避免外人從城門外直接窺伺慈天宮及其廟前廣場，以曲折的街道對視線加以阻擋，確保聚落的隱私與安全性。這條中軸街道指向金廣福的墾拓方向，也象徵慈天宮的諸位神明庇佑墾民外出平安（梁宇元，2000，頁110-112；117-119）。

（四）建築與巷道

　　北埔聚落內的建築，慈天宮占據風水「正位」，而姜家之天水堂占據「副位」，且二者之中央軸線均正對秀巒山頂，此為龍脈所歸之處。而聚落內其他民居，由於緊密毗鄰且結構簡單，並未嚴格依照此項風水原則排布（梁宇元，2000，頁109）。但眾多民居所構成之巷道曲折迂迴，卻符合了風水原則中藏風納氣的需求。

　　曲折蜿蜒的巷道同時滿足了防禦需求，住屋緊鄰導致巷道狹窄，難以負荷較大的人流量，如有入侵不致讓敵人蜂擁而入。而且巷道排列並無規律可言，非在此地生活之人難以短時間辨認方向及方位，也有利於聚落的防守。

　　對於防禦的需求同樣體現在建築單體的結構特色上，北埔聚落早期的建築大多以土牆承重，開口的數量少且規模較小。門板後方均設有直立栓桿，窗戶多為木質或磚砌直櫺窗，牆壁則開小口兼顧通風與射擊之用。而緊密相

連的排列方式，讓屋宅接觸外界街巷的面積極大減少。原本地勢的坡度，則被運用成屋宅內外之高差，使屋宅的防守可以居高臨下。

四　北埔聚落區域型保存的意義及可能

綜上所述，可以看出北埔聚落體現了在漫長的歷史中，金廣福墾民與自然環境互動的歷程，及其背後反映的生存、生活需求。由於北埔聚落是由墾拓需求而產生，且聚落的建造能夠清晰展現當時北埔作為墾拓大本營的觀念，信仰中心、軸線、街巷等布局，均體現了人與自然、神靈之間，以及不同族群內部的關係，這些是本真地方感的存在基礎。而後續不同歷史時期的都市計畫又層疊於其上，分別有所展現，歷史的脈絡通過建築形式的差異得以清晰可見，充分展示了地方對於日常生活的意義。但目前聚落僅有幾處單體的建築被列入文化資產加以保存，而能夠呈現北埔作為一個地方的日常建築不在其列。如果僅有慈天宮、天水堂、金廣福公館等個別建築得到保存，而北埔其他街巷、民宅均未得到保護，這些看似不具有審美價值或歷史價值的建物恰恰最容易受到開發破壞。如此北埔作為本真性地方的物質基礎首先將不復存在，更不會有將地方作為一種認知方式，而深入一個文化內部加以了解的可能性，因此區域性的保存才是抵抗無地方性擴張的有效取徑。

但同時，凍結性的保存勢必影響聚落內部居民的正常生活，這也難以使北埔作為一個地方存續。正如前文所述，感受和思想都不可或缺，將北埔整體凍結式保存的結果，便是其成為一個由單純外部經驗構建的，缺乏真實性的展示物件。對於內部居民而言，需要的是延續原本的生活軌跡，同時加入外部視角，了解北埔的歷史價值；對於外部觀者而言，需要一個足夠以感官經驗聚落生活的真實性場域，同時既有的歷史、文化信息需要得到足夠明確敘述。

在此情況下，日本學者西村幸夫提出的「街區保全型社區營造」概念似乎是一種發展的可能。與單純強調保存的街區維護行為不同，保全型營造將社區營造觀點與街區保存運動相結合。強調以居民為主體，立基於對地區歷

史文化積累形成社會脈絡的共識，將街區空間當作場所歷史脈絡的延長進行規劃，並持續運營（佐藤滋，2010）。因此保全型營造將在尊重都市結構歷史價值的基礎上，進行適合當代生活的再生、強化及改善等行為，使其持續保有機能。是一種以謀求地域社會的活化與再生為主旨的綜合性社區營造行動（西村幸夫，2010）。

外來團體發起的街區保存運動，被認為是保全型街區營造最常見的開端（岡崎篤行，2010）。外部的團體以街區保存為目標進入社區，通過自身行動將街區的歷史價值傳遞給本地居民，進而在先行初期凝聚部分居民的保存共識。此後由專家學者協同居民參與進行街區調查，直接作用在明確街區內文化遺存與景觀資源的實際狀況與價值（岡崎篤行，2010）。調查團隊涵蓋建築、都市計畫、歷史、傳統藝術等領域專家，可以了解街區及其中建築物的歷史脈絡與演變過程，以及街區的景觀現狀（西山德明，2010）。這方面的成果也為後續都市計畫中的保存區域界定、設計準則以及相關限制的制定提供參考。

接下來，即是以不同方式達到段義孚所述之感受與思想的結合。首先，街區調查以分布圖、清單等方式呈現出的調查結果，可以更直觀的向居民展現街區擁有的豐富地域資源和歷史價值，從而凝聚更多的保存共識。此外，過程中執行的關於街區社會現狀的調查，可以了解發生在街區中的地域活動、傳統產業以及居民意識，從而闡明街區與地方社會的關係。社會現狀調查一方面可以明晰地方社會活動或傳統產業延續所需的軟硬體條件，另一方面也可以了解地方居民對於街區價值的了解程度與認同程度，這些都是未來營造計畫制定時所需的重要資訊。而在此過程中收集的居民意見，則成為政府未來政策發展過程中的參考。此外，如果在調查的設問中巧妙的體現出街區的保存價值，則有可能在調查進行過程中對居民起到啟發效果（西山德明，2010）。

不同於常見的物質（tangible，又稱有形）與非物質（intangible，又稱無形）文化遺產之分，日本學者西山德明將街區保全型營造中可作為地域資源的文化遺產，分為空間遺產與生活遺產兩個層面。其中空間遺產又可細分

為空間要素和景觀要素，空間要素是指形成該地域物理景觀的地形、河流、道路等；景觀要素則由使用傳統工法建造的建築物、工作物，及形成地域固有景觀的自然環境元素共同構成。空間遺產需形成規模才可發揮作用，作為單體很難體現重要的歷史或藝術價值，但每一項均是敘述街區歷史及文化時不可或缺的事物（西山德明，2010）。

如前所述，在北埔的歷史保存現狀中，單體建築才是保護主體。眾多以單體視之價值並不明顯的空間遺產，難以得到有效照護。至於如何以地方整體為標的，進行有效的歷史保存，日本學者岡崎篤行歸納了歷史街區保全型營造實踐面臨的四項課題如表一所示（岡崎篤行，2010）。

表一　街區面臨的四項課題

	既存	新建
良好物件	維護既存的良好物件	創造新建的良好物件
不良物件	修改既存的不良物件	防止新建的不良物件

現有單體文化資產保存以現狀維持或復原為基準的操作方法，在保全型街區營造中可被歸類為「修理」的手法，主要對應上述「維護既存的良好物件」的課題。與「修理」相對應，針對其他三項課題也有「修景」的手法，以保證其他非傳統或新建建築物，通過景觀調和而成為繼承街區特性的未來形式。生活遺產與形塑歷史街區物理環境的空間遺產相對應，是指在此環境中展開的人類生活，以及維持各種活動的文化、習慣、藝術如風俗、祭典等，也是構成地域資源之文化遺產的重要組成部分（西山德明，2010）。

日本學者佐藤滋以「發掘場域」形容這樣的過程，他認為在地方社會中，文化基因如影隨行。由專家與居民合作找尋並了解散落於地方場域中的歷史資訊，並以此凝聚共識與認同，進而形塑地方共同擁有、共同喜愛的「公共形象」。這個過程是社區營造的重要手段，且應當在過程中被持續推動（佐藤滋，2010）。

五　結論

　　綜上所述，街區保全型社區營造的概念為北埔的區域型保存提供了一種可能。延續地區居民生活的同時，給予內外部共同經驗地方的機會。保留建造的物件僅僅是一種表象，其背後體現的地方系統同樣需要得到清晰呈現，風水觀念、防禦需求以及民俗信仰共同造就了早期的北埔聚落形態。此後墾務裁撤、商業發展、政權更迭，又在聚落的各個角落中留下了屬於每個時代的痕跡。通過提供這樣一種完整的經驗，地方才可能作為一種觀念、概念，一種存在的方式。也正是在此基礎上，地方才有可能抵抗非本真的無地方化潮流。

徵引書目

西山德明著、林美吟譯:〈地域資源的發掘與活用〉,載於《歷史街區與聚落保存型社區營造》,臺中:行政院文化建設委員會文化資產總管理處籌備處,2010年,頁45-71。

西村幸夫著,林美吟譯:〈何謂街區保全型社區營造〉,載於《歷史街區與聚落保存型社區營造》,臺中:行政院文化建設委員會文化資產總管理處籌備處,2010年。

佐藤滋著,陳金順譯:〈社區營造的原理與目標〉,載於《社區營造的方法》,臺中:文建會文化資產總管理處籌備處,2010年,頁2-15。

林美容:〈由祭祀圈到信仰圈〉,載於謝國興主編:《進香・醮・祭與社會文化變遷》,臺北:國立臺灣大學出版中心,2019年,頁71-97。

岡崎篤行,林美吟譯:〈實現街區保全型社區營造的架構〉,載於《歷史街區與聚落保存型社區營造》,臺中:行政院文化建設委員會文化資產總管理處籌備處,2010年,頁26-44。

徐裕健建築師事務所:《新竹縣第三級古蹟北埔慈天宮修護工程工作報告書》,新竹:新竹縣文化局,2006年。

島袋完義,宋建和譯:《北埔鄉土誌》,新竹:新竹縣文化局,2006年。

梁宇元:《清末北埔客家聚落之構成》,新竹:新竹縣立文化中心,2000年。

專業者都市改革組織:《區域型文化資產環境(北埔聚落)保存及活化案95年度期末報告暨96-98年度執行計畫書》,新竹:新竹縣政府,2006年。

張驍鳴:〈返魅者說(代譯序)〉,載於《地方與無地方》,北京:商務印書館,2021年,頁vii-xiii。

薛琴建築師事務所:《新竹縣北埔老聚落登錄先期作業計畫》,新竹:新竹縣文化局,2008年。

Edward, Relph(愛德華・雷爾夫)著,劉蘇、相欣奕譯:《地方與無地方》,北京:商務印書館,2021年。

Tim Cresswell著，徐苔玲、王志弘譯：《地方：記憶、想像與認同》，臺北：
　　群學出版有限公司，2006年。

Yi-Fu Tuan（段義孚）著，王志標譯：《空間與地方：經驗的視角》，北京：
　　中國人民大學出版社，2017年。

「新竹寺」的歷史紋理、
社會實踐及其場所性[*]

陳惠齡[**]

摘要

　　「新竹寺」，原是一座落於塹城南門街之曹洞宗布教所，創設於明治二十九年（1896）九月，直至明治四十五年（1912）始建禪寺。歷經初代住持足立普明，及其後之田中石光、今西大龍、加藤奇運、松山宏堂等人，一九二四年始由佐久間尚孝擔任第六任新竹寺住持，迄於一九四五年戰後廢寺止。歷任住持均致力於建立與地方的社會關係，使新竹寺展現出兼具「行動與互動」的宗教場所功能性，其中今西大龍擅詩，與竹邑文士頗多唱酬；佐久間尚孝亦與塹城文人魏清德家族、鄭藥珠等多有互動。佐久間氏在新竹寺期間，從事布教、社會救濟、教化事業，並關注臺灣地區宗教改革，寺務頗為興旺，信徒近千人，允為彼時新竹地方宗教界重鎮。今新竹寺雖大部分已夷為平地，僅存一棟鮮為人知的屋宇（今新竹市南門街十五號），作為南門里集會所之用。然新竹寺可資開展的地方文史議題，涵攝甚廣，除了關涉臺

---

[*]　本文初稿宣讀於國立清華大學華文文學研究所主辦：「新竹在地文化與跨域流轉：第五屆竹塹學國際學術研討會」（2021年11月12-13日）。承蒙特約講評翁聖峰教授，以及江燦騰教授多所指教，復蒙《成大中文學報》匿名審查者惠賜卓見後刊登，謹深致謝忱。本論文為科技部多年期專題研究計畫：「消失的歷史地景：以塹城南門區域考棚、郵便局與新竹寺為考察」（MOST109-2410-H-007-077-MY2）之部分成果。感謝國立清華大學臺文所陳信穎、國立臺灣大學臺文所杜姁芸同學協助檢索資料。

[**]　國立清華大學台灣文學研究所教授。

日佛教互動關係外，本文關注者尤在於作為日治時期由日僧興設的新竹禪寺，如何發揮它的「關係空間性」（例如寺廟與宗教人士、詩社團體、社會庶民等網絡），又怎樣展示出有別於臺灣在地性宗教文化而特具結合「殖民征服」、「佛教護國」與「日本化」，所謂「皇國宗教性」的寺廟性格及其特殊的場所性。

關鍵詞：新竹寺、佐久間尚孝、今西大龍、皇國宗教性、場所性、竹塹學

一 前言：塹城南門區域文化地圖中的新竹寺

落托南溟竹塹鄉，沙門同窟俗情忘。

只憂孝道何時立，風雨多年名利場。[1]

—— 雲城　菅野久〈始到臺灣寓新竹寺有此作〉，明治四十五年

在檢索青草湖人文地景及歷史敘事等相關史料文獻時，偶然發現從「感化堂」到「靈隱寺」的寺廟史發展過程中，有一關鍵性人物參與其中，此即日本曹洞宗「新竹寺」第六任住持佐久間尚孝（1895-1977）。循此線索，赫然發現「新竹寺」原是一座落於塹城南門區域（昔新竹市南門町）之曹洞宗布教所，創設於明治二十九年（1896）九月，[2] 直至明治四十五年（1912）始購地興建的日本禪寺。[3]

竹塹自開發伊始，迄今已有三百多年之歷史，[4] 清領時期陸續興建東西南北四座城門，東曰迎曦、西曰挹爽、南曰歌薰、北曰拱宸。[5] 若由清領、日治、民國三階段歷史脈絡觀之，大致可以城隍廟作為塹城中心地標，城隍

1　《臺灣日日新報》，「詞林／始到臺灣寓新竹寺有此作」（明治四十五年／大正元年），1912-10-11，第3版。

2　曹洞宗宗務廳：《曹洞宗海外開教傳道史》（東京：曹洞宗宗務庁，1980年），頁240。感謝江燦騰教授惠借《曹洞宗海外開教傳道史》，提供「新竹寺」重要資料，禆益良多。

3　「新竹寺」亦名「新竹禪寺」，為求行文一致，本文將以「新竹寺」定名。感謝審查者提醒有關：台／臺灣、日治／據、民國／日治／戰後紀年等用語的一致性，惟為求錄引原典的徵實性，凡徵引之書名、文句及年代，將不更動原定之名稱（部分日文，則自譯成中文），至於行文將統一名稱：臺灣、日治、戰後，並以西元紀年為主。

4　有關竹塹地區開發，大致從王世傑始，殆無疑義，惟由於文獻不足，王氏拓墾新竹的年代考，說法有數種：康熙三十年、康熙五十年或四十一年間、康熙五十七年（1718）等說不一。相關資料與考證，可參張德南：〈王世傑史料析釋〉，收入韋煙灶主編：《從清代到當代：新竹300年文獻特輯》（新竹市：竹市文化局，2018年），頁285-304。於今名之為「新竹300年」，也是合宜。

5　陳培桂編：《淡水廳志・卷三・建置志・城池》（臺北市：臺灣文獻委員會，1977年），頁42。

廟以南，歌薰門（南門）以北，在此區域包含廳治、文廟（孔廟）、武廟（關帝廟）、試院（考棚）、明志書院、郵便局（今武昌郵局）等等，即清領時期南門大街（約當今南門街）左右兩旁腹地，蓋可謂滙集塹城政治、宗教、文教、交通之樞紐。上引菅野久詩文中所提及的「新竹寺」，即位於此繁華的南門區域。然則在寺院廟宇多達百餘座的新竹地區宗教盛況中，「新竹寺」卻是一個陌異化且已經消逝的歷史存在。

新竹寺自初代住持足立普明，及繼任之田中石光、今西大龍、加藤奇運、松山宏堂、佐久間尚孝等，歷任住持均致力於建立與地方的社會關係，使該寺展現出兼具「行動與互動」的宗教場所功能性，其中第三任住持今西大龍尤擅詩文，與竹邑文士頗多唱酬；第六任住持佐久間尚孝，除了與塹城仕紳文士多有互動外，在長達二十一年的主事期間（1924-1945），[6] 積極從事布教、社會救濟、教化事業，寺務頗為興旺，並關注臺灣地區宗教改革，聲譽卓著。《曹洞宗海外開教傳道史》甚至將佐久間尚孝譽為「從昭和初期到戰爭結束活躍人物之一」。[7]

由布教所轉為有公稱寺號的「新竹寺」，並非是臺灣在地寺廟，而是日本禪寺，因此戰後即將禪寺及地產交給「臺灣省接收委員會日產處理委員會」，就此廢寺。[8] 今新竹寺已大部分夷為平地，惟殘存一棟屋宇（今南門街15號）（圖一），作為南門里里集會所、巡守隊駐隊及投開票所使用。在風城信眾所認知的宗教版圖中，只有（都）城隍廟、竹蓮寺（早期稱觀音亭）、

---

6 有關佐久間尚孝在臺主事年限，學者諸說，頗為混亂。本文則採據《曹洞宗海外開教傳道史》載其擔任新竹寺住持之起訖年：大正十三年（1924）至昭和二十年（1945），總計二十一年。

7 原文：「昭和初期から終戰にかけて活躍したひとりに、佐久間尚孝がいる。彼は次のように述べている。」曹洞宗宗務廳：《曹洞宗海外開教傳道史》，頁75。

8 戰後臺灣省政府接收日產寺廟概況，可參何鳳嬌：〈戰後日產寺廟的接收與處理之初探〉，《臺灣史學雜誌》，第11期（2011年12月），頁119-170。經筆者於二〇二二年六月十九日下午前往「新竹市地政事務所」申請調閱新竹寺地號（南門町二丁目參貳九地號）土地登記舊簿（參見圖十二）確認新竹寺於一九五〇年十月二十五日，由新竹縣政府接收，然有關新竹寺寺產處理及確切的廢寺時間，尚無法得知。

圖一 新竹寺遺構（今南門里里集會所）

（2019年12月10日拍攝）

長和宮（外媽祖宮）等寺廟，[9] 並未聞知此間有一座以「新竹」命名的禪寺；訪諸南門街當地住民，亦不知此處原為寺廟，僅一、二年長者知此處曾是「日本齋堂」，卻也不知其詳。[10] 推論其因，或謂日治時期寺院為尋求保護，常延請有力的日僧掛名住持，竹苗地區則大都由佐久間尚孝掛名住持，然而雖掛名，卻不一定主其事，以致一般寺院在記載歷任住持時，並不提及日僧住持。[11] 復因日治結束，國府統轄並大力推動「去日本化」與「再中國化」的臺灣文化重建之際，[12] 將日本寺廟隱去人事之履痕，也是必然；特別是新竹在地早已具有極豐富而多元化的漢傳佛寺、禪寺、講寺，齋堂或香火寺廟等宗教風貌。[13] 凡

---

9 有關新竹在地漢傳佛教三百年概況，參見江燦騰：《風城佛影的歷史構造：三百年來新竹齋堂佛寺與代表性人物誌》（臺北市：臺灣學生書局，2021年）。

10 筆者實地田調，訪談今新竹市南門里里長沈雄輝。沈氏家族定居新竹南門區域長達三百年，住家鄰近新竹寺，禪寺四周雖設有美麗圍籬，卻是一處開放空間，年屆八十二高齡的沈里長，童幼時期常以禪寺中庭為遊樂場。依據所述：戰後廢寺後，原木構禪寺正廳先是充作民政課辦公廳（經筆者查證《新竹市志》，應為建設課與兵役課），後因漏水坍塌而拆除正廳，中庭則改為人力拖拉式清潔車隊集合擺放之所，其後用地再變更為今南門二十二號公園。訪談時為2022年6月25日上午10-12時於南門公園。

11 語出會性法師語，參見黃運喜：〈日據時期新竹青草湖感化堂的屬性初探〉，《竹塹文獻》第38期（2007年4月號），頁53。歷來寺廟不載記日僧住持，是通例，但也有例外，例如達真法師於一九五九年編纂之《獅頭山勸化堂沿革史》，即載有佐久間尚孝擔任勸化堂住持至一九二五年之相關資料。見黃鼎松：《一方天地──禪境獅頭山》（苗栗縣南庄鄉：獅山勸化堂，2019年），頁105。

12 有關戰後臺灣文化政策等相關研究資料，見黃英哲：《「去日本化」「再中國化」：戰後臺灣文化重建（1945-1947）》（臺北市：麥田出版社，2017年）。

13 各類寺廟性質和功能之區分，參見江燦騰：〈清代竹塹漢族佛教的在地風貌及其轉

此，皆足以說明由日僧掌持的寺院史話，是刻意被取消的歷史一頁，而新竹寺也必然湮沒於新竹地方文史記憶中。（圖二）[14]

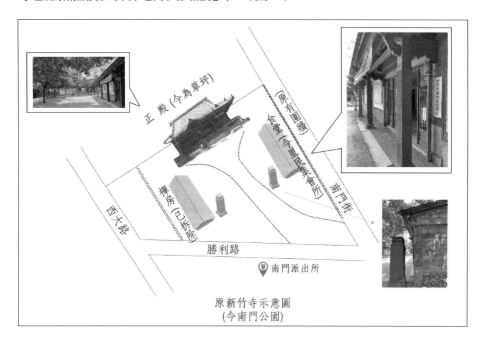

圖二　新竹寺示意圖

（廖丹伶、陳惠齡繪製）

惟時移事往，政權更迭，人事地景雖歷經滄桑已不復舊貌，但此曾在的人事史話，並未隨時空而全然消逝，其中仍有許多值得考掘與深研之處。誠如江燦騰指出，在日殖民統治五十年期間，「新竹地區不但也隨之出現來自日本佛寺與日僧及佛教事業，在新竹地區的移植現象」，新竹地區原有漢族佛教信仰型態，也受其影響而出現巨大的變貌，包括日治後期所納編之日本

型〉，收錄於江燦騰主編：《跨世紀的新透視：臺灣新竹市300年佛教文化史導論》（臺北市：前衛出版社，2018年），頁062。

14 有關新竹寺全貌舊觀之示意圖，大致經由文獻考證及目前殘存遺構，再輔以南門里長沈雄輝先生的追憶與模塑而成，特此申謝。參註10。

宗派佛寺與日本僧籍等。[15]

爰此，新竹寺可資開展的地方文史議題，涵攝甚廣，除了關涉臺日佛教互動關係外，本文關注者尤在於作為日據時期由日僧興設的禪寺，如何發揮它的「關係空間性」（例如寺院與宗教人士、詩社團體、社會庶民等網絡），又怎樣展示出有別於臺灣寺廟的在地性宗教文化，而表顯殖民征服與文化差異的一種宗教兼政治性的寺廟性格及其特殊的場所性。本文期能透過相關文獻的爬梳，重繪塹城南門區域失落的新竹寺文化地圖。以下茲論述新竹寺創寺歷史、社會實踐與昭和義塾之創設，及其多元化的場所性。

二 新竹寺的歷史紋理

《南瀛佛教》編輯部所撰〈臺灣的宗教概要（一）〉一文，曾將臺灣宗教二分為：「佔領臺灣以前就存在的的宗教」、「佔領臺灣以後傳來的宗教」，其中領臺後傳來的佛教，大致有1.天臺宗、2.真言宗（高野派、醍醐派）、3.淨土宗、4.曹洞宗、5.臨濟宗妙心寺派、6.真宗（本願寺派、大谷派）、7.日蓮宗等。[16]其中曹洞宗和臨濟宗兩派，因繼承禪宗脈絡，較易與臺灣傳統宗教契合，因此在臺布教活動頗為熱絡。（圖三）[17]新竹寺即屬於曹洞宗所創設的新竹布教所之一。[18]

---

15 江燦騰：《風城佛影的歷史構造：三百年來新竹齋堂佛寺與代表性人物誌》，頁8。

16 見《南瀛佛教》（總稱《南瀛佛教會會報》）第11卷第2號，昭和八年（1933年2月1日），頁42。

17 有關日本內地宗教之臺灣布教，大致分為「內地仏（佛）教」、「教派神道」、「基督教」三類。曹洞宗即屬「內地仏教」。依據內地仏教的布教統計（大正七年），在臺灣的內地人信徒，主要以真宗本願寺派和曹洞宗為多，然而本島人的信徒則以曹洞宗為多，臨濟宗其次。從圖三「信徒」欄裡的本島人數，即可一窺究竟。參見蔡錦堂著：《帝国主義下台湾の宗教政策》（東京都：同成社，1994年），頁28-29。

18 日本統治時期在新竹總共有七座寺廟屬於日本佛教宗派，如真宗西本願寺派的竹壽寺、淨土宗的淨土寺等，其中以日本曹洞宗的新竹寺勢力最大。相關資料及日本曹洞宗在臺灣新竹市獨霸拓展的概況，參江燦騰：〈日本曹洞宗在臺灣新竹市獨霸拓展的真相透視〉，收錄於《跨世紀的新透視：臺灣新竹市300年佛教文化史導論》，頁85-120。

	寺院	布教所	布　教　師			信　　徒		
			內地人	本島人	計	內地人	本島人	計
天台宗	0	3	4	0	4	381	0	381
真言宗	1	5	7	0	7	2,684	0	2,684
淨土宗	3	12	18	0	18	8,530	2,981	11,511
曹洞宗	5	13	18	2	20	12,154	9,175	21,329
臨済宗	3	4	11	3	14	2,514	3,840	6,354
真宗本願寺派	11	14	34	0	34	26,289	3,730	30,019
真宗大谷派	0	3	3	0	3	2,940	200	3,140
日蓮宗	2	4	7	0	7	3,435	17	3,452
計	25	58	102	5	107	58,927	19,943	78,870

※『台灣總督府事務成績提要』（大正 7 年度）より

圖三　大正七年日本內地佛教在臺布教概況

（取自《帝国主義下臺湾の宗教政策》，頁 29）

　　依據文獻所載曹洞宗在臺灣的開教歷程：明治二十九年（1896）二月，曹洞宗兩大本山先是派遣木田韜光、足立普明、佐佐木珍龍、若生國榮、櫻井大典、鈴木雄芳等六名布教師來臺；七月復新派人員，並於臺北設置曹洞宗務支局，任命陸鉞巖為教務監督，布教師分派至臺北、臺中、臺南各駐點，此為布教之始。[19]至於「新竹寺」（祥嶽山）的創設時間及歷任住持，可依據《曹洞宗海外開教傳道史》分列各布教「所在地」、「創立年月日」、「世代」及「備考」等凡例而知：[20]

　　1. 所在地：新竹市南門町二丁目三二九

　　2. 創立年月日：明治29年9月

19　曹洞宗宗務廳：《曹洞宗海外開教傳道史》，頁66。另依據「臺灣宗教史年表：1895-1945年」，一八九五年六月曹洞宗已於臺灣開教，並於臺北以大本山別院を創立；七月則曹洞宗布教師、臺北艋舺龍山寺に布教所を設置。資料見蔡錦堂著：《帝国主義下台灣の宗教政策》，頁323。

20　曹洞宗宗務廳：《曹洞宗海外開教傳道史》，頁240。

3. 世代：

　　一世足立普明（明治29年9月～）

　　二世田中石光（明治34年8月～）

　　三世今西大龍（明治37年7月～）

　　四世加藤奇運（大正3年6月～）

　　五世松山宏堂（大正4年1月～）

　　六世佐久間尚孝（大正13年12月～昭和20年3月30日）

　　七世釋無上（昭和20年3月20日～）

4. 備考：第五世代寺號公稱認可

　　（依原書內容徵實引文，惟略為條列，以醒眉目）

由引文可知，新竹布教所始創於明治二十九年九月，初代住持為足立普明，直至第五任松山宏堂，始由布教所升格為新竹寺；第六任住持佐久間尚孝則任期最久。此外，末代住持釋無上是新竹寺唯一的臺籍住持，惟疑為只接手寺務的善後。[21]

　　有關日本曹洞宗派至新竹的先發傳教僧侶，在足立普明之前尚有若生國榮，後升任曹洞宗大學林的總監後，方由足立普明接任新竹寺，開拓新竹教區。[22]值得注意者，曹洞宗來臺布教之際，一開始先是在島內各寺廟取得歸屬曹洞宗的私下契約，並與七十餘寺廟締結契約，其後宗教局則提出布教提

---

21 無上所屬的靈隱寺，本身即是新竹州曹洞宗的「聯絡寺院」（日治時期，有些佛寺有寺院系統，如中心寺院、隸屬寺院、聯絡寺院等，類似總部與分部的概念），因此無上與佐久間氏的關係淵源其來有自，加上又有師生因緣，日本戰敗，佐久間氏返回日本前，將新竹寺住持之責，交予無上。見釋悟因監修、釋見豪、釋自衍採訪與編著：《樸野僧·無上志：新竹靈隱寺無上和尚圓寂五十週年紀念》（嘉義市：香光書鄉出版社，2016年），頁31-32。

22 據載明治三十年（1897）新的臺灣駐在布教師之配屬地發布名單中，若生國榮為新竹，足立普明則分派至臺中、彰化。參見曹洞宗宗務廳：《曹洞宗海外開教傳道史》，頁66。另參江燦騰主編：《跨世紀的新透視：臺灣新竹市300年佛教文化史導論·第三章》，頁96-097。

案，因而制定了「臺灣島布教規程」，明訂布教業務大致有三項重點：一是對於本地寺院及僧侶採招徠懷柔與信徒之開諭引導；二、與官方協力合作，設置日本國語學校，教育本地人民的子弟；三、對於守備軍隊、官員的慰問，以及在臺官吏、人民的布教傳道等。[23]

由是而知，日本官方對於布教師有嚴格的考核與規範，再則探究布教師來臺傳教的理念與策略，宜乎與日本殖民地統治的國策方針，並置合觀；此外，初期布教的主要對象是內地來臺者，針對本島人的傳教目標顯然更側重於智識啟發，[24]並且採取開導教化的協調路線與漸進式的宗教改革方略。日本各階段布教政策目標，顯然是配合時局的推移與殖民統治的步調，依序展開：優先「綏撫教化」，其次「標榜同化」，最終「皇民化」的三階段進程。

（一）從城隍廟布教場到新竹寺建寺

前述新竹寺創設於明治二十九年，但彼時只是「傳教所」的概念，尚未有禪寺規模，因此足立普明一開始在新竹的布教所，位於太爺街（今北門大街）城隍廟內，其時約為明治三十年（1897）春季。[25]《臺灣日日新報》載有兩則報導：「城隍廟布教場者係曹洞宗之所設，而足立普明氏亦係奉曹洞宗大本山之命而設教於福建興化，至於後任而來城隍廟布教場者，前曹洞宗大學林學監，今西大龍氏也。」「新竹城內太爺街城隍廟會曹洞宗設布教場於其處，去十七日至廿三日舉行春季彼岸法會。每日足立普明禪師登場說法，聽者無不心領神會。」[26]在此之前，亦有來自臺北曹洞宗布教師在新竹

---

23 參見中西直樹：《植民地台灣と日本仏教》（京都市：三人社，2016年），頁68。另參曹洞宗宗務廳：《曹洞宗海外開教傳道史》，頁66。

24 日殖民政府領臺初期，在各縣轄內的社寺、廟宇、教務所等數量及布教狀況等調查書中，針對臺人的信仰現象，即已提出：「本地人信仰宗教之情雖濃，惟卻係一種所謂迷信，不知自己信仰宗旨者多」等論斷。見溫國良編譯：《臺灣總督府公文類纂宗教史料彙編（明治二十八年十月至明治三十五年四月）》（南投市：臺灣省文獻委員會，1999年），頁419。

25 曹洞宗宗務廳：《曹洞宗海外開教傳道史》，頁69。

26 分見《臺灣日日新報》「正誤」（明治三十六年）1903年9月24日，第4版；「德及幽明」

城隍廟開檀演教，城內外居民風聞而來聽講者並有數百餘人。[27]

　　顯見早期新竹曹洞宗布教大業，大致是以城隍廟為據點。待足立普明赴中國（彼時報刊名之為「清國」）興化府布教後，繼任者則是田中石光，有關田中氏於新竹布教的資料有限，提及較多的反倒是田中氏任艋舺豐川稻荷分靈教務所主任之經歷。[28]從資料顯現，彼時曹洞宗布教師在島內的流動頻仍，如臺中縣的曹洞宗開教也與足立普明有關；而今西大龍亦常往返於臺南、臺中教區，各地區時有重要的教務連結活動。

　　田中氏之後擔任新竹布教工作者，則是與新竹在地文士頗多交流唱酬的曹洞宗大學林學監今西大龍，之後接任者則有加藤奇運、松山宏堂和佐久間尚孝。有關加藤奇運的行跡資料，較多與高雄社會教化演講有關；[29]至於松山禪師素以宗教為己任，不僅組織每月兩次的「觀音講會」，復又籌設「國語研究夜學會」，除了推廣國語（日語），並聘宿儒，教授漢文。[30]審諸新竹寺歷任住持，今西大龍和佐久間尚孝舉辦傳教、倡導改良宗教、在地連結、參與社會活動等，最為活躍。

　　由布教所轉為禪寺之後的新竹寺，主要交由松山宏堂掌執並推動寺務，但價購民宅，修繕為「新竹寺」的重大轉變，則由第三任今西大龍主其事。（圖四）[31]有關籌建始末，概可分由「安置北埔事變遭難亡魂」和「募集資金興建梵宇」兩階段來說明。

（明治三十一年）1898年3月29日，第1版。

27 《臺灣日日新報》「民信之矣」（明治三十年）1897年7月22日，第1版。

28 分見《臺灣日日新報》「教外別傳」（明治三十六年）1903年2月25日，第5版，以及「臺北寺院（十）曹洞宗豐川分靈閣」（明治四十三年）1910年3月6日，第7版。

29 《臺灣日日新報》「社會教化の講演會」（昭和九年）1934年8月4日，第3版。

30 《臺灣日日新報》「新竹寺籌設夜學」（大正七年）1918年2月25日，第4版。

31 明治四十五年（1912）三月二十六日，由住持今西大龍及信徒總代表松本徒爾、鈴木壽作及金谷總七等四人，向臺灣總督佐久間左馬太申請建立，而於是年四月二十日獲總督以指令第1811號核准，位於新竹廳新竹街土名南門，隸屬曹洞宗之新竹禪寺明治四十五年（1912）新竹寺獲准建立指令書（檔號000019370130101）。圖四資料，見溫國良編著：《日據時期在臺日本佛教史料選編》（南投市：國史館臺灣文獻館，2013年），頁76。

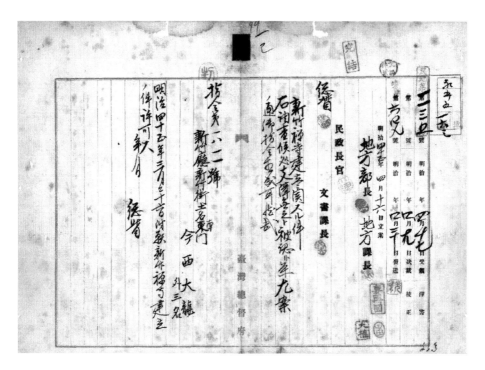

圖四　明治四十五年（1912）新竹寺獲准建立指令書

（《臺灣總督府公文類纂》檔號 000019370130101）

　　明治四十年（1907）日十一月十四日深夜迄拂曉發生於新竹北埔事件，由蔡清琳聯合隘勇、膠丁數百人，高舉「復中興」義旗，主導抗日謀反事變，總計北埔支廳管內日人，死五十七人，傷五人。其後事件為日警征勦，並於北埔設置臨時法院審判事件，臺人起義受難者多。日殖政府復於十二月二十六日舉行北埔事件遭難日人之追悼會。[32] 在以「籌建新竹寺」為題名的《臺灣日日新報》中，即敘明建寺原委和目的，及其與北埔事件的相關性：[33]

<hr />

[32] 北埔事件資料，參見黃旺成監修、黃奇烈纂修：《台灣省新竹縣志（一）·卷二　大事記（光緒三十三年～光緒三十四年）》（1976年6月），頁52。

[33] 《臺灣日日新報》「籌建新竹寺」（明治四十年）1907年12月14日，第5版。報導中有一松本徒爾（為新竹寺教徒代表），此人為彼時購置民宅興寺時的承購人代表，也是新竹寺登記土地之所有權人。筆者於二〇二二年六月二十九日申請調閱光復初期「新竹南

在新竹內地人共同墓地，約有百五十箇墳墓，然過半為無嗣荒塚。就中，不知其為何人之塚者，數亦不少。且陸軍墓地，經於前日交付故勿論墳墓須行整理，而於衛生所關，亦不能置之不理。殊如無有寺院，可以執行葬儀，尤為該地人士所深恨。里見廳長亦計及於此，早謀欲於該墓地內，建立得宜寺院，俾可執行葬儀，又可監督墓地。值此次北埔事變，如晴天霹靂，突如其來，遽演慘劇。在北埔地方之人民，對於遭難諸人，深寄同情。既醵出鉅款，以吊慰遺族；又義捐五千圓，欲為祭典費用。然與其投此五千圓，盛行吊祭，不如以之為建立寺院基礎，永得吊其冥福為愈也。於是乎更進一步，議欲於二箇年內，以一萬五千圓，建立曹洞宗之伽藍，名之曰新竹寺。此建立資金，欲更行募集寄附。……除北埔人民之五千圓而外，里見廳長慨捐三百圓，松本徒爾氏慨捐千五百圓。其他內地人及本島人間，請為寄附者，已不乏其人。

報載內容指出建寺主因有三，一是處理內地人無嗣荒塚的問題；二則值此次北埔事變，地方人民捐輸鉅款的祭典費，可轉為建寺之用；三是藉興建曹洞宗寺院，執行葬儀，以慰孤魂。然則有關北埔事件的歷史評價，日本官方文獻所載和實質臺灣島民的認知並不一致，包括前引《臺灣日日新報》這則報導，主要植基於日人立場，因而強調將北埔在地人士「義捐」之舉，轉為建寺之始。惟按常理推想，北埔黎民因同情權難日人，而義捐鉅款，此事極有可能是由上而下的一種強迫政令。[34]

門段二小段329地號」土地舊簿，可為證。

34 有關北埔事件的史料，戰前戰後大致是沿自日人的官方文獻，視起事者為匪徒，即或民間載記，也不無依附日本政府立場的史觀。如增田福太郎：〈南島寺廟採訪記・竹東郡〉文中即論評蔡清琳的野心、煽動及淫逸而引發之土匪暴動事件。見增田福太郎著、黃有興譯：《臺灣宗教論集》（又名《東亞法秩序說——以民族信仰為中心》），（南投：臺灣省文獻委員會，2001年），頁182-184。極少數從臺灣人的立場來討論北埔事件者，可參吳濁流以其親身見聞並參照史料而撰成〈北埔事件抗日烈士蔡清琳〉一文。文中敘及此次事件臺人被日本官憲殺戮者81人，自殺及同類相殘者十名，被逮捕

　　至於後來購屋修繕的來龍去脈，則另見《臺灣日日新報》「梵宇建立募集許可」之報導，內容大要為：「新竹西門街曹洞宗布教場住持今西大龍氏，素有志改革臺灣宗教。……爰是計畫鳩金一萬。擬建立新竹寺於南門外大眾廟後……」等等。[35]此則新聞已載記明治四十三年（1910）募資情況及建寺預定地點。及至次年（1911年）「宅相果中」報導中，則詳明由民宅轉為禪寺的傳奇軼事：[36]

> 新竹街南門吳松，自明治四十二年，以八千餘金，建一華屋。有某堪輿家，相其宅曰，此屋宜作廟宇，不利居室。……落成後，商業逐逐失敗，至去年末，此屋竟付之競賣。有內地人阪東政次郎，僅以參千金得之。適曹洞宗新竹布教所，前有鳩集淨財七千餘金，欲新築佛堂，而未得其便。乃與阪東相議，照原價讓與。阪東諾之，擬再投貳千金，大加修繕。現已由布教師今西大龍，稟明於大本山，諒不久便可從事興工也。

新竹寺之建立，原是與北埔事件有關，加上原址本為新竹內地人的共同墓地，其中無主荒塚泰半，為便於管理，能執行葬儀，以慰孤魂，因而倡議籌建曹洞宗寺院。其後則於新竹街南門收購民宅而興建新竹寺。（圖五、六、七、八）[37]

者九人，然九名移交北埔臨時法院處理後，竟全判死刑。吳濁流發抒對事件的觀感時，對於蔡清琳的日語能力、才華及不傷及無辜者的人性特質（指未殺害北埔公學校安部手作校長的夫人），大表欽佩之餘，更痛批日殖民者顛倒是非，曲解史實真相；對於臺人尤其暴虐、逼迫與榨取。收錄於楊鏡汀主編：《重估北埔事件的歷史評價》（新竹縣：中華客家台灣文化學會，1997年），頁5-13。由是推論，面對日官府對於北埔起事者趕盡殺絕之凶殘處理方式，北埔庶民又怎會對遭難日人，寄予同情，捐鉅款來弔慰遺族呢？

35 《臺灣日日新報》「梵宇建立募集許可」（明治四十三年）1910年8月9日，第5版。

36 《臺灣日日新報》「宅相果中」（明治四十四年）1911年1月16日，第3版。

37 圖五～八之石雕窗櫺、外牆壁飾、樑間彩繪，依據南門里長沈雄輝所述，疑為明清建

圖五　原新竹寺殘存之石雕窗櫺
（2022年6月25日拍攝）

圖六　原新竹寺殘存屋宇之外牆壁飾
（2019年12月10日拍攝）

圖七　原新竹寺殘存之樑間八仙故
　　　事彩繪
（2019年12月10日拍攝）

圖八　原新竹寺殘存之樑間三顧茅
　　　廬故事彩繪
（2022年6月25日拍攝）

築。依筆者多次前往勘察並查考各時期建築工法美學基本概念後，藉從斑剝褪落的彩
繪圖飾，猶清晰可見圖畫內容中的人物、裝扮、服飾、物件（如隱者搖扇、大葫蘆），
再就故事情節推敲，應為三顧茅廬及八仙傳說故事。此外，由竹飾之石雕窗櫺、建築
風格觀知，此建物並非日治而是清領時期的建築特色。此點亦符合文獻所載新竹寺昔
日建寺，並非新造而是購地方華屋修繕而成。

筆者實地田調時，南門里里長告知有關「日本齋堂」（指新竹寺）購屋事件，實為日人以賭博詐欺吳松，巧取宅第之故。[38]此羅生門事件，隨著往者已矣，實難起古人於地下而探明真相。然而來臺布教師為求傳教工作有更大的發揮空間，藉取得土地，以建立本家宗門寺院，自是重要目標。有關寺產土地的取得，或建物的增建、改建等事例，在史料文獻中也時有所見。如增田福太郎於〈南島寺廟探訪記〉，即載有多件類此購置廟產之例，惟其采風田調後的敘事立場，大致是朝向有心人發願，或因靈驗顯著而捐地產建寺的美事，[39]鮮見因捐獻土地，改為寺產而滋生之糾紛與風波案例。

（二）新竹寺與佐久間尚孝

新竹寺歷來住持任期最長，影響臺日佛教互動最深遠者，實屬佐久間尚孝。有關其人其事，張德南依據佐久間氏臺籍弟子朱朝明〈日本人塚の由來に就いて〉所撰寫之人物志，[40]及余耀文、蕭真真〈新竹州戰後慰靈碑的歷史回顧〉一文，撰述其人其事，資料甚詳，[41]大野育子〈日據時期在臺日僧與臺籍弟子之關係初探〉、[42]慧嚴法師〈西來庵事件前後臺灣佛教的動向〉亦可參。[43]（圖九）

佐久間氏（1895-1977）出生於日本國宮城縣遠田郡湧谷町。一九二二年駒澤大學（曹洞宗大學）畢業後渡臺，即在臺北曹洞宗中學校（今泰北中學）擔任教職，一九二四年為新竹寺住職，教誦日語經文，並招收臺籍僧人。

---

38 本次訪談沈雄輝里長為電話詢問方式，日期為2019年12月20日上午。

39 參見增田福太郎著、黃有興譯：《臺灣宗教論集》（又名《東亞法秩序說──以民族信仰為中心》），頁137-140、143。

40 林松、周宜昌、陳清和主修：《新竹市志・卷七　人物志・流寓》（新竹市：新竹市政府，1997年），頁288-289。

41 余耀文、蕭真真：〈新竹州戰後慰靈碑的歷史回顧・貳、佐久間禪師與曹洞宗派之道風傳承〉，《竹塹文獻雜誌》第44期（2009年12月），頁66-69、78-79。

42 大野育子：〈日據時期在臺日僧與臺籍弟子之關係：以新竹寺佐久間尚孝和朱朝明為中心〉，《臺灣學研究》第15期（2013年6月），頁75。

43 慧嚴法師：《臺灣佛教史論文集》（高雄市：春暉出版社，2003年），頁169。

新竹寺當時約有信徒千名，是新竹地方宗教界重鎮，佐久間致力於教務，對臺灣地區宗教改革，寺廟規範尤為關注。其間並擔任新竹州州會議員，市會議員、方面委員、司法保護委員，南門町區區會長及昭和義塾長，並兼任新竹州內各寺院，如靈隱寺、開善寺、勸化堂、元光寺等住持。[44] 對新竹州下的佛教護持有功，除了積極幫助鄭寶真創建靈隱寺，並中止將獅頭山勸化堂變為神社，又推介玄深、如學、勝光等尼師赴日留學，有功於新竹宗教教務。直至戰爭結束後遣回日本，擔任仙臺梅檀高等學校學監、泰心院住持，宮城縣宗務所所長，東北教誡師會會長。一九四六年離臺前，[45] 並將新竹寺內信徒寄託靈骨五百餘柱，親自整理移葬至南星宮

圖九　新竹寺住持佐久間尚孝
（高木正信：《新竹大觀》，頁63）

---

44 有關佐久間氏兼任新竹州寺院住持資料，參見曹洞宗宗務廳：《曹洞宗海外開教傳道史》，頁241-242。其中勸化堂（今屬苗栗地區）與新竹寺、佐久間氏的牽繫密切。據載勸化堂初創於明治三十年（1897），因定位為佛道合一之崇祀信仰，遂納入日本佛教曹洞宗體系，但並未有住持制度，只設堂主之職，推動堂務。後因堂主黃炳三與鸞生等涉嫌參與東勢周半仙妖言惑眾事件被補，幸獲新竹寺住持松山宏堂保釋。惟日人疑慮鸞生活動與抗日攸關，大正四年（1915），派佐久間尚孝為住持，監視堂務。茲因堂內執事與在臺曹洞宗關係密切，其後開堂扶鸞活動均能延續，直至皇民化階段，頒布禁令後，扶乩活動始移至偏僻岩洞。參見黃鼎松總編輯：《獅頭山百年誌》（苗栗縣：財團法人獅山勸化堂，2000年），頁57-58。特別感謝獅頭山勸化堂黃錦源董事長惠贈勸化堂創設史諸多資料。

45 佐久間氏立碑「日本人塚」的紀年為昭和二十一年三月二十五日（1946）。

新大眾廟（今明湖路上），立碑「日本人塚」誌之，署名「沙門尚孝立」。[46]
長年致力於日本、臺灣兩地的親善工作，歸國後曾兩度返臺：一九六三年四
月參加佛誕節大會，是戰後首位日本僧人來臺巡禮者，[47]可見廣受臺灣信徒
愛戴之一斑。佐久間氏於一九七七年辭世，享年八十三歲。一九八〇年遵其
遺言分骨奉安於新竹市大眾廟畔及獅頭山開善寺靈塔，尤見其茲茲念念臺灣
的特殊情感。[48]

　　綜觀佐久間尚孝在臺灣宗教事務上，建樹頗多。增田福太郎一九二九年
在南島寺廟遊歷途中，行經新竹市時，曾與之對話，增田氏歸結佐久間對於
臺灣宗教的具體方策之一，即是：「在各州設置屬於社寺課之佛教團體，作
為與地方寺堂連絡的統一機關，舉辦傳教、僧侶的培養、社會事業。但令其
自治，官廳予以保護、後援之。」[49]其後佐久間復於《南瀛佛教》發表〈臺
灣佛教的發展對策〉一文，[50]針對臺灣佛教改革，提出許多建言。該文開宗
明義即揭櫫：「我所謂的臺灣佛教，指的是脫離內地佛教制度而得以有發展
可能的臺灣佛教，也就是臺灣佛教是一個特殊宗派，是不屬於內地任何一派
的佛教，我認為這樣反而有益於臺灣文化的形成。」此外，更呼籲僧侶的團
結，以及培育人才、加強師徒關係、建立佛教制度等等。總此，皆見佐久間
對於臺灣佛教發展的關懷。

　　江燦騰論及斯人對於各項制度規畫、拓展新竹佛教事業、改革方案的歷
史背景及其遭遇的難題等等，並推崇佐久間對於在地的影響力：「新竹地區
的本地佛寺，在他所長期活躍的所謂十四年（1931-1945）戰爭時期內，主

---

46 余耀文、蕭真真：〈新竹州戰後慰靈碑的歷史回顧〉，《竹塹文獻雜誌》第44期（2009年
　12月），頁78-79。

47 參見大野育子：〈日據時期在臺日僧與臺籍弟子之關係：以新竹寺佐久間尚孝和朱朝明
　為中心〉，《臺灣學研究》第15期（2013年6月），頁80-81。

48 佐久間氏嘗書函臺籍弟子朱朝明，信中提及每天還是讀臺灣式的開經偈，即使返日已
　過了30年，還是想念新竹的人、街、山、川、人情、風景。同前註，頁78。

49 增田福太郎：〈南島寺廟採訪記・再到新竹市〉，《臺灣宗教論集》，頁192。

50 《南瀛佛教》，第10卷第8號（臺灣佛教改革號），昭和七年（1932年10月8日），頁26-
　27。

要都是透過他的從中斡旋，才能順利進行的。」[51]大野育子則是透過日僧與臺籍弟子的互動關係，來析論佐久間對於臺籍佛教人才的栽培及影響性，文中並轉引朱朝明之語，敘及皇民化期間推行臺灣寺廟整理之際，佐久間嘗向總督府提出「將新竹州下的臺灣在來（傳統）寺廟，改登記為在曹洞宗連絡寺院」之方案；藉日本佛教之名義，保護臺灣在地寺廟，免遭拆除危機。[52]此事經由弟子口傳而知，或未足徵信，然則佐久間尚孝作為中日佛教親善使節的意義與貢獻，當不容置喙。

三 新竹寺的社會實踐及昭和義塾之創設

新竹寺設立於日治期間，挾帶著日僧創建的主流佛寺地位，與日本官方有極為密切的關係，不無有挾上層指導者之強勢姿態，進行統合、控制與進行「教化」新竹地區的傳統寺廟，兼亦改良地方民眾的宗教信仰現象，包括剪除有害殖民統治的毒素，例如乩童；重新檢討迷信陋習的溫床，如民間信仰等等。[53]然而作為日本禪寺，必定要克服語言、文化、風俗與生活習性種種，迎向宗教傳播及跨越國境的挑戰。因此新竹寺歷任住持除了在新竹州積極擴展佛教志業外，在社會救濟及教化事業方面也頗有企圖心。

---

51 江燦騰：〈日本曹洞宗在臺灣新竹市獨霸拓展的真相透視〉，江燦騰主編：《跨世紀的新透視：臺灣新竹市300年佛教文化史導論》，頁110。

52 大野育子：〈日據時期在臺日僧與臺籍弟子之關係：以新竹寺佐久間尚孝和朱朝明為中心〉，《臺灣學研究》第15期（2013年6月），頁67-94。

53 有關掃除「乩童」之論，是為增田福太郎之主張。增田氏對於臺灣「大眾廟」、「大眾爺」之信仰，如「神前立誓或咒詛」、「依神佛裁判，解決訴訟」等現象，頗多討論。資料參見增田福太郎：〈最近在臺灣的大眾爺神前裁判事件〉，收錄於增田福太郎著，黃有興譯：《臺灣宗教論集》，頁291-317。另見三尾裕子（Yuko Mio）：〈臺灣民間信仰研究〉，張珣、江燦騰合編：《臺灣本土宗教研究的新視野和新思維》（臺北：南天書局，2003年），頁292-293。

（一）新竹寺的社會參與及在地連結

第三任住持今西大龍對於在地宗教改革，頗有個人獨到知見，他認為本島人之於吉凶事，常藉祈禱以酬願，所謂信徒大多數屬乎「道士」、「菜友」。今西大龍亟於振興信徒的精神，遂以改良宗教為主旨，而設立「宗教研究會」，招集道士、菜友為會員。每月於西門外的「證善堂」召開會議二次，藉茶話交流，互相研究。[54]今西大龍採取此一和漢折衷式的臺灣宗教方式，而益為信徒所敬重，最後並陞駐臺中寺住持。[55]

新竹寺歷來除了開辦各種布教大講演會、佛教講習會，也舉辦通俗講演會，如邀請屏東救護院理事長中法學士演講等。又如第五任松山禪師不僅發起「國語研究夜學會」，也應新竹街保正發起每月開會兩回以上的「成德會」，專為教誨不良少年及刑事要視察人的教化演講。[56]在新竹寺的寺務推展中，除了投入社會教化，也頗為注重兒童教育，相關活動則如佐久間利用土曜日（どようび）開辦兒童修養會，活動流程中先是由佐久間說教、教訓，再囑託新竹州教育課太田召開各種兒童講話會。除了定期舉辦童話講演及童謠舞蹈等活動，在一些宣傳佛教或觀音祈禱會、降誕會、觀音講會的主活動之後，也會順道舉行童話、童謠和童話劇之餘興，或召開兒童大會等相關活動。[57]

在地寺廟除了積極展開與宗教界人士、信徒家族、社會庶民等建立良好關係之外，住持本身若有詩文活動與文學表現時，也極易召聚文人社群，而形成另一種形態的地方人際網絡。新竹寺第三任住持今西大龍即是一位別具

---

54 《臺灣日日新報》「本島宗教研究會」（明治四十二年）1909年10月10日，第7版。

55 《臺灣日日新報》「設說教所」（大正二年）1913年5月5日，第4版：「新竹寺主董曹洞宗布教師今西大龍氏……固已多歷年所，從事布教，又為本島人所歡迎。故其信徒之眾，冠絕他宗。」

56 分見《臺灣日日新報》「新竹寺籌設夜學」（大正七年）1918年2月25日，第4版；「成德會發會式」（大正十三年）1924年4月13日，第6版。

57 「竹寺行事」（昭和二年）1927年11月22日，第 n04版；「新竹市南門新竹寺」（昭和六年）1931年1月25日，第 n04版；「降誕會觀音講」（昭和八年）1933年1月25日，第3版。

風格的日本詩僧。依據文獻所載：「有日僧今西上人，法號臥雲，住錫於法蓮寺，通稱觀音媽廳。今西乃日本曹洞宗大學學監，假法蓮寺布教。人稱之髯鬚和尚，通漢文亦能詩。」[58]可知其人性耽風雅，雅好藝文。另《臺陽詩話》則敘其與新竹文士王石鵬、王松等人之唱酬：[59]

> 臥雲，今西上人（大龍）之別號也。臥雲曾為日本曹洞宗大學林學監，雲遊來臺，住錫於竹之觀音廳；開門布教，信徒之盛，罕有其匹。上人貌甚莊嚴，髯鬚而秀，竹人皆稱髯鬚和尚。通漢文，亦能詩。有〈始到臺灣〉云：「傳法向臺地，舉帆從海東。已驚蚩物異，豈有語言通。杖錫來新竹，斂衣入梵宮。梵宮無面識，月影獨朦朧。」又遊（應作「有」）〈了庵席上口占〉云：「了庵（王石鵬）高士氣如雲，能飲能談我與君。佛印東坡同一榻，膽肝相照在斯文。」……上人嘗語余（王松）曰：「我所自信者，非神、非佛、非仙，惟於人間為安心立命地而已。」噫，非出大經卷者，何能有此智語？

引文中指明其住錫於新竹之觀音廳，然前文已述及在臺日本僧人擔任各禪寺住持的流動現象。今西大龍善詩文，熱衷參與本島詩界吟社，在竹邑藝文界，頗富聲譽。其於奇峰吟社，時與詩翁鄭如蘭、蔡啟運及櫻井勉等人唱和。《臺灣日日新報》曾刊載：「近來本島詩界，大有勃興之象。……昨有詩人王瑤京，出為發起，招集邑中諸同志，定本月九日星期，擬在古奇峰大觀山館，設為吟社。聞老詩翁鄭如蘭，及內地名士櫻井勉，熊野常和尚今西大龍諸氏，亦欲與會。」[60]其所寫〈過寒溪懷劉爵帥〉、〈奇峰消夏〉諸篇，即是與鄭養齋「遊古奇峰」嘯詠唱酬之詩文。[61]此外，今西大龍也曾於新竹蒲

---

58 見黃旺成監修：《臺灣省新竹縣志（四）‧卷八‧宗教志》（新竹市：新竹縣文獻委員會，1976年6月），頁34。

59 見王松：《臺陽詩話》（臺北市：臺灣銀行經濟研究室編印，1959年），頁63-64。

60 《臺灣日日新報》「奇峰吟社」明治四十二年（1909）5月9日，第7版。

61 《臺灣日日新報》「過寒溪懷劉爵帥限先韻」明治四十二年（1909）7月15日，第1版。

節（端午），在武營頭之榕陰深處，辦理寫真之會，帶動年節氣氛，而市井民眾也配合擡出昔時午節所用的龍頭，以鼓樂迎之，沿街遊行，因而博得「今西大龍氏，聚諸文人風雅者」之美名。[62]

除了與藝文詩社團體的交流，在新竹寺的歷來法會歷史記錄中，歷歷見證禪寺與竹邑仕紳的交往互動，如在新竹寺舉行櫻井勉氏的遙弔式，即可看到竹邑仕紳鄭肇基、鄭鴻源等多人參與其事；[63]樹林頭許廼江氏出殯時，除了蒙新竹寺的協力治喪，塹城聞人鄭家珍、蔡星穀等人更廁身其中。[64]佐久間尚孝於一九七七年仙逝時，也見新竹舉人鄭家珍女弟暨紫霞堂住持鄭藥珠（鄭却）撰輓聯及弔辭，[65]字裡行間寄寓景仰推崇與懷人之思：

> 遙訃驚傳離大海；引詞欲訴望浮雲。
> 追憶佐久間師，佈教曾居竹塹；
> 悼悲曹洞宗長，歸天竟在仙臺。（〈輓新竹寺佐久間佈教師〉）

> 維中華民國六十六年○月○日，為前新竹寺佈教師佐久間，舉行追悼法會。謹以清香庶（應作「素」）果，致誠衷以悼之曰：
> 溯洄尚孝，難以罄箋。施佈廣大，領導最先。……慎重任職，氣象超然。向上會立，今尚傳連。深思遠慮，感化愈堅。住持竹寺，十八多年。接待周至，際遇機緣。示諭人眾，勉勵拳拳。擔當要位，歷選委員。講經談法，趣興樂宣。平靜雍睦，內外斡旋。卅餘載憶，滄桑事牽。本省造別，歸國團圓。……前再蒞島，晤語笑嘸。……。（〈前新竹寺佐久間布教師弔辭〉）

〈過寒溪懷劉爵帥〉詩：「爵帥垂鉤是那邊，寒溪水盡跡空守。樵歌牧笛斜陽路，一片斷碑話昔年。」

62 《臺灣日日新報》「蒲節景況」明治四十年（1907）6月20日，第 n04 版。

63 《臺灣日日新報》「櫻井勉氏　遙弔式　廿二日新竹寺」昭和六年（1931）10月24日，第 n04 版。

64 《臺灣日日新報》「許氏出殯盛況」大正九年（1920）9月21日，第5版。

65 鄭却著、施懿琳編校：《鄭藥珠詩文集》（新竹市：新竹市文化局，2017年），頁306-307、260。

一般弔祭文固不免有揄揚之詞，值得注意的是文中傳述的重點，乃在於其人「接待周至」、「內外幹旋」，及戰後返日後，復多次蒞臨臺灣的深摯之情。綜上，皆見新竹寺歷任住持與竹邑文士交遊密切的互動現象，而鄭蘂珠等宗教界人士隔海為佐久間氏舉行追悼法會，尤能表顯新竹寺日僧在布教渠道上，透過深耕在地的人文情愫，在臺、日不同質的信仰文化場域中，達成一種協調與交流的形式。

（二）創立昭和義塾

新竹寺參與地方事務，最為人稱道者，當屬佐久間尚孝和張麟書等人籌設昭和義塾。創設緣起，主要鑑於本島子弟，有因家計困難，希望就學，卻力未能支；或雖入學而中途退學者，加上彼時就業困難，若無事而喜遊，恐終怠惰成性。且若不就學，也無由長其智識。因此籌設新竹昭和義塾，收容市內無方就學，以及中途退學之子弟。經向當局申請認可，總計收容子弟五十名，而義塾則設置於南門關帝廟內。教師主要為公學校訓導，佐久間尚孝和鄭煌兩位也參與其中。佐久間尚孝氏並為義塾長及學藝會委員，其後更因此而得到「新竹州社會教育功勞表彰」。[66] 據鄭煌日後回憶，昔參與義塾者，尚有教日語課的林玉龍、教數學的魏清溪、教數學和日語的郭傳峰等人，而鄭煌本人則教授漢文。[67]

一九三一年於南門關帝廟設昭和義塾，並於五月二十五日午後八時舉行開塾式，五月二十七日午後七時召開第一回學藝會。[68] 筆者實地至南門街關

---

[66] 有關義塾籌設宗旨及過程，分見《臺灣日日新報》「新竹有志籌設義塾」（昭和六年）1931年5月9日，第 n04版；「學藝會」昭和八年（1933）5月27日，第3版；「新竹州、市的表彰／社會教育功勞表彰者」昭和十年（1935）10月31日，第 n01版。

[67] 參陳騰芳、潘國正、陳愛珠著：〈「希望工程」新竹版——資深記者鄭煌創辦義塾的故事〉，收於潘國正著：《一生懸命：竹塹耆老講古》（新竹市：新竹市立文化中心，1995年），頁64-69。

[68] 昭和義塾開塾式暨相關活動等三則報導，分見《臺灣日日新報》題名「昭和義塾の開校式昭和六年（1931）5月26日，第5版；「貧困兒童のための新竹昭和義塾二十五日開塾式舉行」昭和六年（1931）5月28日，第5版；「新竹昭和義塾の學藝會」昭和六年（1931）11月7日，第7版。

帝廟查看「新竹關帝廟沿革記要」（二〇〇九年十一月修建落成之碑銘，圖十），見「設立義塾」條目下載記：「民國十五年（1926）廩生吳逢沅於本廟設塾教讀漢文，在日本殖民下維繫祖國文化。其後儒士多人也曾設教於此，民國十九年——鄭煌主事」。碑銘中提及鄭煌，但對於佐久間尚孝隻字未提。查索廟內陳列之廟誌史〈新竹武聖廟沿革史〉大事記，也僅敘及民國二十七年（1937）重修本廟，前清廩生吳逢沅、通儒鄭得時、范耀庚等，獲新竹地方人士支持，在本廟設「六也書塾」，專授漢文。[69] 詢問廟內執事人員有關「昭和義塾」，也一無所知。稽核縣志文獻所載：「日據時期新竹地方非正式設立之重要書房概覽」，標示書房所在地「南門關帝廟」之

圖十「新竹關帝廟沿革記要碑」

（2021年11月6日拍攝）

---

69 見范天送、鄭煌等編：《新竹武聖廟沿革》（新竹：新竹武聖廟管理委員會，1990年），頁14。另見《臺灣日日新報》「認可書房」大正十二年（1923）9月9日，第6版，載及新竹郡下認可漢文書房十三處，即新竹南門外靜課軒書房、同南門漢文專修書房、東門六也書塾、北門學渠齋書房、西門養蒙書房、新竹街客雅育英書塾、湳雅集益堂書房、金山面養正堂書房、湖口庄文行書房、紅毛庄維新書房、大家庄育英書房、關西庄馬武督沙灘文光書房、赤柯山、赤坷坪大正書塾等。其中「南門漢文專修書房」，應指關帝廟之義塾，惟六也書塾並不在關帝廟內，而是東門。另依據曾秋濤之孫曾煥儀口述歷史，則敘及曾秋濤先後開設四個漢書房，分別是日治時期的「雅宜書齋」、魚寮（今新港里）的「東山書房」、新竹市關帝廟的「六也書房」，以及光復後位於新竹市北門街八十八號（現改建中）的「三省學堂」。訪談資料參柳書琴：〈竹塹城外文采風流：曾秋濤及其創建的來儀、御寮吟社〉，《全球客家研究》第4期（2015年5月），頁168。

塾師名稱，日治前後期則僅見吳達沅和曾秋濤兩位，至於「六也書房」則列於「正式報設之書房」，位於北門區，塾師為鄭得時。[70]

日治初期傳統文人因仕宦之途受阻，紛紛開設書房（指個人所辦之私塾，以教授漢文為主），一來為謀稻粱，二來則以傳承漢文作為民族精神寄託。臺灣總督府見書房數激增，恐影響實施新式教育，於明治三十一年（1898）頒布「書房義塾規程」，然規程並未涉及「義塾」，其規程重點主要在於將「書房」納入管理，並明文規定書房之設立需經過申請許可，此外對於課程及授課教科書也有規定，書房因此可視為「代用之公學校」。[71]日治時期相關教育的文獻中，有關義塾資料已殊難獲得，迨至一九四五年解殖，又亟欲抹除日本統治之歷史記憶，以致《關帝廟誌史》及《新竹市志》有關義塾名錄，皆刻意闕漏了佐久間氏。[72]

四　新竹寺的特殊場所性

作為地景中被賦予「神聖場所」標誌的寺廟，本身即是一種特殊的空間結構，而作為日人建造的「新竹寺」，其空間意義當是更為特殊且獨立存在

---

70 黃旺成、郭輝纂修：《臺灣省新竹縣志（四）・卷七・教育志》（新竹市：新竹縣文獻委員會，1976年），頁121-125。關帝廟內設置民間書房，並由吳逢沅掌執教務，殆無疑義，惟關廟是否設置「六也書房」？又六也書房究竟位處東門、南門或北門，眾說紛紜，尚待更深入考證。

71 資料參見林松、周宜昌主修：《新竹市志・卷五・文教志》（新竹市：新竹市政府，1996年），頁371。

72 依據《新竹廳志》所載，社學乃是義學，教育社番者，謂為土番社學。有關新竹義塾之設，始自同治六年（1867），由淡水同知嚴金清設立義塾十五處，其中新竹廳地方者，有竹塹城四處與中港、新埔兩社之義塾，而塹城內之義塾全為漢人子弟而設，中港、新埔則為民番共學。及至同治九年，則增設舊社庄及南門外竹蓮寺兩處義塾。資料參見波越重之作、宋建和譯：《新竹廳志》（新竹縣：新竹縣文化局，2014年），頁282-283。另參許佩賢：〈新竹地區清代的文教設施與日據時期的學校教育〉，韋煙灶主編：《從清代到當代：新竹300年文獻特輯》（新竹市：竹市文化局，2018年），頁136-137。上引兩處資料，皆未提及「昭和義塾」。

於新竹區域中。除了前述新竹寺初期所展現參與地方教育文化活動的社會實踐，如開辦夜學會、研究會、講演會等活動。迨至一九三○年，以「地方近事」命題的報導中，更見新竹寺參與地方活動盛事之頻繁，如「新竹寺の布教大講演會」、「佛教講習會」、「新竹寺の映畫會」等等。[73]此外，新竹寺也作為來臺之日人參拜寺廟的接待處所。[74]凡此皆可視為新竹寺與社會關係的一種象徵與再現。

除了具有社會空間的功能性外，新竹寺也作為展現道地日本文化的示範場所，如於昭和八年（1933）二月舉行「新竹の豐用稻荷初午大祭」；以及每年四、五月之際的「釋尊降誕奉祝花祭」活動等。依據當時報載：「同街釋尊降誕奉祝花祭，昨八日在街內新竹寺。下午一時起，有樺山氏之乃木將軍、旅順港之薩摩琵琶、天野屋利兵衛之浪花節。歌舞音曲，手踊，十未櫻等各種餘興。婦人子供物、弁當、茶果等響應。」[75]以花祭（浴佛）或釋尊聖誕的名義來慶祝佛陀的誕生，或許是行之久遠的佛門盛事，但新竹寺所舉行之花祭，顯然是極具東洋風味的文化花祭。

且切換至同年舉辦之「新竹市之釋尊降誕祭會」。在新竹公會堂舉行灌佛式的活動，列席者眾，雖大都來自民間人士，但祭典委員長則是政所市尹，其餘參與盛典者尚有內海州知事、大關文書課長等人。活動開始，先是「合唱國歌」，其次則是朗讀式辭、天女散花、主僧讀表、祝辭等前導儀式，最重要的灌佛儀典、齊唱花祭歌等，皆是由日本高層官方人員主其事。[76]每年春季四月在日本各地舉行之釋尊降誕奉祝的花祭行事，向是佛門宗教的儀典，[77]當挪移至臺灣島內時，不免增添了另一種宗教與文化傳播中的政治性意味。

---

73 《臺灣日日新報》「新竹寺の布教大講演會」昭和三年（1928）10月5日，第6版；「新竹の 佛教講習會 講師には內務部長其他」昭和五年（1930）4月8日，第2版；「新竹寺の映畫會」昭和五年（1930）5月17日，第5版。

74 《臺灣日日新報》「子供會の愛護デー」昭和五年（1930）5月3日，第9版。

75 《臺灣日日新報》「新竹街花祭」大正十三年（1924）4月9日，第6版。

76 《南瀛佛教》「新竹市之釋尊降誕祭會」，第11卷第5號，（昭和八年〔1933〕5月1日），頁51。

77 《南瀛佛教》「卷頭辭」，第19卷第4號，（昭和十六年〔1941〕4月8日），頁01。

　　誠如增田福太郎指出：「日臺佛教的合作，構成臺灣統治政策的重要一環。」[78]在臺灣傳教區的內地宗教中，佛教的教務最早，而佛教傳教的開始，主要從領地時期加入徵兵的軍師開始。[79]因此來臺灣的日本佛教各派僧侶，昔日即具有「從軍布教師」的身分，[80]也必然有其配合「國家神道」、「祭政一致」、「天皇至上」的宗教意識與信念。

　　新竹寺因此除了布教傳道外，也具有推動地方國語補習教育的場所功能性。一九三〇年五月於新竹市，交由公學校訓導負責開設各種國語的練習會，總計分有四類：一、市場商人團國語練習會：在新竹一公開催。二、職工國語練習會：即假新竹寺為會場。三、埔頂國語練習會：以新竹第三公學校為會場。四、樹林頭國語練習會：在新竹第二公學校開設。[81]所有會場皆為學校或機關行號，「新竹寺」則是唯一的宗教機構。藉此也可管窺新竹寺以弘法道場兼具教化場域的空間特殊性。

　　昔以安置北埔遭難亡魂而籌建的新竹寺，雖然也如一般佛寺，循例舉行追悼會、盂蘭盆會、受難者追悼儀式等，但慰靈法會對象主要是領臺以降新竹州殉職官長、警察職員、各級學校之日籍校長、北埔事件遭難者、陸海軍戰病死者亡魂、討蕃隊病死者、觀音講員等為主，其次則是新竹寺檀信徒各家門先祖代亡靈，以及地方仕紳家族等。新竹知名社會運動家黃旺成於日記中，即載記多次赴新竹寺，參加法事的活動行程。概覽黃旺成參加弔祭葬儀或逝世週年法事之人物仕紳，計有高木平太郎校長、前總督佐久間左馬太、

<hr>

78　增田福太郎：《臺灣宗教論集・南島寺廟採訪記》，頁156。

79　領臺之初日本人之渡臺者，主要為役人（官員）、軍人、教師之類等。相關資料參見蔡錦堂：《帝国主義下台湾の宗教政策》，頁28。（內文中文字為自譯）

80　闞正宗嘗論及甲午戰爭後，誕生了日本史上所未有的佛教「從軍僧」。有關從「從軍僧」到「臺灣開教使」的活動概況，可參闞氏著：《臺灣日治時期佛教發展與皇民化運動：「皇國佛教」的歷史進程（1895-1945）》（新北市：博揚文化事業公司，2011年），頁27-29。

81　見《臺灣日日新報》「新竹市內各種國語練習會期日」昭和五年（1930）5月24日，第4版。

原新竹廳長家永泰吉郎氏等等。[82]

　　承上，可見新竹寺法事並未徧及一般臺籍民眾，其超渡或祈福法會對象顯然具有揀擇性與階級性的藩籬，且新竹寺法會現場也充滿高度政治性集會的空間象徵意涵。如佐久間左馬太前總督的弔祭法會，即在新竹寺舉行，出席者為新竹廳重要官民及各支廳長等官民三百餘人。[83] 又如新竹寺第五任住持松山宏堂也曾為《臺灣日日新報》漢文部記者魏清德氏的嚴君魏篤生及殉死夫人舉行葬儀，法會地點則在魏宅。[84] 此外，即使新竹寺建基於本島，對於內地各種災變，如關東地方大震災的追悼會（1924年9月），或為天皇祈福、哀悼天皇的遙拜法會（1927年2月），或遙弔曾任新竹州知事的櫻井勉（1931年10月）等，[85] 皆表現出宗教與政治、本島與內地同步貫徹「謹奉聖旨的教化指導」目標。

　　一九三一年九一八事變以後，即進入國民精神總動員的備戰時刻，即使是超越塵俗的宗教機構，也必然要染著濃稠的佛教護國團結意識。由日殖官方主導的《南瀛佛教》，在此期間即頻現新體制、報國與臣道等指導精神標語，如「戰術研究」（第16卷第5號），「為了東亞之建設」（第17卷第6號），「東亞建設與宗教使命」（第17卷第12號）、「佛教報國綱領」（第19卷第5號）、「寺院布教所戰時體制」（第19卷第9號）等等，甚至以標示「決戰生活訓」

82　參見《黃旺成先生日記》（1914年12月3日、1915年8月10日、1915年8月22日等則），茲舉「1915月8月10日」日記例示：「欲迎又未到　歸晝食　晝睡約一時間　午後二時半在新竹寺開前總督哀悼法會　四時散　來校看李等行棋　至六時半歸　晚餐　夜書兩日々誌　十時睡。」見中研院臺灣史研究所「臺灣日記知識庫」:《黃旺成先生日記》（來源：https://taco.ith.sinica.edu.tw/tdk/%E9%BB%83%E6%97%BA%E6%88%90%E5%85%88%E7%94%9F%E6%97%A5%E8%A8%98。（2021年12月10日檢閱）感謝翁聖峰教授提示《黃旺成先生日記》相關資料。

83　《臺灣日日新報》「新竹の哀悼會」大正四年（1915）8月10日，第2版。

84　《臺灣日日新報》「魏氏夫妻の葬儀」大正六年（1917）3月20日，第7版。

85　《臺灣日日新報》「新竹追悼會」大正十三年（1924）9月1日，第4版；「佛教哀悼會」昭和二年（1927）2月7日，第 n04版；「櫻井勉氏　遙弔式　廿二日新竹寺」昭和六年（1931）10月24日，第n04版。

（第20卷第2號），作為卷頭辭。[86]足證宗教性雜誌都充溢著「謹奉聖旨展開決戰活動」、「宗教團體戰時活動實施要目標確立」之邀進策勵語。（圖十一）

圖十一　佐久間尚孝（中）與新竹佛教護國團向上會。取自大野育子，〈日據時期在臺日僧與臺籍弟子之關係：以新竹寺佐久間尚孝和朱朝明為中心〉，頁77。

　　佛教尊皇、報國、護國，也即是「皇國佛教」鍊成的一種信念與目標，表徵「皇國使命」與「佛教練行」的合轍。有關「皇國佛教化」理念，依據識者所論，並非因應殖民統治而生，而是日本自來即有的佛教「鎮護國家」的傳統。除了藉此擺脫佛教凌駕於神道教之上的歷史事實，也欲以神道主義推進國民教化，其終極目的則在於「天皇國家制的再確立」。[87]在進入日殖皇民化的階段，臺灣地區的日本佛教各宗派自然更要積極配合殖民當局政

86 資料參見《南瀛佛教》「決戰生活訓」，第20卷第2號（昭和十七年〔1942〕2月10日），頁1。《南瀛佛教》自第19卷第2號起，更名為《臺灣佛教》，惟目前資料庫仍沿用舊名。http://buddhism.lib.ntu.edu.tw/museum/TAIWAN/。（2022年6月20日）

87 闞正宗：《臺灣日治時期佛教發展與皇民化運動：「皇國佛教」的歷史進程（1895-1945）》，頁20-21。

策,加強皇國佛教的鍊成與教化。

映現於彼時新竹寺的宗教活動,自也是配合行事,如一九三三年「主催國民精神作興詔書煥發十週年記念傳導,並日支事變殉難者追悼總會」,即是在新竹寺召開,會中強調的要綱:一、國民相誡反省,自己須宜自覺家族的共同生活本義。二、明知非常時期日本之□(缺字)想及舉國振張之秋。三、須耐於克己忍苦之修練振作質實剛健的國民精神。[88]一九三六年開始進入「皇民化運動」階段,日本治臺的政策,加速要求臺灣人的同化。新竹寺既是日人寺廟,弘法之餘,除了協力宣傳決戰國民精神,更積極配合推動殖民統治體制下的「同化」運動。

一九三九年「新竹佛教護國體」在新竹市內有樂館舉行國民精神高揚的演講會,先是由桑原佐一郎及許振乾以戰地為題的報告演說,接著則放映新聞映畫,在高喊三次萬歲後於正午散會。[89]凡此,皆是政府企圖強化宗教國策,邁向皇國宗教活動組織的確立。為了順應時局,鍛鍊出正確且強而有力的教界,使其成為一體來展開宗教活動,並樹立佛教徒楷模,因此是宗教團體首要之務。日僧東海宜誠發表〈決戰之下佛教徒的使命〉講演,昭示佛教徒的使命,即強力呼籲:「透過日本大乘佛教精神、致力完遂決戰的勇猛奉公服務之誠、招徠東亞十億民眾的福祉和世界和平、所謂八紘一宇、法界平等、利益光被全人類。」此文當是日本領臺宗教團體在戰時最具代表性的一篇宣言。[90]

總理而言,新竹寺的多元化空間場所性有三,一是作為神聖性的宗教儀式聖所;主持祭儀的主要對象,為亡故於本島之官長、日軍亡魂及內地人等,此外,亦兼及在地仕紳之家族葬儀。二則作為社會性的推廣教化場域;藉由舉辦研究會、夜學會、講演會、設置義塾、國語講習所等,推廣日殖民教育,兼及參與地方節慶、民俗文化、藝文活動等,發揮與在地連結的社會空間性功能。三是作為政治性的皇國佛教道場;協從皇國文化及政治的大內

---

88 《臺灣日日新報》「曹洞宗新竹寺」昭和八年(1933)11月1日,第 n04 版。

89 《南瀛佛教》第17卷第3號,昭和十四年(1939)。

90 《南瀛佛教》第21卷第8號,昭和十八年(1943)。

宣組織，新竹寺不僅展現道地日本文化的示範場所，更配合同化政策，結合「殖民征服」、「佛教護國」與「日本化」，確立所謂「皇國宗教性」的特殊寺廟場所性。

五　結語

　　日本領臺後，在政治管理、土地資本、經濟策略及教育方針上，大多壓制並排除了臺灣原有的傳統制度及歐美外國勢力的影響。其中帶有濃稠同化色彩的「皇國佛教」布教方針，在日治時期也擔負重要的國策協作使命。闞正宗嘗試將日本殖民統治佛教的特點，歸結為四：一、明治維新以來，佛教被迫臣服於神道國教化，乙未割臺後，遂有從軍僧來臺開教。二、前期（1895-1915），則是以輔助殖民統治來「教化」民眾為主，在各地成立「教育機構」。三、中期（1915-1931）則展開合作與開展，以「同化」為主軸，並以養成臺籍僧侶、齋友為目的。四、後期（1931-1945）九一八事變後，漸次推進，藉由皇民化與改造，展現「寺廟整理運動」，以達完全「去中國化」，進入日本「皇國佛教化」。[91]值得深究者，日本採先懷柔後急進的開教傳道與傳播推展，其治理臺灣宗教的實踐成效究竟如何？且以矢內原忠雄之論來回應此設問：[92]

> 唯獨宗教，日本國民的活動則極為不振，對臺灣人原有的寺廟信仰及外國基督教傳教士的傳教，幾乎未加以絲毫的干預，統治臺灣後，來臺的日本神道、佛教及基督教的對象，幾乎只限定於在臺灣的日本人，其活動並不影響臺灣人及原住民。

91　參見闞正宗：《臺灣佛教的殖民與後殖民》（臺北市：博揚文化事業公司，2014年），頁48-50。

92　矢內原忠雄著、林明德譯：《日本帝國主義下之臺灣》（臺北市：吳三連臺灣史料基金會，2007年），頁194。

引文所言對於臺灣寺廟信仰,「幾乎未加以絲毫的干預」,自是浮誇,惟論及日本在臺傳教的對象,「幾乎只限定於在臺灣的日本人」,這推估語雖過於保守,但日本禪寺對於臺灣在地寺廟固然有其影響力,就日治時期推動臺人信仰改宗,歸信東洋宗教的傳播影響性而觀,的確極其有限。

　　蓋自一九三六年皇民化運動開始,日殖民政府的「宗教改革」政策即採取雙管齊下的作法,一方面是提倡日本神道,如神社的增建與昇格,以及神宮大麻的奉祀與神社參拜等;一方面則是壓抑臺灣固有宗教,主要政策即是「寺廟管理」,透過整理與裁併地方寺廟與齋堂。[93]惟就新竹寺對在地宗教的影響現象而觀,雖呈現日僧以殖民領導者之姿,介入地方寺廟的情境,然而採取的卻是較為消極與放任的「干預式」態度。再就日本佛教禪寺在臺的布教傳道概況而言,即便傳教中後期工作,為配合國策,布教對象自是以臺灣人為主,但或由於民族性、語言文化與信仰內涵的種種隔閡,自領臺以迄戰後的宗教信仰推廣成效,終究也只局限於在臺的內地人。

　　依據史料所載,昭和三年(1928)新竹名勝十八尖山正式規畫為森林公園後,即於公園各處奉祀日人朝聖靈場所供奉之三十三座觀音石像,以供遊人參詣。[94]隔年主辦觀音開眼巡禮式,則由新竹寺布教師代表佛教會祝辭,昭和六年(1931)一月並於新竹寺觀音講堂,主辦建立一年紀念供養會暨往赴公園新春參拜活動。[95]深耕竹塹文史的研究者張德南,即從「三十三所觀音靈場巡禮」(目前安置於新竹十八尖山新西國靈場的現存觀音石像及其宗教朝聖活動),來討論日治時期臺日族群、臺籍信徒的認同畫界現象。[96]其

---

[93] 在整理與裁併地方寺廟的宗教改革中,主要由地方各自施行,由於新竹州曾採取全廢方針,而引起很大的反彈,直至長谷川清於一九四〇年接任臺灣總督後,即中止此一政策。資料轉引自周婉窈:《海行兮的年代:日本殖民統治末期臺灣史論集》(臺北市:允晨文化事業公司,2004年),頁41-44。

[94] 《臺灣日日新報》「新竹森林公園籌安三十三身觀音,向山口縣德山市定鑄」昭和四年(1929)1月18日,第4版。

[95] 《臺灣日日新報》「新竹森林公園三十三觀音初詣で」昭和六年(1931)1月18日,第5版。

[96] 張德南:〈從西國到新竹——三十三所觀音巡禮〉,收於氏著:《新竹區域社會踏查》

探明發現頗有獨到知見：

> 無論何種類型的三十三所巡禮，信眾都深信會得到相同的功德。在離
> 鄉背井身處異地文化不可知的環境，運用日本巡禮及遍路獨特的宗教
> 活動消除彼此分歧，凝聚移民的內部認同；……可藉此獲得與原鄉間
> 的認同，……從臺灣石佛基座銘文可以發現靈場札所的設立，札所
> （石佛）的起造人並無臺籍信徒加入，……在戰後日人離臺及時空背
> 景下，巡禮全然被遺忘。石佛作為札所，因靈場功能消失，完全脫離
> 了原宗教文脈及信仰價值，不論在設置位置、信仰功能，設置形式等
> 面向皆產生極大的改變，反映出移植異文化的外來宗教在異地的傳布
> 發展及面臨局限。

誠如所言，新竹十八尖山之新西國靈場，是臺灣現存最豐富的在臺日人移植
之庶民信仰相關遺跡與造型。然則新竹在地居民或本土觀音信仰者，顯然與
外來移民者的觀音崇信，大異其趣。這結論自也適用於彼時塹城新竹寺之於
在地傳教的效能，以及竹邑人士對於神道信仰的受容現象。新竹仕紳或因
與世推移而不免貪緣趨附，或因無力表態而被動靠攏殖民政權，故而熱衷參
與新竹寺各項宗教活動，但即便是「行禮如儀」，也未必認同或皈依於日本
宗教。

　　本文從新竹寺建寺史，進行簡要的溯源，從建寺的歷史紋理中，察知新
竹寺迥非一般大眾化、親和性與開放性的寺廟，而是具有皇國宗教性與帝國
教育治理的寺廟性格。蓋新竹寺一方面藉由繫連佛教活動而昭顯日本文化意
識，一方面則在「尊皇奉佛」的皇道國體中，全力投入決戰時期的佛教護國
團結政策。新竹寺雖也透過建立與地方的社會網絡，來展現「行動與互動」
的另一種宗教場所界面，但毋庸置疑，即使佐久間尚孝志在「推動建立臺灣

（新竹市：竹市文化局，2019年），頁94-95。感謝張德南先生提供「三十三所觀音靈
場巡禮」相關資料。

佛教」，但新竹寺承繼而來的終究是「在臺灣的日本化寺廟」，而不是「在臺灣的本土化寺廟」，尤其是殖民統治最後十年，更可以看出新竹寺特具「佛教護國」、「國民鍊成」的皇國化寺廟的特殊場所性。

李豐楙曾揭示建立道教本身的理論方法，必須由制度面與擴散現象來重建宗教歷史：「此一宗教既代表一個不能忽略的古文明，乃唯一歷時較久的制度化宗教，而滲透於漢人社會基層既深且久。故需省思如何整合：經典文本、歷史文獻及田野調查，此乃宗教學術的一大志業。」[97]本文所關懷的新竹寺，是塹城區域歷史中極為特別的一座地方禪寺，雖被標誌為「宗教他界」的一處神聖空間，並且也能發揮推動地方文化活動，與文人仕紳交往的空間功能性，然而新竹寺作為一移殖而來的外國宗教及殖民統治威權下的異文化宗教場所，畢竟帶有穠稠的帝國統治與皇國教導的宗教大使命，並未有經歷在地化後的轉變性宗教面貌，以致本文只能就其建寺始源及其空間場域性來發論。

據筆者申請調閱新竹寺於光復初期的土地登記舊簿，發現新竹寺土地標示概況：民國三十五年（1946）尚見土地所有權人為松本徒爾，地目為「寺」（寺廟），直至民國三十九年（1950）奉命接收，所有權人改為「新竹縣政府」（原省轄市新竹市改為縣轄市），地目亦變更為「建」（一般建物）。時至民國四十年（1951），改設之縣轄市新竹市公所成立（遷至東區區公所），其建設課及兵役課則分設於南區區公所（即南門街舊新竹寺），直至民國四十五（1956）年止。[98]（見圖十二）歷經民國時期迄今的新竹寺座落地，先是作為政府辦公處所，其後因部分房舍坍塌、拆除，只存東廂房舍（此處原為新竹寺僧侶的食堂），其餘空地均闢為南門二十二號公園。至民國一〇五年（2016）在東廂房舍舊建物基礎上，略加增建補強後，轉為「南門里里民集會所」（見圖十三）。直至民國一〇七年（2018），因里民集會所

97 李豐楙：〈制度與擴散：臺灣道教學研究的兩個面向──以臺灣中部道壇為例〉，收錄於江燦騰、張珣編：《臺灣民眾道教三百年史：現代詮釋與新型建構》（臺北市：臺灣學生書局，2021年），頁129-130。

98 參見林松、周宜昌等主修：《新竹市志・卷三・政事志上》，頁231-232。

空間狹小，不敷使用，復又進行增建工程。據增建工程動土儀式新聞所載：「座落於公22號公園的南門里集會所歷史悠久，公園建物為日治時期所建，現作為南門里巡守隊駐隊及投開票所使用。」報導的重點，主要在於「最迷你集會所變30坪」的亮點，[99]另有一則報導則是強調此南門里集會所，是日治時代的「茶房」改建，建築風格古色古香。[100]殊不知此「禪寺食堂」非彼「公共茶房」，而風城官民對於新竹歷史空間的不求甚解，由此可知。

　　囿限於論文篇幅與課題框架，本文並未廓延處理在殖民領地上日系宗教所形成的臺人信仰受容樣態，以及戰後殘存日系寺廟的整體發展與變革之研究詮釋體系。然宕開在殖民地臺灣的日本傳教布道的

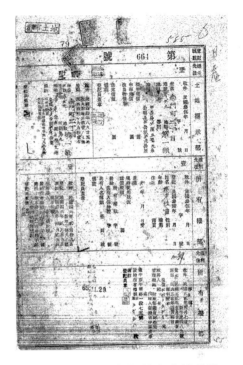

圖十二　光復初期新竹寺土地舊簿，新竹市地政事務所於民國一一一年（2022）六月二十九日核發

目標立場與發展概況等課題重點，且將「新竹寺」安置在區域文化地景的脈絡中來思考「人」與「事」的歷史軌轍，並更進一步琢磨：在日殖臺灣歷史裡有這麼一處特具皇國性與政治味的異質化宗教場所，其殘存的場景史話在

99　新竹振道記者李介蓉／新竹報導：〈「最迷你集會所變30坪」　竹市南門里集會所完工啟用〉，ETtoday 新聞雲/地方，2018年04月10日，網址：https://www.ettoday.net/news/20180410/1147460.htm。（2022年6月20日上網）

100　陳育賢報導：〈日治茶房改建　竹市南門里集會所啟用〉，《中時》，2018年4月10日，網址：https://www.chinatimes.com/realtimenews/20180410003260-260405?chdtv。（2022年6月15日上網）

建物登記第二類謄本(所有權個人全部)
新竹市南門段二小段00668-000建號

列印時間:民國111年06月29日15時46分　　　　　　　　　　　頁次:000001
新竹市地政事務所　　主任:李國清　　本案係依照分層負責規定授權承辦人員核發
新地行字第014142號　　　　　　　　　　　列印人員:陳葛晏
資料管轄機關:新竹市新竹市地政事務所　　謄本核發機關:新竹市新竹市地政事務所
*******************　　建物標示部　　*******************
登記日期:民國108年06月27日　　　　　　　登記原因:第一次登記
建物門牌:南門街15號
建物坐落地號:南門段二小段0329-0000　0329-0007　0329-0008　0329-0009　0329-0010
0329-0011　0329-0014
主要用途:里民集會所、里民集會所〈閱覽室〉
主要建材:加強磚造、鋼骨造
層　　數:001層　　　　　　　　　　　　　總　面　積:*****98.48平方公尺
層　　次:一層　　　　　　　　　　　　　層次面積:*****98.48平方公尺
建築完成日期:民國105年08月15日
其他登記事項:使用執照字號:（105）府工使字第00155號、（107）府都使字
　　　　　　　第00135號
　　　　　　　（權狀註記事項)建築基地地號:南門段二小段329、329-7至329
　　　　　　　-11、329-14等7筆地號
　　　　　　　107年8月8日增建
　　　　　　　（權狀註記事項)第一次增建,增建建築完成日期:107年8月8日
*******************　　建物所有權部　　*******************
(0001)登記次序:0001
登記日期:民國108年06月27日　　　　　　　登記原因:第一次登記
原因發生日期:民國105年08月15日
　所有權人:新竹市
　　統一編號:0001001800
　　住　　址:(空白)
　管 理 者:新竹市東區區公所
　　統一編號:98275241
　　住　　址:新竹市民族路40號
權利範圍:全部*********1分之1*********　　　權狀字號:(空白)
其他登記事項:申請免繕發權利書狀辦理公有土地權利登記
　　　　　　本謄本僅係所有權個人全部節本,詳細權利狀態請參閱全部謄本
　　　　　　　　　　　　(本謄本列印完畢)
※注意:一、本謄本之處理及利用,申請人應注意依個人資料保護法第5條、第19條、第
　　　　　20條及第29條規定辦理。
　　　　二、前次移轉現值資料,於課徵土地增值稅時,仍應以稅捐稽徵機關核算者為依據。

圖十三　新竹市南門段二小段0329地號

（昔新竹寺，今南門里里民集會所）

「現代語境」裡的增生意義是什麼？而作為日殖歷史的建物遺構，是否可以視為臺灣「後本土文化遺產」之一？如果認同「在地知識」是作為區域文化主體的重要組構元素，則當面對「臺灣製作」與「殖民文化」在交互作用下，所形成混種的地方文化景觀時，我們當如何看待「此曾在」與「依舊在」的歷史演繹及空間生產？此即本文的撰述起點與關懷所在。

──原刊於《成大中文學報》第78期（2022年9月）

徵引書目

一　專書

王　松：《臺陽詩話》，臺北市：臺灣銀行經濟研究室編印，1959年。

矢內原忠雄著、林明德譯：《日本帝國主義下之臺灣》，臺北市：吳三連臺灣
　　　史料基金會，2007年。

江燦騰：《風城佛影的歷史構造：三百年來新竹齋堂佛寺與代表性人物誌》，
　　　臺北市：臺灣學生書局，2021年。

江燦騰、張珣編：《臺灣民眾道教三百年史：現代詮釋與新型建構》，臺北
　　　市：臺灣學生書局，2021年。

江燦騰主編：《跨世紀的新透視：臺灣新竹市300年佛教文化史導論》，臺北
　　　市：前衛出版社，2018年。

周婉窈：《海行兮的年代：日本殖民統治末期臺灣史論集》，臺北市：允晨文
　　　化事業公司，2004年。

林　松、周宜昌、陳清和等主修：《新竹市志》，卷三、卷七），新竹市：新
　　　竹市政府，1997年。

波越重之作、宋建和譯：《新竹廳志》，新竹縣：新竹縣文化局，2014年。

范天送、鄭煌等編：《新竹武聖廟沿革》，新竹市：新竹武聖廟管理委員會，
　　　1990年。

韋煙灶主編：《從清代到當代：新竹300年文獻特輯》，新竹市：新竹市文化
　　　局，2018年。

張德南：《新竹區域社會踏查》，新竹市：新竹市文化局，2019年。

陳培桂編：《淡水廳志》，臺北市：臺灣文獻委員會，1977年。

黃旺成、郭輝纂修：《臺灣省新竹縣志（四）》，新竹市：新竹縣文獻委員
　　　會，1976年。

黃旺成、黃奇烈纂修：《臺灣省新竹縣志（一）》，新竹市：新竹縣文獻委員
　　　會，1976年。

黃英哲：《「去日本化」「再中國化」：戰後臺灣文化重建（1945-1947）》，臺北市：麥田出版社，2017年。

黃鼎松：《一方天地──禪境獅頭山》，苗栗縣南庄鄉：獅山勸化堂，2019年。

黃鼎松總編輯：《獅頭山百年誌》，苗栗縣：財團法人獅山勸化堂，2000年。

楊鏡汀主編：《重估北埔事件的歷史評價》，新竹縣：客家臺灣文化學會，1997年。

溫國良編著：《日據時期在臺日本佛教史料選編》，南投縣：國史館臺灣文獻館，2013年。

溫國良編譯：《臺灣總督府公文類纂宗教史料彙編（明治二十八年十月至明治三十五年四月）》，南投市，臺灣省文獻委員會，1999年。

增田福太郎著、黃有興譯：《臺灣宗教論集》，又名《東亞法秩序說──以民族信仰為中心》），南投縣：臺灣省文獻會，2001年。

潘國正：《一生懸命：竹塹耆老講古》，新竹市：新竹市立文化中心，1995年。

蔡錦堂著：《帝国主義下臺湾の宗教政策》，東京都：同成社，1994年。

鄭　却著、施懿琳編校：《鄭藥珠詩文集》，新竹市：新竹市文化局，2017年。

釋悟因監修、釋見豪、釋自衍採訪與編著：《樸野僧‧無上志：新竹靈隱寺無上和尚圓寂五十週年紀念》，嘉義市：香光書鄉出版社，2016年。

闞正宗：《臺灣日治時期佛教發展與皇民化運動：「皇國佛教」的歷史進程（1895-1945）》，新北市：博揚文化事業公司，2011年。

闞正宗：《臺灣佛教的殖民與後殖民》，臺北市：博揚文化事業公司，2014年。

中西直樹：《植民地臺灣と日本仏教》，京都市：三人社，2016年。

高木正信：《新竹大觀》，新竹州：臺灣經世新報新竹支局，昭和三年（1928）。

曹洞宗宗務廳：《曹洞宗海外開教傳道史》，東京都：曹洞宗宗務廳，1980年。

二　專書論文及期刊

三尾裕子（Yuko Mio）：〈臺灣民間信仰研究〉，張珣、江燦騰合編：《臺灣本土宗教研究的新視野和新思維》（臺北市：南天書局，2003年），頁292-293。

李豐楙：〈制度與擴散：臺灣道教學研究的兩個面向——以臺灣中部道壇為例〉，收錄於江燦騰、張珣編：《臺灣民眾道教三百年史：現代詮釋與新型建構》（臺北市：臺灣學生書局，2021年），頁129-130。

慧嚴法師：〈西來庵事件前後臺灣佛教的動向〉，《臺灣佛教史論文集》（高雄：春暉出版社，2003年），頁169。

黃運喜：〈日據時期新竹青草湖感化堂的屬性初探〉，《竹塹文獻》第38期（2007年4月），頁53。

余耀文、蕭真真：〈新竹州戰後慰靈碑的歷史回顧・貳、佐久間禪師與曹洞宗派之道風傳承〉，《竹塹文獻雜誌》第44期（2009年12月），頁61-80。

大野育子：〈日據時期在臺日僧與臺籍弟子之關係：以新竹寺佐久間尚孝和朱朝明為中心〉，《臺灣學研究》第15期（2013年6月），頁67-94。

柳書琴：〈竹塹城外文采風流：曾秋濤及其創建的來儀、御寮吟社〉，《全球客家研究》第4期（2015年5月），頁168。

三　電子資料庫

《黃旺成先生日記》，中研院臺灣史研究所「臺灣日記知識庫」：https://taco.ith.sinica.edu.tw/tdk/%E9%BB%83%E6%97%BA%E6%88%90%E5%85%88%E7%94%9F%E6%97%A5%E8%A8%98。（2021年12月10日檢閱）

《南瀛佛教會報》資料庫（自19卷第2號更名為《臺灣佛教》，目前資料期刊則沿用簡稱《南瀛佛教》），http://buddhism.lib.ntu.edu.tw/museum/TAIWAN/。

《南瀛佛教》，第11卷第2號，昭和八年（1933年）。

《南瀛佛教》，第10卷第8號，昭和七年（1932年）。

《南瀛佛教》，第11卷第5號，昭和八年（1933年）。

《南瀛佛教》，第17卷第3號，昭和十四年（1939年）。

《南瀛佛教》，第19卷第4號，昭和十六年（1941年）。

《南瀛佛教》，第20卷第2號，昭和十七年（1942年）。

《南瀛佛教》，第21卷第8號，昭和十八年（1943年）。

《臺灣日日新報》，本文採用清華大學圖書館「臺灣日日新報（YUMANI）新版含標題」電子資料庫（依引用次序臚列）：

《臺灣日日新報》「詞林／始到臺灣寓新竹寺有此作」明治四十五年／大正元年（1912）10月11日，第3版。

《臺灣日日新報》「正誤」明治三十六年（1903）9月24日，第4版；「德及幽明」昭和三十一年（1898）3月29日，第1版。

《臺灣日日新報》「民信之矣」明治三十年（1897）7月22日，第1版。

《臺灣日日新報》「教外別傳」明治三十六年（1903）2月25日，第5版。

《臺灣日日新報》「臺北寺院（十）曹洞宗豐川分靈閣」明治四十三年（1910）3月6日，第7版。

《臺灣日日新報》「社會教化の講演會」昭和九年（1934）8月4日，第3版。

《臺灣日日新報》「新竹寺籌設夜學」大正七年（1918）2月25日，第4版。

《臺灣日日新報》「本島宗教研究會」明治四十二年（1909）10月10日，第7版

《臺灣日日新報》「設說教所」大正二年（1913）5月5日，第4版。

《臺灣日日新報》「新竹寺籌設夜學」大正七年（1918）2月25日，第4版。

《臺灣日日新報》「成德會發會式」大正十三年（1924）4月13日，第6版。

《臺灣日日新報》「竹寺行事」昭和二年（1927）11月22日，第n04版。

《臺灣日日新報》「新竹市南門新竹寺」昭和六年（1931）1月25日，第n04版。

《臺灣日日新報》「降誕會觀音講」昭和八年（1933）1月25日，第
　　3版。

《臺灣日日新報》「奇峰吟社」明治四十二年（1909）5月9日，第7
　　版。

《臺灣日日新報》「過寒溪懷劉爵帥限先韻」明治四十二年（1909）
　　7月15日，第1版。

《臺灣日日新報》「蒲節景況」明治四十年（1907）6月20日，第4
　　版。

《臺灣日日新報》「櫻井勉氏　遙弔式　廿二日新竹寺」昭和六年
　　（1931）10月24日，第n04版。

《臺灣日日新報》「許氏出殯盛況」大正九年（1920）9月21日，第5
　　版。

《臺灣日日新報》「新竹有志籌設義塾」昭和六年（1931）5月9日，
　　第n04版。

《臺灣日日新報》「學藝會」昭和八年（1933）5月27日，第3版。

《臺灣日日新報》「新竹州、市の表彰／社會教育功勞表彰者」昭和
　　十年（1935）10月31日，第n01版。

《臺灣日日新報》「昭和義塾の開校式」昭和六年（1931）5月26日，
　　第5版。

《臺灣日日新報》「貧困兒童のための新竹昭和義塾二十五日開塾式
　　舉行」昭和六年（1931）5月28日，第5版。

《臺灣日日新報》「新竹昭和義塾の學藝會」昭和六年（1931）11月
　　7日，第7版。

《臺灣日日新報》「認可書房」大正十二年（1923）9月9日，第6版。

《臺灣日日新報》「新竹寺の布教大講演會」昭和三年（1928）10月
　　5日，第6版

《臺灣日日新報》「新竹の　佛教講習會　講師には內務部長其他」
　　昭和五年（1930）4月8日，第2版。

《臺灣日日新報》「新竹寺の映畫會」昭和五年（1930）5月17日，第5版。

《臺灣日日新報》「子供會の愛護デー」昭和五年（1930）5月3日，第9版。

《臺灣日日新報》「新竹街花祭」大正十三年（1924）4月9日，第6版。

《臺灣日日新報》「新竹市內各種國語練習會期日」昭和五年（1930）5月24日，第4版。

《臺灣日日新報》「新竹の哀悼會」大正四年（1915）8月10日，第2版。

《臺灣日日新報》「魏氏夫妻の葬儀」大正六年（1917）3月20日，第7版。

《臺灣日日新報》「新竹追悼會」大正十三年（1924）9月1日，第4版。

《臺灣日日新報》「佛教哀悼會」昭和二年（1927）2月7日，第n04版

《臺灣日日新報》「櫻井勉氏　遙弔式　廿二日新竹寺」昭和六年（1931）10月24日，第n04版。

《臺灣日日新報》「曹洞宗新竹寺」昭和八年（1933）11月1日，第n04版。

《臺灣日日新報》「新竹森林公園籌安三十三身觀音，向山口縣德山市定鑄」昭和四年（1929）1月18日，第4版。

《臺灣日日新報》「新竹森林公園三十三觀音初詣で」昭和六年（1931）1月18日，第5版。

四　引用報紙、網路資料

新竹振道記者李介蓉／新竹報導：〈「最迷你集會所變30坪」　竹市南門里集會所完工啟用〉，ETtoday新聞雲／地方，2018年4月10日，網址：

https://www.ettoday.net/news/20180410/1147460.htm。（2022年6月20日檢閱）

陳育賢報導：〈日治茶房改建　竹市南門里集會所啟用〉，《中時》，2018年4月10日，網址：https://www.chinatimes.com/realtimenews/20180410003260-260405?chdtv。（2022年6月15日檢閱）

中興法雲、繼往開來：
新竹州法雲禪寺真常法師的重要
生平與佛行事業[*]

楊璟惠[**]

摘要

　　本文旨在探討日治時期出生新竹州的佛教僧人——曹洞宗大湖郡法雲禪寺（今苗栗大湖法雲寺）真常法師的重要學經歷、駐錫過的寺院與擴及全臺的佛行事業。真常法師（1900-1946），本名曾書易，籍貫新竹關西，一九一七年禮法雲禪寺副住持妙果和尚（1884-1963）高徒達聖法師（?-1951）出家，一九二三年至一九二六年負笈中國，留學當時頂尖的佛學院——安慶佛教學校和南京法相大學，且於法相大學期間親炙近代唯識大家歐陽竟無（1871-1943），一九二四年在民國佛教泰斗太虛法師（1890-1947）座下承襲現代的佛學思想和改革理念。一九二六年底回臺，旋即受到法雲禪寺開山和尚覺力禪師（1881-1933）器重，興辦佛學教育、培育僧才及巡迴演講，並歷任法雲禪寺「臺灣佛學社」教務主任、臺中毘盧禪寺囑託教授、大覺法堂說教所主任等，爾後受聘為臺北萬華龍山寺和新竹師善堂住持暨法雲禪寺副

---

* 本文初稿宣讀於國立清華大學華文文學研究所主辦：「新竹在地文化與跨域流轉：第五屆竹塹學國際學術研討會」（2021年11月12-13日），承蒙講評教授李玉珍老師多所指教，復蒙投稿學報《問天期刊》第5期（2022年12月）雙匿名審查教授惠賜卓見，禪益良多，謹致謝忱。今再增補史料，大幅修改前文。

** 輔仁大學宗教學系所博士生。

住持等職，弘法布教。

　　本文以諸多日治時期歷史文獻考訂其重要的生平史料和事蹟，嘗試勾稽其一生的弘法事業，說明其肩負法雲禪寺正統法脈，開啟臺島佛學教育先河，力行現代佛學理念，紹隆嚴淨毗尼宗風，入世躬行社會慈善，尤其是一九四〇年至一九四六年卓錫於繁華的都市廟宇萬華龍山寺，勵精佛化改革，教化女子佛學，代表臺灣佛教參與日本佛教青年會主辦的「大東亞佛教青年大會」，嶄露不凡的中國佛教學識談吐，受日人欽敬。日治末年，政局丕變，真常法師宏觀局勢，擘劃統一全臺的佛教組織「臺灣省佛教會」，未料積勞成疾，頓逝於壯年。本文考訂其一生的重大事件，說明其生於新竹，卻胸懷壯志，為國家、為社會、為佛法盡瘁貢獻，特別是其擴而全國的佛行事業，洵足為法雲禪寺與臺灣佛教史上一承先啟後、繼往開來的宗教家。

關鍵詞：真常法師、法雲禪寺、萬華（艋舺）龍山寺、臺灣佛教

一　前言

宗教與社會文化發展，息息相關，竹塹的歷史風華與佛教發展密不可分，近年江燦騰等鉅著《風城佛影的歷史構造》與《臺灣新竹市300年佛教文化史導論》，[1]不但綜觀了竹塹三百年歷史文化的波瀾壯闊實發軔於佛教與齋教等宗教人物，也說明宗教薈萃了地方文史發展，昭晢互進。此三百年間佛教名人輩出，日治時期有曹洞宗的布教師佐久間尚孝（1895-1977）住持新竹寺，亦有來自「閩剎之冠」的鼓山湧泉禪寺覺力禪師（1881-1933）開闢法雲禪寺，[2]其一生培育了不少知名的女眾法師，如新竹香山壹同寺住持玄深尼師（1913-1990）、南投碧山巖寺暨臺北法光寺住持如學法師（1913-1992），尚有弘揚天臺法教的新竹法源寺住持斌宗法師（1911-1958），戰後弘揚「人間佛教」的印順法師（1906-2005），傑出的現代佛教學者李世傑（1919-2003），或出身於新竹，或寓居新竹，或弘法於新竹締下一頁頁歷史。

本文側重探討的是新竹市志、新竹縣志等未曾記載的宗教人物——真常法師（1900-1946），其生於日治時期新竹州，曹洞宗法雲禪寺派僧侶，歷任臺灣數所寺院住持，一九四○年起受禮聘於北臺灣最大民間廟宇萬華龍山寺，卓錫期間推動改革，受人景仰。日治末，重整佛教，亟力擘劃戰後第一個全島性佛教組織「臺灣省佛教會」，然其生平僅有零星研究，未臻詳盡。

真常法師的初步簡歷，可見於《艋舺龍山寺全志》（以下簡稱《龍山寺全志》）、[3]《臺灣佛教一百年》，[4]《臺灣歷史人物小傳——明清暨日據時

1　江燦騰：《風城佛影的歷史構造：三百年來新竹齋堂佛寺與代表性人物誌》（臺北：臺灣學生書局，2021年）。江燦騰、釋寬謙、侯坤宏、釋昭慧著，《跨世紀的新透視：臺灣新竹市300年佛教文化史導論》（臺北：前衛出版社，2018年）。

2　法雲禪寺，日治時期位於「新竹州」，大正年間對外全稱為「曹洞宗苗栗觀音山法雲禪寺」，大正七年地址是「新竹廳苗栗一堡大湖庄百二十五番戶」，昭和三年址是「新竹州大湖郡大湖庄大湖三百番戶」，寺名對外稱「新竹州大湖郡大湖庄法雲禪寺」；其在日治時代的發展和重要性可見於江燦騰：《日據時期臺灣佛教文化發展史》（臺北：南天出版，2001年），頁206-221。

3　劉克明主編，臺北艋舺龍山寺全志編纂委員會：《艋舺龍山寺全志》（臺北：艋舺龍山寺，1951年），頁28。以下引註皆作《龍山寺全志》。

期》、《大湖法雲禪寺派（上）──覺力和尚時代》等，可略知其一生牽涉了數座臺灣重要的廟宇歷史。[5]其門下弟子睿理法師曾撰〈慈恩永蔭僧青年──為真常法師生西八週年紀念而寫〉（以下簡稱〈慈恩永蔭僧青年〉）詳述了最多生平事蹟。[6]另有數篇學術文章介紹真常法師在近代佛教史上具有一定的代表性和影響；釋慧嚴於「日治時代臺灣佛教界的教育事業」和「臺灣與閩日佛教交流」[7]等文指出，真常法師是法雲禪寺日治時期得以開辦佛學教育的關鍵人物，也是當時赴中國受戒、學習、交流的代表僧侶之一。[8]釋道成的《覺力禪師及其派下之研究（1881-1963）》[9]與王見川和釋道成的《臺灣北部道場：中壢圓光寺誌》（簡稱圓光寺誌）都曾提及，真常法師是繼法雲禪寺開山祖師覺力禪師（1881-1933）圓寂後，承繼法脈的中堅人物。[10]最重要的還有闞正宗致力的臺灣佛教史研究，與甫出版的《臺灣佛教通史》[11]等都曾提及真常法師圓寂以前，為了戰後臺灣本土佛教的統一與變

4　闞正宗：《臺灣佛教一百年》（臺北：東大出版社，2015年），頁74。

5　張子文、郭啟傳、林偉洲，國家圖書館特藏組編：《臺灣歷史人物小傳──明清暨日據時期》（臺北：國家圖書館，2003年），頁380；「真常」傳由張子文撰，資料多引自闞正宗的《臺灣佛教一百年》。易水：《大湖法雲禪寺法派（上）──覺力和尚時代》（臺中：太平慈光寺，2012年），頁307-308。

6　睿理（1931-？），本名林傳芳，苗栗人，曾剃度出家，後還俗，日文名為林田芳雄，畢業於日本京都大學博士，曾任京都女子大學、龍谷大學史學教授。睿理：〈慈恩永蔭僧青年──為真常法師生西八周年紀念而寫〉，《覺生》第44期（1954年2月），頁18-20。

7　釋慧嚴：《臺灣與閩日佛教交流史》（高雄：春暉出版社，2008年），頁451-453、512-520。

8　釋慧嚴：〈再檢視日治時代臺灣佛教界從事的教育事業〉，《中華佛學學報》第16期（2003年7月），頁179-181。

9　釋道成：《覺力禪師及其派下之研究（1881-1963）》（桃園：圓光佛學研究所碩士論文，2003年），頁91-92、150-151。

10　王見川、釋道成：《台灣北部道場：中壢圓光寺誌》（桃園：圓光禪寺，1999年），頁120-122。

11　闞正宗：《重讀臺灣佛教：戰後臺灣佛教（正篇）》（臺北：大千出版社，2004年），頁34-39；闞正宗：〈臺灣佛教新史〉之二十三──臺灣光復初期之佛教（1945-1949），《人間佛教學報・藝文》第41期（2022年9月），頁114-133。羅玫讌：《臺灣大湖法雲寺派的發展（1908-1960）》（嘉義：國立中正大學歷史學研究所碩士論文，2007年），

革，戮力擘劃「臺灣省佛教會」，留下功不可沒的一頁。

除了上述學界揭櫫的面向，本文重探的動機尚有：一、日治時期新竹州法雲禪寺開山祖師覺力禪師圓寂時，法雲一脈已有分燈三十所，[12]至一九九〇年代傳衍至四百多所，迄今加入的聯絡寺院尚有二百五十多所，廣及臺灣、泰國、新加坡、馬來西亞、美國等，[13]換言之，法雲禪寺一脈，特別是覺力禪師圓寂以後的發展，值得進一步新究。[14]次者，真常法師住持萬華龍山寺，此寺廟在臺灣宗教史上舉足輕重，惟官方史料卻僅有二百餘字記載，不過卻盛譽有加，云：「來任之後，於斯途多有改革貢獻，為僧眾及諸人士所敬重」，[15]也引起本文進一步探究動機，其住持期間，到底推動了哪些改革，足以被表功頌德？再者，細查前人研究，真常法師的生平史料、駐錫寺院及佛行事蹟等，多不盡相同，有進一步釐清之必要。

爰此，本文試圖重新爬梳日治時期的歷史文獻，如《南瀛佛教》、《臺灣日日新報》、《龍山寺全志》、《亞光新報》、《臺灣佛教新報》等，並比對睿理法師所述，併及法雲禪寺住持達碧長老尼和《覺力禪師年譜》作者禪慧長老尼等所提供的史料，藉此重探此新竹僧人真常法師的重要事蹟、駐錫寺院和佛行事業，嘗試勾稽其一生的弘法足跡，如何由新竹擴而千絲萬縷地牽繫著臺灣諸多寺院，並於短短四十餘壽中貢獻了新竹僧人在臺灣佛教史上重要的一頁。

頁48-56。顏尚文總編：《臺灣佛教通史・第二卷》，頁328、同書第四卷，頁67-68，同書第七卷，頁25（臺北：財團法人彌陀文教基金會，2022年）。

12 李添春：〈台灣佛教史資料上篇──曹洞宗史：大湖法雲寺高僧傳〉，「（二）苗栗大湖法雲寺開山祖師覺力和尚傳」，《臺灣佛教》第27卷第1期（1973年4月），頁14-16。

13 法雲寺釋達碧編撰：《曹洞宗法雲禪寺法脈地址通訊錄》（苗栗：法雲禪寺，2020年），頁1-12。

14 法雲寺志曾列出覺力派下傑出的男女眾法師各十五位；釋達碧編撰：《曹洞宗臺灣本山──法雲禪寺沿革》（苗栗：法雲禪寺，2015年增訂版），頁16-17。

15 《龍山寺全志》，頁28。

二　重勘真常法師的生平史料與事蹟

（一）戶籍地

　　《艋舺龍山寺全志》（簡稱《龍山寺全志》）記載，真常法師是新竹關西人。真常法師，本名「曾書易」，根據日治時期的戶籍資料，父親早年的住所是桃園廳竹北二堡下南片庄（今關西鎮境內），[16]大正八年（1919）曾書易遷徙於「新竹廳竹北一堡犁頭山下庄」，大正九年（1920）再轉居於「桃園廳竹北二堡石門庄百四十四番地」，昭和四年（1929）轉居新竹郡關西庄馬武督赤柯山境內，昭和十五年（1940）第一居留地在臺中州臺中市錦町五丁目五十番地，即「大覺院」，昭和十九年（1944）戶籍再登記於新竹州竹東郡竹東街員棟子百番地，即「師善堂」，列陳如下「表一」。其父親早年的戶籍地是「竹北二堡下南片庄」，即今新竹關西一帶，昭和四年的戶籍地也在新竹郡關西庄，可知真常法師確實生於新竹關西，並至晚年戶籍仍在新竹竹東師善堂。

表一　真常法師日治時期的戶籍地（資料來源：日治戶籍簿冊）

西元	移徙年代	轉居地址	備註
		桃園廳竹北二堡下南片庄二十九番地	今關西鎮內
1919	大正八年4月1日	新竹廳竹北一堡犁頭山下庄六十七番地	
1920	大正九年3月4日	桃園廳竹北二堡石門庄百四十四番地	
1929	昭和四年1月7日	新竹州新竹郡關西庄馬武督赤柯山百十五番地	
1940	昭和十五年8月15日	臺中州臺中市錦町五丁目五十番地	臺中大覺院

16　一九二〇年（大正九年）十月一日臺灣州廳制實施地方制度改正，原新竹廳竹北二堡之水坑庄鹹菜硼街、店仔崗庄等二十四街庄合併為「關西庄」，下轄二十四個大字，「鹹菜硼街」改稱「關西」。

西元	移徙年代	轉居地址	備註
1944	昭和十九年1月5日	新竹州竹東郡竹東街員崠子百番地	竹東師善堂

（二）戶籍名與別名

　　根據日治時期法雲禪寺戶籍，真常法師的「戶籍名」有二，一為「曾書易」，後為「增上真常」，[17] 後者應是因應皇民化時期的政策而異名為日本姓氏。其生於明治三十三年（1900）一月十九日，卒於民國三十五年（1946）一月三十一日，按華人習俗推算，世壽為四十七歲。父親名曾阿良，母親劉氏新妹，書易在家中排行第五，雙親持齋，書易自幼承父母之命，每日課誦《金剛經》一卷。[18] 睿理曾述，其師自幼聰穎，悟性極高，一九一七年即禮法雲禪寺達聖法師出家，一九二一年赴福建鼓山湧泉禪寺受戒於振光和尚，原云：

> 民國六年初聽佛法稍有所悟，遂離家往大湖法雲寺，禮達聖和尚為師，削髮出家。時年二十。由以他的天性聰明，一聞千悟，甚獲覺力老和尚的器重。民十年，資送福州鼓山湧泉寺得戒，全年回來，已成青年導師，四處弘法。[19]

以上可知真常法師承法雲寺的曹洞宗江西壽昌法脈，法名「今圓」，外號「真常」，根據其著作和書信，他也曾使用多個別名，例如：華池、曼陀、愛佛、曾曼濤、曾希魯、曾我真常等。[20]

17　感謝法雲禪寺住持達碧長老尼惠賜戶籍，特此致謝。

18　李添春：〈台灣佛教史資料——上篇曹洞宗史：大湖法雲寺高僧傳〉，《臺灣佛教》第27卷第1期（1973年4月），頁14-16。

19　睿理：〈慈恩永蔭僧青年〉，頁17。

20　參：筆者詳考筆記。釋道成：《覺力禪師及其派下之研究（1881-1963）》，頁91。施德昌：《紀元二千六百年記念：臺灣佛教名蹟寶鑑》（臺中：民德寫真館，1941年），無頁碼。

（三）薙度師與授戒師

　　真常法師的薙度師為達聖法師（？-1951），本名陳煥琳，原是法雲禪寺副住持妙果和尚（1884-1963）高徒，又名「寶月圓光」。一九一三年受聘為新竹五指山（五峰山）觀音寺住持，一九一九年移錫臺北龍山寺。[21]一九二二年龍山寺管理人恭聘覺力禪師北上卓錫，爾後寶月上人也受命為龍山寺副住持，與覺力禪師合辦「臺灣佛教新報社」，[22]並邀知名的鶴社詩人黃坤維[23]創辦《臺灣佛教新報》，[24]此為龍山寺兩百年寺史上的首份宗教期刊，意義非凡。寶月上人雅好詩詞，極富文采，曾與「天籟吟社」擊缽吟詩，[25]亦與知名瀛社、鶴社詩人唱和交流，發表詩文於《臺灣佛教新報》、《臺灣日日新報》、《南瀛佛教會報》，後人釋禪慧收錄多首詩作於《臺灣佛教詩對拾遺》。[26]一九二四年，新竹五峰山觀音寺管理人再度邀請寶月上人卓錫該寺。

　　根據一九二八年（昭和三年）《觀音山法雲禪寺菩薩戒同戒錄》，此戒會的教授阿闍黎是真常法師，相關記載「民國年得戒鼓山振光老和尚」，[27]但是年代的部分並未加以註明，僅知其授戒和尚是鼓山湧泉禪寺第一百二十八代住持振光老和尚（？-1924）。振光和尚原為湖南湘鄉人，字古輝，約一九〇六年至一九二四年駐錫湧泉禪寺，也是凌雲禪寺住持本圓和尚、法雲寺妙果和尚與妙吉法師等戒和尚。此同戒錄也記錄到，妙吉法師於一九二一年（大正十年；民國十年）曾赴鼓山湧泉禪寺振光和尚座下受具足戒，所以幾可判斷真常法師應該是同年一同赴法。

---

21 左公柳：〈五指山觀音寺滄桑〉，《覺生》第5卷第56期（1957年5月），頁18。

22 編輯餘話：《臺灣佛教新報》第1卷第1號（1925年10月1日），頁19。

23 黃坤維、施明德、周士衡等於一九一七年創「三友吟會」，嗣後改名為「鶴社」。

24 《臺灣佛教新報》創刊號、第2號至第6號，重刊收錄於《民間私藏　臺灣宗教資料彙編：民間信仰、民間文化・第1輯・第24冊》，頁1-141。

25 天籟吟社為林述三等一九二二年創辦。〈天籟吟社開會會況〉，《臺灣日日新報》（1922年10月24日），版6。〈天籟臨時總會〉，《臺灣日日新報》（1923年9月20日），版6。

26 略舉：寶月：〈遊關西潮音寺〉，《南瀛佛教》第11卷第1號（1933年1月），頁33。寶月圓光，〈臺灣佛教之使命〉，《南瀛佛教》第15卷第1號（1937年1月），頁64-65。釋禪慧：《臺灣佛教詩對拾遺》。

27 《觀音山法雲禪寺菩薩戒同戒錄》（昭和三年戊辰三月初六立），頁1

（四）學歷

　　真常法師「自幼就讀私塾，對國文、國學均造詣很深」。[28]闞正宗、王見川與釋道成等曾述其，「15歲畢業於關西國校，後入私塾」，[29]「關西國校」，應是日治初期的「新竹州咸菜硼公學校」，一九二一年因總督府地方制度改正，異名為「關西公學校」，[30]簡稱「關西國校」，等同今日國民小學。

　　真常法師出家後的學歷，歷來說法不一。據睿理，一九二三年真常法師入「安徽佛教學校」，親炙常惺法師（1896-1938），與慧三法師（1901-1986）同學，次年考上南京支那內學院的「法相大學」特科，專攻唯識數年，一九二七年返臺。[31]《龍山寺全志》僅提及，中學是安慶佛教學校，大學則是南京法相大學特科修了。[32]

　　考察「安慶佛教學校」的歷史，其創始於一九二二年，是安慶迎江寺住持竺庵長老獲得財政廳長的支持所創辦的僧才培育學校，延請江蘇省常熟虞山興福寺「法界學院」常惺法師（1896-1938）擔任校長，[33]還有度厄、惠庭、覺三等法師任教。常惺法師在此教授《中觀論》、《百論》、《十二門論》、《成實論》、《成唯識論》，度厄法師則講《維摩詰經》。

　　根據禪慧法師訪談華嚴蓮社南亭長老（1900-1982）的記錄，以及樹林福慧寺住持慧三法師（1901-1986）的傳記，[34]可知真常法師當年的同學，

28　睿理：〈慈恩永蔭僧青年——為真常法師生西八周年紀念而寫〉，頁17。

29　王見川、釋道成：《台灣北部到場：中壢圓光寺誌》（桃園：圓光禪寺，1999年），頁120。

30　然，真常法師是否如釋道成所言，十五歲畢業於關西公學校之後，又進入私塾，抑或在入關西公學校之前或之後都曾向新竹私塾教師（或義塾或書房教育）學習，目前未有進一步史料可徵引。

31　睿理：〈慈恩永蔭僧青年〉，頁17。

32　《龍山寺全志》，頁28。

33　于淩波：《民國高僧傳續編‧泰縣光孝寺釋常惺傳》（臺北：雲龍出版社，2005年），頁103-104。

34　慧三法師，北平人，一九四八年來臺，一九五五年創建臺北樹林福慧寺，吳延環編著傳記《慧三法師八十年譜》。

除了南亭法師、慧三法師之外，還有來臺創立北投金山分院的太滄和尚（1895-1968）[35]，菲律賓信願寺暨華嚴寺住持瑞今和尚（1904-2005），[36]以及法雲寺另一名法師達玄（1903-？）。[37]

「安慶佛教學校」首屆於一九二二年九月開學，後來因為經費不足，修學年限從三年改為二年，至一九二四年春季便停了課，暑假期間便舉行畢業典禮，故只開辦了一屆（1922-1924年暑）。嗣後校長常惺法師受福建廈門南普陀寺方丈會泉法師（1874-1943）邀請，一九二五年再創「閩南佛學院」，[38]並任首屆副院長，會泉法師親任院長。一九二七年二月常惺法師等弟子於該校發起「佛化策進會」，創辦《佛化策進會會刊》，真常法師亦為發起人之一。

龍山寺副住持寶月上人在《臺灣佛教新報》報導，真常法師在進入南京「法相大學」之前，還曾留學「武昌佛學院」，原云：

> 大湖法雲禪寺之僧真常，素性溫厚，好學博聞，自以為未足，去年浮杯東渡留學於武昌佛教學院，再研究釋迦真理妙諦，務要精益求精以達其目的。近暑假歸臺，現駐錫龍山寺。擬於去月七日重返支那，再入南京佛教法相大學肄業。斯此好學不倦，佛界中誠不多得之人也。[39]

根據寶月的報導，真常曾在一九二四年東赴武昌佛學院學習，一九二五年時

---

35 太滄法師，出家於江蘇菩提禪院。一九五一年來臺，駐錫北投靈泉寺，先後擔任過慈航寺、玄奘寺住持。一九五七年於新北投改建道場，命名「金山分院」。

36 瑞今法師，俗名蔡德分，號德輪，福建晉江人，九十一歲時出任新加坡光明山普覺寺住持，並曾任世界佛教會僧伽副會長、世界佛教會華僧會榮譽主席等。

37 達玄法師，新竹人，俗名劉火春，法名今振，號清源，得戒於安徽九華山永泉大和尚，後畢業於安慶佛教學校，並曾參與「佛化策進會」。

38 閩南佛學院一九二四年籌備，一九二五年招生，九月一日正式開學，由會泉法師親任院長，常惺法師任副院長，蕙庭法師為主講師等。杜忠全：〈會心當處即是，泉水在山乃清：閩台馬新弘法高僧會泉法師傳〉，《世界宗教學刊》第18期（2011年12月），頁129-181。

39 《臺灣佛教新報》編輯：〈記事〉，《臺灣佛教新報》第1號（1925年9月），頁19。

再赴南京法相大學就讀，並譽其好學的精神和一流學府的資歷，在臺島僧侶中誠屬少見。

但進一步考察武昌佛學院的入學名冊，第一屆（1922-1924）學生中並未有真常法師的名字，只有另一位法雲寺法師「妙吉」（1903-1930）[40]，換言之，真常法師未有正式學籍，應僅是旁聽於太虛大師座下。[41]

「武昌佛學院」為近代中國佛教第一學府，與南京支那內學院，並列中國兩大佛學院；武昌佛學院為太虛大師（1890-1947）民國十一年（1922）一手創辦，有著「教界黃埔，法將搖籃」美譽，在中國佛教教育史上具有劃時代的意義。太虛法師面對清末以來的佛教衰敗，社會上風起雲湧各式新思潮，一九一五年的「新文化運動」和一九一九年的「五四運動」，矢志整飭僧綱、改革佛教、培養新僧，不但志在整興佛教僧會，亦行在瑜伽菩薩戒本，提出「真修實證以成聖果、獻身利群以勤勝行、博學深究以昌教理」的理想，並參取日本佛教大學建置課程，引入現代化教育方式，創建「武昌佛學院」以踐行其理念，教理上仍承繼中國佛教傳統，圓融三乘，兼採叢林規制以健全僧格。

武昌佛學院受中國教育部官方認可，教師也為一時俊傑，首任董事長為梁啟超，太虛親任院長，李隱塵（李開侁）[42]擔任院護，學制初為專修科，第一期學生畢業後，改制大學部，並另立研究院。

武院不但開啟了現代佛學教育先河，也掀起了全中國創辦佛學院的風潮，對於佛法的弘揚與研究新徑都作出了巨大貢獻；其特色，至少有：一、以現代化學制，培育人才，突破傳統佛教的叢林教育。學生不分僧俗，均需廣學內外之學，八宗並重。二、孕育諸多佛門龍象、改革健將，成為近代佛教中流砥柱，推動二十世紀以來佛教的革新，如法尊（1902-1980）、法舫

---

40 妙吉法師，本名羅健豪，禮覺力為師，內號騰照，外號瑞祥，字妙吉，得戒於鼓山振光，留學武昌佛學院，返臺後任法雲禪寺副住持和萬華龍山寺副住持。

41 《佛學院第一班同學錄》編輯：〈佛學院同學錄〉、〈佛學院學人名數表〉，《佛學院第一班同學錄》，收錄於《民國佛教期刊文獻集成·補篇》第4冊，頁387-414。

42 李開侁（1871-1929），字英生，號穎陳，亦號隱塵，出身官宦世家，曾為廣西知府，民初著名佛教居士，協助太虛法師創辦武昌佛學院。

（1904-1951）、大醒（1900-1952）、印順（1906-2005）、茗山（1914-2001）法師，及佛化新青年會的張宗載（1896-?）、甯達蘊（1901-?）等。三、帶動了中國佛教別開生面的新氣象，各地接連興辦佛學院，如廈門閩南佛學院、四川漢藏教理院、福州鼓山佛學院等，多達二十幾所佛學院，影響深遠。

　　一九二二年九月一日正式開學，初期只收六十名學員，後來增到八十餘名，旁聽生最多高達百餘人。原訂三年修業期滿可以畢業，因時局影響改成二年；第一屆一九二四年的畢業生有八十餘人。一九二四年秋，大學部、研究院同時開學。一九二六年，中央軍官學校武漢分校軍醫處占用武昌佛學院校舍，便因政局動盪而停辦。

　　真常法師應該是於一九二四年安慶佛教學校春季停課以後，轉赴武昌佛學院親炙太虛法師，學習其改革思想和現代化佛教理念，並孕育其日後改革佛教，創辦「佛學院」，遵從中國佛教傳統戒德之「新佛教」理想，爾於一九二五年暑假短暫回臺，一九二五年九月正式考入南京法相大學「特科」。

　　「法相大學」為唯識學大師歐陽竟無（1871-1943）所創辦，歐陽先於一九二二年七月十七日開辦「支那內學院」，又稱「南京內學院」或「中國佛學院」，為闡揚佛法、培養利世之才，也受到教育部認可。歐陽親任院長，主持校務，呂澂（1896-1989）[43]受任教務長，湯用彤、邱虛明、王恩洋（1897-1964）、[44]聶耦庚等任教授。起初只設大學部、研究部，一九二五年再增設法相大學「特科」，培養高階佛教研究人才，同年六月十日正式招生，第一屆原訂錄取三十名，旁聽十名，但九月十三日正式開學時，實際上收了六十四名學員，含特科生三十名，一般學員三十四名。

---

43 呂澂，曾從歐陽竟無學習，通曉英、日、梵、巴、藏等語言，相關參考：呂澂：〈我的經歷與內學院發展歷程〉，《世界哲學》第3期（2007年），頁77-79。龔雋：〈近代中國佛教經學研究，以內學院與武昌佛學院為例〉，《玄奘佛學研究》第24期（2015年），頁85-116。

44 王恩洋（1897-1964），字化中，四川人，一九一九年在北京大學學習印度哲學，後從歐陽竟無研究唯識，一九二五年於該院任教，此後主要從事教學和著述工作。一九四二年創辦東方文教研究院。一九五七年出任中國佛學院教授。一九六四年病逝。著有《攝大乘論疏》、《唯識通論》等二百餘篇。

　　法相大學「特科」教師主要是歐陽竟無、呂澂、王化中、楊鶴慶等，當時也吸引了不少社會賢達前來旁聽，如梁啟超等。其課程，上午由各科教師教授課程，下午則開放學生深入實修，亦有佛門「修學並重」傳統，課表如下「表二」。真常在此師從歐陽竟無學習唯識、戒學、心學、菩薩藏經和中國文學，從呂澂習得印度佛學史、佛典汎論、毘曇大意等，從聶耦庚習《解深密經》、《雜阿含經》，從王化中修習佛學概論、瑜伽真實品研究，以及楊叔吉學習日文等。一九二七年三月也因軍隊入駐校園，導致停課，但凡學生修業滿二年，則可獲證畢業資格。[45]

表二　「法相大學」特科部課表。

課程	授課教師
戒學	歐陽大師（歐陽竟無）
心學	歐陽大師
菩薩藏經研究	歐陽大師
解深密經研究	聶耦庚
雜阿含經研究	聶耦庚
瑜伽真實品研究	王化中（王恩洋）
佛學概論	王化中
印度佛學史	呂秋逸（呂澂）
佛典汎論	呂秋逸
毘曇大意	呂秋逸
中國文學	歐陽大師
日本文	楊叔吉

資料來源：《內學年刊》，頁439

---

45 支那內學院編：《內學年刊》（臺北：鼎文書局，1975年），頁437（本院概況：民國十四年）、917（本院事紀：民國十六、七年）。〈法相大學特科開學講演：附誌〉《內學》第2期，頁229，本文收錄於黃夏年主編：《民國佛教期刊文獻集成》第9冊，頁565。

一般以為支那內學院僅以法相唯識為宗，歐陽竟無和呂澂等於特科部開學時特別澄清，其校雖標明為法相，但非僅舉一宗，「本科之稱法相大學，其實標幟鮮明，反面觀之，並不拘限於法相一宗；正面觀之，直指純真佛法之全體。外間久視本院為法相宗根本道場，此番建設大學又以法相為號，應即宣揚宗義無疑」。[46]呂澂再釋，標名「法相」，並非僅學習和研究法相，是要對一切佛法進行學習和研究。雖說歐陽表面上僅尊玄奘一系，且以為唯有玄奘灼見佛法本真，但實際上其強調「無宗派」的真佛學，主張「佛所說教一切皆法相也，說法相即是貫徹佛所說法之全體。」[47]

　　支那內學院當時曾編刻了唐代法相宗、唯識宗的要典和章疏，並出版《內學》和《雜刊》等年刊。歐陽所創辦的佛教雜誌《內學》和太虛的《海潮音》，也並列民國佛教的兩大刊物，這兩大期刊一定也影響了真常法師回臺以後法雲寺派開辦《亞光新報》的創舉，下文將進一步詳述。真常法師也曾經以真常和華池等為筆名，發表〈中國唯識學興衰之面面觀〉、〈臺灣佛教之觀察〉於《海潮音》。[48]

　　綜上可知，真常法師於一九二二年九月先入安慶佛教學校等修習中國佛教經論，至一九二四年春季停課以後，趕赴武昌佛學院親炙太虛大師，浸潤現代化佛教、改革佛教與創辦佛學院等「新佛教」理念。一九二五年暑假短暫回臺駐錫臺北龍山寺，參訪各寺院，撰〈臺灣佛教之觀察〉於《海潮音》發表。一九二五年六月考入南京法相大學「特科」，九月正式開學，就讀期間修畢歐陽竟無、呂澂等唯識大學研究部課程，一九二七年因國內戰事停課返臺。析言之，真常法師一共留學過三大中國知名學府，安慶佛教學校、武昌佛學院和南京法相大學，其中武昌佛學院和南京法相大學還是引領近代佛教改革、興辦新式佛學，及倡行「新佛教」的重鎮，如其師寶月上人所言，真常法師的高等學府資歷，在臺灣佛教誠謂少見，不可多得的人才。

---

46 支那內學院編：《內學年刊》（臺北：鼎文書局，1975年），頁419。

47 支那內學院編：《內學年刊》（臺北：鼎文書局，1975年），頁421-422。

48 真常：〈中國唯識學興衰之面面觀〉，《海潮音》第6卷第3期（1925年3月），頁16-21。
　　華池：〈臺灣佛教之觀察〉，《海潮音》第7卷第11號（1926年12月），頁3-5。

三　真常法師的駐錫寺院和佛行事業

《龍山寺全志》記載，真常法師歷任過：「新竹大湖法雲寺佛學研究社主任，南瀛佛教會教師，財團法人臺灣三成協會贊助員，曹洞宗臺灣駐在開教師，臺中市大覺院主任，大湖法雲寺副住持等」。[49]上述皆未詳明其何時擔任、何時駐錫與具體的年代與弘法內容，以下進一步詳探：

（一）法雲禪寺的相關佛行事業

上述，真常法師就讀南京法相大學，其在一九二七年初停課，睿理云一九二七年留學歸國，但據《臺灣日日新報》一九二六年八月二十三日新聞，法雲寺達精法師和真常法師等於該月二十七日將赴新竹一同堂講經。換言之，真常更可能於一九二六年八月底或九月初就曾自中國返臺了。以下進一步考察一九二六年至一九四六年間，真常法師駐錫法雲禪寺，或擔任該寺派下的各類弘法工作，依序說明如下：

1　講經布教弘法師

據《臺灣日日新報》，一九二六年八月二十七日至九月九日法雲寺真常法師曾與另一名法師達精（1896-1972）[50]共赴新竹一同堂[51]教授尼眾佛學，原文云：

新竹州青草湖一同堂自創迄今有四載矣，內居尼眾有十餘人，該堂住

49　《龍山寺全志》，頁28。

50　達精法師，又號「弘宗」，俗名余阿榮，新竹人，一九一五年禮妙果為師，一九二二年於苗栗獅潭桂竹林關建「弘法院」。一九二八年飛錫南洋，興建新加坡福海禪院。《覺力禪師年譜》，頁162。

51　上述引文林正治，應為林進治（俗名陳林進治）。黃運喜：〈新竹市壹同寺的歷史沿革與女眾佛學院教育的發展〉，《圓光佛學學報》第30期（2017年12月），頁1-21。

持林正治，者回特發起講經法會，聘請大湖法雲寺教授余達精、曾真
常二名到該堂內，宣講《華嚴原人論》及「佛學概論」，訂來二十七
日起至九月初九日二週間，聽講者應備之書籍及食費，概由該堂負
擔，有欲參與者，亦無任歡迎云。[52]

　　同年十月二十、二十一日，法雲寺召開秋祭法會並開說教大會，由覺
力、茂峰[53]、妙吉、達玄、真常法師等登臺演講。[54]十一月時，因法雲寺殿
宇毀損，住持覺力禪師與管理人吳揚麟等共同商議重修，覺力不但拔擢妙吉
法師為副住持，也任命真常法師與其他僧眾同為監院，監督寺廟重修。[55]

　　一九二七年一月，法雲寺副住持妙吉法師向政府申請設立「臺灣阿彌陀
佛會」，簡稱「彌陀會」[56]，相關發展和沿革可酌參〈艋舺龍山寺觀音會和
唸佛會之歷史與現況〉[57]一文，茲不贅述。二月二十日法雲寺召開春祭法會
與彌陀會第一回總會，覺力禪師推舉妙吉法師擔任會長，妙舟法師為副會
長，真常法師等為該會講師。[58]同年農曆四月八日浴佛法會，真常法師等於
法會上弘法演講。[59]八月三日，真常等法師受邀至大湖郡關帝廟（今苗栗南
昌宮前身），講演為「青年修養」。[60]九月十二日，彰化員林溪湖庄地方信眾

52 〈青草湖一同堂開講經法會〉，《臺灣日日新報》（1926年8月23日），版4。

53 茂峰法師（1888-1964），俗姓李，別名釋顯妙，一九一八年寧波觀宗寺親近諦閑法
師，一九二五年受基隆靈泉禪寺善慧和尚邀請來臺，學識淵博、道德高尚，各地寺院
爭相邀請，一九二七年受聘獅山勸化堂住持。後為香港佛教界著名領袖之一。侯坤
宏：〈茂峰法師與東普陀講寺〉，http://enlight.lib.ntu.edu.tw/FULLTEXT/JR-BJ013/bj013
579275.pdf（瀏覽日：2021年9月5日）。

54 〈法雲寺祭典〉，《臺灣日日新報》（1926年10月20日），版4。

55 〈大湖法雲寺重修寶殿〉，《臺灣日日新報》（1926年11月4日），夕刊版4。

56 〈大湖法雲寺設彌陀會〉，《臺灣日日新報》（1927年1月4日），版8。。

57 林美容、楊璟惠：〈艋舺龍山寺觀音會和唸佛會之歷史與現況──兼論女性虔信者在寺
廟組織中的角色〉，《臺灣文獻》第72卷第4期（2021年12月），頁265-271。

58 〈臺灣阿彌陀會第一回總會〉，《臺灣日日新報》（1927年2月25日），版4。

59 〈釋尊紀念講演〉，《臺灣日日新報》（1927年5月4日），版4。

60 〈新竹／講演佛教〉，《臺灣日日新報》（1927年8月9日），版4。

為求合境平安，成立布教所，邀請妙吉法師、真常法師等至鹿港媽祖宮演講，講題為「佛化與道德」，據報導聽講者絡繹不絕，會場幾無立錐之地，法雲寺弘法團聲噪一時，並經常受邀各地演講。[61]

2　協辦創刊《亞光新報》

一九二〇年代兩岸接連興起辦理佛學雜誌風潮，其中一九二〇年元月太虛大師親自創刊《海潮音》、一九二四年歐陽竟無創《內學》年刊發行，一九二三年七月，總督府主導的南瀛佛教會發行《南瀛佛教會會報》，此後如臺中佛教會的《中道》，萬華龍山寺的《臺灣佛教新報》、臺南彌陀寺的《精神界》等陸續開辦。

法雲寺原計於一九二七年七月發行「亞光月刊」（或稱亞光月報、亞の光），但該年龍山寺副住持寶月因風波離開，覺力禪師改派新任法雲寺副住持暨臺灣阿彌陀佛會會長妙吉法師接任，故機關報「亞光」也臨時改至萬華龍山寺發行。同年十月十八日《亞光新報》「特刊號」正式創刊發行，據現存可見的特刊號、和第二年第二號至第二年第六號等，雜誌封底皆註明發行人是羅妙吉（羅健豪），主編是林述三（1887-1956），《南瀛佛教會報》的編輯暨詩人，真常法師當時為阿彌陀佛會的講師暨臺灣佛學社教務主任，故其工作主要是協助創刊發行、審閱文章、撰文發表等，非如學界以往所說是擔任亞光月刊社長一職。[62]

3　法雲寺派戒會教授師

日治時代，臺灣佛教各道場傳戒達三十餘次，據闞正宗研究，月眉山靈泉禪寺傳戒十三次最多，其次即是法雲禪寺一派九次，[63]覺力禪師一生亦以

61　《亞光新報》編輯：〈巡迴講演〉，《亞光新報》特刊號（1927年10月），頁36。

62　《圓光寺誌》，頁120，誤以為真常「昭和二年任亞光月刊社長」。曾真常：〈臺灣佛學社之緣起〉，《亞光新報》特刊號（1927年10月），頁15。劉達省：〈寂寞大於陰陽說〉，跋記「華池」評語，見解宏通、詞氣元沛，見《亞光新報》第2年第2號（1928年3月），頁23-24。

63　闞正宗：《圓光禪寺百年傳承發展史》，頁76-78。

宏開戒會聞名。法雲寺下的「臺灣阿彌陀佛會」曾預計於一九二七年農曆四月八日佛誕日，首辦「彌陀大戒」七日，但是因為福州鼓山、南海普陀山等中國戒師無法順利來臺，遂改在九月五日起連開「釋迦大戒會」三天，[64] 如前所述真常法師亦為彌陀會的講師，故也應為此戒會的重要戒師之一，但該同戒錄未尋獲，無法確知其執事。

翌年（1928）二月十九日至三月四日法雲寺再度啟建「菩薩大戒會」長達十五日，這是覺力禪師第七次，也是最後一次傳戒，此次因緣主要是為了「臺灣佛學社」的學僧，因為多數未曾受戒者。[65] 覺力曾述及，此年「回本山法雲禪寺，再次傳大戒，戒子多至五百餘人，極一時之盛矣。」[66] 並於《同戒錄》序言解釋，此大戒即「三聚淨戒」，大乘菩薩之戒法，原云：

> 古今學佛者，無有不注重戒德楞嚴正定以戒為根本，一切種智以戒為先導。……今世佛徒戒德衰微，行為不足為人天師表，特選觀音菩薩聖節而設壇開演戒法，傳授菩薩三聚淨戒，使諸佛子知諸惡莫作，眾善奉行。[67]

根據《亞光新報》，首日參加者高達三百五十六人，且一九二八年（昭和三年）法雲禪寺已有信眾多達一萬八千七百餘名，誠為日治佛教一大佛教重鎮：

> 大湖郡觀音山法雲寺，自創立以來，經過十有六年于茲矣，信徒總數統計約一萬八千七百餘人，就中有出家在寺院專門研究世出世法者，

---

64 〈大湖法雲禪寺　傳戒延期〉，《臺灣日日新報》（1927年5月2日），版4。〈大湖法雲寺受戒會及秋祭〉，《臺灣日日新報》（1927年9月6日），夕刊版4。

65 禪慧法師編：《覺力禪師年譜》，頁152。

66 覺力：〈自述〉，《覺力禪師年譜》，頁119。

67 林覺力：〈大湖法雲禪寺菩薩戒同戒錄〉，《觀音山法雲禪寺菩薩戒同戒錄》（昭和三年戊辰三月初六立），未註頁碼。

百六十六名。者番圓通覺力上人，……是以自舊曆一月二十八日起十五日間，在本山法堂，宏開「菩薩大戒會」。……二十八日乃開戒之日，計算信徒之參集有三百五十六人。每日之說戒自午前八時起至中午十一時半，……午後自一時起至四時止。夜間自八時起講演及坐禪……附記執事人名如左：

傳戒大和尚　　釋覺力上人

說戒大和尚　　釋妙果上人

證戒大和尚　　釋妙吉法師

羯摩阿闍黎　　釋達玄法師

教授阿闍黎　　釋真常法師

引請　　　　　妙光師、達精師、達真師、達竟師、達初師、達省師[68]

當年的《觀音山法雲禪寺菩薩戒同戒錄》尚存，亦載覺力上人任「傳戒和尚」、妙果上人任「說戒和尚」、妙吉法師任「證戒和尚」、達玄法師任「羯摩阿闍黎」，真常法師則任「教授阿闍黎」；阿闍黎，原梵文 Ācārya 之意為「軌範師」，即是能軌範身心，導人入正道者，又稱「導師」，[69]資格須滿戒臘超過五年，而真常法師不僅是該脈戒臘較高者，也因其法相大學的資歷，成為戒會教授師，負責教導戒德、解說戒行威儀等。

　　一九三六年九月二十七日至十月三日（農曆八月十二日至十八日），法雲寺派下所屬寺院中壢圓光禪寺舉行「四眾戒會」，傳戒和尚為該寺住持妙果和尚，說戒和尚為曹洞宗別院院長島田弘舟，羯摩阿闍黎為法雲寺副住持妙清法師，教授阿闍黎是后里毘盧禪寺真常法師，據《臺灣日日新報》報導：

　　中壢街圓光寺，這此次受志望求戒者懇請，定舊八月十二日至十八日

68　《亞光新報》編輯：〈法雲寺菩薩大戒會〉，《亞光新報》第2年第2號（1928年3月），頁3-4。

69　一九二八年（昭和三年）《觀音山法雲禪寺菩薩戒同戒錄》於「教授阿闍黎」僅記載，「今圓字真常，新竹關西人，民國年得戒鼓山振光老和尚」，頁2。

（新九月二十七日十月三日），啟設傳戒法會，聘請法雲、圓光兩寺住
職，妙果上人為傳戒大和尚，曹洞宗別院長島田弘舟上人為說戒大和
尚，法雲寺副住職妙清禪師為羯磨，佛教泰斗真常法師為教授，竝請
諸方法師為重要職員，遵依佛制傳授「四眾戒法」及諸律儀，使求戒
者明瞭佛陀戒法，修養高尚人格，俾得美滿人生，增進社會幸福。至
于十八日戒會圓滿，順舉例年秋祭典禮，是夜普施瑜伽法食，尚此功
德以酬尊皇之深恩，而報檀信之厚德，併添三壇法類之福慧，拔先靈
往生，不論出家在家，信者及欲祈安消災超度者，均極歡迎參加。[70]

從上可知，此戒會僅有七天，戒師主要為曹洞宗法脈法師，可能偏向日本曹
洞宗所傳的「禪戒」，[71]說戒和尚另請曹洞宗別院的院長島田弘舟禪師，也
是「曹洞宗臺灣中學林」林長（校長），臺日戒師共同傳授「四眾戒法」。受
戒人數多達三百餘人。真常法師在當時一九三六年已被稱為「佛教泰斗」，
不僅受到法雲寺暨圓光寺住持妙果和尚倚重，也受邀為《圓光寺同戒錄》撰
序，顯示其於法雲一派的中堅地位。其序言及，「覺公老人住世之時，慈悲
應化，嚴淨毘尼，三年一次，宏開戒範。老人逝後，震災侵寺，千葉戒壇，
碎作微塵。……幸圓光寺……自聘達竟法師辦理法務，整頓寺規，赫然為之
一新。近應南北法類之懇請，開設三壇之戒會，宣揚國道，紹隆三寶，以上
人為戒師，命予為教授。」[72]可知法雲寺派下妙果和尚與妙清法師、達竟法
師[73]、真常法師等，在覺力禪師圓寂以後，仍然承繼了祖師所樹立的嚴淨毘
尼（梵語：Vinaya，也譯為毗尼耶，即是佛教戒律）的宗風，而真常法師的
高等學歷，也延續傳承戒行的解說教授。

70　〈中壢圓光寺傳戒法會〉，《臺灣日日新報》（1936年9月26日），夕刊版4。
71　經請教熟悉日本戒律的禪師，此戒會並非中國佛教特有的三壇大戒，後者傳戒所需的
　　時間通常需三十至四十日。
72　《台灣北部佛教道場：中壢圓光寺誌》，頁31。
73　達竟法師，俗姓余，新竹新埔人，曾駐錫臺中大覺法堂，後受妙果和尚之邀協助整理
　　寺務。

4 法雲寺佛學社（臺灣佛學社）教務主任

一九二七年二月法雲寺開辦「佛學社」，或稱「臺灣佛學社」，[74]為臺島佛學教育之先河。真常法師於〈臺灣佛學社之緣起〉提及，法雲寺最初規劃辦理的是一所「佛學院」，但因聯合其他山頭未果成，遂改辦「佛學社」，真常也向覺力禪師自膺「教務主任」，摘文如下：

> 今欲振既倒之宗風，滅外道之邪說，為宜建立道場，研稽三藏，旁通世學，從事聞重，抉擇法眼，庶幾獅子之蟲可去，龍象之器再來。本寺諸執事者以是因緣，屬設「佛學院」，但聯合諸山組織未果成。適此次本寺留學海外者咸皆歸來，機緣已熟，「佛學社」之設，無容再緩矣，眾議僉同。是於創辦「佛學社」於本寺大講堂，暫設「普通科」，以通佛教之常識。迨三年修業後，則繼設「高等科」，以造專宗之道路。總期成就人才，闡揚妙理，庶幾釋迦救世精神金口遺囑自覺覺他之宗旨，而毋遺焉。[75]

承上，法雲寺派最先屬意設立的是一所「佛學院」，如「曹洞宗中學林」，一九二四年覺力禪師欲設一所「南溟佛學院」，[76]但後來並未實現，一九二六年妙吉法師又欲籌設「佛教唯心大學」，希冀於北京、上海、臺灣、日本等各地皆設佛教大學，[77]如現代化的佛教大學「武昌佛學院」，總之，以往法雲寺規劃的皆是聯合諸山的計畫，但最終都無法實現，只好改辦「臺灣佛學社」。另一項促成開辦的原因，是因為派下重要弟子妙吉、達玄和真常等皆

---

74 釋慧嚴：〈再檢視日治時代臺灣佛教界從事的教育事業〉，頁179-181。蘇美文：〈使一切女子同取正覺：日據時期覺力法師對佛教女性教育之推動〉，《通識教育學報》第6期（2015年5月），頁37-76。

75 曾真常：〈臺灣佛學社之緣起〉，《亞光新報》特刊號（1927年10月），頁15。

76 釋慧嚴：〈再檢視日治時代臺灣佛教界從事的教育事業〉，《中華佛學學報》第16期（2003年9月），頁179-182。

77 羅妙吉：〈東方籌建佛教唯心大學校序〉，《南瀛佛教》第4卷第4號（1926年7月），頁28-29。羅妙吉：〈籌建佛教唯心大學校序〉，《臺灣日日新報》（1926年7月10日），版4。

從中國留學歸來，創辦佛學教育的時機條件才成熟。

然《法雲禪寺沿革》記載，佛學社是「民國十七年，由覺力老和尚與真常法師創辦之『法雲佛學社』開學，集全省青年學僧六十餘人，開創了臺省本國型式之僧伽教育，專門培養弘揚佛法人才之先河，因此聞風求學者眾，如斌宗法師、妙然法師等臺籍法師，皆曾就學座下終成大器。」[78]此言及，一九二八年才開辦，與史實並不相符。《臺灣日日新報》所載較為詳實，法雲寺佛學社名「臺灣佛學社」，確切的開學日期是在一九二七年舊曆正月二十四日開學，原文云：

> 大湖法雲寺林覺力氏，創設「臺灣佛學社」，者番支那茂峰法師，及本寺曾真常、劉達玄二氏，任各科教師，訂舊正月二十四日開學。現正募集學生云。[79]

可知臺灣佛學社教師，除了上述歸臺的法師以外，尚有中國寧波觀宗寺諦閑法師的高徒茂峰法師，且原先預計招生二十位，最後卻收了六十多名，而當時的學僧，後來多為各地佛教界一方領袖，如天臺龍象、新竹法源寺開山祖師斌宗法師（1911-1958）、臺中佛教會館暨法雲寺第三代住持妙然尼師（1908-1996）、臺中法華寺住持智雄法師（1910-1980）等。

支那內學院院長歐陽竟無也賜序一文，肯定真常法師的悲願興學，並譽：「苾芻真常，器宇軒豁，具悲願，有條理，學於支那內學院，歸臺灣，集同志辦佛學社，闡龍樹無著學，學徒數十人，已歷一學期，而乞予紀其事，甚盛哉，晚近世間得未曾有。」[80]未料佛學社開辦不久，真常法師等使用漢語、漢文教材，遭日本政府疑為叛國謀賦組織，受到嚴密監控盤查，最後未逾一年只好停辦。真常法師無奈暫離法雲寺，轉赴臺中毘盧寺掩關閱藏。[81]

---

78 《法雲禪寺沿革》（1997年版），頁7-8。
79 〈佛學社招生〉，《臺灣日日新報》（1927年2月19日），夕刊版4。
80 歐陽竟無：〈臺灣法雲寺佛學社序〉，《臺灣日日新報》（1928年4月21日），夕刊版4。
81 睿理：〈慈恩永蔭僧青年〉，頁17。

一九二九年十月十六、十七日法雲寺例年秋祭和演講，真常法師另以「曼陀」為名返寺演講。[82]一九三〇年九月二十一日，新竹香山一善堂禮聘「曾曼濤」講課一週，應該也是真常法師本人，可能為了避嫌之故，另以別名公告。[83]

5 法雲禪寺副住持

一九三九年，法雲寺副住持妙清和尚辭退，改請真常法師繼任。[84]一九四五年十月臺灣光復，法雲寺第二任住持妙果和尚與真常法師孜孜再念興學以培育人才，並擬於法雲寺再度開辦佛學院，名「中央佛學院」，[85]但不幸真常隔年病逝，未能再展弘願。一九四八年，妙果和尚於圓光寺力邀慈航法師（1893-1954）創辦「臺灣佛學院」，實現未竟之願，可進一步參考《臺灣北部道場中壢圓光寺誌》與《圓光禪寺百年傳承發展史》。這無疑是法雲寺自覺力禪師開始就不斷地致力於佛學的教育使命有關，從「南溟佛學院」、「佛教唯心大學」、「臺灣佛學社」、「中央佛學院」等，法雲寺派創辦了光復後的第一所佛學院，對臺灣佛學教育史上有著極深遠的影響。

（二）臺中毘盧禪寺教授師

日治時期，毘盧禪寺位於臺中州豐原郡內埔庄後里太平山麓，一九二七年覺力禪師協助臺中豐原望族呂敦禮（1871-1908）[86]家族之妙塵、妙本等

---

82 〈大湖法雲禪寺　秋季祭典及講演〉，《臺灣日日新報》（1929年10月12日），夕刊版4。

83 〈香山庄佛學講習會〉，《臺灣日日新報》（1930年9月23日），版4。

84 《法雲禪寺沿革》（1997年版），頁11。

85 睿理：〈慈恩永蔭僧青年〉，頁18。

86 呂敦禮，字鯉庭，號厚庵，臺中呂汝玉的長子，清朝末年的秀才，亦是日治中部最大詩社「櫟社」的創社人之一。厚庵病逝後，其妻林嬌與三位女兒、兩位姪女（五叔傳球之女仙篝、七叔樵湖之女綠越）和一養女，禮拜新竹州大湖郡觀音山法雲禪寺的住持覺力禪師出家，林嬌法號覺滿，日後呂家傾其全族資產，於臺中後里興建毘盧禪寺，於一九二八年始興建，一九三〇年竣工。

弟子創建佛寺，[87]並擔任首任住持。一九二八年真常法師在臺灣佛學社停辦後，移錫此處閱藏。一九三〇年大雄寶殿佛像安座，來寺參拜者約二千人之多，當時謂為臺灣佛教八大叢林之一。據《南瀛佛教》，真常曾在此寺擔任「囑託教授」，原文云：

> 豐原郡后里太平山毘盧禪寺，因鑑佛學為東方文化之要素，即一般研究學術者均有修學之必要，惟藏經浩瀚，初欲探討者苦於文字之堅深，故該寺囑託教授真常法師，以淺顯之筆，編撰《佛學淺要》一冊，內容分為三篇：一佛史、二教義、三唯識學，材料豐富，既經印就，欲贈島內學佛者……[88]

真常法師不但身為「囑託教師」並編撰《佛學淺要》分送給各地寺院，爾後反應熱烈，各方紛紛來信再度索取，遂一度加印。[89]真常也曾編撰《毘盧誦本》成為該寺每日課誦功課。

　　根據《臺灣全臺寺院齋堂名蹟寶鑑》，毘盧禪寺在日治時期具有三大特色：一、在信仰上，獨奉釋迦佛，不設其他神尊。二、就僧眾行持法門上，主要依據《毘盧誦本》為日常定課。三、為一純正的佛教學術研究與佛學教育機關，旨在養成闡揚佛學與利世人才。[90]可知真常在此再度傳承覺力宏願，熱衷辦學，培養人才。弟子達虛法師曾回憶，毘盧禪寺一九三三年冬季開設「佛教講習會」長達一個月，為了要聽真常法師講課，他摒棄了所有外緣專心聽法，真常法師也鼓勵他矢志皈依、奮發向上，原文云：

> 昭和八年冬，毘盧寺開催一箇月講習會，聘請真常法師為講佛學的時

87　覺力禪師：〈自述〉，《覺力禪師年譜》，頁119。

88　〈后里毘盧寺新刊「佛學淺要」欲分贈全島〉，《南瀛佛教》第11卷第2號（1933年2月），頁47。

89　〈後里毘盧寺贈送佛學淺要〉，《臺灣日日新報》（1933年1月17日），版8。

90　徐壽：《臺灣全臺寺院齋堂名蹟寶鑑》（臺南：國清寫真館，1932年），未註頁碼。

候，我截然屏絕繫務跑去聽講，由此更引起對於佛法的認識和興趣，求學之心遂達極度，並蒙真常法師的介紹，入廈門閩南佛學院。自此以後，心志決定，極力打斷一切障礙，劈開一條新路……[91]

一九三七年《臺灣月眉山圓光禪寺同戒錄》也記錄到真常法師駐錫地在毘盧禪寺，[92]可知真常法師自一九二八年至一九三七年左右皆沉潛於毘盧禪寺，著書講說，戮力培育後進。

（三）臺中大覺法堂說教所主任、第二代住持

大覺法堂，日治時期位於臺中州臺中市錦町五丁目五十番地，又稱大覺法堂、大覺佛教講堂，今名「財團法人臺灣省臺中市大覺院」，簡稱「大覺院」。

根據一九三二年（昭和七年）的《臺灣全寺院齋堂名蹟寶鑑》，楊金福等十一人於一九三〇年創立大覺法堂，並聘達竟法師等三名僧侶和二名布教師，後來又欲增設「財團法人大覺佛學林」以培養布教人才。[93]《南瀛佛教》報導楊金福等也曾聘請真常法師、曾永成[94]為講師，固定於每週日和初一、十一日等演講，後來又曾於夜間講演，每晚來寺聽法者多達數百人，盛況一時，備受南瀛佛教會好評：

> 臺中市錦町大覺法堂，自楊金福氏提倡建設以來，每星期日及初一、十一日，有曾真常、曾永成兩氏，熱心布教，而受其感化者亦稱不尠。今般為民眾公益起見，由賴錫恩氏主倡邀同市內梅枝町潘旺外數名為發起，創設大講演場於同地廣場，自去六月一日起，每日自午後七時半起至十一時止，開催講演會，而每夜聽眾約有數百人，甚是盛

---

91 達虛：〈求學一週年的回顧〉，《南瀛佛教》第13卷第7號（1935年7月），頁29。

92 圓光禪寺昭和十一年秋期戒壇，《臺灣月眉山圓光禪寺同戒錄》（1937年2月13日發行）。

93 徐壽：《臺灣全臺寺院齋堂名蹟寶鑑》，未註頁碼。

94 曾永成是齋教嘉義龍華會天龍堂的成員，亦為法雲寺臺灣阿彌陀佛會的講師之一。

況云。[95]

　　一九三三年十一月二十一日，大覺法堂佛像安座，除了請妙果和尚主法開光，也邀請真常法師、曾永成等演講，據記載聽眾多達五百多位：

> 大覺法堂鎮座式：臺中市錦町大覺法堂，於二十一日午前十時舉行本尊鎮座式，當日臨席者有妙果和尚以外諸各寺堂代表者，及同堂發起陳金山、許恩賜等二十餘人，其他遠近信徒五百餘名，式是初由王瀛洲氏引導一同敬禮、次誦經、朗讀祝文、獻供拈香、回伺，至十一時半閉式，午餐又有曾真常、曾永成諸氏講演佛法，頗呈盛況云。[96]

　　根據大覺院沿革，妙果和尚為第一任住持，約一九三七年真常法師為第二任住持，智雄法師為副住持；《南瀛佛教》也曾記載，真常法師寓居於臺中市錦町「大覺法堂說教所」，《法雲禪寺沿革》同述，真常法師當年曾任大覺院住持。[97]總此可知，真常法師確實於一九三七年起常駐於臺中大覺法堂教授弘法，後來也曾感於講堂過於窄小，欲謀新地改建，後來在各方贊助之下，買下臺中西區的水田，然重建未竟，世緣卻盡。一九六〇年代，該寺信眾賡續遺志，於今日臺中市西區柳川西街院址再建此大覺寶剎。[98]

（四）臺北萬華龍山寺住持

　　一九二二年七月，龍山寺管理人辜顯榮（1866-1937）、吳昌才（1883-

95　《南瀛佛教》編輯：〈雜報：佛教好評〉，《南瀛佛教》第11卷第11號（1933年11月），頁46。

96　《南瀛佛教》編輯：〈雜報：大覺法堂鎮座式〉，《南瀛佛教》第11卷第12號（1933年12月），頁51。

97　《法雲禪寺沿革》（1997年版），頁11。

98　「臺中市大覺院沿革」網址：http://www.xslh.org/m/view.php?aid=8990（瀏覽日：2021年10月10日）。

1928）等禮聘覺力禪師北上卓錫，此後開啟法雲寺派僧侶駐錫萬華龍山寺的世代，長達六十七年。[99]覺力圓寂後，妙應法師等弟子繼任，一九四〇年五月三日龍山寺管理人蔡彬淮（1886-?）、黃玉對（1890-?）、辜振甫（1917-2005）、許丙（1891-1963）、林景文、吳永榮等知名仕紳召開管理人會議，並決議延聘真常法師為新任住持，該年年冬十二月十三日就任。[100]

弟子睿理嘗問真常法師說，龍山寺的信眾多神佛不分，為何法師願意卓錫？真常卻答言，凡事事在人為，總需有人挺身而出，為法布教，教化黎民。可知真常法師一如覺力禪師，承秉宗風，競業入世宏開佛法，引領大眾學習，期間開闢圖書室，充實普羅大眾新知，取消「迎棺送屍」陋習，讓寺貌煥然一新。[101]總括其弘法事蹟有：

1. 建設龍山寺圖書室：根據《龍山寺寺志》，「為鼓吹地方民眾讀書之趣味，兼資精神修養及文化向上起見，設有圖書室，備置古今漢和書籍供眾閱覽，其中有關於佛教、修養、科學、文學及時事等者，亦有各種雜誌及報紙……合算之至千部以上。」[102]真常法師駐錫龍山寺時，曾添置佛教、科學、文學等書籍多達千冊，裨益民眾吸收新知，提升精神文化涵養。

2. 協助編撰《艋舺龍山寺全志》：一九四一年四月住持真常法師與監院達裕法師、管理人等，邀請臺北師範教喻劉克明（1884-1967）擔任龍山寺全志編纂委員長，[103]並於一九四二年完成寺志第一版，以日文編撰的二卷版，但是目前僅存可見的是戰後一九五一年四月付梓的中文本一卷版。「龍山寺寺志」不但是一部寺廟的二百年歷史之作，更牽涉萬華地區和大臺北地方的發展，亦顯示此書編撰凸顯了住持對於地方歷史的關懷。

3. 創設龍山寺佛教婦人會：據「龍山寺佛教婦人會證書」，該會成立於

99　林美容、楊璟惠：〈艋舺龍山寺觀音會和唸佛會之歷史與現況——兼論女性虔信者在寺廟組織中的角色〉，頁264。

100　《龍山寺全志》，頁28、77-78。

101　睿理：〈慈恩永蔭僧青年〉，頁17。

102　《龍山寺全志》，頁29。

103　《龍山寺全志》，頁5、80。

一九四一年十一月六日，正是真常法師住持龍山寺期間，會長是覺力禪師的重要弟子林煶灶太太吳芙蓉，林氏為全臺知名大同企業集團的創辦人，妻子吳氏，本姓楊，曾由吳家收養。關於林煶灶等歸信覺力禪師和挹注法雲寺、龍山寺的故事，可進一步參考《覺力禪師年譜》。此婦人會應該是龍山寺第一個以女性為主的護法團體，[104]如其祖師覺力禪師，徒孫真常也熱心護持女子學佛，後曾聘法雲寺佛學社當年的學生智雄法師為講師，悉心栽培女性學習佛法。

4. 參與國際佛教盛事：一九四三年七月四、五日，日本佛教青年會主辦「大東亞佛教青年大會」，南瀛佛教總會選派六位代表參加，當時的曹洞宗代表即為「龍山寺住持增上真常」與寶藏寺住持宋春芳，臨濟宗代表開元寺副住持高執德，齋教代表金幢派林永修，及臨濟宗、曹洞宗的開教使長屋真乘、度部了應等。[105]睿理提及，真常法師不但精通日語，且胸中充滿祖國學術，其意思是真常法師雖然在日本殖民統治下仍堅守中國佛教的戒律和法統，在參與日本國際佛教活動期間，展現出不凡的佛教學識和談吐，受到日人的高度敬重，視為臺灣佛教傑才。[106]

5. 擘劃重建龍山寶殿：一九四五年一月至八月臺灣各地受到盟軍轟炸，幾乎所有的學校機關都關閉，六月八日美軍再度空襲臺北，炸毀了龍山寺中殿和部分建築。八月十五日日本投降以前，真常法師暫回法雲禪寺，召開「護國挺身隊」講習，訓練僧尼赴各地撫慰難民。七月二十六日中、美、英聯合發表「波茨坦宣言」，此後真常法師又回到被炸毀一半的龍山寺，欲重修寶殿，並集結愛國護教人士籌組統一全臺的佛教組織。以上可知，真常法師不但身為佛寺住持，更有弘法利生悲願，不惜犧牲己命，為國、為民、為教奉獻身心。

---

104 關於龍山寺的女性面向研究和重要性，可參考林美容、楊璟惠：〈艋舺龍山寺觀音會和唸佛會之歷史與現況——兼論女性虔信者在寺廟組織中的角色〉，頁247-304。

105 《臺灣佛教》編輯：〈本會派遣台灣代表參加大東亞佛教青年大會〉，《臺灣佛教》第21卷第6號（1943年6月），頁21。

106 同前註79。

（五）新竹竹東師善堂住持

師善堂，日治時期位於新竹州竹東郡竹東庄員崠子，現又稱觀音廟、師善寺等，屬於佛寺。[107]此堂原為新竹六大規模的金幢派齋堂之一，日治時代信徒將近四千。[108]根據《南瀛佛教》，其創建於清朝年間（1871），甘廣亮在此初立茅廬。一九二六年此堂加入日本臨濟宗妙心寺派。一九三三年詹濟霖（詹昭河）為第六代堂主，[109]後來皈信佛教，[110]應是其任內聘請曹洞宗真常法師為住持。睿理云，一九四二年真常法師來任龍山住持兼任師善堂住持。

據《臺灣日日新報》更早的一九二七年八月十八日新聞，師善堂早曾邀請真常法師到竹東演講，當夜四百多人聆聽，至深夜十點半才結束，可見受歡迎程度：

> 由竹東郡獅善堂主倡兼竹東庄後援，去十八日夜間七時半，在竹東惠昌宮開佛教歸演會。首由庄長彭錦球氏敘開會，及講演資本家與農民之互助；次曾真常氏講「佛教與現代青年」，既畢由中華茂峰法師講「法界唯心觀」。當夜聽眾四百餘名，至夜間十時半，由彭維漢氏敘閉會告畢。[111]

真常法師圓寂以後，師善堂繼任者是新竹客籍女詩人甘玉燕，後來也削髮為尼，法號明禪，[112]民國五〇年代又另新闢竹東佛教講堂（今稱竹東大覺院）。

---

107 王良行總編，黃榮洛撰：《竹東鎮志‧文化篇》（新竹：竹東鎮公所，2011年），頁107-108。
108 徐壽：《臺灣全臺寺院齋堂名蹟寶鑑》，未註頁碼。
109 《南瀛佛教》編輯：〈師善堂略事〉，《南瀛佛教》11卷9號，頁47。〈員崠子師善堂-臨濟宗妙心寺派連絡寺廟〉，《南瀛佛教》第13卷第2號，頁52-53。
110 濟霖：〈前師善堂歸依感懷〉，《臺灣佛教》第19卷第7號（1965年7月），頁35。
111 〈竹東郡獅善堂　佛教講演〉，《臺灣日日新報》（1927年8月23日），版4。
112 張文進主編：《臺灣佛教大觀》，頁113。

（六）南瀛佛教會教師

　　一九二一年成立的南瀛佛教會，透過辦理佛教講習會和《南瀛佛教會報》等刊物，企圖使臺灣宗教佛教化，一九二一年至一九三四年舉辦過十六回佛教講習會，三回特別講習會，其中含二回婦人講習會，或稱婦女、女子講習會；第一回婦人講習會一九二五年由覺力禪師首度倡議，在新竹香山「一善堂」舉辦，是為南瀛佛教會創舉。一九三〇年，南瀛佛教會試圖開辦第三回婦女講習會，原訂於七月二十一日起假法雲寺附屬新竹州大湖郡獅壇庄「弘法禪院」舉行講習會一個月，當時又稱桂竹林弘法禪寺，或簡稱弘法禪堂、弘法院等，講師除了覺力禪師教授「佛教教乘」之外，尚有妙果和尚教授「禪學」、達玄法師教授「佛化與進化」、真玉法師（吳其山）教授「佛教概論」，尚有真常法師教授「印度支那那佛教史」。[113]未料暴風雨來襲，導致對外聯絡橋樑流失，開學前仍無法順利通行，故取消辦理。

　　一九三一年南瀛佛教會正式頒布辭令授予「曾書易」為「布教師」。[114]一九三二年三月一日至七日，南瀛佛教會新竹州支部再度於獅壇弘法禪院再辦「講習會」，主請覺力禪師與新竹寺住持佐久間尚孝等教授，推測真常法師亦可能為教授師之一。同年農曆九月五日，妙果和尚的弟子達明尼師（1892-1951），[115]於其創建的新竹州竹東郡獅頭山「海會禪庵」舉行大殿佛像安座大典，會中亦邀請南瀛佛教會教師真常法師（曾書易）演講，當時報導如下：

113　〈女學生に對し佛教講習會〉，《臺灣日日新報》（1930年7月1日），版5。編輯：〈婦女講習會〉，《南瀛佛教》第8卷第7號（1930年8月），頁43。《南瀛佛教》編輯：〈編輯室：桂竹林弘法院〉，《南瀛佛教》第8卷第8號（1930年9月），頁43。

114　《南瀛佛教》編輯：〈（南瀛佛教會）辭令〉，《南瀛佛教》第9卷第8號（1931年9月），頁38。睿理：〈慈恩永蔭僧青年〉，頁17。

115　《覺生》編輯：〈一月佛教：獅山海會庵〉，《覺生》第12期（1951年6月），頁2。闞正宗：〈妙果和尚與圓光禪寺：從「曹洞宗說教所」到寺院建立及其護法〉，《圓光佛學學報》第31期（2018年6月），頁150-151。

新竹州竹東郡峨眉庄獅頭山海會禪庵，於古曆九月五日，為祝本尊鎮
座週年紀念，及奉安祿位之祭典。是日午前中舉行祝賀式，式後誦經
祈禱，晚上講演，講師為本部教師曾書易氏，參會者頗多，可謂法會
盛況。[116]

承上可見，真常法師自一九三〇年起即受到南瀛佛教會的青睞為講師，並受
邀至新竹、臺中等各處寺院演講，且聽過其講經說法的學生應該不在少數。

（七）臺灣三成協會贊助員

　　根據《龍山寺全志》，真常法師曾為「臺灣三成協會贊助員」；《南瀛佛
教》也載，臺中市大覺法堂曾真常為南瀛佛教會教師與「臺灣三成協會囑
託」，[117] 推測至少一九三二年左右真常法師已為會員之一。

　　「臺灣三成協會」，全名「財團法人臺灣三成協會」，發端於一九〇五
年，臺南監獄先試辦保護刑滿的罪犯，後成立臺南「累功會」，又稱「累功
社」；[118] 一九一五年九月正式成立於總督府下的法務部，並負責全臺「出獄
人保護事業」，或稱免囚保護、釋放者保護、司法保護等，類似於今日的「更
生保護」機構。其組織下設會長一名，通常由總督府法務部長或法務課長擔
任，並選任理事、贊助員、舍監、顧問等若干名，「贊助員」需要實際佐理
會務、執行保護事業。當時不少知名仕紳，如貴族院議員辜顯榮、齋教先天
派黃玉階（1850-1918）、宗教團體、婦女團體都曾參與此類社會慈善事業。

　　真常法師身為三成協會的「囑託、贊助員」，需實際執行保護教化，可
見其關心的弘法事業，並非侷限於佛門叢林之內，願意走入俗世，慈愛眾
生，躬行社會慈善，以「入世佛教」感化歧路亡羊，重沐光明。

---

116 〈海會庵祭典與講演〉，《南瀛佛教》第10卷第9號（1932年12月），頁16。

117 名片：〈謹賀新年〉，《南瀛佛教》第11卷第1號（1933年1月），廣告頁8。

118 〈臺北市社會事業概要（二）經濟的保護機關／釋放者保護機關〉，《臺灣日日新報》
　　（1927年7月13日），版4。

（八）「臺灣省佛教會」創始者

一九四五年八月十五日日本政府投降。十月，臺灣省行政長官公署成立，政治、經濟、文化、教育各部門重新施行中國國民政府制度，宗教團體也重組教團，最熱心的就是萬華龍山寺住持真常法師，在其奔走號召之下，同年十二月三十一日於龍山寺召開第一次「臺灣省佛教會組織籌備會」，選出真常、善慧（1881-1945）、李添春（1899-1988）、林學周（1884-1950）、宋修振（1911-?）、鄭松筠（1891-1968）、林妙清（1901-1956）、吳永富（1880-?）、張坤民（1905-?）等為籌備委員。但真常法師因四處奔波，積勞致疾，據《臺灣佛教》記載，他臨終之際仍不忘叮囑籌組教會，協助國家文化建設：

> 他病重的時候自知不起，但日夜仍沒有忘記佛教會的進行，臨終語不及他，遺囑無論如何必須把本省的佛教會組織起來，協助國家文化的建設，其偉大崇高的精神，是值得本會同人永久紀念的。這二人對於本會都是最有領導資格，而且最熱心奔走的人，但都沒有看見臺灣省佛教會的成立就離開人間，真是本會生命史上最不幸的事！[119]

真常法師臨終時仍矢志不忘以佛教興國，崇高偉大的精神，值得永誌，期以龍山寺為基地，籌組光復後第一個統一的佛教組織「臺灣省佛教會」。法師一九四六年一月三十一日頓逝後，法雲寺派的同門師兄弟與其弟子們亦支持其理念，加入該會成為理事，第一屆的理事名單，如劉達玄法師（法雲寺佛學社教師）、劉祖基（智雄法師；大覺院副住持）、李達裕（龍山寺監院）、莊通明（龍山寺常駐法師）及吳永富（龍山寺管理人）等。影響所及，現今萬華龍山寺東廂辦公室的門口，仍高懸著「中國佛教會臺灣省分會」立匾，昭示著一介龍山寺住持曾為佛教命脈所付出的畢生心血。其驟逝後，教界惋惜不已，《弘一大師年譜》作者林子青（1910-2002）更嘆息寫

---

[119] 《臺灣佛教》記者：〈本會改組的回顧（一）〉，《臺灣佛教》創刊號（1947年7月），頁18-19。

下，「真常等……臺灣佛教界的幾位領袖，均在光復後相繼逝去，是臺灣佛教無可補償的損失。」[120]

四 結語

綜上析釐真常法師的一生的重要史料和佛行事蹟，首先考其本名原為曾書易，皇民化時期戶籍名更為增上真常，出生日期為明治三十三年（1900）一月十九日，辭世於民國三十五年（1946）一月三十一日，世壽四十七載，僧臘二十九，戒臘十九，橫跨了日本殖民與戰後初期兩個世代。一九一七年，依止新竹州法雲禪寺副住持妙果和尚的高徒達聖法師（寶月上人）出家，一九二一年渡海至中國福州鼓山湧泉禪寺振光和尚座下受戒。一九二三年至一九二四年負笈安徽省安慶佛教學校就讀中學，一九二四年轉赴武昌佛學院親炙佛教泰斗太虛座下，浸潤現代佛教改革理念。一九二五年至一九二六年再入南京法相大學特科修業，受學於歐陽竟無、呂澂等唯識大家，並歷經現代化佛教大學的洗禮。如其師寶月所言，真常法師深研佛理、好學不倦的精神與一流的學府經歷，在日治時代的臺島僧侶中也誠屬少見。

一九二六年八月底左右返臺演講，深受法雲禪寺住持覺力禪師器重，歷任法雲寺講經說法的布教師、彌陀會講師、《亞光新報》協辦、戒會教授師等，一九二七年二月自膺教務主任開辦「臺灣佛學社」，培育佛門龍象，開啟臺島佛學教育先河，至一九三九年更陞任為法雲禪寺的副住持。一九二八年至一九三〇年代，潛修於臺中毘盧禪寺閉關閱藏，亦撰著《佛學淺要》等流通各地寺院，同時擔任教授講經說法，悉心培育後進。一九三六年圓光禪寺傳授「四眾戒會」，法雲寺派下妙果和尚與真常法師等，不斷薪傳覺力禪師所樹立下的嚴淨毗尼宗風。一九三七年受聘為臺中大覺法堂第二代住持，亦於此開演佛法，吸引眾人聽經，是為當地盛況。一九四〇年受北臺灣最大廟宇萬華龍山寺管理人邀請卓錫於寺，期間傳承覺力禪師開拓的弘法風範，

---

120 林子青：〈臺灣佛教漫談〉，《中國佛教史論集（八）──臺灣佛教篇》，頁9。

入世佛教住持都會寺廟六年，期間推動各項佛化建設、改革迎棺陋習，並興辦佛教婦人會，一如覺力禪師當年首開女子佛學風氣。一九四三年南瀛佛教會選派赴日的臺灣佛教代表，參與日本「大東亞佛教青年大會」，會議期間展現不凡的中國佛教學識談吐，受到日人欽佩，被視為臺灣佛教傑才。一九四二年，除了住持龍山寺之外，更兼任新竹竹東師善堂住持，傳燈交付客籍女詩人甘玉燕明禪尼師，法脈再度開衍。一九四五年，真常法師以萬華龍山寺為復興基地，殫心竭慮奔波籌組光復後統一全臺的佛教組織「臺灣省佛教會」，是為本土佛教僧團嚆矢。《艋舺龍山寺全志》懷其一代住持恩德，列為二百年寺史上的三大住持之一，肯定其改革功績。

然改革之業未竟，明光頓然殞落，究其日治中葉起荷負家業，承繼法雲禪寺、毘盧禪寺、大覺法堂、萬華龍山寺等弘法大任，不辭辛勞戮力培育後進，入世躬行社會慈善，且臨終之際仍不忘以佛教興國，締建佛教新猷，足堪為中興法雲，開啟戰後臺灣佛教新扉頁的時代人物。

──原刊於《問天期刊》第5期（2022年12月），

今再增補史料，大幅修訂前文。

徵引書目

一　專書

于淩波：《民國高僧傳續編‧泰縣光孝寺釋常惺傳》，臺北：雲龍出版社，
　　　2005年。

支那內學院編：《內學年刊》，臺北：鼎文，1975年。

王良行總編，黃榮洛撰：《竹東鎮志‧文化篇》，新竹：竹東鎮公所，2011年。

王見川、釋道成：《台灣北部道場：中壢圓光寺誌》，桃園：圓光禪寺，1999
　　　年。

王見川等主編：《民間私藏　臺灣宗教資料彙編》，臺北：博揚文化事業公
　　　司，2009年。

江燦騰：《日據時期臺灣佛教文化發展史》，臺北：南天，2001年。

江燦騰主編：《跨世紀的新透視：臺灣新竹市300年佛教文化史導論》，臺
　　　北：前衛出版，2018年。

江燦騰：《風城佛影的歷史構造：三百年來新竹齋堂佛寺與代表性人物誌》，
　　　臺北：臺灣學生書局，2021年。

辛　　迪責任編輯：《民國佛教期刊文獻集成‧補篇‧目錄》，北京：全國圖書
　　　館文獻縮微復制中心，2008年。

法雲寺釋妙然編撰：《曹洞宗臺灣本山──法雲禪寺沿革》，苗栗：法雲禪
　　　寺，1997年。

法雲寺釋達碧編撰：《曹洞宗法雲禪寺法脈地址通訊錄》，苗栗：法雲禪寺，
　　　2020年。

法雲寺釋達碧編撰：《曹洞宗臺灣本山──法雲禪寺沿革》，苗栗：法雲禪
　　　寺，2015年。

施德昌：《紀元二千六百年記念：臺灣佛教名蹟寶鑑》，臺中：民德寫真館，
　　　1941年。

徐　　壽：《臺灣全臺寺院齋堂名蹟寶鑑》，臺南：國清寫真館，一九三二年。

張子文、郭啟傳、林偉洲，國家圖書館特藏組編：《臺灣歷史人物小傳──明清暨日據時期》，臺北：國家圖書館，2003年。

張文進主編：《臺灣佛教大觀》，臺中：正覺出版，1957年。

張曼濤主編，現代佛教學術叢刊編輯委員會編：《中國佛教史論集（八）──臺灣佛教篇》，臺北：大乘文化，1979年。

張曼濤主編，現代佛教學術叢刊編委會編：《中國佛教史論集（八）──臺灣佛教篇》，臺北：大乘文化，1976年。

黃夏年主編：《民國佛教期刊文獻集成與補篇》，北京：全國圖書館文獻縮微復制中心，2006年、2008年。

劉克明主編，臺北艋舺龍山寺全志編纂委員會：《艋舺龍山寺全志》，臺北：艋舺龍山寺，1951年。

顏尚文總編：《臺灣佛教通史》，第二卷、第四卷、第七卷，臺北：財團法人彌陀文教基金會，2022年。

釋慧嚴：《臺灣與閩日佛教交流史》，高雄：春暉出版社，2008年。

釋禪慧：《臺灣佛教詩對拾遺》，臺北：三慧講堂，2012年。

釋禪慧：《覺力禪師年譜》，臺北：三慧講堂，2012年3版。

闞正宗：《重讀臺灣佛教：戰後臺灣佛教，正篇》，臺北：大千出版，2004年。

闞正宗：《臺灣佛教一百年》，臺北：東大出版，2015年。

二　期刊論文、報章雜誌

《亞光新報》一九二七年至一九二八年。

《南瀛佛教》一九二三年至一九四三年。

《臺灣日日新報》一九一九年至一九四四年。

《臺灣佛教》一九五三年至一九六六年。

《臺灣佛教新報》一九二五年。

左公柳：〈五指山觀音寺滄桑〉，《覺生》第5卷第56期（1957年5月），頁18。

李添春：〈台灣佛教史資料上篇──曹洞宗史：大湖法雲寺高僧傳：（二）苗栗大湖法雲寺開山祖師覺力和尚傳〉，《臺灣佛教》第27卷第1期（1973年4月），頁14-16。

杜忠全：〈會心當處即是，泉水在山乃清：閩台馬新弘法高僧會泉法師傳〉，《世界宗教學刊》第18期（2011年12月），頁129-181。

林美容、楊璟惠：〈艋舺龍山寺觀音會和唸佛會之歷史與現況——兼論女性虔信者在寺廟組織中的角色〉，《臺灣文獻》第72卷4期（2021年12月），頁265-271。

黃運喜：〈新竹市壹同寺的歷史沿革與女眾佛學院教育的發展〉，《圓光佛學學報》第30期（2017年12月），頁1-21。

睿　理：〈慈恩永蔭僧青年——為真常法師生西八週年紀念而寫〉，《覺生》第44期（1954年2月），頁18-20。

釋慧嚴：〈再檢視日治時代臺灣佛教界從事的教育事業〉，《中華佛學學報》第16期（2003年9月），頁179-181。

闞正宗：〈妙果和尚與圓光禪寺：從「曹洞宗說教所」到寺院建立及其護法〉，《圓光佛學學報》第31期（2018年6月），頁129-156。

闞正宗：〈台灣佛教新史〉之二十三——台灣光復初期之佛教（1945-1949），《人間佛教學報・藝文》第41期（2022年9月），頁114-133。

三　碩博士論文

羅玫讌：《臺灣大湖法雲寺派的發展（1908-1960）》，嘉義：國立中正大學歷史學研究所碩士論文，2007年。

釋道成：《覺力禪師及其派下之研究（1881-1963）》，桃園：圓光佛學研究所碩士論文，2003年。

四　網路電子資源、其他

臺中市大覺院沿革，網址：http://www.xslh.org/m/view.php?aid=8990

侯坤宏：〈茂峰法師與東普陀講寺〉，網址：http://enlight.lib.ntu.edu.tw/FULLTEXT/JR-BJ013/bj013579275.pdf

圓通山人錄，昭和三年《觀音山法雲禪寺菩薩戒同戒錄》，新竹州：法雲禪寺，1928年。

大乘佛教在泰國曼谷的發展趨勢

〔泰〕劉麗芳[*]、〔泰〕曾安安^{**}

Pornpan Juntaronanont, Patcharinruja Juntaronanont

摘要

華人宗教信仰跟隨著華人移居進入泰國。在阿育陀耶時代（Ayuthaya Period）納萊王（King Narai）王朝（1656-1688），已有乃凱（Nai Gai）華人區。當時華商與華人文化習俗已遍布阿育陀耶首都。就宗教方面的傳入而言：道教很早就跟隨華人入泰，而大乘佛教進入泰的時間則遲至拉達納哥信時代（Rattanagosin Period）（1782-迄今）的拉瑪第五世王（1868-1910）時才正式修建泰國第一所大乘佛教「永福寺」，接著就有「龍蓮寺」及「普門報恩寺」等。大乘佛教在泰國的發展速度緩慢。按照我們在一九八九年對泰國大乘佛寺所收集的資料（表一），屬於國家宗教局管理的大乘佛寺和精舍共十三所，過了三十多年到現在（2021）佛寺和精舍的數目只有二十一所。這個數目與目前泰國上座部佛寺的龐大發展數目差距很大。華人離鄉背井定居他國，本地的文化習俗給大乘佛寺起了不少影響。再加上國家的民族融合政策、國家設定以泰語為主的教育計畫、華人定居區與本土民族雜居的泰習俗環境，還有現代化以及科技化各方面不斷發展的影響力；導致華裔們忽略了大乘佛寺，很少支持華人佛寺而多對上座部佛寺捐款。另外大乘佛寺也因居

---

* 泰國格樂大學中國國際語言文化學院副教授（Associate Professor, Faculty of Chinese Language and Culture, Krirk University）。

** 泰國高等教育科學研究與創新部（Ministry of Higher Education, Science, Research and Innovation, Bangkok, Thailand）。

士所需求在舉辦的法事及佛教儀式中加入了不少上座部佛教的法事儀式。在這樣的情況下，泰國大乘佛寺形成了「中泰混合」的「大乘佛寺」，就是大乘佛寺與本土習俗的混合，不同於中國大乘佛寺。

關鍵詞：泰國華人宗教、泰國大乘佛寺、發展趨勢

一　前言

　　泰國建國之前，早在西元五～七世紀的西威差（Sriwichai Period）藝術時期，大乘佛像已遍布了金鄰國（Suwannaphum），尤其是西威差國的首都巴楞幫（Balembang）是金鄰國的重要地帶，現在也是蘇瑪達島一帶地區。從西威差佛教藝術可以看出，大乘佛教早就在這個地帶發揚光大（Nongkran Suksom, 2021, p.12）。另外當時的大乘佛教還傳到高棉（Cambodia），而後再傳到高棉屬國的素可泰（Sukothai）城。泰國在素可泰城建國後，立素可泰城為首都。目前素可泰省仍然存著十三世紀高棉藝術形式的大乘佛教實物證據。泰國脫離高棉統治後，在一二四九年建立素可泰國（Kingdom of Sukothai）。敢木丁王（King Ramkhamhaeng）在位期間（1279-1298?）是素可泰最強盛的時期。他從洛坤（Nakornsrithammarat）引進了上座部佛教高僧到素可泰傳教（Prasert N. Nakorn, 2012, p.26）。從那個時候起泰國就成了上座部佛教國家。但當時的稱謂是 "Langgawong Bhuddism"（意思是斯里蘭卡派佛教）。僧侶們從原來學習梵文改成學巴里文。就這樣一直承襲到拉達納哥信時代（Rattanagosin Period）的拉瑪第四世王（Somdet Prajomg-laozaoyoohuo）（1851-1868），在沒有登上王位之前皈依佛教出家後，為了修整泰國佛教的各方面及加重比丘對佛法戒的嚴格性而成立了「法宗派」（Thammayutnigay）。因此，泰國原有的上座部佛教比丘就被稱為「大宗派」（Mahanigay）。泰國上座部佛教就按兩個宗派傳到現在，同時被認為是國教（Somdet Kromprayadumrongrajanupab, 1964, p.35）。

　　華人移居泰歷史悠久，大乘佛教也跟隨著華人移居泰國。到阿育陀耶時代（1390-1767），華人定居於首都阿育陀耶城（大城）的數目已很多了。按泰國史書，尤其是《阿育陀耶編年史》（Ayuthaya Chronicle）中的一段提到阿育陀耶朝代在位的頌德帕昭巴塞通王（Somdet Prazao Prasatthong）（1630-1655）時設有「國家貿易部」（The Royal State Trading）。這個部門已聘用很多華人來擔任貿易任務。荷蘭國使節 Van Vliet 在他的日記實錄也曾經提到泰國華人移民事情（Thanom Anamwat and Other, 1975, p.170）。阿育陀耶時代

中泰來往頻繁，次數多達八十次以上（Kajorn Sukpanich, 1980, p.10）。到了納萊王大帝（King Narai the Great）（1656-1688），就是阿育陀耶時代中葉時期，已有大批華人及其他外籍人士大部分定居於首都，當時有葡萄牙村、荷蘭村、日本村、華人村等。目前泰國的阿育陀耶省還存在著上述古村痕跡的實物證據。納萊王時期的外籍人士大都是商人；如荷蘭人在阿育陀耶城建設 Dutch East India Company 總行。華商到阿育陀耶首都來也做絲綢布料買賣（Fine arts Department, 1971, p.45, 56）。當時華人定居阿育陀耶城人數應該很多，因此華人的文化習俗已經被宮廷及上級官員接受。華人戲劇是大臣們設宴時不能缺少的重要表演節目（L.D. Choisy. M. DC., 1975, pp.415-417）。一般在華人習慣上，有戲劇應該有廟宇，這是很可能的事實。因華人對年節及年尾謝神非常重視，而舉行這種儀式的場地就是廟宇。廟宇是華人的集合處，是舉辦年節大祭拜的地方，同時也是他們子孫學習語言文化的書堂。因此估計在納萊王大帝時，華人的定居地一定建有他們崇信神的廟宇了。

對於泰國的華人信仰，他們還是依照故鄉的習慣搬到新的定居處，在泰國合力興建大乘佛教與道教廟。兩者在泰語的稱謂分得很清楚，大乘佛教建築稱謂「วัด」（Wat）就是「寺」，而道教的稱謂「ศาลเจ้า」（Sanzao）就是「廟宇」。道教的廟宇很早就隨著華人社會在泰國的發展而擴大數目。但大乘佛寺在泰國建立則遲至拉達納哥信時代才開始。泰國的歷史從阿育陀耶時代經過了吞武里時代一直到目前拉達納哥信時代（1782-迄今）的拉瑪第十世王（2016-迄今）。在這個漫長的時間，華人信仰佛道隨伴著泰國社會的變遷與發展，廟宇的數目增加了不少，在每個華人密居處都設有他們供奉神祇的廟宇，就是說目前不論是在泰國大城市或縣鎮裡，如有華人密居處都能看到道教廟，可以說道教在泰國是很發達的。但大乘佛教的發展並沒有道教那麼輝煌。在拉達納哥信初期的拉瑪第一世王（Prabatsomdet Pra Puttayod-fajulalog）（1782-1809）時，越人華人密居地的耀華力路已有了一所華人供奉神祇的「永福庵」。後來拉瑪第五世王（Prabatsomdet Pra Junlajomg-laozaoyuhuo）（1868-1910）重新修建並敕賜名為永福寺（Wat Bumphen-jeenpot）。說到大乘佛寺的數目，一九七二年出版的《泰國華宗大尊長普淨

上師七秩壽誕特刊》一書中所提到全泰國華宗寺院的數目（從那個時候一直
到現在已經過了四十九年）共二十三所，屬佛寺有十二所，精舍有時一所
（慶壽委員會敬編印，1972，頁181-182）。但根據二〇〇一年 Jeen Nigay
Sangha Wat Poman Liang Pra Club（2001）一書中顯示的資料，全泰國大乘佛
寺數目只有十八所，後來另增加叻碧府愣能縣（Rajchaburi province Ampher
Damnernsaduag）的「萬象報恩寺」（三寶公）（Watjeen Bo eng）一所，可叻
府西丘縣（Nakornrachasima Province Ampher Sique）的「佛恩寺」（Wat
Buddhakun），以及北碧府賽育縣（Kanjanaburi Province Ampher Saiyok）的
「祇園精舍」（Samnagsong Cheta-wan）共二十一所。具體資訊如下：

表一　泰國佛曆二五四六年（2003）的大乘佛寺數目

序號	中泰名稱	位置	興建日期	現任主持	備註
1	永福寺 วัดบำเพ็ญจีนพรต	曼谷耀華力路三攀他旺縣 กรุงเทพ ฯ ถนนเยาวราช ตรอกเต้าเขตสัมพันธวงศ์	佛曆2338年（1795）	攝理主持仁依大師	初期是越宗興建的佛寺，後來華宗和尚重修候歸為華宗佛寺
2	甘露寺 วัดทิพย์วารี	曼谷挽莫區 กรุงเทพ ฯ ซอยทิพย์วารี ถนนตรีเพชร ย่านบ้านหม้อ	佛曆2319年（1776）	攝理主持仁誼大師	初期是越宗興建的佛寺，為華宗濟忠大師重修，拉瑪第五世在佛曆2443年賜予泰文名稱
3	龍蓮寺 วัดมังกรกมลาวาส	曼谷石龍軍路泡臺縣 กรุงเทพ ฯ ถนนเจริญกรุง เขตป้อมปราบ	佛曆2514年（1971）	仁誼大師	續行法師興建，興建六年才完成

序號	中泰名稱	位置	興建日期	現任主持	備註
4	普門報恩寺 วัดโพธิ์แมนคุณาราม	曼谷沙圖巴里路然納瓦縣 กรุงเทพ ฯ ถนนสาธุประดิษฐ์ เขตยานนาวา	佛曆2502年 （1959）	仁得大師	普淨大尊長興建
5	玄宗精舍 สำนักสงฆ์สุธรรม	曼谷帕西咋能縣 กรุงเทพ ฯ หมู่บ้านเศรษฐกิจซอย 10 เขตบางแค	佛曆2511年 （1968）	攝理主持 仁誼大師	不詳
6	彌陀精舍 สำนักสงฆ์หมี่ท้อเจ็งเซี่ย	曼谷烏卡洛路他琳楞縣 กรุงเทพ ฯ ถนนบุคคโล อำเภอท่าดินแดง	不祥	不祥	不詳
7	靈鷲精舍寺 วัดเล่งจิ๋วเจ็งเซี่ย	曼谷三聖路 帕耶泰縣 กรุงเทพ ฯ ซอยสมปรารถนา ถนน ดินแดงเขตดินแดง	佛曆2512年 （1969）	志正大師	不詳
8	光明精舍 สำนักสงฆ์กวงเม้งเจ็งเซี่ย	曼谷哇啦節路 炮臺縣 กรุงเทพฯถนนวรจรแขวงเทพศิรินทร์เขตป้อมปราบ	佛曆2495年 （1952）	章雲大師	不詳
9	覺園念佛林 สำนักกั๊กฮึ้งเนี่ยมฮุกลิ้ม	曼谷砲臺縣 กรุงเทพ ฯ ซอยแม้นศรี 1 ถนนบำรุงเมือง เขตป้อมปราบ	佛曆2538年 （1992）	永興大師	興建於六十年前，後重建

序號	中泰名稱	位置	興建日期	現任主持	備註
10	普頌皇恩寺 วัดบรมราชากาญจนาภิเษกอนุสรณ์ คณะสงฆ์จีนนิกา รังสรรค์	暖武里府 挽莫通縣 จังหวัดนนทบุรี อำเภอบางบัวทอง ตำบลโสนลอย ถนนเทศบาลสาย 9	佛曆2539-2551年 （1996-2008）	攝理主持 仁誼大師	仁晁大師興建，以原有的普同寺發展
11	仙佛寺 วัดเทพพุธธาราม	春武里府府治縣綱宣區 จังหวัดชลบุรี ถนนสุขุมวิท ต.บ้านสวน อำเภอเมือง	佛曆2421年 （1878），重修於佛曆2505年 （1962）	仁依大師	達喜大師興建
12	普德寺 วัดโพธิทัตตาราม	春武里府西拉差縣西拉差埠 ถนนสุรศักดิ์ 1 อำเภอศรีราชาจังหวัดชลบุรี	佛曆2516年前（1973）	仁交大師	原為小齋堂稱「香光堂」，普淨大師上任華宗師祖時已派和尚在此住錫，命名為「真如精舍」，佛曆2516年重修，佛曆2518年被賜予寺界
13	龍福寺 วัดจีนประชาสโมร	北柳府府治縣挽勿區 จังหวัดฉะเชิงเทรา ถนนศุภกิจ ต.บ้านใหม่ อำเภอเมือง	佛曆2416年 （1873）	仁尊大師	續行法師興建

序號	中泰名稱	位置	興建日期	現任主持	備註
14	龍華寺 วัดมังกรบุปผาราม	尖竹汶府龍信縣 จังหวัดจันทบุรี ต.พลิ้ว อำเภอแหลมสิงห์	佛曆2520年 （1977）	志成大師	續行法師興建
15	普仁寺 วัดโพธิ์เย็น	北碧府洛梗埠 他瑪嘎縣 จังหวัดกาญจนบุรี ตลาดลูกแก อำเภอท่ามะกา	佛曆2490年 （1947）	仁意大師	普淨大師興建，佛曆2493年被賜予泰國第一所寺界，可以在該佛寺舉行出家儀式
16	慈悲山菩提禪寺 วัดเมตตาธรรมโพธิญาณ	北碧府府治 濃雅區 （หมู่ที่ 7 ต.หนองหญ้า อ.เมือง จ.กาญจนบุรี）	佛曆2537年 （1994）	仁蒙大師	不詳
17	慈善寺 วดฉือฉาง	宋卡府合艾縣 จังหวัดสงขลา ถนนศุภสารรังสรร อำเภอ หาดใหญ่	佛曆2471年 （1928）	仁豪大師	原為道教「呂祖廟」，月宗大師在此地住錫後重修，佛曆2514年歸為華宗佛寺
18	萬佛慈恩寺 วัดหมื่นพุทธเมตตา คุณาราม	清萊府美詹縣 他考貝鎮 จังหวัดเชียงราย อำเภอแม่จัน ตำบลท่าข้าวเปลือก	佛曆2540- 2544年 （1997- 2001）	攝理主持 仁得大師	仁得大師興建

序號	中泰名稱	位置	興建日期	現任主持	備註
19	萬象報恩寺（三寶公）วัดจีนปอเอง（ซำปอกง）	叻碧府藍楞薩洛縣จังหวัดราชบุรีอำเภอดำเนินสะดวก	佛曆2448年（1905）	聖量大師	興建於拉瑪第五世王
20	佛恩寺วัดพุทธคุณ	可叻府四球縣จังหวัดนครราชสีมา อำเภอสีคิ้ว	佛曆2548年（2005）	攝理主持仁得大師	前身是齋堂，仁得大師修建為佛寺
21	祇園精舍สำนักสงฆ์เชตวัน	北碧府賽育縣จังหวัดกาญจนบุรีอำเภอไทรโยค	大概2541年（1998）	攝理主持仁誼大師	原本是龍蓮寺的僧侶修行精舍，在仁晃大師時興建

資料來源：Jeen Nigay Sangha Wat Poman Liang Pra Club; 2001: 43, 118-119，採訪 Dr. Phra Panuwat Lerdprasertpun　龍蓮寺助理主持聖淑大師（2021年9月21日）

上述佛寺數目表與佛曆二五一五年（1972）出版的《泰國華宗大尊長普淨上師七秩壽誕特刊》提到的二十三所佛寺相比（慶壽委員會敬編印，1972，頁181-182），就少了四所佛寺。這四所佛寺有的已經被擴大範圍建成新佛寺，就是普同寺（Wat Po Thong）位於暖武里府的挽武通縣斯挪里區（Khed Sanoloi Ampher Bangbuothong Nontaburi Province），後被發展為目前的普頌皇恩寺（Wat Boromraja Ganjanapisekanusorn）。有些佛寺因該地區發展為商場而被拆除；如明心寺（Meng Xim Yi）位於西拉差縣春武里府（Ampher Sriracha Chonburi Province）（採訪泰國華僑崇聖大學楊光寶老師，2021年5月10日）；還有清水寺（Cheng Zui Yi）位於北漂府抱木山（Saraburi Province），以及天龍寺（Tiang Leng Yi）位於越隆區，曼谷然納瓦縣（Ampher Yannawa Krungthep mahahakorn）。這兩所佛寺不知道為什麼沒有被提名為大乘佛教的佛寺。此外還減少了六所精舍。有的被拆除就是立化僧舍（Samnaksong

Labfa）位於曼谷巴吞旺縣軟橋區。這所精舍普淨上師在一九六三年修建，後來因地區發展而被拆除，目前不存在。另外真如精舍（Samnaksong Jingyu）位於是拉差縣春武里府。被重修建為「普德寺」。其餘四所精舍的名稱已被刪掉，還不明白其原因。這四所精舍就是湄江精舍（Samnaksong Migang-jengxia）位於曼谷巴吞旺縣軟橋區。印光精舍（Samnaksong ying-guang-jengxia）位於曼谷帕南第一路越長盛佛寺後。福田禪林（Samnaksong Hogcangxiamlim）位於曼谷炮臺縣炮臺區。香芽小苑（Samnaksong Hiang-ngaxiaoyi）位於曼谷素坤逸通羅巷。

在這半個世紀的漫長時間，泰國華人的佛寺與精舍的數目減少是否顯示著大乘佛教以前輝煌後來衰退了呢？普淨上師（第六位華宗大尊長）時期就是大乘佛教最輝煌時代，佛寺數目最多的時期。接下來的第七位華宗大尊長仁得上師時期就大不如前，原因何在呢？在第七位大尊長時期雖有很多新建立的佛寺，且重新修建的精舍也不少；比如普同寺被修建為「普頌皇恩寺」、真如精舍被修建為「普德寺」等，但數目還是不如以前多。華宗隨著泰國的各方面發展，是否被社會經濟各方面的變遷所影響，而造成了發展緩慢的情況？

從拉瑪第三世王末年（1824-1895）泰國的小乘佛教就分成兩個宗派；就是原來上座部佛教的「大宗派」（Mahanigay）和拉瑪第四世王還沒登上王位新成立的「法宗派」（Thammayutnigay）。這兩派的上座部佛教也隨著國家興起而不斷地在各自的範圍發展，招建各宗派的佛寺，導致上座部佛寺的數目多到驚人。二〇〇九年時根據泰華農民銀行研究，全國佛教寺共35,772所，佛教徒占全國百分之九十四點六，僧侶約二十六點八萬名（泰國宗教風俗，online，2020）（泰華農民銀行2011年4月22日公布資訊）。過了十多年，二〇二一年時根據 Religion Information Centre 的資料所顯示，泰國上座部佛寺數目又增加了很多，全國共40,947所，其中北部共5,090所（12.43%）、中部共8,733所（21.32%）、東北部共20,353所（49.70%）、東部共2,424所（5.91%）、西部共1,797所（4.38%）、南部共2,550所（6.22%）（Religious Data Centre, online, 2021）（佛曆2564年8月4日），實際上大乘佛寺數目與上

座部佛教的數目是不能相比的。原因在於泰族是泰國的土族，上座部佛教又被認為是他們的國教，因此興建上座部佛寺也就有相應的數目；而大乘佛教是隨著華人遷移定居於泰國後興建的佛寺。兩者在泰國發展的時間長短有很大的差別。但不論是上座部佛教或大乘都是佛教，華人定居泰的人數也不少，而且泰國還有佛國之稱，為什麼泰國大乘佛寺的數目少到很不合理呢？實際上因素很多。在筆者分析各種因素之前，先讓各位了解一下泰國華人信仰的一般情況。

二　泰國大乘佛教信仰背景

大乘佛教在泰國發展不只隨著華人進入泰，也隨著另一大批越南人跟隨著他們的首領移居泰後興建他們崇信的大乘佛寺；因此，泰國的大乘佛教就分有華越兩宗；由華人興建的稱華宗（Jeen Nigay）佛寺，而由越南人興建的稱越宗（Annam Nigay）佛寺。由於兩國移泰的初期定居地有部分摻雜，成為華越密居處。華越的語言雖不同，但大家都有泰語作為共同語言。同時兩者信仰也相同，都是崇信大乘佛教。因此當初進泰的華人還沒有華宗佛寺之前，越南移民就興建了他們幾所越宗佛寺舉辦信仰儀式了，如挽帽地區（Khed Ban mo）有越宗的甘露寺。這座是越南人最古老的佛寺，後來變成荒蕪地，到了拉瑪第五世王才重修並敕賜名為（Wat Thipwaree）（龍蓮寺多寶大藏樓落成揭幕典禮紀念刊委員編，1978，頁21，5-6）。後來也有華人和越南人一起出錢合力興建的大乘佛寺「永福庵」，到拉瑪第五世王重修後敕賜名為永福寺（Wat Bumphenjeenpot）。原來越南人早在曼谷已建有他們越宗大乘佛寺，初期居泰華人就跟隨著越南人進入越宗大乘佛寺舉辦儀式。目前可以見到曼谷華人密居耀華力路一帶立有四所越宗佛寺，全是越南人與華人合力出錢建立的，就是三攀他翁縣（Khed Samphanthawong）的普福寺（Wat Gusonsamakorn）、石龍軍路（Tanon Jaruengrung）的翠岸寺（Wat Chaiyapumigaram）、三攀他翁縣的慈清寺（敕賜慈清寺）（Wat Loganukuo）、石龍軍路的永福寺（Sowattree N. Thalang and Supannee Warathorn, 2013, p.74）。

華越雜居在吞武里時代（1767-1782）已經是很明顯了。一位學者提到，湄南河東岸一帶（就是指今日曼谷王宮一帶），除了是華人密居處外，還有吞武里王朝時遷入了不少越南人與華人雜居（So. Playnoi, 1982, pp.6-10）。吞武里編年史（Pongsawadan Krung Thonburi）說道：在佛曆二三一六年（1773）「บางกอก」（Bangkog，即目前曼谷）是位於湄南河東岸的一個小鎮，相對於西岸的吞武里首都。在這塊地城市內的東邊全是華人越南人移民的定居地（Songsan Nilgamhaeng Sureerat Wongsangiam Naina Yamsaka Gosum Gonggut, 1982, p.24）。到拉達納哥信時代（1782-迄今）拉瑪第一世王遷都東岸；他登上王位後（1782-1809），便考慮到首都吞武里位置於湄南河的西岸，不利於管治與做戰，應該遷都到東岸。之後國王親自選擇了從隆麥北邊溪流口（Klong Rongmai）至南邊溪流口一直至湄南河岸這一大片地來建造王宮。這片地原屬於當時僑領（Praya Rachasetthi）及他屬下的華人與越南人的密居地。（Songsan Nilgamhaeng Sureerat Wongsangiam Naina Yamsaka Gosum Gonggut, 1982, p.30）

三　華宗越宗在泰國

華越移居泰都算是泰國的少數民族，而且幾個密居處也是他們的雜居地帶。華人移居泰一事可追溯到泰國建國的素可泰時代。到了阿育陀耶時代中葉，華人在首都大城定居就已經很明顯了，且也應該建有他們崇信祭拜的道教神廟了。但佛教寺則遲至拉達納哥信時代才正式開始，而華宗最古老的「永福寺」也是當地華越善信們合力出錢興建的。

越南國是泰國的鄰居。越泰早就有和平與戰爭這兩項關係。越南多次內亂或與鄰國戰爭時都引起居民遷移入泰。對於越宗在泰國發展的開始就是關係到幾個事件：一、一七三三年，越南古都Muang Wei內亂，王親國戚都逃往其他國，而Ong Qiang Sun，越王第四位王子則逃往柬埔寨邊疆的Hadian市，然後在一七七六年便帶著很多隨從進入泰國吞武里首都。鄭信王賜予他們王宮外的湄南河東岸一地；就是目前的挽帽（Ban Mo）以及帕胡叻（Pahurat）

地區。

二、到了拉達納哥信時代（1783），就是拉瑪第一世曼谷建都後一年（1782），越南內亂，Muang Wei王的孫子Ong Qiang Sue逃往西貢，然後退到柬埔寨，再移入泰境。拉瑪第一世王賜他們定居於挽坡鎮（Tumbon Bangpho）就是今日的挽世縣（Khed Bangsue）。

三、一八三四年，越南 Min Mang 王禁止越南人信基督教。因此就有一批信基督教徒及佛教徒移往泰國。拉瑪第三世王賜一部分的基督教信徒定居於尖竹汶（Chantaburi），另一部分到曼谷與越人前輩們同一個地區定居。而大乘佛教的信徒則定居於北碧府（Kanchanaburi）新修建的城堡巴帕（Pakprag），就是目前的北碧府（Tumbon Pakprag Ampher Muang）。到了拉瑪第四世王，這一批定居於北碧府的佛教信徒被分成兩組，第一組移入曼谷，另一組到尖竹汶與前輩人定居（Sowattree N. Thalang and Supannee Warathorn, 2013, pp.68-69）。

越南人從吞武里時代到拉達納哥信時代拉瑪第四世王，已修建了十一所大乘佛寺了。就是吞武里王朝時建有二所，即挽帽（Banmo）一帶的甘露寺（Wat Thipwaree），以及般南路（Tanon Plangnam）的「普福寺」（Wat Mongkolsamakom）。從拉瑪第一世王至拉瑪第四世王修建共九所（Sowattree N. Thalang and Supannee Warathorn, 2013, pp.70-71）。為純華人修建的大乘佛寺是從拉瑪第五世王開始的（龍蓮寺多寶大藏樓落成揭幕典禮紀念刊委員編，1978，p.5）。按越宗佛寺及精舍數目綜合起來是二十六所，還比上述華宗佛寺和二十一所多了五所。越宗佛寺比華宗佛寺在泰成立更早，同時到目前的佛教精舍數目還比華宗多。當然今日的佛寺建立數目就是佛教在此地發展趨勢的重要指數。

四　華人泰化政策

華人離鄉背井居他國。他們的定居處及經商和子女的教育全按著他國的法規。華人雖是泰國的少數民族，但在國家政府方面，一向來對華人採取歡

迎移入政策。按 John Crawfurd 的旅遊記錄，從中國到泰國的船艘除了載滿貨物之外，還有不少華人遷入。每艘船大約載有一千二百名華人入泰。在拉瑪第三世王（1824-1851）時，中泰良好關係的商船每年約一百四十艘（John Crawfurd, 1967, p.23,412）。按斯金納（Skinner, 1957）對泰國華人的研究，從拉瑪第三世王至拉瑪第四世王（1851-1868），華人大量移居泰國，多過一半的移民定居曼谷。斯金納按前人所估計華人數目是：拉瑪第二世王末年（1822），全曼谷華人人數共五萬人。在 Crawfurd（1830, II, 121, 215）的估計下華人人數有三萬一千。拉瑪第三世王的一八三九年，按 Malcom（1839,139）的估計全曼谷人數共十萬，而華人占了六萬。到了拉瑪第四世王的一八五四年按 Pallegoix（1854, I, 60）的估計，全曼谷人數共四十萬零四千，華人則占了一半是二十人（G. William Skinner, 1957, p.81）。拉瑪第五世王（1868-1910）時華人移入泰還依舊增多，因此國王開始考慮到華人泰化的計畫。按國家檔案館的資料拉瑪第五世王外交部資料（《華人秘密記錄》）第九頁的幾段話如下：

> 促使華人泰化的方法可通過婚姻、宗教與教育三個途徑。定居泰的華人一般上多與下層階級的泰族婦女通婚，而這些婦女大部分沒受過任何教育。因此，她們缺乏愛國、思源以及忠效的思想意識。由於一般泰族婦女都能勸導丈夫留泰或歸化泰籍。所以國家政府應該規定婦女們受些教育。這樣她們才有足夠的能力勸導丈夫兒女們歸化泰籍。

還有另一段話說：

> 華人移居泰國數目比以前大為增加。這促使國民產生恐懼與壓力。我們也怕他們將會奪走泰族全部的工作。但實際上，華人居泰反而對泰國有很大的利益——。如果能像美國設法使在泰謀生的華人泰化，這對泰國未來的發展很有利的。

還有，對華人出入境的問題，記錄中有一段話說：

> 必須尋找適當的方法使暫時定居泰國的華人「จีนนอก」（Jeen Nog）
> 改換為泰籍。這樣也能減少他們返回中國的人數。如果這些暫時定居
> 泰的華人在泰國有固定的住宅，必定能歸化泰籍（國家檔案資料 หจช.
> ร. 5 ต. 6 2/2，《華人秘密記錄》共44頁，引用頁9、10、11、17）

　　由於當時華人移民對泰國經濟發展與開闢荒地有貢獻，因此華人入泰境，政府採取歡迎政策。華人移民人數多了，到了一個程度，政府開始考慮到華化泰的問題。到拉瑪第六世王（1910-1925），政府對華人的政策發生了變化。國王視華人為敵，同時又有外來「三民主義」對國家政治的影響，居泰華人的愛國行動而多次引起曼谷市內及郊區混亂。華人入境的政策就改換了，且泰政府還對華人增加很多方面法令限制；尤其是《佛曆2460年（1917）外籍人士入境法令》。這主要是提防與政治有關的華人入境。此外《佛曆2461年（1918）私人學校法令》還規定私立學校擔任校長者必須有泰國政府中學畢業的資格證書，同時學校課程需要教授泰文。在這個時候的華人子女們從小就按泰國法律進入泰文學校，生活在泰籍習俗的環境。這就是政府為了培養華人子女泰化的一種手段（劉麗芳，1989，頁36）。到了拉瑪第八世王（1933-1946）末年，鑾披紋元帥（Field Marshal Phibunsong-kharm）當了國家兩任總理後（1938-1944, 1948-1957），排華的手段更多了。他利用「愛國」的口號來排除華人。到拉瑪第九世王（1946-2016）薩利元帥上任總理（Field Marshal Sarit Thanarat）（1958-1963）時，他對華人常用的犯罪名就是「共產黨」。他認為學中文的人是傾向共產黨，破壞國家內政，都被捕受罪。因此，華人都勸子女不學華文（Pornpan Juntaronanont, 2008, p.523）。前期華人移居泰，在泰國王的庇蔭下安居樂業，自由創立了各籍貫的會館以及各行業的商會。到了子孫一代的華裔，他們在泰國長大，有泰政府規定泰化的政策，全都受泰國教育。隨著泰社會的一段排華的影響，不少華人子孫已改用泰名換泰姓，有的甚至改換國籍成為泰籍。泰國的這種「泰化」的形成

是慢性的，華裔一代又一代不知不覺的吸收著泰國習俗與教育，有些華人家庭，還沒到第三代子孫們都忘了自己的根，聽不懂先人的語言，看不懂中國字。這樣的現象早就消滅華人的文化習俗。大部分華裔就自然而然的改用泰文姓名。目前在泰國各地尚存著中文姓名是少到可數的。泰國的華人泰化政策算是泰國政府辦得很成功的事情。按照筆者有做過兩個省市華人研究的結果顯示得更清楚；一是筆者的博士論文，題目是 "Acculturation and Culture Identity of the Chinese-Thai in Burirum Province"（Pornpan Juntaron-anont, 2008, pp.642-644）論文研究範圍是在武里喃府（Burirum Province）的喃拜目縣（Ampher Lamplaimas）做實地調查。從而所得的研究結果是；華裔第三代對中國文化習俗的認識很低，對祖國（泰國）忠效而對祖先的原籍國較陌生。他們大部分不會講本籍貫的語言，而且對華人籍貫的分別也不清楚。家長大部分只管做生意，沒注意跟兒女述說祖先的事情，因此在舉行每年年節時或清明節祭拜祖先他們都會踴躍參與，但不了解其意義。由於喃拜目縣沒有大乘佛寺。因此大家都不清楚大乘小乘佛教的分別，只知道大乘佛教的僧侶是華人，泰語稱帕金（Prajeen）。他們家要舉辦法事時一般都是在小乘佛寺請該寺的比丘來辦法事。另外是筆者的另一科研是在叻碧府省（Rajchaburi Province）的抱財欖縣（Ampher Photharam）的華人研究，題目是 "Identity of Thai–Chinese in Ampher Potharam: Persistence and Change"（Pornpan Juntaronanont, 2010, pp.307-318）所得到的研究結果與上述相同。抱財欖縣也沒有大乘佛寺，最絕望的是沒人知道或認識大乘佛教（Mahayana Buddhism）。當地華裔子女們不到第四代都成全泰籍了。從研究結果可顯示著華人子孫在泰國政府泰化治國政策下，最後大部分華裔就成了純泰國人。

　　說到華人的佛教信仰。在泰國「佛教」一向來並沒有正規的被封為國教。按法律來說，泰國憲法雖沒有明確規定佛教為國教，但事實上佛教在泰國享有國教的地位；比如泰國國旗的白色是代表宗教。此外，憲法內規定，國王是國家的崇聖象徵，必須是佛教徒。其他細節的事也顯示著佛教是泰國的國教；如泰國採用佛曆紀年方式以及國家假日大部分都遵循佛教傳統而設定。佛教在民眾的生活中占有非常重要的地位，從出生到生命最後的每個階

段全離不開佛教法事。定居泰國華人的生活也同於泰族。他們信佛教，雖與泰族不同宗派，但彼此都是同一個宗教。

拉瑪第一世王時期的西元一七九五年由越華人士合力建造的華宗第一所佛寺「永福寺」，迄今已有二百二十六年的時間，但大乘佛教不能在這漫長的時間迅速發展不是一個簡單的問題。其中除了外來的因素還有本國內在的各種原因所影響。大乘佛教發展路線的障礙可分為內在原因與外來因素：

（一）內在原因

1 本土化的影響

為了國家政治穩定發展，居泰華人應該歸化泰籍。拉瑪第六世王（1910-1925）在這方面做了歸本土化的首條。一九一八年定了《佛曆2461私人學校法規》（**พระราชบัญญัติโรงเรียนราษฎร์ พ.ศ.**，1918），目的用來控制華人在泰建立的中文學校。第二次世界大戰爭結束後，中國成為世界的第五大國。泰國華人也隨著中國強大勢力在他們的移居地建設中文學校。居泰華人也不例外，在泰國各地建起了四百多所中文學校。有的按照泰政府辦校的規律授課，而有些學校使用中文授課，隨意掛上了中國國旗，早上上課前升中國國旗，還要學生唱中國國歌（Pornpan Juntaronanont, 2008, p.94）。到了鑾披紋總理時代（1938-1944, 1948-1957），他鼓吹愛國主義，限制中文學校發展，最後大部分華校被關閉。從此以後華人子女全都按泰國政府的安排，進入泰國公立或私立學校，學習泰文。一直到阿南・潘亞拉春（His Excellency Anan Panyarachun）（二任總理1991-1992, 1992）政府對學習中文的看法才有些改變，認為學習中文對國家的經濟發展有作用（Pornpan Juntaronanont, 2008, p.95）。但是學校的中文授課時間太短，而且全是基礎級的小學中文，學了不夠用，因為沒有中學和大學教授中文的課程。需要繼續深造的華裔子孫必須學好泰文。華文就這樣在泰國不能發展，被困在這種情況很多年。目前泰國的教育雖重視中文，大部分的政府小中學及大學校都開設中文課程，但華裔子孫們大部分對中文不感興趣，都希望學好泰文和英文後進入本國名校或

到國外深造。中文在泰國就這樣中斷了差不多半個世紀，打斷了泰國華文教育制度。目前教育部雖安排每所中學教華文，但學生所獲得的華文知識程度還不很理想。由於政府的本土化概念沒消除，華人子孫處於本土的語言文化及環境下，久而久之也就自然的變成了純本土泰族。祖先的語言不懂，甚至祖先的姓也記不起，只知道自己是華人子孫。

對於華宗出家人的中文知識，因大乘佛寺沒限定皈依者一定是華人子孫，有的是當地的本土人。他們都不懂中文。在學習大乘佛學時，必用泰語教導。僧侶或沙彌們在朗誦佛經或在寺內外做法事全離不開中文。因出家人們懂中文的程度不夠，因此必須在經典書本上用泰文注音。出家人當華宗僧侶而不懂中文怎麼承襲華宗的未來發展？大師們也考慮到這方面，普淨大師一九五七年在北碧府的普仁寺建立「普仁寺僧伽學苑」（Rongrian Phrabariyatsuksawan），普淨大師完成了建造普門報恩寺後，也設立「普門報恩寺僧伽學苑」（Rongrian Sanghabariyatsuksa）。龍蓮寺在仁晁大師當方丈的帶動，一九九一年建立龍蓮寺中學（Rongrian Manggorngamalawas Wittayalai）。此外，一九九四年由於報名學佛的人數多，曼谷附近僧伽學苑不夠容納有意出家人數，仁晁大師另在西拉差春武里府建立普德寺中學（**โรงเรียนโพธิทัตราชวิทยาลัย**）（Rongrian Pothitud Rachawittalai）。在一九九七年仁得大師也在清萊萬佛慈恩寺建立萬佛慈恩寺中學（**โรงเรียนวัดหมื่นพุทธวิทยา**）（Rongrian Watmuenbuddha Wittaya）（Phra Dr. Panuwat Lerdprasertpun, 2018, pp.167-178），讓貴公子們先學好中文才皈依出家。但學習中文的成果不很理想。

2 越宗大乘佛寺的影響

上述已提到越宗大乘佛寺在泰國發展是早於華宗，而且華宗最早修建的「永福寺」也是越華合力出錢建立的。越宗佛寺在泰國華人社會占了很重要的地位。由於越華宗都屬大乘佛教，而且皆有佛教節日及年節必辦的法事。每到了佛教節日或重要年節儀式，佛道教齋堂主管人必須請大乘佛教大法師來做法事。華宗所有的大法師人數不夠需求，因此，有些齋堂就請越宗大法師來代替做法事（採訪石田音齋姑、善慶堂副主持，佛曆2564年3月23日）。

在二○一三年泰國越宗佛寺共十八所，精舍五所，分為建於曼谷七所、中部四所、西部三所、東部一所、東北部一所、南部二所。目前還有三所佛寺正在興建中；建於叻碧府的挽奔縣（Ampher Banbong Rachburi Province）的越蒙碧瓦納藍（Wat muenbiwanaram）、建於尖竹汶省瑪堪縣（Ampher Makam Juntaburi Province）的越蒙空咋倫奔（Wat Mongkolcharuenbun）、清邁省薩蒙縣（Ampher Sameng Chiangmai Province）的越巴素卡瓦里（Wat Basukawadee）。

其他五所精舍建於曼谷廊曼區（Khed Donmueng）的越塔瑪譚雅藍廊曼（Wat Thammapunyaramdonmueng）、曼谷挽拐縣（Ampher Bangguai）的越咯咖努庫（Wat Loganuko）、尖竹汶省塔麥縣（Ampher Tamai Juntaburi Province）的空替窟（Tumgrongthip）、叻碧府酸鵬縣（Ampher Suanpueng Rachburi Province）的藍素卡瓦里禪道（Dansukawadee Witisen），以及烏論他尼省古咋縣（Ampher Kudjub Udonthani Provinc）的吞丹連阿南頗（Tungdallianannumpot）（Sowattree N. Thalang and Supannee Warathorn, 2013, pp.88-89）。

可見越宗佛寺分散建設在泰國各部。華裔家庭在每個重要年節或家中的喜喪事都會到佛寺裡舉辦儀式。在華人定居地如果沒有華宗佛寺，而有越宗佛寺或大法師，華裔家庭就會到越宗佛寺舉辦法事或請越宗大法師主持其儀式，例如在舉辦七月半的盂蘭盆節儀式（施孤節）或九月的九皇齋以及喪事做功德都有請附近的越宗大師來辦佛事（採訪北柳省明德齋堂主持人，2017年10月25日）。這是華人社會的平常現象。在華人心目中，華越宗的佛寺及法師並沒任何差別，都是大乘佛教，只不過越宗法師念經時用越語。因此越宗也就這樣代替了華宗。

3　大乘上座部佛教法事混合的影響

在多元種族國家，如要永久在他鄉生存，融合本土是必然的事情。再說佛教大乘上座部佛教沒很大的差別，全是奉信釋迦摩尼佛。泰國華宗續行祖師大尊長已考慮到這方面，尤其是大乘佛教被歸入國家宗教廳後，就表示大乘佛教是泰國所接受的宗教。隨後華宗僧侶們的僧爵等級全與上座部佛教比

丘相同。也可說是處於泰國王陛下庇蔭的王恩。為了華宗未來在此地順利、快速地發展，華宗必須融合本土上座部佛教重要儀式，尤其是每年在解夏節全國上座部佛教信徒必定舉辦「迦稀納儀式」（**พิธีทอดกฐิน**）（就是解夏節奉獻僧衣儀式）。華宗舉辦儀式的細節全與上座部佛寺所舉辦的相同。「迦稀納儀式」在續行祖師和第二祖師都在舉辦。但第二祖以後就中斷了差不多四十年。到了普淨上師在北碧府（Kanjanaburi Province）任普仁寺（Wat Po Yen）及曼谷龍蓮寺（Wat Manggorn gammarawas）主持時才恢復了這個大儀式（慶壽委員會敬編印，1972，頁180）。

後來又隨著上座部佛教佛節增加舉辦了「施僧衣儀式」（**พิธีทอดผ้าป่า**）。為了華宗的發展更有傳戒的正範，也為了大乘佛教在泰更好發展，普淨上師便向國家宗教廳申請將北碧府的普仁寺大雄寶殿作為泰國子弟受比丘戒道場。因以前的華僑子弟，出家了只能受沙彌戒，願受比丘戒者必須去中國受戒。因此，普淨上師在普仁寺開始依僧羯磨舉行結界。從此，普仁寺便成為泰國第一敕賜寺界的華寺，同時當時泰僧王並敕任普淨上師為華宗受戒師。國家僧務院長還制定華僧傳戒正範，指定凡出家受沙彌戒或比丘戒者，必須向泰僧王所敕任的受戒師受戒。普淨上師被任命華宗受戒師，就是泰國華宗第一位敕任傳戒師。華宗舉辦的傳戒儀式的儀規與泰上座部佛教相同，出家為比丘者可皈依受戒或還俗。另外，普淨上師還按泰上座部佛教舉辦「學生暑假出家」計畫，越宗佛寺也同樣舉辦，其活動承襲到今日。這也是大乘佛教融合本土最明顯的一項。但更加明顯的是華宗比丘辦喪事的法事程式，其儀式最尾端還按泰上座部佛教比丘習俗給逝世者誦經做佈施（**สวดกวดน้ำ**）。目前華宗沙彌或比丘在學佛行儀時，大師都用泰文說道講義。到受戒出家者每天齋集大殿禮佛的朝暮課誦，為了易記讀音，其誦經本的中文字旁邊就有泰文的注音（採訪 Phra Dr. Panuwat Lerdprasertpun，2021年8月5日）。華宗融入本土的程度很深。對泰化的華僑子弟家長來說，兒子出家當華宗僧侶一事不用擔心，除了去掉不懂中文的問題以外，出家的兒子還可以還俗，與上座部佛教出家當比丘相同。這樣不論是華裔還是泰族子弟都可以在大乘佛寺出家當僧侶。從而可見大乘佛教儀式與上座部佛教的混合對大乘在泰的發展

起了大作用。目前出家子弟百分之八十是崇信佛教的泰籍子弟，而百分之二十是華裔子孫。現在泰國華宗受戒的沙彌和比丘數目差不多四百五十至五百名（採訪 Phra Dr. Panuwat Lerdprasertpun，2021年5月9日）。這樣的情況，崇信華宗的人士總覺得大乘僧侶與上座部佛教比丘相同，差異的就是受戒修行及誦經的語言。因此華人善信者有不少都到上座部佛寺祭拜佛祖及請泰僧大師辦法事。這也對大乘的發展有了一定阻礙。

4 華人齋堂興起的影響

　　泰國華人社會信仰在六十多年前是後天道、先天道最輝煌的時間。根據南洋先天佛教總會編（1966）的資料，因當時先天道在江慧光老太師到泰國後的傳道弘揚南洋，各處都有後天道先天道的齋堂，全泰國共一百一十七所。建立於曼谷有四十一所，外省七十六所，與擴展到馬來西亞的十七所、新加坡的九所、柬埔寨的一所和 Mauritius 的三所加起來共一百四十七所。這些齋堂有的前身是後天道，後來改為先天道。筆者與曾博士在二〇一六年合寫的科研專案 Mahayana and Taoism Beliefs of Thai–Chinese in Samutprakarn Province: The Critical on Chinese Vegetarian Halls（2016）中曾在曼谷吞武里 Buddhamonthon Sai 2 Yak Totsagan 的「一德善堂」實地調查。該善堂主持人陳姑娘承認該堂先立為後天道，後因先天道的迅速發展就改成先天道齋堂。還有另一個現象：北欖省的「同善壇」，建立時屬於禪宗分支的臨濟宗，而在先天道最興盛的時間改成先天道佛堂。而且其名稱也從「同善壇」改成「同善堂」。從而可見當時「先天道」的宏大發展深受信徒們歡迎。先天道自認是佛教的分支，但有些學者的意見卻不同。危丁明在他的〈中國民間宗教的南傳泰國：先天道的案例〉文章中的一段提到江道長（江慧光）在一九六七年任泰國萬全堂先道統家長。及後，便將全道領導機構由香港轉住曼谷，泰國由此成為先天道的宏教中心。（危丁明，2018，頁21）。筆者和曾博士二〇一五年在北欖省的實地調查中詢問齋堂主管，他們都自稱是屬於佛教的齋堂（Pornpan Juntaronanont and Patcharinruja Juntaronanont, 2016, pp.47-64）。先天道是佛教與否也可從危丁明說過一段話而得知：

> 從名稱看，南洋先天佛教總會高標「佛教」與傳統先天道以「道」
> （道教）定位不同，惟先天道是強調三教合一的教門，以道教或佛教
> 乃至儒教的形式出現，端賴實際需要。（危丁明，2018，頁69）。

泰國的齋堂主管人，一般是女的稱「姑娘」男的稱「先生」。他們在齋堂裡
也為信徒們辦一些法事，而重要大法會總是請華越宗大師來帶領舉辦，如九
皇齋節，或盂蘭盆的施孤節等。泰國華裔大部分對宗教不很了解，他們認為
齋堂主管舉辦的法事與大乘佛教大法師舉辦的相同。因此有些信徒不能去大
乘佛寺參加儀式，就在齋堂參與也相同。這使些齋堂香火盛，信徒多。華裔
的善信們要到大乘佛寺的機會也就更少了。可見華人齋堂的興盛阻擋了大乘
佛教在泰的發展。

（二）外來因素

1 臺灣傳來的大乘佛寺及佛堂

　　泰國的大乘佛寺除了華越宗佛寺外，目前還有外國來泰建立的佛寺及佛
堂，是最壯觀且信徒不斷增加的佛寺；是泰國最漂亮、規模最大、香火鼎盛
的大乘佛寺；不論是本土的泰族或華裔都進寺內敬拜，就是臺灣禪宗「佛光
山」在曼谷藍因他庫賓路（Thanon Kubon Ranintha）興建的「泰華寺」。根
據心定和尚在《佛光山泰華寺》一書中的感恩話說：

> 我深深的感恩大師的慈悲（星雲大師），對我的器重與提拔，讓我人生
> 七十歲的時候，在南傳佛教國家，興建一座傳統的中國寺廟，一尊可
> 能站立在曼谷百年千年的吉祥金觀音（佛光山泰華寺編組編，2019，
> 頁2）

還有在〈建寺緣起〉中的一段：

> 星雲大師宣導尊重與包容的觀念，更希望融合與歡喜，因此以「泰國
> 與中華」各取一字，名為「泰華寺」，希望南傳北傳佛教融合。大師
> 特別強調佛教要本土化，培養當地之人才。（佛光山泰華寺編組編，
> 2019，頁6）

此外，還有從臺灣來的淨空老法師一九九八年在32 Thanon Udomsuk soi 56 khaeng Bangna 修建「淨宗學會」（採訪該學會的主管黃玲玲女士，2021年12月5日）。這些佛寺及學會不屬於國家宗教廳管理。而最不同泰國大乘佛寺的，但這些佛寺和學會是純大乘佛教。連誦經的課本是全中文，且用普通話誦經。因此有些老少華裔尋找純大乘佛教的就跑到外來的佛寺或學會去學佛。每座佛寺與學會都有他們固定的佛節舉辦儀式，講經日以及佛教活動等等，因此，泰國華宗佛寺就因為不是純大乘而影響老少信徒們少參與的熱情了。

2 中國道教在泰國成立

二○一七年，四川省江油市陳塘關道觀主持杜道長（杜至福）及楊如月道長到泰國吞武里碧嘎聖路（Thanon Petkasem, Soi 58, Thonburi），為被關閉的齋堂恢復修建「曼谷廣福宮」，設為泰國道教中心的道場。目前信徒很多。宮內也設有固定的慶祝節日及道教法事的法會。每次廣福宮辦法會，就有很多華裔信徒從泰國各地踴躍參加。它為道教做了很大的貢獻，但是也是大乘佛教發展的大障礙。（二○一七年在廣福宮做實地調查的資料，佛曆2560年7月24日）。

五 總結

佛教雖沒正規被認為國教，但泰國也有「佛教國家」之稱。由於越華宗是佛教，因此也被歸入國家宗教廳所管理。對於大乘佛教在泰國發展事宜，一般宗教廳都會盡力支援的。就如普淨上師為北碧府洛梗市「普仁寺」在一九六八年向國家申請該寺的大雄寶殿作為「結界法會典禮」的寶地；也受國

家佛教總會重視及支持。在執行法會時，泰僧王及諸長老僧伽、國務院長、副國務院長、皇上陛下的樞密院長等都參與法會（慶壽委員會敬編印，1972，頁122）。從此「普仁寺」就成為華宗第一處華人子弟符合佛法規律舉辦「受戒出家儀式」的場地。普淨上師上任華宗大尊長在任時，是華宗最昌隆的時期。上師在一九三六～一九七〇年三十多年間為大乘佛教發展做了很多貢獻：如興建立化僧舍、助建普門報恩寺、施贈各地寺院庵堂、贊助貧困衣食等。此外，從普淨上師大尊長起，華宗有了傳戒正範；還有成立華僧委員會、任命傳戒師三位，即龍蓮寺仁照大師、普仁寺任和大師及報恩寺仁得大師（慶壽委員會敬編印，1972，頁177-180）。華宗在泰有關佛教儀式，不論是建立佛寺、遷移佛寺、關閉佛寺或申請大雄寶殿結界典禮儀式全與泰上座部佛寺所舉辦的相同。這是按照佛教法裡所規定的細節來辦（見 Sangha Act. 〔1962〕也見 Clergy Declaration Special vol. vol. 53 Episode 5 date 10 April 1965, pp.140-145）。雖然泰國政策對大乘佛教發展的道路沒任何影響，但國家的內在影響及外來的因素都是發展的障礙，同時也塑造大乘佛寺的新的形象——具有華宗的濃厚氣味，同時也顯示著本土的氣氛。這就是泰國華宗的大乘佛寺。

徵引書目

危丁明（2018）：〈中國民間宗教的南傳泰國：先天道的案例〉，見陳景熙等著《泰國華人宗教研究》。曼谷：泰國德教會紫真閣。

佛光山泰華寺編組編（2019年特刊）：《佛光山泰華寺》。曼谷：佛光山泰華寺印行。

南洋先天佛教總會編（2509）（1966）：《南洋先天佛教總會開幕紀念刊暨各地道場通訊錄》。吞武里：南海印書局；2509。

泰國宗教風俗songkha.mofcom.gov.cn/article/ddgk/201104/20110407512385.shtm (20/04/2563) (2020).

劉麗芳（1989）：《新加坡與曼谷華人宗教信仰及祭祀之比較》（Chinese Studies碩士論文）。新加坡：國立新加坡大學。

慶壽委員會敬編印（2515）（1972）：《泰國華宗大尊長普淨上師七秩壽誕特刊》พระนคร：โรงพิมพ์รุ่งนคร.

龍蓮寺編輯委員會編（2521）（1978）：《龍蓮寺多寶大藏樓落成揭幕典禮紀念刊，2521》（อนุสรณ์งานเสด็จพระราชดำเนินทรงเปิด "หอพิพิธภัณฑ์วัตฤธรรม" วัดมังกรกมราวาส 2521）。曼谷：出版處及出版期不詳。

Clergy Declaration Special vol. vol.53 Episode 5 date 10 April 1965 แถลงการณ์คณะสงฆ์ ฉบับพิเศษ เล่ม 53 ตอนที่ 5 วันที่ 10 เมษายน 2508 (1965).

Fine arts Department (1998) (Nantha Sutgul trans.). Holland Documents in Ayuthaya Period (1608-1617,1624-1642), Bangkok: Fine Arts Department Press. กรมศิลปากร (2514) (1998) (นันทา สุตกุลแปล) เอกสารของฮอลันดาสมัยกรุงศรีอยุธยา (2151-2160 และ 2167-2185) (1608-1617,1624-1642). พระนคร: กรมศิลปากรจัดพิมพ์.

G.William Skinner (1957). Chinese Society in Thailand: An Analytical History (New York: Cornell University Press; 81).

Interview Phra Dr. Panuwat Lerdprasertpun (8/5/2021), (9/5/2021, (21/8/2021) Asst.Abbot of Wat Boromrajakanchanapisek-anusorn Temple, Ampher Bangbuothong, Changwat Nontaburi, Thailand สัมภาษณ์ พระ ดร.ภานุวัฒน์ เลิศประเสริฐพันธ์ (8/5/2564) (9/5/2564) (21/8/2564). ผู้ช่วยเจ้าอาวาส วัดบรมราชากาญจนาภิเษก –อนุสรณ์ อำเภอ บางบัวทอง จังหวัดนนทบุรี.

Interview Jie Chang Yim (石田音), The Abbot Asist. Of Siang Keng Ding (善慶 堂), Tarat Plu Thonburi, Therdtai Road. (23/3/2021) สัมภาษณ์ โกวเนี้ยเจ็ยะ ผู้ช่วยเจ้าอาวาส โรงเจเซี่ยงเข่ง ตลาดพลูถนนเทอดไท ธนบุรี (23 /3/ 2564).

Interview Ms Huang Ling Ling（黃玲玲女士）. The Director of "Jing Zong Xue Hui" 32 Thanon Udomsuk soi 56 khaeng Bangna) (12/5/2021). สัมภาษณ์คุณ หวงหลิงหลิง ผู้ดูแล "สถานธรรม จิ้งจงเสวียฮุ่ย" "淨宗學 會" 32 ถนนอุดมสุข ซอย 56 แขวงบางนา (12/5/2564).

Interview Mr. Thantakorn Sangkapipattanagul by phon (10/5/2021). สัมภาษณ์ อาจารย์ธันฐกรณ์ สังฆพิพัฒธนกุล（泰國華僑崇聖大學楊光寶老師） ทางโทรศัพท์ (10/5/2564).

Interview The Director of Ming De Zhai Tang (明德齋堂) (25/10/2017), Chachengsao Province (25/10/2560).

Interview The Master Du, Guang Fu Gong (廣福宮) (24/7/2017) at Thonburi Petgakem Road Soi 58 (24/7/2560).

Jeen Nigay Sangha Wat Poman Liang Pra Club (2001). Wat Poman Liang Pra Club. Bangkok: Wat Po Mankunaram Press. คณะสงฆ์จีนนิกาย ชมรมเลี้ยงพร ะวัดโพธิ์แมนคุณาราม (2544) (2001) ชมรมเลี้ยงพระวัดโพธิ์แมนคุณาราม กรุงเทพ ฯ วัดโพธิ์แมนจัดพิมพ์.

John Crawfurd (1967), Journal of an Embassy to the Courts os Siam and Cochin China. London: Oxford University Press.

Kajorn Sukpanich (1980), History Data: Ayuthaya Period. Bangkok: Thamasath

University Press. ขจร สุขพานิช (2523) (1980) ข้อมูลประวัติศาสตร์: สมัยอยุธยา. กรุงเทพ ฯ: มหาวิทยาลัยธรรมศาสตร์จัดพิมพ์.

L.D. Choisy. M. DC. wrote (San T. Gomolbut Trans.) (2518) (1975). Journal ou Suite du Voyage de Siam. Pranakorn: Gaona Printing Press. L.D. Choisy. M. DC. เขียน (สันต์ ท. โกมลบุตร แปล) (2518) (1975) จดหมายเหตุรายวันเดินทางสู่ประเทศสยาม: พระนคร: ก้าวหน้าการพิมพ์.

National Archives Data หจช. ร. 5 ต. 6 2/2 Secret note about Chinese, p. 9 ,10-11,17 (all 44 pages) หอจดหมายเหตุแห่งชาติ หจช. ร. 5 ต. 6 2/2 บันทึกลับเกี่ยวกับจีน 《華人秘密記錄》 หน้า 9 ,10-11,17 (รวม 44 หน้า).

Nongkran Suksom (2021). Sriwichai: The Kingdom of South Sea. Silpakorn Association Academic Conference on 20 March 2564. Bangkok: Silpakorn Association Press. นงคราญ สุขสม (2564) (2021) ศรีวิชัย: ราชอาณาจักรแห่งเกาะทะเลใต้ ใน สัมมนาทางวิชาการเรื่องศรีวิชัย วันเสาร์ที่ 20 มีนาคม พ.ศ. 2564 ณ ห้องประชุมใหญ่ หอสมุดแห่งชาติ ท่าวาสุกรี กรุงเทพ ฯ: ศิลปากรสมาคมจัดพิมพ์.

Phra Panuwat Lredprasertpun (2561) (2018). The Education Administration of Mahayana Chinese Buddhist of Sangha in Thailand. Doctor of Philosophy (Education Administration). Department of Education Administration, Graduate School, Silpakorn University.พระภาณุวัฒน์ เลิศประเสริฐพันธ์ (2561) (2018) การบริหารการศึกษาของคณะสงฆ์จีนนิกาย ดุษฎีนิพนธ์ สาขาบริหารการศึกษา ภาควิชาการบริหารการศึกษา บัณฑิตวิทยาลัย, มหาวิทยาลัยศิลปากร.

Pornpan Juntaronanont (2008). Acculturation and Culture Identity of the Chinese-Thai in Burirum Province. Sociology Ph.D. dissertation, Ramkhamhaeng University. พรพรรณ จันทโรนานนท์; (2551) (2008) การสังสรรค์ระหว่างวัฒนธรรมและอัตลักษณ์ทางวัฒนธรรม ของชาวไทยเชื้อสายจีน ในจังหวัดบุรีรัมย์. ดุษฎีนิพนธ์ ทางสังคมศษสตร์ มหาวิทยาลัยรามคำแหง.

Pornpan Juntaronanont (2010). Identity of Thai–Chinese in Ampher Potharam:

Persistence and Change. Research Funding from Research Institute, Ramkhamhaeng University. พรพรรณ จันทโรนานนท์ (2553) (2010) อัตลักษณ์ทางวัฒนธรรมของชาวไทยเชื้อสายจีนในอำเภอโพธาราม: การคงอยู่และการเปลี่ยนแปลง. งานวิจัยที่ได้รับทุนสนับสนุนจาก สถาบันวิจัย มหาวิทยาลัยรามคำแหง.

Pornpan Juntaronanont and Patcharinruja Juntaronanont (2016). Mahayana and Taoism Beliefs of Thai–Chinese in Samutprakarn Province: The Critical on Chinese Vegetarian Halls. Research Funding from Huachiewchalermprakiet University. Samutprakarn: Huachiewchalermprakiet University Press. พรพรรณ จันทโรนานนท์ และ พัชรินรุจา จันทโรนานนท์ (2559) (2016). ความเชื่อทางศาสนาพุทธมหายานและศาสนาเต๋าของชาวไทยเชื้อสายจีนในจังหวัดสมุทรปราการ: มุมมองจากโรงเจ งานวิจัยได้รับทุนจากมหาวิทยาลัยหัวเฉียวเฉลิทพระเกียรติ สมุทรปราการ: มหาวิทยาลัยหัวเฉียวเฉลิมพระเกียรติจัดพิมพ์.

Prasert N. Nakorn (2012). "Po Khun Ramkamhaeng the Great" Thai King name Dictionary. Bangkok: Somdet Pratheprattanasuda Foudation Press. ประเสริฐ ณ นคร (2555) (2012) "พ่อขุนรามคำแหงมหาราช" ใน นามานุกรมพระมหากษัตริย์ไทย กรุงเทพ ฯ :มูลนิธิสมเด็จพระเทพรัตนราชสุดาจัดพิมพ์.

Religious Data Centre. https://e-service.dra.go.th/religion/buddhism?page=17) (08/04/2021) (2021) ศูนย์ข้อมูลกลางด้านศาสนา https://eservice.dra.go.th/religion/buddhism?page=17) (08/04/2564)

Sangha Act. (1962) Ministerial regulations Vol.1(1964), According to the content of Sangha Act กฎกระทรวง ฉบับที่ 1(พ.ศ.2507) (1964) ออกตามความในพระราชบัญญัติคณะสงฆ์ พ.ศ. 2505.

Songsan Nilgamhaeng Sureerat Wongsangiam Naina Yamsaka Gosum Gonggut (1982). Ratanagoxin Capital B.E. 2325-2525. (Rattanagoxin 200 years cerebration) Silapakorn Journal. Vol.25 No.6 January. 2525. ทรงสรรค์

นิลกำแหง สุรีรัตน์ วงศ์เสงี่ยม นัยนา แย้มสาขา โกสุม กองกูต. (2525) (1982) กรุงรัตนโกสินทร์ 2325-2525 (สมโภชกรุงรัตนโกสินทร์ 200 ปี) นิตยสาร ศิลปากร ปีที่ 25 เล่ม 6 มกราคม.

So. Playnoi (1982) "Event when Establish Rattanagoxin Capital" Mueng Boran Journal. Vol.8 No.1 (December-March 1982) ส. พลายน้อย (2525) เหตุการณ์เมื่อแรกสถาปนากรุงรัตนโกสินทร์ "วารสารเมืองโบราณ. ปีที่ 8 ฉบับที่ 1 (ธันวาคม- มีนาคม 2525).

Sowattree N. Thalang and Supannee Warathorn. Annam Temples in Thailand (2013). Thai Youth Encyclopedia. No. 19. Bangkok: Thai Youth Encyclopedia Project Press. โสวัตรี ณ ถลาง และสุพรรณี วราทร วัดญวณในประเทศไทย (2556) (2013) สารานุกรมไทยสำหรับเยาวชน (โดยพระราชประสงค์ในพระบาทสมเด็จพระเจ้าอยู่หัว) ฉบับเสริมการเรียนรู้ ฉบับที่ 19 กรุงเทพฯ : โครงการสารานุกรมสำหรับเยาวชนไทย จัดพิมพ์.

Somdet Kromprayadumrongrajanupab (1964). The Nature of Siam Domination in the Old Day. Printing according to the cremation of Khun Bajonpanpralat on 26 October,1964. สมเด็จกรมพระยาดำรงราชานุภาพ (2507) (1964) ลักษณะการปกครองของประเทศสยามแต่โบราณ พิมพ์เป็นอนุสรณ์ในงานพระราชทานเพลิงศพ ขุนประจญพาลปลาต (ประยงค์ เศรษฐบุตร) ณ เมรุวัดธาตุทอง พระโขนง 26 ตุลาคม 2507.

Thanom Anamwat and Other (1975). Thai History from Pre History until the end of Ayuthaya Period. Bangkok: Srinakarintharawirot Press. ถนอม อานามวัฒน์ และอื่นๆ (2518) (1975) ประวัติศาสตร์ไทยยุคก่อนประวัติศาสตร์ถึงสิ้นอยุธยา. กรุงเทพ ฯ: มหาวิทยาลัยศรีนครินทรวิโรฒจัดพิมพ์.

馬來西亞地方詩社、文人社群
及詩社活動：以南洲詩社為例

〔馬〕邱彩韻*

摘要

馬來西亞「南洲詩社」自一九七二年成立以來，以其未曾間斷的詩刊出版（《南洲詩詞彙刊》、《南洲吟草》），成為馬來西亞南部最活躍的文學社團之一，具有獨特的研究價值。本文選取馬來西亞柔佛州城鎮「麻坡」為研究場域，在前人已有的研究成果之上，以地方為田野，同時結合詩刊、中文報刊資料庫以及個人零散參與詩社活動經驗，旨在深入了解南洲詩社的發展歷程、文藝活動以及當前狀況，試圖以「南洲詩社」為例，探討地域與文學之間的關係，以及其所蘊含的意義和價值。

關鍵詞：麻坡、南洲詩社、古典詩社、傳統詩詞

---

* 國立清華大學華文文學研究所兼任助理教授。

一　前言

　　學界過去對於馬華文學之討論與研究，盡乎著眼於新文學領域，鮮有關注古典體文學及其發展。[1]新馬古典詩壇百餘年，作品繁多，名家輩出，活躍至今的古典詩社尚有十餘家之多，上述學術成果有其積極意義，只是還未全面反映新馬華人詩詞創作的全貌和成就。[2]為呼應竹塹學大會主題，本文以地方為田野，在前人既有的研究基礎上，取地域性詩社——「南洲詩社」為例，探究馬來西亞地方詩社的發展歷史與當前處境。

　　本文以馬來西亞「麻坡地區」為主要研究場域空間。麻坡（Muar），又寫作「蔴坡」，意即河口，位於馬來西亞柔佛州西北部，別稱香妃城（Bandar Maharani）、王城（Bandar Diraja），面積2346.12平方公里，人口228,865人，另有副縣東甲（Tangkak）（原名禮讓縣 Ledang，二〇〇七年升格為市，面積970.24平方公里，人口330,355人），是早期華人主要的聚集地。[3]關於麻坡的地方歷史敘述，文獻甚夥，在馬六甲王朝以前，麻坡的地

1　李慶年《馬來亞華人舊體詩演進史（1881-1941）》一書，是少數縷述馬來西亞古典詩
　　社的專著，有鑑於此，馬來西亞漢學研究會自二〇一六年起，召集學術研究團隊，執
　　行「馬來西亞新加坡漢詩資料整理與研究」計劃，與國立中正大學臺灣文學與創意應
　　用研究所合作，以研討會為分享平臺，積累二十餘篇新加坡、馬來西亞華文古典體詩
　　歌的研究成果，力圖彌補空白。漢學研究會與國立中正大學臺灣文學與創意應用研究
　　所合辦之「東亞漢詩國際學術研討會」自二〇一六年到二〇一九年間舉辦五屆，會後
　　論文集結成冊，具體成果見余曆雄、蕭婷憶主編：《漢詩與區域文學：第三屆東亞漢詩
　　國際學術研討會論文集》（金寶：馬來西亞漢學研究會，2019年）、余曆雄編：《馬來西
　　亞漢學刊》第二期（馬新漢詩專題）（金寶：馬來西亞漢學研究會，2018年）等。

2　馬來西亞詩詞研究會總會成立四十五週年慶典時，曾有新聞稿指出馬來西亞有八間詩
　　社。雖然現時舊體詩的創作，在馬來西亞已不如從前繁盛，然而就筆者初步統計，包
　　含一九七五年成立至今的馬來西亞詩詞研究會總會，尚有砂拉越詩巫詩潮吟社、檳城
　　鶴山詩社、檳城藝術協會詩詞組、柔佛麻坡南洲詩社、雪隆湖濱詩社、吉隆坡馬來西
　　亞楹聯詩社、霹靂怡保山城詩社、沙巴亞庇神山詩詞學會、砂拉越詩巫鵝江詩書協會、
　　麻坡茶陽會館詩詞組及馬六甲孔教會古城詩社等十數餘詩社，活躍至今。

3　資料來源：麻坡市議會官方網站 https://www.mpmuar.gov.my；東甲市議會官方網站
　　http://www.mdtangkak.gov.my/。

名已經出現。據學者鄭良樹〈麻坡與新山——柔佛州雙城記〉一文所述，麻坡自扶南國（西元240-627年）時代起，就因其麻河上游近臨彭亨河及下游面向馬六甲海峽，成為古代商人從南中國海通往馬六甲海峽出口的貿易港口，先後被室利佛逝（西元775-1006年），滿者伯夷、馬六甲蘇丹國、葡萄牙王國、亞齊蘇丹國、荷蘭王國、英國、日本占領。葡萄牙殖民時代，葡萄牙政府建立麻坡古堡（Fortaleza De Muar），以此抵禦荷蘭人和亞齊人侵襲。在英殖民時代，麻坡和新山被稱為「雙城」，是當時柔佛經濟活動最旺盛的都市。處在馬來半島開發得最早及最普遍的州屬，華人大量遷移進柔佛州，成為該州的墾荒者，故麻坡的歷史發展與華裔族群，因此有著難以割捨的互依關係。[4] 人類學家李亦園為分析中國文化所建構的範式，曾於一九六三年以麻坡為研究場域，進行海外華人市鎮生活的調查研究。麻坡因匯集八種以上不同方言群的人聚居於此（福建、潮州、客家、海南、廣府、興化、雷州，其他：廣西、江浙、福清等），成為不同方言群關係研究最好的範例。[5] 據人口統計，柔佛州華人於戰前以麻坡為最大的聚集地，鄭良樹稱「華族文化以麻坡縣為龍頭老大」，該地有著柔佛最早的新式華文學校，辛亥革命期間亦是海外華人民主革命派勢力的核心地。麻坡因文化活動頻密，文藝團體林立，有過「文化城」之美稱，後因人口結構改變，人才外遷流

4　鄭良樹：〈麻坡與新山——柔佛州雙城記〉，《南方學院華人族群與文化研究所學術單刊》第六種（新山：馬來西亞南方學院出版社，2005年）。

5　詳見李亦園：《一個移植的市鎮——馬來亞華人市鎮生活的調查研究》（臺北：正中書局，1985年）。此外，麥留芳：「麻坡乃是三州府以外的唯一具有方言群在市內分區分佈資料的市鎮。麻坡有兩大方言群，即福建人及潮州人。在一九一一年，麻坡的潮州人有百分之三十三，比福建人尚超過百分之二；該時的第三主要方言群為海南人。但由一九二一年起，福建人逐漸增多，而在一九四七年時即以超過百分之五十的優勢而成為主要方言群。潮州人卻在一九四七年減少至百分之二十三，而海南人自一九二一年後，便逐漸減少至一九四七年的百分之十，但這是麻坡縣的方言群分佈情形。」三州府即英屬海峽殖民地：馬六甲、檳城、新加坡。麻坡中國方言群在普查與區內之分佈，詳見參留芳：《方言群認同：早期星馬華人的分類法則》（臺北：中央研究院民族學研究所，1985年），頁95-96。

失，沒有經政的大計畫，也不見文教的新建設，逐漸淡漠。[6]

　　檢閱李亦園《一個移植的市鎮——馬來亞華人市鎮生活的調查研究》，其第四章以〈麻坡華人的社群組織〉為題，重點討論麻坡華人在當地社會脈絡下的組織結構和文化特徵之發展變遷。當地社區組織以地緣、血緣、業緣組織為主，另有十八個「俱樂部及娛樂文化社團」，可依成立年份，分為戰前戰後兩者，大致上俱樂部與華樂社成立於戰前，體育藝術社團成立於戰後。書中提及的文藝團體有國樂社、國劇社、國術社，其中最具現代化氣息的有「華人藝術研究社」，以籌劃畫展、音樂會為主要活動，另提及革命色彩濃厚的「啟智書報社」，至今仍是麻坡華人重要的文化活動場所。再看到鄭良樹〈麻坡與新山——柔佛州雙城記〉，書及戰後麻坡文化活動頻繁，文化團體密集，名人文士薈萃。除卻活動量最龐大的「啟智書報社」，文中述及寫作團體「南馬文藝研究會」，集結麻坡地區寫作人的傑作。上述文獻清楚說明麻坡的文藝傳統地位，然而我們對於其人其事的認識，仍有不少空白有待填補，例如兩篇文章沒有提及的「南洲詩社」。成立自一九七三年的「南洲詩社」，以其未曾間斷的詩刊（《南洲詩詞彙刊》、《南洲吟草》、《南洲詩社唱酬集》）出版，成為馬來西亞南部最是活躍的文學社團之一。下文會以報章鉤沉、詩刊蒐集分析、人物訪談和自身零星參加該詩社活動之經驗，試圖釐清詩社發展始末、社友生平和雅集情況。

二　「南洲詩社」發展沿革與現況

　　南洲詩社之起源可上溯至一九二〇年代，以「天南吟社」為名，林彬卿（1879-1942）擔任社長。[7]第二次世界大戰戰火蔓延到麻坡，「天南吟社」

6　鄭良樹：〈麻坡與新山——柔佛州雙城記〉，《南方學院華人族群與文化研究所學術單刊》第六種（新山：馬來西亞南方學院出版社，2005年）。

7　林彬卿，名子英，字榮雅，彬卿為其別字，福建永春棗嶺鄉人。一九一二年南渡抵怡保，擔任過當地福建會館秘書、同文社社長、私人中文教師，也曾經商。一九二四年，林氏受友人之邀前來麻坡合組天南吟社，一九三〇年開始為當地華文學校——中

活動停滯。一九四五年馬來亞光復後，當地詩人文士周慶芳、陳蕾士、李冰人、張逸民、鄭成勳、吳金谷等六人，以「丹絨六友」自居，設立「丹絨吟苑」，每月雅集詩題，與新加坡、泰國詩友遙相唱和，後因詩友分散各地，宣告解體。為提振地方文學風氣，一九七三年李冰人、周慶芳、鄭成勳、吳金谷、黃則建、林巨柏及黃起文等，倡設「南洲詩社」，以研究中華古典詩詞及發揚傳統文化為宗旨，推舉李冰人（1907-1996）為首任社長，極力推動社務發展，廣招社員，可謂當年的文壇盛事。[8]今日所見之「南洲詩社」就是從「丹絨吟苑」衍化而來。然而社員或者凋零或者遠徙，青黃不接，社員一度提議解散會務，詩社元老周慶芳竭力堅持，走過風雨，至今歷任社長李冰人、黃起文、周清渠、葉大白、周慶芳、陳之剛、林自強、顏見式與二十六屆理事會，遂有今日規模與成就。一九九六年，南洲詩社在當時社長陳之剛、社友和熱心人士慷慨解囊下，購入一所公寓作為固定會址。詩社現有四十八位社員，大多為年齡介於五時至九十九歲之間的教育和文化領域退休人士，兩周一次雅集聚會，以創作、吟誦為主。定期出版的《南洲吟草》季刊，已經積累了二百一十四期，是馬來西亞歷史最為悠久的古典詩詞創作詩

華化南兩校董事，並擔任常務委員，短暫代理中華學校校政。後因積極撰稿、參與抗日，於一九四二年被日軍檢去殺害。林氏生平，詳見麻坡中化中學校史檔案，網站：http://digitalarchives.chhs.edu.my/digitalarchives/s/chhs_his/item/478。

8　李冰人，原名李天祐（1907年7月4日-1996年），筆名唐雪、藍波、榴園、皓之等，福建南安彭口村人。一九三四年南來，初在新加坡浚源學校任國文教員，一九二五年抵麻坡，受聘為中華學校教務主任兼初中一級任。同年年杪，中華化董事會改選被舉為董事並任文書主任。此後歷任兩校董事。自一九三五年，他同時亦擔任星洲日駐麻坡記者，並勤於創作，散文、詩等作品多發表於《星洲日報》、《南洋商報》、《檳城新報》等文藝副刊。一九七五年應聘前往臺灣世界新聞專科學校任教，間中往返新馬等地從事文藝工作，一生著作頗豐，題材廣泛。李冰人生平，可參考麻坡中化中學校史檔案，網站：http://digitalarchives.chhs.edu.my/digitalarchives/s/chhs_his/item/483；陳明彪：〈李冰人及其《自由中國攬勝詩紀》探賾〉，論文發表於第五屆東亞漢詩國際學術研討會，國立中正大學臺灣文學與創意應用研究所，2019年11月；肖素娟、徐威雄：〈四十載南洋悲歡──李冰人在馬來西亞行事考述〉，《蛻變中的馬來西亞與東南亞華人社會：2021年第五屆馬來西亞華人研究國際雙年會論文集》（吉隆坡：馬來西亞華社研究中心、臺北：國立臺灣師範大學東亞學系聯合出版，2022年）。

刊之一。[9]

　　為維繫會務運作，南洲詩社前後開設過「詩詞研習班」、「書畫班」，現有「聲樂學習」、「戶外旅遊」，數十年來舉辦了大大小小活動不下百次。然而定時雅集、出版詩刊，才是南洲詩社最重要的會務。南洲詩社以其未曾間斷的詩刊出版與完整保存聞名文壇，為激勵和保存社員創作，南洲詩社自創社起，將每月雅集成果編纂為冊，稱為《南洲吟社唱酬集》（第1至11輯，見圖一），後改名《南洲詩詞匯刊》，一九九一年易名《南洲吟草》（圖二），再從中擇優編輯成《南洲詩社詩詞選集》（1980、1996、2009三冊，見圖三），內容除卻社員日常習作，亦收錄全國各地乃至鄰國詩友的唱和之作。以二○○九年出版的《南洲詩社詩詞選集》為例，內容依次為現任、歷任理事會、編委會名單、南洲詩社社長林自強序言、副社長侯亨釗作序，會歌《蘭亭修禊賡續》、社員詩詞創作、書法、水墨畫與通訊錄。除卻《南洲吟草》，詩社也會因應特殊活動另闢書刊，如《蔴坡南洲詩社成立七週年紀念特刊》、[10]《甲寅十屆泰馬詩人中秋雅集專輯》、[11]《南洲詩社繪畫組紀念刊》[12]等。

9　南洲詩社之歷史，詳見蘇和生：〈南洲詩社發展概況〉，載《南洲詩社詩集》（蔴坡：南洲詩社，1996年），頁11-14。南洲詩社之現況，參閱周欣然：〈南洲詩社〉，載《麻河時光雜誌》第四期，2021年。

10　周慶芳主編：《蔴坡南洲詩社成立七週年紀念特刊》（蔴坡：南洲詩社，1980年）。

11　周慶芳主編：《甲寅十屆泰馬詩人中秋雅集專輯》（蔴坡：南洲詩社，1977年）。

12　蘇和生主編：《南洲詩社繪畫組紀念刊》（蔴坡：南洲詩社，1979年）。

圖一　《南洲吟社唱酬　　圖二　《南洲吟草》書　　圖三　《南洲詩社詩詞
　　　　集》書影，第一　　　　　　影，第174期封　　　　　　選集》書影
　　　　輯第一頁　　　　　　　　　面

　　除了例常雅集，南洲詩社亦承辦多次大型詩人雅集盛會，列舉如下：
（一）一九七三年癸丑第二十七度周甲上巳雅集、（二）一九七四年第十屆
甲寅中秋泰馬詩人雅集、（三）一九七六年丁巳詩總二週年慶典暨第三屆全
國詩人重陽雅集、（四）一九八〇年庚申詩總五週年慶典暨第六屆全國詩人
中秋雅集、（五）一九八五年乙丑詩總成立十週年紀念暨第十一屆全國詩人
雅集、（六）一九八九年己巳詩總成立十四週年紀念暨第十五屆全國詩人雅
集、（七）一九九三年癸酉詩總成立十八週年紀念暨第十九屆全國詩人雅
集。綜觀以上活動，詩人秉承傳統，效仿魏晉文士蘭亭修禊的雅集活動，一
眾在地文人雅士，連結海外吟社，寄興適情，詩酒唱和，切磋文藝，往來頻
仍，不亦快哉。作為地方性社團，南洲詩社的影響力，並未因此僻處一方。
　　南洲詩社社員積極與國內外詩友往來酬唱，作品不僅刊登在自家詩刊，
亦可在泰國《星暹日報》、美國《美華工商報》、紐約「四海詩刊」出版品
《全球當代詩詞選》、中國《當代百家詩詞選》、《當代中華詩詞選》、《雞鳴
集》、《詩苑嚶鳴》、《碧血祭》、《中華詩魂》、《華夏吟友》等書見其蹤影。一
九七四年七月十八日的《南洋商報·商餘》有一則有趣的投書：

南洲詩社社長李冰人於癸丑重午詩人節，參加怡保詩社召開「屈原逝世二千三百周年年祭」會，賦有「悼楚大夫」七言長古一篇。癸丑冬，又出席臺灣召集之「世界詩人大會」，會中公推巴基斯坦理伯勒大學校長為主席，各國代表多獻出作品，以資公覽。李社長「悼楚大夫」之作，甚獲好評。今歲夏理伯勒大學，竟贈授一榮譽博士學位與李社長，南洲詩社同仁特舉行宴會慶祝。本人忝陪末座，賦此誌盛。慶賀榮膺集一堂，高官顯爵已尋常。獨忻妙筆驚夷夏，華國文章得遠颺。[13]

李冰人詩作成就非凡，擅長以文會友，並據此獲得巴基斯坦理伯勒大學人文博士，同時也擁有英國國家宗教大學文學博士、中非尼日利亞理漠大學哲學博士、臺灣中華學術院詩學研究所委員等榮銜。包括李冰人在內，南洲詩社社員如周清渠、[14]周慶芳、[15]石詩元，[16]都曾榮獲國際桂冠詩人的榮譽。（圖四、圖五）

---

13 吳太山：〈詩〉，載《南洋商報・商餘》，1974年7月18日。

14 周清渠（1906-1985），原籍福建永春前溪鄉，馬來亞教育家。應聘南渡馬來西亞，歷任瓜拉立卑中華中學校長、吉隆坡中華中學校長、馬六甲育民中小學校長、培風中學校長、麻坡中化中學高中部文史教員等教職，也曾任馬來亞政府主辦高師班及師訓班講師、馬六甲周氏總會名譽顧問、南洋大學馬六甲委員會文書。馬來西亞南洲詩社成員，著有《聽雨齋詩詞吟草》，後人另輯錄詩詞合集《周清渠先生詩選》。周清渠生平，詳見不詳：〈周清渠先生詩選〉，《永春文獻》第12期，1974年3月。

15 周慶芳（1905-2004），號竹軒。祖籍永春。先後獲廈門大學文學士、巴基斯坦理伯勒大學教育博士，美國世界大學文學博士。曾任大馬詩詞研究總會副會長及坡南洲詩社社長。著有詩詞集《象山筠海樓吟稿》、《象山筠海樓吟稿續集》、《聽雨齋詩詞吟草》。周慶芳生平，詳見「新加坡舊體詩庫」，網站：http://sg-jiutishi.com/。

16 石詩元（1928-2014），是馬來西亞柔北著名的教育工作者與文藝作家，新舊文學兼長，專精《易經》，曾獲得國際桂冠詩人協會授予「世界詩人桂冠」榮銜，與李冰人、周清渠、周慶芳、石詩火共同稱為「南洲詩社五博」。石詩元生平，詳見馬崙：〈石齋+石兄＝石詩元〉，《新馬華文作家群像（1919-1983）》（新加坡：風雲出版社，1984年），頁284。

圖四　南洲詩社同仁慶賀周清渠博　　圖五　南洲詩社同仁慶賀周慶芳博士
　　　士榮膺桂冠詩人榮銜留影　　　　　　　榮膺桂冠詩人榮銜留影

　　交遊酬唱是傳統文人交際應酬的方式，南洲詩社雖是馬來西亞眾多地方
詩社之一，但因社員積極活躍，創作能量豐沛，進而締造區域性的詩人交流
網絡，使之躍升成為南馬漢詩重鎮。然而，由舊時代傳統詩社過渡到現代文
化組織，社員平均年齡偏高，青黃不接是詩社傳承與推廣詩詞文藝最大的隱
憂。出身麻坡的馬華作家馬漢（本名孫速蕃），在其《笑彈人間：馬漢雜文
選集》一書，有篇談及麻坡文教活動概況的文章〈舊詩的吟唱〉，寫「南洲
詩社」時任社長周慶芳在會務低靡之際，仍然率領社員到五十公里外的鄰近
縣市——峇株巴轄（Batu Pahat）參與當年的「馬華文學史料」展出，並負責
其中的文藝節目「舊詩吟唱會」，出乎預料地吸引了大批群眾圍觀喝彩。[17]
為鼓勵更多年輕新血投入古典詩詞創作，南洲詩社極力在各種場合弘揚詩
教，也曾試圖觸及中學華文社團。筆者多年前曾受邀參與詩社活動，會後收
到社長寄來「麻坡南洲詩社將派人到社團及華文學會講課，提高詩詞創作水
平」為標題的新聞剪報，對參訪一事表達歡迎，也藉此述及詩社難以為繼之
憂慮與難題。[18]

17　馬漢（孫速蕃）：〈舊詩的吟唱〉，載《笑彈人間：馬漢雜文選集》（臺北：釀〔秀威資
　　訊〕出版，2012年），頁41。
18　相關報道：「麻坡南洲詩社社長林自強說，該社將派人到各社團及中學華文學會講課，
　　以提高麻坡詩詞創作水平。他昨晚在會所歡迎兩位臺灣成功大學中文系博士研究生蒞

截至目前，南洲詩社尚在運作，每月訂出詩題，讓社員回家醞釀準備，社課時逐一將自己的作品寫在黑板上，一起討論，或者由資深社員負責批改。活動仍以定時雅集、出版詩刊為主，卻也因應時代潮流，架設網站或部落格，兼及書畫展覽、聯歡晚宴等多元活動，力圖推展古典詩詞創作。[19]

三 「南洲詩社」詩詞創作概況

廿世紀二〇年代起，為新馬華文報章文藝副刊的繁榮階段，文藝副刊潮水般地大量湧現，成為文學場域中最重要的生產、傳播平臺。欲探討新馬早期古典體文學風貌，報章副刊無疑是最基本的切入點。以「南洲詩社」為關鍵字，在新加坡國家圖書館電子報章資料庫上作搜尋，即可發現不少社員詩作，如李冰人〈南洲吟草（南洲詩社第十五期社題甲寅詩人節詩祭屈平）〉（1974年）、[20]章應夢〈南洲吟草（南洲詩社第十五期社題）〉（1974年）、[21]薛象洋〈南洲詩社中秋雅集〉（1975年）、[22]森州瘦鶴〈蔴坡南洲詩社課題二絕〉（1976年）[23]等。（圖六、圖七）隨著紙媒文藝版位的縮窄與壟斷，多元文學空間逐步消失，詩刊成為馬華古典體文學活動最重要的創作園地。

訪時說，凡對詩詞創作有興趣的團體可與該社聯繫。聯絡電話：012-683 6962。兩位蒞訪的中文系博士生是邱彩韻及莊秋君。她們獲得拉曼大學鄭文全教授推薦，到蔴坡來與南洲詩社理事交流及收集資料。林自強也贈送該社出版的詩集給兩位研究生。邱彩韻及莊秋君也對社友的作品水平表示讚賞。」見鄭文才：〈蔴坡南洲詩社將派人到社團及華文學會講課，提高詩詞創作水平〉，載《星洲日報·大柔佛》，2012年3月2日。

19 南洲詩社社員部分創作可見於「華夏詩詞園地」部落格，網址：https://kiansin.blogspot.com/；部分社員詩詞吟唱之剪影，亦可見於 Youtube 影片觀賞平臺。

20 李冰人〈南洲吟草（南洲詩社第十五期社題甲寅詩人節詩祭屈平）〉，載《南洋商報·商餘》，1974年9月26日。

21 章應夢：〈南洲吟草（南洲詩社第十五期社題）〉，載《南洋商報·商餘》，1974年9月30日。

22 薛象洋：〈南洲詩社中秋雅集〉，載《南洋商報·商餘》，1975年5月14日。

23 森州瘦鶴：〈蔴坡南洲詩社課題二絕〉，載《南洋商報·商餘》，1976年2月4日。

▲ 圖6　　　　　　　　　　▲ 圖7

李冰人〈南洲吟草（南洲詩社第十五期社題甲寅詩人節詩祭屈平）〉，
載《南洋商報‧商餘》，1974年9月26日

　　除卻《南洲吟草》詩集季刊，南洲詩社歷年活動中具有代表性的出版
品，尚有《蔴坡南洲詩社成立七週年紀念特刊》、[24]《甲寅十屆中秋泰馬詩
人雅集專輯》、[25]《南洲詩社詩詞選集》、[26]《南洲詩社詩集》[27] 幾種，收錄
社史、社員詩詞書畫歌曲等文藝創作。有趣的是，其中《蔴坡南洲詩社成立
七週年紀念特刊》所載幾篇駢體序文，內容雖是詩社活動總結，筆法疊舉文
人典故，詩情勃發，可謂當時新馬少見的駢文名篇，因而轉錄至學者譚家健
所編《中華古今駢文通史》。[28]

　　符愛萍在其學位論文《南洲詩社山水詩的生命美學（1973-1990）》中，
擇取南洲詩社詩集季刊為研究文本，藉山水詩為切入點，析釋離散詩人的生
命情感與身分歸屬。[29] 南洲詩社前期社員，多是南下文人，作品雖具有南洋
色彩，文字不乏政治、文化上矛盾的雙重屬性。另有譚勇輝〈蔴坡南洲詩社
的傳承底蘊〉一文，針對南洲詩社的創社背景、社團活動、往來互動、作品

24　周慶芳主編：《蔴坡南洲詩社成立七週年紀念特刊》（蔴坡：南洲詩社，1980年）。

25　周慶芳主編：《甲寅十屆泰馬詩人中秋雅集專輯》（蔴坡：南洲詩社，1977年）。

26　林自強主編：《南洲詩社詩詞選集》（蔴坡：南洲詩社，2009年）。

27　蘇和生主編：《南洲詩社詩集》（蔴坡：南洲詩社，1996年）。

28　譚家健主編：《中華古今駢文通史（第一冊）》（北京：社會科學文獻出版社，2018年）。

29　符愛萍：《南洲詩社山水詩的生命美學（1973-1990）》（沙登：馬來西亞博特拉大學博
　　士學位論文，2015年）。

內容等，進行多重角度的對照觀察，以理解馬來西亞傳統詩社的特質，就南洲詩社活躍的能量，為當地其他傳統詩社的運作與活動，提供一些借鑑與參考。[30]

除卻詩刊，南洲詩社社員的作品散見報章、個人作品集。筆者手邊還有另一種材料：日前協助雲科大學漢學所柯榮三教授執行科技部專題研究計畫「閩南民間傳說在南洋──馬來西亞作家黃桐城（老杜）作品的調查、整理與研究」，幾經考察，得知黃氏一九五三年從中國福建來馬，定居於麻坡，擔任酒莊「財副」，業餘愛好為研究文學詩詞，同時也是「南洲詩社」發起人之一。黃氏遺留一些舊詩詞手稿尚未整理，若能結合詩冊《南洲吟社唱酬集》所披露的黃氏詩詞作品，數量頗豐。黃氏擅長以文會友，一生聯誼交遊皆與詩社群體緊密相關，輔以黃氏雜文，可進一步呈現詩社交遊、詩文往來及實際活動的軌跡與樣貌。姑繫於此，以備後考。

四　餘論

年輕學生熟悉麻坡這個地名，過半聽過歌手黃明志的成名曲《麻坡的華語》。中文學界從事東南亞研究的學者，知道麻坡，多是透過李亦園院士的《一個移植的市鎮──馬來亞華人市鎮生活的調查研究》，第一本以中文發表的人類學東南亞華人研究專著，再或是馬來西亞漢學家鄭良樹的文章〈麻坡與新山──柔佛州雙城記〉。麻坡有過「文化城」的美稱，隨著時間流逝，多年不見政經或文教的新建設，逐漸淡漠成「退休城」。即便如此，兩篇文章疏漏了一個重要的文藝團體──南洲詩社。南洲詩社五十年以來弦歌不輟，作為當地重要的傳統詩詞社團，有其獨特的研究價值。尤其詩作中的地方蘊藉，值得進一步探討。

在馬來西亞的種族政治背景下，探討任何形式的華文文學創作，都必須

---

30 譚勇輝：〈蘇坡南洲詩社的傳承底蘊〉，余厤雄、蕭婷憶主編：《漢詩與區域文學：第三屆東亞漢詩國際學術研討會論文集》（金寶：馬來西亞漢學研究會，2019年），頁145-160。

瞭解華人社會的歷史背景以及他們的生存狀況。學者廖文輝在他的文章〈探討馬來西亞作為華人文化圈的內涵和特色〉中指出，馬來西亞華人社會不若其他東亞國家，無法形成精緻的大傳統文化，相較之下草根性質的民俗活動，更為蓬勃發展，其中緣由和早期新馬華人移民的構成有關。當時的移民類型多為華工、華商階層，少數南來的「邊緣知識分子」，身分不外乎教員或報人，然而春雨潤物細無聲，該文化群體貢獻難以具體呈現，他們皆受過傳統詩詞的訓練，普遍能夠吟詩作對，反映在文藝創作上，數量可觀。高嘉謙〈華教、華校與舊詩文脈〉則細緻連結了馬來西亞華文教育危機的歷史脈絡與華教人士的憂患意識，展示一代文人如何運用傳統詩詞，尋找安身立命之所在。再如前文述及的鄭良樹〈麻坡與新山——柔佛州雙城記〉，稱「華族文化以麻坡縣為龍頭老大」，理由有五：認為當地十幾個文化團體，長期活動頻繁、書店林立，天天都有新書報到、文化氛圍濃烈，孕育出不少文藝愛好者、出版多種文藝刊物，有不少馬華文學作家皆來自麻坡，擁有重要的文學組織——南馬文藝研究會、又因華文學府的招攬，名人薈萃。三篇文章均指出華校在馬來西亞的文化教育中扮演著核心角色，鄭良樹的研究尤其表明，麻坡培養了許多文藝人才，與當地重要的華文學府——中化中學有密切聯繫，不少教職人員同時也是學者、藝術家、作家、音樂家、書法家等名士。[31] 翻閱南洲詩社重要會員的生平資料，也多是該批名單上的文人雅士，當地華文學校的設立，造就了南洲詩社的生成條件，地方淵源不言而喻。

有關麻坡的歷時研究，範圍甚廣甚繁，然而就文學的發展與認知，僅有零星篇章。以文獻研究之外的方法開拓新視角，關注南洲詩社文人群體的雅集創作，進而探求地域文學研究的意義與價值所在，本是文章應該回應和著力之處。鑒於詩社作品眾多，當中文史之間的印證如何相得益彰，還需思考。

---

31 鄭昭賢主編：《中化歷史長河・獨中風雨五十年》（麻坡：中化中學，2012年）。

徵引書目

一　近人論著

不　　詳：〈周清渠先生詩選〉，《永春文獻》第12期，1974年3月。

余曆雄、蕭婷憶主編：《漢詩與區域文學：第三屆東亞漢詩國際學術研討會論文集》，金寶：馬來西亞漢學研究會，2019年。

余曆雄主編：《馬來西亞漢學刊》第二期（馬新漢詩專題），金寶：馬來西亞漢學研究會，2018年。

李亦園：《一個移植的市鎮──馬來亞華人市鎮生活的調查研究》，臺北：正中書局，1985年。

肖素娟、徐威雄：〈四十載南洋悲歡──李冰人在馬來西亞行事考述〉，《蛻變中的馬來西亞與東南亞華人社會：2021年第五屆馬來西亞華人研究國際雙年會論文集》，吉隆坡：馬來西亞華社研究中心、臺北：臺灣師範大學東亞學系聯合出版，2022年。

周慶芳主編：《甲寅十屆泰馬詩人中秋雅集專輯》，麻坡：南洲詩社，1977年。

周慶芳主編：《蘇坡南洲詩社成立七週年紀念特刊》，麻坡：南洲詩社，1980年。

林自強主編：《南洲詩社詩詞選集》，麻坡：南洲詩社，2009年。

馬　　崙：〈石齋＋石兄＝石詩元〉，《新馬華文作家群像（1919-1983）》，新加坡：風雲出版社，1984年，頁284。

馬　　漢（孫速蕃）：〈舊詩的吟唱〉，載《笑彈人間：馬漢雜文選集》，臺北：釀出版（秀威資訊），2012年，頁41。

麥留芳：《方言群認同：早期星馬華人的分類法則》，臺北：中央研究院民族學研究所，1985年。

鄭良樹：〈麻坡與新山──柔佛州雙城記〉，《南方學院華人族群與文化研究

所學術單刊》第六種，新山：馬來西亞南方學院出版社，2005年。

鄭昭賢主編：《中化歷史長河・獨中風雨五十年》，麻坡：中化中學，2012
　　　年。

譚勇輝：〈蔴坡南洲詩社的傳承底蘊〉，余曆雄、蕭婷憶主編：《漢詩與區域
　　　文學：第三屆東亞漢詩國際學術研討會論文集》，金寶：馬來西亞
　　　漢學研究會，2019年，頁145-160。

譚家健主編：《中華古今駢文通史（第一冊）》，北京：社會科學文獻出版
　　　社，2018年。

蘇和生主編：《南洲詩社繪畫組紀念刊》，麻坡：南洲詩社，1979年。

二　學位論文

符愛萍：《南洲詩社山水詩的生命美學（1973-1990）》，沙登：馬來西亞博特
　　　拉大學博士學位論文，2015年。

三　報章雜誌

吳太山：〈詩〉，載《南洋商報・商餘》，1974年7月18日。

李冰人〈南洲吟草（南洲詩社第十五期社題甲寅詩人節詩祭屈平）〉，《南洋
　　　商報・商餘》，1974年9月26日。

周欣然：〈南洲詩社〉，載《麻河時光雜誌》第四期，2021年。

章應夢：〈南洲吟草（南洲詩社第十五期社題）〉，《南洋商報・商餘》，1974
　　　年9月30日。

森州瘦鶴：〈蔴坡南洲詩社課題二絕〉，《南洋商報・商餘》，1976年2月4日。

鄭文才：〈麻坡南洲詩社將派人到社團及華文學會講課，提高詩詞創作水
　　　平〉，《星洲日報・大柔佛》，2012年3月2日。

薛象洋：〈南洲詩社中秋雅集〉，《南洋商報・商餘》，1975年5月14日。

四　網路資源

東甲市議會官方網站，http：//www.mdtangkak.gov.my/。

麻坡中化中學校史檔案，http://digitalarchives.chhs.edu.my/digitalarchives/。

麻坡市議會官方網站，https://www.mpmuar.gov.my。

華夏詩詞園地部落格，https://kiansin.blogspot.com/。

新加坡舊體詩庫，http://sg-jiutishi.com/。

新竹在地文化與跨域流轉

──第五屆竹塹學國際學術研討會議程表

2021年11月12日（五）第一天				
8:30-9:00	報　到			
9:00-9:15	開幕式 清華大學人文社會學院 張嘉鳳副院長 清華大學華文文學研究所 丁威仁所長 地方曲藝／新竹北管吉祥賀詞			
9:15-9:20	與會嘉賓團體合照			
第一場：竹塹開闢與佛教流轉				
時間	主持人	發表人	論文題目	評論人
9:20 ｜ 10:50	江燦騰 臺北城市 科技大學 通識教育中心	蔡仁堅 識竹書屋 文史工作者	王世傑開竹塹考 ──以波越重之《新竹廳志》 為中心的考論	鄭政誠 中央大學 歷史研究所
		陳惠齡 清華大學 台灣文學研究所	「新竹寺」的歷史紋理、社會 實踐及其場所性	翁聖峰 臺北教育大學 台灣文化研究所
		劉麗芳 泰國格樂大學 中國國際語言 文化學院 曾安安 泰國高等教育科 學研究與創新部	大乘佛教在泰國曼谷發展趨勢	劉宇光 玄奘大學 宗教與文化研究 學系

10:50-11:10	茶　敘			
第二場：竹塹研究與文藝內涵				
時間	主持人	發表人	論文題目	評論人
11:10 │ 12:40	林明德 財團法人 中華民俗藝術 基金會	牟立邦 明新科技大學 通識教育中心	學術史脈絡下的竹塹研究回顧	陳志豪 臺灣師範大學 臺灣史研究所
		黃思超 中央大學 中國文學系	新竹九甲什音探析	林珀姬 臺北藝術大學 傳統音樂學系
		王秋今 清華大學 中國文學系博士班	三維生態學：里慕伊‧阿紀 《山櫻花的故鄉》的生態智慧	董恕明 臺東大學 華語文學系
12:40-13:50	午　餐			
第三場：記憶、往來與文化資產				
時間	主持人	發表人	論文題目	評論人
13:50 │ 15:40	江柏煒 臺灣師範大學 東亞學系	林玉茹 中央研究院 臺灣史研究所 郭承書 暨南國際大學 歷史學系博士班	新竹舊港帆船貿易的變遷 （1895-1932）	蔡昇璋 空中大學 人文學系及通識 中心
		劉柳書琴 清華大學 台灣文學研究所	我祖父的李崠山事件： 尖石鄉耆老的口述歷史與 Lmuhuw吟唱	江寶釵 中正大學 台灣文學研究所
		林佳儀 清華大學 華文文學研究所	南來北往：新竹同樂軒之軒社 經營與進香演出	林曉英 臺灣戲曲學院 客家戲學系
		奚昊晨 臺北藝術大學 文化資產與藝術 創新博士班	重現地方：北埔作為區域型文 化資產的保存與活化	榮芳杰 清華大學 環境與文化資源 學系

15:40-16:00	茶　　敘

	專題演講
16:00-17:00	主　題：陳進與二十世紀初期新竹文化 演講者：石守謙（中央研究院歷史語言研究所） 引言人：陳萬益（清華大學台灣文學研究所）

2021年11月13日（六）（第二天）	
8:30-9:00	報　　到

	專題演講
9:00-10:00	主　題：重返東南亞熱帶雨林： 　　　　南洋書寫、去東方主義、本土多元文化地方書寫 演講者：王潤華（馬來西亞南方大學學院人文與社會學院中文系） 引言人：蔡英俊（清華大學中國文學系）
10:00-10:10	與會嘉賓團體合照暨茶敘

第四場：新竹在地人物與社群網絡

時間	主持人	發表人	論文題目	評論人
10:10 ｜ 12:00	陳益源 成功大學 中國文學系	楊璟惠 輔仁大學 宗教學研究所博士班	出生於新竹的佛教改革家、教育者——真常法師的生平與佛行事業	李玉珍 政治大學 宗教研究所
		王惠珍 清華大學 台灣文學研究所	龍瑛宗與新竹地區藝文人士跨時代的社群網絡研究	朱惠足 中興大學 臺灣文學與跨國文化研究所
		羅秀美 中興大學 中國文學系	女性主體與地方認同——竹塹／新竹州女性文學與文化圖像初探	許俊雅 臺灣師範大學 國文學系
		黃美娥 臺灣大學	為天下女人訴不平：金玫與台語片《難忘的車站》	葉龍彥 自由學者

時間	主持人	發表人	論文題目	評論人
		臺灣文學研究所		
12:00-13:00			午　餐	
第五場：詩社、戰爭記憶與社區營造				
時間	主持人	發表人	論文題目	評論人
13:00|14:30	李瑞騰 中央大學 中國文學系	吳嘉陵 福建三明學院 產品設計系	新竹芎林客家紙寮窩造紙產業研究	林曉薇 中原大學 建築學系
		明田川聰士 日本獨協大學 國際教養學部 言語文化學科	台灣文學、記錄與影像中的少年工意象初探	吳佩珍 政治大學 台灣文學研究所
		邱彩韻 清華大學 語文中心	馬來西亞地方詩社、文人社群及詩社活動：以南洲詩社為例	高嘉謙 臺灣大學 中國文學系
14:30-14:40			中場休息	
第六場：日臺交流與在地書寫				
時間	主持人	發表人	論文題目	評論人
14:40|16:10	廖振富 中興大學 台灣文學與跨國文化研究所	詹雅能 東南科技大學 通識教育中心	臺灣漢詩前進東京 ──魏清德與「內觀詩壇」	施懿琳 成功大學 中國文學系
		張日郡 中正大學 中國文學系	「野」孩子──談徐仁修《家在九芎林》的童年再現	黃雅莉 清華大學 華文文學研究所
		蔣興立 清華大學 華文文學研究所	後人類時代的虛擬愛情：論平路與張系國科幻小說中的電子情人	蔣淑貞 陽明交通大學 人文社會學系
16:10-16:20			茶　敘	

第七場：工藝、人物與詩歌疊映的新竹人文風貌				
時間	主持人	發表人	論文題目	評論人
16:20 ｜ 17:50	王俊秀 清大人文社會 學士班	林仁政 一貫道天皇學院 一貫道學系	指尖傳藝——傳統新竹體木作家具與器物之考察	唐硯漁 高雄師範大學 工業設計系
		張繼瑩 清華大學 通識教育中心	林占梅傳記資料的教與學——以大學生認識史料為中心的討論	宋佩芬 臺北大學 師資培育中心
		丁威仁 清華大學 華文文學研究所	旅次、定焦與遊憩——竹塹古典詩地誌書寫的三種變向	余美玲 逢甲大學 中國文學系
17:50-18:00	閉幕式			
	清華大學人文社會學院　張嘉鳳副院長 清華大學華文文學研究所　丁威仁所長			

二〇二一年第五屆竹塹學國際學術研討會與會學者名錄

（依姓氏筆劃排列）

專題演講者

王潤華：馬來西亞南方大學學院中文系資深講座教授
石守謙：中央研究院歷史語言研究所特聘研究員

專題演講引言人

陳萬益：國立清華大學台灣文學研究所榮譽教授
蔡英俊：國立清華大學中國文學系教授

會議主持人

王俊秀：國立清華大學人文社會學院學士班教授
江柏煒：國立臺灣師範大學東亞學系教授
江燦騰：國立臺北城市科技大學通識教育中心榮譽教授
李瑞騰：國立中央大學中國文學系教授
林明德：財團法人中華民俗藝術基金會董事長
陳益源：國立成功大學中國文學系教授
廖振富：國立中興大學台灣文學與跨國文化研究所榮譽教授

評論人

朱惠足：國立中興大學臺灣文學與跨國文化研究所教授
江寶釵：國立中正大學台灣文學與創意應用研究所教授
余美玲：逢甲大學中國文學系教授
吳佩珍：國立政治大學台灣文學研究所副教授
宋佩芬：國立臺北大學師資培育中心教授
李玉珍：國立政治大學宗教研究所教授
林珀姬：國立臺北藝術大學傳統音樂學系榮譽教授
林曉英：國立臺灣戲曲學院客家戲學系助理教授
林曉薇：中原大學建築學系副教授
施懿琳：國立成功大學中國文學系榮譽教授
唐硯漁：國立高雄師範大學工業設計系教授
翁聖峰：國立臺北教育大學台灣文化研究所教授
高嘉謙：國立臺灣大學中國文學系副教授
許俊雅：國立臺灣師範大學國文學系教授
陳志豪：國立臺灣師範大學臺灣史研究所助理教授
黃雅莉：國立清華大學華文文學研究所教授
葉龍彥：自由學者
董恕明：國立臺東大學華語文學系副教授
榮芳杰：國立清華大學環境與文化資源學系副教授
劉宇光：玄奘大學宗教與文化研究學系教授
蔡昇璋：國立空中大學人文學系及通識中心兼任助理教授
蔣淑貞：國立陽明交通大學人文社會學系教授
鄭政誠：國立中央大學歷史研究所教授

發表人

丁威仁：國立清華大學華文文學研究所副教授

王秋今：國立清華大學中國文學系博士生暨兼任講師

王惠珍：國立清華大學台灣文學研究所教授

牟立邦：明新科技大學通識教育中心助理教授

吳嘉陵：福建三明學院產品設計系副教授

明田川聰士：日本獨協大學國際教養學部言語文化學科講師

林仁政：一貫道天皇學院一貫道學系助理教授

林玉茹：中央研究院臺灣史研究所研究員

林佳儀：國立清華大學華文文學研究所副教授

邱彩韻：國立清華大學華文文學研究所兼任助理教授

奚昊晨：國立臺北藝術大學文化資產與藝術創新博士班博士生

張日郡：中正大學中國文學系獨立博士後研究員

張繼瑩：國立清華大學通識教育中心助理教授

郭承書：國立暨南國際大學歷史學系博士生

陳惠齡：國立清華大學台灣文學研究所教授

曾安安：泰國高等教育科學研究與創新部

黃思超：國立中央大學中國文學系助理研究員

黃美娥：國立臺灣大學臺灣文學研究所教授

楊璟惠：輔仁大學宗教學研究所博士生

詹雅能：東南科技大學通識教育中心副教授

劉柳書琴：國立清華大學台灣文學研究所教授

劉麗芳：泰國格樂大學中國國際語言文化學院副教授

蔡仁堅：識竹書屋文史工作者

蔣興立：國立清華大學華文文學研究所副教授

羅秀美：國立中興大學中國文學系教授

二○二一年第五屆竹塹學
國際學術研討會籌備人員名單

組　別	指導老師／人員	負責人員
統　籌	林佳儀老師 丁威仁所長	總召：蘇柏蓁 副召：賴佳婼
文書組	蔣興立老師	組長：巫偉豪 組員：蔡漢斌、葉思彤、曾孝經
美工組	陳淑娟老師	組長：賴科儒
技術組	林保全老師	組長：張昕宸 組員：鍾爾真、余旻姍 協力：陳思璇、溫嘉翔、徐郁庭、竇奕博
資訊組	黃雅莉老師	組長：葉詠睿 組員：胡志閔
攝影組	游騰達老師	組長：謝宜珊 組員：鄭伊庭
議事組	曾美雲老師	司儀：鄭安圻 控鈴：林麗珠
財務組	陳純玉小姐	組員：王文婷

國家圖書館出版品預行編目資料

新竹在地文化與跨域流轉：第五屆竹塹學國際學
術研討會論文集/石守謙等著；林佳儀主編. -- 初
版. -- 臺北市：萬卷樓圖書股份有限公司, 2023.11
面； 公分. -- (學術論文集叢書；1500030)
ISBN 978-986-478-995-5(平裝)
1.CST: 臺灣文學 2.CST: 文集

863.07   112017082

學術論文集叢書 1500030

新竹在地文化與跨域流轉
——第五屆竹塹學國際學術研討會論文集

總 策 劃	國立清華大學華文文學研究所	發 行 人	林慶彰
主　　編	林佳儀	總 經 理	梁錦興
作　　者	石守謙等著	總 編 輯	張晏瑞
編　　輯	蔡漢斌、陳思璇	編 輯 所	萬卷樓圖書股份有限公司
責任編輯	林以邠	發　　行	萬卷樓圖書股份有限公司
指導單位	行政院科技部		臺北市羅斯福路二段 41 號
	行政院教育部		6 樓之 3
	國立清華大學研究發展處	電　　話	(02)23216565
	國立清華大學人文社會學院	傳　　真	(02)23218698
主辦單位	國立清華大學華文文學研究所	電　　郵	SERVICE@WANJUAN.COM.TW
協辦單位	國立清華大學台灣文學研究所	香港經銷	香港聯合書刊物流有限公司
贊助單位	財團法人新竹市文化基金會	電　　話	(852)21502100
	王默人周安儀文學講座	傳　　真	(852)23560735

ISBN　978-986-478-995-5
2023 年 11 月初版
定　　價：新臺幣 880 元